AtV

ERWIN STRITTMATTER wurde 1912 in Spremberg geboren. Bis zum 16. Lebensjahr besuchte er das Realgymnasium, danach Bäckerlehre. Arbeitete als Bäckergeselle, Kellner, Chauffeur, Tierwärter und Hilfsarbeiter. Im zweiten Weltkrieg Soldat, desertierte er gegen Ende des Krieges. Ab 1945 arbeitete er erneut als Bäcker, war daneben Volkskorrespondent einer Zeitung und seit 1947 Amtsvorsteher in sieben Gemeinden, später Zeitungsredakteur in Senftenberg. Lebte seit 1954 als freier Schriftsteller in Dollgow/Gransee. Er starb am 31. Januar 1994.

Romane: Ochsenkutscher (1951), Tinko (1955), Der Wundertäter I–III (1957/1973/1980), Ole Bienkopp (1963), Der Laden I–III (1983/1987/1992), Erzählungen und Kurzprosa: Pony Pedro (1959), Schulzenhofer Kramkalender (1966), Ein Dienstag im September (1969), 3/4hundert Kleingeschichten (1971), Die Nachtigall-Geschichten (1972/1977/1985), Selbstermunterungen (1981), Lebenszeit (1987). Aus Tagebüchern: Wahre Geschichten aller Ard(t) (1982), Die Lage in den Lüften (1990). Dramen: Katzgraben (1953), Die Holländerbraut (1959).

… jedes Begebnis im „WUNDERTÄTER" wird sich hundertfach belegen lassen, die Feigheit von oben, der Karrierismus, die Scheu vor der Verantwortung bei Entscheidungen, die literarisch-kulturelle Zurückgebliebenheit von Genossen, die über die Qualität sei es des „Faust" oder von Büdners Roman ein wichtiges Urteil abgeben sollen. Alles ist im einzelnen ganz realistisch dargestellt. Aber so realistisch die Einzelheiten – ja man kann nicht einmal sagen, so unrealistisch das Ganze, denn dieses Ganze fehlt überhaupt. In all der Zeit, von der der Roman handelt, doch mindestens ein Jahrzehnt, in dem Stanislaus Büdner so viel erlebt, geschieht nichts in der Gesellschaft. Das Große, der große Marsch in die Zukunft, ihn gibt es nicht.

Jürgen Kuczynski, Neue Deutsche Literatur

Erwin Strittmatter

Der Wundertäter

Roman Dritter Band

Aufbau Taschenbuch Verlag

Alle Personen, Geschehnisse und die meisten Orte und Örtlichkeiten in diesem Roman sind erfunden und haben mit jetzt lebenden Personen und Geschehnissen an wirklichen Orten höchstens zufällige Ähnlichkeiten.

ISBN 3-7466-5413-0

2. Auflage 1995
Aufbau Taschenbuch Verlag GmbH Berlin
© Aufbau-Verlag Berlin und Weimar 1980
Umschlaggestaltung Bert Hülpüsch
unter Verwendung eines Fotos
von Gerhard Kiesling
Satz LVD GmbH
Druck Elsnerdruck, Berlin
Printed in Germany

Inhalt

Vorspiel
Büdner geht unter die Zeitungsmacher, tauft sich STABÜ, vergeht sich an Goethes »Faust« und politisiert das Belecken von Zuckerschnecken. 17

1 Büdner gebärdet sich wie ein Hofhahn, mißfällt einem Theatermann und einigen Stadtvätern und bemerkt erstaunt, wie sich ein Zuckerschneckenbelecker infolge Zeitungskritik zum Halsabsäufer entwickelt. . . 31

2 Ein »prickelndes Novum« wird von einem Intendanten geschmäht und von einer Ärztin gerühmt. Der Meisterfaun warnt, der Klassenfeind belästigt Büdner, aber der läßt eine Taube gen Himmel fliegen. 41

3 Büdner heilt einen Sprach-Stolperer, fertigt ein unjarowisiertes Gedicht an und wird einer Selbstkritik enthoben, weil Goethe pressefeindlich war. 52

4 Büdner politisiert eine Bettlerfigur, erfreut sich eines nicht lispelnden Othello und wird zur Anfertigung eines Braunkohlenhelden herangezogen. 61

5 Büdner wird vom Klassenfeind geschmäht, von WAKER-LEUTEN »hoch eingeschätzt«; der Versucher erscheint ihm in Gestalt einer Doktorin, und der Nimbus eines Braunkohlenhelden wird von einem Invaliden-Gehstock zertrümmert. 72

6 Büdner bezweifelt die Unerschöpflichkeit der Erde, wird dafür gerügt, erfährt, daß er unerwünscht auf Erden wandelt, und fürchtet Verständigungsschwierigkeiten mit Welt-Raum-Menschen. 82

7 Büdner singt auf einer Weihfeier rund, gewahrt, wie Menschen sich hinter Liedern verstecken, entdeckt den kleinen Tod in seiner Mutter, wird mit Sommerstrümpfen beladen und trifft auf die Fata Morgana seines Weibes Rosa. 90

8 Büdner lernt die liebreiche Romantheorie seines ehemaligen Dorfbräutleins kennen, berichtet von einem Prügelkonto, soll geküßt werden, treibt eine Sekretärsgattin auf einen Tisch und wird zu einer Maus mit Stirnglatze. 100

9 Büdner versieht die Frau seines Bezirkssekretärs mit einem imaginären Kind, erfindet das jus primae question, mischt sich durch einen Briefkasten in die Angelegenheiten großer Politiker und verhindert die Ausbreitung von Seuchenkäfern im VOLKSBLATT. 108

10 Zwei Damen bringen Büdner in zwei verschiedenen Ausführungen aus dem Gleichgewicht; er wird eines Ehe-Krach-Opfers ansichtig und »findet« sich mit einer Doktorin auf einem Salonfußboden. 118

11 Büdner wird vom Meisterfaun über sozialistisch-liberale Misch-Ehen aufgeklärt, erfährt, daß Formkanäle weder im Walde wachsen noch in der Zeitung erscheinen dürfen, und stellt fest, daß ein geheimnisvolles Es beim Romanschreiben mitwirkte. 130

12 Büdner erfährt, daß auch die heißeste Ideologie zugunsten von Handel und Wandel zurückgestellt werden kann. Er macht einen Kulturredakteur zu seinem West-Onkel und leistet Beihilfe zur Entführung gefüllter Schnellhefter. 137

13 Büdner lernt den Segen des Vorglücks kennen, erwirbt im Wachtraum das »Buch der gelösten Lebensrätsel«, und hinter den Kulissen seines Lebens wird neues Schicksal für ihn angefertigt. 146

14 Büdner schreibt eine Geschichte gegen Selbstbetrug und Taschenlügnerei, verwirft sie, da ihm Schmeichelhaftes widerfährt, wird der eifrigste Leser seiner selbst und erlebt, wie ihm ein Vorglückstraum zerschellt. 154

15 Büdner stürzt seinen Kreissekretär in literaturtheoretische Schwierigkeiten, verhilft einem anderen Sekretär unbeabsichtigt zu einem Necknamen und erwirbt sich dessen treue Feindschaft. 163

16 Büdners Roman beschäftigt die Leser, die Leser beschäftigen sich mit seinem Roman, und er wird geschmäht. Vater Gustav stellt fest, daß sein Sohn Stanislaus trotzdem kein Imperialist ist. 175

17 Büdner wird durch sein berufsfremdes Tun vor das Tribunal seiner Kollegen gebracht. Er verurteilt sich selber und wird durch eine zufällige Ansammlung von Friedensfreunden zu der Erkenntnis gebracht, daß es sich bei seinem Roman, der ihn leiden macht, um eine lächerliche Privatsache handelt. 184

18 Büdner erwartet einen Knall und erfährt, wie sich ein Kreissekretär durch das Buch eines Kaisers trösten ließ. Eine Versucherin stürzt Büdner in neue Konflikte; er sucht ihrer durch einen Mordversuch am Meisterfaun Herr zu werden. 195

19 Büdner soll Lebenshilfe und neuerlei Schulung von seinem Bezirkssekretär werden, doch das großzügige Hilfsanerbieten kommt zu spät. 205

20 Büdner wird von seiner Wirtsfrau zum schreibwütigen, doch einigermaßen brauchbaren Menschen erklärt; ein von ihmangefertigter Held sagt gut für ihn aus; ein Kreissekretär spricht ihm die Merkmale des Genies ab. 216

21 Büdner dringt ins Erd-Innere, ist dort aber nicht gern gesehen. Er legt sich in eine Grube, arbeitet an seinem eigenen Begräbnis, zapft das Kräfte-Reservoir der Heiligen an, gelangt halbtot nach über Tage und wird eines Schutz-Engels ansichtig. 225

22 Büdner soll seine wunden Hände mit Dachsfett behandeln, behandelt sie aber mit eigener Tinktur; seine Dichter-Antennen fahren wieder aus; er wird von seinem Arbeitskollegen für den Abgesandten einer ausländischen Stadt gehalten. 233

23 Büdner hört die Erde auf ihrem Tropfenklavier spielen, vernimmt, daß sein neuer Arbeitskollege einen Drachen als Haustier hält, und erfährt von seiner Kostfrau ein Geheimnis, das jeder in Finkenhain kennt. . . 245

24 Kleinermann sucht einen Vermißten und entschuldigt sich wider die Norm bei einem Parteimitglied. Büdner entgeht der Trunksucht und der Gefahr, in ein neues Fiebertraum-Kapitel hineingezogen zu werden. . . . 260

25 Büdner geht zu Katharinas Geburtstag, erlebt einen Zigarettenbagger und eine Genossin, die der Verbannung entgeht. Er wird von seiner ehemaligen Dorfgespielin überrumpelt und verzürnt sich mit Reinhold. 268

26 Büdner verfällt der Schreibsucht wieder, wird vom Meisterfaun verwarnt, eilt, seine Mutter zu begraben, wird vom Vater des »verfehlten« Romans wegen in das siebente Glied des Trauerzuges verwiesen und erfährt, daß die Kunst ein Wunder ist. 280

27 Lekasch wird nach Finkenhain geladen; er kommt, küßt die Finkenhainer und macht sich mit Büdner bekannt. Es wird eine große Versammlung anberaumt und musikalisch eingeleitet, um Lekasch wieder auszuladen. 289

28 Lekasch liegt mit Schuhen im Bett und macht Lenka Meura an seinem Dichtertum zweifeln. Lekasch und Kleinermann zeigen einander die »schwarzen Flekke« ihrer Parteileben; Büdner widerfährt trotz allem Freude. 298

29 Büdner befindet sich wieder im schwebenden Zustand, trifft auf seinen verschütteten Freund Friede, versucht ihm zu helfen, der Tiefbau-Geist tatzt auch nach ihm, und er erhält einen weißen Boxhandschuh. 306

30 Büdner erfährt, daß der Tod die Rückseite des Lebens ist, hält Audienzen ab, hilft seiner Schwester, durch den Verlust von zwei Fingern, ihren Geliebten zu ehelichen, und wird von Katharina entbunden. 312

31 Büdner wird ein Haspler; Zufriedenheits-Kristalle schießen in ihm an, doch er fertigt sich zwei Ersatzfinger und treibt neuen Unruhen entgegen. 320

32 Büdner ist vom Leben der Zarobas angetan. Er frönt seiner Eitelkeit, liest die Geschichte von Risse vor drei Leuten, doch sein dritter Zuhörer verschwindet. 327

33 Büdner wird von einem Geheim-Genossen des Umgangs mit einem Agenten der Reichen beschuldigt, und der Meisterfaun rät ihm, von Risse abzustehen. 334

34 Büdner blickt ins vertrackte Leben eines polnischen Hunteschmierers. Friede Zaroba sucht zu erfahren, was die Bäume denken, und zu verhindern, daß sein Haus zu einer unzuverlässigen Herberge gemacht wird. 342

35 Die Kunde vom Tode eines Weltvaters gelangt zu den Unterirdischen. Ein schwarzer Platz wird in einen roten Platz verwandelt. 350

36 Büdners Roman kommt als Buch zu ihm und bringt verschiedene Leute in Verlegenheit. Der Autor hält eine Morgen-Lob-Rede auf die Schönheit der Welt, und ein Ringeltäuber stimmt ihm zu. 360

37 Büdner wird seiner Parteistrafe auf merkwürdige Art ledig; Wummer kommt ihm mit Pferdehändlermanieren; Vater Gustav läßt sich von ihm die Dichter-Vaterschaft bescheinigen; Lenka Meura erhöht sein Kostgeld, und er steigt wieder in eine Schicksalskutsche. 369

38 Büdner macht das Kinogehen zu seinem Beruf, läßt sich einen Windsorknoten binden und läuft Gefahr, von einer Autogrammjägerin erlegt zu werden. . . . 377

39 Büdner schreibt einen Film-Fahrplan. Ein Sekretär bietet ihm sein Leben »zwecks schriftstellerischer Auswertung« an. 383

40 Büdner soll einen angehenden Filmhelden revolutionieren; speist in einem Restaurant für Schlipsträger, schluchzt im Theater und übernachtet im Hotel ADLON. 387

41 Büdner verliert den Meisterfaun, soll mit Sturmwind und Gespenstern für eine wilde Ehe gekirrt werden und wird eines marmornen Engels ansichtig. 394

42 Büdner erhält Auftrieb vom marmornen Engel, erwartet vergeblich dessen zweites Erscheinen und muß sich mit einem Brief seines ehemaligen Bräutchens nottrösten. 401

43 Büdner dringt in fremde Häuser und Küchen, versucht den Geist der Wahrheit zu verbreiten und empfängt selber Belehrung mancher Art. 409

44 Büdners Herz wird von der Sawade überwacht; seine Kindheit ein zweites Mal veröffentlicht. Er küßt Rosa vor Raswan, und Katharina nutznießt von seinem Ruhm. 417

45 Büdner wird verführt, im Schriftstellerverband über Kartoffelpreise zu reden, und findet damit Anklang beim großen Lukian List. 429

46 Büdner versäumt durch ein rüpeliges Telegramm seiner Schwester, Lukian List zu besuchen; sein toter Vater Gustav beschäftigt zwei Redner; Katharina bezichtigt ihn und Reinhold des Brahmanentums. ... 434

47 Büdners Fehltod wird entdeckt. List setzt ihn den Verführungen des Klassen-Satans aus und macht ihn mit der Theorie der Bedürfnislosigkeit bekannt. 442

48 Büdner wird von eineiigen Zwillingen umbuhlt und von Lukian List zum Teilhaber einer Romanfabrik gekürt. 450

49 Wie die Leisegang sich hinter dem angsthäsigen Weißblatt versteckte und barocke Holz-Heilige fand, und wie Weißblatts Betrieb für die Herstellung von Pseudo-Literatur Konkurs machte. 458

50 Weißblatt erfindet eine Nachnahme, wird vom ehemaligen Fräulein Mück gespeist, von seiner ehemaligen Gespielin abgespeist und von John Samsara bevorschußt. 463

51 Büdner entdeckt seinen dritten Blickwinkel und bekommt Kenntnis vom »Jüngsten Gericht«. 475

52 Büdner erlebt eine menschliche Kernspaltung, und es widerfahren ihm zwei Wunder. 486

53 Rosa bricht Ehe, läßt sich schein-interviewen und nimmt an einer Theaterpremiere in Halle teil, die in der Großmeister-Allee stattfindet. 492

54 Büdner erfährt, daß das Leben ein Schnittmusterbogen ist, und Katharina fragt ihn, wo die Tage hingeklungen sind. 503

55 Büdner schüttelt sich vor Glück über gelungene Verhandlungen, und Rosa schraubt ohne Gebrauchsanweisung am Schicksals-Chronometer. 512

56 Büdner erfährt, daß es lohnt, als Leiche noch umzusiedeln, daß ein toter Liebhaber seine Geliebte noch glücklich zu machen vermag und daß es ein Glück sein kann, als Millionär für einen Kontrolleur gehalten zu werden. 517

57 Rosa teilt ihrem staunenden Vater mit, daß er von Besitzenden regiert wird, beschafft Unschuldsbeweise und verstrickt sich in Schuld. 527

58 Osero empfängt Rosa mit Statuten, und Rosa versucht, ihn in einem erdachten Gespräch zu belehren; zwei Männer sprechen von ihr, als wäre sie ein Kind. . . . 535

59 Lukian List wird an ein Gedicht über rüchige Weibsfüße erinnert, wird »schlesischer Barbar« geschimpft und macht sich zum Belehrer seines Lehrers in der Weltwissenschaft. 542

60 Büdner befristet einen Trauerbrief wie eine Nachnahme, wird gerockt und gerollt, sieht Rosa reden und hört nicht. 552

61 Büdner spielt einen Bettler und einen Weisen, bekommt den »dialektischen Punkt« gezeigt und verschickt eine Warnung. 561

62 Büdner stößt auf die Gefährlichkeit von Ersatz-Göttern, wird um seine Meinung gebeten, hat keine und produziert Gerbsäure. 567

63 Büdner entwirft ein Rasse-Gretchen; Reinhold läßt ihn auffordern, wieder einzutreten; ein List-Zwilling macht sich mit ihm verwandt. 573

64 Lekasch trinkt auf Büdners »Rasse-Töchter«, aber Haupt-Amts-Leute schütteln sie hin und her, und sie fallen durchs Sieb. 582

65 Raswan korrigiert historische Gesichtspunkte; Rosa befragt ihn peinlich, macht journalistische Entdeckungen und mißtraut der »Zange der Dialektik«. Büdner wird der Gleichmacherei bezichtigt. 591

66 Büdner wird von einer Kassandra für schreibunfähig,
von Lukian List zum Metaphysiker erklärt und wirft
seine Postbotenmütze ins Nachtdunkel. 598

Nachspiel 607

FÜR EVA

wann wird die zeit kommen, wo ein realismus möglich ist, wie die dialektik ihn ermöglichen könnte? schon die darstellung von zuständen als latente balancen sich zusammenbrauender konflikte stößt heute auf enorme schwierigkeiten. die zielstrebigkeit des schreibers eliminiert allzu viele tendenzen des zu beschreibenden zustandes. unaufhörlich müssen wir idealisieren, da wir eben unaufhörlich partei nehmen und damit propagandieren müssen.

bertolt brecht

Vorspiel
Büdner geht unter die Zeitungsmacher, tauft sich STABÜ, vergeht sich an Goethes »Faust« und politisiert das Belecken von Zuckerschnecken.

Der Schnee war gefroren, war still, hart und schwarz; und der Wind fegte immer mehr Kohlenstaub von den Tagebaukippen in die Stadt und pfiff wollüstig um die Ecken grauer Kleinstadthäuser. Es roch nach Schwefel und tertiären Erd-Innereien. Am Stadtrand murrten Brikettfabriken, und Bagger schrien von Zeit zu Zeit wie gepeinigte Raubtiere herüber.

Stanislaus Büdner trieb stramm und untersetzt die Bahnhofstraße hinunter: er hatte drei Hemden und zwei Pullover unter die Jacke seines grauen Allzweckanzugs gezogen; einen Mantel besaß er noch immer nicht. Die Baskenmütze, die ihn als Geistmenschen ausweisen sollte, paßte nicht zu ihm; sie war das Geschenk eines ehemaligen Mädchens namens Katharina, das jetzt die Frau eines Bezirkssekretärs war.

Aus dem Blechschornstein einer Bretterbude, Zeitungskiosk genannt, quoll Braunkohlenrauch, auch die Bude schien im Industrietreiben der Stadt etwas Nützliches darstellen zu wollen, eine Lokomotive vielleicht.

Büdner kaufte am Kiosk das VOLKSBLATT, schlug es auf und las sich fest. Der Wind bewegte die Schöße der Allzweckjacke, jagte den Rauch aus dem Budenschornstein und blähte die Rückenfedern eines Straßensperlings, immer der gleiche Wind, der von weit her kam und, wenn man von Büdner absah, der einzige Fremde in dieser Stadt war.

An einer Anschlagsäule flatterte ein Plakat; es war neu und noch weiß, doch seine rechte obere Ecke hatte der Wind schon heruntergefetzt, sie wärmte jetzt den Hals einer Zaunlatte. Auf dem Plakat wurde eine »Faust«-Aufführung im Stadttheater angekündigt – der Tragödie erster Teil.

Andere Passanten drängten Büdner zur Seite; auch sie kauften das VOLKSBLATT, doch sie steckten es weg; es versprach ihnen nichts Aufregendes. Die Produktionsergebnisse der Betriebe kannten sie; den Inhalt des Leitartikels hatten sie im Rundfunk gehört, auf einige Satzumstellungen kam es ihnen nicht an; die Lokalseite mit den Todesanzeigen wollten sie am Feierabend daheim genießen.

Aber Büdner las, war aufgeregt und zitterte, er las, was er sich selber geschrieben hatte, nickte, lächelte und war zufrieden mit dem, was er sich in der Zeitung mitteilte; dann ging er weiter, ging bis ans Ende der Bahnhofstraße, in seine Redaktion. Nicht, daß er Besitzer eines solchen Instituts geworden wäre, doch wer versieht nicht gern Sachen, die ihm nie und nimmer allein gehören, mit besitzanzeigenden Fürwörtern? Mein Jahrhundert, mein Zeitalter, meine Wälder, mein Gott, meine Frau, meine Regierung und mein Gesangverein.

Büdners Redaktion befand sich in der KNAPPENRUH, einer vormaligen Herberge für Kohlengräber, die von feinsinnigen Grubenherren und Literaten KNAPPEN genannt werden. Die Kleinen Leute der Stadt mit ihrem verfluchten Beharrungsvermögen nannten die Herberge noch immer KNAPPENRUH, obwohl dort jetzt die Partei untergebracht war, die führende Kraft, und wenn wer raunte: »Da kommt einer von KNAPPENRUH!«, wußte jeder, wer auf ihn zukam.

KNAPPENRUH stand hart am Bahndamm; die Redaktion lag nach hinten hinaus und eben auf diesen Bahndamm zu; sie war nicht größer als eine Verpackungskiste für Generatoren, und es herrschte unausgesetzt Vorabendstimmung in ihr, und wenn ein Kohlenzug vorüberfuhr, wurde es Nacht.

Büdner schüttelte sich wie ein Hund, der vom Hof in die Küche darf. Es war ein Vorteil der Redaktion, daß es stets warm in ihr war, auch im Sommer. Büdner schüttelte sich noch einmal und begrüßte die Stenokontoristin. Sie hieß Ramona, war schlank und blond, und wem es gelang, sich ihre Pusteln wegzudenken, konnte sie schön finden: Schönheit als Ergebnis eines Denkprozesses.

Büdner legte Ramona das frische VOLKSBLATT auf den Maschinentisch und sagte: »Die ›Faust‹-Besprechung ist da, komm, lies mal!« Die »Faust«-Besprechung hatte *er* geschrieben, und *sie* war es, die er so interessiert am Kiosk gelesen hatte. Es war seine erste Theaterkritik, Ramona hatte sie abgeschrieben und gelesen, bevor sie in Druck ging; was sollte sie noch? Sie putzte ihre Maschine.

Büdner seufzte enttäuscht; er hatte etwas Neues in die Welt gestellt, eine außerordentliche Theaterbesprechung, und die Welt begnügte sich damit, sie *einmal* zu lesen. Beim Aufseufzen fuhren dem Lokalredakteur Kohlenstäubchen in die Nase, und beim Abseufzen fuhren sie wieder hinaus, wirbelten eine Weile über dem Schreibtisch umher und setzten sich dann auf STABÜS Halbglatze, und STABÜ war Büdners Redaktions-Pseudonym.

Ein Kohlenzug krachte heran; die Dämmerung in der Redaktion steigerte sich zur Dunkelheit, Ramona schaltete das Licht an, und der Raum war voll Rollen, Klirren und Achsenschlagen, dann verdünnte sich die Dunkelheit zur Dämmerung, der Zug war vorüber, und Ramona schaltete das Licht wieder aus: Spare mit jedem Lichtstrahl und jeder Minute!

Büdner sah die eingegangenen Berichte durch, Blätter und Zettel mit verschiedenen Handschriften. Auf den meisten waren Versammlungen und Kundgebungen, die stattgefunden hatten, zu Phrasen erstarrt; ein Ärgernis für den ehemaligen Edelhofdichter. Bereits in den ersten Wochen seines Redakteurdaseins verfaßte er eine Anleitung: »Schreib lebendig, Mensch!«, aber die Kollegen in der Hauptredaktion druckten die Anleitung nicht ab. »Sei dankbar für jeden Bericht«, schrieben sie ihm, »redigiere du man, redigiere und verprell uns die Berichter nicht!«

Allerdings, und das muß um der Wahrheit willen gesagt werden, gingen auch Berichte ein, die lebendiger geschrieben waren, doch sie waren unerheblich und apolitisch:

»Erster Maikäfer gesichtet«

»Zwei Kisten Volksgut verfault«

»Keglerglück trotz Wetterungunst«
»Limonade jetzt ohne Süßstoff«

Derlei Berichte mußten politisiert werden. Das war oft nicht weniger widerlich als das Lebendigmachen von Bürokratendeutsch: Die Tatsache, daß die Limonade nunmehr ohne Süßstoff hergestellt wurde, mußte zu einem Loblied auf die »fleißigen Werktätigen« in der Zucker-Industrie umkomponiert werden, und der erste Maikäfer mußte beweisen, daß es mit dem Massenauftreten dieser Kinderbelustigung nun vorüber war, weil ihnen die Schädlingsbekämpfer mit »fortschrittlichen Giften« entgegenträten.

Also, umdiktieren! Ramona setzte sich an die Schreibmaschine, aber da klopfte es, und die Tür ging langsam auf, eine verweinte Frau mit einem zitronengelben Gesicht schleppte sich herein und knüllte ihr feuchtes Taschentuch in den Händen. »Gott ist verschwunden«, sagte sie.

Es stellte sich heraus, daß sie durch eine Zeitungsanzeige zu dieser übereilten Feststellung gekommen war. Sie hatte eine Todesanzeige aufgegeben und in den Auftrag geschrieben: »Nach Gottes unerforschlichem Ratschluß verstarb mein lieber Mann« und so weiter. Die Todesanzeige war erschienen, aber es hieß dort: »Nach unerforschtem Ratschluß...« Die Anzeigenredakteure hatten den lieben Gott verschwinden lassen, hatten ihn unterschlagen, um »ideologisch auf der Höhe der Zeit zu stehen«.

Büdner wünschte der Witwe Beileid und entschuldigte sich: »Wir alle sind Menschen und irren«, sagte er, »und Irren ist menschlich.«

Die Witwe trocknete ihre Tränen. Es schien sie zu trösten, daß alle Menschen Menschen sind, und Büdner brachte sie zum Hauptausgang von KNAPPENRUH, verbeugte und verabschiedete sich, und die eine Hälfte seines Herzens war voll Mitleid mit der Witwe, und die andere Hälfte seines Herzens war voll Zorn auf die Anzeigenredakteure, für deren politische Hinterhältigkeit er geradezustehen hatte.

Geduckt sprang er wieder treppauf. Er wollte nicht gesehen werden. Das Haus war voll von Vertretern der führenden Kraft, und viele von ihnen waren überzeugt, Nützliches für die Republik und die Partei getan zu haben, was in die Zeitung gehörte. Sie sprachen vom Faschismus und vom Nazismus wie von etwas aus längst vergangenen Zeiten und als hätten sie nichts damit zu tun gehabt, so daß er sich vorkam, als hätte nur *er* damit zu tun gehabt, weil er nicht gegengekämpft und weil er geduldet hatte, und es war ihm, als ob er sich schämen und klein werden müßte, wenn sie so selbstsicher redeten und taten, als hätten *sie* wer weiß welche Verdienste.

Andere KNAPPENRUH-Parteiarbeiter aber schwatzten gern mit dem Redakteur und hielten ihn von der Arbeit ab, weil sie ihn als einen politischen Eulenspiegel sahen, der sogenannten Indifferenten und Leuten aus anderen Parteien, auch Genossen in niederen Funktionen gedruckt, ernst oder humorvoll, seine kritische Meinung sagen durfte. Und das war ja auch so, solange er nicht Mitglieder der Kreisleitung – wie humorvoll auch immer – kritisierte, denn als er Propagandasekretär Wummer einen »Versammlungs-Rekordmann« nannte, beschwerte der sich und schimpfte ihn einen »Wiedehopf und Nestbeschmutzer«, weil nur Mitglieder des Bezirkssekretariats im äußersten Falle das Recht hätten, ihn, ein Kreissekretariats-Mitglied, zu kritisieren.

Ach, der naive Büdner! Er wähnte die Treppen ungesehen hochgeschlichen zu sein, aber kaum hatte er die Redaktionstür geschlossen, da klopfte es: Propagandasekretär Wummer öffnete die Tür, war betriebsam wie immer, setzte einen Fuß in die Redaktion und ließ den anderen draußen auf dem Gang. Wummer hatte ein Eichhörnchengesicht, sein Haar war straff gescheitelt, und er trug noch die Gebirgsjägerschuhe, mit denen er aus der sowjetischen Kriegsgefangenschaft nach Kohlhalden gestiefelt war. Aber wer kann für sein Gesicht und Gebirgsjägerstiefel? Wummers Gruß war ein sparsames Kopfnicken, denn Grüßen gehörte zum Privatleben, und das hatte Wummer, soweit es sichtbar war, eingeschränkt. Er erkundigte sich, wann sein Bericht gedruckt erscheinen würde, und es handelte sich um den Bericht: »Zu einigen Fragen der Durchsetzung der Hintanstellung der persönlichen Belange der Bauernschaft«.

Wie gesagt, Wummer war fleißig und hielt viele Versammlungen ab, und er berichtete über jede Versammlung, die er abhielt, und wollte die Berichte in der Zeitung gedruckt wissen. Er wollte vorwärts. Für sein Vorwärtskommen waren Funktionäre im Bezirkssekretariat zuständig, und die erfuhren von seinen Leistungen am sichersten durch die Zeitung. Einer von Wummers Lieblingsgedanken: In einem Sonderraum des Bezirkssekretariats sitzt jemand, zählt die guten Taten der Kreisfunktionäre und führt eine Strichliste.

»Ach ja, die Durchsetzung der Hintanstellung«, sagte Büdner, »wir ersaufen sozusagen in Versammlungsberichten.«

Wummer antwortete nicht, zog seinen linken Fuß aus der Redaktion auf den Gang, warf die Tür zu und ging beleidigt davon.

Büdner fing an zu diktieren, doch schon bald klopfte es wieder. Redaktionskurier Münchhoff, ein ausgedienter Lokomotivführer, trat ein, knöpfte die blaue Litewka zu, zwirbelte seinen Kaiser-Wilhelms-Bart, schlug die Hacken zusammen und meldete: »Von Kurierfahrt zurück!« Er öffnete die Kuriertasche, entnahm ihr Honorare, Belegexemplare und Wunschbriefe, und bei jeder Bewegung, die er machte, knarrten seine geriesterten Schuhe.

Die Wunschbriefe kamen von den Hauptredakteuren aus Friedrichsdamm. Jeder von ihnen war für eine Zeitungsseite verantwortlich; Büdner hatte ihnen Nachrichten für ihre Ressorts aus der pulsierenden Industriestadt Kohlhalden zu liefern. Er lebte unter den Werktätigen, sollte ihnen aufs Maul, womöglich auf die Finger schauen.

Münchhoff ließ sein Gebringe quittieren, salutierte und ging sich schlafen legen.

Wieder setzte sich Ramona an die Schreibmaschine. Sie bearbeiteten die Beiträge für die Glossen-Ecke. Die Glossen-Ecke lief mit der ständigen Überschrift: »Ist das denn die Möglichkeit!« Die Überschrift war eine Originalerfindung von STABÜ.

Sie hatten den ersten Beitrag noch nicht umdiktiert, da wurde draußen ein Güterzug mit festgefressenen Bremsen vorübergeschleift. Büdner und Ramona hielten sich für eine Weile die Ohren zu, und als sie die Hände wieder von den Ohren nahmen, war das erste, was sie hörten, daß es klopfte.

Büdner wurde ärgerlich: »Immer dieses Dazwischenklopfen!«

»Aber man muß dazwischenklopfen, man muß, man muß!« hieß es von draußen, und ein kugelrunder Mann trat ein, eine rote Kugel-Alge von einem Menschen. Er verlautbarte, er käme »behufs einer Beschwerde«, und er prononcierte ausgefeilt, und es war, als ob er jedes Wort auf der Zunge zergehen ließe, und dabei gestikulierte er, und seine Gesten waren zu groß für die kleine Redaktion; der Kugelmann war ein Mitglied des Stadttheaters, war der Charakterdarsteller Pierre du Sucre alias Peter Zucker.

Büdner hatte Zucker als Wurm in »Kabale und Liebe«, als Franz Moor in den »Räubern«, als Striese im »Raub der Sabinerinnen« und letztlich als Mephisto im »Faust« gesehen.

»*Sie* mich gesehen?« fragte Zucker und quirlte umher, »*Sie* haben überhaupt nichts gesehen, und Sie haben auch *diesen* hier nicht gesehen.« Er trat hinter die Kredenz, das Hauptmöbel der Redaktion. Sie stammte aus einem Bürgerhaus, war zerschrunden, von Kugeln durchlöchert, hatte vier Beinprothesen aus Mauersteinen, enthielt die Ablage, einige Stöße Belegexemplare, eine Likörflasche voll Tinte, den DUDEN, einige Bände GORKI, alle Bände STALIN und im unteren Fach das mit Holzsplittern durchsetzte Konzeptpapier, die Margarinezuteilung der Volontärin Wetterzeube und ein Paar Zellwollwechselsocken für den Redakteur.

Zucker klopfte an die Kredenz, sie sollte jetzt der Ofen in Fausts Studierstube sein, und er kam schwitzend als Mephisto hinter diesem Ofen hervor und rezitierte: »Ich salutiere dem gelehrten Herrn! Ihr habt mich weidlich schwitzen machen.« Er wischte sich den Schweiß und warf ihn so suggestiv mit Daumen und Zeigefinger auf Ramonas Schreibmaschinentisch, daß die zu wischen anfing. Sodann ging der Zucker-Mephisto auf Büdner los: »Wenn ich mich in dieser Weise des Schweißes entledige, lachen Fürsten, und Sie Kleinstadtkritiker haben die Stirn, mich zu übersehen. Wissen Sie, daß sich außer mir und

Gründgens kein Schauspieler auf deutscher Bühne so des Schweißes zu entledigen vermag?«

Büdner wollte etwas sagen, doch Zucker fiel ihm ins Wort: »Was?« fragte er, »was, ich wäre mit meiner Leiblichkeit ein antimephistophelischer Typ? Verrrfehlt, mein Besterrr, verrrfehlt! Auch Brrrecht besetzt gegen den Typ, aber das wissen Sie nicht, was wissen Sie überhaupt?«

Na, das war Echo genug auf Büdners erste Theaterkritik! Dabei hatte er sich so bemüht und hatte etwas so Besonderes geschrieben, weil die Welt in angenehmer Weise erfahren sollte, daß sich der Kritiker-Stand um eine Koryphäe bereichert hatte:

»Erst gestern erfuhren wir sie im Theater, die tragische Geschichte«, hatte er geschrieben. »Ein sogenannter besserer Herr, ein Akademiker, lernte eine gewisse Grete kennen; nennen wir sie Müller. Die Müller entstammte einer Kleinbürgerfamilie; ihre Mutter war eine Witwe und erzog ihre Tochter religiös, doch sexuell ließ sie sie leider unaufgeklärt. Jener Akademiker nun, ein Mann, der kurz vor der Torschlußpanik stand, holte die Müller vom Kirchgang ab, scharmutzierte mit ihr und machte ihr Komplimente, und da das keusche Mädchen nicht recht reagierte, griff der abgefeimte Herr zum bewährten Mittel der Kuppelei und bediente sich der sattsam bekannten Marta Sch... «

Die Leser wollen bitte entschuldigen, wenn wir Büdners wundersame Deutung der »Faust«-Fabel nicht zur Gänze abdrucken, Finnland liefert mal wieder kein Papier.

Unter anderem war in der Besprechung noch von einer zu hohen Dosis Schlaftabletten die Rede, die die Müller ihrer Mutter in Nescafé aus dem westlichen Europa verabreichte; auch daß der Bruder der Müller, ein Helfer der Volkspolizei, der seine unschuldige Schwester hätte rächen wollen, von einem Kumpan des Akademikers niedergemacht worden wäre. Muttermord, Brudermord, Kindsmord – und an allem wäre dieser Intellektuelle in Schuld gewesen, der seine geistige Überlegenheit benutzt hätte, sich Lust mit einem halben Kinde zu verschaffen.

Ein Kriminalbericht eigentlich, diese Fabelnacherzählung, aber waren Fontanes »Unterm Birnbaum« oder Dostojewskis »Schuld und Sühne« nicht auch Kriminalberichte, wenn man sie auf das Eigentliche zurückführte? Und den Kriminalbericht hätten die Leser auch hingenommen, aber Büdner hatte zudem behauptet, mit Mephisto und Faust hätte Goethe den Verstand und das Gefühl des Menschen personifiziert, und das war neu für die Kohlhaldener Theaterfreunde, zu neu. Gefühl und Verstand, so hatte Büdner weiter geschrieben, stünden, besonders bei Intellektuellen, im ständigen Widerstreit miteinander, und diese seine Theorie war schuld daran, daß er den Mephisto-Darsteller zu erwähnen vergaß.

Aber da stand nun du Sucre und ließ den Redakteur wissen, daß er den Mephisto schon im Jahre neunzehnhundertsechsundzwanzig und später noch oft gespielt hätte. »Doch niemals wurd ich in der Zeitung unterschlagen«, deklamierte er, und er zog die Rezensionen von damals aus der Rocktasche. Sie waren gegilbt, waren ausgefranst und fettig vom Befingern, doch Ramona las sie beglückt, und das Mäulchen blieb ihr offen, und sie war stolz, daß ein echter Schauspieler sie für würdig hielt.

Und da läutete das Telefon. Es war ein alter Apparat mit einem Sprechtrichter. Büdner nahm ab, telefonierte und bekam einen Grund, sich zu verabschieden; er wurde in eine Kulturbundsitzung gerufen. Er verbeugte sich tief und theatralisch vor Zucker und sagte: »Pardon milles fois, pardon, monsieur du Sucre, Französisch können wir auf alle Fälle, Herr Süßstoff!« Und der Schauspieler jappte, rang nach Worten und stützte sich auf die hilflos glückliche Ramona.

Außer einem Raubritterschloß und den Braunkohlen ringsum besaß Kohlhalden auch ein Kriegerdenkmal aus dem ersten Weltkrieg. Dem zweiten Weltkrieg aber folgte eine kurze unpreußisch pazifistische Zeit, und da wollten auch die Einwohner von Kohlhalden nichts mehr mit Kriegen zu tun haben. Sie rissen das Oberteil des Kriegerdenkmals mit der Gedenktafel herunter, doch der Abtransport des Sockels, der aus zwei Dreiundzwanzig-Tonnen-Findlingen bestand, hätte Unsummen verschlungen, deshalb wurden sie der Sektion Heimatforscher im Kulturbund »zur gefälligen Verwendung zur Verfügung gestellt«.

Die Heimatforscher wollten dem Kulturbundvorstand beweisen, daß sie nicht nur Heimatforscher schlechthin waren, und beschlossen, »die Findlinge einer nützlichen Verwendung im Kampfe um den Weltfrieden zuzuführen«. Es sollte eine Tafel aus wohlverspundeten Brettern auf die Findlinge gesetzt und mit einer rüttelnden Losung gegen »die widerrechtliche Einkerkerung des türkischen Dichters Nazim Hikmet« versehen werden, aber dieser Beschluß zeitigte Unklarheiten: »Was hat er denn gedichtet, dieser Türke da?« wollte der politisch immer ein wenig rückwärtsgewendete Heimatforscher Zieselmann wissen.

»Was er gedichtet hat? Na Lyrik, Mensch, und andere Musik«, sagte Heimatforscher Nablick, doch ganz sicher war er sich nicht, und deshalb rief er Büdner, den Redakteur, an.

Büdner rannte die Bahnhofstraße hinauf. Um Himmels willen, Hikmet, der kommunistische Dichter, auf dem Sockel eines preußischen Kriegerdenkmals – er mußte es verhindern!

Aber wo Eile ist, da sind auch Hindernisse: Bei der Roßschlächterei versperrte Büdner ein Mann den Weg, packte ihn beim Rockaufschlag und sagte: »Wesshalb mußten Ssie meinen klitzekleinen Sspracfehler in Ihrer ›Faust‹-Bessprechung erwähnen, was?«

Der Mann hieß Rosendorn, war Kriegsinvalide, alternder jugendlicher Held, Faust-Darsteller und Lispler.

Büdner entschuldigte sich und wollte weiter, aber Rosendorn hielt ihm seinen Gehstock mit der Gummimuffe vor die Brust und sagte: »Ihre Partei verlangt, daß eine Kritik nicht nur niederreißt, sondern auch aufbaut; ssagen Ssie mir allso, wie ich mein Lisspeln losswerd!«

Ein Indifferenter macht dich auf deine Parteipflichten aufmerksam, dachte Büdner, du darfst nicht versagen, du darfst nicht! »Lassen Sie sich psychoanalysieren!« sagte er und wollte weiter, aber da war wieder der Stock mit der Gummimuffe. »Und wo?« fragte der Schauspieler, »wo pssychoanalysieren?«

»Bei mir!« schrie Büdner. »Am Wochenende bei mir!«

Der Schauspieler ließ den Gehstock sinken und sah Büdner dankbar nach, bis der bei der Straßenbiegung am Beerdigungs-Institut verschwand.

Erst am Spätnachmittag kam Büdner wieder in die Redaktion zurück. Dort war inzwischen die Wetterzeube eingetroffen, die Volontärin, ein zierliches Mädchen mit dem Wesen einer kriegerischen Taube. Sie hatte einen Tagebau und eine Brikettfabrik besucht. Die *Verbraucher* beschwerten sich über die schlechte Qualität der Briketts, und »die von der Kohlhaldener Lokalredaktion« hatten vom Chef der Wirtschaftsredaktion den Auftrag erhalten, den Bergleuten »mal auf die Finger zu schaun«, und das hieß soviel wie die Schuldigen zu finden.

Man sah der Wetterzeube ihre Berührung mit den Werktätigen an: Ihr Gesicht war schwarz, das kleine Kostüm verschmiert, ihre Hände glichen denen einer Kohlenkratzerin, und sie weinte.

Büdner beruhigte sie und strich ihr übers Haar, und die Wetterzeube schluchzte noch dreimal auf, und dann erzählte sie, man hätte sie in einer Seilbahnlore vom Tagebau zum Lagerplatz schweben lassen und von dort auf einem Förderband zum Trocken-Ofen geschickt, und all das wäre lustig gewesen, aber das Ergebnis ihrer Nachforschungen wäre traurig. Sie zog Brikettproben aus ihrer Umhängetasche und zerbröckelte sie mit ihren dünnen Fingern. Es war Sand, übermäßig viel Sand in den Briketts, aber die Bergleute waren nicht in Schuld, die Kohlen kamen so aus der Erde. Wieder fing die Wetterzeube an zu weinen, weil sie keine Schuldigen hatte finden können und weil Wirtschaftsredakteur Schönmund sie deshalb für schlechte Arbeit tadeln würde. Wieder mußte Büdner die Zeube trösten. Er schlug vor, eine gemeinsame Abhandlung »Über einige Nachlässigkeiten der Genossin Natur bei der Erschaffung der Erde« zu schreiben, und er schimpfte über die wirklichkeitsfremden Forderungen des Wirtschaftsredakteurs, und endlich setzte sich die Volontärin auf den umgedrehten Papierkorb und las den Leitartikel im Partei-Hauptblatt »Qualität ist Trumpf«.

Büdner und Ramona aber machten sich wieder an die Glossen-Ecke und bearbeiteten einen Bericht mit der Überschrift:

»Belecken von Süßwaren durch Geistesgestörten«. Ein Bäcker hatte den geistesgestörten Aribert Knolle angeheuert, Süßgebäck zum Bahnhofskiosk zu transportieren, »aber der Beobachter schläft nicht«, hieß es im Bericht, er hätte beobachtet, wie der »Verrückte« den Zuckerguß des Gebäcks mit langer Zunge bearbeitete und es wieder in den Korb zurücklegte. »Wo gibt es denn solches?«

Aribert Knolle wurde in Kohlhalden auch WURMWÄSCHER genannt, weil er ganze Tage an den ölschillernden Wassern ausgekohlter Tagebaue mit Angeln verbrachte.

Büdner diktierte um: »Wer kennt Ari, den Wurmwäscher, nicht? Wer hat seinen sentimentalen Gesang vom verlassenen Italienerknaben noch nicht gehört? Wer hat nicht erlebt, wie der Wurmwäscher herbeieilt, sich mit seiner Mundharmonika zur Bergmannskapelle setzt, mitspielt und tut, als käme alle Musik von ihm... «

Eine tragikomische Geschichte entstand, und Büdner nannte sie: »Langzüngler bei der Arbeit«.

»Wie bitte, was?« Das kriegerische Taubenwesen der Wetterzeube erwachte. Da war nichts mehr vom weinenden Ostermädchen. Sie hatte bereits in der Hauptredaktion gearbeitet und sammelte nun Erfahrungen in der Lokalredaktion; und wenn ihr auch die Praxis und das Leben Schwierigkeiten machten, redaktionell war sie ein As. »Wenn *du* das Glosse nennst«, sagte sie zu Büdner, »*ich* nenne es: Verharmlosung eines hygienisch weittragenden Problems.«

Sie stritten und stritten, bis Büdner klein beigab, weil ihm zuviel Zeit beim Streiten verging. Vielleicht ist der Dichter mit dir durchgegangen, dachte er und diktierte die Geschichte um, machte sie hölzern, doch »politisch bedeutungsvoller«, fand die Wetterzeube, und die Überschrift hieß jetzt: »Bäckermeister beutet Geistesgestörten aus und gefährdet Gesundheit von Reichsbahnbenutzern«.

Sie arbeiteten bis zum Abend, und noch immer war die Kurierpost nicht fertig, Büdner schickte die Mädchen nach Hause; auch er ging, doch er nahm die Schreibmaschine mit und arbeitete in seinem möblierten Zimmer weiter.

Es war ein Zimmer, wie er es seit seinen Edelhofzeiten nicht gehabt hatte: weiches Bett, tiefe Sessel, ledernes Sofa, Schaukelstuhl, und der Fußboden war mit blauem Samt bespannt. Büdner konnte barfuß umhergehen, konnte die Füße, die Gegenpole des Hirns, entspannen, konnte redigieren, radieren, streichen und neu schreiben und nebenbei Kartoffeln mit Speck auf einem Elektrokocher braten. Der Speck war eine Zuwendung von seiner Schwester Elsbeth. Sie hätte gern gesehen, wenn der kleine Bruder zu ihr gezogen wäre, aber er hatte sich herausgeredet, der Weg in die Redaktion wäre zu weit, er müßte in Sekunden verfügbar sein. In Wahrheit fürchtete er den Tumult bei den Steils. Elsbeth hatte den Fahrer Willi noch immer nicht geheiratet; nur ein Gott kannte sich bei ihr aus.

Büdner merzte Bürokratendeutsch aus einem Bericht über den »Volkskongreß für dauerhaften Frieden«, machte Sätze mit Verben lebendig; die Bratkartoffeln knisterten, der brandige Duft des Specks durchzog das Zimmer, und es wurde behaglich, doch da klopfte es. Seine Wirtin stand in der Tür. Sie war eine wohlgenährte Kaufmannswitwe, hatte ein glattes Gesicht, einen Silberblick, lächelte krägel und meldete *Damenbesuch*.

Ehe Büdner Strümpfe und Schuhe anziehen konnte, war die Besucherin im Zimmer, und er stand barfuß, wie die Engel auf Verkündigungsbildern, vor dem Gretchen aus der »Faust«-Aufführung, Frau Bird. Frau Bird solidarisierte sich sogleich mit dem barfüßigen Theaterkritiker und zog die Schuhe aus. Büdner starrte auf den großen Zeh der Gretchen-Darstellerin, der sich ein Loch durch die Strumpfspitze gestoßen hatte; als Frau Bird es bemerkte, sagte sie: »Frei sei der Mensch, barfuß und bloß!« und zog sich auch die Strümpfe aus.

Da stand sie nun auf behaarten Beinen, die Frau mit dem Gesicht, dessen Lieblichkeit Büdner jedesmal beeindruckte, wenn er es auf der Bühne sah. Vor einem Monat wurde es als das der Luise Millerin und vor einer Woche als Gretchens Gesicht über die *Bretter* getragen.

Frau Gretchen-Bird kam der »Faust«-Kritik wegen. Büdner fürchtete einen zweiten Skandal, wollte Zeit gewinnen, hieß die

Dame im Schaukelstuhl Platz nehmen und lud sie zu angebrannten Bratkartoffeln ein.

Die gespickten Branntkartoffeln verschwanden im großen Mund der Gretchen-Darstellerin wie Mücken in einer Kellerluke, und die Bird zwinkerte und versicherte, es ginge nichts über einen Mann, der gut »sotten« und »brrrotten« könne. Was aber die »Faust«-Kritik beträfe, so hätte Büdner ihr Schlimmes drin nachgesagt, müsse erwähnt sein.

Büdner horchte auf. »Schlimmes?«

»Aber ja, schrieben Sie nicht, ich hätte das Gretchen nicht zu spielen brauchen, ich wäre eines? Wissen Sie nicht, daß es das Schlimmste für eine Schauspielerin ist, auf der Bühne nichts als sie selber zu sein?«

Büdner krauste die Stirn. Er dachte an seine Theaterzeit, dachte an die Dame Lund, aber Frau Bird ließ ihm keine Zeit; sie bekam mit eins glasige Augen, drohte vom Stuhl zu fallen und lallte: »Mehr hassu mir nich ssu bieten, Schnäuzerle?«, und als Büdner hinzusprang, sie aufzufangen, war sie schon wieder munter und fragte: »Nun, wie war das? Wieder wie Gretchen?«

Alsdann steckte sich Frau Bird Büdners Tabakspfeife in den Mund, schlug die nackten Beine übereinander und machte zweideutige Zeichen mit den Zehen. Sie spielte ein Freudenmädchen im Fenster eines Liebessalons. Büdner konnte sehn, wie sein Gretchen auf offener Szene zum Deibel ging, und es schüttelte ihn, denn er war noch immer das Nervenzittern nicht los, das das Verschwinden einer gewissen Rosa in ihm hinterlassen hatte.

Er versprach Frau Bird den Eindruck, den er nunmehr von ihren schauspielerischen Fähigkeiten gewonnen hätte, in seine nächste Rezension einklingen zu lassen.

Es war zehn Uhr vorbei. Es klopfte. Die Wirtin Brösicke wünschte keine Zuhälterin zu werden. Sie trat ein, sah, wie Frau Bird sich die Strümpfe anzog, prallte zurück und sagte: »Oh là là!«

Um ein Uhr nachts war Büdners Kurierpost fertig. Bei halber Nacht trillerte ihn der Kurier mit seiner Eisenbahnerpfeife aus dem Schlaf. Büdner öffnete das Fenster, sah Münchhoff unten mit der geöffneten Kuriertasche stehn, warf das Päckchen mit den fertiggestellten Lokalberichten hinunter und verfehlte in seiner Verschlafenheit die Taschenöffnung.

»Scheibenrand, Herr Genosse!« rief Münchhoff von unten. Der alte Eisenbahner legte Wert auf angemessene Umgangsformen, und der Lokalredakteur stand für ihn im Range eines Stationsvorstehers.

Das ungefähr war der Kreislauf des täglichen Redaktionsgeschehens innerhalb des Erdkreislaufs. Büdner lauschte, bevor er sich wieder legte, noch einmal in die Nacht: Brikettfabriken murrten, Bagger schrien wie gequälte Raubtiere, es roch nach Preßtorf und tertiären Erd-Innereien, über allem aber stand der sternbeworfelte Himmel; Stern stand bei Stern. In welchem Verhältnis stand eine Lokalseite zu den leuchtenden Weltsignalen, zu dem, was der Mensch von dort her erwartete?

1

Büdner gebärdet sich wie ein Hofhahn, mißfällt einem Theatermann und einigen Stadtvätern und bemerkt erstaunt, wie sich ein Zuckerschneckenbelecker infolge Zeitungskritik zum Halsabsäufer entwickelt.

Als Büdner die Parteischule verließ, war die Welt und alles, was mit ihr zusammenhing, für ihn marxistisch erklärbar. Vom Schulsaal aus gesehen, war diese Welt standhaft, geduldig, auseinandernehmbar und erkennbar bis in ihre Laschen und Taschen, doch nun hatte er es wieder mit der wirklichen, brausenden, sich ewig wandelnden Welt zu tun.

Er meldete sich bei seinem ehemaligen Schwager Reinhold.

»Ich habe beobachtet, daß du gern Niederschriften ausarbeitest«, sagte der, »also gehörst du in eine Funktion, in der du deine Schreiblust zu einer gesellschaftlich nützlichen Tätigkeit umformen kannst!«

Es war die Zeit, in der noch nichts erstarrt, nichts in Diplomanie übergegangen war, und wenn einem ein Parteivorgesetzter sagte, ab morgen bist du Direktor, dann war man Direktor, und wenn man nicht allzu grobe Fehler machte, blieb man auch Direktor und wurde allmählich ein guter Direktor. Und so konnte ein Lehrer über Nacht Schuldirektor, ein Gärtner Baumschuldirektor, ein Artist Zirkusdirektor, ein Maurer Minister werden, und Büdner wurde von Reinhold Steil ausersehen, eine Kreisredaktion zu leiten. Er bat sich Bedenkzeit aus, bekam sie, doch er nutzte sie nicht gründlich, weil die Verlockung, morgen gedruckt zu sehen, was er gestern geschrieben hatte, zu reizvoll für ihn war, und weil er an die Möglichkeit dachte, hin und wieder Proben aus seiner Dichtereiwerkstatt auf der Kohlhaldener Kreisseite des Volksblattes unterbringen zu können.

Obwohl sich Büdners geheime Wünsche bisher nicht erfüllten, hatte seine Begeisterung für den neuen Beruf nicht gelitten. Noch wußte er nicht, welche und wie viele seiner neuen Tätigkeiten nach Wochen und Monaten, wie die Rohkohle zu Briketts, zu Routinehandlungen gepreßt werden würden.

Propagandasekretär Wummer war Büdners unmittelbarer Vorgesetzter. Vielleicht war er es auch nicht, doch er pochte darauf, obwohl nicht einmal der Erste Kreissekretär Hajo Auenwald eindeutig zu entscheiden vermochte, wer wem überlegen war, weil Büdner eine reguläre Landesparteischule, Wummer aber nur einen Kursus auf einer Antifa-Schule in der sowjetischen Kriegsgefangenschaft besucht hatte.

»Die Kreisleitung ist die führende Kraft im Kreise, wenn man öffentlich darüber redet«, erklärte Wummer, »unter uns gesagt, ist sie natürlich die führende Macht, und die ist verteilt auf die verschiedenen Sekretäre, und die Obermacht liegt in der Regel beim Ersten Kreissekretär.« Wummer räumte auch Büdner etwas Macht ein. »Du bist so mehr eine indirekte Macht«, sagte er, »denn du verwaltest unter meiner Leitung das Sprachrohr der führenden Kraft, das ist die Kreisseite vom Volksblatt!«

Büdner hörte geduldig zu, und das verführte Wummer zu weiteren Belehrungen; es kam ein Schimmer rötlichen Eifers in sein Eichhörnchengesicht, und er versuchte mit eingewinkeltem Zeigefinger seine etwas rechts-schiefe Nase auf Linie zu bringen. »Leute, die nach außen hin die führende Kraft, unter uns gesagt, die führende Macht, ausüben, dürfen keine Gutsbesitzer, keine Industriebarone sein«, erklärte er weiter, »dürfen aber auch nicht schlechthin Arbeiter, sondern müssen Leute aus der Vorhut der Arbeiterklasse sein, aus der Partei!«

Diese Art der Belehrung erinnerte Büdner an seinen Lehrer Anton Wacker, und er dachte an den Ausspruch eines anderen Parteischullehrers, des verehrten Friedrich Schlichting: Es ist schwer, die Macht zu erringen, schwer, sie zu halten, doch am schwersten, sie nicht zu mißbrauchen!

»Vergiß mal deine Rede nicht«, sagte er zu Wummer, »aber ich muß jetzt gehen, ich hab noch zu tun«, und er ging, und er fügte mit dieser Flucht dem Propagandasekretär eine kleine Beleidigung zu, und es kam eine kleine Beleidigung zur anderen.

Vor dem Kriege hatte es in Kohlhalden kein Theater gegeben, jetzt aber hatten die Gruben- und Stadtväter eine alte Lagerhalle umbauen lassen und wünschten, daß man ihr Kulturinstitut würdigte. Manche Genossen, auch deren Blockfreunde aus anderen Parteien, die sich zu einer neuen Generation von Honoratioren zu verfestigen begannen, verfolgten die Absicht, ein wenig Geschmackstoto zu spielen und ihre Meinung zu einer Operette oder einem Schauspiel mit der eines Berufs- und Großstadtkritikers zu vergleichen.

Kulturredakteur Mehrlesen, der in der Hauptredaktion in Friedrichsdamm saß, hatte Büdner versprochen, zu den Premieren des Kohlhaldener Stadttheaters einen Kritiker zu schicken, aber er hielt nicht Wort, er schickte keinen Theaterkritiker, und es erschienen demgemäß auch keine Kritiken von Theaterpremieren auf der Kohlhaldener Kreisseite, und der Intendant Klapphorn nannte das »Mißachtung der darstellenden Intelligenz«; und im Vorstand des Kulturbundes hieß es: »Unterschätzung der musischen Bestrebungen eines aufstrebenden Industrieortes«. Der Stadtrat für Kultur, Genosse Grün, ließ beleidigt die Unterlippe hängen, wenn er Büdner traf, nur die Kreissekretäre beschwerten sich nicht über die fehlenden Theaterrezensionen, für sie gab es wichtigere Dinge, die fehlten.

Büdner wurde das Betteln um Rezensenten leid. Ärgerlich schrieb er an Kulturredakteur Mehrlesen: »Laßt Eure Kritiker hinterm Ofen, wir rezensieren selber!«

»Oho, einen hochtrabenden Lokalredakteur haben wir da in Kohlhalden«, sagte der Kaderleiter in der Hauptredaktion, blätterte in Büdners Akten und stellte fest, daß dieser Mensch tatsächlich bereits in einem Wandertheater gearbeitet und selber Stücke geschrieben hatte.

»Also, laßt ihn machen!« sagte MEHRLESEN.

Es gab noch einen zweiten Grund, der Büdner veranlaßte, die Theaterrezensionen selber zu übernehmen: Der Theaterintendant Klapphorn war in sowjetischer Kriegsgefangenschaft zum Kommunisten heraufgeschult worden und verfügte aus seinem Vorleben über vorzügliche Umgangsformen: Da saß zum Beispiel Frau Doktor Sawade auf einer Kulturbundsitzung neben Büdner. Die Sawade war praktische Ärztin, war Witwe in voller Blüte, trug ihr Haar zuweilen lang und offen, sah bisweilen streng, bisweilen mitfühlend, zeitweis auch belustigt oder ironisch auf die Mitwelt, war kulturinteressiert, beliebt bei ihren Patienten, aber keine Genossin. Sie war eine sogenannte Blockfreundin und gehörte der Liberal-Demokratischen Partei an.

Büdner fand die Sawade sympathisch, fühlte sich dabei aber wie ein Erzkatholik, der eine preußische Evangelische »pfundig« findet, deshalb wagte er kaum mit seiner Platznachbarin zu reden, sondern streifte sie nur ab und zu mit einem bewundernden Blick.

Intendant Klapphorn aber schien Parteisünde und Klassensatan weniger zu fürchten als Büdner. Er versteckte seine Sympathie für die Ärztin nicht, jedermann durfte sie sehen. Die Doktorin zog ihr Zigarettenetui aus der Tasche, und Klapphorn hüpfte wie ein Sprungfederteufel aus dem Sessel, schlug ein blau-gelbes Flämmchen aus seinem Feuerzeug, schützte es mit der Hand, ging um den Tisch herum und trug es der Sawade entgegen.

Büdner sah dem Manöver mit Mißfallen zu; der Intendant ist verheiratet, dachte er, was plustert er sich vor ansehnlichen Witwen? Er frönte den primitiven Regungen eines Hofhahnes, der zu lange unbehennt im Garten umherlief, und wie ein Hahn dem andern seine Macht beweist, so auch Hahn Büdner, er übernahm die Theaterrezensionen nur zu gern.

Klapphorn, der von Berufs wegen charmant und höflich zu Damen war, hatte nicht bemerkt, daß er den Hahnenstolz des Redakteurs verletzte; er haßte Büdner nicht, überschätzte und unterschätzte ihn nicht, denn er hatte bisher keinerlei Gelegenheit gehabt, sich über den Grad von Büdners Intelligenz Gedanken zu machen, doch nun, nach dem Erscheinen der »Faust«-Besprechung, bekam er sie und nutzte sie für negative Schlüsse: Ein minderer Lokalkritiker schrieb nicht nur schnodderig über die Leistungen seines Theaterensembles, sondern verunglimpfte auch Goethe.

Der Intendant ließ sich beim Ersten Kreissekretär Hajo Auenwald melden: »Das Kulturerbe steht unterm Protektorat der Partei«, sagte er, »ich verlange eine disziplinarische Ahndung dieses Ignoranten.« Klapphorn holte weit aus und versuchte Auenwald zu beweisen, wie groß der Frevel wäre, den Büdner am Kulturerbe begangen hätte, aber Auenwald bat den Intendanten, sich kürzer zu fassen, da hastete Klapphorn die Restbestände seiner Vorwürfe heraus und schloß seine Beschuldigungen mit dem Satz: »Kurzum, ich verwahre mich dagegen, daß man reichsdeutsches Kulturgut verunglimpft.«

Auenwald riß die Augen auf. »Hast du ›reichsdeutsches Kulturgut‹ gesagt?«

Klapphorn war in so heiliger Rage, daß er nicht merkte, welche sprachliche Anleihe er bei den Ariern gemacht hatte. »Ja, reichsdeutsches Kulturgut habe ich gesagt.«

»Na, das überleg dir noch einmal richtig«, sagte Auenwald fast mitleidig.

»Was gibts da zu überlegen, Theater ist mein Beruf, und Goethe ist meine Leidenschaft!« antwortete Klapphorn.

Auf einem Tischchen neben dem Schreibtisch stand Auenwalds Wissenskartei, sein Nebenhirn. Als der Intendant gegangen war, sah er beim Buchstaben F nach: »Faust – Riesengedicht von Goethe«, stand da, und in Klammern dahinter: »Unbedingt lesen!«

Bis jetzt hatte Auenwald nicht Zeit gehabt, Goethes Mammutgedicht zu lesen, aber er verbrachte manche Stunde auf dem Sportplatz und sah zu, wie sich zweiundzwanzig Männer um einen Lederball balgten.

Jetzt wollte Auenwald mit dem Goethe-Gedicht Ernst machen und trug seiner Sekretärin auf, den »Faust« von Johann Wolfgang von Goethe zu besorgen. Er nannte vorsichtshalber beide Vornamen, denn ein Mann, der sich zwei Vornamen zulegt, verrät damit, daß es einen zweiten seiner Sorte gibt, mit dem er nicht verwechselt werden will.

Wenn mans nicht zu genau nahm, waren Büdner und sein Kreissekretär ehemalige Berufskollegen. Auenwald war Konditor, und jeder Konditor muß ein wenig Bäcker wie jeder Bäcker ein wenig Konditor sein muß. Auch Auenwalds Blut war also mit Mehlstaub gesättigt, doch er war jünger als Büdner und hatte noch dichtes Haar. Einst hatten seine talentierten Hände Winterlandschaften aus weißer Buttercreme auf Schokoladenhintergründe gespritzt, und in seiner Lehrlingszeit hatte er sich für Malerei interessiert und speziell für die Werke des älteren Brueghel, jedoch auch für Droochsloot, und was er an dem besonders schätzte, war, daß der sich nicht scheute, neben Fressern und Säufern auch Pisser und Kacker in seine Dorfszenen zu malen. Auenwald wußte sogar, daß ein Droochsloot-Original in der Schloßgalerie zu Weimar hing. »In der bildenden Kunst bin ich einigermaßen kompetent, Musik, Literatur und andere kulturelle Branchen liegen mir nicht so«, erklärte er, und für diese Ehrlichkeit verdiente er gelobt zu werden.

Als Auenwald und Büdner festgestellt hatten, daß sie die ehemaligen Bewohner überheizter Backstuben und unterkühlter Konditorenkeller waren, schüttelten sie einander kollegial die Hände: Ja, ja, Bäckerblut ist zu allem zu gebrauchen! Aber nein, das sagten sie nicht, über handwerklichen Dummstolz waren sie hinaus.

Sie tauschten ihre Lebensdaten aus, und was sich in den Läuften ihres Lebens vom Parteistandpunkt aus unschön ausnahm, verschwiegen sie voreinander wie frisch getaufte Christen, die sich ihres Heidentums nicht gern erinnern.

Auenwald versäumte nicht, wie zufällig mit der Daumenkante über die Kartenränder seiner Wissenskartei zu fahren und zu sagen: »Alles gespeicherte Geistesarbeit.«

Er hätte es nicht sagen sollen, denn in Büdner standen Erinnerungen an überhebliche Konditoren-Könige auf. Auch er hätte mit großen und kleinen Werken aus seiner Feder protzen können, aber er tats nicht. Er fühlte sich jetzt der Partei verpflichtet und wollte ein guter Redakteur sein. *Daß* er ein guter Redakteur war, bewies er Auenwald alsbald: »Soll ich wirklich schreiben, ›die Russen haben aus mich einen Menschen gemacht‹, wie du es in deiner Rede sagtest?« fragte er.

Auenwald schüttelte sich. »Um Gottes willen, es muß natürlich die Sowjetmenschen heißen!«

»Nein, es muß nicht«, sagte Büdner und versuchte, seinen Kreissekretär vorsichtig zu belehren.

Auenwald blätterte verlegen in seinem Zweithirn: Akkusativ, Dativ, ach, er war so froh, auch dies im Kasten zu haben. Er wisperte und deklinierte, fand seinen Fehler und zwinkerte Büdner zu: »Na, wir haben beide keine Doppelstockschule besucht, wie?«

Auch späterhin machte der Redakteur seinen Sekretär auf Sprachfehler in Aufsätzen und Leitartikeln aufmerksam, die Auenwald bei ihm ablieferte. Er erklärte ihm, daß man nicht »neu renoviert« sagen kann, daß wohl eine Ware bezugsfertig daliegen konnte, aber niemals eine Wohnung, daß man nicht diskriminierte, sondern diskreditierte, wenn man jemand etwas Übles nachsagte, oh, er wagte schon was in seiner Eitelkeit, der Büdner! Hätte er diese Fehler nicht übergehen können, sie wurden doch sowieso in allen Zeitungen gemacht. Nein, er mußte sich vor seinem Konditorkollegen als ein Wortmeister aufspielen.

Aber Auenwald nahm es ihm nicht übel, er bedankte sich nicht gerade für die Hinweise, doch er blieb Büdner insgeheim ein wenig dankbar, und das ist eine Seltenheit, und auch die verdient gelobt zu werden.

Nun aber brachte Auenwald seine Dankbarkeit sogar zum Ausdruck und stand Büdner gegen den Intendanten bei. Er las drei Abende lang den »Faust« und verpflichtete auch andere Sekretariatsmitglieder, ihn zu lesen.

»Wäre es nicht rationeller, ins Theater zu gehen?« fragte Lieschen Leuchtental, die Sekretärin von Propagandasekretär Wummer. Nein, Auenwald wollte nicht ins Theater. Im Theater hielt man nicht an, wenn jemand eine Stelle nicht verstand.

Nach weiteren drei Tagen setzten sich die Sekretariatsmitglieder zusammen, und es stellte sich heraus, daß jedes etwas anderes aus dem »Faust« herausgelesen hatte. Dieser Goethe hatte es hinter den Ohren! Wer hatte ihn überhaupt zum Klassiker gemacht?

Landwirtschaftssekretär Pötsch, ein schon gekrümmter Genosse, hielt die Rolle der Landwirtschaft im Stück für *zuwenig herausgehoben*, und er trug diesen Tadel so ernst vor, daß die anderen nicht ernst bleiben konnten.

Propagandasekretär Wummer fand, die einzige positive Frauengestalt im Drama wäre Gretchens Mutter, aber die bekäme man nicht zu sehen, dafür Huren, Hexen und eine Kindsmörderin. Gingen denn dem Klassiker Goethe die negativen Gestalten auch besser von der Hand als die positiven?

»Das möcht ja alles sein«, sagte Sekretär Kuchbrät und strich sich über die schweren Augenlider, »aber daß der Dichter das Gretchen in seiner seelischen Not in die Kirche flüchten läßt!«

Auenwald gab zu bedenken, daß es sich um ein historisches Stück handele und daß es damals so etwas wie eine Partei nicht gegeben hätte.

Das wußte Kuchbrät auch. Für wie naiv hielt ihn Auenwald? Die Frage war, ob man sichs in einer Zeit, in der die Religion »Opium« war, ideologisch leisten könne, öffentlich auf die Benutzung der Kirche hinzuweisen.

Die Frage blieb offen. Allen Sekretariatsmitgliedern aber erschien unangebracht, daß man die Theaterbesucher mit dem Teufel konfrontierte, mit einer Figur, die christliche Herrscher erfanden, um das Volk besser unterdrücken zu können. Nur Lieschen Leuchtental mit dem etwas veralteten Pagenkopf erklärte, sie hätte Mephisto die ganze Zeit mit dem Klassenfeind verglichen, und das wäre wunderbar aufgegangen. Ihre Deutung wurde leider im allgemeinen Getümmel überhört, und man kam zu dem Schluß, der Genosse Büdner wäre durchaus im Recht, wenn er dem Satan in seiner »Faust«-Besprechung keinerlei Raum gegeben hätte.

Gleich nach der Sitzung ließ Auenwald Büdner rufen, und Büdner hastete herbei. Auenwald teilte ihm mit, daß ihn der »Faust«-Lesezirkel des Kreissekretariats von der Anklage des *Kulturfrevels* freigesprochen hätte.

Büdner bedankte sich und hetzte davon. Du wirst dir noch einen Herzknacks in die Brust preschen, dachte er, aber er mußte zur Ratsversammlung. Die Leute vom Kulturbund, die die Restfindlinge vom Kriegerdenkmal übernommen hatten, gaben keine Ruhe. Sie wollten über ein neues Vorhaben, diese Findlinge zu verwenden, abstimmen lassen. Man hatte in einer Eisengießerei unter Schrott und Kriegsschutt eine Skulptur von Barlach gefunden, einen Zweitguß jenes mageren, knieblößen Bettlers von der Lübecker Marienkirche. Nun wollte man den auf den Rest des Kriegerdenkmals stellen und druntermeißeln: Nie wieder Krieg! Dagegen konnte dann wohl auch ein ortsfremder Jemand nichts einzuwenden haben.

Diesmal traf Büdner beim Hetzen durch die Bahnhofstraße auf Aribert Knolle, der einen Zweiradkarren schob. Als Ari den Redakteur sah, hielt er an, trat zur Seite und hob die Hand zum Hitlergruß: »Freundschaft, Freundschaft, von jetzt ab immer Freundschaft, Meister«, sagte er.

Büdner sah sich unwillig um, und als er gewahrte, daß niemand Aris Hitlergruß wahrgenommen hatte, nahm ers leicht, lächelte und fragte: »Wie gehts, Ari, wie gehts?«

»Bin jetzt berühmt, hab in die Zeitung gestanden, Bäcker hat mir entlassen, aber Lämmlein hat mir eingestellt«, sagte Ari.

Cäsar Lämmlein, das war der Limonadenfabrikant, und Ari war jetzt bei ihm Expreßbote; sobald in einer Gastwirtschaft die Limonade zu Ende war, preschte er mit seinem Zweiradkarren dorthin.

Als Büdner in den Ratssaal kam, war die Sitzung schon in vollem Gange, und in den Reden der Kreistagsmitglieder wurde der Saal »das Hohe Haus« genannt, und es roch dort nach Staub und alten Akten.

Büdner war außer Atem, er hastete, was er zu sagen hatte, im Telegrammstil herunter.

»Barlachs Bettlerfigur ist eine Kostbarkeit«, sagte er, »das Original wurde bei Fliegerangriffen in Lübeck zerstört. Man kann die Figur nicht ohne weiteres in Kohlhalden behalten, man muß das Kulturbund-Präsidium benachrichtigen, ich bitte das Hohe Haus, demgemäß zu beschließen.«

Das Hohe Haus beschloß nicht. Der Lokalpatriotismus der neuen Honoratioren schwoll auf: »Wenn die Figur, dieser lahme Barlach, oder wie er heißt, so wertvoll ist, so soll sie erst recht in Kohlhalden bleiben! Weshalb soll die pulsierende Industriestadt nicht etwas haben, was die andern nicht haben?« Es war ein Zwischenruf des stellvertretenden Landrats.

Büdner versuchte zu beschwichtigen: »Kohlhalden ist berühmt durch seine Braunkohle, wird durch sie berühmt bleiben und immer berühmter werden.«

»Was, Braunkohle?« Wollte der auswärtige Redakteur die einheimischen Honoratioren zum besten halten? »Die Krüppelfigur gehört nach Kohlhalden«, schrie der stellvertretende Landrat, und schließlich schrien es viele im Chor, und es wurde demgemäß beschlossen.

Büdner trabte zur Redaktion zurück und schrieb in Gedanken an einem Essay. Er wollte es den Lokalpatrioten hinreiben und wollte das Kunstwerk beschreiben, in einer Fußnote aber, fast unsichtbar, wollte er den Fundort bekanntgeben, dann würde man von Berlin her schon zupacken.

Wo die Puschkinstraße von der Bahnhofstraße abbiegt, traf Büdner wieder auf Ari. Der Wurmwäscher stieß den Limonadenkarren in den Schutz einer Rotdornhecke und setzte sich auf einen Karrenholm. Er griff eine Limonadenflasche, öffnete sie, sagte: »Platsch!«, nahm einen Schluck, schloß die Flasche wieder, nahm die nächste, trank, schloß sie und so weiter. »Platsch, platsch, platsch!« Das war Aris neue Kunst, und er nannte sie »Hälse absaufen«. Die Limonade wäre wild, und sie sollte der Kundschaft nicht ins Gesicht springen.

Büdner wurde traurig. Wer wird nicht traurig, wenn er den Erfolg einer Arbeit, die er mit Eifer betrieb, ins Nichts welken sieht? Eine neue Glosse war fällig, damit der Limonadenfabrikant Ari entließ. Vielleicht stellte nunmehr der Roßschlächter den Dümmling ein und ließ ihn Pakete mit von Ari anprobierter Wurst zu besonders bevorzugten Kunden bringen, dann würde eine dritte Glosse nötig sein. Büdner suchte nach Trost und fand ihn: In kapitalistischen Zeitungen wurde täglich Neues berichtet, die Redakteure sozialistischer Zeitungen aber waren beauftragt zu erziehen. »Erziehen ist wiederholen und wiederholen«, hatte Lehrer Gerber behauptet, der den Unterschied zwischen Erziehen und Dressieren nicht kannte.

---

2 **Ein »prickelndes Novum« wird von einem Intendanten geschmäht und von einer Ärztin gerühmt. Der Meisterfaun warnt, der Klassenfeind belästigt Büdner, aber der läßt eine Taube gen Himmel fliegen.**

Intendant Klapphorn gab keine Ruhe. Die Entscheidung der Kreissekretäre in Sachen »Faust« genügte ihm nicht. »Wie können Leute, die man niemals im Zuschauerraum sieht, in Theaterangelegenheiten entscheiden?« Er schrieb dem Kulturredakteur Rustin, der bei jeder Gelegenheit predigte: »Lesen, ihr müßt mehr lesen, Genossen!«, und der deshalb MEHRLESEN genannt wurde.

Kulturredakteur MEHRLESEN hatte Büdners »Faust«-Besprechung drucken lassen. »Du wirst doch zugeben, daß sie nicht langweilig war«, schrieb er dem Intendanten. »Ich meine, unserem Genossen Büdner sprang da ein prickelndes Novum aus der Feder.«

Klapphorn schlug mit dem flachen Lineal auf den Intendantenschreibtisch. »Prickelndes Novum? Alter läufiger Käse. Immer wieder stehen solche Aktualisierer auf, unschöpferische Kerle, bringen Hamlet im Frack auf die Bühne und glauben, wunder was sie damit leisteten! Daß Goethe im ›Faust‹ Gefühl und Verstand personifizierte, ist bekannt, ist kein Novum, und die Aktualisierung der ›Faust‹-Fabel ist nicht prickelnd, sondern geschmacklos.« Klapphorn hatte das humanistische Gymnasium absolviert. Nach seiner Meinung durfte kein gebildeter Mensch zulassen, daß Goethes »Faust« vulgarisiert wurde. Er schrieb einen Rundbrief an die Stammbesucher seines Theaters und bat sie um Protestunterschriften. Er bekam sie. Wer wollte ungebildet sein?

Den Brief mit den Protestunterschriften schickte Klapphorn wiederum an die Hauptredaktion: »Auf den Tisch des Chefredakteurs!«

Chefredakteur Umbruch war in Urlaub, es vertrat ihn Wirtschaftsredakteur Schönmund, und der war ein Wirtschaftler bis in die ausgefransten Knopflöcher hinein, die ganze Welt war ihm eine einzige große Wirtschaft.

Schönmund war verärgert, seit einiger Zeit sein Dauerzustand; er benötigte Abend für Abend zwei bis drei Schnäpse, um in einen gesunden Nachtschlaf zu kommen, weil er sich mit einigen höheren Wirtschaftsfunktionären nicht mehr in Einklang befand.

Man hatte beim Marktflecken Knoblauch-Kirchweih kleine Steinkohlenbrocken gefunden, und der für die Wirtschaft zuständige Obergenosse im Oberbüro bejubelte den Fund. Endlich wurde die östliche Republik nicht mehr verdammt sein, sich ohne Steinkohle nach vorn zu schuften! Freilich gabs einige Steinkohle, aber das geringe Vorkommen bei Zwickau war wie jener viel zitierte Tropfen auf dem heißen Stein. Ein Zuwachs an Steinkohle wäre ein wirtschaftliches Ereignis für die Republik gewesen!

Gleich nachdem man die ersten Brocken Steinkohle bei Knoblauch-Kirchweih gefunden hatte, träumte jener Genosse im Oberbüro von dem Tag, an dem er den Christ-Demokraten an der Ruhr würde die Zunge herausstecken können. Bisher wars so gewesen, daß die Lokomotiven in der Republik östlich der Elbe mehr Ruß als Dampf ausstießen, daß man weder in weißen Blusen noch in weißen Oberhemden auf der Eisenbahn reisen konnte und daß das Gesicht eines Reisenden, der seinen Kopf zum Abteilfenster hinaussteckte, sogleich wie die Dungstatt von tausend Fliegen aussah.

Man setzte Ingenieure an das Steinkohlenprojekt von Knoblauch-Kirchweih, doch deren Untersuchungsberichte waren jenem Genossen im Oberbüro zu klamm, zu objektiv; er war überzeugt, daß man sich bei der Auswahl der Ingenieure vergriffen hatte, daß man bürgerliche, vielleicht gar klassenfeindliche angesetzt hatte; er ließ sie ablösen und durch parteiverbundene ersetzen, und siehe, es geschah eines der Wunder, die später in China zu hoher Blüte gelangen sollten: Die Parteiverbundenheit der nun ausgewählten Ingenieure ermöglichte, daß Nichtvorhandenes vorübergehend vorhanden war.

Wirtschaftsredakteur Schönmund war in Knoblauch-Kirchweih aufgewachsen, kannte die Landschaft, die Bodenverhältnisse und zweifelte an einem ergiebigen Steinkohlenvorkommen dort. Er erhob seine Stimme, versuchte zu warnen, doch die parteiverbundenen Bergbauwissenschaftler nannten ihn einen »Scheiß-Empiriker« und taten ihn ab.

Schönmund übte zähneknirschend Parteidisziplin und machte die Anzahl der Meter, die man täglich beim Teufen nach Steinkohle tiefer in die Erde seiner Heimat drang, auf der Wirtschaftsseite des Volksblattes wie Siegesmeldungen auf.

»Was giftest du dich«, hänselten ihn seine Kollegen, »wenn man keine Steinkohle findet, ists Essig, auch den braucht die Republik, und wenn du recht behältst, wird man dir den Essig-Orden mit Trauerschleife verleihen.«

In dieser Situation bekam Wirtschaftsredakteur Schönmund den Beschwerdebrief vom Intendanten Klapphorn, las ihn und ließ Kulturredakteur Rustin kommen. »Was mischt sich dieser Lokalbursche von Kohlhalden in die Kulturpolitik?«

»Es ist vereinbart«, sagte Mehrlesen »mit Umbruch vereinbart, bevor der in Urlaub ging.« Mehrlesen zog Büdners »Faust«-Besprechung hervor, schob sie Schönmund hin und bat ihn, auch die und nicht nur den Beschwerdebrief zu lesen.

»Freilich, freilich, lesen, mehr lesen, Genossen«, grollte Schönmund, las Büdners Besprechung unwillig und betrommelte dabei mit dem Mittelfinger seiner rechten Hand die erkahlte Stelle seines Hinterkopfes.

Kam der Mensch denn je zur Ruhe! Schönmund hatte einst im Jugendverband, in dem er sich für den Klassenkampf rüstete, einige Klassiker der schönen Literatur gelesen, ganz überflüssigerweise, wie sich herausstellte; jetzt waren für ihn die Klassiker der politischen Ökonomie zuständig, und die kannte er, und die las er, wenn sichs machen ließ, aber nun sollte er sich mit eins wieder mit dem »Faust« beschäftigen, unmenschlich!

Er las Büdners »Faust«-Besprechung zu Ende und sagte, um sich nicht mit dem »Faust«-Problem einlassen zu müssen: »Was ich hier feststelle, ist, es werden die Intelligenzler beleidigt.«

MEHRLESEN wollte das nicht gelten lassen; Büdner hätte nicht über Intelligenzler geschrieben, sondern über den Verstand und das Gefühl der Intellektualisten. MEHRLESEN unterschied zwischen Intelligenzlern, Intellektuellen und Intellektualisten, und Intellektualisten waren für ihn jene Super-Intellektuellen, die an allem krittern, selber aber nichts vor sich bringen.

»Die nenn ich Scheißer«, sagte Schönmund. Für ihn gab es nur Intelligenzler und sonst nichts, und Intelligenzler waren vor allem Erfinder, Ingenieure und jene Leute, die mit ihrer Wissenschaft der Wirtschaft dienten, und die ließ er nicht beleidigen, schon gar nicht von einem Lokalburschen wie dem Büdner. »Widerrufen wird er seinen Mist«, sagte er aufgebracht, »und zwar öffentlich in der Zeitung!«

»Das sollte man nicht von ihm verlangen«, wandte MEHRLESEN vorsichtig ein und erregte Schönmund noch mehr.

»Einen Parteiauftrag wird er kriegen, der Bursche«, eiferte der sich, »Parteidisziplin wird er üben!«

MEHRLESEN versuchte noch einmal zu besänftigen: »Es ist schwer, Parteidisziplin zu üben, wenn man meint, daß falsch ist, was einem abverlangt wird.«

Schönmund bemerkte, daß das auf ihn und Knoblauch-Kirchweih ging, wurde härter als hart und fragte: »Wer ist hier Chef, du oder ich?«

Das war ein Ton, den es bisher in der Redaktion nicht gegeben hatte, ein Herrscherton. Mehrlesen widersprach nicht weiter; Schönmund vertrat die Basis, er nur den Überbau, ohne den man auskommen konnte.

Der Tag war mild gewesen, frühlinglich warm. An solchen Tagen konnten schon die Lerchen eintreffen, in Waldwiesen natürlich, nicht in der Lokalredaktion hinterm Bahndamm in Kohlhalden. Büdner hatte Ramona und die Wetterzeube nach Hause geschickt, saß allein in der Redaktion und grübelte. Wirtschaftsredakteur Schönmund verlangte eine öffentliche Zurücknahme der »Faust«-Besprechung von ihm. Von »Parteiauftrag, Parteidisziplin und Selbstkritik« war die Rede. Jeder Genosse, sofern er dir nur vorgesetzt ist, darf dir einen Parteiauftrag geben, darf sich auf die Parteidisziplin berufen, dachte Büdner, war das noch recht, war es so gemeint von den alten Genossen, die einst Aufträge und Disziplin zu parteilichen Umgangsnormen machten? Propagandasekretär Wummer erteilte ihm den Parteiauftrag, den spröden Artikel über »Die Hintanstellung der persönlichen Belange der Bauernschaft« auf der Kreisseite abzudrucken. Er erfüllte ihn nicht. Wie konnte er! Er fühlte sich verantwortlich dafür, daß die Kreisseite nicht eintönig war, daß sie die Leser nicht einschläferte. Durfte ihn ein sogenannter Vorgesetzter per Parteiauftrag und Parteidisziplin zwingen, die Kreisseite zu einer journalistischen Ödnis zu machen?

Wirtschaftsredakteur Schönmund forderte Büdner auf, die »Faust«-Besprechung »zugunsten der Massen« zurückzunehmen, und die Massen waren jene fünfzig Leute, die Intendant Klapphorn zusammengetrommelt hatte.

Büdner grübelte und grübelte: Die Parteidisziplin, schien ihm, ehemals ein Kampfverhalten, war jetzt zu einem Knopf geworden, auf den ein leitender Genosse nur zu drücken brauchte, um die Meinung eines untergeordneten Genossen auf die seine zu schalten. Etwas, was im revolutionären Kampfe nützlich gewesen war, schien etwas geworden zu sein, was im revolutionären Alltag hemmte.

Und Selbstkritik, weshalb Selbstkritik? Er fand nicht, daß er der Partei mit seiner »Faust«-Kritik geschadet hatte, aber er hatte Schönmund beleidigt, als er dem schrieb, er möge nicht in kritisierenden Artikeln Unmögliches von den Bergarbeitern verlangen, als er den Wirtschaftsredakteur einlud, selber nach Kohlhalden zu kommen, um sich die sanddurchsetzte Braunkohle anzusehen.

Büdner merkte nicht, wie er beim Grübeln nach vornüber sank und am durchlöcherten Schreibtisch einschlief. Er erwachte um zwei Uhr in der Nacht, fror und rannte sich auf der Bahnhofstraße warm; er mußte nach Hause; gleich würde Münchhoff kommen, trillern und ihm die Kurierpost abverlangen.

Am nächsten Tag traf ein gekennzeichneter Brief ein: »Herrn Stanislaus Büdner, persönlich«. »Persönlich« war rot unterstrichen, deshalb öffnete Ramona den Brief und las ihn. Er war von der Doktorin Sawade: »Lieber Blockfreund Büdner! Ich las nie eine amüsantere Theaterkritik als die neulich von Ihnen ... «, schrieb sie.

Als Büdner den Brief zu lesen bekam, errötete er. Die Doktorin sympathisierte also mit ihm und seiner »Faust«-Besprechung; sie war nicht auf Klapphorns Liebenswürdigkeiten hereingefallen, nein, sie lud ihn, Büdner, sogar zu einer Plauderstunde ein.

Am liebsten wäre er gleich losgerannt, aber er war kein Theatermensch, auch kein Edelhofdichter mehr; er war Funktionär, ein Mann mit Bewußtsein und Büro, und er wollte ein guter Funktionär sein und der Vertreterin einer Blockpartei gegenüber Würde und Klassenabstand wahren. Er hielts, wie er es bei anderen Funktionären gesehen hatte, er beauftragte Ramona, der Sawade telefonisch mitzuteilen: »Rückäußerung betreffs der Einladung« wäre demnächst zu erwarten.

Nach vier Tagen bereitete er sich auf den Besuch vor, badete und schrubbte sich, als ob er krank und nackt vor der Doktorin zu erscheinen hätte.

Als er aus dem Bad kam, saß im Schaukelstuhl ein alter Bekannter, der Meisterfaun, adrett und geschniegelt, dunkler Maßanzug, silbernadelgestreift, weißes Oberhemd, Schlips à la Windsor geknotet und das Parteiabzeichen, das alte, das größere noch, am Rockaufschlag. Also war er wieder da, also war er *noch* da, der Meisterfaun! Büdner versuchte, ihn zu übersehen, und zog sich an.

Der Faun ließ nicht lange auf sich warten: »Bist du dir bewußt, daß du im Begriff bist, ideologisches Glatteis zu betreten?« sagte er und wiegte sich herausfordernd im Schaukelstuhl.

Büdner hielt beim Anziehen inne und kratzte sich die haarige Brust. »Bist du dir bewußt, was für ein entsetzliches Kauderwelsch du sprichst? Wenn du mit dem ›ideologischen Glatteis‹ meinen Besuch bei der Doktorin Sawade meinst, so nimm zur Kenntnis, daß sie eine Liberal-Demokratin, eine Blockfreundin ist.«

Der Meisterfaun schaukelte wie verrückt und leitete seine Antwort mit einem affenartigen Keckern ein: »Blockfreundin hin, Blockfreundin her, du bist auf der Parteischule gewesen und weißt, daß der Klassenfeind nutzt, was sich bietet.«

Weiter kamen sie nicht in ihrem Gespräch, es klopfte Gott sei Dank, die Brösicke trat ein und teilte mit, Frau Doktor Sawade hätte telefoniert, sie warte, es wäre schon halber drei. Der Faun war verschwunden, aber in Büdner waren Bedenken zurückgeblieben, ob er sichs eingestand oder nicht.

Noch einmal wars Winter geworden, es schneite leise, und Kohlhalden war für eine Stunde weiß, als Büdner zur Sawade ging.

Das Sawade-Anwesen lag, wie alle wichtigen Gebäude in Kohlhalden, in der Bahnhofstraße (von gewissen Leuten auch »Magistrale« genannt), sah von vorn bürgerlich aus, von hinten bäuerlich. Der Vater der Doktorin hatte ein Fuhrgeschäft betrieben, und in der Durchfahrt duftete es noch nach Leinkuchen und Getreide, altes Gerät dämmerte poetisch in die Neuzeit hinein, und Hintergesichtige wie Büdner hörten dort sogar noch Wagengeklapper.

Romantisch gesehen, war die Doktorin ein Fuhrmannskind, soziologisch betrachtet, die Tochter eines Unternehmers; in welche Kategorie war die Poesie einzustufen, die dem alten Unternehmen entfloß?

Büdner hielt den Atem an, als er auf den Klingelknopf drückte, er hörte sein Herz schlagen und rechnete damit, daß ihn eine weiß-rauschende Sprechstundenhilfe empfangen würde, aber es war die Doktorin selber, die öffnete. Sie trug einen rehroten Pullover und hellblaue Hosen.

Sie war lyzeumsgeschult, die Doktorin, war dereinst als Wandervogelmädchen mit einem Mittelscheitel bei Lautenklang durch die Felder gewandert und hatte gesungen: »Retten wir die Machandelheide vor den gierigen Baggertieren!« Doch die Wandervogelzeit hörte auf, als sie vom Vater zum Medizinstudium bestimmt wurde. »Ein Mediziner ist gern gesehen, verdient sein Geld und geht in Weiß«, sagte der Vater-Fuhrmann.

Auf der Universität prallte die romantisch gesinnte Fuhrmanns-Tochter auf die Naturwissenschaften, sezierte Leichen und stieß nirgendwo auf das Organ, das man Seele nennt. Also war der Mensch nichts als ein Vieh in Kleidern, und Gefühle waren Einbildungen von naturwissenschaftlich Ungebildeten. Mit dieser Philosophie lebte das Fuhrmannskind, bis es der erste Liebeskummer veranlaßte, doch wieder Seele beim Menschen vorauszusetzen, und hinfort durchlebte es, auch später als Doktorin, bald gefühlsbetonte, bald verstandesbetonte Phasen.

Im Sawade-Salon gabs Tische und Tischchen aus verschiedenen Jahrhunderten; ein altes Klavier, das das Fundament für ein Gemäuer aus Büchern abgab, ein Büchergemäuer, das die verräucherte Salondecke abzustützen schien. Neben dem Klavier tat ein Männerskelett Dienst als Garderobenständer und war mit einer verstaubten Lodenpelerine und einigen Kappen der Doktorin behängt. Mit Widerstreben stülpte Büdner dem Gerippe seine Baskenmütze über den Knochenschädel.

Es gab Stühle und Sessel, auch einen Diwan im Salon, aber es gab nirgendwo einen freien Platz, auf den sich Büdner hätte setzen können, denn wo nicht Bücher, Zeitungen oder Zeitschriften lagen, lungerten Kleidungsstücke und Küchengeschirr umher, und in der Furche eines alten Ledersessels steckte sogar noch ein Badeanzug vom Sommer. Alle Dinge, auf denen der Staub von Monaten ruhte, verwiesen auf Menschen, die sie einst benötigt und benutzt hatten, und jene Menschen hinwiederum, die vielleicht schon tot waren, schienen auf die Dinge im Salon zu verweisen; ein merkwürdiges Gewebe! Der

Salon selber verlor sich in einen fensterlosen Gang und schien in den Tagebaukippen hinter dem Hause zu versickern, und es war merkwürdig, in diesem Salon zu stehen und zu denken, daß er in so vielerlei Hinsicht mit der Ferne, sogar mit der Ewigkeit in Verbindung stand.

Die Doktorin brachte Kaffee in einem blitzblanken Geschirr, stellte das Tablett auf einen Bücherstoß, setzte sich in ein Sesselnest aus alten Zeitungen und seufzte: »Immer müssen Weiber Männern Kaffee kochen!«

Büdner war irritiert, er hatte keinen Kaffee verlangt. Die Doktorin hinwiederum hatte nicht erwartet, daß Büdner ihren Stoßseufzer ernst nehmen würde, sie mußten sich erst aneinander und jedes an die Empfindlichkeiten des anderen gewöhnen.

Der Gast nahm auf einigen Nummern der Monatszeitschrift AUFBAU Platz, die in einem Ledersessel eingelagert waren, dem die Sprungfedern wie Därme zwischen den Beinen hingen.

Da saßen sie nun und rührten in ihrem Kaffee, bis die Doktorin endlich sagte: »Wirklich, Ihre ›Faust‹-Deutung gefiel mir, gefiel mir sehr, sie war das Beste von der Welt, wirklich.«

Büdner krauste die Stirn. Diese intellektuellen Beteuerungen mochte er nicht. Die beste »Faust«-Deutung von der Welt? Wie groß war die Welt der Doktorin? Er bedankte sich nicht für das Kompliment, es lag nicht in seinen Möglichkeiten. »Sie hat mir nichts als Ungelegenheiten gemacht, diese ›Faust‹-Deutung«, sagte er.

Die Doktorin wußte Bescheid. Die pulsierende Industriestadt war in Wirklichkeit ein Dorf, das sich tagsüber blähte, während nachts die Häuser zueinanderkrochen und miteinander tuschelten. Die Doktorin kippte den Kaffee hinunter wie ein Thekensteher den Vor-Bier-Schnaps, ächzte wollüstig und wischte sich den Mund mit dem Handrücken. »Werden Sie nun Harakiri machen?« fragte sie, »Selbstkritik, wie man das bei Ihnen nennt?«

»Nein«, sagte Büdner, doch gleich darauf bereute er dieses forsche Nein, weil ihm die Warnung des Meisterfauns einfiel. Hatte ihm da nicht schon der Klassenfeind eine Frage gestellt und gewissermaßen ein Versprechen abgenommen?

»Mit den Selbstkritiken in Ihrer Partei ists schon ein wenig kurios«, sagte die Sawade. »Ich nehm freiwillig an einem Zirkel zum Studium Geschichte der KPdSU(B) teil, und Zirkelleiter ist Ihr Herr Wummer. Als wir jene Szene behandelten, die mir eigentlich immer gefiel, in der die Bolschewiki nach ihrem Parteitag über das Weiße Meer gehen, um die Klassenfeinde zu besiegen, nickte ich ein wenig ein, weil ich die Nacht zuvor dreimal herausgerufen worden war. Als Ihr Herr Wummer sieht, daß ich nick, hält er an und wartet, bis alle mich anstarren, und wie ich die Augen aufreiß, sagt er: ›Normalerweise wär hier eine Selbstkritik fällig!‹

Ich will schon ansetzen und mir vor die Brust schlagen, aber da fällts mir doch noch ein, und ich sag: ›Ich bin nicht in Ihrer Partei.‹

›Da können Sie froh sein‹, sagt er, ›froh können Sie da sein!‹ Wie finden Sie das?« fragte die Sawade und kippte wieder eine Tasse Kaffee hinunter.

Wie sollte Büdner das finden? Er fand es nicht behaglich, als ein Katholik dazusitzen und sich anzuhören, wie sich eine Evangelische über einen Priester seiner Konfession lustig machte. Er sah lieber zum Fenster hinaus, sah dem Schneetreiben zu, und dabei fiel ihm eine Geschichte ein, mit der er die Sawade von ihrem heiklen Thema herunterlockte. Die Sawade hatte nichts dagegen, sich fort und in seine Welt locken zu lassen:

»Es war den Winter, bevor ich sechs Jahre alt wurde«, erzählte er, »es hatte noch nicht geschneit, nur die Erde war frosthart. Ich wollte drei Dörfer weiter eine Brieftaube holen, die mir ein Bauer versprochen hatte. Meine Mutter versuchte, mir den Weg durch den grauen Novembernachmittag auszureden, und meine Schwester machte mir angst: ›Es wird schneien‹, sagte sie, ›und du wirst müde werden. Es wird kein Weiterkommen sein im Schnee, du wirst dich auf einen Baumstamm setzen, einschlafen und erfrieren.‹

Der Vater kam und fegte die Einwände von Mutter und Schwester hinweg. ›Er muß sich erproben‹, sagte er, ›laßt ihn sich erproben!‹

Und ich ging, und ich passierte zwei Dörfer und kam in das dritte Dorf, und dort erhielt ich meine Brieftaube, wie versprochen, und ich steckte die Taube in ein Tragnetz und machte mich auf den Heimweg. Als ich wieder im Hochwald war, begann es leise zu schneien, und die Angst, die mir meine Schwester eingeredet hatte, kroch hervor, und obwohl die Schneedecke noch ganz dünn war und meine Füße nicht im mindesten am Weiterkommen hinderte, spürte ich, wie sich eine Gliederschwere auf mich herabsenkte, und ich fing an zu beten: ›Lieber Gott, laß mich nicht erfrieren!‹ Während ich betete, fiel mein Blick auf die Brieftaube im Tragnetz, ihr Gefieder war blau gehämmert, und sie sah mich mit ihren bernsteingelben Augen an. Es war die Zeit, da ich noch mit Tieren sprach, und da mich alle Tiere noch verstanden, und ich sagte zur Taube: ›So gern ich dich hätte, liebe Taube, aber jetzt laß ich dich frei und fliegen, und sag oben in den Höhen Bescheid, daß sie aufhören mit dem Schneien!‹

›Hu‹, sagte die Taube, und ich ließ sie fliegen und sah ihr nach, bis sie in den blaugrauen Wolken verschwand, und eine Weile später hörte es auf zu schneien, meinen Füßen gings wieder gut, und ich marschierte mit dem leeren Netz heimzu.

›Ich erblicke nur ein Netz‹, sagte meine Schwester, ›wo ist die Taube?‹

›Ich ließ sie gegen den Tod anfliegen‹, antwortete ich, und die daheim sahen sich an und verstanden mich nicht.«

Die Doktorin trank wieder Kaffee, wieder eine ganze Tasse auf einen Sitz, und wischte sich mit dem Handrücken den Mund. »Erzählen Sie mehr von sich, von sich und Ihrem Zuhause«, sagte sie.

Es ist besser, du erzählst, damit sie nicht lästert, dachte er und durchsuchte in Gedanken seine Kindheit nach einer weiteren Geschichte, aber da läutete das Telefon, und die Doktorin ging seufzend an den Apparat, ihr Sonnabendnachmittag schien zu Ende zu sein, aber gleich darauf lachte sie und war kaum zu beruhigen: Büdners Wirtin hatte angerufen, ein Schauspieler wäre da, um sich seine *Psychoanalyse* abzuholen. Herr Büdner möge sagen, in welchem Schrank sich das Ding befände, damit sie es ihm herausgäbe.

Die Doktorin lachte und lachte, schließlich lachte er mit, sie sahen einander lachend an, er sah ihre Zähne, sie sah seine Raucherzunge, es sprangen Sympathiefunken herüber und hinüber. »Und wie ist das mit der Psychoanalyse?« fragte sie und lachte wieder, er erzählte es ihr, erzählte, wie alles gekommen war und daß auch das mit Rosendorn zu den Unannehmlichkeiten gehörte, die ihm seine »Faust«-Besprechung eingebracht hätte.

---

3   Büdner heilt einen Sprach-Stolperer, fertigt ein unjarowisiertes Gedicht an und wird einer Selbstkritik enthoben, weil Goethe pressefeindlich war.

Lothar Rosendorn, ein Mann, dessen Beruf es war, Theaterbesuchern mit einstudierten Haltungen und entliehenen Worten zu demonstrieren, wie sie sich einen Helden vorzustellen hatten, lag auf dem Ledersofa der Wirtin Brösicke und wurde von Büdner eingeschläfert. Er hätte nicht gedacht, dieser Büdner, daß er nach dem Besuch der Landesparteischule noch einmal würde in die Bereiche seiner Schaubudenkünste zurück müssen. Die eine Sache ist, was wir uns von unserem fürderen Leben vorstellen, und die andere, wie sich das Leben vor das stellt, was wir uns vorstellten, sagte der weise Simos im Inselkloster.

Bei Büdner nun wars so: Er ließ sich aus Parteidisziplin (»Ihre Partei verlangt, daß eine Kritik nicht nur niederreißt, sondern auch aufbaut!«) zu einer Handlung verleiten, die er nicht, wie erwünscht, durch sein Parteibewußtsein geschleust hatte, eine Art Zerreißprobe, zumal das, was er mit Rosendorn vorhatte, sich wissenschaftlich nicht vertreten ließ. Er war kein Bäckerlehrling mehr, der neugierig in die Magie einzudringen versuchte, sondern er war jetzt Parteijournalist, der sich, ohne studiert zu haben, in die Belange der Psychiatrie mischte und in einer Zeit lebte, in der sich eigene Erkenntnisse im Verhältnis zu einem Studium ausnahmen wie Mehlmotten zu einem Flugzeug.

Die Männer der Psychiatrie haben geklärt, was bei der Hypnose im menschlichen Hirn vor sich geht, und doch packt selbst sogenannte Gebildete ein Gruseln, wenn sie beim Hypnotisieren zuschauen: Ein Mensch bemächtigt sich des Hirns eines anderen Menschen und spielt darauf? Eine Ungeheuerlichkeit!

Es gibt Leute, die predigen, das Ich müsse zum individuellen Behagen, und andere, die behaupten, es müsse zum gesellschaftlichen Wohlbefinden annulliert werden, aber auch ihnen gruselts, wenn ein Ego von einem anscheinend stärkeren Ego vereinnahmt wird.

Der Schauspieler Rosendorn auf dem Ledersofa der Witwe Brösicke sträubte sich in keiner Weise. Er war willens, seinen Sprachfehler reparieren zu lassen, und überließ sich dem Einschläferungsgeraune des Meisters. Büdner war gerührt vom Vertrauen des alternden Schauspielers und bestrich ihm Schläfen und Augenlider. Hier bist du, dachte er, und stehst, und da ist er und liegt, und es wollte sich ein Gefühl befriedigter Machtlust in ihm ausbreiten, doch er kämpfte dagegen an; es ging nicht um Herrschen, es ging um die Reparatur eines Kunstvermittlers. »Sprechen Sie mir nach, ohne zu lispeln«, sagte er zum Schauspieler, »sagen Sie: Sprungbereit spitzten die Spatzen im Spalier!«

Rosendorn wiederholte, ohne daß seine Zunge stolperte, und Büdner bat ihn, den Satz zehnmal hintereinander zu sprechen. Rosendorn tat auch das ohne Anstoß; seine Zunge bewegte sich wie in Salatöl: »Sprungbereit spitzten die Spatzen im Spalier.«

So brachten sie eine halbe Stunde mit Exerzitien hin, der tief schlafende Rosendorn und der hellwache Büdner, der immer neue Sätze mit Spitzen, Spatzen, Spucke, Sperbern, Speisen, Stereometern, Stockflecken und Spulwürmern erfand.

Es hatte aufgehört zu schneien, die pulsierende Industriestadt war dabei, die Schneedecke aufzuzehren, und eine Sonne, die den ganzen Tag nicht zu sehen gewesen war, schickte ein magisches Abendrot über die Ränder der Abraumhalden, als der Redakteur den Schauspieler ins holperige Leben zurückrief. Rosendorn setzte sich auf den Rand des Ledersofas und sagte auf Büdners Verlangen den Spatzen-Satz auch im Wachen ohne Stolpern und Stutzen, dann erhob er sich, zog seinen Schlipsknoten an, verneigte sich vor dem Redakteur und sagte: »Gott segne Sie!«

Büdner hatte Mühe, seine Hände in Sicherheit zu bringen, weil Rosendorn sie küssen wollte. Das nicht, nein, doch ein bißchen zufrieden sein mit diesem Sonnabendnachmittag – das durfte er wohl: einen Sprachgestörten geheilt und eine stadtbekannte Ärztin mit Erfolg besucht, doch schon erinnerte er sich an einen Satz des Würdenträgers Simos von der Ägäer-Insel: Bedenke, daß jeder Erfolg im Leben durch einen Mißerfolg erkauft werden muß!

Aber ach, es war so eine Sache mit Erkenntnissen, die andere für einen machten; man las sie, hörte sie sich an und freute sich an ihnen wie an rosa gefärbten Abendwolken, die sogleich entschwinden; man mußte seine Erkenntnisse selber machen und bezahlen.

Der nächste Februartag drang mit Sonnenschein und Südwind auf die pulsierende Industriestadt ein. Der Frühling machte Probeaufnahmen für seinen alljährlichen Liebesfilm. Büdner dachte an das mokante Lächeln der Doktorin, an ihre eleganten Armbewegungen, an die charmanten Gesten, mit denen sie ihr langes Haar zurückstrich, und erinnerte sich sogar ihrer fein konstruierten Ohrmuscheln. Es wurde spürbar Frühling, und die Balzzeit begann bei Tieren und Menschen, aber Büdner konnte nicht balzen wie ein Pfauhahn, nicht wiehern wie ein Hengst oder turteln wie ein Täuber, er war ein Männchen jener höheren Tiergattung, in der es jedem Exemplar gegeben ist, seine auflosende Liebe in anderer Weise auszudrücken, und Büdners Weise wars, literarisch zu balzen.

Der unheilbare Büdner-Junge, er versuchte sich wieder einmal an einem Gedicht, nahm ein Blatt vom »Sozialistischen Pressedienst« her und schrieb auf dessen Rückseite:

> Der Winter geht davon;
> Die Saat begrünt sich schon.
> Die Lerchen steigen auf
> Zu Himmels Wolkenhauf.
> Alls balzt und liebt hienieden...

Und als er so weit gekommen war, wurde ihm bewußt, daß man ein so apolitisches Gedicht im VOLKSBLATT nicht veröffentlichen würde, und er politisierte wenigstens die letzte Zeile und schrieb:

> Alls balzt und liebt hienieden;
> Erhalten wir den Frieden!

Auf der Vorderseite des Blattes vom »Sozialistischen Pressedienst« stand indes zu lesen, daß man höhere Getreide-Ernten durch *Jarowisierung* erzielen könnte.

In der letzten Sekretariatssitzung hatte Landwirtschaftssekretär Pötsch erklärt, um was es sich bei dieser Jarowisierung handelte. »Das Sommergetreide muß fortan, wird verlangt, vor der Aussaat starken Frösten ausgesetzt werden«, sagte er, und er saß dabei halb zusammengerollt wie ein Igel in der Furche am Sitzungstisch. »Nach der Frostbehandlung, so wird uns versichert, soll das Getreide froher wachsen und reichlicher Körner ausgeben. Aber, Genossen, ich schätze ein, es wird nicht ganz einfach sein, in unserer gemäßigten Zone allzeit die nötigen Fröste bereitzuhalten. Aber ganz gleich – Ausreden gelten nicht, ihr wißt! Ab sofort müssen für alle Landwirtschaftsbetriebe und besonders für die Volksgüter Möglichkeiten zur Jarowisierung geschaffen werden!«

»Wer hat das nun wieder herausgebosselt?« fragte der Zweite Sekretär Kuchbrät und bestrich seine schweren Augdeckel, die stets das Bestreben zu haben schienen, sich selbsttätig zu schließen.

»Ich sage dir nur soviel«, antwortete ihm Pötsch, »die Jarowisierung haben sowjetische Agrarwissenschaftler entdeckt.«

»Wie heißt der Entdecker?« fragte Propagandasekretär Wummer und hielt seinen Block schreibbereit.

»Der Name ist mir entfallen«, sagte Pötsch, »aber Jarow heißt er jedenfalls nicht. Ist auch nicht so wichtig, weil wichtig ist, am Willen unserer Bauern zur Jarowisierung wird man ihr Verhältnis zur Sowjetunion ablesen. Mehr wäre nicht zu sagen.«

Es fragte sich nun, ob die Saat, die Büdner in seinen Reimereien auf der Rückseite des Pressedienstes aufgehen ließ, jarowisiert war. Wahrscheinlich nicht, denn seine Reime fruchteten schlecht, die gestanzten Wendungen waren austauschbar, es sang nicht zwischen und es summte nicht über den Zeilen. Büdner bemerkte es glücklicherweise und versuchte sich zu vergegenwärtigen, wer eigentlich die Politisierung von Zeitungsgedichten verlangte. Waren es die Kulturredakteure, die Politiker, oder hatte es sich nur so eingebürgert, weil es mal jemand aus dem Oberbüro verlangt hatte, der nicht Bescheid wußte und alles Geschriebene, Gemalte und Gesungene als Trägerraketen für die Agitation benutzt wissen wollte?

Gleich wie, Büdner hatte früher bessere Gedichte gemacht, doch die Fähigkeit schien ihm abhanden gekommen zu sein. Er versuchte sich zu trösten und holte seine alten Prosa-Manuskripte aus dem Koffer, jene Papierseiten, die er als Gemeindesekretär beschrieben hatte. Er fand, daß sie sich lesen ließen. Damals schien er also ein Dichter gewesen zu sein, aber weshalb hatte er die Tiefen, in die er gedrungen war, verlassen? War er aus Parteidisziplin flach geworden? Verbot die Parteidisziplin, in geistige Tiefen zu dringen?

Solche Überlegungen endeten in jener Zeit bei ihm mit einer Art Glaubensbekenntnis: Du willst Rosa gefallen und nahe sein, lautete es, du willst den geplagten Reinhold nicht enttäuschen, willst nachholen, was du versäumtest, als du ohne politisches Bewußtsein in den Tag hineinlebtest, du willst keinen Krieg mehr, du mußt ein guter Genosse sein!

Er versuchte weiterzuschreiben, wo er als Gemeindesekretär aufgehört hatte, doch er fand nicht in seine Kindheit zurück. Er ging im Zimmer auf und ab, es fuhr ihm kein Mut aus den Füßen ins Hirn; seine Hände fingen an zu zittern, er fürchtete, ein alter Mann geworden zu sein.

Unsere Stimmungen schwanken; das Wasser in unseren Körperzellen gehorcht noch dem Rhythmus des Weltmeeres, hatte der weise Simos im Ägäer-Kloster behauptet. Büdner bekam es zu spüren, als er in der Bahnhofstraße seine Schwester Elsbeth und den Fahrer Willi traf.

»Unser Sofa ist heruntergelümmelt«, sagte Elsbeth, »aber neue Sofas gibts nicht, wir werden so eine verdammte Couch kaufen müssen.«

Büdner stellte sich vor, wie altersschwach das Sofa der Steils nach all den Kitzeleien und Rangeleien während der Brettspiele jetzt sein mußte. Er dachte an Reinhold und daß Elsbeth ihn solchen Rangeleien zuliebe verlassen hatte. Reinhold tat ihm leid. Er jedenfalls durfte den ehemaligen Schwager nicht enttäuschen. Es fiel wie ein Sack auf ihn nieder: Er war dabei, die Parteidisziplin zu unterlaufen und sich um eine ihm auferlegte Selbstkritik zu schmuggeln.

Er ging heim und versuchte es nachzuholen: »Die Partei schützt das kulturelle Erbe«, schrieb er, »im Gegensatz zu den Imperialisten, die das kulturelle Erbe mißachten...« Aber schon stutzte er. War das nicht eine Phrase, die auch von Anton Wacker hätte stammen können?

Nach einer Weile versuchte er es andersherum und schrieb: »Goethe ist Goethe, und seine Dramen aufzuführen und die Weise, diese Aufführungen zu rezensieren, stehen ein für allemal fest ...« Auch das ging nicht, merkte er; das klang ironisch; es mußte ironisch klingen, weils ums Vergehen nicht seine eigene Meinung war. Er kritzelte weiter, schrieb und probierte, bis er Brechreiz verspürte, und dann gings durch mit ihm: Er zerknüllte die Entwürfe und warf sie gegen die Lehne des Schaukelstuhles. Jetzt hätte er den Rat des Meisterfauns gebraucht, aber wo war der? Er versagte vor dem Leben. Alle Scheißklugen versagen vor dem Leben.

Er ging wieder auf dem blauen Velourteppich hin und her. Draußen vor dem Fenster ließ sich ein Schwarm Stare in den kahlen Linden nieder. Er öffnete das Fenster und rief den Staren zu: »Wollt ihr euch von Kohlenkrumen ernähren?« Er klatschte in die Hände, die Vögel flogen davon, und er schüttelte den

Kopf über sich selber. »Ich bin überhungert, mein Leben braucht Ballast«, sagte er und stopfte drei kalte Pellkartoffeln in sich hinein und schluckte sie unzerkaut.

Danach wurde er ruhiger, setzte sich in den Schaukelstuhl, versuchte wieder an seine Kindheit zu denken, und er erinnerte sich an den Tag, an dem man ihn zum ersten Male zwingen wollte, sich schuldig zu bekennen, ohne daß er sich schuldig fühlte:

Die Kirschbaumblätter waren schwer vom dunklen Grün; zwischen ihnen hingen die roten Kirschenbündel, und jede Kirsche war ein Teleskop, das Sonnenlicht zum Saftsüßen fing. Im Garten des Lehrers Gerber wuchsen Glaskirschen, im Garten der Bäuerin Schulte prahlten Schwarzkirschen.

Es war sein vierter Schulsommer, und er kam mit vier seiner Klassenkameraden aus der Schule. Seine Mitschüler sprangen über den Lattenzaun der Schulte, er aber blieb heraußen auf der Dorfstraße. Er konnte nicht mittun, die Schulte war seine Patin, und man hatte ihm erzählt, daß sie ihm zweimal das Leben gerettet hatte. Seine Mitschüler schimpften ihn »Schulte-Knecht« und »Scheißer«; er nahms hin und rannte davon, daß der heiße Junisand stäubte. Die Schulte sah *ihn* rennen; die Diebe in ihrem Kirschenbaum sah sie nicht.

Die Schulte ging zu Lehrer Gerber und sagte: »Ich habe Kirschen, und du hast Kirschen, aber du hast den Haselstock und das Recht, zu dreschen. Es geht mir nicht um die Kirschen, aber ich wünsche, daß mein Patenkind redlich aufwächst! Verstehst du, Arschpauker?«

Lehrer Gerber mochte die Schulte nicht, wer konnte sie schon leiden, dieses rüde Weibsbild. Deshalb wollte Gerber Milde walten lassen, sofern der Kirschendieb eingestand.

»Wer war in Schultes Kirschen?« fragte er.

Keine Antwort.

Gerber blieb vor Büdner stehen, und Büdner sprang auf, weil es üblich war, aufzuspringen, wenn der Lehrer vor einem stehenblieb, und er schlug die Augen nieder, damit er nicht zu den Kirschendieben hinschauen und sie verraten konnte.

»Wie heißt das siebente Gebot?« fragte Lehrer Gerber, und es war schon Zorn in seiner Stimme.

Büdner haspelte das Gebot Nummer sieben, das Diebstahlsverbot, herunter.

»Wer war in Schultes Kirschen?«

Keine Antwort.

»Überleg es dir bis nach der Pause!« sagte der Lehrer und zitterte vor Zorn.

In der Pause sagte Benno Mielke zu Büdner: »Wenn du das Kirschenklauen auf dich nimmst, wird Gerber *dich* dreschen, und du wirst für uns ein Mann von Schrot und Korn sein, wenn du es aber nicht auf dich nimmst, wird Gerber *uns* dreschen, aber auch du wirst nicht leer ausgehen; jeder von uns wird dir was überziehen, von Gerber bekommst du vielleicht zehn, von uns aber vier mal zehn, und das ist vierzig, übergezogen. Also, such dirs aus!«

Die Schulpause war zu Ende. Der knotige Haselstock hing über Büdner wie das Richtbeil über dem Schächer. Wieder fragte ihn Lehrer Gerber, doch er bezichtigte weder sich noch die anderen.

Der Stock sauste zehn Male nieder, und nach dem zehnten Hieb setzte Gerber ab und lauschte: Es kam kein Greinen und kein Schluchzen von Büdner her, der, wie über den Bock gespannt, reglos über dem Pult der vordersten Schulbank hing. Erhitzt vom Gelüste, sich am Schwächeren auszulassen, hieb Gerber noch zehnmal zu, doch der Büdner-Junge führte nicht einmal die Hand zum Hosenhintern, um das Brennen dort zu verreiben.

Daheim wollte Büdner sich beim Abendbrot nicht setzen.

»Was stehst du und stehst?« fragte die Mutter.

»Es ist mir nicht nach Sitzen.«

Da drangen die Eltern auf ihn ein, und er offenbarte sich.

»Aber weshalb ranntest du, wenn du doch keine Kirschen genommen hattest?« fragte der Vater.

»Ich wollte nicht sehen, wie sie den Baum zerraufen.«

Die Eltern sahen sich an: Mitleid mit Tieren war in der

Büdner-Kate üblich, aber Mitleid mit Bäumen? Die Eltern glaubten ihrem Sohn nicht.

Nach dem Abendbrot nahm ihn sein Bruder Herbert beiseite und sagte: »Gib mir ein leeres Blatt aus deinem Schulheft!«

Er gab es ihm.

Am nächsten Morgen stellte sich heraus, daß bei Lehrer Gerber Kirschen gestohlen worden waren, doch die Diebe hatten unterm Baum einen Zettel verloren, eine schriftliche Aufforderung von Benno Mielke an Hermann, Albert und Willi, mit ihm in den Kirschbaum des Lehrers zu klettern. Alles schien klar: Die Diebe hatten sich verraten und wurden bestraft wie Büdner am Vortage. Das war Schwerarbeit für Lehrer Gerber, und er mußte hinterdrein frühstücken gehen.

Benno Mielke stahl den Zettel vom Katheder und schrie: »Was, das soll meine Schrift sein?«

Büdner erkannte den Zettel aus seinem Schulheft, und als er am Mittag nach Hause kam, machte er seinem Bruder Vorhaltungen.

»Was willst du?« fragte Herbert, »ich half der Gerechtigkeit die Diebsärsche erreichen.«

Büdner dachte lange über diese Art von Gerechtigkeit nach. Mußte nun nicht er der Gerechtigkeit helfen, das Hinterteil seines Bruders Herbert für die Zettelfälschung zu erreichen?

Als Büdner das alles niedergeschrieben hatte, atmete er befriedigt auf: Zu seinen Kindheitsgeschichten, die er als Gemeindesekretär zu schreiben begonnen hatte, war ein Kapitel hinzugekommen; seine Kindheit war ein wenig bleibender geworden; aus einer Selbstkritik, deren Sinn er nicht einsehen konnte, entstand in drei Mitternächten ein Stück Prosa.

In der Zwischenzeit war Chefredakteur Umbruch aus dem Urlaub zurückgekommen, und es geschah Büdner, wie der Würdenträger Simos auf der Ägäer-Insel verheißen hatte: Sorget nicht, denn es wird euch geschehen nach dem Gesetz! Kaum war Umbruch wieder im Dienst, da versuchte MEHRLESEN einen »Freispruch« für Büdner bei ihm zu erwirken. Er hatte die

»Faust«-Rezension abgedruckt, ihm hatte sie gefallen, er fühlte sich mitschuldig.

Und siehe da, es gibt so viele Goethes wie Goethe-Leser, und auch Umbruch hatte seine individuelle Meinung zu Goethe: »Goethe ist Klassik«, sagte er, »das muß man sehen, und kulturelles Erbe ist er auch, das muß man berücksichtigen, aber er hat unfortschrittliche Eigenheiten gehabt, dieser Goethe. Es gibt zum Beispiel einen Satz im Vorspiel zu seinem ›Faust‹-Drama, in dem er sich abfällig gegen die Presse äußert: ›Und, was das Allerschlimmste bleibt, gar mancher kommt vom Lesen der Journale. Man eilt zerstreut zu uns, wie zu den Maskenfesten...‹, heißt diese Stelle«, und Umbruch fuhr mit seinem dicken Zeigefinger über sie hin: »Goethe war pressefeindlich, wie man weiß, und in seinen letzten Lebensjahren las er, wie man nachprüfen kann, überhaupt keine Zeitungen mehr. Laßt mir also den Büdner in Ruhe, wenn ihr ihm weiter nichts vorzuwerfen habt als seine ›Faust‹-Auslegung!«

---

4   Büdner politisiert eine Bettlerfigur, erfreut sich eines nicht lispelnden Othello und wird zur Anfertigung eines Braunkohlenhelden herangezogen.

In den Nächten kehrten die Zugvögel zurück; eine Wildgansherde zog über den Dunst der beleuchteten Tagebaulöcher zu den versteckten Teichen in die Niederlausitzer Heide. Die sorbischen Bergleute lauschten, und sie dachten an den allfälligen Anstrich ihrer Hofzäune, an gefleckte Ostereier, an Patensemmeln und Schnaps – an den Frühling eben.

Auf der Kulturseite des VOLKSBLATTES erschienen Büdners Auslassungen über die Bettlerfigur von Barlach. Er selbst nannte das Geschriebene hoffärtig »einen Essay«. Nachdem seine »Faust«-Besprechung Anstoß bei diesem und jenem Genossen erregt hatte, leitete er diesmal jeden Satz der Bettler-Besprechung über sein Parteibewußtsein: »Mit der Bettlerfigur klagte Barlach die sozialen Mißstände seiner Zeit an«, schrieb er, obwohl er das nicht genau wußte; er kannte Barlach und sein Werk zuwenig; trotzdem, es war nie verkehrt, die Unzulänglichkeiten der sozialen Verhältnisse vergangener Zeit ins Spiel zu bringen. »Weshalb hatten die wenigen damals viel und die vielen wenig?« schrieb er weiter und hielt sich was zugute auf diese halbliterarisch formulierte Frage. »Der Besitz war ungerecht verteilt«, antwortete er, obwohl er wußte, daß alles komplizierter war, aber der Grundgedanke stimmte, und das war von journalistischer Wichtigkeit.

Er schloß seinen Artikel mit der Feststellung: »Jetzt nun zwangen die Werktätigen mit Hilfe der ruhmreichen KPdSU(B) eine Zeit herbei, in der die Nichthabenden in Besitz nahmen, was die Habenden hatten. Nie wieder Bettler!« Auch das war eine Vereinfachung, doch es erschien ihm unerläßlich, den sowjetischen Befreiern seinen Dank abzustatten. Daß Barlach ein großer Künstler gewesen war, ging aus dem Artikel nicht hervor, dafür konnte aber, wer wollte, aus einer Fußnote den Fundort der Barlach-Statue erfahren.

Stadtrat Grün, der unter hohem Blutdruck litt und seines roten Gesichtes wegen von seinen stillen Gegnern in den Blockparteien STADTRAT ROT genannt wurde, übersah die Fußnote in Büdners Artikel nicht und schrieb sogleich einen Gegenartikel. Er polemisierte gegen »anonyme Kunstkenner und museale Experten«, die die Absicht hätten, den Abguß des Bettlers an sich zu reißen, und er schloß seinen forschen Artikel mit der Bemerkung: »Keine falschen Hoffnungen, ihr Kunstkenner, die Bettlerfigur bleibt, wo sie ist; sie soll einen Kunstakzent auf die pulsierende Braunkohlenstadt setzen!«

Büdner las das Grünsche Artikel-Manuskript und lächelte: Der gute Stadtrat, er wußte nicht, daß es den Zeitungsredakteuren, diesen Ingenieuren der politischen Seele, gegeben war, die Eitelkeiten ihrer Mitmenschen zu benutzen, um zum Ziele zu kommen.

Wie beabsichtigt, lockten Büdners Auslassungen über die Bettlerstatue Kultur-Experten aus Friedrichsdamm in die pulsierende Industriestadt, und die bestätigten die Echtheit der Bettlerfigur, und sie fotografierten sie von vorn und von hinten, dann mit den Arbeitern zusammen, die sie unter Schrott und

Kehricht gefunden hatten, und Büdner richtete es so ein, daß auch Stadtrat Grün mit der Skulptur zusammen fotografiert wurde.

Grüns Foto erschien auf der Kulturseite des VOLKSBLATTS mit einer von Büdner gelieferten Unterschrift: »Initiativfreudiger Stadtrat Grün (rechts) erkannte Bedeutung Barlachscher Bettlerfigur (links), stimmte mit einem lachenden und einem weinenden Auge der Abwanderung von Bettler auf Bezirksebene zu.«

Damit war Stadtrat Grün aus dem Kohlhaldener Alltag herausgehoben. Man grüßte ihn auf der Straße häufiger und aufmerksamer. An einem Manne, dessen Foto in der Zeitung erschien, fand man, mußte etwas dran sein.

Der Stadtrat wußte nicht recht, ob er dem Vorschlag der Kunstkommission, die Bettlerstatue nach Friedrichsdamm zu überführen, wirklich zustimmte, vielleicht hatte er nur ein wenig genickt, aber nun, da es in der Zeitung stand, blieb ihm nichts übrig, als in die Großzügigkeit, die man ihm zugeschrieben hatte, hineinzuwachsen. Als seine Widersacher von der Liberalen und der Unions-Partei verbreiteten, er wäre kein Stadtvertreter, sondern ein Stadtverräter, stellte er sie und sagte: »Ich dachte jedenfalls an das Ganze, als ich die Herausgabe der Statue mit mir beschloß.«

Die Bettlerfigur wurde nach den Ratschlägen der Kunstkommission abgeholt, und es warf sich eigentlich keiner von den Stadträten der Blockparteien, wie angekündigt, vor das Lastauto. Die pulsierende Industriestadt fuhr wieder in den Alltag hinein, und der Zeitungszauber, der über Stadtrat Grün gebreitet war, verging; neue Ereignisse und Taten bewirkten, daß andere gelobt und herausgehoben werden mußten, und je mehr Zeit verging, desto sicherer wurde sich Stadtrat Grün, daß Büdner ihn überlistet hatte.

Büdner saß im Theater; sein Sessel dort, rechts außen, war neuerdings mit Großbuchstaben aus weißer Ölfarbe gekennzeichnet: PRESSE stand auf der Lehne, ein »Geschenk« vom Intendanten Klapphorn. Büdners Platznachbarn sollten sehen, daß sie es mit dem Kerl zu tun hatten, der sich am »reichsdeutschen Kulturgut« vergangen hatte.

Halbreife Mädchen beguckten Büdner und tuschelten miteinander, und die Obersteigerswitwe Wiese sah auf ihn herab wie auf einen entlassenen Zuchthäusler. Sie und Leute ihrer Art hatten noch immer das Reden im Theater, weil die Kleinen Leute sich bisher dort noch nicht zu Hause fühlten. Büdner wich den hämischen Blicken der Wiese aus und starrte auf den Bühnenvorhang, als hätte man ihn per Parteibeschluß verpflichtet, den Kontakt zur Umwelt einzuschränken. Die Doktorin Sawade sah mitleidig zu ihm hinüber, weil sie von dem versteckten Kampf wußte, der sich zwischen Klapphorn und Büdner abspielte, und sie verließ ihren Begleiter, den Zahnarzt Birkner, der so schön anliegende Ohren hatte, und setzte sich auf den zweiten Presseplatz zu Büdner. Besucher, die das beobachteten, lächelten der Sawade zu, und ein wenig Nebenlicht von der Patientenfreundlichkeit, die allein für die Ärztin bestimmt war, fiel auch auf den Goethe-Schänder Büdner.

»Othello«-Premiere. Die Doktorin war vor allem gekommen, um festzustellen, ob der Heldendarsteller Rosendorn noch lispeln würde. Sie neckte Büdner, und sie nannte ihn flüsternd »Wundertäter«.

Der Vorhang ging auf. Farben- und Pudergeruch, Bühnendunst strömte gegen die Zuschauer an. Sie sahen Rodrigo und Jago auf der Bühne stehen. »Du hast mir stets gesagt, du hassest ihn«, sagte Rodrigo, und Jago antwortete: »Verachtet mich, wenn's nicht so ist!« Sie unterhielten sich über Rosendorn-Othello, und als der kam, hieß sein erster Satz: »'s ist besser so«, und er sagte ihn, ohne zu lispeln. Die Doktorin nickte Büdner zu, war aufgeregt und wartete auf den nächsten schwierigen Satz, auf eine Lispler-Falle, und die kam, und sie hieß: »...daß ich entsproß aus königlichem Stamm, und mein Gestirn darf ohne Scheu so stolzes Glück ansprechen...«

Rosendorn sagte auch diesen Satz, ohne zu lispeln, und die Doktorin drückte Büdner die Hand und gratulierte. Es war ihr Ernst damit, aber dann hörten sie zu und ließen sich auf Shakespeare ein, und es war ihnen gleich, wie etwas gesagt wurde und wer es sagte, und sie entdeckten sogar Bezügliches auf ihr erstes Zusammensein: »... und oftmals hatt' ich Tränen ihr entlockt, wenn ich ein leidvoll Abenteuer berichtet' aus meiner Jugend... «

Mit eins aber wurde Büdner bewußt, daß er kein Recht hatte, sich forttragen zu lassen, daß er hier war, um über die Leistungen der Schauspieler zu befinden, daß er keine Szene ungelobt oder unkritisiert passieren lassen durfte. »Oh, blasses, bleiches Journalistenlos!« stöhnte er.

Die überdachte Verladerampe der ehemaligen Lagerhalle war mit einem Geländer aus Birkenholz versehen und zu einem Wandelgang ausgebaut worden. Dort gingen die konventionsvertrauten Bürger in der Pause auf und ab, husteten sich frei, rauchten und lachten, während die Bergleute und ihre Frauen auf den Plätzen blieben und ehrfürchtig miteinander flüsterten wie Bauern in der Kirche.

Auch einige Jugendliche gingen betont unfeierlich gekleidet und ungewaschen auf und ab, wackelten mit den Ärschen, spien über die Balustrade, redeten groß und hohl, demonstrierten Intelligenz, lästerten über »die Drecksaufführung« und trafen sich dabei mit der Ansicht der molligen Frau des Roßschlächters, die da äußerte: »Drüben« (und damit meinte sie den Teil Deutschlands westlich der Elbe) »ist man in allem viel weiter, ob Sie es nun glauben oder nicht, aber in Westberlin spielten sie das Stück mit einem unabwaschbaren Othello; ich sah es mit eigenen Augen.«

Die Doktorin fands fad, sich auf der Verladerampe mustern zu lassen; sie schlug vor, Herrn Rosendorn in der Garderobe zu besuchen. »Ich würd ihn gern mal ausfragen, aus medizinischer Neugier natürlich.«

Nein, Büdner wollte nicht zu Rosendorn, und nicht nur, weil er den überschwenglichen Dank des Schauspielers fürchtete, er wollte nicht, daß über seinen Versuch mit dem Schauspieler geredet wurde, vielleicht noch in Parteikreisen. »Es wird zu leicht für Metaphysik erklärt, was gar nicht metaphysisch ist«, sagte er.

Die Doktorin verstand und sagte: »Dieser und jener schütz uns vor Zeiten, in denen ein Herr Wummer bestimmt, was wissenschaftlich ist!« Sie sagte es ohne Hinterhältigkeit und lächelte gewinnend dabei, und gerade das machte es ihm schwer, seinen Genossen nach der Üblichkeit gegen sie zu verteidigen, deshalb war er froh, daß in diesem Augenblick, als hätte ihn der Meisterfaun geschickt, ein Bote von der Kreisleitung auf ihn zutrat und sagte: »Genosse Büdner, sofort zum Genossen Auenwald!«

Es war schon eine Weile her, daß an allen Anschlagsäulen der Republik das Porträt eines Überbergmanns aus dem Zwickauer Steinkohlengebiet geklebt hatte. Wer sich die Zeit nahm, das Porträt ein wenig länger zu betrachten, sah in ein ruhiges Mannsgesicht, dessen Nase Kohlenschwärze und dessen Stirn Schmierölflecken aufwies, während über die hohlen Wangen ein leises Lächeln zu zittern schien – ein anti-germanischer Held, der in einer Schicht mehr Steinkohle geerntet hatte als sonst zwei Bergleute.

Viele Menschen, sogar unerfahrene Genossen, hielten die Übertat des Helden für eine spontan entstandene Leistung und ahnten nicht, was von der führenden Kraft dazuorganisiert werden mußte, dann aber glaubte man auf der BERLIN-EBENE, das Beispiel wäre gegeben und würde für die ganze Republik gelten, aber man irrte sich; man hatte nicht an die Braunkohlenbergleute von Kohlhalden gedacht. »Mag sein«, sagten die, »daß der Zwickauer die Steinkohle mit dem Verstand runterholte, wie geschrieben steht, bei Braunkohle kommt man jedenfalls mit dem Kopf allein nicht vorwärts, sie wollen die Haue, und sie wolln Murre hinter der Haue spüren!« Und als Propagandasekretär Wummer ihnen Bescheid tat, sagten sie ihm: »Wenn du meinst, daß mans mit dem Kopf kann, dann komm her und machs vor!«

Wummer war empört über die Respektlosigkeit, aber mit Empörung kam man nicht weiter. Er ging zu Auenwald, besprach sich mit dem, und schließlich beschloß man im Sekretariat der Kreisleitung, »für Kohlhalden einen *Extrakampf* um die Aktivistenbewegung mit der Zielrichtung *Erstellung eines Braunkohlenhelden* in die Öffentlichkeit zu tragen«.

Die Sekretariatssitzung fand ihrer Dringlichkeit wegen am Spätabend statt, und als man sich bis zur Beschlußfassung vorgearbeitet hatte, verlangte Auenwald nach »seinem Lokalredakteur«.

So kam es, daß Büdner, der gegangen war, sich Helden im Theater anzusehen, zum Kreissekretariat gerufen wurde, damit er mithülfe, einen Tages- und Wirklichkeitshelden anzufertigen.

Als der Redakteur im Kreissekretariat eintraf, waren die Sekretariatsmitglieder, bis auf Auenwald und Wummer, bereits gegangen, aber der künftige Braunkohlenheld war schon zur Stelle. Er hieß Kimme; Wummer hatte ihn ausgesucht und inzwischen heranschaffen lassen. Kimme hatte die Statur eines Ringkämpfers, saß mit verschränkten Armen in einem braunroten Konsumsessel, streckte die Beine von sich und war ganz und gar Heldenrohstoff. Büdner versuchte ein erstes Gespräch mit ihm, aber der zukünftige Held wußte anscheinend selber noch nicht recht, was von ihm verlangt wurde, und sagte deshalb zögernd: »Will mal sagen, was der da in Zwickau brachte, bringe ich schließlich auch!«

»Und was bewegt dich dazu?«

Kimme schielte zu Wummer hinüber und sagte: »Ein bissel Prämie wird ja wohl dranhängen, oder?«

Im HAUPTBLATT war immer wieder drauf hingewiesen worden, die Überleistung des Zwickauers wäre ein Zusammenwirken von Intelligenz, Ideologie und Muskelkraft gewesen. Büdner sprach mit Auenwald darüber, als Kimme hinausgegangen war. »Sei nicht so spitzfindig!« sagte Auenwald. »Was willst du von einem Indifferenten bewußtseinsmäßig verlangen? Das Ideologische kommt nach!«

Kimme wurde nach Hause geschickt und erhielt in der Küche von KNAPPENRUH ein Eßpaket. »Und morgen schläfst du den ganzen Tag, ißt und schläfst, verstehst du!« schärfte ihm Wummer ein.

Büdner dachte nicht mehr an die »Othello«-Aufführung, er war erfüllt von dem Stück Wirtschaftsleben, das sie soeben in

Szene gesetzt hatten. Was würde es werden? Ein Lustspiel, ein Drama oder lotrechtes Urleben? Was auch immer, er war Mitregisseur, doch die Last seiner Verantwortung wurde von seiner Neugier gemildert.

Als er heimzu ging, murrten die Brikettfabriken wie immer, und die Bagger schrien, und er hörte die Schreie der Wildgänse, die unter den Sternen dahinzogen, hörte den Schrei des Leitganters, der sogar die Aufschreie der Bagger übertönte, und er wunderte sich über die unzivilisierten Tiere, die sich nicht verführen ließen, auf den öligen Wassern der ausgekohlten Tagebaue niederzugehen.

Am übernächsten Tag fuhren Auenwald, Propagandasekretär Wummer, Kreisgewerkschaftssekretär Wildwasser, Büdner und der künftige Held Kimme in zwei zerbeulten Personenautos zu den Braunkohlenschächten nach Finkenhain, dreißig Kilometer hinter Kohlhalden, und dort stieß der Parteisekretär des Schachtes Lope Kleinermann zu ihnen.

Die Anfertigung des Helden fand fünfundsiebzig Meter unter Tage beim Scheine von zwanzig Grubenlampen statt. Diese außergewöhnliche Beleuchtung gab der Wirklichkeit schließlich doch etwas von einer Theaterszene. Kimme arbeitete in einer weiten Turnhose, die grau und verwelkt seine Oberschenkel bedeckte. Er hieb um sich wie ein Maschinenmensch oder eine Menschenmaschine, wie ein Spitzhackenrotor, und als er eine Viertelstunde lang gewütet hatte, setzte er ab, trank schwarzen Bohnenkaffee aus einer Feldflasche, hieb weiter um sich, fing alsbald an zu schwitzen, und seine Turnhose stremmte sich und umspannte sein Hinterteil wie eine feuchte Haut. Und Kimmes Schweiß war schwarz wie der Kaffee, den er trank, und die Braunkohle purzelte aus dem Hangenden auf die Sohle, und drei Schlepper waren nötig, sie in Hunte zu schaufeln.

Jede Halbstunde mischten sich Tiefbausekretär Kleinermann und Gewerkschaftsvertreter Wildwasser mit Zollstöcken in das Schauspiel und errechneten, wieviel Kubikmeter Kimme geschafft hatte.

Der Staub im Stollen wurde dichter und dichter, und Kimmes Atem ging schwerer und schwerer, und Büdner flüsterte Auenwald zu: »Ich seh hier eine gewaltige Kraftleistung, eine Denkleistung aber sehe ich nicht.«

Auenwald hatte sich für seinen Ausflug in die Wirklichkeit einen alten Trainingsanzug angezogen und benahm sich, wenn man bedachte, daß er das erste Mal in einem Braunkohlenschacht stand, ziemlich selbstsicher. Er krauste die Stirn, und das Weiß seiner Augen glänzte wie Emaille im angeschwärzten Gesicht. »Ich hab dir schon einmal gesagt, du sollst nicht so spitzfindig sein, es wird ein Braunkohlenheld gebraucht!« sagte er, und Büdner wußte, daß er damit vom Ersten Sekretär unter Parteidisziplin genommen war, und schwieg.

Kimme hielt durch, doch zuletzt röchelte er wie ein Sterbender, und daß er es geschafft hatte, wußten sie, als Wildwasser beim Nachmessen aufschrie: »Rekord, Rekord, ein absoluter Rekord!«

Sie waren alle begeistert, nur Wummer wurde sogleich vom propagandistischen Pflichtgefühl geschüttelt: »Rekord ist imperialistisch«, raunte er Wildwasser zu und stellte sich vor Wichtigkeit auf die Zehenspitzen: »Wir haben es mit einer Stachanow- oder Aktivisten-Leistung zu tun.«

Wildwasser steckte die Belehrung wortlos ein, in Gedanken aber brachte er sein Hinterteil mit Wummers Zunge in Verbindung.

Der Aktivist saß im Querschlag und trank Bier.

»Wie war dir zumute?« fragte ihn Büdner.

»Laß mir gehen«, ächzte Kimme, und sogleich war Wummer zur Stelle wie ein Boxtrainer. Er stellte sich vor seinen Schützling und rettete ihn vor weiteren Büdnerschen Fragen.

Als Büdner nach diesen Stunden voll Spannung und Zweifel, geschwärzt an Leib und Seele, die Bahnhofstraße hinunter und heimzu ging, dachte er an das Plakat des anti-germanischen Helden. Er hätte gar zu gern gewußt, ob bei dessen Überleistung auch mehr Muskeln als Geisteskraft im Spiele waren.

Am nächsten Tage war Kimme zugänglicher und fing von selber an zu sprechen: »Wie mir zumute war, haste gefragt?

Es war mir, will mal sagen, als ob ich einem in die Fresse schlage.«

»Und wer wars, dem du in die Fresse schlugst?« wollte Büdner wissen.

»Schreib man, schreib!« sagte Kimme. »Es war, glaube ich, der Imperialismus.«

Auenwald und Wummer standen dabei und lächelten wie Eltern, die einem Fremden ihr *kluges Kind* vorführen.

Sie hörten gewiß Kimmes Bewußtsein wachsen, und sie waren sicher, daß es nun auch in der Braunkohle mit der Aktivistenbewegung vorwärtsgehen würde, vorwärts zu neuen Erfolgen!

Büdner versuchte, über Kimmes Heldenleistung zu schreiben. Es hätte ihm eigentlich leichtfallen sollen, die Leistung war da, er war Zeuge gewesen. Was ihm das Schreiben erschwerte, war, daß Auenwald und Wummer Kimmes Sonderleistung als ein Produkt der Ideologie gewertet wissen wollten.

Er stutzte und druckste, während auf dem Elektrokocher sein Redakteursfutter, die Pellkartoffeln, kochte und der Topfdeckel auf und nieder ging und klapperte. Büdner nahm den Deckel vom Topf und stand mit eins dem Meisterfaun gegenüber, dem Meisterfaun mit einem knallroten Schlips und neuen tschechischen Schuhen.

»Bist du jetzt Topfgucker?« fragte ihn Büdner gereizt.

»Volkskontrolle«, sagte der Faun, setzte sich herausfordernd in den Schaukelstuhl, schaukelte, rumpelte und ließ sein Affenkeckern hören. »Ist dir entfallen, daß die Sowjetgenossen die Arier besiegten und uns den Frieden brachten?«

Nein, es war Büdner nicht entfallen.

»Auch nicht, daß wir uns vornahmen, von den sowjetischen Genossen siegen zu lernen?«

»Auch das nicht. Was solln die Selbstverständlichkeiten? Im übrigen sah ich nie einen Menschen, dem die Haare so aus den Ohrlöchern quollen wie dir, am Ende bist du kein Mensch?«

»Lenk nicht ab«, sagte der Faun beleidigt. »Was mich anbetrifft, so sah ich nie einen größeren Individualisten als dich, und mit solchen Individualisten von Redakteuren wären die sowjetischen Genossen nie zu einer Aktivistenbewegung gekommen.«

Büdner, gereizt: »Es gibt auch in der Sowjetunion Individualisten, selbst Lenin war einer.«

»Wie bitte?« Der Faun sprang aus dem Schaukelstuhl und zog sein Notizbuch. »Sie gestatten, daß ich mir die Verleumdung notiere, Herr Büdner.«

»Immer los! Immer zu!« sagte Büdner.

»Aber Sie verwrasen mir doch die Wohnung, Herr Büdner.« Es war die Brösicke, die das sagte, und sie öffnete das Fenster und fächelte den Kartoffelwrasen mit einem Wischtuch hinaus.

Büdner ging in sich, übte Parteidisziplin und machte aus Kimme einen Helden im Sinne der Sache. Den Sinn der Sache hatte die führende Kraft bestimmt. Er beschrieb, wie das Bewußtseinsflämmchen im Helden aufglomm, und wie der zu seinem Brigadier gegangen war, um das Aufglosen anzumelden. Er beschrieb, wie das Heldenbewußtsein während der Meisterleistung wuchs, kurzum, wie sich Auenwald und Wummer das Wachsen von Bewußtsein vorstellten, und er setzte seine Phantasie für etwas ein, das sie »gemeinsame Sache« nannten.

Es stellte sich heraus, daß man vergessen hatte, die Heldentat zu fotografieren. »Ein Bericht von einer Heldentat ohne Foto – eine glatte Unfortschrittlichkeit«, sagte Wummer.

Das Ereignis wurde nachgestellt, Büdner wagte nicht einmal, zu schmunzeln, als der Fotograf Kimmes Gesicht, um den »heldischer« zu machen, nachschwärzte, so verschreckt war er von der drohenden Haltung des Meisterfauns.

Irgendwo draußen war jetzt kompletter März. Büdner dachte daran, daß sie um diese Zeit bei günstiger Witterung in Waldwiesen den Hafer gesät hatten. Ach, er dachte jetzt oft an seine Kindheit und wie alles da draußen gewesen war! Daheim hatten sie die Erde zu Fruchtbarkeit und Produktion angehalten und gereizt, und die Erde hatte ihnen Jahr um Jahr gegeben, was sie von ihr verlangten, während man ihr hier in Kohlhalden den Leib aufriß, sie ausweidete und ertaubt liegenließ, ohne ihr den Willen zum Brottragen zurückzugeben. War das nicht Sünde? Unsere Sünden sind nicht die, von denen die Frömmler reden, pflegte der weise Simos zu sagen.

5

Büdner wird vom Klassenfeind geschmäht, von WACKER-LEUTEN »hoch eingeschätzt«; der Versucher erscheint ihm in Gestalt einer Doktorin, und der Nimbus eines Braunkohlenhelden wird von einem Invaliden-Gehstock zertrümmert.

Man feierte in Kohlhalden den Ersten Mai; es war ein Maitag wie gemalt, von den Linden in der Bahnhofstraße duftete es blattgrün herüber, die Sonne hing rot hinterm Kohlendunst, die Bergarbeiter zogen zu ihren Stellplätzen.

Die Belegschaft des Stadttheaters trottete die Bahnhofstraße hinunter, alle Schauspieler verkleidet und in Lumpenball-Kostümen. Der Schauspieler Pierre du Sucre trug ein Stangenplakat mit einer Hygieneparole aus dem Kriege: TÖTE DIE LAUS, SONST TÖTET SIE DICH!

Intendant Klapphorn schien in seinen Schulungskursen geschlafen zu haben, als man die Bedeutung des Ersten Mai für die Arbeiterklasse behandelte. Laß sie laufen, dachte Büdner, man wird es ihnen schon beibringen!

Aber dann kam er sich hinterhältig vor, fing die Zwitterin Schadenfreude ab und machte den Intendanten auf den Formfehler aufmerksam. Der Intendant ließ ihn stehen und ging weiter; der Operettentenor Schreischlund tippte sich an die Stirn und schubste den mißliebigen Kritiker vom Gehsteig.

Büdners Jähzorn gewann das Spiel: Er machte die Kreissekretäre auf die Überraschung aufmerksam, die ihnen bevorstand. Propagandasekretär Wummer alarmierte die Volkspolizei, und die Volkspolizisten fingen den Vagabundenhaufen ab, drehten ihn um und führten ihn zum Umkleiden ins Stadttheater zurück.

So kam es, daß die Theaterleute nicht an der Maikundgebung teilnahmen, denn als sie sich unverkleidet auf den Weg machen wollten, stellten sie fest, daß ihnen die Führung abhanden gekommen war: Intendant Klapphorn war verschwunden.

Der zweite Mai kam, dann der dritte; der Intendant fand sich nicht ein, doch am vierten Tage meldete er sich im amerikanischen Rundfunk in Westberlin und behauptete, er hätte die

»Ostzone« verlassen, weil sein Theater unter Polizeiaufsicht gestellt worden wäre und weil man dort Winkelredakteuren erlaube, Goethes Werke zu besudeln, und er zitierte Teile aus Büdners »Faust«-Deutung.

Die Kreis- und Bezirkswelt nahm zur Kenntnis, daß der »Gegner« den Kohlhaldener Kreisredakteur schmähte. »Ehre den Genossen, die der Klassenfeind schmäht; Unehre denen, die er lobt«, pflegte Anton Wacker zu sagen. So einfach gings in der Welt zu, jedenfalls in Wackers Parteiwelt.

Was aber Büdner? Er fühlte sich bedrückt von dieser Art Ehrung; ihm wars unheimlich, daß er mit seiner »Faust«-Besprechung so nachhaltig in das Schicksal eines Menschen wie Klapphorn eingegriffen hatte. Es war doch nicht gleich, ob man hier Intendant oder *drüben* vielleicht Statist war. Zudem wurde Büdner von Leuten wie der Obersteigerswitwe Wiese und anderen, die außerhalb der Parteiwelt standen und das Theater als ihre Domäne betrachteten, arg geschmäht.

Die Doktorin Sawade hielt wiederum zu ihm und ließ ihn brieflich wissen: »Keine Skrupel Klapphorns wegen! Er nahm die Geschichte mit dem 1. Mai als willkommenen Anlaß, seinen Geliebten und Verlobten zu entfliehen, von denen er in jedem Abstecher-Ort mehrere hatte.« Und weiter schrieb ihm die Doktorin, sie würde gern mehr Geschichten aus seiner Jugend hören, wie jene mit der Taube...

Er fühlte sich verstanden, geschmeichelt und ging wieder zu ihr.

Die gewendelte Holztreppe im Hause der Doktorin knarrte wie vorzeiten, wenn der Urgroßvater der Sawade nach dem Pferdefüttern in Stulpenstiefeln zur Wohnung hochgestiegen war. Das kienige Treppenknarren verband Generationen, und jetzt begleitete es die Kranken, die tagsüber zur Doktorin kamen, und für die einen wars das hoffnungsvolle Knarren eines Tores, das in die Gesundheit führte, und für die anderen war es das Knarren eines Sarges, der in die Grube gelassen wird.

Wenn Bäckermeister Mürbstern zum Beispiel am Sonnabendnachmittag zum Behandlungszimmer aufstieg, knarrte die Treppe im Akkord mit seinen rheumatischen Gliedern, und das Kuchenpaket, das er der Ärztin hochtrug, wurde ihm eine Last. Eine Stunde später jedoch, wenn er massiert und bestrahlt treppab stieg, klang ihm das Treppenknarren wie Trompetengeschmetter.

Büdner stand wieder im Sawade-Salon, durch den ein Motorpflug gefahren zu sein schien: Bücher- und Wäschestöße waren ineinander verkeilt, und unabgewaschenes Kaffeegeschirr war von einer herabgefallenen Gardine begraben, während das Manns-Skelett halb überm Klavier hing, so daß seine Knochenfinger die Tasten berührten. Der Grund für das große Durcheinander war, die Doktorin hatte ihr Einkaufsnetz gesucht.

»Wenn Sie Kaffee wollen, kochen Sie sich welchen«, sagte sie. »Ich würde die Zeit nutzen, um noch ein wenig nach meinem Einkaufsnetz zu suchen.«

Büdner wollte keinen Kaffee.

Auch gut! Die Doktorin holte ein Plättbrett, legte es über zwei Bücherstöße, und da hatten sie eine Bank.

Etwas später saßen sie auf dieser »Bank«, ließen die Beine baumeln, und er las ihr einschmeichelnd, wie er meinte, aus seinem Manuskript vor, bis sie ihn unterbrach, vom Plättbrett sprang und auf einen großväterlichen Schirmständer neben dem Klavier zuging, auf dem sie ihr Einkaufsnetz entdeckt hatte.

Was wollte dieser Schirmständer überhaupt im Salon? Sie entschuldigte sich, trug den Ständer in den Flur und blieb dort, bis auch Büdner unruhig vom Plättbrett rutschte, aber da kam sie zurück und entschuldigte sich wieder, das Netz wäre ihr im Flur schon wieder entkommen, wäre bereits bis zur Korridortür vorgedrungen gewesen, und wer weiß, wohin es sich noch verkrochen hätte, denn Netz, Schirmständer und all diese Dinge wären so phantastisch durchtrieben.

Er las eine Weile, und nochmals gabs eine Unterbrechung: Das Netz hatte sich wieder versteckt, doch diesmal fand er es; es hing über den verstaubten Strohblumen rechts bei der Tür, und jetzt nahm er es an sich, steckte es einfach in die Hosentasche, und endlich konnte er ohne größere Zwischenfälle vorlesen.

In der Ferne murrten die Brikettfabriken, und die Bagger schrien in seine Geschichte hinein. Die Doktorin strich sich von Zeit zu Zeit das Haar nach hinten und legte ihre feinen Ohrmuscheln frei. Büdner aber ließ sich nicht verwirren, sondern stellte sich vor, im Dämmer, in dem sich der Salon verlor, säßen Reihen unsichtbarer Zuhörer, und er las alle Geschichten aus der Kindheit, die er bisher aufgeschrieben hatte, und zuletzt las er das Kirschen-Kapitel, und mehr hatte er nicht, nein, fertig!

Dann saßen sie da. Sie sagte nichts, er sagte nichts. Eine Dohle flog am Balkonfenster vorüber. Die Doktorin suchte nach Zigaretten. Sie fand die Schachtel zwischen den Blumentöpfen neben der Balkontür, zündete sich eine Zigarette an, sog zwei-, dreimal dran, steckte sie ihm zwischen die Lippen und verführte ihn, mit ihr »aus einer Flasche« zu rauchen. Und wieder flog die Dohle am Balkonfenster vorüber, irgend etwas zwischen den Blumentöpfen schien sie zu interessieren.

»Sie suchen da in einer Ihrer Geschichten zu ergründen, ob der Mensch über das Leben oder das Leben über den Menschen verfüge«, sagte die Doktorin endlich. »Wenn ich an meinen Sawade denke, so sag ich, das Leben verfügt über den Menschen. Er hatte so seine Grundsätze, mein Sawade, hatte so seine Erkenntnisse gesellschaftlicher und individueller Art, hatte es jedoch nie eilig, sie anderen aufzudrängen. ›Wäg ab, wart ab, bevor du sprichst!‹ riet er mir oft, aber ausgerechnet er sagte eines Tages unter Kollegen, obwohl er wußte, daß mindestens einer von denen sich den Ariern verschrieben hatte: ›Was Sie auch immer sagen mögen, meine Herren, mit Bakterien an wehrlosen Häftlingen zu experimentieren, halte ich für vorsätzlichen Mord!‹

Wie hätte mein Sawade, so frag ich mich, je so unvorsichtig reden können, wenn ihn da nicht jene geheimnisvolle Kraft benutzt hätte, die wir Leben nennen? Er machte sich zum Fürsprecher dieses Lebens und verlor seines.«

Sie ging auf den Balkon, brannte sich eine neue Zigarette an und sprach weiter: »Und wie unerklärlich ich mich damals verhielt! Sie drängten mich in die Küche, als sie ihn holten, und zwei von diesen Steinzeitfiguren gaben acht, daß ich mich nicht zum Fenster hinausstürzte. Aber weshalb schrie ich nicht, wer verbots mir, wer hätte mich daran hindern können? Ich seh Sawades Bart noch zittern, nichts sonst zitterte an ihm, aber sein Spitzbart. Ja, weshalb schrie ich nicht? Durchdrang mich das Leben in diesen Sekunden nicht? Ich wußte doch, daß sie ihn umbringen würden, aber ich schrie nicht. Wars Feigheit? Nein. Wars Berechnung? Nein. Mein Kehlkopf war wie eisern gekapselt. Es muß das Leben gewesen sein, das mich zurückhielt. Wann werde ich abgerufen für das, was mir obliegt? Was Sie auch von mir denken mögen: Man wird schicksalsgläubig, um nicht zu sagen, religiös, wenn man so etwas erlebte.«

Stille. Büdner meinte die Staubflocken im Salon tanzen zu hören. Die Dohle, die mehrmals vorübergeflogen war, ließ sich auf dem Blumenkasten nieder und zerrte etwas Blinkendes zwischen den Blumentöpfen hervor, eine Zuckerzange. Die Zange war zu sperrig. Die Dohle ließ sie auf den Zementboden fallen. Klirren.

Die Doktorin wurde gewahr, daß sie die ganze Zeit über ihren ermordeten Mann gesprochen hatte und nicht auf Büdners Geschichten eingegangen war. Sie entschuldigte sich, legte Büdner dabei ihre Hand auf die Schulter. »Und trotzdem«, sagte sie, »muß ich nochmals auf das zurückkommen, was meinem Sawade geschah, und nehmen Sie mirs nicht übel, wenn ich Sie geradeheraus frage: Würden Sie irgendwen, der sich gegen die Maßnahmen Ihrer Partei ausspricht, ins Zuchthaus oder in ein Straflager oder gar unters Fallbeil liefern?«

Er fühlte sich überfallen, war hilflos und sagte: »Verzeihen Sie, wenn ich Sie mit meinen Geschichten so störte«, und er nahm seine Baskenmütze vom Schädel des Skeletts und suchte davonzukommen. Sie neigte den Kopf, und ihr offenes Haar fiel ihr ins Gesicht. Ihre Hände berührten sich kaum, als er sich von ihr verabschiedete.

Er hälts also nicht aus, dachte sie. Was taugt er, wenn er das nicht aushält? Und sie hatte nichts dagegen, daß er ging.

In seinem Bürgerquartier wars ruhig wie immer. Der Velourteppich leuchtete blau zu ihm herauf, der Schaukelstuhl gähnte, vom Kochschrank her kam Küchendunst, in den Ofenkacheln spiegelten sich die Lichter des Kronleuchters.

Er versuchte, die Fragen der Doktorin beiseite zu schieben, aber es gelang nicht. Die Warnung des Meisterfauns fiel ihm ein: Vielleicht hätte er doch nicht hingehen sollen zur Doktorin. Aber weshalb eigentlich nicht? War ihr von den Ariern nicht mehr zugefügt worden als ihm, als Fritze Wummer oder Anton Wacker? Gehörte sie nicht zu jener Gruppe von Menschen, der die Führung der neuen Republik eine Wiedergutmachung zubilligte? Durfte sie nicht sogar in der Öffentlichkeit ein Abzeichen tragen, das sie als eine von den Ariern Verfolgte auswies? Sollte er sie meiden, nur weil sie ihn nach seiner Stellung zum Leben befragt und dadurch in einen Konflikt gestürzt hatte?

Er holte aus seinem Kochschrank die Flasche mit dem weißen Bergmannsschnaps, trank große Schlucke, und nach einer Weile wars ihm, als wäre er von einem feinen Nebel durchwirkt, und die schopenhauerische Heiterkeit der Einsamen machte ihn schweben, bis er abkippte und in einen Tiefschlaf fiel.

Am nächsten Morgen erwachte er mit Kopfschmerzen und beschloß, sich die Sawade abzugewöhnen.

Mit dem Braunkohlenhelden Kimme ging es nicht so glatt, wie es sich Wummer und Auenwald vorgestellt hatten. Man munkelte dies und das, und niemand eiferte Kimme nach.

»Intelligenz soll an der Leistung beteiligt gewesen sein?« fragte der Schlepper Emil Mieser. »Wo soll Kimme die hergehabt haben?« Und Mieser war ein über die Grenzen von Kohlhalden hinaus bekannter Kaninchenzüchter.

»Gepäppelt haben sie ihn wie einen Leistungs-Fußballspieler, und mit ihm mitgezogen sind sie, und angefeuert haben sie ihn, und sie haben ein Säckchen Bohnenkaffee, zwei Autos und eine Menge Personal auf die Beine bringen müssen für die Heldenleistung. Wenn auch wir den gleichen Aufwand verlangen, möcht die Kohle schön teuer werden!« sagte der Häuer Handrick, der im Volkschor mit Baritonstimme gefühlvoll »Leis das Glöcklein ertönt« sang, und er war noch einer von den gemäßigten Kritikern der Kimmeschen Leistung.

Propagandasekretär Wummer ließ freilich jeden politisch schuldig werden, der etwas gegen Kimmes Überleistung einzuwenden hatte. »Du bist ein Defätist, du redest dem Klassenfeind zu Maule«, sagte er zu Handrick.

»Wieso dem Klassenfeind?« fragte Handrick. »Ich rede über Kimme.«

Damit kam er bei Wummer nicht durch: Wer an Kimmes Leistung rüttelte, war bis über die Gürtellinie hinaus ein Verbündeter des Klassenfeindes, des Klassenfeindes, der nicht wollte, daß man in der östlichen Republik aus dem »ökonomischen Dreck« herauskam.

Acht Tage nach der Maifeier meldete sich der Knappschaftsinvalide Skodowski bei Auenwald. Er war lang, blaß, ging am Stock und war ein Genosse mit alten Verdiensten, ein Genosse mit einer »Vergangenheit, vor der man strammsteht«, wie sich Auenwald auszudrücken pflegte.

»Doch leider hinkt er hinter der Entwicklung her, der Skodowski«, ergänzte Wummer und versuchte es zu beweisen. »Was solls, wenn er zum Beispiel predigt, die Abraumhalden müßten bepflanzt werden, oder die Bergleute müßten Schrebergärten erhalten? Das sind doch Mätzchen, die die Produktion vermindern und unsere Bergleute von der ideologischen Arbeit abhalten!«

So argumentierte Wummer vor den Mitgliedern der Kreisleitung, um seine Zweifel an Skodowskis Zulänglichkeit zu begründen, aber in Wirklichkeit mißfiel ihm etwas anderes an dem alten Knorren, nämlich daß der zwischen Genossen und Genossen unterschied und nicht davon abließ: Für Skodowski gab es vor allem alte Genossen, von denen nur wenige übriggeblieben waren. »Sie haben ihr Leben lang an den Kommunismus geglaubt«, sagte er, »wurden Helden und Märtyrer.« Dann gabs für Skodowski die sogenannten Polierer, und das waren Genossen, die ihre Verdienste aufpoliert und sich selber zu Helden gemacht hatten. Ferner gabs Genossen aus der ehemaligen Sozialdemokratischen Partei und Kriegsgefangene, die man fix zu Genossen hergerichtet hatte. »Viele wurden nach dem Kriege Genossen, weil ihnen unser Programm gefiel«, sagte Skodowski, »aber miese gibts auch und ganz miese, die sich immer dahin schlagen, wo die Macht ist. Sie kotzen mich an!«

Skodowski sagte das nicht öffentlich, natürlich, aber er sagte es hier und sagte es dort, sagte es diesem und sagte es jenem, und es blieb nicht aus, daß seine Ansichten auch Wummer bekannt wurden, dem sie unheimlich waren, weil er nicht wußte, in welche Kategorie von Genossen Skodowski ihn einreihte.

Nun stand Skodowski in Auenwalds Büro, stampfte mit seinem Invalidenstock auf die Dielen und war nicht beiseite zu reden: »Sag mal, stand euch kein anderer Rekordmacher zur Verfügung als dieser Kimme da?« fragte er Auenwald, und Auenwald bemerkte vorsichtig, daß es sich bei Kimme nicht um einen Rekord, sondern um eine Aktivistenleistung handelte.

»Nicht so vorlaut, Jungchen, nicht so vorlaut«, sagte Skodowski und hob seinen Stock, »nicht aufs richtige Wort, sondern auf die richtige Sinnigkeit kommts an, und es ist keine Sinnigkeit nicht drin, wenn ihr einen SA-Schläger, der dran schuld ist, daß ich hink, feiert wie einen Schützenkönig. Ich hoffe, daß ihr das verändert, sonst fahr ich zu Reinholden nach Friedrichsdamm!« Das wars, was Skodowski sagte, und er grüßte manierlich und ging davon, und Auenwald stand da wie der Bub in der vollgeschissenen Windel und machte Wummer für den Fehlgriff mit Kimme verantwortlich.

Aber Wummer war nicht der Mann, der sich gern zu einer Schuld bekannte; er schob sie auf den Kadermann, den Personalchef, ab. Der Kadermann jedoch hatte weder von Auenwald noch von Wummer einen Auftrag erhalten, Kimmes Personalien zu prüfen, es war so eilig gewesen mit der Herstellung des Braunkohlenaktivisten.

Auenwald fuhr schuldbewußt zu Reinhold Steil nach Friedrichsdamm. Er wollte dem Genossen Skodowski zuvorkommen, und er redete flatternd auf Reinhold ein, und Steil hörte sichs an. Es war ein heißer Maitag, und es war stickig im Büro. Reinhold öffnete die Fenster, ließ frische Luft ein, atmete durch und sagte schließlich: »Macht weiter, seht zu, daß ihr euern

›Helden‹ rasch mit einem besseren ablöst, und nichts mehr über Kimme in der Zeitung!«

In Kohlhalden befaßte sich um diese Zeit Propagandasekretär Wummer mit dem Ex-Helden. Kimme leugnete nicht, SA-Mann gewesen zu sein. Er wäre damals arbeitslos gewesen, und die Arier hätten ihm gesagt, Juden und Kommunisten wären schuld daran, hätten ihn aufgehetzt und wild und wütend gemacht, und da hätte er draufgeschlagen, wie es grad so kam.

Wummer konnte nichts, als stumm zu Kimmes Geständnis nicken, denn er war selber SA-Mann gewesen, sogar ein etwas bewußterer als Kimme, aber geschlagen hatte er nicht, nein, das nicht. »Und wie gings weiter mit dir?« wollte er von Kimme wissen.

»Wolln mal sagen«, erklärte Kimme weiter, »wie der Krieg in Polen losging, hab ich eigentlich bloß gefragt, ich denk, wir sind für Arbeit, Brot und Frieden, hab ich gefragt, und das war schon zuviel, und sie ham mir verpetzt, und sie ham mir postwend' in' Krieg geholt.«

An dem Soldaten Kimme hatten die Arier keine Freude gehabt, er paßte sich nicht an wie der Feldwebel Wummer. Nach dem Kriege wurde Kimme für seine SA-Schlägereien bestraft. »Und wie ich aus 'm Loch kam«, sagte er, »hab ich mir, wolln mal sagen, geschämt und bin weg von zu Hause und hierher. Und weil ich hab was gutmachen␣␣wolln, hab ich euch zugesagt, wie ihr mir für den Rekord geholt habt. Ich hätt ja könn' wegbleiben, aber ich wollt doch zeigen, daß ich mir gebessert hab, was willste nu eigentlich von mir?«

Ja, was wollte Wummer? Er ließ Kimme natürlich nicht wissen, daß sie einst in der gleichen Richtung marschiert waren; das waren Kaderangelegenheiten, Verschlußsachen. »Was ich von dir will, ist«, sagte Wummer, »daß du mir das alles hättest vor deiner Aktivistenleistung sagen sollen.«.

»Du hast mir ja nich gefragt, wolln mal sagen«, antwortete Kimme, und Wummer kam mit ihm nicht weiter.

Einen Tag nach Auenwald fuhr der Knappschaftsinvalide Skodowski zu Reinhold Steil nach Friedrichsdamm. »Bei uns hat man einen SA-Schläger zum Helden gemacht, den Kimme, stell dir mal vor, Reinhold, vielleicht hat der auch dir mal was zerschlagen damals.«

»Jeder Arbeiter, der auf uns einschlug, hat was zerschlagen«, sagte Reinhold etwas gespreizt und gegen sein Naturell, doch Skodowski ließ es ihn sofort merken. »Setzen darf man sich wohl bei dir noch, auch wenn man aus Kohlhalden kommt, oder was?« Und damit setzte sich Skodowski schon, und Reinhold schämte sich.

»Ja, der Kimme«, fuhr Skodowski fort, »aber denkst du, unser Auenwald, der löst ihn ab?«

»Einen Aktivisten kann man nicht absetzen«, sagte Steil.

»Ist das dein Ernst?«

Steil nickte, und da durchzuckte der Jähzorn Skodowski, er schlug mit dem Gehstock auf einen Stoß Schnellhefter, und es flog Staub aus den Heftern, und der stand als eine Wolke zwischen den beiden Genossen, und Skodowski brüllte: »Verkaufst auch du die Revolution jetzt hinterm Schreibtisch?«

Da blieb auch Reinhold nicht sanft und leise, und die beiden alten Genossen fuhren aufeinander los, alte Hähne mit harten Sporen, und es dauerte seine Zeit, bis der Zank in eine wohltemperierte Diskussion mündete. Schließlich wars Reinhold Steil, der sich zuerst besänftigte und sagte: »Denkst du, mir wäre der Kimme von einst nicht genauso unsympathisch wie dir? Aber ist er noch der Kimme von einst?« Und Reinhold verteidigte Kimme sogar, und wenn man die schwere Zeit veranschlagte, die der Bezirkssekretär im Konzentrationslager verbracht hatte, so wars nicht weniger als eine Heldentat, wenn er seine persönlichen Rachebedürfnisse niederkämpfte und nach etwa zwei Stunden seinen alten Mitgenossen dazu brachte, daß auch der seine Rachegefühle ummünzte.

Nach dieser Unterredung zwischen Skodowski und Steil schien allen, die mit dem Heldenfall Kimme zu tun gehabt hatten, der Zufall zu Hilfe gekommen zu sein: Ein junger Genosse, namens Liebmann, ein Kerl, wie aus Draht und Blech geschnitten, meldete sich beim Parteisekretär Lope Kleinermann in Finkenhain, stieg in den Tiefbau, verdingte sich als Häuer und überbot Kimmes Leistung eine Woche lang, und nach dieser

Woche brauchte nicht mehr über Kimme geredet oder geschrieben zu werden.

Der Zufall aber oder das, was Auenwald und Wummer dafür hielten, war von Steil und Skodowski am Ende ihrer Auseinandersetzung bei zwei Gläsern Wodka im Bezirkssekretariat ausgearbeitet worden: Liebmann war ein Neffe von Skodowski, und Skodowski verschaffte dem Bengel Sonderverpflegung, hätschelte ihn zwei Wochen lang mit Fleisch, Butter und Worten und schickte ihn dann zu Kleinermann in den Schacht.

Propagandasekretär Wummer aber behauptete, als Liebmann seine Leistung abgeliefert hatte, sie wäre zum größten Teil aus dessen Kopf mit den angefrorenen Ohrmuscheln gekommen, und es handele sich um eine ideologische Überleistung. Skodowski aber, der nach Wummers Meinung mit der Entwicklung nicht mehr recht mitkam, sagte: »Ideologie schön und gut, aber Butter und Wurst bewirken auch was!«

Und der Mai fuhr fort, ein schöner Monat zu sein, und die Menschen waren zufrieden, nur Büdner wars nicht; er konnte sich nicht davon freisprechen, seine Phantasie und sein Talent zum Hochstilisieren eines Talmihelden mißbraucht zu haben, und es tröstete ihn auch nicht, daß ers für die gemeinsame Sache getan hatte.

---

6 **Büdner bezweifelt die Unerschöpflichkeit der Erde, wird dafür gerügt, erfährt, daß er unerwünscht auf Erden wandelt, und fürchtet Verständigungsschwierigkeiten mit Welt-Raum-Menschen.**

Wuchtige Maschinen wurden in die Welt gesetzt, neue Tagebaue ins Erdreich getrieben; die Erdhaut wurde abgerollt, Felder und Dörfer von Abraumbaggern weggeschleppt. Man erntete die gepreßten Urpflanzen, verbrannte und vergaste sie, ihre Abgase stiegen in die Lufthülle des Planeten und schienen sich dort zu verlieren. Auf der Erdoberfläche entstanden Löcher von zehn Quadratkilometern und mehr, und es sammelte sich Wasser auf ihrem Grunde.

Die Kohlenzüge fuhren weiterhin hart an Knappenruh vorüber, die Abstände, in denen sie einander folgten, waren kürzer geworden, die Genossen im Kreissekretariat, besonders Propagandasekretär Wummer, lasen daran den Fortschritt ab und machten einander Komplimente für ihre Tüchtigkeit als führende Kraft, und sie lobten, muß gesagt sein, auch die Werktätigen, die den Anweisungen dieser Kraft willig gefolgt waren.

Kreissekretär Auenwald berichtete der Bezirksleitung, das heißt dem vormaligen Kreissekretär Reinhold Steil in Friedrichsdamm, von der »verstärkten Zunahme des Aufstrebens der Braunkohlenstadt Kohlhalden«. Reinhold Steil hinwiederum beförderte die Erfolgsberichte aus seinem Bezirk hinauf auf die Berlin-Ebene und von dort aus wurden sie der Presse zugeleitet, alles funktionierte, und Wirtschaftsredakteur Schönmund teilte den Bergleuten von Kohlhalden schließlich im Volksblatt mit: »Die Zahlen des Braunkohlenförderungsvolumens vervielfältigen sich.«

Es gab Bergleute, die sagten: »Als ob wir das nicht wüßten; es ist schließlich unsere Murre, die hinter allem sitzt.« Andere jedoch fühlten sich von der Tatsache, daß ihre Tüchtigkeit im Volksblatt erwähnt wurde, geehrt, aber kaum hatten sie und die Kreis- und Bezirksfunktionäre sich ein wenig über ihre ökonomischen Erfolge gefreut, da forderte man von ihnen aus Berlin »neue, erhöhte Leistungen im Rahmen der ökonomischen Hauptaufgabe«, forderte »verstärkten Produktionsausstoß!«, und das war in Ordnung, fanden selbst die Bergleute, die zuvor gemurrt hatten, man mußte weiter, und mit der Frage: Nach wohin weiter? konnte man sich nicht befassen; jeder starrte auf die Mängel im Wirtschaftsgefüge, die beseitigt werden mußten.

Im Oberbüro hatte ein Genosse die Forderung nach erhöhtem Produktionsausstoß in der Braunkohlenindustrie gewiß mit ungeduldigem Fingertrommeln begleitet; in der Industrieabteilung des Zentralbüros verwandelte sich dieses Fingertrommeln jedoch in einen Trommelwirbel, und in der Kreisleitung Kohlhalden verstärkte sich der Wirbel zu einem Marsch für zehn Kesselpauken.

»Schwerpunkt also erhöhte Braunkohlenförderung!« sagte Sekretär Auenwald in jeder Sekretariatssitzung dreimal, und Propagandasekretär Wummer riß mindestens siebenmal am Tage die Redaktionstür auf und schrie den drei Leuten in der Lokalredaktion zu: »Hauptaugenmerk Aktivierung des Braunkohlenproduktionsprogramms!«

Wummers tägliche Drängelei wurde für Büdner allmählich ein Überpfund auf den Zentner; er wurde aufsässig und sagte: »Ihr tobt und treibt, ihr bohrt und drückt, aber was werdet ihr sagen, wenn die Braunkohle eines Tages zu Ende geht?«

Oho! Wummer zog sein zweites Bein vom Flur in die Redaktion. »Das wirst du mir vor der Parteigruppe wiederholen!« Er war froh, endlich einen Henkel gefunden zu haben, bei dem er den Redakteur packen konnte.

Die Parteigruppe, die Familie innerhalb der großen Parteiwelt, kam zusammen und verhandelte: »Was hast du gesagt, Junge, die Braunkohlenbestände könnten zu Ende gehen, hast du gesagt, Junge? Bist du dir bewußt, Junge, daß du damit eine Unterschätzung unserer technischen Intelligenz vornimmst, die Tag und Nacht damit beschäftigt ist, neue Vorräte und Mutungen aufzuspüren?«

Büdner stand da wie früher, wenn ihn Lehrer Gerber nach der Lutherischen Erklärung der siebenten Bitte fragte, vermied jedwede Aufsässigkeit und sagte: »Die technische Intelligenz kann nicht mehr Kohle finden, als vorhanden ist«, und den letzten Teil des Satzes sagte er leise, und diese Verhaltenheit schien den anderen Familienmitgliedern Unsicherheit zu verraten, und sie fragten ihn: »Weißt du denn, wieviel Kohle vorhanden ist, Junge?«

»Nein«, sagte Büdner, »aber es ist denkbar, daß sie eines Tages zu Ende geht.«

Die Parteigruppen-Verhandlung endete mit einer Mißbilligung für Büdner. Seine skeptischen Äußerungen, sagte man, wären dazu angetan, »den Elan in der braunkohlenfördernden Industrie zu untergraben«.

Ach, du lieber Gott! Und Büdner wollte aus den bekannten Gründen ein guter Genosse sein! Er sprang Hals über Kopf in die Arbeit, preschte von Betrieb zu Betrieb, befragte erfolgreiche Bergleute, schrieb über sie und stellte sie den Zeitungslesern vor, aber ob sich sein Wiedergutmachungseifer auf die Kohlenförderung auswirkte, war schlecht nachweisbar. Das Unmeßbare teilte die Journalistik mit der Dichtereiarbeit, wenn man nicht, wie fixe Kollegen, die Statistik ins Mitreden brachte: In jeder Zeitungsnummer drei Beiträge zur Erhöhung der Braunkohlenförderung, macht sieben mal drei gleich wöchentlich einundzwanzig förderungsfördernde Beiträge, rechneten sie und nannten es »agitative Stimulierung«.

»Bist du sicher, daß die Abonnenten deine Beiträge auch lesen?« fragte Büdner seinen Kollegen Zentner-Willi.

»Ist mir doch egal«, sagte Zentner-Willi, der dabei war, sich einen Schnurrbart anzuschaffen. »Ist mir ganz egal, Hauptsache, die Presseauswerter in den Leitungsdienststellen lesen, und die lesen, verlaß dir drauf!«

Weshalb war Büdner nicht zufrieden mit seiner Arbeit wie andere Kollegen, auch wenn sich ihre Nützlichkeit nicht nachweisen ließ? Verschaffte ihm sein neuer Beruf nicht Befriedigung in anderer Hinsicht? Verfügte er nicht über eine kleine Hausmacht und durfte seine Meinung zu Goethe oder Barlach für die Meinung der Arbeiterklasse eines Kreisgebietes ausgeben? Hatte er nicht verhindert, daß aus den Sockelfindlingen des ehemaligen Kohlhaldener Kriegerdenkmals ein blasphemisches Friedensmal wurde? Hatte er nicht durchgesetzt, daß die Findlinge mit neu herangezüchteten Maschinen in den Stadtpark transportiert wurden? Konnte er sich nicht freuen, daß er damit Stadtrat Grün zu der Idee verholfen hatte, die Findlinge mit Zement »zu einem perspektivischen Affenfelsen« vereinigen zu lassen, »Fernziel: zwei Kapuzineraffen und vier grüne Meerkatzen«?

Eben nein, Büdner war nicht zufrieden mit diesem Leben und diesen Erfolgen; er vermißte die Poesie. Nicht einmal der Poesie des Theaters, jenes Eilands der Kunst inmitten der pulsierenden Braunkohlenstadt, durfte er sich mehr hingeben, weil er verpflichtet war, seinen Lesern mitzuteilen, wie sie das, was sie auf der Bühne sahen, »einzuordnen« hatten.

Nein, nein, nein, er konnte ohne Poesie nicht leben, deshalb saß er nachts nach Sitzungen und Redaktionsarbeit und schrieb für sich, ganz für sich, redigierte, strich, warf Geschriebenes weg und schrieb neu, so daß die Wetterzeube sich genötigt fühlte, ihn zu befragen: »Wissen möcht ich doch, woher du die Gewißheit beziehst, daß deine subjektive nächtliche Geheimarbeit nützlich ist und sich lohnt.«

Büdner antwortete ihr nicht. Er war nicht auf Nützlichkeit und Lohn aus, und doch brachte es die Wetterzeube mit ihrer spitzen Frage dazu, daß ihn das schlechte Gewissen plagte: Wars nicht doch eine Ungehörigkeit, sich mit Dingen abzugeben, die niemand anforderte, die niemand zu benötigen schien, während ringsum jedermann mit Nützlichem für die Gesellschaft beschäftigt war?

Diese Erwägungen führten ihn wiederum stracks zu der Frage: Benutzt der Mensch das Leben, oder benutzt das Leben den Menschen?

Hätte er nicht, wie es parteiliche Gepflogenheiten vorsahen, zu Propagandasekretär Wummer gehen sollen, um sich aufklären zu lassen? Doch, doch, aber er wußte im voraus, wie Wummers Antwort lauten würde: Spinnerei, nichts als Spinnerei; ein Marxist hat auf dem Teppich zu bleiben!

Büdner fiel ein, daß ihm seine Schwester Elsbeth einst erzählt hatte, er wäre durch eine Nachlässigkeit seiner Mutter auf die Welt gekommen, er wäre das Produkt eines Versehens.

Eines Feierabends ging er zur Schwester. Willi war nicht daheim, war mit den Sekretären unterwegs, und die Schwester nötigte den kleinen Bruder, sich auf die neue Couch zu setzen, er sollte sie probieren, aber er hatte andere Dinge im Kopf: »Sag mal, kam ich wirklich unerwünscht auf die Welt?« fragte er die Schwester, »oder sagtest du das nur aus Rachsucht, weil dir unsere Mutter damals dein uneheliches Kind vorhielt?«

Elsbeth stemmte die Hände in die Hüften, war alterlos und kalbrig wie eh und je und sagte: »Und so was will nun Redakteur beim VOLKSBLATT sein! Weißt du nicht, daß die halbe Menschheit teils aus überstürzter Liebe, teils als Folge von Geilheit unerwünscht auf der Erde umhergeht?«

Ja, weshalb hatten ihn seine Eltern denn aufgezogen, wenn er ihnen nicht genehm gewesen war? Hatten sie es getan, damit man im Dorfe nicht abfällig über sie redete?

Es fiel ihm ein Erlebnis ein, das er als Fünfjähriger hatte: Er grub sich damals am Waldrand eine Höhle, ein schräges Erdloch, polsterte es mit Fichtenreisern, hockte sich hinein, hatte es gut drin und redete mit sich selber, redete mit der Sonne und nannte sie eine »wärmende Feuerkugel«, und die Tiere des Waldes gewöhnten sich an sein Gemurmel, an das Gemurmel dieses Äffchens in Tuchhosen.

Er bekam den Tanz der verliebten Kraniche zu sehen, lächelte über die irren Schritte des Kranichhahns, und er dachte dran, wie sein Vater eines Tages hemdärmelig und mit umgetaner Glasmacherschürze die Mutter umbalzt hatte, wie er dabei den Kopf in den Nacken warf, daß der Adamsapfel hervortrat, und wie Schwester Elsbeth einen Gassenhauer zu diesem Tanz trällerte, und wie die Mutter starr, doch mit lüstern blitzenden Augen dastand.

Auch die Buntspechte tanzten hüpfend und ohne das Kerlchen in der Erdhöhle zu scheuen, an einem Kiefernstamm in die Höhe, und sie trafen sich in ihrer baumstammrunden Welt und hochzeiteten dort. Jawohl, die Tiere des Waldes belohnten den Büdner-Jungen für sein Ausharren in einer Erdhöhle, sie zeichneten ihn aus und ließen ihn in ihr Liebesleben sehen, das wähnte er jedenfalls, so voll »künstlerischer Überheblichkeit« war er schon damals.

Die Ameisen, die in Reihen am Höhleneingang vorüberzogen, waren für ihn Neger, die um Zutaten für Blätterwein unterwegs waren. Er sah sie in den Baumzweigen verschwinden, sah sie zurückkommen und versuchte, mit den Augen in ihr Gewimmel einzudringen, aber da knackte und polterte es, und er hörte den Vater rufen, spürte die Welt untergehen, erlebte endlich ein Erdbeben und wurde verschüttet.

Er kam zu sich, weil ihn jemand schüttelte und beklappte; er erwachte, sah in das Gesicht des Vaters und sah, wie Tränen über die abgeblasenen Glasmacherwangen rannen. Welcher Vater weinte um einen unerwünschten Sohn?

War das nun eine Antwort auf seine Frage, ob das Leben den Menschen oder der Mensch das Leben beherrschte? Es konnte eine Ehrenrettung für Vater Gustav, für die Eltern sein, aber es konnte ebensogut eine Bestätigung dafür sein, daß sich das Leben gegen den Menschen durchsetzte und die Kraft besaß, Eltern, die ein Kind nicht wollten, umzustimmen, wenn das Kind erst einmal da war.

Für ein Weilchen war er poesiegesättigt, wenn er so etwas ganz und gar für sich aufschrieb, etwas, was niemand von ihm verlangt hatte. Eine Weile hatte er jedesmal danach das Gefühl, er hätte etwas Nützliches für die Menschheit getan, aber diese Sicherheit verließ ihn bald wieder, und andere Fragen machten ihm zu schaffen: War der Mensch nur fähig, Sichtbares zu lieben, Wesen und Dinge also, die ihm seine Augen als mit anwesend und als vorhanden signalisierten? Auch hierauf erschrieb er sich mit einem Erlebnis aus der Kindheit eine Antwort:

Er schlitterte auf dem Dorfteich, doch das Eis war noch dünn, und es brach. Er versank, stand bis zum Bauch im Wasser; das Wasser stank nach Entenkot. Er strampelte sich bis ans Ufer und lief durchnäßt in der Kälte umher, weil er Mutter Lenas Geschimpf fürchtete.

Natürlich wurde er krank, noch den gleichen Abend züngelte Fieber in ihm auf und hob ihn in Welten aus anderen Wellenlängen. In einem seiner Fieberträume suchte er unablässig nach sich selber, fand sich aber nicht, denn es gab ihn noch nicht; dafür sah er, wie sein Vater im Bette zur schlafenden Mutter hinüberlangte und nach ihr gierte, die Mutter sich aber zur Wand wälzte und weimerte: »Nein, sag ich, nein, geradezu niemals mehr!«

Er sah, wie der Vater aufstand, im Hemd auf den Hof ging und sich unter der Hofpumpe kühlte, sah ihn unerlöst zurückkommen, wieder ins Bett steigen und hörte ihn brummen: »Was fang ich nur an; es stößt mich und stößt mich doch!« Büdner gewahrte, daß er, oder das, was er einmal werden sollte, im Vater saß, sich unerfüllt fühlte, den Vater bedrängte und stieß und ihm anriet, der Mutter Koseworte ins Ohr zu flüstern, und der Vater tat es, aber die Mutter schlug mit den Fäusten um sich und schimpfte: »Bist du denn verrückt, hier neben dem kranken Kind?«

Er erwachte von dem Gezeter der Mutter, blieb eine Weile wach und klar, aber dann packte ihn ein neuer Fieberschwall und vertauschte seine Welt wieder gegen eine andere: Es war ein stiller Nachmittag, und er, oder das, was einmal er werden sollte, saß jetzt in der Mutter. Die Mutter nähte, wartete auf den Vater und war gestimmt, den mit liebevollen Worten zu empfangen, aber er, der unfertige Stanislaus, der in der Mutter saß, war dagegen, weil ihn fröstelte, und er schrie, aber sein Schreien war schon wieder Wirklichkeit und weckte die Mutter, und sie machte ihm einen Wadenwickel, kühlte ihm die Stirn und entriß ihn dem Fieber.

Die Lungenentzündung ging damals vorüber, er gesundete, doch die Erinnerungen an die Fieberwelten waren in ihm geblieben. Er ertappte sich zuweilen bei dem Gedanken: Könnte es nicht auf anderen Sternen Wesen geben, die mit mehr als siebenunddreißig Grad Körpertemperatur umhergehen, deren Welten auf anderen Wellenlängen als die unseren liegen? Würden sich die Erdbewohner mit diesen Wesen verständigen können?

Er fragte Lehrer Gerber um Rat. Der riß sich verlegen ein Haar aus der Nase, betrachtete ihn, wußte nicht, was er mit dem überspannten Büdner-Jungen anfangen sollte, und sagte schließlich: »Ein dreizehntes Gebot sollte es geben, und heißen müßte es: Herr, mach, daß mich nicht kümmert, was du mir verbirgst!«

Als Büdner die Geschichte von den Fieberwelten niedergeschrieben hatte, erschrak er: Er stand an der Grenze zur Metaphysik. Aber was wollte er da? Er hatte gesellschaftliche Pflichten! Seine Kraft gehörte der Zeitung! Er hatte täglich den Stoff für eine Zeitungsseite zusammenzutragen! Genügte das nicht als Lebensaufgabe für einen Genossen? Er wollte doch ein Genosse sein, ein guter sogar, aus den bekannten Gründen.

7

Büdner singt auf einer Weihfeier rund, gewahrt, wie Menschen sich hinter Liedern verstecken, entdeckt den kleinen Tod in seiner Mutter, wird mit Sommerstrümpfen beladen und trifft auf die Fata Morgana seines Weibes Rosa.

Das Leben, es steckte sich hinter Büdners Schwester Elsbeth, und die lud den Redakteur-Bruder zu einer Familienfeier ein: Die Enkelzwillinge der Steils sollten geweiht werden.

Die Weihefeier fand in einem Gasthof am Rande Kohlhaldens statt; früher hatten dort Kohlenfuhrleute ausgespannt, doch nun hatte man die Kutscherherberge mit einigen Säulen und Umbauten in den Stand versetzt, Dienst als Kulturpalast zu tun. Man hatte die bunten Faschingsblumengirlanden aus dem Saal entfernt und statt ihrer Girlanden aus Papierfähnchen mit staatlichen Symbolen aufgehängt, und hinter dem Rednerpult und überall, wo es anging, waren große Fahnen aufgestellt und ausgebreitet, so daß Vater Gustav statt von einem Festsaal von einem Fahnensaal sprach. Er erklärte seinen Urenkeln so lange, wie man auf den Redner und den Beginn der Weihefeier wartete, die verschiedenen Fahnen und Staatsembleme. »Dieses sind«, sagte er und fuchtelte, »die Fahnen von all den Ländern, die wir Sozialisten besitzen, außer Jugoslawien, von dem ich die Fahne nicht sehe; man wird sie nicht heranbekommen haben.«

»Aber die rote Fahne, ganz vorn und in der Mitte«, ergänzte ein Urenkel, »ist die Fahne Lenins und Stalins.«

»Ach ja«, sagte Gustav, »ihr habt das nun alles, aber als ich in eurem Alter war, hatten wir nur die schwarz-weiß-rote Fahne«, und er war sehr leutselig und laut, bis die Stadtkapelle einsetzte und ein Stück aus Beethovens Pastorale und danach den »Hummelflug« von Rimski-Korsakow spielte, und selbst dazu wußte Vater Gustav zu sagen: »Dieser Kosaken-Komponist gilt in Rußland soviel wie Beethoven bei uns, und die Sache ist die: Sie spielen deutsche und russische Musik wegen der deutsch-sowjetischen Polarität.«

»Sei jetzt still, Urgroßvater!« sagten die Urenkel, denn es kletterte einer aufs Podium, um eine Rede zu halten, und das war kein anderer als Propagandasekretär Wummer.

Wummer begann mit zitternder Stimme (Tremolo sagt man auch dazu), weil er Zittern für feierlich hielt, aber je mehr er auf die Mitte seiner Rede zukam, desto mehr vergaß er, daß es sich um eine Weih-Rede handelte, und er fing an zu donnern und zu belfern wie bei seinen Alltagsreden, und am Schluß befahl er den Weihlingen, ohne Säumnis in ihre Berufe zu gehen und dort mit allen »Fasern des Herzens« gegen den Imperialismus zu kämpfen.

Dann legten die Weihlinge einen Schwur auf die Republik ab, und Vater Gustav bemerkte: »Feierlich, wie bei uns als Rekruten«; Mutter Lena aber rümpfte die Nase und sagte: »Was für ein Gewure! Den Christengott schaffen sie ab und vergotten den Staat!« Das aber brachte den Fahrer Willi auf, und er flüsterte Elsbeth zu: »Mutter Lena, die ihre Götter wechselt wie die Hemden, hats nötig, sich über die Staatsverehrung aufzuhalten!«

Vater Gustav aber sah sich zu Stanislaus um, deutete zur Mutter hin und sagte: »Sie ist keine Buddhistin nicht mehr.«

Ganz wahr, Mutter Lena war jetzt bei ihrer Gottsuche auf Meister Eckehart gestoßen, der zwar selber kein Gott war, aber der Gott, mit dem der umging, gefiel ihr, mit dem konnte sie reden, als ob sie Vater Gustav vor sich hätte. In letzter Zeit fiel ihr zum Beispiel das Laufen schwer, und jedesmal, wenn sie stolperte, glaubte sie, ihr Gott habe ihr zugewinkt, und sie fragte: »Mensch, was willst du nun schon wieder, mein Gott?«

Mochte nun alles sein, wie es wollte, mochte Propagandasekretär Wummer die Jugendweihefeier auch mit einem allzu propagandistischen Ausfall verbogen haben, manchen Müttern entrannen trotz allem die konfirmationsobligaten Tränen, denn was ist eine Weihe ohne Weinen?

Schwester Elsbeth hatte die Weihe-Zwillinge aufgezogen, aber zur Jugendweihefeier war auch deren Mutter aus Berlin gekommen, und die war munter und unverwüstlich, eine klassische Vertreterin des Büdner-Geschlechts, wenn sie sich auch eine gewisse Vornehmheit zugelegt hatte und mit Einwänden aufwartete: »Die Musik war nicht zum besten«, konnte sie sagen, »was soll ein Lied, das sich ›Hummelflug‹ nennt, bei einer weihevollen Weihefeier? Bei uns in Berlin hätte man mit Sinfonie rechnen können«, und wie sie so daherredete, fiel ihr Blick auf Vater Gustavs alten Bräutigamsanzug, und auch dazu hatte sie etwas zu sagen: »Alles in der Welt schafft sich neue Anzüge an; hättet nicht auch ihr an einen neuen Anzug für den Urgroßvater denken können?«

Vater Gustav fühlte sich beleidigt, holte sein Fahrrad aus dem Schuppen und wollte die Feier verlassen, aber da schickte Elsbeth die Zwillings-Enkel aus, und die wußten bereits, wie man Männer zu nehmen hatte. »Unseren Vater kennen wir nicht«, sagten sie, »der Großvater ist nicht gekommen, und jetzt will uns auch noch der Urgroßvater davonfliegen, sollen die Leute sagen, daß wir von nirgendwoher kamen?«

Da ließ sich Vater Gustav erweichen, und langsam zerflossen die Falten des Beleidigtseins in seinem Gesicht. Er zog sich die Jacke herunter, betrachtete sie in der Sonne und tat, als wäre er in seiner Parteigruppe auf dem Dorfe kritisiert worden. »Wenn die Jacke ein Loch hätte, wollte ich Hertchens Kritik von der BERLIN-EBENE annehmen«, sagte er, »aber seht selber, es ist keinerlei rückläufige Kaderentwicklung an ihr zu verzeichnen«, und dabei strich Gustav mit seinem Glasmacherdaumen über das Parteiabzeichen. »Ihr werdet doch nicht wollen, daß auch unsereiner zwanzig Anzüge hat wie einst der Graf«, fuhr er fort, »wo steht das überhaupt geschrieben, daß wirs den Reichen nachmachen müssen, hä? Wenn wir uns so was in den Kopf gesetzt hätten, dann müßten wir freilich prodizieren und prodizieren und die Normen steigern und immer wieder steigern und uns versklaven!«

»Ideologisch gefährlich, wie sich mein Genosse Schwiegervater vor Kindern und Indifferenten in Sachen Normen äußert«, sagte der Fahrer Willi halblaut zu Stanislaus. »Wenn das zu übergeordneten Dienststellen durchdringt, wirds heißen, wir haben als Genossen zugehört und nichts erwidert.«

Stanislaus fand ganz vernünftig, was der Vater gesagt hatte, und also übernahms der Fahrer Willi, Gustav zu widerlegen, und siehe, er hatte die rechten Argumente bei der Hand, er erfuhr von den Kreisfunktionären, die er umherfuhr, was er fürs Parteileben brauchte: »Wieso versklaven, lieber Vater?« fragte er. »Ein paar Jahre – und Maschinen werden uns die Arbeit machen, und wir gucken nur noch zu.«

»Ich hör hier immer lieber Vater«, mischte sich Mutter Lena ein, »das wollen wir mal noch nicht sagen, bevor du unsere Elsbeth nicht geheiratet hast!«

»Keine Politik, eßt die Hühnersuppe«, sagte Elsbeth und warf dem Fahrer Willi einen unlieben Blick zu.

Ja, da aßen sie dann und tranken, und auch die Kinder bekamen zur Weihefeier verdünnten Wein, und wenn sich die Enkelzwillinge am »Tokajer« verschluckten, der Franzosenjunge trank ihn unangefochten.

»Man sieht«, sagte Vater Gustav, »daß sein Vater aus einem Lande stammte, in dem man zum ersten Frühstück einen Wein und zum zweiten Frühstück ein Weib zu sich nimmt.«

»Laß dein lüsternes Gerede!« sagte Mutter Lena und hieb Gustav mit der geballten Faust auf den Rücken.

Nach dem Mittagessen gabs süße Sülze in grüner und roter Farbe, auch Götterspeise genannt, etwas später Kaffee und Kuchen, dann wieder Wein, und schließlich wurde man lustig und leicht, und der bei Familienfeiern unerläßliche Rundgesang sprang auf, jeder mußte sein Liedchen singen, und niemand durfte sich ausschließen: »Drei mal drei ist neine, du weißt schon, wie ichs meine ...«

»Ach, wie ists möglich dann ...«, sang Stanislaus, und Elsbeth flüsterte dem Fahrer Willi zu: »Wissen möcht ich schon, ob er nun die Doktorsche oder diese Rosa meint, von der einmal die Rede war.«

Fast jeder Weihgast verriet mit seinem Liedchen, was ihn bedrückte, bewegte, was ihm nahestand oder behagte. »Was frag ich viel nach Geld und Gut ...«, sang Vater Gustav, nur Mutter Lena wollte nicht singen, als die Reihe an sie kam, und sie sträubte sich, aber da baten wieder die Urenkel so zärtlich und umgarnten die Urgroßmutter, bis sie sang, und ihr Singen klang wie das Geraspel der großen Heuschrecken im Sommer, wenn die unerbittlich heiße Sonne über ausgedörrtem Grasland steht:

> Ich bin hier nur ein Gast;
> Man hat mich knapp gesehen,
> Kaum hab ich was erfaßt,
> Da muß ich wieder gehn...

Was für ein Lied! Niemand hatte es je gehört, es wurde still in Elsbeths guter Stube, und Stanislaus gewahrte in den Augenhöhlen der Mutter den Tod. Er war noch winzig, dieser Tod, doch er würde wachsen... Auch Vater Gustav mußte etwas gespürt haben, denn er schlug mit der flachen Hand auf den Tisch und befahl: »Schluß jetzt mit dem Gesinge, holt das Rausschmeiße-Spiel her!«

Die Kinder rannten nach nebenan, um das Mensch-ärgere-dich-nicht- oder Rausschmeiße-Spiel zu holen, im Hausflur aber juchte eines der Mädchen auf.

»Was ist nun schon wieder?« fragte die besorgte Großmutter Elsbeth.

»René hat mir an die Brust gepackt«, hieß es.

»Französische Sitten«, erklärte Vater Gustav.

Dann spielten die Kinder und lärmten, neckten sich, versuchten sich zu betrügen und kitzelten einander nach der Üblichkeit im Hause Steil. Die traurigen Ahnungen, die Mutter Lena mit ihrem Gesang heraufbeschworen hatte, wurden in die dunkle Höhlung hinter dem Stubenofen gedrängt, vorn im Licht spielte sich der Spaß des Lebens auf.

Elsbeth aber ging umher und lauschte auf die Autogeräusche in der Siedlungsstraße. Sie rechnete mit Reinhold, denn sie hatte ihm geschrieben: »... und hoffe ich doch, daß Dir die Konfirmationsweihe unserer Zwillings-Enkelchen interessiert ... « Konfirmationsweihe, dieses Vermengen von Alt- und Neuzeit sah Elsbeth ähnlich; Konfirmationsweihe – auf einer offenen Karte an Reinhold.

Aber was kümmerten Elsbeth taktische Begriffe, was kümmerte sie die politische Sprachregelung? »Wer in der Partei ist, muß zu sehr aufpassen, daß er ›sowjetische Freunde‹, nicht ›Russen‹ und daß er nicht ›Chemnitz‹ statt ›Karl-Marx-Stadt‹ sagt. Allzuviel, was man als Kleiner Leut gern sagt, ist in der Partei ungestattet«, sagte sie. »Ich bin nicht fromm genug für die Partei.«

Und doch lauschte sie und wartete auf Reinhold, diese Elsbeth, aber es blieb still in ihrer Straße, die Autos faulenzten und hielten sich am Weihetag daheim auf.

Elsbeth nahm ihren Bruder Stanislaus beiseite: »Siehst du Reinhold öfter in der Partei?« Stanislaus sah die Schwester an. Wohin wollte sie mit ihrer Frage?

»Nicht daß ich aus Sehnsucht frag«, erklärte Elsbeth, »aber Reinhold hat noch Sommerstrümpfe hier. Ich war schon dreimal in Friedrichsdamm, wollt sie ihm bringen, doch ich traf ihn nicht an, immer nur diese Katharina. Findest du nicht, daß Katharina ein Katzenname ist?«

Stanislaus hütete sich, seiner Schwester zu bestätigen, daß die Frau seines Bezirkssekretärs mit einem Katzennamen umherlief, und was Reinhold betraf, den hatte er wirklich lange nicht gesehen.

»Verstehe ich nicht«, sagte Elsbeth, »daß Reinhold sich bei dir nicht sehen läßt, da trägt er sich ja wie ein Graf.«

Höchste Zeit für Büdner, unwillig zu werden; es war nicht Elsbeths Sache, zu bestimmen, wie oft sich ein Bezirkssekretär mit einem Parteimitglied traf. »Gib her die Sommerstrümpfe«, sagte er, um sich herauszuziehen, doch da fing Elsbeth an zu feilschen. Sie könne ihm nur zwei, drei Paare mitgeben, sagte sie, die anderen wären noch nicht gestopft, und sie errötete nicht einmal beim Lügen.

Dieser Rundgesang, er ging ihm nach, und nicht nur das Lied, das die Mutter gesungen hatte! Es war, als hätte er diese merkwürdige Familienfeier nur nötig gehabt, um wieder einmal zu singen. Wann sang er sonst? Konnte man mit Auenwald oder Wummer, diesen ernsten Parteifunktionären, vielleicht singen:

»Lieblich war die Maiennacht« oder »Drauß' ist alles so prächtig, und es wird mir so wohl«? Mit diesen Genossen röhrte er höchstens am Schluß einer Versammlung ein Kampflied, und in solchen Fällen war Singen sozusagen Parteipflicht, zu Gefühlsaufschwüngen kam es dabei nicht, bei ihm jedenfalls nicht, weil er bereits nachdachte, wie er über die soeben absolvierte Versammlung am interessantesten berichten könnte. Allzuviel war in der Umwelt, in der er jetzt lebte, vom Kampf und immer wieder vom Kampf die Rede: Kampf um die Sicherstellung der Kartoffeln, Kampf um die Erhöhung der Normen, Kampf um die termingerechtere Belieferung, Kampf um ein erhöhtes ideologisches Niveau und so weiter und so weiter. Wie sollte man bei diesen Kämpfen noch ein Verhältnis zur Lieblichkeit jener Poesie haben, die einem aus den Volksliedern entgegenströmte? Was sollte überhaupt so ein Begriff wie »Lieblichkeit«? Er gehörte in die Rubrik »Gefühlsduselei«, und die schwächte die Kampfkraft.

»Auch der Kampf hat seine Poesie«, hörte er eine Stimme hinter sich sagen. Das konnte die Stimme des Meisterfauns, auch die von Anton Wacker sein, doch als er sich umsah, war niemand zu sehen.

Sang Wummer, wenn er abends daheim war, vielleicht doch mit seinem Sohn Fritz: »Leise zieht durch mein Gemüt liebliches Geläute«? Sang Auenwald, der keine Kinder hatte, zweistimmig mit seiner Frau: »Ich ging durch einen grasgrünen Wald«? Büdner hätte sie fragen können, doch er fürchtete, auf Verständnislosigkeit zu stoßen, fürchtete, für kindsköpfig gehalten zu werden.

»Ach, wie ists möglich dann, daß ich dich lassen kann«, hatte er auf der Feier bei den Steils gesungen und dabei wirklich an Rosa gedacht. Er hatte sie vernachlässigt die letzte Zeit, war in seiner Funktion aufgegangen, in der für ihn so gut wie alles neu war: die vielen verschiedenen Tätigkeiten, die kleinen und großen Gedanken, die zu diesen Tätigkeiten gehörten!

Nun nach Monaten waren einige dieser Arbeitsgänge zu Routine erstarrt, und es wurden Augenblicke für ihn frei, in denen er über sich selber nachdachte: Wie bist du zu dem gekommen, was du jetzt bist? fragte er sich, und die Antwort war, weil du Rosa gefallen, ihr nahe sein wolltest. Aber du bist ihr nicht nahe, bist ein Funktionär, und Rosa ist sonstwo.

Er ließ sich bei Reinhold (auch dem hatte er gefallen und nah sein wollen) melden und bat ihn, Rosas Aufenthalt zu ermitteln.

Reinhold konnte sich nur schwer erinnern, um welche Rosa er sich bemühen sollte. Parteidisziplin? Nein, Reinhold hatte rätselhafte Nachrichten über Rosa bekommen: Sie hätte zwar gute Leistungen aufzuweisen, doch persönliche Konflikte, mit denen sie zu tun hätte, würden den Gesamteindruck schmälern.

Reinhold verschwieg die Nachricht. Am Ende vermehrte sein ehemaliger Schwager Stanislaus die Konflikte der westdeutschen Genossin, wenn er ihr schrieb.

Aber noch gab Büdner nicht auf, nach Rosa zu forschen; schließlich hatten sie und er einen gemeinsamen Sohn.

Das Kinderheim lag am Rande Berlins, in einem Ort, wo sich Dorf und Stadt mischten, in einem Vorort, und es war ein roter Backsteinbau aus der Gründerzeit, solid, sauber, preußisch und verwandt mit vielen Bahnhöfen, Wasserwerken, Schulen, Krankenhäusern, Postgebäuden, auch Kirchen in Berlin.

Büdner ging unschlüssig in der Heimstraße auf und ab: Sein Besuch konnte ihm Freude, aber ebensogut Enttäuschung eintragen. Er ging an Schneebeerenhecken, verkugelten Buchsbäumen, gestutzten Linden vorüber; blieb vor klematisumrankten Gartentoren stehen, studierte die Namensschilder an abenteuerlichen Briefkästen und kunstgewerblichen Eingangspforten, ließ sich von Erinnerungen zupfen und dachte daran, daß er einstmals hier mit Rosa ging, und ihm war, als hätte er sie wieder neben sich, diese Rosa, so wie sie nach Reinholds und Katharinas Hochzeit bei ihm gewesen war: Rosa mit ihrem französischen Gang und dem zerzausten Haar; es war, als wäre in der Nähe des roten Backsteinbaus ein Abbild von ihr in der Luft stehengeblieben, ein Abbild, das den umherziehenden Winden entgangen war.

Er ging durch die überdachte Pforte. »Wohin?« fragte der Pförtner und steckte seinen rentnergrauen Kopf aus dem Logenfensterchen.

»Zu Rosa«, sagte Büdner verwirrt.

»Säuglings- oder Küchenschwester Rosa?«

Büdner hob die Schultern.

»Sie müssen doch wissen!«

»Zur Säuglingsschwester«, sagte Büdner.

FATA MORGANA.

Der Pförtner telefonierte, ließ die Säuglingsschwester Rosa suchen. Büdner wartete im Park. Die Astern blühten, ein Amselhahn sang; Wildwein durchwucherte einen Holunderbusch, die Holunderbeeren waren noch grün; der Kies auf dem Parkweg war mit weißen und gelben Quarzsteinen vermischt, er knirschte unter Büdners ausgetretenen Schuhen, und dem war wieder, als wäre Rosa neben ihm.

Er suchte die Wegstelle, an der er die wirkliche Rosa zum letzten Male gesehen hatte, und er fand die Stelle, und er blieb dort stehen, hielt den Kopf schief, bückte sich und stellte sich dann auf die Zehenspitzen.

Der Pförtner sah argwöhnisch herüber. »He, Sie, was ist?« rief er.

»Hier war es«, rief Büdner zurück, doch der Pförtner verstands nicht.

FATA MORGANA!

Die Säuglingsschwester kam, war glatt gekämmt, hatte schmale, geschminkte Lippen, ging wie ein Mannequin und hatte nichts mit *seiner Rosa* gemein. Mit *seiner* Rosa?

Mit jener Rosa, die damals sein war.

Damals?

Sie war seine Frau, sie hatten ein Kind miteinander; das war nicht rückgängig zu machen!

FATA MORGANA!

Büdner zeigte hinüber zur grauen Findlingsmauer, die das Kinderheim umgab. »Jene Pforte dort«, fragte er, »ist sie neu?«

»Die Pforte? Sie war immer dort«, sagte die Schwester, »aber man sieht sie nur, wenn die Hecke verschnitten ist.«

Da hatte ers, Rosas geheimnisvolles Verschwinden war ein billiger Illusionstrick gewesen.

Er fragte die Schwester nach seinem Sohn. »Ein Junge, und Lew Lupin müßte er heißen.«

»Nein, leider, da überfragen Sie mich«, sagte die Säuglingsschwester, und ihre Lippen wurden noch schmaler.

FATA MORGANA!

Sie gingen ins Büro, und die Schwester ließ sich dort eine Art Kontobuch mit abgegriffenen Deckeln geben. Es war das Buch, in dem die Ein- und Ausgänge vermerkt waren, das Waren-Eingangs-und-Ausgangs-Buch des Heims. Die Schwester blätterte. Sie hatte dünne Finger. Sie fand den Namen »Leo Lupin«, und siehe, sie konnte sich des handsamen Knaben erinnern. »Ein goldenes Jungchen, fällt mir ein«, sagte sie. »Aber es wurde dann abgeholt, sehen Sie hier, es wurde quittiert!«

»Wer holte ihn ab?«

Die Schwester schlug das Buch rasch zu. »Es ist mir nicht erlaubt«, sagte sie, »ein Elternteil wünscht oft nicht, daß der andere Elternteil Nachforschungen anstellt.«

»Und wenn ich zur Direktion gehe?«

»Auch dort werden Sie nichts erfahren«, sagte die Schwester und machte sich wichtig: »Ost-West-Problem, es wird alles so rasch zum Politikum!«

FATA MORGANA.

Er stand wieder draußen vor der Feldsteinmauer, und hinter der Mauer stand das Backsteingebäude, das sich ein Weilchen so aufgespielt hatte, als wärs ihm einmal eine Heimat gewesen. Dein Sohn ist durch ein Ausgangsbuch in eine Welt gegangen, in der jeder Jauchefahrer ein Geheimnisträger ist, dachte er, doch er spielte den Unbeeindruckten, falls ihn die Schwester aus einem der Fenster heraus beobachten sollte. Er pfiff einen Tango und ging noch einige Male vor dem Heim auf und ab. Er experimentierte, er hoffte wieder auf Rosas Abbild von damals zu treffen, doch er traf nicht mehr drauf. Diese Rosa, sie war eine Hexe!

»Aber schön war sie!« rief der Meisterfaun aus einem Fenster des Heims. Büdner sah nicht hinauf. Als ob neu wär, daß Hexen schön sind, dachte er.

8
Büdner lernt die liebreiche Romantheorie seines ehemaligen Dorfbräutleins kennen, berichtet von einem Prügelkonto, soll geküßt werden, treibt eine Sekretärsgattin auf einen Tisch und wird zu einer Maus mit Stirnglatze.

Noch gab er nicht auf. Noch einmal wollte er Reinhold herzlich und familiär bitten, ihm Rosas Anschrift zu vermitteln, und seht, er hatte, um sichs zu erleichtern, drei Paar Sommerstrümpfe in seine Aktentasche gesteckt. Zuversichtlich schlenderte er durch die Ohne-Sorge-Stadt des alten Querpfeiferkönigs und kam an gestürzten Säulen und Sandsteinquadern vorüber, die notdürftig von Bretterzäunen abgehalten wurden, sich in den Straßenverkehr zu mischen. Der Krieg, der unberechenbare Wirbelwind, den die preußischen Könige von ihren Untertanen so gern und so flott in andere Länder hatten tragen lassen, nun war er in die alte Königsstadt gewirbelt.

Büdner ging in eine Antiquariatsbuchhandlung, sog dort den dumpf-modrigen Geruch bedruckten Altpapiers ein, stand bei den Regalen, hatte seine Aktentasche zwischen die Knie geklemmt und suchte. In Antiquariaten überfiel ihn stets die Hoffnung, er könnte auf jenes Buch stoßen, das seine Gier nach Wissen für alle Zeiten befriedigen würde, deshalb griff er nach einem mit Lederrücken, das weise zu sein versprach. Es waren Eckermanns »Gespräche mit Goethe«. Ach je, die hatte er, und die kannte er, und er lächelte müde. Was wußten Eckermann und der Geheimrat vom sozialistischen Realismus? Sie verwirrten einen jungen Dichter, der sich auf dem Wege zu diesem Realismus befand, nur, weil sie von ewigen Kunstgesetzen sprachen, kurzum, sie waren noch ohne Ahnung, daß Gorki einst den sozialistischen Realismus entdecken würde.

Er stutzte: Hatte er selber entdeckt, daß ihm Goethe und Eckermann nichts mehr zu sagen hatten, oder übernahm er diese Meinung? Er hatte sie übernommen. Wieso auch nicht? Er hatte sich zur Parteilichkeit entschlossen.

Er suchte weiter, besah und verwarf, doch auf einmal hieß es: »Jessas Maria, der Stani!«, und zwischen den Bücherregalen erschien seine alte Dorfgespielin Katharina in einem graugrünen Kostüm, ein Jägerhütchen auf dem Kopf und eine schwarzblaue Häherfeder hinterm grünen Hutband, und sie flog auf ihn zu und umarmte ihn; er aber stieß sie zurück und tadelte sie.

»Immerfort soll ich mich benehmen und benehmen«, klagte Katharina, »ein Kreiz is das, ein Kreiz, ein blödes!«, und sie stand da wie ein gescholtenes Kind und war noch immer blaß und rührend und zerbrechlich.

Eine Verkäuferin erschien am oberen Ende der Regalgasse, Katharina machte sich rasch an den Büchern zu schaffen und zählte Büdner auf, was sie schon alles gelesen hatte. »Auch das Buch von deme Tolstoi da, das er von der Anna schrieb, hab ich gelesen«, erklärte sie. »Es gibt zwei Tolstois, mußt wissen, den Leo und den Axel; den zum Heulen schönen Roman von der Anna aber hat der Leo geschrieben, von der Anna, der Karenina da, die sich hat auf die Bahnschienen werfen müssen, weil die weiberliche Gleichberechtigung noch nicht eingeführt war damalen.«

Eine Weile benahmen sie sich wie zwei Buchkäufer, die sich zufällig hinter den Regalen trafen. Katharina zog Buch um Buch heraus, las je die erste Seite, krauste die Stirn und sagte: »Manches gefällt mir, aber manches gefällt mir nicht, aber wann mir was gefällt, dann bin ich hin.«

Es stellte sich heraus, daß hinter Katharinas blasser Stirn eine Vorstellung entstanden war, wie Romane auszusehen hätten, eine Katharinäische Romantheorie sozusagen: »Alles derfet fehlen in einem Buch«, sagte Katharina, »aber die Liebe nicht. Die Liebe, sie treibet dich über die Buchseiten hin und durch das Buch hindurch, verstehst. Ach, ich könnt dir so vieles erzählen über Bücher jetzt, aber sie sind neugierig und lauschen hier im Buchladen, weil ich doch die Sekretärsgattin bin. Gehst halt heim zu uns mit mir!« Sie sah ihn so bittend an, daß Erinnerungen an gute Stunden in ihm aufstiegen. Er ließ sich erweichen, mit zu den Steils zu gehen.

Katharina hielt sich etwas darauf zugute, daß sie sich nicht mit dem Auto fahren ließ wie die Rennerin, die Frau vom zweiten Bezirkssekretär. Nein, Katharina lief neben Stanislaus her, ging mal rechts und mal links von ihm, packte ihn bei der Hand oder hakte ihn ein und vergaß immer wieder, daß sie nicht mehr ein Liebespaar in Waldwiesen waren.

Auf einem Hügel hinter dem Fluß stand breitgelaufen und behäbig wie eine Burg das Bürohaus der Parteibezirksleitung. »Dort oben sitzt nun der Reinhold wie ein Fürst und weiß nicht, daß wir zwei hier miteinand einherlaufen«, sagte Katharina. »Aber er derfets nicht hören, der Reinhold, daß ich ihn einen Fürst nenn, da wird er bös, obwohl ichs nur so im Scherz sag und ohne Gift auf der Zung.«

Sie gingen die breite Allee hinauf, rechts war der große Friedhof, und links standen Villen in Parkgärten, und in einer dieser Villen wohnten die Steils.

Die Wohnung war nicht großbürgerlich, auch nicht kleinbürgerlich eingerichtet; ein bißchen puppig und neckisch war sie, zum Beispiel die vielen Schleifchen überall, die gehäkelten Kissen und mancherlei Gekram, das Katharina selber hergestellt hatte, wie sie es einst auf der Schwesternschule gelernt hatte.

Sie bewirtete ihren ehemaligen Geliebten mit Schwarztee und Wurstbroten, und Büdner, der ewig hungrige möblierte Herr, aß und fraß.

»Ja, da seh ichs, daßt noch immer unversorgt bist, und es gefreut mich a wengerl«, sagte Katharina, machte ihm neue Wurstbrote und verstands, ihn dazubehalten. »Wär doch fad, wannst nicht noch Reinhold begrüßen tatest«, sagte sie.

Er fing an zu schwitzen vom vielen Tee, Katharina zog ihm die Jacke aus; sie hatte wohl die Absicht, ihm zu beweisen, daß sie doch zu ihm gepaßt hätte, denn sie bewirtete ihn, gleichsam zum Nachtisch, wieder mit Literaturtheorien. Als Frau des Bezirkssekretärs besuchte sie fleißig das Parteilehrjahr, wo den Schülern, zum besseren Verständnis der sowjetischen Parteigeschichte, von Zeit zu Zeit auferlegt wurde, Bücher zu lesen: »Zement« von Gladkow, »Die Mutter« von Gorki oder »Was tun?« von Tschernyschewski zum Beispiel. »Auch den Engels hab ich gelesen, vom Ursprung seiner Familie und das; darin ist freilich von Liebe die Rede, aber mehr so von politischer Liebe. Viel Wahrheit mag drin sein, o mei, aber langweilig!« sagte Katharina und legte Büdner vertraulich die Hand auf den Kopf, auf die erhitzte Glatze: »Wannst am End doch noch ein Buch zusammenschreibst, daß du mir auf die Liebe nicht vergißt!« ermahnte sie ihn und fuhr dabei mit dem dünn-blassen Zeigefinger durch die Küchenluft; das war eine blitz-neue Geste an ihr, die Geste der parteilichen Belehrer.

Büdner trug jeweils ein oder zwei Kapitel seiner Aufzeichnungen aus der Kindheit zusammengefaltet in der Rocktasche; sie erwärmten ihm gleichsam durch die Brusttasche das Herz und waren ihm das, was dem Okkultisten der Odmantel oder dem Geheimdienstmann die Pistole ist.

Katharina, noch immer bekümmert über Büdners Unversorgtheit, musterte den Kragen seiner Allzweckjacke, die über einer Stuhllehne hing, und fand, daß er gereinigt werden müßte, und beim Herumfingern entdeckte sie auch das Papier in der Jackentasche und wurde neugierig.

»Laß stecken!« sagte er, als sie die Manuskriptblätter fand, doch er sagte es mehr im Tone eines Mädchens, das den Liebhaber mit einem Nicht und mit einem Doch abwehrt, denn Katharina fühlte sich nicht allzu verwiesen und bestand darauf, ein »bissel lesen« zu dürfen.

Nein, dann wollte er selber lesen, doch da fiel ihm ein, daß sie ihm einmal mit plattem Gerede gekommen war, als er ihr ein Gedicht, eine Selbstherstellung, vorgelesen hatte, und das war in ihrer liebsten Liebeszeit. Aber, dachte er, weil er begierig aufs Vorlesen war, sie kann sich entwickelt haben. »Im sozialistischen Zeitalter entwickeln sich die Menschen im Granatwerfertempo«, pflegte Propagandasekretär Wummer zu sagen.

Sie gingen in Reinholds Stube, und dort drückte Katharina Büdner aufs Sofa und setzte sich ihm mit angezogenen Blaßbeinen zur Seite; die untergehende Sonne traf ihr bleiches Gesicht und färbte es leis rötlich. Ehe Büdner mit Lesen anfing, betrachtete Katharina seine Hosenbeinlinge und sagte: »Auch die Hosen derfeten Bügelfalten vertragen. Es geht dir schlimmer, als ich dachte, wo du nun so allein im Leben umherhockst.«

Im Kapitel, das er ihr vorlas, war von Lehrer Gerber die Rede, der die Schulkinder für sein Hauswesen arbeiten ließ. Sie mußten das Schuhwerk der Lehrerfamilie putzen, die Kaninchen und die Ziegen füttern, die Ställe ausmisten, das Heu und die Kartoffeln ernten. In der Blaubeerzeit hielt Gerber mitten im Unterricht ein und befahl: »Marsch, macht euch in den Wald, sucht Blaubeeren für meine Frau!«, und Frau Gerber gab den Kindern Konservendosen.

Die Kinder rannten in den Wald und sammelten Blaubeeren für die Lehrerfamilie und kauften sich mit diesen Blaubeeren, wie später im Jahr mit Pilzen, von Stockschlägen und anderen Strafen frei; Schläge waren die Währung, in der Lehrer Gerber zahlte: Eine Blechdose voll Blaubeeren stand als zehn geschenkte Stockschläge auf dem »Hiebkonto« zu Buche. Ein Pfund Steinpilze brachte sogar fünfzehn geschenkte Stockschläge, und das »Hiebkonto« mußte nach anderen Schülern auch der Büdner-Junge für einige Wochen führen.

Nach der Blaubeer- und Pilzzeit verfügten sie alle über ansehnliche Guthaben auf der Sparkasse für Züchtigungen, und es begab sich, daß Minchen Düppel das Lied »Herzliebster Jesu, was hast du verbrochen?« nicht gelernt hatte. Lehrer Gerber beabsichtigte, ihr für ihre Faulheit zehn Stockschläge auf die flache Hand zu verabreichen, doch Minchen triumphierte: »Hab noch Geschenkte.«

Büdner sah in der Strichliste nach, fand, daß Minchen Düppel noch fünfzig GESCHENKTE auf ihrem »Hiebkonto« stehen hatte, und machte durch zehn senkrechte Guthabenstriche einen Querstrich.

Paule Semmel wurde von Gerber in der Religionsstunde nach dem Namen der »himmlischen Stadt« gefragt. Paule hielt Berlin, nicht Jerusalem, für die »himmlische Stadt« und verlor drei Ohrfeigen von seinem Guthaben für das »ungelernte Jerusalem«. Tausche drei Ohrfeigen gegen eine Büchse Steinpilze!

In jener Zeit wurde der Büdner-Junge zum Betrüger: Wenn das Guthaben eines »Prügelkunden« zu Ende ging, füllte er es heimlich mit senkrechten Strichen wieder auf und fühlte sich dabei wie ein gerechter Kleingott, denn er ließ seine Wohltaten sogar jenen Mitschülern angedeihen, die er nicht mochte, selbst den Kirschdieben, die ihn dennmals zu Unrecht unter Gerbers Haselstock brachten, füllte er ihre »Hiebkonten« auf. Die Schulkinder von Waldwiesen gingen durch eine Zeit ohne Jammer und Tränen, und der Haselstock des Lehrers verkam im Landkartenschrank.

Aber der Krug geht so lange zum Wasser, bis er bricht, und die Hosen werden so lange getragen, bis sie vom Hintern fallen, und mehr solche zu Weisheiten erhobenen Selbstverständlichkeiten! Eines Tages schöpfte Lehrer Gerber Verdacht, weil ihm so wenig Gelegenheit geboten wurde, Prügel-Freiübungen zu machen. Er prüfte die »Hiebkonten«, entdeckte Büdners Betrügereien, und das Ende war, daß er dem ungetreuen Listenführer zwanzig Korrektur-Hiebe aufs Hinterteil schrieb.

Das also las Büdner seiner ehemaligen Dorfgespielin vor, und die Sonne ging darüber unter, und Katharina lauschte, wie Klein Maria (Lukas 10, Vers 39) dem predigenden Jesus zugelauscht hatte, lauschte auch noch, als Büdner schon zu Ende war, lauschte so lange, bis er sagte: »Fertig!«

»Und?« fragte sie, »die Liebe, wo war die?«.

Er erklärte ihr, daß er die allgemeine Menschenliebe im Auge gehabt hätte.

Die allgemeine Menschenliebe, dieses »Meer der Liebe«, von dem in den Gesangbüchern die Rede ist? Nein, das hatte Katharina nicht gemeint, als sie von der Liebe in den Romanen sprach. »Ich hab die zünftige Liebe gemeint, an der man hin wird, wenn sie einem nicht so ausgeht, wie man möchte.« Ach, die blasse Katharina, wie sie so dasaß und sich ereiferte! Er bekam Lust, sie wie früher auf den Schoß zu nehmen, sah sie entsprechend an, und auch sie sah ihm unbedacht tief in die Augen.

Büdner, dieser Büdner, hätte er nicht mehr Respekt vor der Frau seines Bezirkssekretärs haben sollen? Nein, das Leben, es war dagegen:

Katharinas karitative Kräfte lagen brach. Reinhold behandelte sie wie einen weiß-gelben Kanarienvogel. Sie fühlte sich unerfüllt und begehrte, als Schwester im Städtischen Krankenhaus arbeiten zu gehen. Das ließ Reinhold nicht zu. Da müßte sie Nachtdienst machen; eine Nacht sie nicht daheim, die andere Nacht er nicht. Wo sollte das hinführen? Sie würden sich kaum noch kennen. Das ginge auch anderen so, hielt ihm Katharina entgegen und wurde partei-pathetisch. »Auch andere nehmen das auf sich«, sagte sie, »und sie dienen damit der Republik und der Erhaltung des Friedens.«

Reinhold war nah dran, seiner Frau diese Art von Gleichmacherei zu untersagen, aber es stand rechtzeitig der alte Baggerführer in ihm auf, und er sagte nichts.

Katharina schmollte und sann auf etwas Neues. Sie wollte und wollte nicht durch die Funktion ihres Mannes geheiligt sein wie zum Beispiel die Rennerin, die sich sogar von Leuten, die ihr zu schmeicheln beliebten, Frau Sekretär nennen ließ.

Katharina fing an, sich um die Gebrechlichen im Wohngebiet zu kümmern, vertrat erkrankte Mütter, betreute deren Kinder, war alsbald in der Umgebung beliebt und wurde allenthalben »unsere Schwester Katharina« genannt.

Sie erwarb sogar das Wohlwollen von Pfarrer Liebetraut, auf den sie des öfteren traf, wenn sie die Kranken betreute. Pfarrer Liebetraut, ein Mann mit weißem Backenbart, ging mit Worten so sparsam um wie die Kirchenbesucher mit ihren Kollektegroschen, doch von Katharina sagte er, sie wäre eine kleine Heilige, es wäre schade, daß es ihr nicht vergönnt wäre, eigene Kinder zu haben, und das war richtig, denn alle Romantheorien, sogar das Parteilehrjahr, über das diese Schwester Katharina so verständig zu schwatzen wußte, waren kein Ersatz für eine Mutterschaft.

Wenn Katharina vor Reinhold die Rede auf eigene Kinder brachte, sagte der: »Wart nur, wart, du bist noch jung und durchsichtig wie eine Libellenfliege.«

Katharina aß fette Ränder von Schinkenscheiben, kochte sich quellende Suppen, schluckte Schlagsahne und setzte doch kein Fett an. Sie war nicht der Typ. Ja, wenn mit dem Dickwerden eben nichts zu machen war, dann wollte sie als Libellenfliege ein Kind! Sie bedrängte Reinhold immer öfter mit ihren Wünschen, und Reinhold erklärte sich schließlich einverstanden, aber wie Katharina bald feststellte, schien Reinhold nicht mit allen Gedanken bei der Liebe zu sein; vielleicht war er mit einem Gedanken in einer Produktionsberatung, mit einem anderen auf einer Konferenz, mit einem dritten beim Klassenfeind und mit den restlichen gar noch bei Elsbeth und den Kindern von der.

Katharina, so aufgeklärt sie auch tat, sie ahnte nicht, nicht einmal Reinhold ahnte es, daß er im Lager die Kraft verloren hatte, Menschen aus dem Unsichtbaren ins Sichtbare zu locken.

Nun also gab es diesen Juniabend, und Katharina saß mit ihrem Uraltgeliebten Stanislaus auf dem Sofa, der Duft der Vorgartennelken strömte durchs geöffnete Fenster, die Amsel sang, immer wieder die Amsel, die Amsel, die Amsel, und wieder sahen sie einander an, und endlich sprach Katharina es aus und sagte: »Auf einen Kuß derfets dir fein nicht ankommen.«

Eine Weile verging, und die Amsel zeterte draußen auf eine vorüberschleichende Katze. Büdner rührte sich nicht, und Katharina versuchte es von einer anderen Seite: »Es könnt ja sein, daß't hier auf der Chaisen einschliefest und ich wecket dich mit einem Kuß«, sagte sie.

»Aber ich schlaf nicht ein.«

»Also reg ich dich immerhin auf«, sagte sie und versuchte demagogisch zu ihrer Sache zu kommen.

Büdner dachte an Rosa, schließlich auch an Reinhold, an seine Parteiehre dachte er merkwürdigerweise nicht.

»Denkst ja ein Loch durch die Wand«, sagte Katharina schließlich und packte ihn. Er entwich ihr und rannte um den Tisch; Katharina rannte hinter ihm drein. Er versuchte ihren »Generalangriff« diplomatisch in ein Fangespiel umzufunktionieren, sprang aufs Sofa und stieg von dort auf den Tisch. Katharina erwischte ihn beim Bein; er mußte sich bücken, um sich zu befreien, und da küßte sie ihn.

»Bist du noch bei dir?« tadelte er, doch seine Empörung war nicht allzu echt.

Draußen war das Geräusch eines Autos zu hören. »Ich glaub, Reinhold kommt«, sagte er, packte sie in seiner Not, schüttelte sie und wollte sie zur Besinnung bringen, aber sie küßte ihn wieder, sprang sogar zu ihm auf den Tisch, so daß er sich gezwungen sah, hinunterzuspringen.

Reinhold stand im Flur und verharrte. Er hörte den Hatzlaut und das Gejage in der Stube und wartete, bis es stille wurde. Vorsichtig öffnete er die Tür, ohne einzutreten, um den beiden Gelegenheit zu geben, auseinanderzufahren. Es war nicht nötig, aber Katharina stand immerhin auf dem Tisch. Springt eine Frau ohne Not auf den Tisch?

»Eine Maus!« erklärte Katharina, als Reinhold eintrat. »Eine Maus war hier herinnen!« schrie sie und war tollrot im Gesicht. »Du weißt, wie gräuslich ich vor Mäusen bin!«

Büdner, die Maus mit der Stirnglatze, schwieg und atmete erregt.

Und da durfte man Reinhold wieder einmal bewundern: Wie ruhig er blieb und wie er sich in der Hand hatte! »Eine zudringliche Maus«, sagte er, »aber schuld, daß sie hier ist, bin ich; ich füttere sie, wenn ich nachts hier arbeite. Nicht daß ich für Mäuse was übrig hätte, aber ich füttere sie.«

9

Büdner versieht die Frau seines Bezirkssekretärs mit einem imaginären Kind, erfindet das jus primae question, mischt sich durch einen Briefkasten in die Angelegenheiten großer Politiker und verhindert die Ausbreitung von Seuchenkäfern im VOLKSBLATT.

Büdner saß im halbdunklen Bahnabteil. Der Personenzug hielt auf jeder kleinen Station, stand eine Weile und fuhr wieder an. Leute stiegen aus, andere stiegen ein, die Lokomotive atmete ein und aus, und allemal, bevor der Zug anfuhr, wurde es still auf den Bahnstationen, und auf einer hörte man in einem solchen Augenblick eine Nachtschwalbe schnarren, auf einer anderen quakten Frösche in einem nahen Teiche, dann wieder umhuschten Fledermäuse alte Eichenbäume. Wenige Meter von den Bahnstationen entfernt, taten Kreaturen und Pflanzen ungestört, was ihnen über einen Geheimkode befohlen ward, wuchsen, lebten und vermehrten sich, und es war nicht zu vermuten, daß die blühende Sommerlinde am Bahnhofsportal in Mittenwalde grübelte; das blieb dem einstigen Büdner-Jungen, dem jetzigen Kreisredakteur Büdner, vorbehalten.

Er hatte bei den Steils noch einmal mit Reinhold Abendbrot essen müssen, er, den Katharina schon so vollgestopft hatte, aß noch einmal, es ging nicht anders. Sie saßen da, aßen und schwiegen, bis Katharina, der es unheimlich wurde, anfing zu plaudern. Was sie sagte, sollte unbefangen wirken, aber es wirkte nicht unbefangen. Sie erzählte Reinhold, wie sie Stanislaus in der Buchhandlung traf und wie sie sich über Bücher unterhalten hätten. »Ein Buch ohne Liebe ist wie ein Paradeiser ohne Salz, hab ich ihm gesagt, und was meinst nun du dazu?«

Reinhold schloß die Augen, schüttelte den Kopf und gab zu verstehen, daß er Katharinas Gerede über Bücher und Liebe nicht mochte. Es war das erste Mal, daß Katharina ihn zu einer Unmutsäußerung herausforderte, und als Büdner das sah, zog er wollene Klumpen aus seiner Aktentasche und sagte: »Da, die Socken, Reinhold, um ihretwillen bin ich hier. Elsbeth schickt sie dir.«

Katharina, die für bar nahm, daß Büdner nur der Socken wegen gekommen war, schluchzte auf, machte eine kleine Faust und drohte ihrem Altgeliebten. Reinhold aber schüttelte ein zweites Mal unmutig den Kopf und schob die Strümpfe von Elsbeth beiseite.

So wars, und eigentlich war er doch ausgezogen, um Reinhold zu bitten, ihm Rosas Anschrift zu besorgen.

Und nun saß er im Bahnabteil, und seine Dichterphantasie quälte ihn mit abseitigen Vorstellungen und spielte ihm Streiche:

Er kommt aus einer Versammlung und geht heimzu, es ist halbmondig, und dicke Wolken fudern sich; bald ists dunkel in den Straßen, bald ists hell, und der Quarz in den Straßensteinen glimmert. Büdner formuliert am Versammlungsbericht, er will ihn interessant machen, da tritt aus dem Schatten einer Rotdornhecke Katharina und sagt: »Stani, ich krieg ein Kind.«

Er weiß nicht, woher er die Kraft hat, aber er ist Herr der Lage und sagt: »Das wird Reinhold freuen.«

»Und dich wirds nicht gefreuen?« fragt Katharina und sieht ihn bezüglich an, und er weiß, das Kind ist von ihm.

Er geht zu Reinhold und sagt: »Es ist gekommen, wies gekommen ist, alte Liebe rostet nicht. Einmal hast du sie mir weggenommen, jetzt hab ich dir sie weggenommen, so ist das Leben.«

Reinhold ist großzügig und sagt: »Ich hätte es verhindern können, Genosse Büdner, denn ich war schon im Hause, bevor ich mich euch zeigte.« Ekelig großzügig ist Reinhold, aber er sagt »Genosse«, amtlich und fremd, er sagt nicht »lieber Stanislaus«, sagt nicht »lieber Schwager«, wie kann er auch! Er findet sich damit ab, daß ein Kind von seinem ehemaligen Schwager Büdner in seinem Hause aufwachsen wird.

Die Bremsen quietschen, der Zug hält, Leute steigen aus, Leute steigen ein, der Zug fährt weiter, Büdner grübelt:

Reinhold gibt ihm Katharina zurück; er und Katharina heiraten, sie warten auf ihr Kind. Das Kind kommt, es ist ein Sohn, Katharina stürzt sich auf den Sohn, er, Büdner, ist für sie nicht mehr vorhanden, er ist wieder allein mit seiner nächtlichen Dichtereiarbeit, Katharina versteht nicht, was er da schreibt, hält es für unnötig; sie will, daß er sich, wenn er Feierabend hat, seines Kindes freut und an dessen Bewirtung auf Erden teilnimmt.

Die Bremsen quietschen, der Zug hält, die Station, auf der sie halten, heißt Sommernacht. Zwischen zwei Dampfstößen der Lokomotive hört Büdner, wie es draußen in den Getreidefeldern knispelt. Sie halten vor einer Baustelle; der Zug passiert sie im minderen Tempo, Büdner grübelt schon wieder:

»Ich bin schwanger«, sagt Katharina. »Ich mußte das Kind von dir haben, Reinhold war nicht in der Lage mehr, laß dirs vor Reinhold nicht ankennen, daß das Kind von dir ist. Dank, daß du mir die letzte Liebe erwiesest, behüt dich!« Katharina geht zufrieden davon, auch er ist zufrieden, sie erhebt keinen Anspruch auf ihn.

Es fängt ihn an zu plagen, daß er seinen Bezirkssekretär belog. Er erwägt, in die westliche Republik zu flüchten. Aber was soll er dort? Sie, für die er das alles tat, sie, für die er da ist, wo er jetzt ist, ist nicht mehr in der westlichen Republik, sie ist hierherum wo, und sie heißt Rosa.

Vielleicht hätte er, bevor sie sich zum Abendbrot setzten, vor Reinhold hintreten und sagen sollen: »Es war Katharina, die mich zuerst küßte.« Aber wie hätte er damit gegen Katharina gehandelt, die ihm schließlich vorzeiten einmal ein bißchen was gewesen war! Wenn ers genau nahm, hätte sie sogar noch das Zeug, ihn zu verführen.

Wie hätte er Reinhold erklären sollen, daß er Katharina nicht auf den Tisch getrieben hatte, wenn Katharina sich in dieser Angelegenheit nicht geäußert hätte? Hätte er Reinhold sagen können: »Nimm den kleinen Familienscherz nicht übel, lieber Schwager!« Reinhold war sein Bezirkssekretär, Reinhold war leitender Funktionär, ein Mann, den man respektierte, den man respektieren mußte, ein Mann, zu dem bestimmte Genossen fromm aufsahen, ein Mann, von dem Genossen sprachen wie von einem sozialistischen Heiligen.

Es ist nichts geschehen, gottlob, nichts geschehen zwischen dir und Katharina, dachte er, aber du kannst Reinhold nicht erklären, weshalb Katharina auf dem Tisch stand, es sei denn, du lügst, aber du wirst dieser Sache wegen nicht lügen, wirst eine Form finden, dich anderswie vor Reinhold reinzuwaschen. Und über dem Begriff des Sichreinwaschens fiel ihm der Mönch Zachäus ein, der mit ihm auf der Ägäer-Insel im Kloster gelebt hatte. Zachäus war, wie er, ein nachgemachter Mönch, einer, der den Soldatenrock ausgezogen hatte, um sich vor den eigenen Leuten, den Preußen und den Ariern, in Sicherheit zu bringen. Zachäus war Adventist, heiligte den Sabbat und faßte an diesem Tage kein Geld an. Aber sie trieben im Kloster kleine Geschäfte, harmlose Geschäfte; der eine brauchte Tabak, der andere Olivenöl, und Zachäus, der nicht beobachtete, daß Sabbat war, kaufte ein paar Zehen Knoblauch, aber gleich drauf gewahrte er, daß ers am Sabbat, am geheiligten Tage, getan und daß er Geld angepackt hatte, und er wusch sich die Hände, wusch und wusch, zerstörte die Sabbatstille und machte seinen geheiligten Tag zu einem Waschtag. Andere Klosterbrüder, auch Büdner, machten sich lustig über die Widersinnigkeit, die ihr Bruder beging, aber es war eben so, daß Zachäus einer Sekte angehörte und deren Forderungen genügen mußte.

Aber wie stehts nun mit dir, fragte sich Büdner, wenn auch du dich reinzuwaschen wünschst? Gehörst denn auch du einer Sekte an? Welches sind die Merkmale einer Sekte? Bei diesen Fragen beließ er es. Es war jetzt oft so, daß er auf halbem Wege aufhörte nachzudenken. Wer eigentlich verbots ihm, alles bis zu Ende zu durchdenken?

Wie auch immer, er fing an, sich vor Reinhold reinzuwaschen, fand eine merkwürdige Form, es zu tun, und benutzte seine tägliche Arbeit dazu: Er rief zum Sammeln von Alt-Eisen auf: »Liebe Leute, Roh-Eisen ist knapp, doch überall stecken noch Reserven«, schrieb er in der Zeitung. »Seid so gut und sammelt Alt-Eisen zum Einschmelzen für das junge Stahlwerk in Hennendorf. Die Republik wirds Euch danken.«

Es war eine Anmaßung von Büdner, den Altmetallsammlern Dank im Namen der Republik zu versprechen, aber er tat es, und er ließ seine Zeitungsberichte als Sperber aufsteigen und nach Alt-Eisen spähen, und sie meldeten alsbald ihre Sammelergebnisse. Büdners Alt-Eisen-Sammelaktion stieß auch bei den Kreissekretären auf keinerlei Widerspruch, nicht einmal bei Wummer; sie war, wie es aussah, eine gute Tat, und Büdner hoffte, daß auch Reinhold auf sie aufmerksam werden und sich freuen würde.

Aber die Alt-Eisen-Aktion genügte ihm noch nicht. Er tat ein nächstes Überdrauf, wusch sich weiter rein und eröffnete auf seiner Lokalseite ohne Geheiß einen »Briefkasten«. Das Recht auf die erste Anfrage räumte er seiner Stenokontoristin Ramona ein, *jus primae question*.

»Primae questionis«, bemerkte die humorlose Wetterzeube, »question ist Englisch.«

»Wirklich?« sagte Büdner. »Ein Glück, daß es niemand hörte; man hätte am Ende gelacht.«

»Eben«, sagte die Zeube, denn auch die Ironie erreichte sie nicht.

Ramona war begeistert und fragte in ihrem Leserbrief: »Meine Schwester hat so Pusteln, die gehen und gehen nicht weg.

Können Sie mir, das heißt meiner Schwester, ein radikales Mittel nennen, das uns von dieser HAUT-UNSCHÖNHEIT befreit?«

Büdner antwortete, und der Tisch, auf dem er seine Antwort schrieb, lag zwei Meter von Ramonas Schreibmaschinentisch entfernt, auf dem die Anfrage geschrieben worden war: »Bisher hat Schwefel in solchen Fällen ausgezeichnete Dienste getan. Die allgemeine Ansicht, die von Pickeln befallenen Personen müßten sich kräftiger ausleben, hat bisher keine wissenschaftliche Bestätigung gefunden.«

Die Wetterzeube fand Ramonas Anfrage zu unpolitisch, und Büdner räumte auch ihr das Recht auf eine Anfrage ein: »Welches sind die gesellschaftspolitischen Merkmale, damit ein Land als volksdemokratisch bezeichnet werde?« fragte die Wetterzeube.

Büdners Antwort lautete: »In einem Land, das gesellschaftspolitisch den Volksdemokratien zugerechnet wird, müssen die Produktionsmittel um und um dem Volke gehören.«.

Damit aber rutschte Büdner der *Briefkasten* aus den Händen. Der Leser Liebmann, jener Aktivist, der den Braunkohlenringkämpfer Kimme aus dem Felde geschlagen hatte, meldete sich zu Wort: »Auch in Jugoslawien gehören die Produktionsmittel dem Volke«, schrieb er, »weshalb beschimpfen wir dann die jugoslawischen Genossen und nennen sie in unseren Zeitungen Imperialistenknechte, wir, die wir es noch nicht einmal zu einer Volksdemokratie gebracht haben?«

Liebmann schickte seine Anfrage an die Hauptredaktion in Friedrichsdamm, und dort gelangte sie in die Hände des stellvertretenden Chefs Schönmund, der, wie stets, gereizt umherging, weil er noch immer »Siegesmeldungen« über das Steinkohlevorkommen in Knoblauch-Kirchweih anfertigen mußte, obwohl sich dort bisher keine Steinkohle hatte blicken lassen. »Wieder dieser Lokalbursche von Kohlhalden!« wetterte er. »Was für eine Extratour erlaubt er sich diesmal? Wer hat ihm den Auftrag gegeben, einen Briefkasten einzurichten?«

Die Nachforschungen ergaben, daß Büdner von niemand beauftragt worden war, und da schrieb Schönmund an den Rand von Liebmanns Gegenfrage: »Wie diskutiert man bei

Euch?« und schickte sie an Propagandasekretär Wummer nach Kohlhalden.

»Ein verflucht dicker Hund!« sagte Wummer, ging zu Büdner in die Kreisredaktion, trat mit beiden Beinen ein und sagte: »Da haben wir die Scheiße! Und warum haben wir sie? Weil mir dieses hochpolitische Briefkasten-Material nicht vorgelegt wurde. Von jetzt ab alles, was den Briefkasten betrifft, zu mir!«

»Unmöglich«, erwiderte Büdner.

»Was sagst du da, unmöglich sagst du?« Es zuckte in Wummers Eichhörnchengesicht.

»Unmöglich, ja«, sagte Büdner, »man hat nicht einmal mir Liebmanns Frage vorgelegt.«

Wummer schnappte nach Luft, die Redaktionsdamen fingen an zu lachen, dem Propagandasekretär blieb nichts übrig, als mitzulachen. Es war ein Lachen unter Tüll, hinter dem man Wummers Wut wallen sah.

»Wie diskutiert dein Mündel, dieser Liebmann?« fragte Wummer den Knappschaftsinvaliden Skodowski und zeigte dem die Briefkasten-Anfrage. »Jugoslawische Einflüsse! Wie stehen wir da, wenn herauskommt, daß einer unserer Aktivisten so wenig auf Linie diskutiert?«

Skodowski ließ sich von Wummer am wenigsten einschüchtern. »Wie diskutierst du, er, sie, es und ihr. Steck sie ein, diese Schreckschußpistolen! Sie werden immer von oben nach unten und dürfen nie umgekehrt abgefeuert werden: Wie diskutiert man bei euch?«

»Oben und unten?« fragte Wummer. »Was meinst du damit?«

»Unten sind die Örter, wo produziert, und oben sind die Örter, wo regiert wird!«

Es sah aus, als hüpfte Wummer vor Freude, weil er Skodowski bei einer Respektlosigkeit erwischt hatte, die ihm auch Reinhold Steil nicht verzeihen würde. »Muß ich mich also nicht wundern«, sagte er, »wenn dein Parteipate Liebmann so diskutiert.«

Skodowski lehnte sich in seinem alten Sessel zurück. »Hat der

Liebmann gelogen? Beschimpfen wir die jugoslawischen Genossen nicht nur, weil es zwischen dem Generalissimus und dem Marschall Differenzen gibt?«

Das war die Höhe! »Muß ich also annehmen«, sagte Wummer, »daß du Liebmann zu dieser Anfrage animiertest.«

»Du nimm an, was du willst«, sagte Skodowski und blieb ruhig und stampfte während der Unterredung nicht einmal mit seinem Gehstock.

Wummer eilte ins Sekretariat und fertigte einen Riesenbericht an, doch er blieb wirkungslos. Wummer war gezwungen, zur Beschwichtigung seines Polit-Eifers aus dem Schweigen des Bezirkssekretärs etwas zu machen: Auch Reinhold schien nun wohl der Meinung zu sein, daß sein alter Mitgenosse Skodowski »etwas sehr am Stock ging« und »mit der politischen Entwicklung nicht mehr mitkam«, doch die Pietät verbots ihm, Skodowski zu belangen, gewiß.

Das war der zweifelhafte Erfolg von Büdners Briefkasteneinrichtung, mit der er seinen ehemaligen Schwager hatte »ideologisch erfreuen« wollen. Im Grunde auch eine Niederlage für Wummer, aber steckte der so etwas ein?

An der Kriegsfront in Korea, an der die Südkoreaner mit amerikanischer Hilfe gegen die Nordkoreaner kämpfen, denen hinwiederum die sowjetischen Genossen helfen, werfen die Amerikaner Glasphiolen mit Käfern ab, die bis zum Platzen mit Krankheitserregern vollgestopft sind, hieß es. Die Meldungen wurden in den Tageszeitungen veröffentlicht, und überall wurden Protestresolutionen von Arbeiterkollektiven verfaßt, und das geschah auch in Kohlhalden, aber Propagandasekretär Wummer war das noch zuwenig des Guten. Er schrieb seinerseits einen langen Protest-Artikel gegen die Seuchenkäfer und wollte ihn auf der Kreisseite abgedruckt haben, weil viele Leser *nur* den Lokalteil des VOLKSBLATTES läsen, wie er behauptete.

Büdner weigerte sich, bei der »Überplanerfüllung der Seuchenkäfer-Verdammung« mitzutun. »Soll die ganze Zeitung nur noch aus Käfer-Verdammung bestehen?« fragte er.

In Wummers Eichhörnchengesicht zuckte es, und er sauste los und bemühte diesmal Auenwald, aber auch der entschied sich für Büdners Ansicht, zumal Wummers Artikel, abgesehen von einigen umgestellten Sätzen, eine Wiederholung vom Käfer-Artikel auf der zweiten Zeitungsseite war.

Diesmal verhehlte Wummer die Wut über seine Niederlage nicht, jedenfalls draußen auf dem Flur nicht: »Dieser Schlapphut von einem Ersten«, fluchte er laut, sah sich nach allen Seiten um, stellte fest, daß niemand da war, und sagte: »Das kann jeder hören!«

An so Tagen begann Büdner die Redaktionsarbeit anzuwidern, und er schrieb zum Ausgleich nachts für sich und ohne Auftrag, schrieb und schrieb, wie er es früher als Bäcker, als Soldat, als Edelhofdichter und als Gemeindesekretär getan hatte. Eine Krankheit, ein Leiden – deine Schreibsucht, Schnaps für deine Seele, dachte er und fühlte sich doch wohl, wenn er sich für die Nachtstunden dieser Krankheit überließ.

Zuerst schrieb er die phantastischen Vorstellungen nieder, die ihn im Zusammenhang mit dem Erlebnis bei den Steils heimgesucht hatten; er bannte sie auf diese Weise und sperrte sie zwischen den Pappdeckeln eines Schnellhefters ein.

Danach wendete er sich wieder dem Problem zu, das ihn fort und fort plagte: Lebt das Leben den Menschen, oder lebt der Mensch das Leben? Er hatte erfahren, daß es glatt und gut ging, wenn man auf die Stimme seines Lebens hörte. Wie gut wars zum Beispiel, daß er auf sein Leben lauschte und Katharinas Wünschen nicht nachgekommen war; da hatte er etwas unterbunden, was ihm später wie Schicksal entgegengetreten wäre.

Als man ihn in die Bäckerlehre drängte, wäre er lieber in Waldwiesen geblieben, wäre dort umhergegangen, um Menschen, Tiere und Pflanzen zu beobachten und zu philosophieren. Philosophieren? Was war denn das? Sein Vater war kein Kaufmann Schopenhauer, der seinem Sohne ein Vermögen zum Verphilosophieren hinterlassen konnte. In Waldwiesen galten Kleine-Leute-Grundsätze, und einer davon hieß: Wer Sichtbares frißt, muß Sichtbares schaffen. Nur auf Irre und Gelähmte traf dieser harte Grundsatz nicht zu, sie wurden dem Staat auf die Schwelle gelegt.

Vater Gustav, der noch immer hoffte, sein Sohn Stanislaus würde sich zu einem Glasfresser hinaufentwickeln, hätte ihm zur Not gestattet, Hungerkünstler oder Teufelsgeiger, vielleicht auch Kirch-Turm-Uhren-Öler oder Eisenbahn-Weichen-Schmierer zu werden – aber Philosoph?

»Nicht einmal alle geistigen Kräfte des Dorfes wären, wenn man sie vereinigen könnte, in der Lage, einen Schopenhauer hervorzubringen«, sagte Lehrer Gerber, der freilich nichts von einem Jakob Böhme wußte, jenem Schuster aus Alt-Seidenberg, der ohne den Segen von Universitätsprofessoren philosophierte und mit pichigen Fingern Erkenntnisse niederschrieb, vor denen später sogar ein Karl Marx den Hut lüpfte.

Wenn sich Büdner nach seiner Nacht-Arbeit noch für zwei, drei Stunden niederlegte, um zu schlafen, war er überreizt, und die Gedanken zuckten wie haarfeine Feuerbahnen durch sein Hirn. Er stand wieder auf, setzte sich halb angezogen an den Tisch, schabte mit nackten Füßen über den blauen Velourteppich, blies die Stube voll Pfeifenrauch und durchforschte jenen Teil seines Lebens, den er hinter sich hatte:

Als Vierzehnjähriger entdeckte er die Liebesgeheimnisse des Grafen von Waldwiesen und plauderte sie der Gräfin aus. Der Graf war erbost und beauftragte den Gendarmen, den Büdner-Jungen aus dem Dorf zu schaffen. Der Gendarm stellte dem Jungen listig eine Lehre mit guter Kost, eine Bäckerlehre, in Aussicht, und die Büdner-Eltern nickten dieser Aussicht nach kleinem Zögern zu, für Stanislaus aber nickte die Kuchengier mit ihren sieben Köpfen.

Damals hatte er die Stimme seines Lebens überhört, aber die Frage war, ob er sichs hätte leisten können, sie nicht zu überhören.

Über dieser Grübelei schlief er ein, sank nach vornüber auf den Tisch, und die Spitze seines Bleistifts brach ab. Er schlief eine Stunde neben seinem abgebrochenen Bleistift, und als er erwachte, füllte er kaltes Wasser in seinen Kochtopf, stellte ihn unter den Tisch, steckte seine Füße hinein und schrieb weiter.

Er schrieb auf, was sein damaliger Mitlehrling Fritz Latte über das Leben dachte: Man ißt, man trinkt, läßt sich die Mädchen schmecken, raucht und fängt Meister-Ohrfeigen mit hölzernen Teigmulden ab. Das Leben ist ein Rummelplatz, und der liebe Gott ist der Direktor dieses Platzes; der Meister aber steht über Gott, er kann dich körperlich züchtigen, kann dich umherhetzen, kann dir die jungen Knochen mit Zweizentnersäcken belasten und verbiegen, auf daß du fürderhin mit platten Füßen durch dein Leben watschelst.

Er war damals in eine Schicksalskutsche gestiegen, die der Gendarm vor die Büdner-Kate gefahren hatte, in der Kutsche hatte die Kuchengier gehockt und gelockt.

Die Lebensansichten seines Mitlehrlings Fritz Latte wurden ihm alsbald widerlich. Er fing an, sich gegen das Schicksal, das er sich mit seiner Kuchengier angefertigt hatte, zu stemmen, las, lernte, ruderte gegen den Strom und saß, wenn Fritz Latte herumstromerte, in seiner Dachkammer, hörte die Schneeflocken auf die Dachziegel fallen und fing an zu ahnen, daß seine Freiheit darin bestand, gegen das Schicksal anzugehen, und daß er sichs abgewöhnen müßte, in verlockende Kutschen zu steigen.

Endlich schlief er ein. Es war schon Morgen, und nach einer Stunde Schlaf scheuchte ihn der Wecker hoch. Er war müde, und die Beine zitterten ihm, o Gott, o Gott!

---

10 Zwei Damen bringen Büdner in zwei verschiedenen Ausführungen aus dem Gleichgewicht; er wird eines Ehe-Krach-Opfers ansichtig und »findet« sich mit einer Doktorin auf einem Salonfußboden.

So klebte Büdner in den Nächten Kapitel um Kapitel an seine Aufzeichnungen aus der Kindheit. Was wird das nun, was du schreibst? fragte er sich, ein knorriger Baum, jeder Zweig gebogen und gewinkelt, eine Robinie vielleicht, oder wird es ein Strauß aus Wermut, ein Bündel Strohblumen oder gar ein Besen aus stachligem Wacholder?

Ganz für sich nannte er seine Aufzeichnungen, die bereits den Innenraum von drei Schnellheftern füllten, einen Roman. Noch seid ihr beschriebenes Papier, einst aber sollt ihr Entzücken verbreiten, so und ähnlich unterhielt er sich zuweilen gegen Morgen mit seinen vollgeschriebenen Papierblättern und nannte sich einen Schreib-Schwerarbeiter, beschäftigt beim Präsidialrat des Lebens.

In wie großer Verborgenheit ein Mensch auch sein Werk vor sich bringt, zu dem er sich gedrungen fühlt, eines Tages wünscht er, daß die Welt davon erfahre. Selbst der große Rilke verschickte zuweilen seine Gedichte noch handwarm an Freunde. Weiß man eigentlich von einem ÜBERSTARKEN, der ein Buch ohne Mitwisser schrieb? Ist ein Buch bekannt, von dem die Menschheit erst hundert Jahre nach dem Tode seines Verfassers erfuhr?

Es fing Büdner an leid zu tun, daß er beleidigt, verängstigt oder halb verstritten von der Doktorin Sawade gegangen war.

»Quärre nicht, es war parteigefällig«, ließ sich eine Stimme aus dem Feuerloch des Stubenofens vernehmen, die Stimme des Fauns. Das haarige Urtier, es machte sich wohl nicht mal mehr die Mühe, persönlich zu erscheinen?

Siehe, es kam ein Sonnabendnachmittag, an dem die Woche gemächlich in den Sonntag hineinreifte, da lud er seine Redaktionskolleginnen zu einer »unverbindlichen Zusammenkunft« ein. Die Kolleginnen waren erstaunt, aber sie kamen. Die Wetterzeube im frisch gereinigten Kostüm, Ramona mit überpuderten Pusteln, und beide Damen hatten sich mit Parfüm aus derselben Flasche übergossen, mit dem Duft von Überrosen. Büdner bewirtete die Mädchen mit einem Gebäck aus Blätterteig, dem Schlager für alle Näscher jener Zeit, SCHWEINSOHREN genannt, eine Mark und fünfzig das Stück, käuflich in staatlich konzessionierten Wucherläden.

Sie griffen hurtig zu, die Damen. Die Wetterzeube hielt sich beim Knabbern die kleine Hand unters Kinn; Ramona hingegen biß mit ihren Jungfrauenzähnen hastig und ohne Schutzmaßnahmen zu, und die spröden Blätterteigkrümel spritzten und flitzten im Brösicke-Salon umher.

Das Gespräch lief an. Büdner kochte ein zweites Mal Kaffee, während die Damen über nicht anwesende Hauptredakteure und über die Tochter des Gemischtwarenhändlers Nelkenfein lästerten. »Sie hat sich verliebt«, sagte Ramona, als ob das Verlieben zu den Rückständigkeiten einer verlorenen Generation gehören würde. Die Nelkenfein-Tochter hatte was mit dem Operettentenor Schreischlund, der Tenor hatte sie »erkannt«, wie es zartfühlend in der Bibel heißt, er erkannte sie drei Wochen lang, dann sprang sein Interesse eines Abends jäh auf die Tochter des Fleischermeisters Buntscheck über, und er erkannte die.

Fräulein Nelkenfein stürzte sich aus Lebensüberdruß vom Dach des väterlichen Hauses auf ein Heufuder, das durch die Straße gezogen wurde. Welche Schicksalsgunst, eine Rarität, ein Heufuder in der Bahnhofstraße der pulsierenden Industriestadt Kohlhalden!

Büdner ließ sich die Damen ein wenig abhecheln und manipulierte währenddessen die drei prallen Schnellhefter, um die es ihm ging, zwischen die Kaffeetassen. Nicht lange, und er rückte mit dem wirklichen Grund seiner Einladung heraus: »Dieses ist nun hier«, sagte er, »mehr als die Hälfte eines Romans, an dem ich schreibe.«

Die Damen horchten auf. Ihr Chef einen Roman? Büdner ließ ihnen keine Zeit zum Staunen. »Ich darf mir hoffentlich erlauben«, fragte er, und da las er schon, machte seine Stimme zu einer Seilbahn, seine Worte zu Gondeln und fuderte jene Gefühle zu den Mädchen hinüber, die er gehabt hatte, als er schrieb, was er las. Die Damen, sie durften getrost wissen, daß die Talente ihres Chefs mit dem Redigieren hölzerner Volkskorrespondentenberichte nicht erschöpft waren. Die Damen, sie sollten erkennen, daß der Besitzer einer hauseigenen Phantasie, der Inhaber von Ausdruckskraft und der Duzfreund von Rhythmus und Poesie vor ihnen saß.

Und er las und las. Ramona kaute an einem Rest Blätterteig, der sich zwischen ihren großen Zähnen aufgehoben hatte, und als das getan war, blinzelte sie satt und fing an, mit dem Schlaf zu kämpfen. Büdner versuchte Ramonas Wegschlafen zunächst mit lebhaften Lesegesten zu verhindern, doch dann verschlugen auch die nicht mehr; die Ober- und Unterwimpern der

Dame trafen immer häufiger und immer länger aufeinander, und er versuchte es mit Faustschlägen auf den Tisch, aber auch die zeitigten keinen nennenswerten Erfolg; Kindheitsgeschichten erregten Ramona nicht, sie bevorzugte Liebes- und Schießgeschichten.

Über die Aufmerksamkeit der Wetterzeube war nicht zu klagen. Sie, die kriegerische Taube, pickte auf, was Büdner vor ihr ausschüttete, war neugierig und munter und sträubte an Romanstellen, die ihr mißfielen, die Federn.

Auf dem Korridor wimmelte indessen die Wirtin Brösicke am Telefon den Betriebsberichter Grienäppel ab. »Nein, nein, nein«, hörte man sie sagen, »Herr Büdner ist satt beschäftigt, er probt eine Rede für ein Kinderfest.«

Als er die erste Mappe zuschlug, weil sich kein unvorgelesener Buchstabe mehr darinnen befand, war Ramona fest eingeschlafen, ihr Unterkiefer war herabgesunken. Er weckte sie, überspielte die Peinlichkeit und sagte: »Ein Jammer, daß du so früh herausmußt morgens! Versorgst du noch immer deine Großmutter, bevor du zur Arbeit fährst?«

»Ganz wahr«, sagte Ramona weinerlich und griff nach dem Schweinsohr, das noch auf dem Teller lag.

Ein Loch aus Stille tat sich auf. Büdner sah zum Elektrokocher hinüber, als erwarte er von dort etwas. Die Wetterzeube sah zum Fenster hinaus. Draußen stand dicke Juliluft, roch nach Preßtorf, machte, daß die Baggerschreie zitternd in der Stadt ankamen, blieb warm, und nicht einmal der beginnende Abend kühlte sie ab.

Büdner wähnte in einer Versammlung zu hocken, in der ein uninteressantes Referat diskutiert werden soll. »Ja, ja, da sitzt man nun, schreibt und schreibt«, sagte er, um einem Gespräch auf die Beine zu helfen. Endlich erbarmte sich die Wetterzeube und sagte: »Ja, du schreibst nun von deiner Mutter, von deiner Schwester, aber die eigentliche Frauenfrage sprichst du nicht an.«

»Es war nicht an eine agitatorische Broschüre gedacht«, erwiderte er kleinlaut.

»An was war gedacht?« fragte die Zeube flink und forschend.

»Ich hatte an Literatur gedacht.«

»Literatur ist alles Geschriebene«, sagte die Wetterzeube. Wenn es was zu streiten gab, war sie eifrig, wie die Meise am Talg.

»Auch die unverkäuflichen Agitationsbroschüren, die im Keller der Kreisleitung liegen, wären Literatur für dich?« fragte er.

»Auch die – alles, was in guter Absicht geschrieben wird«, behauptete die Zeube.

»Das habe ich noch nicht gehört«, sagte Büdner sanft, um es nicht mit seiner einzigen Zuhörerin zu verderben. »Aber wenn das so ist, muß ich sagen, daß auch ich in guter Absicht schrieb.«

»Mag sein«, sagte die Zeube, »aber die Kindheit ist Vergangenheit. Wem hilfts, wenn du darüber schreibst? Wir stehen im Kampf um die Zukunft.«

Da legte Büdner seine drei Schnellhefter auf den Rollschrank, vergaß die Damen, sah sinnend zum Fenster hinaus und betrachtete den kleinen Wirbelwind und Regenboten, der die Bahnhofstraße hinuntertanzte.

Ramona rettete die Situation: »Ich sitz hier und sitz, und meine Großmutter wartet«, sagte sie, stand auf, bedankte sich für die Schweinsohren und ging, und da blieb auch der Wetterzeube nichts übrig, als zu gehen.

Büdner hätte sich ohrfeigen können: Mußte er nicht wissen, daß zumindest Ramona zu jung war, eine Kindheit interessant zu finden? Er spazierte über den blauen Velourteppich und schluckte eine kalte Pellkartoffel. Das, was die Wetterzeube ihm gesagt hatte, machte ihn nachdenklich. Sie war zwar keine Proletarierin, ihr Vater jedoch war Metallarbeiter gewesen, war Kommunist, wars wohl auch noch unter den Ariern geblieben, ohne es zu zeigen, fiel dann aber im Kriege. Seine Tochter, die Wetterzeube, aber trat nach dem Kriege, noch als Abiturientin, der Kommunistischen Partei bei; der vom Vater ererbte Instinkt schien bei ihr zu funktionieren. Büdner fühlte sich ihr politisch unterlegen. Gewiß war auch ihr proletarischer Instinkt im Spiele, wenn sie tadelte, daß er in dieser lebendigen Aufbauzeit über seine Kindheit schrieb, die in einer

Republik geblüht hatte, von der ein guter Kommunist nur mit Verachtung sprach. Vielleicht hatte die Wetterzeube auch recht, wenn sie Agitationsbroschüren der Literatur zurechnete; vielleicht war Kunst überhaupt erst möglich, wenn alle Menschen Kommunisten waren? Er schluckte, wie zur Bestätigung, eine zweite kalte Kartoffel.

Eine Weile später schrieb er wieder. Er konnte den schönen Sonnabend, an dem er ausnahmsweise keine Versammlung wahrzunehmen hatte, nicht vergehen lassen, ohne etwas an seinem Roman getan zu haben.

Wie leicht du dich in Sachen Kunst aus dem Gleichgewicht bringen läßt! dachte er, nachdem er eine Weile geschrieben hatte. Was kann ein Mädchen wie die Wetterzeube schon von Kunst wissen. Was hat sie schon gelesen? Er bildete sich ein (vielleicht hatte er recht), es wäre das große Leben, das ihm diesen Trost zuflüsterte.

Er blieb diese Nacht lange in seinem Roman, um die Einwände der Wetterzeube gänzlich auszulöschen. Er hörte es vom Kirchturm her zwei Uhr schlagen. Die Bagger schwiegen. Es war schon Sonntag. Er schrieb einen Brief an die Doktorin Sawade. Die Sommernacht diktierte ihn. Er hatte sich zwar vorgenommen, sie sich abzugewöhnen, aber es reizte ihn, ihr etwas aus seinem Roman vorzulesen. Er hatte, nach dem Erlebnis mit den Mädchen, ein kleines, wenn auch noch so kleines Lob nötig. (Wenn er glaubte, auch das wäre eine Einflüsterung des großen Lebens, so irrte er sich.)

Er entschuldigte sich für sein langes Ausbleiben, doch ihre gestrengen Fragen hätten ihn verschreckt, er könne sie vielleicht auch jetzt noch nicht beantworten, besuchen aber könne er sie gern wieder, allzu gern. »Grüße, nicht nur Grüße schlechthin, sondern herzliche Grüße, Ihr Büdner.«

Die Doktorin ließ ihn umgehend wissen, daß ihr nichts lieber wäre als sein Besuch; ihr Haus stünde ihm offen, wäre ihm nie eine Minute verschlossen gewesen, zumal sich der Hausschlüssel seit einigen Tagen davongemacht hätte.

Er wartete nicht wieder vier Tage, sondern ging schon am nächsten Abend zu ihr, schwänzte sogar eine Versammlung mit dem Thema: »Zu einigen Fragen der Berentung«. Aufsätze und Versammlungen, die mit der Wendung »zu einigen Fragen« begannen, wußte er, waren in der Regel langweilig; es wurden dort nie Fragen beantwortet, sondern umschlichen.

Außerdem schämte er sich jetzt, weil er einst als rechtwinkliger Parteischüler herzlos mit den Rentnern von Waldwiesen geredet hatte. Aber, wie gesagt, damals die Schule und jetzt das Leben, das ihn inzwischen mit vielen Rentnern zusammenbrachte, einige waren fleißige Volkskorrespondenten bei ihm, um ihre Renten ein wenig aufzubessern. Also schickte er auch in diese Versammlung »Zu Fragen der Berentung« einen Rentner-Volkskorrespondenten, den Knappschaftsinvaliden Skodowski.

Es war ein warmer Hochsommer-Abend, einer der schönsten Sommer-Abende Mitteleuropas, doch in der pulsierenden Industriestadt war er angenagt und schwarzgrau überpudert von Kohlenstaub, selbst die zähen Goldruten an den Bahndämmen und der Mauerpfeffer an den Schwellen der Grubenbahnen schienen dunkler zu blühen, und von den Blättern des Rotdorns in der Puschkinstraße und denen der Linden in der Bahnhofstraße konnte man nur vermuten, daß sie unterm Kohlenstaub noch grün waren.

Die Doktorin empfing Büdner in einem Samtkleid, das nicht lang und nicht kurz, vorn hoch geschlossen, hinten ausgeschnitten, an der rechten Hüfte gerafft, armfrei, doch nicht ohne Ärmel und von blauer Farbe war. Ihr Haar hatte sie frisch gewaschen, shampooniert; sie trug es offen, lose und locker, und wenn es ihr ins Gesicht fiel, warf sie es mit einer anmutigen Kopfbewegung nach hinten, und dabei entstand ein kleiner Wind, der nach TAUSENDUNDEINER NACHT duftete. Bei der Begrüßung hielt sie seine Hand länger, unschicklich lange fest, aber es steckte nichts dahinter als die Freude drüber, daß er wiedergekommen war.

Sie gingen in den Salon. Die Doktorin setzte sich auf den Klavierhocker, der ausnahmsweise frei war; Büdner packte sich einen Hocker aus Goethes Gesammelten Werken (Sophie-Charlotte-Ausgabe) zusammen.

»Heute müßte ich Ihnen Kaffee kochen«, sagte sie. »Ich wäre an der Reihe, aber ich habe keine Lust.«

Er ging nicht darauf ein, doch er spielte sich heldisch auf und sagte: »Ich, wie Sie mich hier sehen, schwänze zur Zeit eine Versammlung.«

»Diese Versammlungen immer!« sagte sie abfällig. »Man wird unsere Tage einst das Versammlungs-Zeitalter nennen, und was mich in Erstaunen setzt, wie viele Bezeichnungen man bei der Hand hat, solche Zusammenkünfte, in denen ein einzelner vielen was oder nichts mitteilt, zu charakterisieren; da heißts einmal, es wird ›eine Rede‹, dann wieder, ›ein Referat‹ gehalten, oder man möge sich ›Ausführungen‹, dann wieder ›Thesen‹, eine ›Ansprache‹ oder eine ›Diskussionsgrundlage‹ zu Herzen nehmen, und einmal wird man vom Redner mit ›fundamentalen Hinweisen‹ und dann wieder mit ›weltumspannend beachteten Zukunftsworten‹ bedacht.« Die überhöht und überspitzt vorgetragene Charakterisierung des Versammlungs-Unwesens gefiel Büdner, doch er stimmte der Doktorin nicht zu; das verbot ihm die Parteidisziplin. Oder bildete er sichs nur ein, daß Ironie im Parteileben unerwünscht war?

Die Doktorin wartete nicht auf seine Zustimmung. »Vielleicht wird man unsere Zeit einst auch ›bürokratischste aller Zeiten‹ nennen. Es macht mich traurig, wenn ich seh, wie die Menschheit sich eine bürokratische Institution nach der anderen schafft, um sie dann anzubeten: ›Der Kreistag hat beschlossen‹, heißts. Wieso der Kreistag? Es waren doch die Herren Kreistagsabgeordneten, die Genossen meinetwegen. Es lebe der Erste Mai! Wie kann man ein Abstraktum statt der Arbeiter, die sich am Ersten Mai versammeln, hochleben lassen?«

Hier nun hätte Büdner eingreifen müssen, wenn nicht die Hausglocke gerasselt hätte. Die Doktorin verwandelte sich sogleich in die »äußerst tüchtige Ärztin«, ging in den Korridor, öffnete und verhandelte. Büdner hörte eine Männerstimme, die ihm bekannt vorkam. Seine Neugier trieb ihn auf den Korridor (er konnte ja in die Küche und Kaffee kochen wollen), und er sah den letzten Zipfel von Stadtrat Grün im Ordinationszimmer verschwinden, der Stadtrat aber, der Büdners Schritte gehört hatte, sah, mit blutüberströmtem Gesicht, einen Zipfel von Büdner.

Stadtrat Grün war auf dem Wege in jene Versammlung gewesen, die Büdner schwänzte. Es war warm, Grün trug den Hut in der Hand und schlenderte zum GESELLSCHAFTSHAUS, aber mit eins barst im dritten Stock eines Bürgerhauses eine Fensterscheibe, die Scherben hüpften wie gläserne Vögelchen auf die Straße, und eines sprang auf die Glatze des Stadtrats, rutschte dort ab und hinterließ eine Wunde, doch ehe der wachsame Stadtvater die Doktorin aufsuchte, alarmierte er die Volkspolizei. Er vermutete einen Anschlag des Klassenfeindes, doch es wurde festgestellt, daß er das Opfer eines fremden Ehekrachs geworden war: Eine Steingut-Tasse hatte den Kopf eines Ehemannes verfehlt und war durch die Fensterscheibe auf den Bürgersteig geflogen.

»Ach, wenn wir wüßten, wie oft wir Opfer fremder Zerwürfnisse werden«, tröstete die Sawade den Stadtrat.

In der Sawadeschen Küche wirtschaftete tagsüber eine Haushälterin, und es befanden sich dort alle Dinge an ihrem Platz; das einzige Küchengerät, das pendelte, war die Zuckerzange. Im Winter konnte man sie zuweilen im Salon in der Nähe der Ofentür aufgreifen, nun aber war Sommer, und Büdner wußte glücklicherweise, wo sie lag, weil sich bei seinem letzten Besuch eine Dohle mit ihr beschäftigt hatte.

Er kochte Kaffee, trug ihn in den Salon und hüstelte im Korridor. Im Ordinationszimmer wars still, die Behandlung des Stadtrats dauerte ihm zu lange. Er fing an zu lesen; an Lesestoff hatte der Doktorin-Salon einiges zu bieten: Es lagen Klassiker und Unklassiker umher, Kulturzeitschriften aus Ost und West, englische Kriminalromane und medizinische Periodika. Aus einem Fachblatt für Chirurgie erfuhr er, daß er der Besitzer eines Iliosakralgelenkes war.

Endlich kam die Doktorin, setzte sich jedoch nicht wieder auf den Klaviersessel, sondern stapelte sich das Meyer-Lexikon von neunzehnhundertundsieben, setzte sich drauf, zündete sich eine Zigarette an und schlug die Beine übereinander. Er hatte das Manuskript auf den Knien liegen und las los:

Eigentlich gehörte das Katharina-Erlebnis nicht in seine Kindheit, doch er las es und zitterte dabei, vor allem seine Hände zitterten. Er bemerkte es und steckte sie in die Hosentaschen, doch sie zitterten auch in den Hosentaschen weiter. Er war aus den Geleisen geraten. Die Doktorin fühlte, wie es um ihn stand, und warf von Zeit zu Zeit ihr Haar zurück, und jedes Mal traf ihn dieser kleine shampoonierte Wind.

Im kleinen Saal des GESELLSCHAFTSHAUSES lief um jene Zeit die Versammlung. Das Referat hielt der Genosse Mattmann vom Sozialamt, ein mittelgroßer, blonder, langweilig wirkender Genosse, der salbungsvoll sprach. Im Präsidium saßen neben anderen Stadtrat Grün und Propagandasekretär Wummer. Mattmann teilte den Rentnern mit, daß die Braunkohlenförderung um soundso viel Prozent gestiegen wäre. Wer wußte das in Kohlhalden nicht? Auch Mattmann wußte, daß es alle wußten, doch er sagte es, um dem damaligen Schema für Referate zu genügen.

Im ideologischen Teil erwähnte er das »schäbige Vorgehen der Anglo-Amerikaner«, die mit ihren Bombern und Tiefffliegern die Industrie, besonders im Osten Deutschlands, zertrümmert hätten. Auch das wußten die meisten Versammlungsteilnehmer, und die wenigen, die es nicht wissen wollten, dachten: Und die Russen? Haben sie nicht demontiert? Unser Kraftwerk in Treppendorf zum Beispiel, hätten sie es uns nicht lassen sollen?

»Gedanken sind nicht zu hören«, sagte in solchen Fällen Knappschaftsinvalide Skodowski, »deshalb kommt man so schwer dahinter.«.

Referent Mattmann sprach inzwischen von den großen Investitionen, die nötig wären, um die Industrie wieder auf Touren zu bringen. Und auch das war nichts Neues. Das Neue kam erst, als er schlußfolgerte, daß aus all diesen Gründen die Renten vorläufig nicht erhöht werden könnten. »Genossen, Freunde«, schloß er sein Referat, »ich sage hier nur das eine, und das mag groß im Raume stehen: Investitionen! Jeder bewußte Staatsbürger sollte bedenken, daß alle anderen Forderungen, so berechtigt sie auch sein mögen, hinter den Investitionen zurückstehen müssen. Es geht um Krieg oder Frieden. Es geht um Tod oder Leben. Jeder, der nur ein wenig politisch zu denken vermag, sollte wissen, was gemeint ist!«

Stadtrat Grün und alle, die keine Rentenempfänger waren, klatschten Beifall. Auch einige Rentner, die nicht mochten, daß man ihnen »Mangel an politischem Bewußtsein« nachsage, applaudierten, die meisten aber konnten sich nicht zum Klatschen entschließen. Freilich litten sie nicht Hunger, doch sie butterten ihre Brote auch nicht beidseitig, und wenn sie zur westlichen Republik Deutschlands hinüberschielten, waren die Renten hierorts zu niedrig. Sie hatten keinen Grund, Mattmann Beifall zu spenden, ließen aber auch ihren Unmut nicht an ihm aus; sie waren Rentner, Alte und Behinderte, es stand ihnen nicht zu, laut zu werden und zu fordern.

Doch auf einmal meldete sich der Knappschaftsinvalide Skodowski zu Wort. »Schön und gut«, sagte er, »ich seh ein, daß aufgebaut werden muß, daß Investitionen für die Industrie notwendiger sind als Rentenerhöhungen, ich sehe aber auch Sparmöglichkeiten: Weshalb druckt und druckt man schlechte Agitationsbroschüren, die niemand lesen, geschweige kaufen will, die in den Kellern der Kreisleitungen umherliegen? Weshalb zerschneidet man Stoffballen, um Losungen draufzuschreiben, ganze Straßenzüge unter Losungs-Baldachinen? Weshalb diese Massen von Großfotos auf Stangen-Plakaten mit Wilhelm, Otto, Josef und Molotow drauf?« Skodowski sprach von den leitenden Genossen noch wie von Brüdern. »Ich kann mir nicht denken«, sagte er, »daß Wilhelm es gutheißt, wenn soviel Geld verplempert wird!«

Stadtrat Grün stieß Propagandasekretär Wummer in die Seite. Das war ja schlimm, wenn nicht schrecklich! Ausgerechnet Knappschaftsinvalide Skodowski, der neben seiner Bergmannsrente noch die Rente der von den Ariern Verfolgten bezog, hielt hier defätistische Reden.

Wummer sprang auf und schnitt Skodowski das Wort ab. »Hör mal her!« rief er. »Wenn ich nicht wüßte, wer da so redet, würde ich unterstellen müssen, daß es sich um jemand handelt, der Feindsender hört. Weshalb, um Himmels willen, sollen wir unsere führenden Genossen nicht mit Großfotos auf Stangen und Begrüßungen auf rotem Fahnentuch verehren?«

»Auch ich verehre sie«, schrie Skodowski und stampfte mit seinem Krückstock, »aber nicht mit Monstranzen! Sind wir katholisch?«

»So spricht der Klassenfeind«, schrie Wummer, und sein Eichhörnchengesicht lief rot an. »Ich warne dich! Auch wenn du ein noch so alter Genosse bist, ich warne dich!«

Skodowski schwieg. Noch nie in seinem langen Parteileben hatte man ihm unterstellt, den Klassenfeind zu unterstützen, wenn er seine Meinung sagte.

»Gib zu, daß du dich verrannt hast!« triumphierte Wummer.

Skodowski sah betreten zu Boden und murmelte nur noch: »Es stinkt hier nach Teufeln!«

»Interessante Versammlung«, sagte Mattmann, der sich was drauf einbildete, diese heftige Diskussion ausgelöst zu haben. »Interessante Versammlung, und niemand von der Presse zugegen.«

Gott sei Dank, dachte Wummer, doch als Stadtrat Grün sich nicht enthalten konnte zu bemerken, der Redakteur befände sich auf einer medizinischen Privat-Audienz, ließ er sich berichten.

Und es war ja so: Büdner befand sich immer noch im Salon der Doktorin. Er und die Sawade hatten sich »gefunden«, um mit Tante Hedwig zu sprechen, obwohl die Umstände, unter denen sie sich fanden, keineswegs den Umständen glichen, die in Hedwig-Romanen geschildert werden. Da das französische Metallbett der Doktorin mit Tageszeitungen, gebügelten Bettbezügen und »aus der Hand gelegten Dingen« bedeckt und bestanden war (auf dem Kopfkissen stand das Bauer des verstorbenen Wellensittichs), hatte sich das Paar auf dem Teppich gelagert. Das blaue Samtkleid lag als Schlummerrolle unter dem Nacken der Doktorin, durch das geöffnete Fenster wehte der Geruch von Preßtorf und tertiären Erd-Innereien, die Kohlenmühlen murrten wie immer, die Seilbahnen surrten, und die Bagger schrien von Zeit zu Zeit wie gequälte Raubtiere.

So verging die Nacht. Gegen Morgen aber hing über allem etwas Sommerluft, und es wehte leiser Harzduft aus den Wäldern der Sorben in die Stadt.

Büdner schlief fest, die Doktorin lag wach. Als die Sirenen zum Beginn der Frühschicht heulten, weckte sie ihn: »Wann müssen Sie in der Redaktion sein?« Sie duzte ihn nicht, obwohl sie sich geküßt hatten; sie ignorierte das Bürgerliche Gesetzbuch.

Büdner erwachte, rieb sich die Augen und fragte, auch wie in Hedwig-Romanen: »Wo bin ich?«

»In einer Schicksalskutsche«, neckte die Sawade.

Er nahm seine Jacke vom leeren Sittichbauer, bedankte sich und verließ die Praxis. Er fühlte sich nicht gut nach der verlotterten Nacht; geduckt mischte er sich in den Strom der Arbeiter, die aus der Nachtschicht kamen. Er nahm sich so wichtig; aber in der pulsierenden Industriestadt achtete niemand auf ihn.

Vor der noch verschlossenen Redaktionstür erwartete ihn der pflichttreue Skodowski. Er könne leider keinen Bericht über die »Berentung« bringen, er müßte eine Eingabe über das Verhalten von Wummer an die Bezirksleitung, kurz, an Reinhold machen.

Wieder hatte Büdner mit sich selber zu rechten. Hätte er die Rentnerversammlung nur besucht! Der Besuch bei der Doktorin, oje – er war ohne das kleine Lob, um das er ausgezogen war, heimgekehrt. Wie ein vom Gewitter überraschtes Wildkaninchen in seinen Bau schliefte er in die dunkle Redaktionsstube.

---

11 Büdner wird vom Meisterfaun über sozialistisch-liberale Misch-Ehen aufgeklärt, erfährt, daß Formkanäle weder im Walde wachsen noch in der Zeitung erscheinen dürfen, und stellt fest, daß ein geheimnisvolles Es beim Romanschreiben mitwirkte.

Abends, daheim im Brösicke-Zimmer, in dem der Rollschrank und alle Dinge, bis zum Topf auf dem Elektrokocher, schon von der Dämmerung umwoben waren, erwartete Büdner der Meisterfaun. Er trug sein Parteiabzeichen zu einem schwarzen Rock, der ihm bis in die Kniekehlen reichte, hatte schwarze Zugstiefel an den Füßen und wandelte, die Hände auf dem Rücken verschränkt, über den blauen Velourteppich.

Wem will er gleichen, wem nur? fragte sich Büdner und fand, daß der Faun einem gewissen Pastor, einem großen Liebesverhinderer, zu gleichen wünschte, mit dem er, Büdner, es in seiner Bäckerzeit zu tun gehabt hatte, mit dem Vater eines blassen Mädchens namens Marlen.

Alsbald nahm denn der Faun auch die rechte Hand vom Rücken, schob sie flach zwischen den zweiten und dritten Knopf seines hochgeschlossenen Rockes, tat, als müßte er sein Herz festhalten oder antreiben, und hub an zu sprechen: »Es ist so gekommen, wie wir fürchteten«, sagte er, »und es ist fraglich, ob wir dich weiter als Kreisredakteur bestallen können.«

Büdner, der sich bereits ausgiebig mit Selbstvorwürfen zermartert hatte, erschrak. Es wäre ihm nicht lieb gewesen, seine Funktion zu verlieren, nicht nur, weil er dann Rosa und Reinhold enttäuscht hätte, sondern auch, weil ihn ein gewisser Ehrgeiz spornte, von dem er nicht wußte, ob er gut oder schlecht war: Er hatte niemals eine Arbeitsstelle in Unehren verlassen, er hatte jeweils geleistet, was ihm abverlangt wurde, hatte gelernt, was zu lernen war, und war erst gegangen, wenn ihn eine Tätigkeit anfing zu langweilen. »Weshalb soll ich nicht mehr bestallt werden?« fragte er ängstlich, »ich trieb mit der Ärztin so gut wie keine Ideologie.«

Der Meisterfaun stand in Predigerhaltung und sagte: »Machte sie nicht abfällige Bemerkungen über Versammlungstechnik, baute sie nicht unentwegt Brückenköpfe für den Feind aus? Nichts gegen Misch-Ehen, wenn Aussicht besteht, daß der Partner aus unserem den Partner aus dem anderen Lager über kurz oder lang einbringen wird, was aber deinen Fall betrifft, ist zu befürchten, daß du im liberal-demokratischen Lager verschwindest.«

»Darf ich drauf aufmerksam machen«, sagte Büdner demütig, »daß besagte Akademikerin zu den Opfern des Faschismus gehört?«

»Unterbrich mich nicht«, herrschte der Meisterfaun ihn an.

Es war die Brösicke, die das Gespräch unterbrach und klopfte. »Herr Auenwald rief an und fragte nach Ihnen.«

Auenwald? Hatte er erfahren, wo sein Kreisredakteur die letzte Nacht verbrachte?

Der Kelch ging vorüber: »Ist dir nicht gut?« fragte ihn Auenwald besorgt. »Du siehst so blaß aus.«

Büdner wagte nicht zu antworten.

»Ja, wenn dir nichts fehlt«, fuhr der Sekretär fort, »dann mußt du jetzt ran. In der Brikettfabrik JUGOSLAWISCHER PARTISAN ist die Erfüllung des Quartalplans gefährdet. Du mußt noch in die Nachtschicht und dort aufmöbeln!« Auenwald nannte Büdner sogar: »meine rechte Hand«, und Büdner quittierte es in seiner Bußfertigkeit mit dankbaren Blicken.

Die Dinge dieser Welt verwandeln sich fort und fort: Stein wird Sand, Mineralien werden Pflanzen, Pflanzen Mineralien und wieder Pflanzen, und die Menschen nennen den Vorgang, je nach Gesinntheit, Zerstörung oder Entwicklung.

Die Formkanäle an den Brikettpressen hatten Druck und immer wieder Druck auszuhalten, und sie lösten sich auf und verschwanden allmählich als unsichtbare Stahlteilchen. Da konnte selbst Meisterschlosser Grienäppel, einer von Büdners eifrigsten Volkskorrespondenten, nichts mehr reparieren, da mußten neue Formkanäle her, aber die wuchsen nicht im Walde. »Weshalb schriebst du nicht längst über diesen Notstand?« tadelte ihn Büdner.

»Es hätte nichts genützt«, sagte Grienäppel, »es gibt hierorts noch keinen Ersatz für Formkanäle, sie werden aus Spezialstahl in Spezialfabriken *drüben* hergestellt. Das kann man nicht schreiben. Motto: Bedeckt eure Blöße vor dem Klassenfeind!«

»Trotzdem«, sagte Büdner im Eifer der Bußfertigkeit, »du wirst drüber schreiben, auf meine Verantwortung!«

Grienäppel schrieb einen forschen Artikel, und Büdner redigierte noch die forsche Frage hinein: Was gedenkt die Werkleitung zu tun?

Die Folgen seines Buß-Eifers stellten sich rasch ein: »Bringen wir nicht! Soll sich der Feind ins Fäustchen lachen? Den Pressenschlosser auf die ›inneren Reserven‹ hinweisen!« schrieb Wirtschaftsredakteur Schönmund an den Rand von Grienäppels forschem Artikel und schickte ihn Büdner zurück, und Büdner ging zerknirscht zu Grienäppel: »Uns ist da, wie mir scheint, im Artikel über die Formkanäle ein Fehler unterlaufen«, sagte er.

»Uns nicht, aber dir, du hast mich ermuntert«, war die Antwort des Pressenschlossers.

»Gut, gut«, sagte Büdner, »gebe ich zu, gebe ich selbstkritisch zu«, ergänzte er, um zu beweisen, daß er in parteiamtlichen Wendungen auf dem Datum war. »Aber was anderes mal: Was machst du, wenn bei dir in der Küche ein Wasserrohr leck wird?«

Dem Pressenschlosser, der Werkzeug sortierte, fiel ein Schraubenschlüssel aus der Hand. Es klirrte. Grienäppel sah Büdner an und lächelte. Büdner lächelte nicht zurück. »Ja, sag, was machst du?«

»Sind wir im Kindergarten?« fragte Grienäppel, »ich setz ein neues Rohr ein, Mensch.«

»Und woher nimmst du das Rohr?«

Grienäppel, der merkte, wohin es gehen sollte, stemmte die Hände in die Hüften und fragte: »Lebst auch du jetzt in Wolkenkuckucksheim?« Er führte Büdner zu einer der stillgelegten Brikettpressen, zeigte ihm den verschlissenen Formkanal und fragte: »Meinst du, daß ich den, wie mein Wasserrohr, auf dem Schuttplatz finde?«

»Aber es wurde mir aufgetragen, dich auf die sogenannten inneren Reserven zu verweisen. Liegen vielleicht nicht doch wo Formkanäle herum, und du findest sie, wenn du suchst?«

Grienäppel fing an scharf zu werden. »Ich will dir mal was sagen, Junge, wenn ich dich weiterhin ernst nehmen soll, dann stell deine Versuche, auf der Parteibürokratenlaufbahn herumzutappen, sofort wieder ein. Gewöhn dir erst gar nicht an, einen wirtschaftlichen Notstand auf die Arbeiter abzuschieben! Freilich kann man hin und wieder kleine Ersatzteile aus Schrott herstellen, aber keine Formkanäle, das merk dir!«

Büdner schämte sich, aber war das die richtige Haltung? Hätten sich Wummer oder Anton Wacker von einem Grienäppel beschämen lassen? Hätten sie in so einer Unterhaltung nicht auf dem letzten Wort bestanden, vielleicht gar mit der Macht gedroht, mit der sie gemäß ihrer Funktion ausgestattet waren?

Keine Antwort, aber Unbehagen.

Am Abend kroch er um Trost in seinen literarischen Einmannbetrieb, schrieb weiter über seine Kindheit und steckte seine Füße in kaltes Wasser, wenn der Schlaf ihn umlegen wollte. Er vernachlässigte seine Tagesarbeit in der Redaktion nicht, hielt seine Nachtarbeit aber eine Weile für wichtiger, weil er sich ins Gleichgewicht schreiben mußte. Er schrieb von seinen Kinderkrankheiten: Als Mutter Lena noch an den Christengott glaubte, bekam er eine Mandelentzündung. Sein Hals drohte zuzuwachsen. Mutter Lena ließ ihn mit Salzwasser gurgeln, polsterte ihr Brusttuch mit Watte, tränkte die Watte mit zerlassener Margarine, legte ihm das Tuch um den Hals und sagte: »Du betest zuwenig, vielleicht betest du gar nicht mehr! Wie ist es?«

Er betete um jene Zeit wirklich schon nicht mehr und sagte wie ein Erstickender: »Kümmert Gott sich um Mandelentzündungen?«

»Nicht direkt«, antwortete die Mutter, »aber er macht, daß du gute Eingebungen hast, daß du dir zum Beispiel die Strümpfe auszichst, wenn sie naß sind.«

Er nahm es sich zu Herzen, betete wieder häufiger, achtete drauf, daß seine Strümpfe trocken blieben, und bekam trotz allem noch im gleichen Jahr die Masern. Wieder mußte er im Bett liegen, während sich die andern draußen im Schnee vergnügten, und wieder sagte die Mutter: »Du betest am Ende nicht mehr.«

»Ich habe gebetet«, sagte er, »mehr konnte ich fast nicht. Ich mußte ja auch essen und Schularbeiten machen, außerdem ging ich stets in trockenen Strümpfen umher.«

»Nein, du hast nicht genug gebetet«, behauptete die Mutter, »sonst hätte dir der Herr die Erkenntnis geschickt, daß du dich nicht in den Wind zu stellen hast, der die Masern auf dich blies.«

So wie die Mutter ihm immer wieder sein mangelhaftes Beten vorwarf, schien ihm die Mutter Partei seinen Mangel an ideologischer Bildung vorzuhalten, wenn er nicht richtig im Sinne der Sache handelte, wenn er sich keinen Rat wußte, zum Beispiel, um Grienäppel zu überzeugen, oder wenn er nicht die rechten Gegenargumente, zum Beispiel der Sawade gegenüber, bei der Hand hatte.

Kaum aber hatte er das gedacht, da hörte er Anton Wacker sagen: »Vergleiche hinken, Genossen, das muß man doch sähn!«

Gleich kuschte er wieder, der Büdner, beschimpfte sich, nannte sich einen undankbaren Burschen, an dessen Schulung man unnütze Parteigelder verschwendet hätte.

Trotz allem aber schrieb er in den Nächten weiter und weiter. Man kann einem Nierenkranken nicht verbieten, seine Steine zu produzieren, er fertigt sie an, bringt sie unter großen Schmerzen zutage, er kann nicht anders, er ist krank. Auch er war krank, war schreibkrank.

Es wurde August, und die Hundstage kamen. Eine feurige Sonne fuhr übers Land. Die Menschen, sofern sie nicht in Kohlhalden wohnten, suchten die Wälder auf und sahen auf die sonnigen Wiesen hinaus, wo die schönsten Schmetterlinge des Jahres spielten.

In einer dieser heiß-heißen Nächte wurde das, was Büdner seinen Roman nannte, fertig. Das Geschriebene füllte jetzt sechs Mappen, jede enthielt hundert Papierseiten, und sie lagen übereinandergeschichtet auf dem Rollschränkchen. Büdner strich über die Pappdeckel, schlug mal diese, mal jene Mappe auf, las hier, las dort und wanderte im Text umher, ohne auf überflüssige Absätze oder Worte zu stoßen. Bei manchen Passagen – das war wie Zauberei – wähnte er, nicht dabeigewesen zu sein, als er sie niederschrieb; ein geheimnisvolles Es – das große Leben schien sie geschrieben zu haben.

Was er für die Zeitung schrieb, verlangten ihm Hauptredakteure ab, die ihre Anweisungen von Hauptpolitikern bekamen, aber das, was er da nun geschrieben hatte, hatte ihm niemand abverlangt.

Kaum hatte er sich ein wenig über das Ende seiner Riesenarbeit gefreut, da fiel ihm eine neue Geschichte ein; seine Kindheit schien unerschöpflich zu sein:

Es begab sich, daß er einmal den Rutenbesen packte und mitten aus dem Spiel heraus den Hof des elterlichen Anwesens fegte, und als er damit fertig war, ging er stolz in die Küche und sagte: »Kommt und seht euch den Hof an, aber erschreckt nicht über meine Tüchtigkeit!«

Mutter und Vater gingen mit ihm auf den Hof, und die Mutter sagte: »Sieh, er hat unaufgefordert den Hof gefegt!«, aber der Vater war nicht zufrieden. »Es wäre sinniger gewesen, den Hof am Sonnabend zu fegen, wo alle Dorfleute ihre Höfe säubern«, sagte er.

Konnte es nicht sein, daß er mit seinem Roman auch am Donnerstag statt am Sonnabend »gefegt« hatte?

Mochte er also lagern, dieser Roman! Vielleicht würde sich mit der Zeit auch zeigen, daß er Gedanken enthielt, die ihm nicht mehr gefielen, die er streichen mußte; der Mensch reift, sagte er sich, auch ich hoff, dieser Vergünstigung teilhaft zu werden.

Über den Titel seines Romans, er mußte ja irgendwie heißen, dachte er lange nach, und zum Schluß titulierte er ihn: »Damals in der Kindheit«.

Eine andere Freude für ihn war: Aus der Brikettfabrik JUGOSLAWISCHER PARTISAN wurde gemeldet, die Brikettpressen, die bisher stillgestanden hatten, liefen jetzt, es wären Ersatzteile gekommen.

Büdner bat Grienäppel, darüber zu schreiben, wie er schließlich zu Ersatzteilen gekommen wäre. Grienäppel lächelte. Nach zwei Tagen brachte er einen Bericht über den Mitgliederzuwachs in der Betriebsgruppe der »Gesellschaft zum Studium der Kultur der Sowjetunion«.

»Ich wart auf deinen Bericht über die Ersatzteilbeschaffung«, mahnte Büdner. Wieder grinste Grienäppel. Nach zwei Tagen brachte er eine Notiz, aus der hervorging, daß die Brikettfabrik, in der er arbeitete, nicht mehr Jugoslawischer Partisan, sondern Rote Sonne hieß. Büdner wollte die Gründe für die Umbenennung wissen.

»Kamen von oben«, sagte Grienäppel. »Name war längst veraltet.«

»Ach ja, und dein Bericht über die Ersatzteilbeschaffung? Man könnte anderen Betrieben mit ihm ein Beispiel geben.«

»Aber gar nicht«, sagte Grienäppel und grinste wieder.

Da wollte Büdner ein wenig mit der Macht arbeiten wie Wummer, Wacker oder andere anerkannte Funktionäre und sagte zu Grienäppel: »Du kannst mir gestohlen bleiben!«

12 Büdner erfährt, daß auch die heißeste Ideologie zugunsten von Handel und Wandel zurückgestellt werden kann. Er macht einen Kulturredakteur zu seinem West-Onkel und leistet Beihilfe zur Entführung gefüllter Schnellhefter.

Mit seiner unbeherrschten Bemerkung zu Grienäppel fertigte Büdner eine Menge Schicksal an:

Monatlich traf er sich an einem Sonntag mit den Volkskorrespondenten. An der Knappruh-Saaltür hing dann von außen das Schild: Beratung! Bitte nicht stören. Drinnen im Saal roch es nach alterndem Bier, nach dahinschwindenden Zigaretten-Seelen, und von der Küche her zog der Geruch von gekochtem Sauerkraut heran, der die Finsternis würzte, die hier wie in allen Knappenruh-Räumen herrschte.

Die Korrespondenten trafen ein und begrüßten einander mit den Abkürzungen ihrer Namen, die sie unter die Berichte zu setzen pflegten. Almü war Albert Müller, Lopu – Lotte Pulver, und Frigrie war niemand anders als der Pressenschlosser Fritze Grienäppel. Nur der Knappschaftsinvalide Skodowski lehnte ein Pseudonym ab. »Was ich schreib«, sagte er, »verantworte ich mit meinem ehrlichen Namen!«

Da der Hauptgast aus Friedrichsdamm noch nicht eingetroffen war, gabs noch Zeit, interessante Neuigkeiten auszutauschen, Neuigkeiten, die vielleicht in die Zeitung gehört hätten, aber nicht hinein durften, weil sie sich weder auf die Produktion noch auf den gesellschaftlichen Fortschritt bezogen.

Unausgeschlafen fuhr die KNAPPENRUH-Wirtin Marianne mit dem Besen zwischen die Korrespondenten, fegte, wischte Staub, schlurrte hin und her, fuhr sich zwischendrein übers dunkelrote, noch ungekämmte Haar und ärgerte sich über die so früh angesetzte Versammlung, die wenig »Verzehr« brachte.

Der Hauptgast aus Friedrichsdamm war Kulturredakteur Rustin, genannt MEHRLESEN. Die Korrespondenten begrüßten ihn mit Applaus, nur Skodowski applaudierte nicht. »Was für Mätzchen – einen beklatschen, ehe der was geleistet hat!« sagte er. »Oder beklatscht ihr ihn, weil er geruhte, zu uns zu kommen? Wir kamen ja auch!«

Büdner begrüßte den Gast offiziell, und wieder wurde geklatscht. MEHRLESEN dachte derweil an das Instruktionsgespräch, das Schönmund am Vortage mit ihm geführt hatte: »Voran die Wirtschaft!« hatte der gesagt.

Nun also war es soweit. MEHRLESEN stand auf. Er war lang. Die Korrespondenten mußten zu ihm aufsehen, ob sie wollten oder nicht. Der Kulturredakteur bekam Ohrenklingen, steckte den linken Kleinfinger in den Gehörgang des linken Ohrs, rüttelte, stocherte und fing zaghaft an zu sprechen: »Gestattet, Genossen, daß ich euch mit den Vorstellungen bekant mache, die wir in der Hauptredaktion vom Aussehen eurer Kreisseite für den nächsten Monat haben.«

Ein umständlicher Satz folgte dem anderen, und einer der bemerkenswertesten hieß: »Da die maschinelle Bestückung der Produktionsbetriebe sich immer noch nicht in dem Fahrwasser befindet, in dem sie sich aufhalten sollte, ist die Vermeidung der Zuspitzung von Härten in der manuellen Produktion eine vordringliche Aufgabe von Betriebsleitungen.«

Grienäppel flüsterte seinem Nebenmann zu: »Ein solcher Satz würde bei einem Wettbewerb für die bürokratische Umschreibung von Mängeln einen ersten Preis erhalten.«

Der Knappschaftsinvalide Skodowski aber, der ziemlich vorn saß, rief: »Lauter, Genosse! Ich hab nicht verstanden. In welchem Fahrwasser befinden sich die zugespitzten Verhärtungen?« Geraune, unterdrücktes Gelächter. Ob nun zu leise oder zu umständlich – die Ursache für die Unverständlichkeit von MEHRLESENS Instruktionen war seine Unsicherheit in ökonomischen Dingen.

Jedes Referat geht einmal zu Ende, auch das schlechteste, und als MEHRLESEN seines beendete, klatschten die Korrespondenten so zaghaft, wie er gesprochen hatte.

Büdner versuchte es zu überspielen, sprang ein, besprach einige Musterberichte vom vergangenen Monat, kritisierte andere und bat ein elftes oder zwölftes Mal: »Schreibt lebendig! Verschont uns mit Protokollen! Seid kritisch!«

Die Diskussion begann: »Wir treibens so ökonomisch und immer noch ökonomischer«, sagte die Korrespondentin LOPU, eine Eiferin mit blonden Locken, ein As und eine Bahnbrecherin bei Diskussionen. »Unsere Menschen im Kreisgebiet sind sowieso mit dem Bergbau verbunden und ökonomisch informiert. Wir müßten auch über Modeschauen, Bunte Abende, Chorgesang und dergleichen berichten dürfen. Das interessiert doch!«

MEHRLESEN war bestrebt, die von der Chefredaktion »ausgearbeitete Linie« nicht von kleinbürgerlichen Forderungen »verbiegen« zu lassen. Er ging auf den Vorschlag der LOPU nicht ein.

Grienäppel meldete sich: »Keine Antwort ist auch eine Antwort«, sagte er, »aber auch ich muß sagen, daß sich unsere Helden an der ökonomischen Front langweilen, wenn man ihnen auf der Lokalseite vorsetzt, was sie lange wissen, und das sag ich als Aktivist, der ich bin!«

MEHRLESEN kratzte sich verlegen den Hals und sah hilfesuchend zu Büdner hinüber, aber Grienäppel war noch nicht fertig. »Und was ich noch fragen wollte«, fuhr er fort. »Kann ein Volkskorrespondent vom Kreisredakteur entlassen werden?«

MEHRLESEN war froh, so billig aus seiner Verlegenheit zu kommen. »Ein Volkskorrespondent ist kein Angestellter«, sagte er, »man kann ihn nicht entlassen.«

Büdner winkte ab: »Laß uns das in der Mittagspause klären!«

Ab elf Uhr durchzog der Duft kochender Salzkartoffeln den Saal, die Mittagspause kam heran, und die Korrespondenten aßen falschen Hasen mit Zwiebelgrieben, tranken Bier oder

Limonade dazu und ließen kompottierte Kirschen hinterherrollen. Die Eßwerkzeuge klapperten, es wurde geplaudert und gewitzelt, und niemand sagte etwas über MEHRLESENS mißglücktes Referat. Man hatte es hinter sich – und gut!

Auch auf Mittag wurde es nicht recht hell im Saal. Draußen in den Heidedörfern begann jetzt wohl leise der Herbst. Über den Wäldern stand der blaue Himmel, und die Eichkatzen raspelten in den Haselbüschen; in Kohlhalden aber fiel Ruß vom Himmel, die Brikettfabriken murrten, und die Bagger schrien wie alle Tage. Büdner schüttete seine Sehnsucht mit Funktionsfleiß und ungewollter Betriebsamkeit zu.

Er ging mit Grienäppel und MEHRLESEN ins sogenannte Spielzimmer, um zu klären, was zu klären war.

»Also, Namen nenn ich nicht«, erklärte Grienäppel, »aber es kamen Leute zu mir, und der Oberste von den Leuten sagte: ›Es wird eine Lastwagenkolonne bereitstehen, und die Lastwagen werden mit Briketts beladen sein. Du bist dafür verantwortlich, daß sie wohlbehalten und beladen im ausländischen Deutschland ankommen, an einem Ort dort, den wir dir vor der Abfahrt sagen werden.‹

›Und die Grenze?‹ fragte ich.

›Du wirst schon freie Fahrt haben‹, sagten sie.

›Seid ihr verrückt?‹ fragte ich.

›Du willst doch, daß die Brikettpressen wieder laufen‹, sagten sie.

›Das will ich‹, sagte ich.

›Also wirst du Formkanäle mitbringen!‹ sagten sie. ›Wenn dich unterwegs aber jemand erwischt, wirst du dich einsperren lassen und nicht verraten, wer dich schickte, verstehst du!‹

›Parteiauftrag?‹ fragte ich.

Sie sagten nicht ja und sagten nicht nein. Ich überlegte eine Weile, sagte zu und fuhr. Es ging alles glatt. Ich brachte die Formkanäle.« Grienäppel wandte sich an Büdner: »Nun weißt du alles, und nun triez mich nicht mehr mit Berichten!«

MEHRLESEN hätte sich bei Grienäppels Bericht am liebsten die Ohren zugehalten, er, der Instrukteur, fiel aus dem Haupt-Redaktions-Himmel in die Praxis.

Grienäppel ließ von Marianne drei doppelte Wodka bringen, stieß mit den Redakteuren an und sagte: »Trinken wir auf das, was einmal wichtig und dann wieder unwichtig ist!«

»Was meinst du damit?« fragte MEHRLESEN, der fürchtete, auf etwas Feindliches anzustoßen.

»Mit Groß-I fängts an, und mit Klein-gie hörts auf«, sagte Grienäppel.

Sodann bestellte Büdner drei Wodka, und als Marianne die dritte Lage, die von MEHRLESEN, ins Spielzimmer trug, riefen die Korrespondenten: »He, was ist los?«

Der fixe Grienäppel steckte den Kopf bei der Tür hinaus und sagte: »Rustin hat Geburtstag.«

Da wollten sie alle hinein und gratulieren, doch Grienäppel hielt die Tür noch für einen Augenblick zu und sagte zu den Redakteuren: »Wenn einer von euch aus der Schule plaudert, könnt ihr euch nicht auf mich berufen, ich streit alles ab!«

Auf diese Weise kam MEHRLESEN außer der Zeit zu einem Geburtstag. Die drei doppelten Wodka machten ihn oberlastig, doch unternehmungslustig. Den Nachmittagszug hatte er verpaßt. Er beschloß, die Zeit bis zum Abendzug bei Büdner zu verbringen.

Büdner zeigte MEHRLESEN die »Sehenswürdigkeiten« von Kohlhalden, führte ihn zum Tagebau und dort zu einem großen Bagger hin, und auf dem Bagger saß der Volkskorrespondent Richard Rakel, RIRA genannt, dessen falbes Haar aus der Führerkabine leuchtete. Er winkte der »Redaktionsdelegation« zu, öffnete das Schiebefenster und rief: »Was Neues verhandelt?«

»Nichts Neues«, rief Büdner, doch MEHRLESEN, der nicht zulassen konnte, daß er nach Kohlhalden gekommen sein sollte, um Altes auszupacken, schrie zu RIRA hinauf: »Wir erwarten goldene Taten von euch.«

Der Bagger antwortete mit einem Raubtierschrei. MEHRLESEN steckte sich die Zeigefinger in die Ohrlöcher.

Büdner führte den Kulturredakteur um den Tagebau herum, Kilometer um Kilometer, und Mehrlesen hielt sich ängstlich vom Rand entfernt, sah in das dunkle Loch und benahm sich, wie bezirksstädtische Zeitungsleser sich bei der Besichtigung von

Tagebauen benehmen. An dieses Loch wollte er denken, wenn ihn die Redaktionsarbeit wieder einmal »anstinken« würde!

Dann gingen sie der Stadt zu, verließen die Zone der gröbsten Schürfgeräusche, die Sonne kam für eine Weile hervor, MEHRLESEN war redselig in seinem Halbrausch und hatte den Drang, sich Büdner mitzuteilen: »Sattler habe ich gelernt, wenn dus wissen willst«, sagte er, und als Lehrling hätte er zwischen der Lehne und dem eingefallenen Sitz eines alten Sofas ein Buch gefunden: »Lebensgeschichte und natürliche Abentheuer des armen Mannes im Tockenburg«. »Machte mich drüber her, verstehste, das erste Buch, das ich unanbefohlen las. Gefiel mir. Besorgte mir andere Bücher, auf einmal gings los mit der Lesewut.« MEHRLESEN tippte an seine Brille: Kurzsichtig hätte er sich in seiner dunklen Lehrlingskammer gelesen.

Büdner hörte schlecht zu. Die Westfahrt des Pressenschlossers ging ihm nicht aus dem Kopf. Ob Grienäppel sich hätte verhaften lassen, wenn es hart auf hart gekommen wäre? dachte er. Er traute es dem Meisterschlosser nicht zu, der war nicht der Typ des Märtyrers; er war der fixe Facharbeiter, der seinen Wert kannte, der die Umwelt mit raschen Blicken nach Möglichkeiten abtastete, von denen mindestens jeweils die Hälfte seinem eigenen Wohlsein nützlich zu sein versprach. Vielleicht hätte er im ernsten Augenblick doch verraten, wer ihn geschickt hatte, oder hätte sich durch Flucht oder anderswie aus der Sache gewickelt.

MEHRLESEN erzählte, wie er auf einen Ratgeber, einen alten Sattlergesellen, gestoßen wäre: »Hatte sich Haar und Bart so zurechtgemacht wie Karl Marx, verstehste. Kam aus der Richtung Arbeiter-Bildungs-Institut-Haeckel-Urania und sagte mir, ich läse zu unsystematisch, müßte bei Walther von der Vogelweide anfangen, mich bis zu Gorki hinauflesen. Befolgte den Rat, gelangte bis zu Sir Walter Scott; kam wieder ein Ratgeber, ehemaliger Studienrat, sagte, müßte viel weiter hinten anfangen! Fing bei alten Chinesen an, verstehste! Las mich von Konfuzius bis Andersen Nexö durch.«

Sonst legt man auf Ideologie wer weiß welchen Wert, dachte Büdner. Wenn ich da nur eine Regel erkennen könnte, nach der man berechtigt ist, sie beiseite zu schieben und sogar Geschäfte mit dem Klassengegner zu machen.

»Du hörst wohl nicht mehr zu?« fragte MEHRLESEN.

»Doch«, sagte Büdner, »du fingst bei Konfuzius an.«

»Gut«, sagte MEHRLESEN und sah dankbar auf Büdner. »Mache jetzt einen Sprung: Gelesen also, immer gelesen hab ich. Gewerkschaft schon als Sattlergeselle, Partei etwas später, zwei Jahre so etwa, verstehste. Den Nazis war meine Nase zu lang. Zur Wehrmacht nicht, aber dienstverpflichtet. Autos satteln und Bänke polstern. Nach dem Kriege sagten die alten Genossen, ›bist doch so eine Leseratte, wirst du also zur Zeitung gehn!‹ Wollt noch was sagen; sie schnitten mirs ab. ›Zur Zeitung, hast du verstanden, zur Zeitung!‹«

»Ja, was sagst du nun aber zur Sache mit Grienäppel?« fragte Büdner, der nicht von dessen Westfahrt loskam.

Für MEHRLESEN war das, immer noch unter der entspannenden Wirkung von drei doppelten Wodka, kein so scharfes Problem mehr. Er blieb stehen, zog den Bauch ein und reckte die Brust wie ein preußischer Rekrut auf dem Kasernenhof, und die Geste sollte wohl andeuten, daß jetzt die Gescheitheit bei ihm eingezogen war, und er sagte: »Es müssen ziemlich hohe Genossen gewesen sein, die dem Schlosser den Auftrag gaben; denn kleine Genossen bestraft man für so was, weil sie nach dem Westen fahren, um für sich einzukaufen; die großen Genossen tuns für uns alle!«

Büdner verspürte Neigung, MEHRLESENS salomonische Weisheit zu bewundern, doch es blieb da ein Rest für ihn wie beim Dividieren manchmal, wo nach der Hauptzahl und dem Komma immer wieder die gleiche Zahl auftaucht bis in die Unendlichkeit hinein. »Ich wäre leider unfähig, und das ärgert mich«, sagte er, »zu erkennen, wann die reine Lehre über die Verwerflichkeit des Klassenfeindes anzuwenden ist und wann man sich über sie hinwegsetzen darf.«

Wieder reckte MEHRLESEN die Brust und atmete die mit dem Duft von tertiären Erd-Innereien durchsetzte Luft ein. »Du denkst zu idealisch«, sagte er. »Du willst die reine Lehre auf der Stelle rein durchgesetzt wissen. Das passierte auch mir die erste Zeit nach dem Besuch der Parteischule. Jetzt hab ich mich dran gewöhnt, daß die reine Lehre jeweils den Bedürfnissen angepaßt werden muß!« Er drehte sich um, sah zurück auf das große Tagebauloch und schien dort gefunden zu haben, was er sagen wollte. »Du bist noch ein Idealist, verstehste!«

Büdner antwortete nicht mehr. Er hegte das erste Mal Zweifel, ob er es je dazu bringen würde, ein guter Funktionär zu sein.

MEHRLESEN wollte im übrigen jetzt Kaffee trinken und verwandelte den Spaziergang zu einem Zweier-Wettgehen.

Im Schränkchen unter Büdners Elektrokocher wohnte nicht eine einzige Kaffeebohne, deshalb zog MEHRLESEN verschmitzt ein Päckchen Kaffee aus seiner Aktentasche: »Von meinem Schwager«, sagte er, »der schickt mir aus Köln.«

»Und was sagt Schönmund, wenn ers erfährt?«

»Dem schickt seine Schwester aus Dortmund.«

Ja, Himmelsachsen, fragte sich Büdner, bist du denn der einzige, der der Ideologie treu ist?

In Büdners Junggesellenküche gabs kein Mühlenunternehmen zum Zerkleinern brasilianischer Trockenfrüchte, er mußte zu seiner Wirtin in die Küche. Die Mühle der Wirtin war ein stationärer Betrieb. »Bitte, Herr Büdner, mahlen Sie nur!« sagte die Brösicke, besah sich das West-Kaffee-Päckchen und zwinkerte ihm zu. Büdner wars peinlich, er konnte der Wirtin nicht sagen, daß es sich um den Kaffee eines sozialistischen Vorgesetzten handelte, und er log deshalb und sagte: »Mein Onkel aus Westberlin kam unverhofft. Wie das so ist, den Kaffee brachte er mit.«

Und während Büdner in der Küche die Westbeziehungen seines Kulturredakteurs verredete, entdeckte der in der Stube den Roman auf dem Rollschränkchen, fing an zu lesen, trat in eine Kindheit ein, von der er nicht wußte, wem sie gehörte, blieb dort drinnen und sah, als Büdner mit dem gemahlenen Kaffee zurückkam, nicht einmal auf. Für Rustin war aller Lesestoff, dem er begegnete, herrenloses Gut, und wer ihn las, der besaß ihn.

Büdner machte sich ans Kaffeekochen, MEHRLESEN strich sich mit der flachen Hand über die lange Nase, schniefte von Zeit zu Zeit, stopfte beiläufig seine Pfeife, rauchte und las.

Als Büdner den Kaffee in zwei ehemaligen Senfgläsern servierte, sah MEHRLESEN endlich vom Manuskript auf und fragte: »Wer schickt dir so was?«

Büdner überhörte die Frage. Sie tranken Kaffee. MEHRLESEN gurgelte den seinen abwesend hinunter und war nicht aus dem Manuskript zu kriegen, er war so versunken, daß er erst aufsah, als er immerzu an seinem Senfglas vorbeigriff. »Kommt mir vor, als hätte hier jemand ein Buch abgeschrieben«, stellte er fest und schimpfte.

»Auf keinen Fall!« sagte Büdner.

»Also hast du das geschrieben?«

Keine Antwort.

Büdner sah verlegen zum Fenster hinaus, sah, wie sich draußen der Nachmittag zum Vor-Abend verdichtete, wie die Leute aus den Gastwirtschaften, von den Kegelbahnen und aus dem Theater kamen. Er nahm sich vor, jene Bergleute, die ihre Kinder am Sonntagnachmittag ins Theater führten, auf der Kreisseite des VOLKSBLATTES zu loben; er arbeitete schon wieder.

Auf dem Flur läutete das Telefon, eine Frau bat, den Kulturredakteur Rustin sprechen zu dürfen, und die Brösicke war erstaunt, daß des Büdners Onkel aus Westberlin war, und sie wunderte sich noch mehr, als der eine Frau aus Friedrichsdamm »Liebling« nannte und sich bei ihr für sein Ausbleiben entschuldigte: »Liebling, laß sein, wie es will«, sagte er, »ich hab hier einen Dichter entdeckt, ich erzähl dir.«

MEHRLESEN stopfte die sechs Schnellhefter in seine Mappe und sagte zum erstaunten Büdner: »Ich druck dir das, verstehste!«

Auf der Straße, in der rußdurchsetzten Luft, verflogen der Wodka- und der Kaffeerausch des Kulturredakteurs gleichzeitig, und er nahm etwas von seinem Enthusiasmus zurück: »Ich druck dir das vielleicht«, sagte er nun, »du weißt, ich bin nicht die ganze Redaktion, es gibt überhebliche Wirtschaftsredakteure ...«

Mehrlesen verschwand hinter der Sperre im Gewimmel der Wochen-End-Reisenden, während Büdner sich an der Sperrkette festhielt, weil ihm schwindelig war und weil Freudefunken, grüne Hoffnungsblätter, Erwartungen und Fragezeichen in ihm umherwirbelten.

Mehrlesen suchte sich im Bahnabteil einen geeigneten Platz, las weiter im Manuskript, und seine Begeisterung stieg wieder an. Für dieses Manuskript wollte er kämpfen, nahm er sich vor. Eine gute Lebensstunde hatte ihn erreicht, er hatte ein Talent entdeckt, das Leben schien ihn für höhere Zwecke aufgehoben zu haben. Vielleicht kannst du dich auf das Entdecken von Talenten spezialisieren, dachte er, vielleicht Herausgeber, Verleger werden und dir in dieser Richtung einen Namen machen, und er fuhr mit kräftigem Aufwind unter den Flügeln heimzu.

13
Büdner lernt den Segen des Vorglücks kennen, erwirbt im Wachtraum das »Buch der gelösten Lebensrätsel«, und hinter den Kulissen seines Lebens wird neues Schicksal für ihn angefertigt.

Das vollendete Glück erreicht den Glanz des Vorglücks nicht, hatte Simos von der Ägäer-Insel gesagt. Büdner versuchte sein Vorglück ohne Mitwisser zu bewältigen; das ist psychologisches Athletentum, und wenn ihn wer beobachtete, mußte der feststellen, wie schwer es ihm fiel.

Es beobachtete ihn niemand. Wer denn? Zum wirklichen Beobachten gehört Liebe. Liebte die Wetterzeube ihn etwa? Wenn sie liebte, dann nicht den Büdner, der er war; sie versuchte, aus falsch verstandener Frauenemanzipation an ihm herumzuerziehen. Ewig sah sie ihre und der anderen Frauen Rechte bedroht, und das höchste Ziel ihrer feministischen Träume war: Parität von Frauen und Männern im Oberbüro der Partei. Wo sollte da Platz für Liebe sein!

Auch von Ramona konnte man nicht behaupten, daß sie Büdner beobachtete. Sie war mit sich beschäftigt. Noch immer machten ihr die Pusteln zu schaffen; sie probierte dies und probierte das, und eine Weile wurde sie sogar Anhängerin der

Therapie des Sich-Auslebens. Die Versuche in dieser Richtung verliefen leider erniedrigend: Eines Morgens hörte sie, wie ein junger Mann im Arbeiterzug hinter der Abteilwand zu einem andern sagte: »Haste gemerkt, wie die mit den Pickeln sich ranschmeißt?« Das Ergebnis waren Ramona-Tränen, und wieder kam ein mitleidiger Mensch des Weges und riet ihr, keinerlei Säuren zu sich zu nehmen; und sie mied fortan Zitronen, saure Gurken, selbst saure Drops, und wenn sie zum fünfzehnten Male am Tage in ihren Handspiegel sah, schien ihr fast, als hülfe das.

Wer im Kreissekretariat hatte oder nahm sich die Zeit, seinen Mit- und Nebenmenschen zu beobachten? Zwar verkündeten die Sekretäre in ihren Reden, im Mittelpunkt stünde der Mensch, aber diese Wendung gehörte bereits zur Liturgie, weil fort und fort neue ökonomische und ideologische Aufträge aus dem Berlinhimmel auf die armen Kreissekretäre niederprasselten. Menschlichkeit wurde für sie zu einem Fernziel. Sie würde nach der Regelung der ökonomischen, soziologischen und ideologischen Belange wie der Odem Gottes in die Zeitgenossen einströmen.

Und Büdner? Doch, der nahm sich die Zeit, seine Mitgenossen im Kreissekretariat zu beobachten, Beobachten war sein zweiter, oft sogar sein – von Wummer verpönter – Hauptberuf.

Draußen, hinter den Tagebauen, blühte das Heidekraut ab; die Bienen winterten ein, und auf den Nadelhügeln der Großen Waldameisen erstarb das Gewimmel. Über Kohlhalden vereinigten sich die Wasserteilchen der geheimnisvollen Morgennebel mit uralten Teilchen von Bäumen, auch Kohle genannt, und ließen sich auf Hausdächer, Straßen und Menschen nieder.

Büdner wartete unruhig auf eine Nachricht von MEHRLESEN. Jeden Tag starrte er auf Münchhoffs gichtige Finger, wenn der seine Kuriertasche in der Redaktion auspackte: Nichts und wieder nichts! Zuweilen riß er Ramona, wenn aus der Hauptredaktion angerufen wurde, den Hörer aus der Hand, weil er wähnte, MEHRLESEN würde am Telefon sein, aber dann meldete sich die Redaktionssekretärin und gab neue Aufträge durch, die er in seiner unausgereiften Stenografie niederschreiben mußte, weil Ramona inzwischen beleidigt hinausgegangen war.

Eine Gabe des Dichters ists, die Wirklichkeit für sich und andere zu überhöhen und poetisch zu durchdringen, hatte der weise Simos auf der Ägäer-Insel gesagt. Also stockte Büdner seine Wirklichkeit ein wenig auf, und einer seiner Träume ging so:

Es sind einige Fortsetzungen seines Romans im VOLKSBLATT erschienen, er geht in die Volksbuchhandlung, in der noch immer die ehemalige Besitzerin Blatträschel das Reden hat. Unter ihrer Regie arbeiten die Jung-Buchhändlerinnen Häkelhüll und Wittpapp. Die Wittpapp war eine buchhändlerischblasse Schönheit mit nach innen gekehrtem Blick, ein Mädchen, das Büdner gefiel, weil es nicht nur still-schön war, sondern auch mit Büchern umzugehen verstand.

Frau Blatträschel teilte die Buchkäufer in Lauf-, Ramsch- und Stammkunden ein. Laufkunden sind Leute, die ein Buch für einen zehnjährigen Jungen verlangen, nicht zu dick, nicht zu dünn, nicht zu schwer und nicht zu albern. Stammkunden sind die, für die Frau Blatträschel Bücher von Thomas Mann, Hesse und Hemingway unterm Ladentisch aufhebt. »Stammkunden wissen Autoren westlicher Prägung besser zu würdigen«, war Frau Blatträschels Meinung.

Ramschkunden waren für sie vor allem Funktionäre, die keine Bücher lasen, aber ihre Schränke bestückten. Auch Büdner zählte für sie bislang zu den Ramschkunden, er konnte unmöglich alle Bücher lesen, die er kaufte.

Nun aber kommt der bekannte Roman-Autor Büdner in die Buchhandlung. Fräulein Wittpapp gratuliert ihm wohlerzogen und mit scheuem Augenaufschlag zu seinem Erfolg. Frau Blatträschel kommt aus dem dunklen Lagerraum, gratuliert und fragt ihn nach speziellen Wünschen. »Suchen Sie nicht das Buch der gelösten Lebensrätsel?«

Jawohl, das sucht Büdner.

Frau Blatträschel zieht mild wie die Abendsonne und freundlich wie ein gewaschenes Kuh-Euter ein Buch in hellgelbem Ledereinband unter dem Ladentisch hervor. Büdner blättert, der Speichel läuft ihm dabei zusammen wie beim Anblick südlicher Weintrauben, und er sieht, es ist das Buch, das er sucht, das Buch der Bücher.

Ein anderer Traum:

Er geht ins Theater, der neue Intendant Himmelfurth erwartet und begrüßt ihn, die Hosen frisch gebügelt, das Haar pomadisiert. »Wärs nicht an der Zeit, Genosse Büdner«, fragt er, »etwas für das Theater zu schreiben, speziell für uns, für das Theater in der Stadt Ihres Wirkens?«

Und dann der verstiegenste Traum:

Er geht in eine Versammlung, kommt aber zu spät, gewöhnlich ist er pünktlich, aber für diese Versammlung ists nötig, daß er zu spät kommt. Die Veranstaltung rollt, wie Wummer zu sagen pflegt, doch da entdeckt der Versammlungsleiter den sich einschleichenden Büdner, unterbricht den Redner und sagt: »Verehrte Teilnehmer, geschätzte Genossen, ich begrüße den soeben erschienenen Roman-Autor Büdner, den bekannten Genossen und Schriftsteller. Ich schlage vor, ihn in aller euer Namen in das Präsidium ...« Weiter kommt der Versammlungsleiter nicht, denn die Besucher klatschen, klatschen und klatschen, wählen Büdner mit Handgeprassel in das Präsidium.

So verstieg er sich in seinen Träumen. Er hätte leicht beim nächsten Septemberwindstoß mit dem Kohlenstaub davonfliegen können.

Wie lange vermag ein literarisches Werk einen Menschen, den es durchwehte und anhob, schwebend und bei guten Vorsätzen zu erhalten? Wenn wir MEHRLESEN als Beispiel heranziehen, dann drei Tage. Bleibt zu hoffen, daß es nicht die oberste Grenze von Kunstwerk-Wirkungen auf Menschen war. Stellen wir in Rechnung, daß MEHRLESEN, ähnlich wie die Kreissekretäre, ein Getriebener war, immer wieder mit Forderungen gedrängt, die Ökonomie mit Kultur und Kunst zu unterstützen; immer wieder von Schönmund tröstend verwiesen: »Die große Helle liegt in der Zukunft, Genosse!«

Alles schien MEHRLESEN wieder so schwer, so mit Verantwortung beladen, und so verdächtigte er sich, während seines

Besuches bei Büdner vor drei Tagen nicht auf »ideologischer Höhe« gewesen zu sein.

Er erinnerte sich an seinen »Schnellkursus für Kulturredakteure«, und mit welchen Worten der schlanke, geistig so bewegliche Genosse Schulze den Kursus eröffnete: »Neue Zeiten, neue Maßstäbe, neue Forderungen an Kunst und Literatur!« sagte er. »Neue Vermesser und neue Anmaßungen«, hatte sein Sitznachbar Deubel damals hinter der Hand ergänzt. Was aber hatte der von seiner Lästerei schließlich gehabt? Er war bis nun nirgendwo als Kulturredakteur in Erscheinung getreten.

MEHRLESEN nahm sich das dicke Diarium mit den Kursusnotizen vor und sah nach, wie sie damals Romane analysierten: Sein erster Fehler war, wie er feststellte, er hatte vergessen, das Genre des Werks zu bestimmen. War Büdners Arbeit nun ein Entwicklungsroman, ein Erinnerungsbuch oder eine Autobiographie? Er entschied sich für die Bezeichnung: »utopisch-historische Erzählung«.

In seinen Notizen stieß er auch auf die Faustregel, nach der sie festgestellt hatten, ob ein Kunstwerk dem Sozialistischen Realismus zuzurechnen wäre oder nicht. »Sozialistischer Realismus ist die Weiterentwicklung des Kritischen Realismus«, hatte er sich notiert, »und seine Kriterien sind, ein Kunstwerk muß zeigen, wie die Dinge, die Menschen und die Verhältnisse waren, wie sie sind, und wie sie sein werden!«

Auch daran hatte damals der querige Genosse Deubel etwas auszusetzen gehabt, erinnerte sich MEHRLESEN: »Ja, denn erklär mir mal«, hatte Deubel den Kursusleiter gefragt, »was in die Statue eines heutigen Arbeiters hineinzulegen ist, damit erkennbar wird, wie die Menschen waren und wie sie sein werden!«

Sie erwarteten damals, der Genosse Schulze würde unwillig werden, doch es war noch die Zeit: Auf jede Frage eine Antwort, und es wurde ihnen kund: »Die Statue muß einen voranschreitenden Arbeiter zeigen, der in die Ferne, in die Zukunft sieht!«

Schließlich entdeckte MEHRLESEN an Hand seiner Kursusnotizen, daß Büdners Roman keine Anleitung zum Handeln, keine Hinweise zur raschen Sozialisierung der menschlichen Gesellschaft enthielt. Das beunruhigte ihn, und er beschloß, Chefredakteur Umbruch zu Rate zu ziehen.

Im Zimmer des Chefredakteurs standen drei Telefone, und mit einem telefonierte er. MEHRLESEN mußte warten und dachte: Was macht der Chef, wenn alle drei Telefone auf einmal klingeln?

Obwohl Umbruch ein beleibter Mensch war, schlug seine Weste Falten, und seine Jacke hing lappig an ihm herunter. Er ließ seine Anzüge auf Zuwachs arbeiten; der alte Arbeitersportler und Ringer sah aus alter Gewohnheit in der Vermehrung des Leibesumfangs eine wichtige Voraussetzung zum Bezwingen von Gegnern.

MEHRLESEN schob Büdners Romanmanuskript vorsichtig auf Umbruchs Schreibunterlage. »Vom Lokalredakteur aus Kohlhalden«, sagte er dazu, und Umbruch verzog beim Anblick der sechs gefüllten Schnellhefter sein Gesicht, als ob er Qualen ausstünde. »Ein prickelndes Novum wieder?« fragte er.

»Ein Roman diesmal«, sagte MEHRLESEN ziemlich leise. Umbruch hob Hilfe heischend die Arme. »Büdner in Ehren«, sagte er, »aber ich hab und hab keine Zeit!« Das war nicht gelogen, denn ein journalistischer Hauptleitsatz hieß zu jener Zeit: Ein guter Redakteur schreibt nicht, er organisiert. Umbruch organisierte das Gesicht des VOLKSBLATTS. Er schlug mit seiner patschigen Ringerhand auf den Schnellhefterstoß und sagte: »Gib das Ding dem Lekasch! Soll ders als Fachmann mal lesen!«

Lekasch war ein Schreibschaffender, der vor einiger Zeit aus amerikanischer Emigration gekommen war. Die Friedrichsdammer Stadtväter hatten dem beliebten Arbeiter-Schriftsteller am Stadtrand eine alte Windmühle zu einem Wohnhaus ausgebaut.

Es war heimelig in der alten Windmühle, und an Regentagen dufteten die Hölzer und die Bretter dort, als ob sie sich ihrer Jugend als Bäume erinnern würden. Rings um die Mühle lagen Felder und Felder, mit deren Weite Lekasch nichts anzufangen wußte; er war ein Kind dunkler Fabriklandschaften, ein ehemaliger Kesselschmied aus dem Ruhrgebiet, der seinen ersten Roman schon vor neunzehnhundertdreiunddreißig geschrieben hatte, einen Arbeiterroman, über die gemeinsame Sache natürlich, und die Arier hatten diesen Roman, dieses Kommunistenbuch, verbrannt – auch natürlich.

Lekasch las Büdners Aufzeichnungen zuerst mit Vergnügen und dann mit Begeisterung. Da kam was Geschriebenes aus den Stuben der Kleinen Leute und bewies, daß es auch in den Köpfen Unstudierter vor Interessantheit und Phantasie krachte, doch am dritten Tag wurden seine Lesefreuden durch äußere Umstände vermindert: Man schickte seine jüdische Frau, die seit ihrer Rückkehr aus Amerika in einem Archiv für Geschichte arbeitete, plötzlich nach Hause, beurlaubte sie bis auf weiteres, wie man sagte. Lekasch ahnte, was vorlag, aber Ahnungen waren für ihn keine Tatsachen. Er las Büdners Manuskript zu Ende, und da er begeistert blieb, las er es zur Sicherheit ein zweites Mal. Der Erfolg: Seine Begeisterung hielt sich. Er bat MEHRLESEN telefonisch, das Manuskript abzuholen, und schrieb an seiner eigenen Arbeit weiter, an seinen Auswanderer-Erlebnissen. Er saß dabei halb angekleidet am Schreibtisch und schlug, wenns nicht weitergehen wollte, mit den Fäusten Takte der Marseillaise auf die Armstützen seines Sessels. Seine Arme waren tätowiert, waren mit dunkelblauen, hellblauen, auch roten Stricheleien bedeckt. Als junger Mensch hatte er sich auf seinen Wanderungen, vor dem ersten Weltkrieg, das Bildnis der Kaiserin Auguste Viktoria auf den rechten Arm tätowieren lassen; später jedoch, als er Kommunist geworden war, ließ er sich zum Ausgleich eine Schlange auf den linken Unterarm tätowieren, eine Schlange, deren Kopf von einem Hammer zerschmettert und deren Leib von einer Sichel halbiert wurde. Aber weder die Schlange noch die Kaiserin waren Kunstwerke. Lekasch schämte sich ihrer und trug deshalb in der Öffentlichkeit, auch im Hochsommer, Hemden mit langen Ärmeln und geschlossenen Manschetten.

Seine Frau kam ihm sagen, der Redakteur vom VOLKSBLATT wäre da. Lekasch streifte rasch seine Hemdärmel herunter und schloß die Manschettenknöpfe. MEHRLESEN hielt seine Aktentasche, devot wie ein Diener die Mütze, in Brusthöhe und verneigte sich.

»Scheiß dich nicht ein«, sagte Lekasch.

MEHRLESEN nuschelte eine Entschuldigung und setzte sich. Sie redeten über Büdners Arbeit. »Ist das Thema, das unser Büdner behandelt, nicht ein bißchen vergangen?« fragte MEHRLESEN. Lekasch sah ihn mit aufgerissenen Augen an. »Hast du keine Kindheit nicht gehabt?« MEHRLESEN nickte und kam von einer anderen Seite: »Ist, was unser Büdner schrieb, ein Roman oder keiner?«

»Zum Pieronie, kommts drauf an, wie die Gelehrten benennen, was man schrieb?« sagte Lekasch, »oder kommts drauf an, obs gut geschrieben ist?«

MEHRLESEN packte die sechs Schnellhefter in seine Mappe. »Und ein Vorwort?« fragte er. »Wie wärs mit einem Vorwort für den Debütanten, Genosse Lekasch?«

Lekasch dachte an die vorläufige Beurlaubung seiner Frau, an das, was nach seiner Vermutung dahintersteckte. Er konnte dem Anfänger unter Umständen mit seinem Vorwort einen schlechten Dienst erweisen; zu MEHRLESEN aber sagte er: »Ein Vorwort ist, leck mich im Arsch, nicht nötig! Nimm den Roman und druck ihn; er hats in sich, er braucht meinen Segen nicht!«

MEHRLESEN hinkte vor Nachdenklichkeit, als er in die Redaktion zurückging: Lekasch war begeistert vom Roman, wollte aber kein Vorwort für ihn schreiben? Das machte ihn mißtrauisch. Eine Faustregel aus dem Schnellkurs für Kulturredakteure fiel ihm ein: Nirgendwo hat der Klassenfeind seine Hände stärker im Spiel als in der Kulturpolitik.

Er überlegte und erwog, ließ das Manuskript zwei Tage in der Redaktion liegen, las nochmals drin, wurde noch unsicherer und brachte es zur Beurteilung in die Bezirksleitung und wollte mit Büdners Manuskript bei Reinhold Steil vorstellig werden.

Reinhold Steil war nicht da, er war auf einer Studienreise im Ausland, kurz gesagt, in Moskau; sein Stellvertreter hieß Renner, war blaß und hager, sah aus, wie man sich einen Flagellanten vorstellt, wieder kurz gesagt, wie ein sozialistischer Flagellant.

Renner zählte die Schnellhefter ab. Kaltes Grausen befiel ihn bei der Vorstellung, daß er das alles zusätzlich zu seiner sonstigen Arbeit lesen sollte, deshalb sagte er patzig und abweisend zu MEHRLESEN: »Wer ist hier Kulturredakteur, du oder ich? Also, eure Arbeit also mach ich euch nicht!«

Wieder nahm MEHRLESEN Büdners Manuskript unter den Arm wie dennmals der Jüngling von Nain sein Bett »und wandelte«. Erstaunlich, daß er die sechs Mappen, die ihm solche Scherereien machten, nicht einfach verlor, auf der Straße fallen ließ.

Nein, er ging wieder zu Umbruch und berichtete, was Lekasch zu Büdners Roman gesagt hatte und wie ihm Renner gekommen war, und siehe da, die Lücke, die das Leben brauchte, um mit Büdners Roman zu Rande zu kommen, tat sich auf: »Was hat der Renner gesagt?« fragte Umbruch, der sich mit Renner nicht grün war, »unsere Arbeit macht er uns nicht, hat er gesagt? Ihr und euch hat er gesagt? Lassen wir uns nicht bieten, gehen wir mit ihm in die Runde! Das Manuskript her, jetzt lese ich es!«

All diese Dinge geschahen hinter den Kulissen, während Büdner wartete und wartete. HINTER DEN KULISSEN – war immer dort, wo er nicht war. Es blieb ihm nichts, als dazustehen, zu warten, zu fiebern und die Wirklichkeit mit Träumen aufzustocken. War es nicht Simos von der Ägäer-Insel, der gesagt hatte: Auch die Wirklichkeit ist ein Traum?

14
Büdner schreibt eine Geschichte gegen Selbstbetrug und Taschenlügnerei, verwirft sie, da ihm Schmeichelhaftes widerfährt, wird der eifrigste Leser seiner selbst und erlebt, wie ihm ein Vorglückstraum zerschellt.

Wie schützt sich ein Schreibknecht des Lebens vor Übererwartungen und Enttäuschungen? Er schreibt, macht Literatur oder das, was er dafür hält, versenkt sich in die Schreibarbeit, schaltet schartige Zufälle aus, macht sich unverwundbar.

Den Anlaß, wissenschaftlich ausgedrückt, den Vorwurf für seinen neuen literarischen Versuch lieferte ihm nach und nach Wirtschaftsredakteur Schönmund: Immer wieder schickte der ihm kritische Artikel zurück: Es durfte zum Beispiel nicht erwähnt werden, daß die Kohle im Tagebau zeitweis stark mit

Sand versetzt war. Was sollten so negative Informationen? Es gab keinen Sand in der Kohle, es fehlten keine Ersatzteile, es mangelte nicht an Stahl – nein, der Klassenfeind durfte nicht erfahren, was er längst wußte. Und eines Tages schickte Büdner zu allem Überfluß einen Bericht ab, in dem von einem jungen Bergmann die Rede war, der seine Geliebte aus Eifersucht umgebracht hatte.

Der stellvertretende Chef wies den Bericht natürlich zurück: Kapitalverbrechen hätten in der Zeitung eines Staats, der zu einem sozialistischen gemacht werden sollte, nichts zu suchen, schrieb Schönmund.

Diese unsinnige Behauptung brachte den vom Warten geschwächten Büdner auf: »Soll das VOLKSBLATT allmählich den Charakter eines Vereinsprotokolls bekommen, in das man nur Ereignisse einträgt, die sich statutengerecht ausnehmen?« schrieb er an Schönmund: »Soll auf meiner Kreisseite fortwährend eine honette Kleinbürgerfamilie gezeigt werden, die sich ihrer feindlichen Nachbarn wegen in verlogener Harmonie auf dem Sonntag-Nachmittags-Spaziergang befindet?«

Ganz schön anmaßend und frech, was sich dieser Büdner da wieder erlaubte! Schönmunds Antwort fiel entsprechend aus: »Alles, alles, was Dir nicht gefällt«, schrieb er dem Kreisredakteur, »kannst Du durchsetzen, wenn Du einmal Chef bist. Aber ich fürchte, daß Du es bei Deiner Einstellung nie werden wirst ... «

So kam es, daß Büdner, um mit seiner Verknirschung fertig zu werden, wieder was schrieb. Er erfand den vom Volke eingesetzten Regierungschef ABSALUN, der mit seinem Nachbarherrscher Betubak in Feindschaft und Rivalität lebt. Das Volk vertraut ABSALUN, doch der leidet an zwei weitverbreiteten, medizinisch nicht anerkannten Krankheiten: Eitelkeit und Prinzipienreiterei. Jedes Ding, jedes Verhältnis und jede Seele in seinem Lande mußte aus Prinzip besser sein als die Dinge, die Verhältnisse und die Seelen im Lande seines Rivalen BETUBAK. ABSALUN war beständig bemüht, BETUBAK glauben zu machen, daß in seinem, in ABSALUNS Reich alles bestens bestellt wäre, daß dort allenthalben Harmonie, Zufriedenheit und Zustände herrschten, die es, wie doch jedermann wußte, bisher nirgendwo auf der Welt gegeben hatte.

Und ABSALUNS Hang zum Selbstbetrug steigerte sich noch, und wenn irgendein Mensch aus seinem Volke die leiseste Unzufriedenheit äußerte, so wurde der zum Abgesandten des Rivalen BETUBAK erklärt und ins Gefängnis geworfen, also mißbrauchte ABSALUN das Vertrauen seines Volkes, und er mißbrauchte seine Macht.

Als Büdner die Geschichte niedergeschrieben hatte, war ihm zwei Tage wohl; zwei Tage, nicht länger, denn alsbald wurde er unzufrieden mit dem Geschriebenen und fing an, es selber zu bekritteln: War sie nicht allzu naiv, diese Allegorie, war sie nicht eine kunstgewerbliche Schnitzerei? Würde man ihm die »dikken Lehren«, die drin steckten, nicht verübeln? Hast du die Minister des Absalun nicht ausgesucht und gewählt? konnte man ihm entgegenhalten.

Gut, würde er antworten, dann laßt die Geschichte als eine Art Selbstkritik gelten.

Demagoge, würde man ihn beschimpfen.

Na, noch hast du die Geschichte nicht aus den Händen gegeben, tröstete er sich, noch ist sie nicht gedruckt, noch ist sie nichts als ein Rohentwurf, den du ändern und umschreiben kannst.

Ach, das Leben, das Leben! Am nächsten Tag traf ein Telegramm von MEHRLESEN ein und annullierte Büdners ketzerische Gedanken. Er zerriß die Rohfassung seiner Allegorie.

»Ab morgen wird gedruckt!« stand auf dem Telegramm, sonst nichts.

Der nächste Tag war einer jener Oktobertage, die, mit ihren blauen Himmeln, dem Sonnenstand, der lauen Luft und dem leisen Wind, den Tagen im Vorfrühling gleichen. Auf dem Lande hatte man es jetzt mit dem Herbstgeruch von Nußbaumlaub, mit dem farbigen Geblüh der Astern und dem Herbstgesang der Stare zu tun. Aber man war nicht auf dem Dorf, man war in Kohlhalden, und hier hatte man den Geruch von überaltertem Preßtorf, den Geruch von tertiären Erd-Innereien und den Flug von Kohlenstaub, alles war hier wie immer, und die Menschen gingen ihrer Arbeit nach, und alle waren, wie stets und immer, auf etwas aus, jeder Mensch auf seine Weise, aber alle auf etwas, was sie Glück nannten, auf etwas, was sich immer wieder zu verlagern schien, sobald sie sich ihm näherten.

Nur Büdner wähnte an diesem Tage, seinen Glückshasen besonders fest bei den Ohren gepackt zu haben, denn im sogenannten Keller des VOLKSBLATTES, auf diesem etwa fünfzehn Zentimeter breiten Raum am unteren Ende der Kulturseite, war der Anfang seines Romans abgedruckt, und daß es sich um einen echten Roman handelte, konnte, wer wollte, an dem Markenzeichen »Copyright by Volksverlag« erkennen. Das war große Welt, das war wie »Made in Germany«.

Büdners Freude war heftig, und er merkte nicht sogleich, daß MEHRLESEN den Titel des Romans geändert hatte und daß der nun nicht mehr DAMALS IN DER KINDHEIT hieß, sondern SCHWER WAR DIE JUGEND VERGANGENER ZEITEN. Auch das Vorwort hatte MEHRLESEN geschrieben; nicht überlang, nicht überviel, ein wenig überheblich, aber auch das bemerkte Büdner erst später. Der Roman enthalte Mitteilungen eines Zeitgenossen aus seiner Kindheit, hieß es, er wäre nicht gerade zeitnahe Zeitnähe, aber immerhin eine realistische Sicht auf das Leben des halb ländlichen Proletariats von vor Jahren. »Der Roman eines Menschen aus unserer Mitte, das Gesellenstück eines Schriftsteller-Lehrlings.« MEHRLESEN forderte »die verehrten Leser« auf, »ihre Meinung zu dem Romanversuch an die Kulturredaktion des VOLKSBLATTES zu schicken. Früher«, verlautbarte MEHRLESEN, hätten die »geschätzten Leser« es nur mit unerreichbaren oder verstorbenen Autoren zu tun gehabt, nun aber hätten sie Gelegenheit, in einen Meinungsaustausch mit einem noch lebenden Autor zu treten, »ein Fortschrittszeichen unserer Zeit«.

Es hätte sonst etwas in MEHRLESENS Vorwort stehen können, Büdner hätte alles hingenommen und verziehen, die Hauptsache, sein Roman wurde abgedruckt, und der Anfang war nun gemacht.

Das Wesen Büdner spaltete sich in ein gesetztes und in ein närrisches. Der gesetzte Büdner saß am Schreibtisch und mühte sich, mit den Sturzwellen des Redaktions-Alltags fertig zu werden; der närrische Büdner aber zog immer wieder den Romanvorabdruck aus der Brusttasche und las, jedes Mal war er dabei ein anderer aus seiner Bekanntschaft; einmal stellte er sich vor, wie Vater Gustav, ein anderes Mal, wie Katharina, ein drittes Mal, wie Reinhold, und nicht zuletzt, wie eine gewisse Rosa lesen und auf das reagieren würden, was er geschrieben hatte.

Büdner war der eifrigste Leser seiner selbst, und wenn Ramona aufstand, umherging und sich seinem Schreibtisch näherte, bedeckte er den Romananfang mit dem Bericht eines Volkskorrespondenten.

Die Wetterzeube brachte ihm eine gelbe Rose, die an den Blütenblatträndern ins Goldene hinüberschimmerte. Woher diese Rose in der Kohlenwüste? Die Zeube verriet es nicht. Sie streichelte Büdners Hand, küßte ihm vorsichtig die linke Wange und war so lieb, wie es ihr kriegerisches Taubenwesen zuließ.

Die mühevoll-zärtliche Aufmerksamkeit der Wetterzeube ließ auch Ramona nicht ruhen. Sie beglückwünschte Büdner auf Mittag mit drei roten Geranienblüten, die sie aus den Blumenkästen der KNAPPENRUH-Wirtin Marianne gemaust hatte. Sie küßte Büdner nicht, doch sie sagte: »Eine Runde Schweineohren dürfte dir der heutige Tag wohl wert sein!«

»Ich finds geschmacklos, daß du den großen Augenblick mit Fressalien herabziehst«, tadelte die Wetterzeube, in der, trotz aller aufgesetzten Politologie, ein Rest weiblichen Wesens verblieben war, ein Stück samtweichen Frauengemüts.

Der Wundertag war ein Sonnabend. Büdner mußte sich für das Wochenende verproviantieren, mußte ergänzen, was in seiner kleinen Einmannküche fehlte.

Die Lebensmittelverkäuferin, bei der er wöchentlich sein Pfündchen Zucker und die Margarine, das Getriebefett für seine Seele, kaufte, behandelte ihn aufsehenerregend freundlich, und ihre Freundlichkeit schlug auch nicht um, als er ein Viertelpfund Salz verlangte. Da steht der Romanschreiber, mochte sie denken, der literarische Fotograf; jeden Augenblick konnte er seine Kamera auslösen, und man war eine Romanfigur; es lohnte sich, gleichmäßig freundlich zu sein.

Der Flickschuster, der ihm monatlich die Absätze seiner verkommenen Schnürschuhe begradigte, sagte: »Ehrenhaft, daß Sie Ihren alten Schuhen treu bleiben und mein Geschäft weiterhin unterstützen. Mein Leben ist ein Roman. Meine Mutter legte mich als Bündelkind vor eine fremde Haustür. Sie würden staunen, wenn ich Ihnen alles erzählte!«

Leute, Leser beglückwünschten ihn auf der Straße und boten ihm ihre Lebensgeschichten zur Verarbeitung an. Was treibt die Menschen dazu? dachte er. Ist es Geldgier, hoffen sie auf Unsummen, wenn sie ihr Leben in Tausender-Auflagen vor anderen Menschen ausbreiten? Treibt sie Eitelkeit? Aber was fragst du, he? Was veranlaßte dich, die Jacke, in der du stecktest, herumzudrehen und der Umwelt ihr Innenfutter zu zeigen? Geldgier jedenfalls nicht. Ein unbestimmtes Es (er hielt es für das große Leben) hate ihn getrieben, aber konnte er darüber sprechen, ohne für verrückt gehalten zu werden?

Das Wohlwollen, das er jetzt allenthalben erntete, war es eine Entlohnung für seine Selbstentblößungen, seinen Nachtfleiß, seine Selbstbeunruhigungen, seinen Gehorsam gegen das große Leben, oder war alles, alles Eitelkeit?

Seine Schwester Elsbeth kam ihm in der Bahnhofstraße mit erhobenem Drohfinger entgegen: »Untersteh dich, von jetzt ab deine Wäsche in die Waschanstalt zu bringen! Es wird ja nicht zuviel verlangt sein, daß auch ich in deinem Roman genannt werde, und dann wirds heißen, ich bekümmer mich nicht um dich!«

Als Büdner in die Redaktion zurückkam, stand Ramona am Telefon, lauschte und knispelte an ihren Pusteln. »Ein Anruf für dich, aber wie vom Monde«, sagte sie.

Büdner hörte eine Weile nichts als Rauschen, dann endlich drang eine Stimme nach vorn, die Stimme von Vater Gustav. »Geweint hab ich, Junge, hörst du, geweint. Immer hab ich gehofft, du wirst doch noch Glas fressen, aber ein Roman ist auch nicht schlecht.«

Büdner mußte achtgeben, daß nicht auch er anfing zu weinen, weil sein Vater geweint hatte. Unmengen Weinerlichkeiten wälzten sich in zwei Drähten durch die Wälder. »Komme auch ich im Roman vor?« schrie Vater Gustav.

»Ja, etwas später«, schrie Büdner zurück.

»Hoffentlich bin ich gut getroffen«, rief der Vater, und dann war nichts mehr zu hören.

Büdner hatte nicht zu klagen: Es strömten ihm Sympathien aus den verschiedensten Ecken der Welt entgegen, eine gleichmäßig warme Luft hob ihn an, er schwebte in etwa fünfundzwanzig Zentimeter Höhe über dem Erdboden dahin, und zu allem Überfluß kam Auenwalds Sekretärin in die Redaktion und richtete aus, Auenwald erwarte ihn »zwecks Gratulation«. Der Kreisfürst gewährte dem Kreisdichter eine Audienz. Stanislaus von der Kohlenweide vor Ritter Auenwald von Knappenruh.

Büdner durfte in einem der beiden Polstersessel Platz nehmen, die sonst Gästen von der Bezirks- oder Berlin-Ebene vorbehalten waren. Es war still in der Sekretärsstube, auf Auenwalds Wissenskartei lagen gelbe Sonnenlichtflecke, der Redakteur und der Sekretär saßen einander gegenüber; der Konditor hinter, der Bäcker vor dem Schreibtisch. Auenwald erzeugte Feierlichkeit, zog sein Kinn an und dankte »für das kulturelle Beispiel«, das Büdner »zugunsten der Kreisleitung Kohlhalden« geschaffen hätte. »Ich bedaure«, sagte er, »daß es ohne Sekretariatsvorlage geschah, doch es geziemt sich nicht, an einem solchen Tage wie dem heutigen päpstlicher zu sein als der Papst; geschehen ist geschehen, besonders, wenn alles gut verlaufen sollte.«

Auenwald drückte Büdner die Hand und wünschte ihm: »Weiterhin Erfolg und persönliches Wohlergehen zum Nutzen der gemeinsamen Sache und der Republik«, und er tat, als hätte er die in Parteibüros seit Jahren übliche Gratulationsformel soeben erfunden.

Diese Ehrung war nicht nach Büdners Geschmack. Sie war höfisch und vergangen. Wer wen ehren will, sollte zu dem, den er zu ehren gedachte, hingehen; das schien ihm sozialistischen

Verhältnissen angemessen. Freilich stand er mit dieser Ansicht sehr allein; andere fuhren meilenweit, um sich ehren zu lassen; vielleicht veranlaßte sie jenes Es dazu, das ihn zum Schreiben trieb.

Büdner machte ein wenig früher Feierabend als sonst, um endlich den gedruckten Romananfang »in Ruhe« lesen zu können. Wie so oft, blieb er auf dem Nachhauseweg vor dem Schaufenster der Volksbuchhandlung stehen. Man hatte dort neu dekoriert. Er las die Buchtitel und versuchte zu ergründen, was sich hinter dem oder jenem verbarg, seine Gedanken irrten ab und überhöhten wieder einmal die Wirklichkeit:

Er sah *sein* Buch in einem hellgelben Leinen-Einband liegen; *sein* Name und der Buchtitel waren groß und schwarz gedruckt... Eine Bewegung hinter der Auslage schreckte ihn auf, dort stand die Wittpapp, seine verehrte Wittpapp. Er sah sie vielleicht ein wenig begehrlich an, sie aber schnitt ihm ein Gesicht, prustete, wandte sich ab und verschwand im dunklen Ladeninnern.

Einer seiner Vorglücksträume zerplatzte. Wieder einmal fand er bestätigt, was ihm Simos von der Ägäer-Insel gesagt hatte: Jede Freude muß mit einem Leid bezahlt werden, ohne dieses Gleichgewicht würde die Welt zusammen-stür-zen. Ach, es war so schwer, sich dieser Erkenntnis anzubequemen, und schon, als er sein Quartier betrat, war er wieder geneigt, an das Übergewicht der Freuden zu glauben: Seine Wirtin hatte ihm eine Ehrengirlande aus Tannengrün und Sommerblumen geflochten, und drin in der Stube lag ein Geschenk der Doktorin mit handschriftlicher Gratulation und der Bitte, sie anzurufen. Das Geschenk war Meyers Lexikon aus dem Jahre neunzehnhundertundsieben, jenes Werk, auf dem die Lorelei Sawade gesessen hatte wie auf einem Bücherfelsen, als er ihr aus seinem Romanmanuskript vor- las.

Er bedankte sich telefonisch für das symbolische Geschenk, sie aber machte ihm Vorwürfe: »Wie konnten Sie zulassen, daß man den Titel änderte! Was heißt: ›Schwer war die

Jugend vergangener Zeiten‹? Die Jugend wird es immer schwer haben, selbst wenn man ihr Zucker, Sie wissen wohin, bläst.«

Der schwächliche Agitator in Büdner regte sich: »Unsere Jugend hats wirklich leichter als wir früher«, sagte er. »Schulgeldfreiheit, keine Prügel, Kinderarbeit verboten. Vielleicht mußten Sie als Kind nicht arbeiten.«

»Papperlapapp«, sagte die Doktorin, doch sie nahm sich gleich zurück. »Verzeihen Sie, bin ein bißchen gereizt, hab einen Spätpatienten in der Ordination sitzen, einen Dummkopf oder Liederjan, der seinen Beilkopf nicht ordentlich am Stiel befestigte. Aber das noch rasch: Ich kenne keine Regierung, die nicht darauf bedacht wäre, den Regierten zu erklären, wie gut sie es hätten und wie schwierig das Geschäft des Regierens wäre. Niemand hat die Regierenden in ihren Beruf hineingedrängt, aber alle möchten nachher für Leute gelten, die sich aufopfern, möchten, daß ihr Beruf als der wichtigste der Welt gelte. Mein Gott, ich muß gehen, mein Patient macht sich durch einen Hustenanfall bemerkbar.«

Die Doktorin hängte auf, ohne seinen Rückgruß abzuwarten. Er stapelte das Meyer-Lexikon auf dem blauen Velourteppich und setzte sich drauf. Was war das nun? Eigentlich kein Wort von der Doktorin zu seinem Roman, nur Schnoddrigkeiten zur geänderten Überschrift, Unflat über Regierende im allgemeinen, als hätte sie es darauf abgesehen, die Warnungen des Meisterfauns zu bestätigen. Ein Mensch, von dem er Verständnis für seine Arbeit erwartete, klammerte sich an eine Äußerlichkeit. Kams auf die Überschrift an, kams nicht auf das an, was drin stand im Roman?

Er ging zu Bett, konnte nicht einschlafen, stand wieder auf und las den gedruckten Romananfang an diesem Tage zum letzten Mal: Er jedenfalls fand nichts dran auszusetzen. Um einschlafen zu können, trank er drei starke weiße Schnäpse. Es war, als ob der Sinn seines Lebens darin bestünde, Romane zu schreiben, um an ihnen zum Säufer zu werden.

15

Büdner stürzt seinen Kreissekretär in literaturtheoretische Schwierigkeiten, verhilft einem anderen Sekretär unbeabsichtigt zu einem Necknamen und erwirbt sich dessen treue Feindschaft.

Tag für Tag wurde ein Stück vom Roman abgedruckt, und MEHRLESEN forderte die Leser nochmals auf, sich über das Gelesene auszulassen, doch sie reagierten nicht. Laß uns erst einmal in Ruhe lesen! dachten sie wohl.

Endlich schrieb Stadtrat Grün: »Im Roman ist von einer Schmetterlingskönigin die Rede. Ich versteh nicht, wie man das in der PERIODE DER SCHAFFUNG DER GRUNDLAGEN DES SOZIALISMUS durchgehen lassen kann! Sollte man sich nicht an den Bienenzüchtern ein Beispiel nehmen, die die Führerinnen ihrer Bienenstöcke seit langem WEISEL nennen?«

Die Kritik von Stadtrat Grün wurde abgedruckt. Sie war wie der erste Hahnenschrei bei halber Nacht, der die Schreie anderer Hähne herauslockt.

»Wenn ich an den Roman ›Wochenend und Sonnenschein‹ denke, der einmal im VOLKSBLATT abgedruckt wurde, so kommt mir der jetzige grüblerisch und verblasen vor; die Werktätigen haben ein Recht auf Unterhaltung«, schrieb der Eisenbahnrentner Grützkopf.

Büdner rief sich den von Grützkopf erwähnten Roman ins Gedächtnis: Feucht-sentimentale Kleingärtner wetteiferten in geistiger Genügsamkeit drin, sangen Bockbierlieder, benutzten Vereinsfeste zu Ehebrüchen und zum Verkuppeln ihrer Kinder, »ganz so, wie es eben im Leben so ist«, behauptete Grützkopf.

Nach dem Gesetz, das der weise Simos von der Ägäer-Insel Büdner aufdeckte, hielten sich Minus und Plus im Leben die Waage, also mußten jetzt zwei positive Zuschriften eintreffen, und es schien, als sollte es sich bewahrheiten: Eine Bergratswitwe griff zur Feder und schrieb: »Eine reizende Kindheitsgeschichte, eindringlich wie jene des Franzosen Prost, der über einen gewissen Schwan schrieb.«

Ach, auch diese Zuschrift konnte Büdner nicht zu den positiven rechnen! Er kannte jene Bergratswitwe; sie pflegte in Kulturbundveranstaltungen mit einem exzentrischen Hut in der ersten Reihe zu sitzen.

MEHRLESEN aber war stolz auf »seine Romandiskussion« und druckte ab, was einging, ohne zu prüfen, aus welchen Winkeln menschlicher Wesen die eingesandten Meinungen hervorquollen.

Kreissekretär Hajo Auenwald fand merkwürdig, daß sich alles, was Leser-Augen hatte, auf diesen Roman stürzte. Ihm schien, man überschätzte die Auslassungen des ehemaligen Bäckers Büdner. Zu seinem Artikel kürzlich, »Der Unterschied zwischen Militarismus und bewaffnetem Frieden«, gingen keine Diskussionsbeiträge ein. Er hatte in seinem Leben doch nicht weniger studiert als Büdner. Auch du könntest ja wohl einen Roman über dein Leben schreiben, sagte er sich. Aber woher die Zeit nehmen? Woher hatte übrigens Büdner die Zeit genommen? Er war gewiß mit seinem Redakteursposten nicht ausgelastet.

Auenwald befragte seine Wissenskartei nach den ursprünglichen Berufen von Schriftstellern. War je ein Bäcker ein wirklicher Schriftsteller geworden? Bredels Urberuf war Schlosser, Lekaschs Urberuf Kesselschmied, Renn war Feudalist, und Becher und Brecht wurden als Dichter geboren, stellte er fest. Unter dem Buchstaben G aber traf er gleich auf zwei Schriftsteller, die Bäcker waren: Gorki und Graf, und beide waren parteilos. Das war eine Null für Auenwald: Überall, auf der Parteischule, auf Lehrgängen und im Parteileben, wurde darauf hingewiesen, daß Parteizugehörigkeit und Ideologisierung die Qualität eines Menschen, ob Fabrikarbeiter, ob Bauer, Intellektueller, Funktionär oder Künstler, erhöhe. Demnach mußte der parteiverbundene Bäcker Büdner ein besserer Schriftsteller sein als der parteilose Bäcker Gorki. Aber wie konnte es dann geschehen, daß der parteilose Bäcker Gorki das marxistische Geistesarsenal mit der Theorie vom Sozialistischen Realismus bereicherte? Auenwald wurde richtig ärgerlich auf diesen Gorki, der gegen alle Regeln ein guter Schriftsteller gewesen war. Das schien den Experten für Kunst und Literatur noch nicht aufgefallen zu sein. Vielleicht waren sie betriebsblind, vielleicht mußte er als Außenstehender kommen und auf die Deckungsungleichheit von Theorie und Praxis in diesem Punkte verweisen.

Auch Propagandasekretär Wummer hatte am Fortsetzungsroman was auszusetzen, sehr viel sogar. Ihm mißfiel das Kapitel über den Grafen und seinen Diener. Es handelte sich um den Grafen aus Büdners Heimatdorf Waldwiesen, der eines Tages ein Stück Wald verkaufen wollte und sich vom Holzhändler Langsparren ein Preisangebot machen ließ. Das Angebot war zu matt, er schickte den Holzhändler fort und sagte zu seinem Leibdiener Wimmer: »Von Langsparren wollen wir nichts mehr sehen, zunächst«, und er ließ den Holzhändler Ramsch aus der nördlichen Kurmark ein Preisangebot machen, aber das war noch matter, und der Graf schimpfte und nannte die Holzhändler »Pfeffersäcke« und »Krämerseelen«.

Alsbald aber erschien Langsparren wieder, mit der Absicht, mehr zu zahlen, um das Geschäft der Konkurrenz zu entreißen, doch Wimmer ließ ihn nicht vor.

Der Holzhändler beschwerte sich telefonisch vom Landgasthof her beim Grafen.

»Was läßt du Langsparren nicht vor«, fragte der Graf seinen Diener.

»Der Herr Graf sagten so und so.«

»Ich sagte *zunächst*, du Dusseltier!«

Wimmer versuchte herauszubekommen, wie lang »zunächst« wäre, und kam bei seinen Überlegungen auf ein Maß von drei Tagen.

Ein andermal ärgerte sich der Graf über den Nachbargutsbesitzer Rönnebeck aus Schönbach, weil der anfing, sein Gesinde außer zum Erntefest auch auf Weihnachten zu bewirten und zu betafeln. »Liberale Sitten«, knurrte er. »Von Rönnebeck nehmen wir keine Notiz mehr!«

Kurz darauf fuhr Rönnebeck im Dogcart durch Waldwiesen, und Wimmer, der aus dem Kramladen kam, starrte ihn an und grüßte ihn nicht.

Wieder hieß es: »Was grüßt du den Rönnebeck nicht, du Dusseltier?«

»Erlaucht geruhten so und so«, antwortete Wimmer.

»Wenn ich sage wir, so bin das ich, und nicht du und ich«, sagte der Graf.

Eines Morgens kamen der Herr und sein Diener von der Nachtpirsch. Auf dem Wandelgang des Schlosses blieb der Graf noch einmal am Fenster stehen und sah auf das Morgenglühen hinter dem Park. »Schau her, Wimmer, was für ein herrliches Abendrot!« sagte er.

Wimmer wagte nicht, den Grafen zu berichtigen; vielleicht handelte es sich um ein verspätetes Abendrot. »Ein herrliches Abendrot!« sagte auch er. In diesem Augenblick ging die Näherin Lena vorüber und kicherte. »Er macht dich zum Affen, merkst du das nicht«, sagte sie später zu Wimmer.

»Affe hin, Affe her, er ist unser Brotherr«, sagte Wimmer und schlug die Augen nieder.

»Brotherr hin, Brotherr her«, äffte Lena, »auch wenn er dir nächstens erzählt, der liebe Gott geht in Holzpantoffeln, bist du seiner Meinung, was?«

Wie konnte sich Lena, die Näherin, so aufspielen! Einige Tage nach dem morgendlichen Abendrot wollte der Graf mit ihr zärtlich werden; sie warf ihm ihr Nähzeug ins Gesicht und wurde entlassen, da wußte wohl auch sie, wer ihr Brotherr war.

Wie viele Menschen brauchte auch der Unwagehals Wimmer sein bißchen Glück, und wie viele Menschen bekam er es nach seinen Fähigkeiten und seinen Bedürfnissen:

Er ging in den Wald, traf auf Blaubeersammlerinnen und fragte sie nach der Sammelerlaubnis.

»Hab leider noch keine«, sagte die Sammlerin.

»Also, werd ich dich dem Förster melden«, drohte Wimmer.

»Lieber, lieber Wimmer, tu das nicht«, bat die Frau, und Wimmer hatte einen Glücksaugenblick.

Er traf auf eine andere Frau und fragte sie nach ihrer Sammelerlaubnis.

»Du kannst mich mal am Rock lecken«, sagte die Frau.

Wimmer meldete sie dem Förster und erntete auch damit einen Glücksaugenblick. So kam Glücksaugenblick zu Glücksaugenblick, und zusammengenommen gaben sie schon etwas her.

Wummer las die Zeitungsfortsetzung mit dem Wimmer-Kapitel in seinem Büro, das er aus alter Gewohnheit »Schreibstube« nannte. Es war ein sonniger Vormittag, eine späte Wespe flog beim geöffneten Bürofenster herein und umsummte das Limonadenglas des Sekretärs. Der hatte zu Ende gelesen, sprang auf, bebte, ging in seinen Gebirgsjägerstiefeln auf und ab, verscheuchte die Wespe, goß Limonade nach, trank, überlegte und spazierte wieder hin und her. Er hatte den dringenden Verdacht, daß mit dem Wimmer er gemeint war, und er hatte große Lust, zuzuschlagen, doch er wollte erst mit seiner Frau darüber reden.

Wummers Frau arbeitete auf der Post, saß dort hinterm Schalter, war freundlich und redete alle Männer zwischen siebzehn und siebzig mit »junger Mann« an. »Ein paar Sondermarken mitnehmen, junger Mann?« fragte sie auch den Knappschaftsinvaliden Skodowski. »Nehm keine Sondermarken, Großmutter«, sagte der, weil er sich verhöhnt fühlte. Frauen, von denen die Wummerin annehmen konnte, sie wären verheiratet, redete sie mit »meine Dame« an. Das machte Eindruck.

Elfi Wummer stammte aus Schönbach bei Waldwiesen und hatte das praktische Verhalten eines Dorfmädchens in ihre Postangestellten-Laufbahn hinübergerettet. Wenn zum Beispiel das Schwämmchen, an dem sie die Briefmarken befeuchtete, ausgetrocknet war, schloß sie nicht erst den Schalter, um es wieder anfeuchten zu gehen, sondern zog die Rückseite der Marken und der Expreßaufkleber über die volkseigene Zunge.

Propagandasekretär Wummer, der sonst keine Minute seines Dienstes schwänzte, im Gegenteil, fast täglich überdrauf arbeitete, ging an diesem Tage ausnahmsweise mittags nach Hause und bat seine Frau, sofort die Romanfortsetzung zu lesen.

»Warum?« fragte Elfi Wummer, »die Koteletts brennen mir an.«

»Es steht was gegen mich drin«, sagte Wummer.

Elfi Wummer las gehorsam die Romanfortsetzung, doch sie fand nichts Anzügliches drin. »Der Name ist gefälscht, würde ich sagen.«

»Auch du meinst, es soll Wummer heißen, nicht?«

»Nein, Wemmer müßte es heißen«, sagte Frau Elfi. »Ich hab ihn doch gekannt, den Leibdiener vom Grafen, er war wirklich eine weiche Nudel.«

»Nein, er hat mich gemeint, das Schwein!« Wummer blieb dabei. Aber da konnte die Wummerin nur staunen. »Bist du Diener beim Grafen und leckst dem am Ursch?« fragte sie. Es war ein seltenes Mal, daß die Wummer-Eheleute sich nicht einigen konnten. Wummer blieb bei seiner Meinung, doch er wünschte keinen Krieg in der Familienfestung und sprach nicht mehr über die Angelegenheit, aber das Wimmer-Kapitel las er im Laufe der Woche mehrmals, und immer wieder packte ihn jenes Beben, und das war schlimm.

Und Büdner, hatte er wirklich an Wummer gedacht, als er die Geschichte des Grafendieners Wimmer niederschrieb? Aber gar nicht, wie den Äußerungen von Wummers Frau zu entnehmen war. Weshalb dann aber die peinliche Wirkung? Nun, man war noch nicht allzu weit im Sozialismus drin, der alle Menschen zu ihren Gunsten verändern würde, es lag im Bereich des Möglichen, daß sich veraltete Typen und Charaktere von einer Epoche in die andere retteten. Büdner hatte nur den Grafendiener, einen Kollegen seiner Mutter, gut beobachtet und geschildert, und daß er sich mit seiner Schilderung eine bissige Feindschaft in der Jetztzeit zuzog, von der er zunächst nichts wußte, gehörte mit zu den Nebenwirkungen von Aufgeschriebenem, auch Literatur genannt. Büdner hatte noch keine Ahnung, wie eifrig Freunde und Feinde eines Schreibenden in dessen Veröffentlichungen sogleich nach einem Konterfei oder Wortfoto von sich zu suchen beginnen, und daß sie nicht ruhen, bis sie etwas gefunden haben, was sich in etwa auf sie beziehen läßt.

Im Falle von Wummer, einer »kreisbekannten Persönlichkeit«, wie er sich selber gern nannte, meinten nun viele Leser im geschilderten Wimmer-Typ etwas von Wummer wiederzufinden, und das wurde für Büdner wieder zu einer »Schicksalskutsche«.

Zwei Tage nach dem Erscheinen des Wimmer-Kapitels sprach Wummer zu den Bergleuten von Finkenhain über das Schwerpunktthema: Steigerung der Braunkohlenförderung. Der Parteisekretär Lope Kleinermann leitete die Versammlung ein, kündigte den Hauptredner an und sagte: »Es spricht zu euch der Genosse Wimmer.« Ein Schmunzeln ging über die Gesichter der Bergleute, und Kleinermann korrigierte sich sogleich.

Nach der Versammlung fragte Wummer den Parteisekretär: »Wie kommst du auf Wimmer?«

Kleinermann entschuldigte sich nochmals und schwor, es wäre ein Versprecher gewesen. Wummer glaubte ihm nicht. Und das Beben verließ ihn nunmehr kaum noch eine Stunde, und es schwoll zum Zittern an, als ihn zwei Tage später auch Stadtrat Grün in einer Einwohnerversammlung, in der es um den Ausbau des Stadtparks und den »perspektivischen Affenfelsen« ging, »Genosse Wimmer« nannte. Es wurde laut aufgelacht, und da tat Wummer etwas, was er nicht hätte tun sollen, er sprang auf und protestierte: »Ich verbitte mir das!«

Von da an wurde Wummer häufiger Wimmer genannt als Wummer, und selbst Genossen, die es nicht böse mit ihm meinten, stießen sich an, wenn sie ihn kommen sahen, und raunten einander zu: »Da kommt Wimmer.« Es gab sogar Leute, die Wummer ganz offen Wimmer nannten, weil er für sie weder ein Kreisfunktionär noch ein Vorgesetzter, sondern einfach Fritze Wummer war, den sie von früher her kannten.

»Weshalb nutzen die Leute jede Gelegenheit, Wummer zu hänseln?« fragte der junge Aktivist Liebmann seinen Parteipaten, den Knappschaftsinvaliden Skodowski.

»Er hat die falsche Autorität«, sagte Skodowski.

Liebmann, der Kerl wie aus Blech und Draht, verstand nicht. »Erklär!« sagte er.

Skodowski hatte keine Lust. »Das regt mich nur auf«, sagte er. »Er wird noch mal schuld an meinem Tode sein, der Wummer.« Er humpelte ohne Gehstock zum Küchenschrank und nahm einen Brief heraus, der zwischen den Tassen steckte. »Eine Denkschrift«, sagte er, »die ich abschicken werd an Reinholten nach Friedrichsdamm. Kannst ja lesen!«

Liebmann las an Ort und Stelle:

»Lieber Reinhold«, schrieb Skodowski, »es kann nicht so weitergehen mit dem Wummer hier: Ich tät mit dem Klassenfeind zusammenarbeiten, hat er mich verdächtigt in einer öffentlichen Rentnerversammlung. Diesmal bin ich noch stille gewesen, weil auch Parteilose da waren, aber nächstes Mal bin ich nicht mehr stille, teile ich dir mit.

Wer ist Wummer? Du kannst es nicht so wissen, weil du schon zeitiger weg und im Lager warst, aber alle alten Kohlhaldener wissen, daß er sich immer vor der Handarbeit gedrückt hat, immer war er da, wo er sich nicht bücken oder recken mußte, wo nicht zu schleppen, zu schuften oder zu schieben war. Aufsehernaturell hat er sich selber genannt und hat gesagt, daß er damit zur Welt gekommen ist, und bei Adolfen ist er folgerichtig Feldwebel geworden und hat sich gebrüstet, er wird aus unseren Kohlhaldener Bergmannsjungs erst Menschen machen. Der Krieg ist der Vater aller Dinge, hat er gepredigt.

Und denn hat ihn der Vater aller Dinge in die russische Kriegsgefangenschaft geschmissen, und die Genossen haben ihm dort erklärt, daß er früher alles falsch gemacht hat, und er hat sich einsichtig gezeigt; er zeigte sich immer einsichtig, wenn er witterte, wo die Macht lag, und deshalb wurde aus dem Saulus Wummer schnell ein Paulus Wummer.

Ich muß Dir sagen, lieber Reinhold, es hat mir die Puste verschlagen, als Wummer wieder in Kohlhalden eintraf und predigte, der Frieden wär der Vater aller Dinge, und wie er sogar behauptete, er wär ein von Stalin ausgesandter Lehrer.

Nun ist ja Lehrer nichts Schlechtes nicht, lieber Reinhold, und der Lehrerberuf ist wichtig, aber es sind nicht alle Lehrer, die sich für Lehrer halten, und Wummer schon gar nicht, weil, er hat die falsche Autorität, lieber Reinhold, er hat nicht die, die von einem Menschen selber kommt, und weil er sie nicht hat, droht er alleweile mit Staats- und Parteistrafen, und da tun die Leute, was schwach sind, so, als ob er sie belehrt hätte, und manche von ihnen denken, wart man, wart, wenns wieder anders kommt, den Wummer werden wir uns schon kaufen, denken sie, aber den Wummer, den würden sie nicht kriegen, weil der sich gleich wieder umgestellt hätte, und die Rache würde an uns genommen werden, lieber Reinhold.

Ich weiß, man soll nicht einmal denken, daß es anders kommt, und es kommt auch nicht anders, weil wir dafür sorgen.

Es wäre besser gewesen, Wummer als Funktionär anderswo einzusetzen, wenn man ihn schon verwenden muß. Hier kennen ihn alle, aber wenn ich das sage, werde ich von den Grünschnäbeln, und so einer ist der hiesige Kaderleiter, belehrt: Es ist sehr vorteilhaft, sagt er, Wummer als Funktionär in Kohlhalden zu haben, weil, er kennt hier alles und spricht die Sprache der Bergleute. Aber der Wummer, er spricht sie nicht mehr, lieber Reinhold, er spricht geschraubt.«

Liebmann krauste die Stirn und gab das lange Handschreiben zurück.

»Ich habs noch nicht ganz fertig«, entschuldigte sich Skodowski. »Ich laß es lagern, und wenn mir was einfällt, schreibe ich es noch rein!«

»Wenn ichs genau nehm, verdammst du den größten Teil der jungen Genossen. Auch ich war doch in der Hitlerjugend«, sagte Liebmann.

»Du und der Wummer, das ist nicht zu vergleichen«, sagte Skodowski, »du hast eine großartige Arbeitstat hinter dir, er aber schwatzt wie ein Papagei, hat einen gemeinen Charakter und Lust an der Macht. Und ich sag dir, solange man in unseren Kaderabteilungen mehr aufs Maul als auf den Charakter sieht, wirds Rückschläge geben!«

»Und doch denk ich über Saulus und Paulus anders als du«, sagte Liebmann, »und ich würd für manchen früheren Saulus meine Hand ins Feuer legen!«

Skodowski wurde etwas stiller, und nach einer Weile sagte er: »Ich hab ihn ja noch nicht abgeschickt, den Brief«, und er steckte ihn wieder in den Schrank und zwischen die Tassen zurück.

Wummer aber ging umher und klappte mit den Zähnen wie ein Hund, der nicht an die Stelle heran kann, an der ihn der Floh zwackt. Büdner hatte seine Autorität untergraben; bald würden ihn, Wummer, die Bezirksfunktionäre mit seinem Spitznamen anreden, und seine Aufstiegsmöglichkeiten würden dahin sein. Zum Aufrücken gehörte Autorität, wie sie Wummer verstand: Besser gefürchtet als lächerlich!

Wummer haßte Büdner jetzt, doch er verbrämte seinen Haß politisch: Wer ihn lächerlich machte, machte die Partei lächerlich.

Im VOLKSBLATT ließen sich die Leser weiterhin zu Büdners Roman aus. »... und leuchtet mir nicht ein, weshalb diese Geschichte schlechter sein soll als ›Wochenend und Sonnenschein‹. Mich veranlaßt der Roman, über das Leben nachzudenken, und nicht nur in negativer Weise, wie behauptet wurde ...«, schrieb ein Lehrer.

Sodann schrieb ein gewisser Stangenbiel, der den Heimatort des Autors gut zu kennen schien: »Unsereiner und sonstige protestieren«, schrieb Stangenbiel, »weil in eurer Geschichte die ehemaligen Sozialdemokraten« (damit war Gustav Büdner gemeint) »in den Himmel gehoben, alte Klassenkämpfer aber nicht erwähnt werden. Treue gegenüber der Geschichte ist die schriftstellerische Hauptaufgabe, wie geschrieben steht. Was gedenkt die Kreisleitung zu unternehmen?«

Mit dieser Zuschrift ging Wummer zu Auenwald. Im Zimmer des Ersten Sekretärs wars ruhig: Das Fauchen der Rangierlokomotive, das Trillern der Bahnerpfeifen und das Scheppern der Hemmschuhe war nur gedämpft zu hören und klang wie ferne Meeresbrandung. Auenwalds Vorgänger hatte das Büro mit einer Doppeltür versehen und die Wände mit Glaswolle polstern lassen.

Auenwald hörte Wummer zu und stippte mit dem stumpfen Ende seines Bleistifts Kohlenkrümel von seinem Karteikarten-Kasten.

»Wir müssen uns rühren«, sagte Wummer hastig und legte Auenwald die Zeitung auf den Tisch. »Da kann sonstwas auf uns zukommen.«

Auenwald las und überlegte eine Weile: »Ich denke, wir sind gedeckt«, sagte er. »Die Hauptredakteure dürften die Genossen von der Bezirksleitung konsultiert haben, bevor sie anfingen zu drucken, des bin ich sicher.«

Wummer rückte an seiner rechts-schiefen Nase, in seinen Augen funkelte es listig. »Aber der Brief hier richtet sich nicht gegen die Bezirksleitung, sondern gegen uns«, sagte er.

Auenwald hatte in der letzten Zeit häufig über das Problem »Partei und Dichter«, wie er es nannte, nachgedacht. Nicht nur Gorki und Graf waren parteilos, hatte er festgestellt, auch Brecht war es, obwohl der in den Zeitungen wie ein kommunistischer Dichter »abgehandelt« wurde. Diese Inkonsequenz plagte Auenwald. Es war ihm nicht gegeben, mit theoretischen Unklarheiten in den Tag hineinzuleben, deshalb versuchte er, wenigstens für den eigenen Gebrauch, eine Theorie für diese Tatsache aufzustellen: Gewiß handhabe man es in den Zeitungen, auch im Partei-HAUPTBLATT, so, weil Gorki ein Genie war und Brecht ein Genie ist. Der Begriff Genie war, seines Wissens, marxistisch noch nicht geklärt, aber Auenwald war überzeugt, daß Wissenschaftler aller Art auf diesem Gebiete arbeiteten. Für ihn war ein Genie ein Mensch, der seine Gedanken schweifen lassen mußte, um Neues für die Menschheit vom Unbekannten und Unerforschten ins Bekannte und Erforschte einzubringen, und ein solches Schweifenlassen der Gedanken, schien ihm, war unter Parteidisziplin knapp möglich. Er dachte das nur ganz leise; es war Ketzerei zu jener Zeit, wenn sich ein Kreissekretär erlaubte, so etwas zu denken. Um Himmels willen, er sprach nicht darüber; es waren seine urgeheimsten Gedanken, und er schwelgte in Befriedigung über seine selbstgebastelte Theorie, wie der Lyriker über ein Gedicht schwelgt, das er für »geglückt« hält. Es war wohl immer so, sagte er sich, daß sich eine Theorie zunächst in *einem* Kopf entfaltete und erst später, bei günstigen Bedingungen, um sich griff und der Umwelt einleuchtete.

Nach einigen Tagen aber kamen ihm Bedenken; seine »schöpferische Krise« brach aus: Er entdeckte, daß seine selbstgebastelte Theorie umkehrbar war und dann besagte, daß jemand, der der Partei angehöre, nimmermehr ein Genie sein könne.

Auenwald und sein Propagandasekretär waren in dem Augenblick, als sich dieser über Büdners Roman beschwerte, theoretisch so weit voneinander entfernt wie zwei Sterne in der Galaxis.

»Die Urschrift«, sagte Wummer, »wir müssen uns von Büdner die Urschrift zeigen lassen, damit wir wissen, ob er sonst noch Sachen kritisiert oder falsch behandelt, die unserer Zuständigkeit unterstehen!«

»Ja, wenn du meinst«, antwortete Auenwald abwesend.

Das genügte Wummer. Eins, zwei, drei, war er verschwunden, stiefelte die Treppe hinunter und stürmte in die Redaktion. Dort aber wurde er gebremst, weil Büdner mit dem Volkskorrespondenten Zwiebold verhandelte, der einen unwahren Bericht geliefert hatte.

Wummer setzte sich auf den umgedrehten Papierkorb und hörte zu.

»Noch so ein Bericht«, sagte Büdner zu Zwiebold, »und wir sind geschiedene Leute!«

Zwiebold nickte, zeigte sich einsichtig und ging.

Wummer rückte an seiner rechts-schiefen Nase. »Schön und gut mit deinem Roman«, sagte er. »Die Leute fressen ihn sozusagen, trotzdem gehört sichs, daß du uns als Kreisleitung mal Einsicht in die Urschrift nehmen läßt!«

Büdner zeigte keinerlei Neigung.

Wummer wurde straffer: »Sekretariatsbeschluß«, sagte er, und sein Blick wurde unstet.

Büdner sprang auf, rannte hinaus und rannte unangemeldet zu Auenwald; Wummer hinter ihm drein.

Auenwald tauchte aus seinen theoretischen Erwägungen auf und sah den jähzornbleichen Büdner an: »Bitte?«

»Wozu mein Manuskript?« fragte Büdner.

Auenwald sah Wummer an: »Du wolltest es wohl. Ich habe, dächte ich, nicht gesagt, daß ich es benötige.«

Wummer wußte nicht, was antworten, doch innerlich wütete er gegen diesen »furzlauen Ersten«. Jetzt sollte ich..., dachte er, jetzt sollte ich Erster sein!

16
Büdners Roman beschäftigt die Leser, die Leser beschäftigen sich mit seinem Roman, und er wird geschmäht. Vater Gustav stellt fest, daß sein Sohn Stanislaus trotzdem kein Imperialist ist.

Kohlhalden lag da wie eine Stadt an der Meeresküste. Nebel, allenthalben Nebel, und die Signalhörner von Baggern und Elektrolokomotiven klangen wie Schiffssignale. Freilich war das Himmelsblau einiger Oktobertage auch über Kohlhalden hinweggeglitten, aber nun war es nichts mehr als Erinnerung, nun herrschte der Nebel, der Herold des Winters, die böseste Jahreszeit für die Tagebauarbeiter begann.

An dem grauen Tag, da Büdners Romankapitel über seine Kindheits-Fieberträume im Volksblatt erschien, traf Wummer auf dem Wege zu einer Beratung die Genossin Meuke, eine schlanke, gepflegte Person mit Fingernägeln wie dicke Blutstropfen. Die Meuke war Deutsch- und Gesangslehrerin und hatte zwei längere Liebschaften hinter sich, die ohne Verheiratung endeten. Der lodernste Teil ihrer Liebesreserven war dahin, und sie richtete ihr Augenmerk jetzt auf Sinnigkeit und Sittlichkeit. »Gut, daß ich dich treff, Genosse Wummer«, sagte sie mit ihrer schönen vollen Stimme. »Sag nur, was sagst du zu so was?«

Wummer erriet nicht, worum es der Meuke ging.

»Ich meine den Roman im Volksblatt«, erklärte die Meuke. »Ich wollt nichts sagen, wenn nur Erwachsene die Zeitung läsen, aber wir sind angewiesen worden, die Kinder zum Zeitunglesen anzuhalten. Nimm einmal an, dein Maxl liest, wie der da seine Frau beschläft und dann sein Glied unter der Hofpumpe abkühlt.«

Wummer, der die Fortsetzung noch nicht gelesen hatte, hielt sich die Hände vor die Augen. »Es sind nicht wir, die ihm das erlaubten«, sagte er. »Es sind Genossen ein Häuschen weiter oben. Aber schreib ihnen deine Meinung; es wird doch dazu aufgefordert. Schreib als pädagogisch fundierte Person!«

»Soll ich das als einen Parteiauftrag betrachten?« fragte die Meuke.

Wummer antwortete mit einer Kopfbewegung, die ja, im schlimmsten Falle auch nein bedeuten konnte.

Wummer traf im Laufe des Tages auf weitere Leser, die sich von Büdners Fieber-Kapitel abgestoßen fühlten und es »eine Schweinerei« nannten, denn die Zeit, da es üblich wurde, in Frauenzeitschriften und Illustrierten über Spermien und Ovarien zu verhandeln, lag noch Jahre in der Zukunft.

Oh, Wummer, der dreifach gezwirnte Mensch, er riet allen, die ihn direkt oder indirekt für die »schweinischen Veröffentlichungen im VOLKSBLATT« verantwortlich machen wollten, sich zu beschweren, und solchen, denen es nicht lag, an die Redaktion zu schreiben, legte er nahe, ihre Beschwerde bei ihm abzugeben.

Wummer traf Pfarrer Heublum in einer Versammlung der Nationalen Front. »Schrecklich, Herr Wummer«, sagte der Pfarrer, »was man in Ihrer Zeitung lesen muß, die Welt steht ja kopf! Seit wann denkt ein Embryo? Das ist weder religiös noch wissenschaftlich zu verantworten.«

Wummer war einst kirchlich getraut worden, auch seine Jungen wurden noch getauft, aber jetzt, in seinem zweiten Leben, hatte er mit der Kirche nichts mehr im Sinn. Sie war ihm hinderlich für sein Fortkommen. Er hatte seine Mitgliedschaft bei der Kirchengemeinde aufgekündigt. Gott war tot und erledigt. Die Zeit war eben, wie sie war, und der Kluge ging mit ihr auf allen Wegen, wie sich der Volksmund vernehmen ließ. »Laßt die Kirche im Dorf!« sagte Wummer. »Die Hauptsache, ihre Vertreter arbeiten loyal in der Nationalen Front!«

Pfarrer Heublum wurde für Wummer eine nützliche Figur auf seinem Schachbrett, ein Springer für seinen Feldzug gegen Büdners »Unsittlichkeit«. »Schreiben Sie einen Leserbrief, Herr Pfarrer«, sagte er und pumpte Freundlichkeit in sein Eichhörnchengesicht. »Beschweren Sie sich im Namen der Nationalen Front!«

Auch »große Hechte« schwammen Wummer auf seinem Fischzug für die Sittlichkeit entgegen. Zum Beispiel der Genosse Schmidtchen, Direktor vom »Ostelbischen Verkaufskontor für feste Brennstoffe«, ein Genosse mit lupenreiner Vergangenheit, parteilich gesprochen. »Was kümmert sich der Büdner um Wesen in anderen Welten?« fragte Schmidtchen. »Damit hält er unsere Menschen von ihren Aufgaben auf Erden ab.«

»Eben, eben«, sagte Wummer, »schreib auf, schreib auf! Schicks an die Redaktion! Du tust uns im Sekretariat einen Gefallen!«

Gutes zeugt Gutes, und Böses zeugt Böses, steht in Büchern, die erfahrene Männer schrieben, und die Guten sollten sich mit den Guten zusammentun, heißt es, aber das hat seine Schwierigkeiten, weil, die Bösen finden einander rascher.

Zwiebold, der Kantinier von der Finkenhainer Grube, hatte Büdner wieder einen Bericht geliefert, in dem er die Wahrheit vergewaltigte. Bei seiner Arbeit an der Theke steckte er seine spitze Nase in vielerlei Dinge, manches von dem, was er erfuhr, schrieb er sich auf Bieruntersetzer. Er war sehr bedacht, den Anschein zu erwecken, als benötige er die Notizen für seine Volkskorrespondententätigkeit; er riß sich danach, für einen Volkskorrespondenten zu gelten, aber für seine Zeitungsberichte waren seine Bierdeckelnotizen nicht bestimmt.

Im Bericht, von dem die Rede ist, beschuldigte Zwiebold einen Bergmann, sich »volkseigene Bahnschwellen« angeeignet zu haben. Büdner veröffentlichte den Bericht arglos. Überschrift: »Bergmann vergreift sich an Volkseigentum«.

Der Beschuldigte protestierte und wies nach, daß er die Erlaubnis besaß, alte Bahnschwellen als Brennholz mit nach Hause zu nehmen.

Das war Büdner peinlich. Er entschuldigte sich, nicht nur mündlich und schriftlich, sondern auch in der Zeitung.

Vierzehn Tage danach traf wieder ein Bericht von Zwiebold ein, in dem er einem anderen Bergmann nachsagte, der hätte nachts in der Kantine mit selbstgebranntem Schnaps gehandelt. Diesen Bericht ließ Büdner vom Tiefbauparteisekretär Kleinermann überprüfen. Es stellte sich heraus, daß der von Zwiebold

Beschuldigte eine Flasche selbstgemachten Obstwein in die Nachtschicht gebracht hatte, um mit seinen Arbeitskollegen auf seinen Geburtstag anzustoßen.

»Was soll uns ein so verlogener Kantinier?« sagte Lope Kleinermann und betrieb Zwiebolds Ablösung, aber merkwürdigerweise zog sich das Verfahren in die Länge und geriet in Vergessenheit. Zwiebold blieb Kantinier. »Zwiebold kriegt auch Kleinermann nicht hinter der Theke vor«, sagte Häuer Rocktäschel. »Weil, Zwiebold steht in Gunst; bei wem, das sag ich nicht.«

Büdner kritisierte Zwiebold in der monatlichen Zusammenkunft der Volkskorrespondenten und nannte ihn einen Berichter, auf den man sich leider nicht verlassen könne. Es begab sich aber, daß Wummer, der Zwiebold von der Begegnung in der Redaktion her kannte, zwei Tage später an der Finkenhainer Kantinentheke eine Limonade trank und auf Büdners Roman zu sprechen kam: »Geht nicht auch dir die Pornographie in Büdners Roman auf die Nerven?«

»Nenn du das *Portographie* oder sonstwie wissenschaftlich, ich nenne es Sauerei«, sagte Zwiebold.

»Gut, gut«, sagte Wummer, »schreib einen Leserbrief!«

Zwiebold schrieb einen Leserbrief, ließ ihn von drei Küchenfrauen, die ihm unterstanden, mit unterschreiben und legte ihn Wummer vor. Nein, der Brief war noch nicht so, wie Wummer sich ihn gedacht hatte. Er gab einige Hinweise, und der Inhalt des zweiten Leserbriefes aus der Kantine war dann so, wie Wummer sich ihn wünschte. Er legte ihn zu den anderen in seine Mappe und ging mit der Mappe zu Auenwald.

Auenwald hatte Büdners Fieber-Kapitel bereits theoretisch verarbeitet und eingeordnet: Es handelte sich um Naturalismus, ganz klar.

»Soviel ich weiß, sind wir gegen Naturalismus«, sagte Wummer.

»Das sind wir«, sagte Auenwald, »aber Naturalismus ist kein Parteivergehen.«

»Auch nicht, wenn sich ganze Kollektive von ihm angeekelt fühlen und protestieren?« fragte Wummer und rückte an seiner Nase.

Auenwald hätte beinahe gesagt: Auch Kollektive auf niederer Parteiebene können irren, doch er erschrak rechtzeitig. »Zeig her die kollektiven Proteste«, sagte er.

Plauz, da lag die Mappe auf Auenwalds Schreibtisch, und als der die Hälfte der Protestbriefe gelesen hatte, ohne Wummer einen Sitzplatz angeboten zu haben, nahm der unaufgefordert in einem der für die Genossen von der Berlin-Ebene bestimmten Sessel Platz. »Wie werden wir dastehen, wenn das Zentralbüro davon erfährt und eingreift?« gab er zu bedenken.

Auenwalds Konditorblässe verdoppelte sich bei dieser Aussicht. Man sollte es wirklich bedenken, fand er und überlegte. Er liebte es, sich selber zu kontrollieren, und wußte, daß da ein wenig Neid auf Büdner in ihm steckte. Es war zuviel Aufsehen, das der Redakteur verursachte, der da im Mitteldeck seines Sekretariatsschiffes in dunkler Kabine hauste. Es wäre aber schlecht gewesen und hätte unloyal gewirkt, wenn er als 1. Sekretär diesen Neid anwachsen und nach außen hin sichtbar werden ließe. Andererseits würde man ihn nicht schonen, auch seine Berufung auf die Bezirksleitung würde ihm wenig nutzen, wenn ihn eines Tages ein Instrukteur aus der Kulturabteilung des Zentralbüros wegen ungenügender Kontrollpflicht in Sachen Büdner-Roman zur Verantwortung zöge.

Zur Sicherheit überflog er noch einmal die Karteikarte aus der Z-Reihe, auf der niedergelegt war, was er auf der Parteischule über »Zola und den Naturalismus insbesondere« gelernt hatte. Er fand den Hinweis: »Eines der verderblichen Hauptmerkmale des N., es werden intime menschliche Vorgänge direkt beschrieben, man verzichtet auf das künstlerische Mittel der Umschreibung. (Unkunst!)«

So etwas Ähnliches lag bei Büdner wohl wirklich vor. Eine Weile zögerte Auenwald noch und überlegte, dann sagte er: »Also gut, rühren wir uns, aber übergehen wir die Bezirksleitung nicht!«

In diesem Augenblick gab es in Kohlhalden nur noch einen Menschen, der glücklicher war als Wummer, und das war der Aktivist und Braunkohlenheld Liebmann, dem die Ärztin Sawade soeben mitgeteilt hatte, daß die unausgesetzten Schmerzen, die er in letzter Zeit in seinem Bauche umhertrug, nicht Magenkrebs, sondern Magengeschwüre zur Ursache hätten.

Die Sucht nach der Droge Macht schien Wummer so eingeboren zu sein wie Büdner die Schreibsucht. Die Sucht nach Macht wird für legitim gehalten, sagte Simos von der Ägäer-Insel, weil ihr viele Menschen frönen, die Sucht, im Dienste der Kunst zu leben, hingegen wird als unnatürlich angesehen, zumal die Kunst zuweilen versucht, sich der Macht entgegenzustellen.

Wummer brachte die Mappe mit den Protestbriefen selber zur Bezirksleitung. Er hätte sie gern Reinhold Steil gebracht, aber Reinhold war noch immer in der Sowjetunion. Wummer mußte seine »Wertpapiere« dem Zweiten Sekretär Renner übergeben. »Nimms nicht auf die leichte Schulter!« sagte er. »Es könnte leicht sein, daß Genossen vom Zentralbüro eingreifen!«

»Mach dir nicht in die Hosen, also«, sagte Renner, aber Wummer zog – eins, zwei, drei – den Brief des Küchenkollektivs heraus, und Renner las: »... auch finden wir es empörend, wenn ein Mann seine Frau in Anwesenheit eines kranken Kindes erotisch belästigt, und das alles in einer sozialistischen Zeitung. Wir verwahren uns gegen diese anglo-amerikanische Nacktkultur! Wann endlich wird man uns mit weiteren Fortsetzungen dieses ekelerregenden Romans verschonen? ...«

Der arme Renner, das nun auf ihn! Er hatte Schwierigkeiten genug, hastete hin und her, schlang seine Mahlzeiten stehend hinunter; der Knoten seines obligaten Binders hing stets in Brusthöhe, und seine Schuhe waren oft unzugeschnürt. Jeden zweiten Tag fuhr er zu den Bohrmannschaften nach Knoblauch-Kirchweih. Am liebsten hätte er sich dort selber auf das Bohrgestänge gelegt, um es schneller in die Erde zu treiben, er mit seinem Fliegengewicht. Nun aber kamen diese Kerle vom »Überbau« wieder mit diesem Scheißroman, den er schon damals nicht gelesen hatte. Ach, ach, die Politik, sie war ein wunderlicher Acker, auf dem sogar Unterlassungen Früchte trugen, saure Äpfel, Wild-Obst sozusagen. Aber noch gabs einen Hoffnungsschimmer: Vielleicht hatte Reinhold Steil vor seiner Abfahrt das Manuskript gelesen, es war sein ehemaliger Schwager, der es geschrieben hatte.

Renner telefonierte mit der Genossin Steil, vormals Katharina Hüberle. »Was habts ihr mit 'm Roman?« fragte Katharina. »Ist euch auch zuwenig Liebe drin, vorerst?«

»Im Gegenteil«, sagte Renner. »Man hat mir erzählt, daß Ehepaare in ihm also öffentlich Kinder zeugen.«

»Hinterm Mond bist«, sagte Katharina, »denn wennst im Krankenhaus gearbeitet hättest wie unsereins, wär dirs Menschenmachen so natürlich wies Speisen.«

»Mir persönlich ist das Speisen nicht so natürlich«, sagte Renner. »Aber was ich fragen wollte: Hat Reinhold den Roman gelesen, bevor er abfuhr?«

»Was soll Reinhold noch?« fragte Katharina. »Den Roman les ich, und bis auf die fehlende Liebe einstweilen gefallt er mir. Weshalb sollt er dem Reinhold nicht gefallen?«

Renner spitzte die Ohren und entschuldigte sich vorsichtshalber für die Belästigung.

Um diese Zeit fuhr Vater Gustav in die pulsierende Industriestadt ein, schloß sein altes Fahrrad vor KNAPPENRUH an den Mast einer Straßenlampe, wankte die Treppen hinauf, und noch ehe Ramona ihm ihren Schreibmaschinenstuhl anbieten konnte, hockte er sich, wie er war, auf den Fußboden.

Vater Gustav hatte Leidenstage hinter sich. Sie begannen, bevor der Brief von Stangenbiel im VOLKSBLATT abgedruckt wurde. Stangenbiel behöhnte und tadelte Gustav bei jeder Gelegenheit: »Hat dein Sohn, dieses gesegnete Kind«, fügte er ironisch hinzu, »seinem Vater und anderen Sozialdemokraten in seiner Romandruckschrift nicht zuviel Ehre angetan?«

Gustav schrieb einen Brief an seinen Sohn und bat ihn: »Schreib auch etwas über Stangenbiel und Kleinpfennig in deinen Roman hinein, etwas Positives, kein Mensch kann leben, besonders kein Genosse nicht, wenn ihm das Positive versagt ist.«

Der Brief lag noch einen Tag unzugeklebt auf dem Fensterbrett in der Küche, weil Mutter Lena ihn lesen sollte, um eventuell ein kleines h, ein kleines e oder ein Komma zu ergänzen, und weil noch keine Briefmarke im Hause war.

Als Gustav endlich die Briefmarke herbeigeschafft hatte, erschien das Fiebertraum-Kapitel im VOLKSBLATT. Gustav und Lena lasen es, und da konnte selbst Gustav seinen Sohn nicht mehr verstehen, und Mutter Lena wetterte: »Hat die Welt einen so säuischen Sohn gesehen! Ich soll wild nach einem Mann gewesen sein?«

»Auch du warst jung, und darüber würde ich nicht klagen«, sagte Gustav.

Jedenfalls zürnten die alten Büdners ihrem Sohne, und Mutter Lena haderte mit ihrem neuen Gott, dem Gott des Meister Eckehart, und kritisierte ihn: »Herrgott, was hast du unserm Jungen in den Kopf gesetzt!«

Vater Gustav dachte: Wär er doch Glasfresser geworden, der Junge, da hätt ihm keiner was wollen können, und alle hätten über ihn staunen müssen.

Als aber immer mehr Protestbriefe gegen das Fieber-Kapitel abgedruckt wurden, schlug die Stimmung der alten Büdners um: Immerhin war der Romanschreiber ihr Sohn, und ganz so schlecht, wie ihn die Leute machten, war er nicht, das wußten sie, sie waren seine Eltern. »Was sie nur mit dem Jungen haben und haben; jetzt ists aber bald genug!« sagte Gustav und las sich jene Stelle, die die Deutschlehrerin Meuke als anstößig bezeichnet hatte, mehrmals durch. »Anstößig?« fragte er. »Ich seh das nicht; der Junge hat nicht direkt geschrieben, daß unsereins auf jemandem lag.«

Auch Mutter Lena las das Kapitel mehrmals und fand, daß über sie dort eigentlich geschrieben stand, wie keusch und abweisend sie gewesen wäre.

Und als man noch immer nicht aufhörte, den armen Stanislaus in der Zeitung »schlechtzumachen«, sagte Vater Gustav: »Jeder Stalleimer läuft über, wenn er voll ist. Unsereins hat seinen Sohn nicht in die Welt gesetzt, damit diese Welt auf ihn pißt und damit man nur noch durch die Zeitung was über ihn erfährt.« Und da fuhr er los.

Büdner brachte den Vater aus der Redaktion in sein Bürgerquartier. Gustav blieb auf der Schwelle stehen, schlug die Hände zusammen und sagte: »Bucklige Grete von Finsterwalde!«

»Was ist?« fragte Stanislaus.

Vater Gustav antwortete nicht. Er zog die Schuhe aus, ging umher und besah sich ein Ding nach dem andern, klappte sein Taschenmesser auf und prüfte den Messingfuß der Schreibtischlampe, denn er hielt ihn für Gold. Er kratzte hier und kratzte dort, betastete den Fußbodenbelag aus blauem Velour, gab dem Schaukelstuhl einen Tritt, nannte ihn »amerikanisches Wiegepferd« und sagte: »Mir geht auf, warum sie dich schmähen. Weil du nun ein Kapitalist bist, denn auf so blauem Stoff für Frauenmäntel wagte sich nicht mal der Graf zu tummeln.«

Büdner hatte alle Mühe, dem Vater beizubringen, daß es sich wohl um ein Kapitalistenzimmer handele, aber nicht um seines; die Wohnungsverwaltung hätte es ihm zugewiesen.

Vater Gustav blieb skeptisch. Er wollte mit in die Redaktion und prüfen, ob sein Sohn sein Geld auf ehrliche Weise verdiente.

Die Wetterzeube räumte Gustav ihren Platz, den umgedrehten Papierkorb, ein. Gustav hockte sich hin, besah sich die Leute, die da kamen und gingen, und sah zu, wie sein Sohn redigierte und regierte; er hörte sich an, was verhandelt wurde, und stellte fest, daß die Leute, die da kamen und aus und ein gingen, seinen Sohn keinesfalls für einen Grafen oder Imperialisten hielten.

Am zweiten Besuchstage bat sich Vater Gustav aus, ein wenig vorweg im Roman lesen zu dürfen. Er wollte unbedingt wissen, ob Kleinpfennig und Stangenbiel »genügend belobigt« drin vorkamen. Büdner ging auf den Spaß ein, und Gustav saß auf dem umgedrehten Papierkorb und las.

Es fügte sich, daß die Wetterzeube auf Reportage, Stanislaus in ein anderes Büro gegangen war und Ramona sich einen Stock tiefer in der Toilette die Pusteln puderte, als der Volkskorrespondent Grienäppel eintrat. Gustav erhob sich und fragte: »Was willst du?«

Grienäppel legte ein beschriebenes Blatt Papier auf Büdners Schreibtisch.

»Gut«, sagte Gustav, »wir sehen es uns durch.«

»Bist du hier neuer Redakteur oder Stellvertreter?« fragte Grienäppel.

»Redakteursvater«, sagte Gustav. »Es ist nun mal so im Leben, daß auch ein Redakteur seinen Vater hat!«

Nach zwei Tagen hatte Gustav das Romanmanuskript um und um gelesen und festgestellt, daß darin durchaus von Kleinpfennig und Stangenbiel die Rede war, und nicht zu knapp. Er steckte sein weißes Wollvorhemd in den Ausschnitt seiner Weste, zog seine glänzende Bräutigamsjacke an, nahm sein Fahrrad, reichte seinem Sohn die Hand und sagte mit Worten aus seinem alten Schullesebuch: »Mein Sohn, ich habe mich von deiner Rechtschaffenheit überführt, Gott wird dich über die Gräben des Lebens tragen. Auch, wenn er zur Zeit ideologisch nicht tragbar ist«, fügte Gustav nach eigenem Ermessen hinzu.

Er bestieg sein altes Fahrrad und winkte, winkte sogar schon modern und westlich, von rechts nach links und wieder von links nach rechts, als wollte man mit der Hand etwas auswischen, nicht so wie früher, da man die Hand hob und fallen ließ und wieder hob und wieder fallen ließ und sich beim Winken ordentlich ausarbeitete.

In Waldwiesen aber sagte Vater Gustav zu Stangenbiel und Kleinpfennig: »Friede mit euch, mit allen Verleumdern meines Sohnes! Seid getrost, auch ihr kommt noch vor und werdet erwähnt, und es wird auch zu eurem Lobe geredet werden.«

17

Büdner wird durch sein berufsfremdes Tun vor das Tribunal seiner Kollegen gebracht. Er verurteilt sich selber und wird durch eine zufällige Ansammlung von Friedensfreunden zu der Erkenntnis gebracht, daß es sich bei seinem Roman, der ihn leiden macht, um eine lächerliche Privatsache handelt.

Grauer, grauer November, Monat der Revolutionen, Jahreszeit, in der der Mensch sich umlagern möchte, bevor die große

Kälte kommt. Büdner hockte und grübelte. Gleich würde ein Jahr zu Ende gehen. Aber was war erreicht? Wer konnte der alternden Erde in die Karten gucken? Der Mensch, die denkende Materie, ist das Endprodukt alles Irdischen, ließen sich die Gelehrten vernehmen. Weshalb aber bestand die Erde unablässig auf Neuausgaben dieses denkenden Endproduktes? Besorgte es das Denken noch nicht elegant genug; war es allzu eifrig bestrebt, seine Denk-Ergebnisse kriegsverwendungsfähig zu machen?

Es nutzt nichts, ins Ungefähre und Allgemeine hineinzufragen; jeder Mensch muß auf sich selber losgehen, war eine Regel des Simos von der Ägäer-Insel.

Was hast du denkendes Endprodukt der Erde letztes Jahr mit dir erreicht? Kamst du vorwärts? Was hieß »vorwärts«? Da ging es schon los. Büdner hatte keinen Grund, sich ein Qualitäts-Etikett auf die Stirn zu kleben: »Extrafeine Jahresarbeit.« Allzu viele Leser waren mit seinem ersten Roman unzufrieden und taten das öffentlich kund. Sie liebten Gedanken über die mögliche Veränderung des Menschengeschlechtes nicht; sie liebten die Federbetten der Gewohnheiten.

Einmal umhergehen können, schwärmte Büdner, frei und ohne Auftrag die Leute befragen: Worin besteht dein Glück, lieber Zeitgenosse? Was hältst du für dein Glück, Freundchen? Möglich, daß jeder Mensch etwas anderes für sein Glück hielt, aber es gab vielleicht, wenn er nur geduldig forschen würde, in der Tiefe ein Glück, das allen Menschen gemeinsam war. Vielleicht konnte er ein kleiner Laternenträger werden und an einer Ecke das Dunkel aufhellen helfen, das über der Existenz des Menschen lag? Freilich würde er dazu Zeit benötigen. Wer würde sie ihm schenken? Niemand. Er würde sie sich verschaffen müssen.

Unverbesserlich, unheilbar, der Büdner-Junge! Noch stritten die Leser um seinen ersten Roman, da zimmerte er schon an neuen Plänen.

Die Brösicke öffnete vorsichtig die Zimmertür und sah ihn dahocken. »Was ist mit Ihnen?« fragte sie. »Sie sitzen im Dunkeln? Ein Telegramm ist für Sie durchgegeben worden: Außerordentliche Redaktionssitzung morgen!«

Das Redaktions- und Druckereigebäude hatte noch nichts von den prunkenden Pressehäusern späterer Jahre. Es lag wie eine Feldscheune inmitten von Schrebergärten am Rande von Friedrichsdamm. Drucker und Redakteure hatten weite Anmarschwege; manche kamen zu Fuß, andere auf Fahrrädern, die Hauptredakteure mit dem Auto, und die Kreisredakteure waren halbe Tage unterwegs, bis sie zur Redaktionssitzung in die Feldscheune schlüpften.

Es gab noch keine Pförtnerei, keine bürokratische Vorbastion, dafür hatte der Eingang Atmosphäre: Papierrollen standen umher, und es roch nach Petroleum und Druckerschwärze. Die Treppen, die Fußböden der Flure, der Redaktionszimmer und der Maschinenhallen waren alle gleichmäßig aus grauem Zement gegossen. Der Eßsaal war gleichzeitig Versammlungsraum, und die Küchenfrauen bestimmten die Länge der Konferenzen.

Noch war Büdner der dienstjüngste Redakteur und war geneigt, alle Redakteure, die zum »alten Bestand« gehörten, eifrig zu respektieren, selbst den Kreisredakteur Kesselhals, der seine Funktion vier Wochen früher als er, Büdner, angetreten hatte. Ach, die Kollegen! Fast alle sprachen so gern von der Anzahl ihrer Dienstjahre und maßen einander daran; lächerlich eigentlich, weil keiner mehr als sieben Dienstjahre haben konnte. Die Zeitung war jung, war eine Nachkriegsgründung, nur ihr Name war alt und hatte Tradition.

Kurz vor dem Konferenzsaal wurde Büdner von MEHRLESEN abgefangen, der war aufgeregt, und die Tabakspfeife zitterte zwischen seinen Zähnen. »Es geht um deinen Roman heute! Wir müssen uns stark machen!« sagte er und übergab Büdner den Schnellhefter mit den Kopien der Leserzuschriften, die Wummer gesammelt hatte. »Lies, so rasch du kannst, damit du weißt, woran du bist!«

Im Konferenzsaal rochs nach frischen Zeitungen, und Hintergesichtigen wurden sogar Spannung und Streitlust, die den

Raum durchwellten, ruchbar. »Zwei Lager in der Redaktion, was deinen Roman anbetrifft«, flüsterte MEHRLESENS Sekretärin, die schmächtige Genossin Radzey, »die ABSETZER und die FORTSETZER.«

Kollegen, die über das Wetter und den Stand der »Kartoffeleinkellerung im Bezirksmaßstab« mit Büdner sprachen, gehörten zum Lager der ABSETZER; Kollegen, die ihn zu stärken oder zu trösten versuchten, gehörten ins Lager der FORTSETZER!

»Hattest du nötig, dich öffentlich von Lesern anpissen zu lassen?« fragte Kreisredakteur Kesselhals und gab zu erkennen, daß er zwischen den Lagern stand.

Zu den ABSETZERN gehörten vor allem der stellvertretende Chef Schönmund und alles aus dem Umkreis der Wirtschaftsredaktion; zum Lager der FORTSETZER gehörte alles, was sich der Kulturredaktion verpflichtet fühlte, und das Plus für dieses Lager war Chefredakteur Umbruch.

MEHRLESEN klopfte mit dem Kopf seiner Tabakspfeife an einen Aschenbecher; das gläserne Geklingel zerschnitt das Gemurmel im Saal. Gebückt, unsicher und mit zitternder Stimme eröffnete er die Konferenz und gab die sogenannte Diskussionsgrundlage, Büdner aber tat dreierlei: Er las Wummers gesammelte Leserzuschriften, hörte, was MEHRLESEN sagte, und sah zwischendrein zum Fenster hinaus in die Gärten mit ihren geflickten Lauben! Er stieß auf die Zuschrift des Genossen Schmidtchen vom Ostelbischen Verkaufskontor: »Was kümmert sich Genosse Büdner um Wesen auf fernen Sternen?... « Büdner bereute, daß er es getan hatte, er hätte es für sich behalten sollen. (Konnte er ahnen, daß fünfzehn Jahre später ebendiese fernen Welten weltpolitische Fragen abgeben würden?) Durfte ein einzelner Genosse öffentlich darüber reden, wie er über die Zukunft dachte, oder mußte er warten, bis sein Oberbüro Beschlüsse über das Aussehen der Zukunft faßte?

»Es ist nun einmal so, wir haben es gewagt, haben ein Experiment gemacht und eine literarische Arbeit von einem unserer Mitarbeiter abgedruckt, haben zur Diskussion aufgefordert und dürfen uns jetzt nicht wundern, wenn diskutiert wird«, hörte er MEHRLESEN sagen und sah einem Schwarm Dompfaffen nach, der durch die Gärten zog. Dann blätterte er um und las die Zuschrift von Pfarrer Heublum. »Einen Embryo, der denken kann«, schrieb der Pfarrer, »muß ich leider kirchlicherseits ablehnen, und hier treffen sich, nach meiner Meinung, Kirche, Staat und Wissenschaft in gemeinsamer Ablehnung, allwie sie sich aufs glücklichste in der Nationalen Front zusammenfanden.«

Dieser arme Pfarrer Heublum, dachte Büdner, ein unpoetischer Religionswissenschaftler, der sich in schöner Literatur nicht auskennt, sonst würde er wissen, daß die Dichter Schränke, Bäume und Berge denken lassen und daß beim großen Tolstoi sogar ein Pferd denkt, das »Leinwandmesser« genannt wird, aber die Sache war wohl, ihn, Büdner, hielt niemand für einen Dichter.

»Wenn ichs genau betrachte«, sagte MEHRLESEN, »ist nicht auszuschließen, daß es sich bei den vielen Leserbriefen, die alle auf eine bestimmte Romanstelle Bezug nehmen, um eine gelenkte Kampagne handelt, hinter der sogar der Klassenfeind stecken könnte!«

Büdner sah, wie draußen in den Schrebergärten, in der Nähe einer Laube, ein Feuerchen aufflackerte. Ein Rentner, der im grauen November nicht daheim sitzen konnte, schien Kartoffelkraut zu verbrennen, schien schon an den Frühling und das kommende Gartenjahr zu denken.

Umbruchs Sekretärin kam, ging rasch auf den Chef zu und flüsterte ihm was ins Ohr. Umbruch stand auf und unterbrach MEHRLESEN: »Entschuldigung«, sagte er, »ich werde in die Bezirksleitung gerufen.«

Es war Umbruch nicht sympathisch, Sekretär Renner Rede und Antwort stehen zu müssen. Er arbeitete unterwegs in Gedanken an seiner Verteidigung, stampfte in Renners Zimmer und riß mit dem Ellenbogen eine Vase mit roten Nelken von einem Tischchen. Die Vase zerscherbte, und das verschüttete Wasser stand als glänzende Lache auf dem Parkett. Umbruch, der Koloß, zog sein Taschentuch, bückte sich schwerfällig und versuchte das Wasser aufzunehmen. Aufwischen war für ihn eine Selbstverständlichkeit, er half daheim seiner Frau im Haushalt, weil auch die tagsüber als Kadersachbearbeiterin im Reichsbahnausbesserungswerk arbeitete.

Aber es sah nicht sehr ästhetisch aus, wie Umbruch, das Hinterteil in die Höhe gereckt, das Taschentuch als Scheuerlappen, über den Parkettboden fuhr.

»Laß das und also setz dich!« sagte Renner, den das Treiben seines Widersachers langweilte. »Es geht um den also Roman. Wir müssen sehen, wie wir da rauskommen!«

Umbruch richtete sich auf: »Es geht nur noch um den Roman, ich komme aus einer Roman-Sonderkonferenz.« Er sagte es gereizt, und sein Ton ließ das gespannte Verhältnis erkennen, das zwischen Renner und ihm bestand. »Ich versteh den Wind nicht, der sich da auftat«, fuhr er fort. »Entweder sind die Leserbriefschreiber Spießer, die sich empören, wenn über das, was sie alle Nächte in ihren Betten treiben, etwas in der Zeitung gesagt wird, oder wir, die wir dem Roman freie Fahrt gaben, sind geschmacklos, schmierige Gesellen.«

Renner schob Umbruch Wummers »Aktienpaket« hin. »Alles Proteste, die uns die also Kreisleitung Kohlhalden herreichte.«

Umbruch winkte ab. »Haben wir selber. Ein Eiferer, dieser Wummer. Kommt mir vor, als ob die Kreisleitung Kohlhalden ein Einmannbetrieb wär.«

Renner überlegte. »Einzelne Leser möchten mich nicht kopfscheu machen«, sagte er, »aber wenn jetzt ganze Kollektive ... «

Umbruch fühlte sich angewidert. Er maß sein Vorleben an dem von Renner, dachte an seine sechs Jahre Konzentrationslager und bedachte, daß Renner nicht eine Woche in politischer Haft gesessen hatte. »Ein bißchen was darfst du uns schon zutraun«, sagte er herablassend. »Und wenn ich dir sage, es steht kein einziges klassenfeindliches Wort in dem Roman, dann ist das so!«

»Schweinische Wörter auch nicht?«

»Dem Schweinischen ist alles Schwein!«

»Aber muß man nicht das gesunde also Volksempfinden beachten?« fragte Renner.

Das war Umbruch zuviel. »Bist fleißig bei Adolf in die Schule gegangen, wie man hört«, sagte er.

Renner erschrak, doch er schwieg nicht: »Auch der Genosse Stalin fordert: ›Hört auf die also Kritik der Massen!‹«

Im Redaktionshaus lief die Konferenz ohne Umbruch weiter. MEHRLESEN bat seine Kollegen, zu bedenken, wie neu eine solche literarische Diskussion in der Tageszeitung auch für die Redakteure wäre und daß man erst Erfahrungen sammeln müßte.

»Vor allem du, denn du bist der Steuermann der Diskussion. Vielleicht hättest du nicht alles abdrucken sollen, was dir an Lesermeinungen zuging?« sagte der Genosse Hirsekorn, ein bedachtsamer Mann, der die Kreisseiten für Kohlhalden und Sporenberg in der Chefredaktion bearbeitete.

»Ich war der Ansicht, jeder Leser müßte mit seiner Meinung zu Wort kommen«, entgegnete MEHRLESEN.

Schönmund, der stellvertretende Chef, ergriff das Wort, die Gelegenheit war günstig, der Protektor der FORTSETZER war unterwegs. »Der Genosse Rustin sprach hier von einer Kampagne des Klassenfeindes«, sagte er. »Sieht er den Klassenfeind in der Gestalt des Propagandasekretärs Wummer? Fragen wir doch den Hauptbetroffenen, fragen wir den Genossen Büdner nach seiner Meinung!«

Büdner fühlte sich wie ein Angeklagter. Was sollte er schon für eine Meinung haben? Er ahnte nicht, daß der Neid einiger Kollegen auf ihn, den Romanschreiber, nicht klein war, wußte nicht, daß sie bereits die Zeilen zählten und das Honorar ausrechneten, das ihm zustehen mußte. Inzwischen hatte er alle Protestbriefe aus Wummers Mappe gelesen. An all das, was ihm da vorgeworfen wurde, hatte er beim Schreiben nicht gedacht. Vielleicht hätte er es berücksichtigen müssen. Er hatte mit dem, was er schrieb, seinen Mitmenschen Freude bereiten und sie ein wenig nachdenklich machen wollen, aber das war ihm nicht gelungen, wie sich zeigte. Die Leser wünschten etwas anderes als das, was er ihnen bot; die wenigen, die gut fanden, was er schrieb, wollte er nicht zählen. Ihm mußte, als Genossen, an den Massen gelegen sein. »Ich bin dafür, daß man meinen Roman absetzt, sofort absetzt!« sagte er mit einer solchen Bestimmtheit, daß er die ABSETZER enttäuschte. »Ich habe alles reinen Herzens geschrieben«, fuhr er fort. Über einige Gesichter zog ein Grinsen. »Reinen Herzens«, das war keine Formulierung für eine Redaktionssitzung. Büdner war das gleich. »Ich schrieb über Monate und Jahre in meiner Freizeit«, sagte er. »Es war mein freier Wille, wenn ich es tat, aber ich muß vieles falsch gemacht haben. Man muß den Roman absetzen. Ich bleibe dabei!«

Der Genosse Finzke, ein Redakteur ohne Geschäftsbereich, protestierte: »Man muß kämpfen für die Kunst!« MEHRLESEN nickte eifrig.

»Ich glaub nicht mehr, daß es sich um Kunst handelt«, sagte Büdner, stand auf und ging hinaus, das Selbstmitleid hatte ihn gepackt.

Es war fast Mittag, als Umbruch von der Bezirksleitung zurückkam. Er verhandelte mit den Küchenfrauen: »Die Tagung wird eine halbe Stunde länger dauern.«

Nichts da, die Küchenfrauen waren nicht einverstanden. Es gab zum ersten Male nach dem Kriege Klöße mit Pflaumeneinlage. Umbruchs Eßlüsternheit hinderte ihn am Weiterverhandeln in der Küche.

Im Konferenzsaal gab er bekannt, er und Bezirkssekretär Renner wären zu einer Kompromißlösung gelangt: Der Roman sollte weiter, vorläufig sollten jedoch keine Leserzuschriften mehr abgedruckt werden. Die endgültige Entscheidung solle, hätten sie vereinbart, Reinhold Steil vorbehalten bleiben, der in den nächsten Tagen zurückkommen würde.

Die ABSETZER murrten: »Gilt unsere Meinung nichts?«

Auch die FORTSETZER murrten: »Sind wir Partei-Kindergarten?«

»Was wollt ihr?« fragte Umbruch. »Man hat in eurem Sinne entschieden: Es wird weitergedruckt.«

»Man kann nicht weiterdrucken, wenn der Autor selber nicht einverstanden ist!« sagte Schönmund. Umbruch sah zu Büdner hinüber, doch dessen Platz war leer. Er schrieb draußen im Korridor auf dem Fensterbrett eine Erklärung. Im Saal aber sagte Umbruch zu Schönmund: »Man hat den Anweisungen der

Parteibezirksleitung Folge zu leisten! Es geht auch um unser Renommee, ein Roman, der an die Öffentlichkeit gelangte, ist keine Privatsache des Autors mehr.«

Hin und her, bald wurde hier, bald dort ein Körnchen Wahrheit aus den Redereien geschält, bis das rote Gesicht der Küchenchefin in der Durchgabe erschien und der Befehl ertönte: »Aufhören! Klöße gibts mit Pflaumen!«

Die Redakteure drängten hinaus, die einen mit dem Bedürfnis, sich zu entleeren, die anderen mit dem Bedürfnis, frische Luft aufzuschöpfen. Sie gingen an Büdner vorbei, der mit seiner Erklärung in der Hand am Flurfenster lehnte. Die ihm Geneigten wußten nicht, was sie ihm sagen sollten, und die ihm nicht Geneigten sahen zur andern Flurseite hinüber und unterhielten sich angestrengt miteinander.

Umbruch und MEHRLESEN kamen, und Umbruch ging auf Büdner zu. »Es wird weitergedruckt! Vorläufig jedenfalls«, sagte er.

Keinerlei Reaktion in Büdners Gesicht. Er gab Umbruch seine Erklärung, Tränen in den Augen, wie MEHRLESEN später behauptete, und verschwand.

Unten beim Eingang, wo die Papierrollen standen, wartete der Genosse Finzke auf Büdner. »Du hast was geleistet, du solltest mehr auftrumpfen«, sagte er. »Was bist du so wenig überzeugt von deinem Werk?«

Immerhin Trost, ein wenig jedenfalls, denn Büdner war leider der allgemeinen Ansicht, daß nicht recht galt, was Finzke, der ehemalige Sozialdemokrat und Redakteur ohne Geschäftsbereich, sagte.

Er saß im Zug und fuhr heimzu, war bleich bis in die Halbglatze hinauf, und seine Lippen waren bläulich verfärbt. Auf dem Wege zum Bahnhof hatte er Stiche in seiner linken Brustseite gefühlt; etwas Neues für seine Verhältnisse.

Er sah aus dem fahrenden Zug. Der Mittag ging ohne langen Nachmittag in den Abend über. Die erleuchteten Abteilfenster spiegelten sich in den Rinnsalen zwischen den Wiesen. Die Lokomotive atmete schwer wie ein dämpfiges Pferd. Blaugraue

Rauchwolken zogen an den Zugfenstern vorüber und legten sich über die Landschaft. Krümel unverbrannter Braunkohle fielen in die kahlen Felder.

Er kam aus seinen Grübeleien hoch, als ihm eine dicke Frau einen schweren Holzkoffer auf den rechten Fuß stellte, und er entschuldigte sich, als wäre es sein Fuß gewesen, der dem Koffer im Wege gestanden hatte.

Ein Mann, ein Schieber offenbar, wollte die Asche seiner englischen Zigarette im Aschenbecher abstreifen, und die Asche fiel Büdner aufs Hosenbein. Er entschuldigte sich, er hätte sein Knie zu weit ins Abteil geschoben. Ihm war, als müßte er sich vor der ganzen Welt für sein Vorhandensein entschuldigen.

Allemal, wenn der Zug hielt, sah er hinaus, sah auf die gefleckten Bahnhofsgebäude und wie der Putz von den kriegsbeschädigten Wänden blätterte, sah auf deren Narben aus Maschinengewehr-Einschüssen, sah auf die verbleichenden Farben der Stationsnamen: Zeuthen, Zeesen, Bestensee...

In Halbe stieg ein Mann ins Abteil, Kerben vergangener Schmerzen im Gesicht. Er zeigte einen Ausweis; die Reisenden rückten zusammen; dem Manne fehlte ein Arm, er war Kriegsinvalide, Schwerversehrter, amtlich verschleiert ausgedrückt. Der Mann war voll von einem Erlebnis und sah sich nach jemand um, dem er sich mitteilen konnte, wandte sich an die dicke Frau mit dem Holzkoffer und sagte: »Endlich hab ich mir geleistet, was ich mir schon lange leisten wollte.«

»Ja, ham Se sich?« fragte die dicke Frau, und ihre Neugier erwachte.

»Eine Fahrt nach Halbe für nichts und wieder nichts sozusagen, jedenfalls nur, um nach der Stelle zu suchen, an der ich meinen Arm verlor«, erklärte der Invalide.

Die dicke Frau hörte mit hängender Unterlippe zu, auch andere Mitreisende fingen an, sich zu interessieren.

»Hab 'n schönen Kunst-Arm«, sagte der Invalide. »Hab ihn heute nicht umgehängt; wär ich mir ja vorgekommen wie ein Mann, der mit seiner zweiten Frau an das Grab der ersten geht.«

Es wurde makaber, doch die Reisenden gaben zu verstehen, daß sie mehr hören mochten. »Und, haben Sie die Stelle gefunden?« fragte der Mann, der englische Zigaretten rauchte.

»Mit Leichtigkeit«, sagte der Invalide, »trotz der Schmerzen damals hab ich mir die Stelle gemerkt: Schlacht um Berlin, Kilometerstein sechsundsiebzig Komma fünf.«

»Man merkt sich so was«, bekräftigte die dicke Frau. Ihre Hände lagen gefaltet auf dem Bauch wie auf einem Kissen. »Ich hab mir zum Beispiel gemerkt, wie der deutsche Soldat aussah, der sich bei uns in der Wohnung zivil machte. Er hielt mir die Pistole vor die Brust und raubte meinem Mann seinen besten Anzug, und mein Mann war an der Front und verteidigte Berlin und kam nicht wieder.« Die dicke Frau fing an zu weinen.

»Was gibts da zu heulen?« sagte der Mann, der die englischen Zigaretten rauchte. »Wenn er wegblieb, hat ihm der Anzug ja nicht gefehlt.«

Die Mitreisenden stimmten zu. Sie wollten nicht wissen, woran sich die dicke Frau erinnerte. Sie gierten, mehr über den verlorenen Arm des Mannes zu hören.

»War noch wat zu sehen von, ich meene, von' Arm?« fragte der Mann, der aussah wie ein Schieber.

»Nichts mehr«, antwortete der Invalide. »Nur der Schotter war noch da. Ich denk, daß es der Schotter war, auf dem der Arm damals lag.« Er zog mit der linken Hand ein Schotterstück aus der Rocktasche, und die Reisenden starrten auf dieses Steinstück wie Pilger auf eine Reliquie.

»Der Krieg, der verfluchte Krieg!« schluchzte auf einmal die Frau mit dem Holzkoffer, und es sah aus, als wollte sie ihre Tränen mit dem dicken Handrücken wieder in die Augen zurückstoßen. Und nun sahen die Reisenden doch zu ihr hin, nun wurde sie interessant, und die meisten bekräftigten ihren Fluch: Der Krieg, jawohl, der Krieg! Der Teufel mochte ihn holen, diesen verfluchten Krieg!

Der Vorsitzende eines Friedenskomitees hätte seine Freude an den Insassen dieses Bahnabteils gehabt. Büdner aber saß geduckt da und fing wieder an zu philosophieren: Wer den Krieg verflucht, verlangt den Frieden. Es gab verschiedene

Vorstellungen vom Frieden, sozusagen individuelle Unterabteilungen: Einer meint, er würde Frieden haben, wenn ihn endlich die Polizei in Ruhe ließe; und ein stiller Mann denkt vielleicht an den Frieden, der herrschen würde, bliebe seine keifende Frau endlich still; und eine sanfte Frau hinwiederum fände das Leben friedlich, wenn ihr randalierender Mann seiner Wege ginge. Ein anderer meint, wenn der alte Nachbar mit seinem Stickhusten endlich stürbe, wär Frieden; ein noch anderer, ein ganz Schlimmer, meint, er hätte für immer ausgesorgt und Frieden, wenn er endlich die Kassette mit den fünfzigtausend Mark, die sein Nachbar im Schrank hat, in seinem Schranke stehen hätte.

Hier im Bahnabteil aber schienen alle an den gleichen Frieden zu denken, an eine Zeit, in der die Menschen eine Weile pausieren, einander im großen Stile umzubringen; an eine Zeit, in der sie geruhsam rauchen, schlafen und arbeiten konnten; es entstand ein richtiges Gerinnsel aus Feierlichkeit. Auch Büdner wars zufrieden, daß er einer Partei angehörte, von der es hieß, sie wäre »die Verfechterin des Weltfriedens«. Freilich gabs darin überfortschrittliche Mitglieder, die behaupteten, nur wer bereit wäre, für den Weltfrieden zu sterben, meine es ernst mit ihm; aber wozu brauchte man Weltfrieden, wenn man tot war?

Wie Büdner es auch drehte und wendete, eine gewisse Zufriedenheit wich vorerst nicht mehr aus seinem Herzen. Was waren da schon die Kränkungen, die er seines Romans wegen hinnehmen mußte; was waren die, wenn er an den Weltfrieden dachte? Nichts als kleine Anrempeleien, kleine Haarkrümmereien, eine unerhebliche Privatsache!

18

Büdner erwartet einen Knall und erfährt, wie sich ein Kreissekretär durch das Buch eines Kaisers trösten ließ. Eine Versucherin stürzt Büdner in neue Konflikte; er sucht ihrer durch einen Mordversuch am Meisterfaun Herr zu werden.

Die Stimmung in der Bahnhofstraße glich jener eines vergangenen Februartages, an dem Büdner am Kiosk das VOLKSBLATT kaufte, um seine erste Theaterkritik zu lesen. Wieder wehte der Wind von den Kippen herein und trieb Sand und Kohlenstaub in die Stadt; die Spatzen waren wieder da, und er selber war noch da und starrte ins VOLKSBLATT: Seine Kapitulation, die er im Redaktionshaus auf einem Fensterbrett geschrieben hatte, wurde und wurde nicht abgedruckt; im »Keller« der Kulturseite erschien, wie immer, eine Fortsetzung seines Romans, nur die Spalte mit der Leserdiskussion fehlte.

In der Redaktion erwiderte Ramona, wie immer, gähnend seinen Morgengruß, vielleicht gähnte sie etwas ausgiebiger, weil sie jetzt außer der Großmutter einen Freund zu versorgen hatte. Das war der Fortschritt in ihrem Leben.

Auch die Wetterzeube war wie immer, ein wenig unkriegerischer vielleicht, weil im Oderbruch die ersten Traktoristinnen auftauchten, kräftige Frauen, die es in der Arbeit mit ihren männlichen Kollegen aufnahmen, sie beim Herbstpflügen sogar überflügelten. Ein Fortschritt, die feministischen Bestrebungen der Wetterzeube fanden Niederschlag. Wie sie sich freilich selber auf einem Traktor ausnehmen würde...

Drei Tage vergingen, und Büdner wartete auf den »großen Knall«, doch der kam nicht; es erschien eine Fortsetzung nach der anderen, nur daß die Leser unzufrieden feststellten, es erschien keine Romandiskussion mehr. »Will man uns die hübsche Unterhaltungsecke mit Gelehrtenstreit, Unterstellungen und Anrempeleien entziehen?« fragte Pressenschlosser Grienäppel. »Nicht in Ordnung, Bedürfnisse zu wecken, und sie dann nicht zu befriedigen!«

Ein Stockwerk über Büdner saß Wummer. Auch er riß jeden Morgen die neue Nummer des VOLKSBLATTES auf und war enttäuscht, wenn sie wieder eine Romanfortsetzung enthielt, zwar anders enttäuscht als Büdner, aber enttäuscht ist enttäuscht. Er ließ sich mit dem Bezirkssekretär Renner in Friedrichsdamm verbinden. »Sei nicht so also zappelig!« sagte ihm der. »Reinhold Steil ist jetzt da, aber er hat noch nicht entschieden.«

Zwei weitere Tage vergingen, und jeder Tag hatte seinen Morgen und seinen Abend; einen Morgen mit einer Romanfortsetzung im VOLKSBLATT, einen Abend mit den üblichen Überstunden in der Redaktion und mit einem Buch und ein wenig Einsamkeit zum Abschluß. Am dritten Tag aber traf ein Brief von der Doktorin ein: »Denken Sie daran«, schrieb sie, »daß alles wirklich Neue in der Welt zunächst mehr Ablehnung als Befürwortung erfährt. Auf längere Zeit gesehen, halten sich Für und Wider die Waage, und schließlich setzt sich das Neue durch.«

Ach, die Doktorin! Sie schien, wenn er vom Zuspruch des Genossen Finzke in der Hauptredaktion absah, der einzige Mensch zu sein, der ihn zu verstehen versuchte. Zürnte er ihr nicht zu Unrecht? Hatte er das Unkengetön des Meisterfauns nicht zu hoch veranschlagt? Wo blieb er jetzt, dieser ungebetene Berater? Niemals war er zur Stelle, wenn man seinen Rat brauchte.

Er telefonierte mit der Doktorin. Sie lud ihn ein, und er ging zu ihr. Es war acht Uhr abends, und die alte Treppe im Fuhrmannshause knarrte traurig.

Die Doktorin empfing ihn in einem langen, enzianblauen Kleid, sehr ausgeschnitten, hinten tiefer als vorn, in den Hüften gebauscht; ihr offenes Haar duftete nach »Moskauer Chypr«, nach Heu, und sie küßte ihn zur Begrüßung. Das war neu, und als sie in den Salon gingen, war es acht Uhr fünfzehn.

Neu war auch, daß die Sawade die beiden Ledersessel zum Sitzen frei gemacht hatte, das Allerneueste aber war, daß sie sich ans Klavier setzte und ein Nocturne von Chopin spielte. Das Klavier war verstimmt. Die Disharmonien peinigten ihn; er stand hinter ihr und verzog das Gesicht, sie sah es nicht, doch sie schien ihr dilettantisches Tun selber nicht ganz ernst zu nehmen: »Denken Sie, was Sie wollen«, sagte sie, »aber ich will Ihnen heute gefallen.«

Das war um acht Uhr dreißig.

Sie brachte Weißwein. Der durchgestoßene Korken schwamm in der Flasche, die Flasche war mit einem Wattepfropfen geschlossen. Sie wollte mit ihm »auf die Macht der Kunst« anstoßen. Er war niemals weniger von der Macht der Kunst überzeugt als in diesen Tagen.

»Wieso?« fragte sie, »nachdem die Diskussionshündchen aufhörten zu bellen?«

Ein Mißverständnis. Er erzählte ihr, wie sichs wirklich verhielt. »Nicht einen Schluck also auf diese Niederlage!«

»Und was Sie da in einem Anfall von Kleinmut während der Konferenz aufschrieben, wollen Sie drucken lassen?«

Das wollte er. Er rechne jeden Tag mit der Veröffentlichung.

»Und Sie sind wirklich überzeugt, daß Ihr Roman schlecht ist?«

Er überlegte und antwortete stockend: »Es gab viel mehr Leserzuschriften, als Sie ahnen, eine Mappe voll Zuschriften, die bisher nicht veröffentlicht wurden.« Nur *ein* Kollege hätte ihm geraten, nicht aufzustecken.

»Wo ist er, ich möchte ihn umarmen!« sagte sie und schlug mit den Fäusten auf die Sessellehne. Sie gefiel ihm.

Um neun Uhr dreißig sah es aus, als hätte nicht er, sondern sie den Roman geschrieben. »Was heißt die Meinung der Werktätigen berücksichtigen?« fragte sie, »viele von diesen Werktätigen sind alte Nazis, höchstens notdürftig umerzogen.«

Er zitterte vor Hilflosigkeit und ließ wieder einmal Geister aus sich sprechen: »Man muß auf die Massen hören, auch wenn deren Kritik nur zu fünf Prozent berechtigt ist oder so ähnlich, heißts bei uns.«

»Wer sagt denn so was?«

»Stalin«, sagte er und glaubte sie damit einschüchtern zu können.

Aber für die Sawade war Stalin kein »Gesetzgeber«. »Geht auch der Generalissimus auf die Kritik der Massen ein?« fragte sie und verschwand in dem Teil des Salons, der sich in Dämmerung verlor.

Er sprang auf und umkreiste aufgeregt seinen Sessel. Wieder war sein Gespräch mit der Ärztin an einem Punkt angelangt, an dem er als guter Genosse aufbegehren mußte. Wieder bekam der Meisterfaun mit seinen Warnungen recht. Das Klügste wäre Ausreißen, dachte er, aber da kam die Doktorin schon mit einem abgegriffenen Buch zurück, und sie schlug damit auf die Sessellehne, und Staub wirbelte auf.

Wie er den Staub so sah, wurde der für ihn zum Symbol. Er stellte sich seine nächste Begegnung mit dem Meisterfaun vor und wie der ihn ironisch herausfordern würde: Na, wieder schön Bürgerstaub geschluckt, Herr Abweichler?

Er beschloß, sich der Doktorin zu widersetzen: »Noch ein abträgliches Wort über Stalin, noch so eine respektlose Bemerkung, und ich muß gehen, muß Sie leider verlassen«, sagte er und erhob sich.

»Schon gut«, sagte sie versöhnlich: »Bis zu einem gewissen Grade bewundere auch ich ihn, Ihren Stalin, und Sie dürfen auch gehn, ohne sich weiter zu erklären, wenn Sie fürchten, daß es Ihrer politischen Überzeugung abträglich ist, mit mir zusammenzusein. Nein, ich werds Ihnen nicht übelnehmen, aber ich fänds nett, wenn ich Ihnen trotzdem noch die Geschichte erzählen dürfte, die mit diesem Buch hier zusammenhängt.«

Es war zehn Uhr, als sie ihm erzählte:

»Der Vorgänger Ihres Herrn Auenwald hieß Bleichstedt und war ein umgänglicher Mann, war gut zu leiden, wie man so sagt. ›Durch und durch prinzipiell‹, das sagten jedenfalls seine Genossen von ihm. Er war vierzig Jahre alt, verheiratet, hatte zwei Kinder, eine kleine Nase, und was hervorzuheben ist, er war niemals heftig. Ich respektierte ihn, weil er schon Genosse war, bevor die Arier über uns kamen. Er kannte übrigens meinen Sawade entfernt. Wir mochten uns gegenseitig.

Eines Tages fing er an zu kränkeln, kam zu mir in die Praxis und sagte: ›Ich seh, daß die Kohlhaldener zu Ihnen laufen, daß sie zufrieden mit Ihnen sind, daß Sie unsere Bergleute, ihre Frauen und ihre Kinder nicht nur von außen, sondern im Sinne des Wortes auch von innen kennen. Warum soll also nicht auch ich zu Ihnen kommen?‹ Das war ein Wort, und einen solchen Kreissekretär hatten wir bisher nicht wieder.«

Das geht auf Auenwald oder Wummer, dachte Büdner und fürchtete, daß sie ihm doch wieder etwas erzählen würde, gegen das er sich würde in Parteidisziplin sträuben müssen.

»Ich untersuchte ihn also«, fuhr die Sawade fort, »und fand, daß seine Leber nicht richtig arbeitete. Er war kein Trinker, wie ich beobachtet hatte, er trank nicht einmal mit den Sowjets, wie hoch die Freundschaftswogen auch schlugen. Ich konnte jedenfalls nicht recht diagnostizieren, was er an der Leber hatte, und schickte ihn nach Friedrichsdamm.

Sie untersuchten ihn dort, schnitten ihn auf, fanden was und machten ihn wieder zu. Ich wußte, was mit ihm los war.

Er kam zurück und wollte unbedingt wieder arbeiten, tats auch eine Weile, doch dann kam er wieder zu mir, und ich mußte ihn wieder nach Friedrichsdamm schicken.

Wie das so ist: In Friedrichsdamm sagte man ihm nicht, was los war, und ich durfte es ihm nicht sagen.

Ich besuchte ihn dort im Krankenhaus. Er packte meine Hand und hielt sie fest, als wär ich seine alte Geliebte. Er war schon arg zusammengeschrumpft, und seine Kindernase paßte jetzt zu ihm. Er bat mich, seine Verlegung ins Knappschaftskrankenhaus nach Kohlhalden durchzusetzen. Er wollte seine Frau und die Kinder jeden Tag sehen dürfen.

Ich setzte das durch, und Bleichstedt wurde nach hierher verlegt. Seine Mitgenossen besuchten ihn und sparten nicht mit Blumen. Herr Wummer war gerade als neuer Besen in der Kreisleitung eingetroffen. Er brachte Bleichstedt Bücher, ›Zement‹, ›Stahl‹, ›Roheisen‹ und ›Wie der Stahl gehärtet wurde‹. Stadtrat Grün, man muß es ihm anrechnen, brachte den ›Wilhelm Meister‹. Bleichstedt blätterte in den Büchern, suchte und suchte, schien aber nicht zu finden, was er suchte, nur im ›Wilhelm Meister‹ verweilte er, muß gesagt sein.

Schließlich sahen auch Laien, wie es um ihn stand, und wenn er selber etwas wußte, dann sprach er jedenfalls nicht drüber, doch eines Tages packte er mich wieder bei der Hand, drückte sie dringlich und bat mich um ein bestimmtes Buch. ›Erzählen Sie es, bitte, niemand‹, sagte er leise, ›daß ich mir dieses Buch von Ihnen wünschte, es wird leicht falsch ausgelegt.‹

Als ich aber bei der Tür war, rief er mich zurück. ›Sie können ebensogut drüber sprechen‹, sagte er, ›über das Buch, meine ich, es ist kein verbotenes Buch, vielleicht ist es bei unwissenden Genossen verpönt, aber der Tod ist nach allem, was ich jetzt erfahre, nicht parteigebunden!‹ « Die Doktorin machte eine Pause. »Hören Sie überhaupt noch zu?« fragte sie.

Doch, doch, Büdner hörte zu, wenn er auch die Doktorin nicht ansah und beim Balkonfenster hinausstarrte, wo der Dezember so grau begann, wie der November geendet hatte.

»Ich weine nicht leicht«, fuhr die Doktorin fort, »seit dem Tod meines Sawade hatte ich nicht geweint, aber als er das vom ideologiefreien Tod sagte, heulte ich. Das Buch, um das es sich handelte, hatte Bleichstedt einmal angelesen, wie er mir erzählte, aber dann wäre er nicht dazu gekommen, es weiterzulesen, weil er von der Parteiarbeit umhergetrieben wurde.« Die Doktorin unterbrach wieder. »Verzeihen Sie«, sagte sie, »ich glaub ja, daß Sie zuhören, aber sehen Sie mich doch wenigstens einmal an! Sie denken natürlich, daß ich Bleichstedt die Bibel bringen mußte, und auch ich dachte damals, daß er mich um sie bitten würde, aber was er haben wollte, waren die ›Selbstbetrachtungen‹ von Marc Aurel, und wie merkwürdig, gerade die ›Selbstbetrachtungen‹ waren ein Buch aus dem Nachlaß meines Sawade. Er hatte es in der Jackentasche, als sie ihn holten. Sie schickten es mir später, als sie ihn getötet hatten.

Ich brachte also Bleichstedt das Buch, dieses Buch hier, und er bedankte sich.« Sie staubte den zerschlissenen AUREL wieder auf der Sessellehne aus und erzählte weiter: »Nach einigen Tagen fragte er mich, ob er sich eine Stelle im Buche anstreichen dürfe, er hätte sie auswendig lernen wollen, aber die Wörter flössen ihm fort, er könne sie nicht halten, nicht behalten.

Sie sind nicht neugierig, welche Stelle sich Bleichstedt anstrich, nicht wahr? Sie sind, wie ich annehmen muß, verstockt oder gerührt.«

Büdner antwortete nicht, kein Kopfnicken, kein Kopfschütteln, sie aber schlug unbeeindruckt das Buch auf, blätterte und las die Stelle vor:

»Denke stets daran, daß alles, wie es jetzt ist, auch ehemals war, und dann denke auch daran, daß es einst ebenso sein werde. Stelle dir alle die gleichartigen Schauspiele und Auftritte, welche du aus deiner eigenen Erfahrung oder aus der früheren Geschichte kennst, vor Augen, zum Beispiel den ganzen Hof Hadrians, den ganzen Hof Antonius', den ganzen Hof Philipps,

Alexanders, des Krösus. Überall dasselbe Schauspiel, nur von anderen Personen aufgeführt!«

Schweigen. Sie beließ es dabei, bis es Büdner peinlich wurde. »Und wie gings aus?« fragte er mit zitternder Stimme.

»Mit Tod gings aus«, antwortete sie. »Bleichstedt hielt dieses Buch in den Händen, als er starb. Er, der sozialistische Kreissekretär, das Buch eines Kaisers!

›Unerwartet riß uns der Tod unseren lieben, verehrten Genossen Bleichstedt, einen der prinzipienfestesten Genossen, von unserer Seite‹, hieß es in der Todesanzeige, die die Kreisleitung aufgab. Starb er wirklich so unerwartet, der Bleichstedt?«

Büdner schwieg und starrte wie vorher beim Balkonfenster hinaus. Das Licht der Straßenlampen vermochte den Dezembernebel nicht zu durchdringen; die Häuserfront auf der gegenüberliegenden Straßenseite war nicht mehr zu sehen, war ausgelöscht. Es war elf Uhr dreißig, und die Doktorin betrommelte nervös ihre Sessellehne.

»Und weshalb haben Sie mir das erzählt?« fragte er endlich.

»Weil ich Ihnen sagen wollte, daß es Wahrheiten gibt, die jenseits aller Ideologien die Zeiten überstehen, und weil ich Ihnen sagen wollte, daß ich seither jedes Buch, das ich lese, an dem Erlebnis mit Bleichstedt messe. Ihres bestand die Prüfung übrigens.«

Es war kurz vor zwölf Uhr, als er heimging; sein Mantel, in dessen Tasche der MARC AUREL steckte, seine Baskenmütze und seine Bartstoppeln überzogen sich mit einem Samt aus kleinen Tropfen. Er achtete nicht drauf, er grübelte: Wenn sie recht hat, dachte er, wenns wahr ist, was sie über dein Buch sagte, wenns, im Gegensatz zu dem, was Wacker dich auf der Parteischule lehrte, wirklich *noch* Wahrheiten jenseits aller Ideologie gibt, verhältst du dich falsch, dann darfst du nicht kapitulieren, dann mußt du drauf dringen, daß dein Roman weiter abgedruckt wird.

Aber schon nach einigen Schritten sackte er zusammen, weil er zu gut zu wissen glaubte, daß er keinerlei Gnade zu erwarten hatte, wenn er nicht bußfertig auf die Kritiken an seinem Roman antworten würde. Kein Genosse, der von den Massen kritisiert worden war, war nach seinen, Büdners, Beobachtungen ohne Selbstkritik davongekommen, und manche Genossen machten aus einer solchen Selbstkritik einen Kniefall und gaben ein schlechtes Beispiel, das merkwürdigerweise ansteckte. Eine ansteckende Eiferei herrschte unter den Parteimitgliedern, eine Bußwilligkeit, wie er sie bisher nur bei religiösen Sektierern im Insel-Kloster erlebt hatte.

Er ging, immer an seiner Wohnung vorbei, in der Bahnhofstraße auf und ab und versuchte zur Ruhe zu kommen, aber er wurde noch unruhiger. Der unbußfertige Büdner stand in ihm auf und kämpfte gegen den Büdner, der Reinhold und Rosa, ganz im Hintergrund auch Rolling, verehrte und gefallen wollte und überzeugt war, lernen und sich ändern zu müssen, obwohl er sich dabei fühlte wie ein Lächler, der sich vornimmt, nur mehr mit ernstem Gesicht einherzugehen.

Herber Eisregen, in den sich der Nebel verwandelte, machte Büdner frösteln und trieb ihn schließlich, ohne daß er sich beruhigt hatte, endgültig auf den Heimweg. Er wankte wie ein Betrunkener auf das Brösicke-Haus zu.

Um ein Uhr dreißig betrat er sein Zimmer, schaltete den Kronleuchter ein, empfand das Licht, das sich in den verschiedensten Abstufungen in Winkeln und Ecken ausbreitete, als anmaßend und aufdringlich, schaltete die Tischlampe ein und knipste den Kronleuchter wieder aus. Beim Ablegen seines Mantels stieß er auf den MARC AUREL in der Seitentasche. Er ging zum Tisch, blätterte darin und fand die Stelle, die der Kreissekretär angestrichen hatte, blätterte weiter und stieß auf einen anderen Absatz, der mit dem Fingernagel angeritzt war, eine Stelle, die sich vermutlich der Doktor Sawade gekennzeichnet hatte, bevor sie ihn hinrichteten: »Nichts soll dir darauf ankommen, ob du vor Kälte starrend oder vor Hitze glühend das Schickliche erfüllen müssest; ob du schläfrig seist oder genug geschlafen habest; ob du dafür in schlechtem oder in gutem Rufe stehst; ob du darüber dem Tode nahe kommst oder etwas anderes derart zu leiden habest. Auch das Sterben ist ja eine von den Aufgaben unseres Lebens. Genug also, wenn du auch sie glücklich lösest, sobald sie dir vorgelegt wird.«

Als er das gelesen hatte, wurde er für einen Augenblick ruhig. Der Lächler in ihm schien über den Ernsten, der er immer wieder zu werden versuchte, gesiegt zu haben.

Um ein Uhr fünfundvierzig gab er am Telefon im Korridor der Witwe Brösicke ein Telegramm für Chefredakteur Umbruch auf: »Überlassene Notiz nicht veröffentlichen! Stop! Schreibe polemischen Artikel zur Leserdiskussion.«

Als er ins Zimmer zurückkam, hockte der Meisterfaun im hellen Straßenanzug im Schaukelstuhl, wippte herausfordernd, trank Lämmlein-Limonade und grinste. Büdner tat, als sähe er das Monster nicht. Er hatte keine Lust zu Auseinandersetzungen; ihn hungerte, und er wärmte sich einen Rest Haferflockenbrei auf dem Elektrokocher.

Der Faun sah grinsend zu, erst als sich Büdner ans Essen machte, räusperte er sich und fing an zu reden: »Hast du nun gesehen, wie der Klassenfeind mit Hilfe der Gefühle einen Genossen beschleicht? Nichts ist ihm heilig, auch ein krebskranker Kreissekretär nicht. Eine hübsche Story, die mit den ›Selbstbetrachtungen‹ von MARC AUREL. Bei Abweichlern zieht so etwas.«

Büdner stopfte Haferflockenbrei gegen den aufsteigenden Zorn an.

»Mag ja sein«, fuhr der Faun fort und höhnte, »daß sich Bleichstedt den AUREL verlangte, aber war er noch zurechnungsfähig mit seiner zerfressenen Leber? Wird sich übrigens hübsch in deiner Biographie ausnehmen: ›Die Werktätigen kritisierten seinen ersten Roman, nur eine Dame der bürgerlichen Gesellschaft begeisterte sich für ihn.‹«.

In diesem Augenblick ging in Büdner etwas vor, was er nicht begriff, solange er lebte: Er riß den Aluminiumtopf vom Hocker, stülpte ihn dem Faun über den Kopf und sah wollüstig zu, wie der Brei langsam auf die gebügelte Faunjacke kleckte, aber der Faun, wie merkwürdig! grinste durch den Aluminiumtopf hindurch, und Büdner fing an zu rasen, er packte die große Vase mit den letzten Zwergastern aus Frau Brösickes Heimgarten und zerschmetterte sie auf dem Schädel des Fauns, und die Scherben wirbelten auf dem blauen Velourteppich umher, und der Faun schrie schrill: »Sie hätten nicht trinken sollen, Herr Büdner!«

Büdner aber hakte den Regulator von der Wand und ging damit auf den Faun los, doch der stemmte sich gegen die dunkle Regulator-Uhr, drückte sie zur Seite, mehr, immer mehr, bis sie mit einem klirrenden Todeslaut zu Boden fiel. Büdner aber schlief ein, wie er später behauptete, doch Zeugen, die zur Sache gehört wurden, behaupteten etwas anderes.

---

19 Büdner soll Lebenshilfe und neuerlei Schulung von seinem Bezirkssekretär werden, doch das großzügige Hilfsanerbieten kommt zu spät.

Reinhold Steil kam von seiner Moskaureise zurück, und Katharina begrüßte ihn, wie es sich gehörte, etwas lieber sogar, und für das Orenburger Tuch, den Kaviar und das russische Konfekt bedankte sie sich mit einem Knicks. »Aber das nächste Mal nimmst du mich, bitte, mit«, sagte sie, »weil, ich bin zuviel allein, und ich denk zuviel herum!« Katharina war wieder einmal wie ein Kind, besonders, wenn sie in der Couch-Ecke saß und die Beine anzog.

Reinhold Steil hatte vieles gesehen und gehört, aber Katharina konnte er wenig davon erzählen. Die Welt war voll von Diplom- und Atomgeheimnissen; manche von ihnen stellten Schreckliches in Aussicht, falls es wieder Krieg geben sollte, und nur eines davon würde das Bleßhühnchen Katharina aus seiner Seelenbahn geworfen haben. Reinhold Steil überlegte lange, ob er von seinem Freund Ilja Iwanow erzählen sollte, dann tat er es, weil auch Katharina Iwanow kannte.

Ilja Iwanow war diesmal nicht zur Begrüßung auf dem Flugplatz gewesen. Die Begrüßungsdelegation war da wie immer, und Sakuski und Wodka fehlten nicht, nur Ilja fehlte. Ein anderer Sekretär, Stefan Klujew, begrüßte und umarmte Reinhold, wie es sonst Ilja getan hatte: »Willkommen, besterrr Genosse Steil!«

Sympathie auf den ersten Blick — Reinhold Steil ließ sich auf solche Behauptungen von Gefühlsmenschen nicht ein, er meinte besser zu fahren, wenn er seine Zu- und Abneigungen vom Verstande kontrollieren ließ: Klujew wirkte aufgeschwemmt und rauchte unausgesetzt, war Kettenraucher, brannte eine Zigarette an der anderen an und umarmte Reinhold sogar mit der Zigarette in der rechten Hand, und seine Wege waren von breitgedrückten Papirossyhülsen markiert. »Und wo ist Ilja Iwanow?« fragte Steil, nachdem er sich für den Empfang bedankt hatte.

»Auf Komandirowka«, erklärte Klujew. »Leider auf Komandirowka.«

Reinhold Steil gab sich zufrieden; es begann bereits, beschwingt in ihm zuzugehen, wodka-heiter. Er summte das Lied von den Partisanen am Amur. Sie fuhren auf der dunklen Asphaltstraße vom Flugplatz durch kleine Ortschaften auf Moskau zu, und zwischen den Ortschaften gab es dunkle Fichtenwälder und helle, scheckige Birkenwälder, und dann kamen sie an einer Stelle vorüber, die Reinhold an Ilja Iwanow denken hieß. Es war an einem Wintermorgen gewesen, als er und Ilja, der ihn zum Flugplatz brachte, auf der schneegesprenkelten Straße einen Elch stehen sahen. Das Tier wollte zum Weiden an die Espen jenseits der Autobahn und wurde vom Scheinwerferlicht geblendet. Ilja ließ den Fahrer halten, ließ ihn die Lichter ausschalten und den Motor abstellen, und sie warteten, bis der Elch im Espenwald verschwunden war, dann aber, als der Fahrer das Licht wieder einschaltete, sahen sie sich an und lachten laut und versuchten mit ihrem Lachen zu verbergen, daß sie sich Tierliebe geleistet hatten, und nach dem Lachen wurde es so still in der dunkelblauen Frühe, daß sie hören konnten, wie die Schneebatzen, die der Elch von den Espenzweigen gestreift hatte, auf der verschneiten Erde auftrafen.

Harte Männer hatten ein gemeinsames Erlebnis, und Ilja nahm seinen Teil mit nach Moskau, Reinhold den seinen nach Friedrichsdamm, und der Fahrer fuhr mit seinem Teil noch lange umher, ein geringfügiges Erlebnis, ein Nichts eigentlich für sie, die es mit dem »Fortschritt« zu tun hatten, aber wer kann bestimmen, welches Gewicht ein Erlebnis, das einem gering erscheint, für einen anderen hat? Auch ein Computer wirds nie können.

Klujew, der bemerkte, daß sein Gast schweigsam geworden war, machte ihn auf die erleuchtete Lomonossow-Universität aufmerksam, doch Reinhold war der Anblick nicht neu, er blieb noch beim Erlebnis mit Ilja Iwanow. »Und wohin ist er gefahren?« fragte er seinen Begleiter.

»Nach dem Nordosten für längere Zeit, leider«, sagte Klujew, »nach dem Nordosten.«

Zuerst mochten sich Reinhold und Ilja nicht allzusehr. Ilja, der der zentralen Parteileitung der Hauptstadt angehörte, kam als Gastdozent an die Schule, die Reinhold absolvierte, und hielt Vorträge über den letzten Zeitabschnitt des Vaterländischen Krieges. Der Weißrusse Iwanow mißtraute Steil, weil der stets zur Seite sah, wenn sie einander auf den Gängen des Schulgebäudes begegneten, und Steil mißtraute Iwanows starrem Blick, für den, wie sich später herausstellte, ein Glasbläser verantwortlich war: Iwanow hatte als Frontsoldat ein Auge verloren, und das in Deutschland, fast am Schluß des Krieges, auf den Seelower Höhen. Vielleicht trug zu Reinholds anfänglicher Zurückhaltung auch Iljas kindliche Freude an seinen vielen Orden bei, die er, wie es dem Deutschen schien, mit herausgereckter Brust »vorzeigte«, wenn er sich ihm näherte. Eines Tages aber wurden Iwanow Reinholds unsichtbare Orden bekannt: zwölf Jahre Zuchthaus und Konzentrationslager für den Glauben an »die gemeinsame Sache«.

Jawohl, sie sprachen auch dort auf der Schule für sozialistische Ideologie vom Glauben, obwohl doch der Glaube in die Metaphysik gehört, und von der »gemeinsamen Sache« sprachen sie vielleicht, um nicht immerzu vom Kommunismus zu reden, der noch ein Fernziel war.

Ilja und Reinhold wurden also gute Freunde, und Ilja besuchte Reinhold später in Friedrichsdamm. Sie besichtigten das ehemalige Kampfgebiet auf den Seelower Höhen, und dabei erfuhr Reinhold eine Geschichte, die Ilja nicht erwähnt hatte, als er seine Vorträge an der Schule in Moskau hielt. Es wäre eine Nebengeschichte, sagte Iwanow und untertrieb, obwohl aus der Geschichte hervorging, daß er nur durch einen Zufall noch lebte: Im Kampfgetümmel auf den Seelower Höhen verlor Iwanow nicht nur sein Auge, sondern wurde um und um von Granatsplittern verletzt und kam so ungünstig zu liegen, daß die Leute von der sowjetischen Sanität ihn weder finden noch seine Hilferufe hören konnten. Er wäre verblutet, wenn ihn nicht ein kahlköpfiger Alter, ein Zivilist, und seine Enkelin zu sich in eine Erdhöhle gebracht und mit Fetzen alter Bettwäsche verbunden hätten.

Die beiden Deutschen, Großvater und Enkelin, hatten sich dieses Versteck angelegt, als die deutsche Zivilbevölkerung westlich der Oder von der Feldgendarmerie weiter nach Mitteldeutschland zu getrieben wurde. Der alte Berner, so hieß der Greis, wollte in der Nähe seines Hofes bleiben. »Man reißt seine Wurzeln nicht mutwillig aus«, belehrte er die Enkelin. »Und wenn man sterben muß, stirbt es sich leichter auf einer Erde, die einem wohlgesinnt ist!«

Die Enkeltochter war gerührt und wollte den Alten nicht allein lassen, doch der Alte wollte sie nur bleiben lassen, wenn sie die Kleider der verstorbenen Großmutter anzöge, und das tat sie dann.

Als Iwanow die Seelower Höhen besichtigt hatte, die nun, einige Jahre nach dem Kriege, dalagen, als wäre der Himmel über ihnen niemals voll zischender, winselnder Granaten und Trümmer von abstürzenden Flugzeugen gewesen, kams ihm ein, nach dem alten Berner zu suchen. War das verwunderlich oder gar eine Sünde?

Er fand den alten Berner auf seinem notdürftig zusammengeflickten Hof und bedankte sich bei ihm. Die ganze Zeit hatte er den Vorwurf mit sich herumgetragen, er hätte seinem Lebensretter nicht richtig gedankt. Er besuchte auch Berners Enkeltochter, die in einem nahen Städtchen verheiratet war, bedankte sich bei der und beschenkte sie mit kleinen Andenken aus Moskau, unter anderem mit einem Abzeichen, in das die fliegende Friedenstaube von Picasso gestanzt war.

Das hört sich an wie eine Sage: Alter Bauer und Enkelin retten den verwundeten Ritter, und der Ritter bleibt ihnen geneigt sein Leben lang... Abgeschmackt? Wie auch immer, das große Leben leistet sich zuweilen Märchen zwischen Schlachtenlärm und Todesseufzern.

Nach Iwanows Besuch in Friedrichsdamm besuchte Reinhold den Freund auch in dessen Privatwohnung, wenn er nach Moskau kam, oder sie spazierten beschwingt durch die Gorkistraße, besuchten dort den großen Brot- oder Käseladen, erfreuten sich am schlaraffischen Duft, aßen da ein Häppchen und tranken dort ein Tröpfchen, und Moskau war für Reinhold, im Gegensatz zum nüchtern-provinziellen Friedrichsdamm, eine lebendige Weltstadt.

Diesmal nun schlenderte er allein durch die Gorkistraße, spazierte hinaus zu den Leninbergen, und Wehmut befiel ihn. Darf sich ein Mensch des zwanzigsten Jahrhunderts mit Wehmut abgeben, dachte er, als er sich ertappte, hindert sie ihn nicht am raschen Fortschreiten? Und doch konnte er sich nicht versagen, wenigstens um das Haus, in dem Ilja einst gewohnt hatte, herumzugehen, um das Haus, in dem sie kleine Feste miteinander gefeiert und oft verwegen diskutiert hatten.

An der Ecke vom Lebensmittelladen mit der übergroßen Milchflasche aus Neonröhren stieß er auf Stefan Klujew, der den Zufall feierte und ihn sogleich wieder umarmte. »Besterrr Genosse Steil, noch unterwegs so spät?« Klujew kaute auf seiner Papirossa, hakte Reinhold ein, führte ihn in die entgegengesetzte Richtung und raunte ihm ins Ohr: »Ich würde Ihnen nicht raten, besterrr Genosse Steil, Lydia Iwanowa zu besuchen.«

Eine Wolke von Alkoholdunst streifte Reinhold, er hatte nicht vorgehabt, Lydia Iwanowa zu besuchen. »Lydia Iwanowa? Ist sie denn nicht mit auf Komandirowka?«

»Nein, krank«, sagte Klujew, »überflüssigerweise krank. Ihr Besuch würde sie erregen, Ihr Besuch jetzt in der Nacht.«

»War Lydia Iwanowa schon krank, als Ilja abfuhr?«

»Bißchen krank, bißchen gesund, Sie verstehen, wie bei Frauen so ist«, antwortete Klujew.

Merkwürdig! Aber es gab mancherlei Merkwürdiges in Moskau. Die alten Pförtnerinnen zum Beispiel vor den großen

Mietshäusern, die nachts auf einem Stuhl mitten im Schnee saßen; die unübertreffliche Saumseligkeit der Kellner, die Moskauer Friedenstauben, die auf Dächern, Simsen und Stuckverzierungen umhersaßen und von Zeit zu Zeit wie gefiederte Kleintiger mit Getöse und Flügelschlagen aufeinander losgingen und die Hotelgäste bei halber Nacht weckten.

Klujew hielt Steil noch immer eingehakt, ließ ihn nicht aus, riß ihn sozusagen mit sich, führte ihn ab. Erst in der Nähe der Leninberge nahm er sich Zeit, das Pappmundstück einer aufgerauchten Zigarette wegzuwerfen und sich eine neue anzuzünden. Der herb duftende Rauch der Papirossa stieg auf in die Winternacht. Klujew zog eine Taschenflasche heraus, schraubte ein silbernes Becherchen von ihrem Hals, und sie tranken »na sdorowje!« und sahen auf das flimmernde, glimmernde Moskau. Reinhold vergaß seine Wehmut und fing an, sich auf den nächsten Tag zu freuen, auf die Erlebnisse, die ihm bevorstanden.

»Du hörst mir nicht zu«, sagte Katharina und stupste Reinhold, der sich in Moskau-Erinnerungen verloren hatte, mit dem bestrumpften Fuß gegen sein Knie. Reinhold gab sich einen Ruck, und Katharina erzählte von ihrer Mutter in Waldwiesen, mit der es bergab ginge, weil, ihr Asthma wäre gar schlimm heuer. Sie erzählte von ihren Pfleglingen im Wohngebiet und schließlich von Büdners Roman. Die Leser hätten »so saudumme, lästerliche« Briefe geschrieben. »Am liebsten hätt ich ihnen geantwortet«, sagte Katharina. »Aber es wär dir gewißlich nicht recht gewesen, deshalb hab ichs nicht getan. Aber sie haben den Stani zu Unrecht beschumpfen. Du mußt dich um ihn kümmern, auch Elsbeth hat es gesagt.«

»Elsbeth?«

»Ja«, sagte Katharina, »sie war hier, brachte Sommerstrümpfe, die du bei ihr vergessen hast. Es wär eine Schand, hat sie gesagt, wie du zuläßt, daß ein Leut wie Stangenbiel den kleinen Bruder in der Zeitung beschimpft, denn du sollst nicht drauf vergessen, hat sie gesagt, daß der Stani als Bäckergesell sich um deine Familie gekümmert hat, als du im Lager warst.«

Reinhold schloß die Augen, schüttelte den Kopf und gab seinem Unmut Ausdruck.

Im Büro erfuhr er von Renner, daß man »oben« anfinge, die Steinkohlenbohrungen bei Knoblauch-Kirchweih anzuzweifeln und daß die »neue Hauptaufgabe« in der Landwirtschaft das *Kartoffel-Quadrat-Nest-Pflanzverfahren* wäre und daß bis zum Frühjahr alle technischen Voraussetzungen dafür geschaffen sein müßten.

In Moskau hatte Reinhold nichts von diesem merkwürdigen Anbauverfahren gehört; vielleicht hatte er es überhört; möglich, denn immer noch waren die Landwirtschaft und die Kultur zwei Fachgebiete, für die er ein Sonderstudium gebraucht hätte. Aber woher die Zeit nehmen?

Sodann war Büdners Roman an der Reihe, und wieder hieß es: Du mußt dich um ihn kümmern, Reinhold!

Am Abend lagen Büdners Romanmanuskript und die Leserzuschriften auf Reinholds Schreibtisch. Katharina hatte sie dort hingezaubert. Reinhold las unvoreingenommen, lebte mit dem »Helden« und fand, daß der Junge auch er hätte sein können, und an jener Romanstelle, an der Lehrer Gerber den jungen Büdner zu Unrecht prügelt, wurde es ihm so heiß, daß er das Fenster aufreißen und sich den Dezemberwind ins Gesicht wehen lassen mußte. Draußen bereitete sich eine Frostnacht vor, der Himmel war hoch und schimmerte ausgesternt hinter den kahlen Fliederstrauchzweigen. Reinhold dachte an seine Jugendträume, an das Geschoß, mit dem er sich damals in Gedanken so oft beschäftigt hatte, das Geschoß, das Lebenskeime von der Erde auf einen aufnahmebereiten Stern transportieren sollte. Ein Jammer, daß er jetzt so wenig Zeit hatte, schöne Bücher zu lesen!

Bei seinem vorletzten Besuch hatte ihm Ilja Iwanow den Roman von Valentin Dukinski »Fern an der Trasse« angeschleppt gebracht, einen Roman, der die Moskauer Funktionäre begeisterte und den Ilja Iwanow »Sozialistischer Realismus in Aktion« nannte.

Reinhold hatte versucht, den Roman in russisch zu lesen, und war nur langsam vorwärts gekommen, weil die russische Grammatik in seinem Hirn nicht mehr recht heimisch werden wollte. Überhaupt machte ihm Russischsprechen Mühe. Seine Zunge war steif, war preußisch, sie stammte aus Kohlhalden.

Aber dann kam Dukinskis Roman in deutsch heraus, und Reinhold las ihn hintereinander, und auch er war begeistert, Ehrensache! Sage mir, was du liest, und ich sage dir, wo du politisch stehst, hieß es damals. Oder hieß es anders?

Seitdem hatte Reinhold keinen Roman mehr gelesen. Man hatte ihm die Verantwortung für so vieles aufgehuckt: Industrie, Landwirtschaft, Soziales, ganz zu schweigen vom Kultur- und Schulwesen, und immer kam noch etwas dazu.

Er beschäftigte sich drei Abende lang mit Büdners Manuskript; schon das bloße Lesen war eine Leistung, es war ein blasser Maschinendurchschlag auf ihn gekommen, Gott weiß, woher ihn Katharina geholt hatte! Am dritten Abend las Reinhold bis in den Morgen hinein. Er saß da, seine Krawatte hing über der Stuhllehne, und er hatte den Hemdlatz weit geöffnet. Auf seinem angegrauten Haar begegneten das Licht der Schreibtischlampe und das Frühlicht des angrauenden Morgens einander. In den Pappeln an der Straße erwachten die Spatzen, schilpten, zankten sich und taten frühlinglich; es war nach zwei Frosttagen etwas milder geworden. Einmal kam während der Nacht Katharina im Nachthemd herein, doch als sie Reinhold am Roman sitzen sah, zog sie sich zurück.

Das Fieber-Kapitel las Reinhold dreimal. Auch er hatte als junger Schwärmer Ähnliches gedacht. Es erschien ihm wie ein Wunder, daß zwei verschiedene Menschen an verschiedenen Orten, zu verschiedenen Zeiten gleiche Gedanken haben konnten, wie ihm auch ein Wunder war, wenn technische Erfindungen fast zu gleicher Zeit an verschiedenen Punkten der Erde gemacht wurden. Einmal hatte er gelesen, daß das so verwunderlich nicht wäre, weil sich ja die Menschheit auf eine Wurzel zurückführen lasse. Über diese Wurzel hatte er viel nachgedacht, und er hatte sie gesucht, aber gefunden hatte er sie nicht.

Schließlich las er die Leserproteste, die sich auf das Fieber-Kapitel bezogen. Er hätte es nicht tun sollen; ein halbes Jahr später gestand er es ein. Auch er ließ sich von der Zuschrift des »Kantinenkollektivs« aus Finkenhain beeindrucken: »Was wühlt der Autor im alten Dreck? Merkt er nicht, daß unsere Werktätigen kulturvoll in den Sozialismus marschieren?« So schloß der Brief, der aus tiefster Empörung geschrieben zu sein schien.

»Reinhold ist Reinhold, ich laß nichts auf ihn kommen, aber Menschenkenner ist er nicht immer«, pflegte der Knappschaftsinvalide Skodowski zu sagen. »Wenn Karrieristen wie Wummer sich hinter sozialistischen Phrasen verstecken, erkennt er sie nicht, tut er nicht!«

Aber dieses Unvermögen allein stimmte Reinhold im Falle von Büdners Roman nicht um. Es fiel ihm die Anweisung Stalins ein, die den Funktionären abverlangte, der Kritik der Massen unbedingt Gehör zu schenken. Hast du dich beim Romanlesen auch nicht von verwandtschaftlichen Sympathien für deinen ehemaligen Schwager hinreißen lassen? Darf sich ein wissenschaftlicher Sozialist von der Kunst überrumpeln lassen? Wars überhaupt Kunst, was Büdner produziert hatte? Waren es vielleicht nicht nur überhitzte Träume, die man als junger Mensch, aber nicht als reifer Genosse haben durfte, und wenn man sie als reifer Genosse hatte, durfte man sie dann niederschreiben? Und wenn man sie niederschrieb, durfte man sie dann drucken lassen?

Vertrackte Kulturpolitik! Wieder zeigte sich, daß ihm da ein Studium fehlte. Er war überzeugt, daß alles durch entsprechende Schulung erlernbar wäre. Büdner, so schien ihm, hatte sich in die Funktion des Parteischriftstellers vorgewagt, ohne ausreichende Kenntnisse dafür zu besitzen. Woher sollte sein ehemaliger Schwager wissen, was ein Parteischriftsteller durfte und was nicht? Früher ging ein Künstler, soweit Reinhold wußte, zu einem Meister in die Lehre, doch für einen Künstler der sozialistischen Epoche genügte wahrscheinlich die individuelle Lehre bei einem Meister nicht.

Ein merkwürdiger Gedankenwust, in dem Reinhold nach der Lektüre von Büdners Roman steckenblieb. Aber es war Zeit, ins Büro zu fahren. Er zog sich aus, wusch sich und zog sich wieder an, trank mit Katharina Kaffee und sah die ganze Zeit durch sie hindurch, bis die es nicht mehr aushielt und fragte: »Ist auch dir zuwenig Liebe im Roman vom Stani?«

»Nein«, sagte Reinhold, und Katharina war die erste, die erfuhr, welche Pläne Reinhold mit seinem ehemaligen Schwager hatte: Büdner sollte auf die Parteihochschule geschickt werden. Liebe wäre genug im Roman, aber vielleicht zuwenig Ideologie, sagte Reinhold.

Es beleidigte Katharina, daß man ihren Stani wie einen unvollen Sack behandelte, in den noch Ideologie hineingestopft gehörte. »Jessas hö!« sagte sie, und Reinhold wußte nicht, wie er das deuten sollte.

»Ich glaub nicht, daß man auf der Parteihochschule Romane schreiben lernt«, sagte Katharina mit ihrem natürlichen Verstand.

Reinhold verriet ihr, daß er Büdner nach der Parteihochschule auf eine Kunsthochschule schicken wolle, so etwas müsse es doch geben! Er wollte mit dem Vorsitzenden des Kulturbundes darüber sprechen, und der sollte entscheiden, ob zuerst Parteihochschule und dann Kunsthochschule oder umgekehrt.

»Sehr viele Hochschulen, auf die du den Stani schicken willst«, sagte Katharina, »aber vergiß nicht, daß man ihn beschumpfen hat und daß du ihn rechtfertigst!«

Reinhold telefonierte noch von daheim mit Auenwald und ließ den wissen, was er mit Büdner vorhatte. »Eine Empfehlung natürlich nur«, sagte er, aber die Empfehlung eines Bezirkssekretärs war zu jener Zeit ein Befehl für einen Kreissekretär; vielleicht wußte das nur Reinhold nicht.

Es wurde ein außergewöhnlicher Dezembertag mit einem blauen Himmel und einer milden Sonne. Reinhold fuhr übermüdet, doch wohlgelaunt ins Büro. Es stimmte ihn froh, daß er die Angelegenheiten seines ehemaligen Schwagers Büdner zu dessen Vorteil geregelt hatte.

Im Büro überfiel ihn sogleich der Partei-Alltag. Ein Fernschreiben war eingetroffen: »Bohren und Teufen in Knoblauch-Kirchweih unverzüglich einstellen!«

Reinhold wußte, daß man sich über diese Tatsache im Partei-HAUPTBLATT nicht auslassen würde. Die Angelegenheit würde für die Republik in Vergessenheit geraten, sobald die Presse keine Meldungen mehr über die Bohrungen brachte, aber hier in seinem Bezirk und in der Nähe von Knoblauch-Kirchweih würde man sich so nicht abspeisen lassen. Es wird dir zufallen, dachte er, zufriedenstellende Argumente auf entsprechende Fragen aus der Bevölkerung zu entwickeln.

Er stellte sich vor, wie ihn sein alter Genosse Lope Kleinermann attackieren würde, dieser eigensinnige Kleinermann, der für manche Funktion in Friedrichsdamm getaugt hätte, der aber durchaus Parteisekretär in der letzten Braunkohlen-Tiefbau-Grube bleiben wollte, der noch immer vor Ort arbeitete, der gesagt hatte: »Was ihr auch alle macht, ich lasse mich nicht wegqualifizieren!« Einesteils hatte Reinhold Kleinermanns Eigensinn geärgert, andererseits war er ihm ein ideologischer Seismograph an der Basis, treu und unbestechlich.

Kleinermann, stellte sich Reinhold also vor, steht zäh und ledern vor ihm. Er sieht aus wie der eingetrocknete Same einer Menschengattung, die auf den Regen der Gerechtigkeit harrt, um aufzugehen und zu blühen. Er wischt sich mit seinem dunkelblauen Bergmannstaschentuch Tränen aus den skrofulösen Augen und sagt: »Du hast doch gewußt, Reinhold, daß das mit Knoblauch-Kirchweih ein Fehlschlag wird.«

Reinhold wird herumstottern, von der technischen Intelligenz reden, der er bedingungslos vertraut hätte. Kleinermann wird sich nicht damit zufriedengeben und fragen: »Und warum hörtest du nicht auf die Kleinen Leute von Knoblauch-Kirchweih?«

Reinhold wird was vom »Jahrhundert der Wissenschaften« stammeln und daß er als Bezirkssekretär nicht auf Leutegeplapper hören darf, und zuletzt wird er vom Minister sprechen und von einem Genossen im Oberbüro, die gern gesehen hätten, wenn die kleine Republik in Sachen Steinkohle unabhängiger geworden wäre.

Aber Kleinermann wird noch nicht zufrieden sein. »Nichts gegen Träume«, wird er sagen, »aber es geht zu weit, wenn man den Ingenieuren, die ehrlich waren, Unredlichkeit, gar Parteifeindlichkeit nachsagt und sich betrügen läßt, um weiterträumen zu können. Habt ihr vergessen, daß der Staat keine Kasse hat, daß es sich um die Arbeitserträge der Kleinen Leute handelt?«

Reinhold wird zugeben müssen, daß der Genosse im Oberbüro und der Minister wirklich Fehler gemacht hätten, aber es wird ihm noch ein letztes Argument bleiben. »Aber du mußt doch einsehen«, wird er zu Kleinermann sagen, »daß wir uns nun vor die Genossen in der Leitung stellen müssen, damit der Klassenfeind nicht triumphiert.«

»Der Klassenfeind, der weiß das längst«, wird Kleinermann zwar sagen, doch er wird eine Weile nachdenken und schließlich beigeben und sagen: »Also nehmen wir es auf uns, hoffentlich das letzte Mal.«

Das Telefon läutete und erlöste Reinhold aus seinen Vorbefürchtungen. Am Telefon war Auenwald, und der war aufgeregt und redete, ganz gegen seine Art, hastig und verschliffen. Etwas Seltsames wäre vorgefallen, und »die Kaderentwicklung, Büdner betreffend, ist nicht durchführbar«.

Reinhold unterbrach Auenwalds hingeeiferten Bericht nur einmal: »Was hat ihn denn *dazu* getrieben?« fragte er, und Auenwald gab Erklärungen ab, die nicht stimmten; er kannte den Meisterfaun nicht.

Aber draußen war hellblauer Himmel und milde Sonne. Der Tag paßte nicht zu den Ereignissen.

20

Büdner wird von seiner Wirtsfrau zum schreibwütigen, doch einigermaßen brauchbaren Menschen erklärt; ein von ihm angefertigter Held sagt gut für ihn aus; ein Kreissekretär spricht ihm die Merkmale des Genies ab.

AUSSAGE DER FRAU BRÖSIKE

Die Witwe des Tuchkaufmanns saß in einem Armsessel, ihr linker Fuß lag auf einem gepolsterten Bänkchen und war bandagiert. Im Wohnzimmer roch es nach essigsaurer Tonerde.

»Man ist nicht gern indiskret«, sagte sie, »aber alles muß Grenzen haben, Sie verstehen. Er kam nachts zwischen eins und zwei nach Hause und telefonierte noch auf dem Korridor. Ich wurde auch sonst wach, wenn er kam.

Er gab ein Telegramm nach Friedrichsdamm auf, man hört ja nie so genau hin. Nach einer Weile schepperte es in seinem Zimmer. Das war der Aluminiumtopf, von dem schon die Rede war. Etwas später klirrte es, es klirrte unangenehm. Ich wußte, jetzt war was zerschlagen worden. Es handelte sich um die Vase mit den schönen Zwergastern, die ich ihm hingestellt hatte. Ich ging, wie Sie mich hier sehen, im Bademantel in sein Zimmer. Wenn man fürchten muß, daß was vorgefallen ist, macht man keine Besuchstoilette, Sie verstehen.

Ich sah ihn da rumtoben und sagte: ›Sie hätten nicht trinken sollen, Herr Büdner!‹ Aber wie ich das sagte, nahm er den alten Regulator, ein Erbstück, von der Wand und wollte ihn mir an den Kopf werfen. Ich streckte die Arme aus, packte den Regulator und hielt ihn fest, doch er rutschte zur Seite und fiel mir auf den Fuß. Er tat furchtbar weh. Ich schleppte mich zum Fenster und rief um Hilfe. Ich sah niemand draußen, aber ich rief doch um Hilfe, und es kam denn auch jemand.«

»Herr Büdner war also nach Ihrer Meinung betrunken?«

»Das ist es ja gerade: Ich kanns nicht mit Sicherheit sagen; er kam mir beim Ringkampf mit dem Regulator nahe, doch ich roch nichts. Wenn ichs beschwören müßte, daß er betrunken war, ich könnte es nicht.«

»Wo pflegte er hinzugehen, der Herr Büdner?«

»Er ging überallhin, das war ja sein Beruf.«

»Die Verletzung, Ihr Fuß, was ist damit?«

»Ein Bluterguß wärs, sagte Frau Doktor Sawade, eine Knöchelverletzung möglicherweise, der Fuß muß erst geröntgt werden. Frau Doktor war entsetzt über das, was Herr Büdner angerichtet hatte.«

»Frau Doktor Sawade, woher kannte sie Herrn Büdner?«

»In unserer Stadt kennt so fast jeder jeden, ich meine, was so die Hauptpersonen sind. Man ist nicht gern indiskret, aber es muß wohl sein. Sie trafen sich ab und zu. Sie war auch mal hier. Gott, wie das so ist, er, Mann in besten Jahren, sie, Witwe seit

Jahren, nicht jede Frau hat schließlich auch als Witwe ihre Grundsätze, Sie verstehen.«

»War die Doktorin seine Freundin?«

»Darüber kann ich nichts sagen, man kanns Geliebte und man kanns Freundin nennen, jedenfalls wollte sie den Schaden bezahlen, den Herr Büdner anrichtete. Doch ich sagte ihr: ›Wie kommen denn Sie dazu, Frau Doktor, Sie sind doch nicht mit dem verwandt?‹ Aber sie bestand darauf, alles zu bezahlen. Das fiel mir auf, Sie verstehen.

Sonst kann ich über Herrn Büdner nur das Beste sagen. Wenn man mich fragen würde, ob man ihn bestrafen soll, wäre ich dagegen. Ich bekomme schon alles ersetzt, so oder so, Sie verstehen. Er hatte seine Eigenheiten, aber er war ein ausgezeichneter Untermieter.«

»Eigenheiten? Welche Eigenheiten?«

»Er sprach manchmal mit sich selber, man dachte, er zanke sich mit jemand, aber es war niemand im Zimmer; auch lief er in der Wohnung viel barfuß umher. Einmal war eine Dame vom Theater bei ihm, und sie gingen beide barfuß. Mehr kann ich darüber nicht sagen, außer daß sie keine Strümpfe anhatten. Vor allem schrieb er immerzu, er schrieb vielzuviel, nächtelang. Man weiß ja, daß das dann auch zu einem Roman führte.«

Aussage des Bergmanns Kimme

»Wir haben Karten gekloppt bei mein' Freund, bißchen lange, wolln mal sagen. Wie ich zu Hause ging, hat eine Frau in die Bahnhofstraße das Fenster aufgerissen und nach Hilfe geschrien. Einer wie unsereiner geht nicht vorbei, wenn Hilfe geschrien wird. Ich also rauf in den ersten Stock.«

»Wußten Sie, mit wem Sie es zu tun hatten?«

»Ja, ich erkannte ihn gleich wieder, den Redakteur; er hat ja paarmal in die Zeitung über mir geschrieben, wo ich Aktivist geworden bin; nachher haben sie es ihm verboten, ist gesagt worden.

Wie ich raufkam, pfefferte er alles zusammen, alles aus seinem Spinde und aus seinem Frühstücksschrank, immer drauf auf den piekfeinen Teppich, Zucker und Zwiebeln, Hosen und

Salz, und er sagte, daß er verreisen will. Denn rannte er an so 'n Rollschränkchen und holte 'n ganzen Stoß Rundschreiben oder so was raus, und die schmiß er mit der Kledasche zusammen in den Kunsthonig. Neben mir stand immer die Frau, die Witwe, und jammerte: ›Schützen Se mir, schützen Se mir!‹

Wie er mir gewahr wurde, fing er gleich mit mir an: Nazischläger und so.

›Is nu vorbei‹, sag ich ihm, ›ich hab dafür gesessen, das weeßte, nu sei still von!‹

Aber er hörte nicht auf und beleidigte mir immer weiter. Es wunderte mir, daß er mir kannte, weil er seine Wirtin nicht kannte, er hielt sie für 'n Pfau oder so was. Wie er die blanke Margarine in sein Jackett einwickelt, sage ich: ›Nu halt mal bloß an!‹, aber er hielt nicht an, er wurde immer wilder.«

»Und wie kam es zu dem Handgemenge?«

»Er riß eine Schranktür raus und wollte seiner Wirtin, angeblich, weil sie 'n Pfau war, mit ihr übern Schädel. Ich hielt mir verpflichtet, mir zwischenzuschmeißen. Aber gleich bläkt er wieder: ›Freilich, hast ja Übung, Nazischläger!‹ und all so was. Das wurde mir zuviel, und da nahm ich ihn ein bißchen in' Schwitzkasten, weil er ja auch immer auf die Frau loswollte.«

»War er betrunken?«

»Das hätte ich riechen müssen, er war durchgedreht, ich kenn das. Man kommt durchnander, wenn sie einen so zwiebeln, und sie haben ihn ja in der Zeitung Tag für Tag gezwiebelt, wolln mal sagen, jeden Tag und jeden Tag.«

»Und wie endete die Auseinandersetzung?«

»Er rannte weg, die Treppe runter und weg. Ich hab mir eine Weile vor die Haustür gestellt, ob er wiederkommt und so, er kam nicht. Die Frau hat mir gerufen, sie hat mir Kaffee gemacht. Ich wollte nicht.«

»Haben Sie sonst noch etwas zu sagen?«

»Es kann alles mal vorkommen, möcht ich sagen.«

Zeugenaussage des Kantiniers Zwiebold

»Er war zerzaust und mitgenommen und kam auf mir zu. Ich dachte, er wollte mir schlagen.«

»Weshalb dachten Sie das?«

»Weil wir uns nicht grün sind, und weil er immer behauptete, ich hätt ihm schlechte Artikel geschrieben.«

»Na, und hat er Sie angegriffen?«

»Nein, hat er nicht, aber er fing gleich an zu schimpfen. Bei den Nazis wär keine Freiheit gewesen, und hier ist auch keine, hat er gesagt. Die Nazis hätten alles dicht gemacht, und hier nu wär auch alles dicht. Der Mensch will aber mal verreisen, jedenfalls er will nach dem Westen, hat er gesagt.«

»Wann kommen Sie nachts gewöhnlich von der Schicht?«

»Wenn ich die Arbeiter von der Nachtschicht versorgt habe, so um zweie, dreie.«

»Dann müssen Sie Büdner also etwa um zwei Uhr getroffen haben, denn um halb drei war er schon bei seiner Schwester.«

»Kann sein, daß ich den Tag zeitiger mit Aufräumen fertig gewesen bin.«

»Büdner kam aus dem Westen hierher, finden Sie nicht unsinnig, daß er wieder nach dem Westen gehen wollte?«

»Das kehrt mir nicht. Es gibt ja solche, die hin und her gehen.«

»Um noch einmal darauf zurückzukommen, Sie trafen Büdner angeblich, als er in Richtung Finkenhain ging, es kann etwa zwei Uhr gewesen sein, sagten Sie, aber um halb drei traf Büdner sechs Kilometer in entgegengesetzter Richtung bei seiner Schwester ein.«

»Das kehrt mir nicht. Was soll die dumme Ausfragerei? Es wird hier alles verdreht. Ich rede nicht mehr!«

AUSSAGE DES PROPAGANDASEKRETÄRS FRITZ WUMMER

»Der Genosse Zwiebold hat das nicht ganz richtig dargestellt, aber er hat das Richtige gemeint. Bei Büdner handelt es sich vor allem um ideologische Schwächen. Er brachte nicht nur die Berichte des Volkskorrespondenten Zwiebold nicht zum Abdruck, sondern auch meine nicht, und ich war sein Propagandasekretär. Seine Lokalseite war in der Aussage nicht prinzipiell genug, er hatte westliche Bulleward-Zeitungen im Kopf, auch hat er sich mehr mit seinem Roman beschäftigt als mit seiner Arbeit. Wo kämen wir hin, wenn alle das machen wollten? Mir scheint, er wollte schnell zu Gelde kommen und nahms deshalb auch mit seinem Roman nicht genau genug. Es wurden ihm dann ja auch historische Mängel nachgewiesen, und Leute, die die politischen Vorgänge, die er beschrieb, gut kannten, protestierten. Aber auch in anderer Hinsicht ging er historisch ungenau vor. Er schrieb zum Beispiel über Feudalisten, über einen Grafen und seinen Diener, und zeigte, daß der Diener sich duckte und daß der dümmer war als der Graf.«

»Aber es hat doch zu allen Zeiten Diener gegeben, die sich duckten.«

»Mag sein, aber im Roman gilt einer für hundert oder tausend, haben wir gelernt.«

»Und wenn der Lehrer, der Ihnen diese Ansicht vermittelte, in Kunstfragen nicht beschlagen war?«

»Das muß ich mir verbitten. Mein Lehrer Druskin im Antifa-Lager war ein gesellschaftliches As. Wohin wollen Sie eigentlich mit Ihren Fragen? Büdner hat seine Schuld doch eingestanden. Bei den Verhandlungen in der Parteigruppe hat er immer wieder gesagt: ›Ich bin schuldig, bestraft mich!‹ «

»Er nahm seine Arbeit im Tiefbau also freiwillig auf?«

»Er fühlte sich eben schuldig und wußte, daß er bestraft werden mußte.«

»Halten Sie die Arbeit im Tiefbau für eine Strafe?«

»Nein.«

»Und weshalb schickten Sie Büdner dorthin?«

»Er hatte sich, wie festgestellt wurde, von den Werktätigen gelöst, hatte sich ideologisch entfernt. Er saß schon zu lange in der Redaktion.«

»Wie lange sitzen Sie in Ihrem Büro?«

»Ich habe mich nicht schuldig gemacht.«

»Und wenn Sie sich eines Tages doch schuldig machen sollten?«

»Dann wird man auch mich bestrafen und in die Produktion schicken.«

»Sie halten Produktionsarbeit also doch für eine Strafe?«

»Ich kann nicht immer wieder dasselbe erklären, ich habe mehr zu tun als Propagandasekretär.«

AUSSAGE DES KREISSEKRETÄRS HAJO AUENWALD
»Ich schätze ein, Büdner war für mich persönlich ein stets leidlicher Genosse. Er verfügte über eine gewisse Intelligenz, die er, wie mir scheint, jedoch überschätzte, als er seinen Roman schrieb. Er machte diese Ausarbeitung meines Wissens ohne Konzept und Gliederung, völlig unwissenschaftlich.«

»Aber es handelte sich doch um Kunst.«

»Wissenschaft und Kunst werden eins werden, ist der Sinn des Sozialistischen Realismus.«

»Ob auch Gorki das so gemeint hat?«

»Gorki war parteilos, und wenn er es nicht so gemeint hat, müßte man es auf seine Parteilosigkeit zurückführen, so wie die Dinge heute stehen. Ob Gorki es so gemeint hat oder so, ist jetzt ganz gleich, jedenfalls hat er die sozialistische Literaturtheorie bereichert. Ich habe mich in der letzten Zeit, gedrängt durch Büdners Roman, mit dem Wesen des Genies auseinandergesetzt. Büdner ist kein Genie. Ein Genie ist kämpferisch und behauptet seinen Standpunkt, auch wenn es dafür in die Verbannung oder auf den Scheiterhaufen gehen muß. Dieses ist bei Büdner nicht zu verzeichnen. Ich halt kaum für möglich, daß sich aus der niederen Kaderschicht ein Genie entwickeln kann.«

»Halten auch Sie, wie der Genosse Wummer, die Arbeit im Tiefbau für eine Strafe?«

»Ich versuchte, Büdner auf Anweisung eine Brücke zu bauen, ihm zu einer leichteren Arbeit im Bergbau zu verhelfen, doch er betrat die Brücke nicht, er lehnte alle Erleichterungen ab.

Ich wünsche dem Genossen Büdner trotzdem alles Gute auf seinem ferneren Lebensweg, möge er uns als Kreisleitung durch sein Verhalten bei den Bergarbeitern schleunigst in die Lage versetzen, seine Parteistrafe zu löschen.«

AUSSAGE VON ELSBETH STEIL,
Hausfrau, arbeitet im Kleingarten, vermehrt Kaninchen, hält eine Ziege, mästet ein Schwein, trägt noch die Frisur der Zwanziger Jahre, Bubikopf, glatt und so hoch abgeschnitten, daß man die geschmückten Ohrläppchen sehen kann.

»Verwandt oder verschwägert mit dem Bezirkssekretär Reinhold Steil?«

»Verwandt früher mal, jetzt leb ich mit Willi zusammen, das ist der alte Freund von Reinhold Steil.

Unser Stani kam morgens gegen halb drei bei uns. Ich war allein und hatte Geburtstag. Willi war auf Fernfahrt. Sie denken sich im Sekretariat meist auf mein' Geburtstag eine Konferenz in Berlin aus, und Willi ist noch stolz und prahlt, er stellt sein Familienleben hintan.

Erst wollt ich nicht aufmachen, wies klopfte, dann machte ich doch. Da stand er. ›Was, jetzt kommst du erst zum Geburtstag?‹ sagte ich, ›und noch dazu ohne Blumen?‹

Aber dann sah ich erst: Gott, wie er dastand! Wie damals, als die Erde über ihm zusammengestürzt war und unser Vater ihn mit den Händen ausgescharrt hatte, halb bei den Toten, halb hier.

›Nimm mich auf‹, sagte er, ›für paar Stunden‹, und er hätte Schaden gemacht, sagte er auch, ich sollte mal nachsehen gehen, in seiner Wohnung. Er will weg.

›Willst du nach Waldwiesen?‹ frage ich ihn, aber er sagt: ›Weiter weg.‹

›Quatsch nicht!‹ sage ich. ›Jetzt schläfst du erst, das wollen wir doch mal sehen! Mein Gott, was ist denn überhaupt los? Kannst du nicht reden?‹ sage ich.

Nein, er konnte nicht. ›Geh selber hin!‹ sagte er, ›und sieh nach und erzähl dem Willi nichts!‹

›Das fehlte‹, sagte ich, ›Willi erzähle ich nur, was ich für richtig halte. Willi ist nicht Reinhold.‹ – War ja auch keine Not, Willi war in Berlin und blieb dort. Die laufen ja auch dort keinen Schritt, er muß sie rumfahren wie ein Dienstmädchen die Herrschaftskinder.

Na, unser Stanislaus ließ sich bereden und ging zu Bett. Wir haben jetzt das ausrangierte Bett von Reinhold in die Bodenstube stehen, denn unten haben wir uns so gut wie neu eingerichtet. Altes Zeug erinnert zu sehr. Der Mensch lernt sich nie richtig verstehen.

Wie es einigermaßen angängig war mit der herrschaftlichen

Besuchszeit, ging ich zu Stanislaus' Wirtin. Na, die Bescherung! Die Wirtin wollt, es sollte alles so liegenbleiben, die Polizei müßte es erst aufnehmen. ›Sind Sie verrückt?‹ sagte ich. ›Es wird doch alles bezahlt!‹

Ich fing an aufzuräumen und sortierte aus, was ihm gehörte. War ja nicht viel. Die Bücher freilich, die hätte ich nicht schleppen können, da mußte ich mit dem Handwagen hin, fünfmal, viele Papierblätter mit Übungen zu seinem Roman, alle mit Kunsthonig verschmiert, die verbrannte ich.

Die Wirtin gab mir die Post, die für ihn gekommen war. Ein Brief aus Rußland war dabei.

Wie ich zurückkomme, ist er schon wach und hat mir die Wassereimer und den Kohlenkasten gefüllt und sagt: ›Ich will gegen Abend weg!‹

Ich sagte: ›Aber nur nach Waldwiesen, anderes laß ich nicht zu. Hier wohne ich, deine Schwester, hier bist du zu Hause. Was du gemacht hast, hast du gemacht, es gibt immer einen Ausweg, außer wenn es dir genierlich ist, Handarbeit zu machen.‹ Ich war richtig froh, daß ich jemand betun konnte.

Gut, er ging in die Bodenstube, und eine halbe Stunde später kam er runter und sagte, er wird nicht weggehen. Na, denk ich, hat er auf seine große Schwester gehört, hat er sich bereden lassen, ›überzeugen‹, wie Willi immer sagt.

Am Nachmittag sagte er, er geht zur Kreisleitung. Von mir verlangte er, ich sollte Willi nichts sagen, aber er ging zur Kreisleitung, na he!

Wie ich raufkomm in die Bodenstube, um zu fegen und sein Bett zu machen, steht auf dem Nachttisch ein Foto. Eine ansehnliche Frau ist abgebildet im Pelzmantel mit Stiefelchen, richtig russisch sieht sie aus, etwas X-beinig, vielleicht lags auch an den Stiefeln, sonst aber möcht ich sagen, proper, freilich die Haare ein bißchen zerzaust, vielleicht war es windig beim Abfotografieren, die Nase, der Mund – so wie ihn Männer wollen, besonders die Augen, wie die von der Frühlingskönigin auf einem Bild im Schullesebuch.

Na, dacht ich, das ist doch weiter niemand als diese Rosa, von der die Rede war. Dann seh ich mir den Jungen an, den die Frau an der Hand hält, Stanislaus noch einmal, unser Stani in der Zeit, wo er noch wundertätig war. Aber so etwas von Ähnlichkeit! Den kann er nicht abstreiten, dachte ich.

Wie das so ist, wenn man eine Fotokarte schon mal in die Hand hat, guckt man auch, ob hintendrauf etwas erklärt ist. ›Wir gratulieren zum Roman‹, stand drauf, ›und wir grüßen lieb‹, stand geschrieben, und dann stand noch, ›und wir verfolgen alles‹.

Um Gottes willen, dacht ich, wenn sie nun auch verfolgen, was letzte Nacht los gewesen sein muß! Auch wird geredet, der Stani treibt es mit der Doktorn Sawade. Alles, was recht ist, eine gute Ärztin, aber die und unser Stani?

Die Karte kam aus Moskau, sie war vierzehn Tage alt, und sie hatte in dem Brief gesteckt, den ich ihm brachte.

Stani blieb drei Tage bei uns. Er ging jeden Tag auf die Kreisleitung. Am dritten Tag sagte er: ›Nun ist alles erledigt, nun gehe ich nach Finkenhain und fange dort an!‹

›Doch nicht etwa im Tiefbau?‹ sagte ich.

›Doch‹, sagte er, ›Handarbeit, wie du gesagt hast.‹

Dann kam Willi und erzählte, was auf der Kreisleitung verhandelt wurde und was überhaupt los war. Von unserm Stanislaus erfuhr ich ja nichts. Willi war stolz auf seinen Schwager, der freiwillig in den Tiefbau und in die Produktion gehen wollte. Was produziert denn Willi, wenn er Sekretäre hin und her fährt? Mehr kann ich dazu nicht sagen, es ist auch genug.«

21

Büdner dringt ins Erd-Innere, ist dort aber nicht gern gesehen. Er legt sich in eine Grube, arbeitet an seinem eigenen Begräbnis, zapft das Kräfte-Reservoir der Heiligen an, gelangt halbtot nach über Tage und wird eines Schutz-Engels ansichtig.

Dezemberwind wehte. Das Erdreich war hart gefroren. Der große Schnee war unterwegs.

Büdner ging durch die Heide, trug zweckenbeschlagene Schnürschuhe, eine ausgeblichene Tuchjacke, Manchesterhosen, einen öligen Filzhut, und am Trageriemen seines Rucksacks baumelte, wie eine kleine Bombe, die Grubenlampe.

Auf einem Kahlschlag zwischen Brombeersträuchern und Heidekraut stand ein Häuschen von der Größe eines Kaninchenstalles; in seinem Dach war eine Luke, und aus der Luke ragte eine eiserne Leiter, eine Fahrt.

Büdner zündete seine Karbidlampe an, hakte sie hinter den vierzölligen Nagel, der durch die Krempe und die Beule seines Hutes getrieben war, sah noch einmal auf den trübgrauen Dezemberhimmel, stieg auf die eiserne Leiter und kletterte abwärts, bergmännisch gesagt: Er fuhr ein.

Das Einfahren war nicht neu für ihn, er hatte es als Kreisredakteur, Reporter und journalistischer Allesmacher oft getan, nicht zuletzt, um den Braunkohlenhelden Kimme anzufertigen.

Er stieg durch die in das Flöz gehauenen Stockwerke, von den Bergleuten »Sohlen« genannt, und gelangte auf die Grundstrecke. Die Grundstrecke war niedrig, an ihrer Decke lief der unisolierte Leitungsdraht entlang, dem die elektrische Zugmaschine, die die Hunte hin und her bewegte, den Strom entnahm. Büdner wußte, daß er halb geduckt zu gehen hatte; es war lebensgefährlich, mit dem nassen Hut die unisolierte Leitung zu streifen. Er ging auf den Laufbrettern entlang, die zwischen den Schienen der Schmalspurbahn lagen, und das dumpfe Geräusch seiner Schritte mischte sich mit dem Geklingel der Wassertropfen, die aus den Hangenden auf die Grundstrecke fielen, dann unter die Laufbretter sickerten, sich zu einem fadendünnen Rinnsal vereinigten und zum Pumpensumpf flossen.

Er kam an der kleinen, in die Kohle gehauenen Maschinenhalle vorüber, in der die Pumpe summte. Geruch von heißem Schmier-Öl wehte ihm entgegen. Der Pumpenwärter war nicht zu sehen, doch Büdner grüßte; er war hier neu, er hatte gut Wetter zu machen; er mußte in dieser Welt Fuß fassen, in der Kohle hacken und Kohle schaufeln, allenfalls die Erde beackern, säen und ernten als die wirklich notwendigen menschlichen Tätigkeiten galten; alles andere Menschentun war Randverzierung.

Nach einer Viertelstunde kletterte er zwei Fahrten hoch nach oben, dann war er vor Ort und traf dort die Männer von der Frühschicht, den Häuer Sastupeit und den Schlepper Kolosche. Die Gesichter der Männer waren kohleverschmiert, wie hinter schwarzen Masken versteckt, man konnte nichts aus ihnen herauslesen. Sastupeit, der sein Arbeitsgerät zusammenpackte, trug einen Stahlhelm aus dem ersten Weltkrieg, und Kolosche, der den Brenner seiner Karbidlampe putzte, trug eine Ledermütze.

Büdner grüßte die Männer, nannte seinen Namen und streckte ihnen seine Hand zum Gruß entgegen. Die Männer taten, als sähen sie Büdners Hand nicht. Hier im Schacht fing man ohne Namen an, war der Neue und blieb es, bis der nächste Neue kam, es sei denn, man erhielt vor der Zeit einen Spitznamen.

Büdner hatte seinen Spitznamen, als man erfuhr, daß er im Schacht anfangen würde. »Achtung!« hieß es. »Der HELDENMACHER kommt auf uns!« Noch maulten die meisten Bergleute, weil man ihnen die Förderleistung unter »heimlicher Beihilfe« beflissener Kollegen heraufgesetzt hatte. »Mußtet ihr das hinterrücks machen?« warf Häuer Sastupeit dem Parteisekretär Kleinermann immer wieder vor.

»Hätten wir eine Bekanntmachung ans Schwarze Brett schlagen und euch um die Erhöhung der Förderung bitten sollen?« fragte Kleinermann.

»Mit uns reden hättet ihr sollen, mit allen«, sagte Sastupeit. »Statt dessen habt ihr heimlich Kollegen beiseite genommen und habt sie sozusagen bestochen.«

Lope Kleinermann hatte keinen leichten Stand, auch bei seinen Genossen nicht, sogar das Wort »undemokratisch« fiel von Zeit zu Zeit. Jetzt nun kam der Mann zu den Bergleuten herunter, der die Fanfare geblasen hatte, als die »Helden« Kimme und Liebmann der Belegschaft, wie gesagt wurde, in den Rücken fielen, und sie glaubten nicht, daß der Fanfarenbläser auf Grund einer Parteistrafe in den Schacht versetzt worden war. Ganz gewiß sollte der sich einarbeiten und danach einen neuen Rekord aufstellen, zumindest aber etwas für die Zeitung »ausschnüffeln«. Das VOLKSBLATT war nicht so beliebt, wie sie es sich in der Redaktion eingebildet hatten, zumindest die Kreisseite nicht, und die Volkskorrespondenten hatten es in manchen Betrieben nicht leicht. Nun sollte Büdner das am eigenen Leibe erfahren.

Sastupeit und Kolosche gingen grußlos davon. Büdner setzte sich nachdenklich auf einen Stoß Strebhölzer, sog an seiner Tabakspfeife und wartete auf seinen zweiten Mann.

Hier unten war die Welt nur so weit, wie es die pflaumenkerngroße Mandel der Karbidlampenflamme zuließ, und was sie nicht erhellte, blieb unbekannt, war nur zu ahnen, und es gab dort vielleicht Löcher, durch die man in eine noch tiefere Tiefe stürzte, wenn man in sie hineinfiel. Alles unerkennbar, wie deine Zukunft, dachte Büdner.

Endlich kam der zweite Mann, sein Haar war ergraut, fast weiß, sein Magyarenbart war schwarz. Büdner erhob sich und grüßte. Der Mann beachtete ihn nicht. Büdner nannte seinen Namen. Der Mann spuckte aus. Büdner tat, als sähe ers nicht. »Aber ich muß dich doch irgendwie anreden«, sagte er.

»Du hast hier nichts zu reden«, sagte der Mann, und erst am Abend erfuhr Büdner von seiner Wirtin, daß sein Arbeitskollege Risse hieß und nebenan wohnte.

Es gab ein Loch im Flöz, und das sah aus wie der Querschnitt durch ein Grab. Büdner kroch hinein, fing an mit der Spitzhaue um sich zu schlagen, wie er es damals bei Kimme gesehen hatte, und deckte sich in seiner Eingezwängtheit alsbald mit losgehackter Kohle zu. Risse saß mit unbeweglichem Gesicht auf dem Strebholzhaufen und beobachtete ihn.

Büdner geriet in schwarzen Schweiß und atmete mit offenem Munde. Sein Schlund wurde rauh. Die Zeit rann langsam wie dickes Öl durch einen engen Flaschenhals.

Risse stand auf, stellte sich vor Büdner hin und befahl: »Raus!«

Büdner ächzte sich aus dem Grab. Risse nahm ihm die Haue ab, stieg ein, legte sich auf die Seite und begann unhastig und umsichtig zu hacken. Die Kohlenstücke, die er loshieb, rutschten aus dem Grabeloch und kullerten Büdner vor die Füße.

»Weg!« brummte Risse wie aus dem Jenseits.

Büdner schaufelte die Kohle in einen Hunt, schaufelte hastig und schaufelte, schwitzte, wischte, und es dauerte lange, bis der Hunt gefüllt war, dann schob er ihn aus dem Querschlag zur Schurre, leerte ihn dort und schob ihn wieder zurück vor Ort. All das brauchte ihm glücklicherweise niemand zu zeigen.

Er kam mit dem geleerten Hunt zurück an die Grabstelle. Der Kohlenhaufen war wieder angewachsen. »Weg!« brummte Risse wieder aus dem Jenseits, und Büdner schippte, schippte und keuchte; in seinen Handflächen wuchsen Wasserblasen.

Aus dem Nachbarquerschlag kam der Schlepper Rurat und grüßte. Büdners Rachen war voll Kohlenstaub. Sein Widergruß war nur ein Krächzen. Der lange Rurat hatte eine gespaltene Unterlippe. Er sah auf Büdner herab wie auf einen Wurm. »Wenn hier gegrüßt wird, wird hier gedankt«, sagte er und beglückwünschte Risse höhnisch zu seinem neuen Schlepper. Dann ging er wieder, ging um Büdner herum wie um einen Haufen stinkenden Drecks.

Büdner hatte keine Zeit, sich beleidigt zu fühlen. Er schippte, schippte, schwitzte und wischte. Früher, als »Normalmensch« und Redakteur, hatte er die Zeit am Wachsen des Stapels redigierter Berichte auf seinem Schreibtisch gemessen, jetzt maß er sie am Wachsen der Wasserblasen in seinen Handinnenflächen, am Abnehmen seiner Kräfte und an der zunehmenden Anzahl seiner Verschnaufpausen.

Wann kam die Vesperpause? Wann kam die Erlösung? Erlösung – ein Wort, mit dem er als Zeitungsschreiber geaast hatte: Erlösung aus der Knechtschaft; Erlösung von der Geißel des Kapitalismus; Erlösung vom Stumpfsinn der Schwerarbeit, all diese Begriffe waren ihm hurtig aus der Schreibmaschine gesprungen, er hatte mit ihnen journalistisch jongliert, ohne in ihre wirkliche Bedeutung einzudringen. Für ihn würde jetzt ERLÖSUNG der Augenblick sein, in dem sich Risse aus dem Grab wälzte.

Endlich kam dieser Augenblick. Risse wälzte sich aus seiner Grube, stand, tat zwei Schritte, langte seinen Rucksack vom Streb und ging nach nebenan, zu Rurat, vespern.

Büdner setzte sich, wo er stand. Alles ringsumher flimmerte. Er sah den Faun im Halbdämmer auf dem Strebholzhaufen sitzen und hörte dessen Gekecker: »So sieht der Sozialismus von unten aus!«

Büdner warf mit letzter Energie seine Schaufel nach der keckernden Fratze. (»Mit letzter Energie« – wie oft hatte er das sonst in seinen Artikeln geschrieben, ohne sich groß was dabei zu denken!) Der Faun verschwand. Büdner ließ sich auf die Strebhölzer fallen. Sein Atem ging rasselnd. Er fühlte sich wie zerquetscht. Wie oft hast du vom »Heldentum unserer Bergleute« geschrieben, dachte er, und hast ihnen erhabene Gedanken unterstellt, weil du naiv glaubtest, du würdest ihre Kameraden damit zu höheren Produktionsleistungen anfeuern. Wie kindlich das! Der Bandwärter Kinzer aus der Brikettfabrik ROTE SONNE fiel ihm ein, der hatte innerhalb einer Woche zweimal vierundzwanzig Stunden durchgearbeitet. Volkskorrespondent Grienäppel hatte darüber berichtet, Büdner aber war der Bericht nicht effektvoll genug erschienen, er polierte ihn ideologisch auf und schrieb, Kinzer hätte die »Mammutschichten« gefahren, um seinen Friedenswillen zu bekunden. Kaum aber war der Bericht erschienen, kam Kinzer in die Redaktion und beanstandete ihn: Seine Frau hätte ohne sein Wissen eine neue Küche gekauft und nur zur Hälfte bezahlt; er könne Schulden nicht leiden, deshalb hätte er zwei Schichten gefahren.

»Und für den Frieden bist du nicht?« hatte er, Büdner, Kinzer gefragt und hatte den in Verlegenheit gebracht und politisch geängstigt, so abgefeimt war er schon gewesen, der liebe Kreisredakteur Büdner, so geschickt wußte er sich schon in seinem Fache der politischen Demagogie zu bedienen.

Und wie oft hast du geschrieben, daß den Bergarbeitern ihre Arbeit unter Tage jetzt leichter fällt, dachte er, daß sie sie mit größerem Eifer und Elan betreiben, weil sie wissen, daß die Gruben nun ihnen und nicht mehr den Grubenherren gehören. Wie kindlich, wenn er das an seinem jetzigen Zustand maß!

Er hatte keine Lust auf Vesper und Essen. Es tobte in ihm, und er verhöhnte sich: Versuchs selber, probiers jetzt, ob dir eine

Schaufel Kohle leichter wird, wenn du dir bewußt machst, daß sie dem Volke gehört! Er spürte Brechreiz und steckte sich den geschwärzten Zeigefinger in den Schlund, doch er erbrach nicht; es war der Kohlenstaub, der da reizte und würgte. Er wollte trinken und versuchte aufzustehen, um an seinen Rucksack zu kommen. Beim Aufstehen sank er nach hintenüber und lag nun lang auf den Strebhölzern. Noch ein bißchen abruhen, dachte er und wußte mit eins, weshalb Wummer die Arbeit im Tiefbau für die härteste Strafe hielt, die einen Genossen treffen konnte. Jetzt wußte er, weshalb Wummer alles tat, was man ihm in seiner Funktion abverlangte, auch Unsinniges, damit er im Parteibüro bleiben konnte.

Er machte den zweiten Versuch, an seinen Rucksack zu kommen, und er kroch mehr, als er ging, dorthin, trank Gerstenkaffee und fing wieder an zu schwitzen.

Jetzt haben sie dich wohl kirre, dachte er. Ach, was warst du dumm, als du die Erleichterung ausschlugst, die dir Reinhold aus der Ferne anbot, die Erleichterung, über Tage zu arbeiten. Jetzt kriechst du nach vorn, dachte er, jetzt steigst du in den Tag und verlangst die Arbeit, die dir Bezirkssekretär Steil zudachte, jawohl, Bezirkssekretär Reinhold Steil, mein ehemaliger Schwager, verstanden!

Es fiel ihm ein, daß er am Querschlag vorüber mußte, in dem Rurat und Risse vesperten. Du wirst kriechen, dachte er, sie werden dich nicht sehen. Er setzte die Kaffeeflasche an, trank sie leer und fing an zu kriechen...

Über Tage wars herrlich. Regen kühlte ihm das Gesicht; er drehte seine zerschundenen Handflächen dem Regen zu; die Tropfen verzischten auf ihnen, und davon erwachte er: Er war beim Vorwärtskriechen ohnmächtig geworden. Jetzt hatte Risse ihn herumgewälzt, stand über ihm, goß ihm Kaffee aus seiner grauen emaillierten Flasche ins Gesicht und sagte ungeduldig: »Na, Mensch!«

Büdner rappelte sich langsam auf. Er wußte nicht, ob es angebracht war, sich zu bedanken. Risse arbeitete schon wieder im Loch. Kohlenklumpen rollten auf Büdner zu. Er nahm die Schaufel wieder. Seine Glieder waren wie eingerostetes Gestänge. Er verfluchte seine verweichlichten Redakteurshände und knirschte mit den Zähnen.

Als er den ersten Hunt nach der Vesperpause gefüllt und abgekippt hatte, lösten sich seine verkrampften Muskeln, und das Brennen in den Handflächen ließ nach. Von da an arbeitete er gefühllos und ohne Hast, tick-tack, tick-tack, wie ein Uhrwerk. Er hatte den Behälter angezapft, aus dem Schamanen und Fakire, auch der Mann, der zweiundfünfzig Stunden Klavier spielt, ihre Kräfte bezogen. Er war auf das Faß gestoßen, aus dem sich die Genies dieser Erde mit Kräften versorgten, war an die Kraftquelle herangekrochen, aus der sich Reinhold und alle, die man auf Erden folterte und foltert, Kraft antranken und antrinken.

Er blieb bei Kräften bis zum Schichtschluß, zog sich die eisernen Fahrten hinauf, stieg oben aus dem Dach des Häuschens; der Dezemberwind fuhr ihm ins Gesicht, und sein Kräftewunder zerfiel. Er warf sich in der Nähe des Einstieghäuschens ins Heidekraut. Die Wasserblasen in seinen Handflächen waren geplatzt, das rohe Fleisch an den Fingerwurzeln war mit Kohlenstaub überpudert. Er sah sichs an, schüttelte leise den Kopf, blies seine Lampe aus, legte sich, sah hinauf zum abnehmenden Mond und schlief ein.

Kurze Zeit darauf stieg ein anderer Bergmann aus der Luke am Dach des Häuschens, ein großer Kerl, eine jener Gestalten, von denen man nur die Gräber kennt, ein Hüne, und der atmete tief, als wollte er den Nachthimmel mit all seinen Sternen einsaugen, und ging zu einem Birkenstamm. Dort klopfte er die milchblaue Karbid-Asche aus seiner Grubenlampe, füllte neue Karbidstücke nach, schraubte die Lampe wieder zu, gab Wasser auf das Karbid und zündete die Lampe wieder an. All das tat der Mann bedachtsam, und eine Handbewegung folgte der anderen, und er hob die Lampe an und sah noch einmal in die Runde und sah Büdner im Heidekraut liegen, erkannte ihn und wußte, mit wem er es zu tun hatte, stellte die Lampe zur Seite und schüttelte den schlafenden Büdner, schüttelte und rüttelte. »Tuck hier nich rumliegen«, sagte er, »du erfrierscht uns ja!«

Büdner erwachte und entschuldigte sich, wie ein Sohn bei seinem Vater, weil er verschlief. Er wollte aufstehen, aber seine Beine verhielten sich wie künstliche Glieder und wollten ihm nicht gehorchen.

Da hob der Mann Büdner auf, stellte ihn auf die Füße und schob ihn sanft vorwärts. Auf dem Heidekraut glitzerten Frostkristalle im Mondlicht, und langsam, langsam wich die Steifheit aus Büdners Gliedern, er sah sich nach dem langen Mann um, der ihn behutsam dirigierte, und dachte an das Märchen vom Schutz-Engel.

Mehr als eine Stunde verging, bis sie Büdners Quartier erreichten. Dort hob der Hüne seine Lampe und sagte: »Zeig deine Hände!« Büdner wies seine Hände vor.

»Tuck drauf pissen, bevor du dir umlegst!« sagte der Mann.

Büdner dankte für Hilfe und Rat, der Mann pochte an die Tür und wartete, bis geöffnet wurde.

Hoch über allem stand der ausgesterntte Dezemberhimmel, unter dem jetzt nach dem Glauben der sorbischen Kinder die Engel an den Weihnachtsfreuden für die Menschen webten.

22
Büdner soll seine wunden Hände mit Dachsfett behandeln, behandelt sie aber mit eigener Tinktur; seine Dichter-Antennen fahren wieder aus; er wird von seinem Arbeitskollegen für den Abgesandten einer ausländischen Stadt gehalten.

Büdner war Kostgänger bei der Bergmannswitwe Lenka Meura. Sie bewohnte die linke Hälfte eines Doppelhauses (links von der Straße aus gesehen), in der rechten Haushälfte wohnte Risse.

Lenka Meura war klein, Holzpantoffelnummer fünfundzwanzig, trug verwaschene Kleider, an Wochentagen einen Sackschurz und an Sonntagen eine gesteifte Blaudruckschürze. Vor dreißig Jahren war Lenka glitzernd und glatt gewesen, eine Handvoll Hübsches in Haus, Hof und Garten. Aber die Zeit vergeht, weil die Sterne verglühn, und der Mensch verblüht. Jetzt hatte Lenka nur noch sechzehn zierliche Fledermauszähne, die sie zeigte, wenn sie lachte; wenn sie zürnte, bekam sie putzige Augen, und es fiel ihr eine Haarsträhne über die Stirn.

Lenkas Mann hieß August. Er verunglückte im Schacht. Hose, Jacke und Schuhe, die er daheim getragen hatte, lagen nutzlos in der Kammer umher. Lenka ließ sie ihrem Kostgänger Büdner ab. »Hier hast du das Zeug, gib zehn Mark und sei zufrieden!« Lenka war froh, wieder einen Mann, Grubengeruch, Hosenträger, Tabakqualm und männlichen Schutz im Hause zu haben.

Die Leute im Braunkohlentiefbau unterhöhlen das Erdreich und bewahren es mit Hölzern und Streben vor dem Zusammensinken, solange dort unten noch Kohle zu ernten ist. Aber das Wasser rinnt bergab, und das Erdreich drückt auf die Höhlen, und beide tuns nach dem gleichen Gesetz. Nicht immer verhält sich das Erdreich, wie es die kleinen Menschen wollen, zuweilen macht es sich selbständig, seine Schwerkraft siegt, Stempel und Stützen brechen, wenn die Bergleute noch ahnungslos im Stollen arbeiten.

Wenn sich das Erdreich ruhig verhält, seinen Willen anscheinend zurückstellt, bis die Bergleute Stützen und Streben entfernen, nennen die Unterirdischen das »einen Bruch schmeißen«. In einem fast ausgekohlten Stollen erntet sich die Kohle wunderleicht, aber wer dann noch erntet, setzt sein Leben aufs Spiel; immer mal wieder tut das einer, und wer es tut und unter Lebensgefahr auskohlt, den nennen die Finkenhainer halb bewundernd, halb verächtlich einen RÄUBER.

August, der Mann von Lenka Meura, wäre beim Räubern umgekommen, hieß es, doch wenn Lenka es hörte, drohte sie dem, der es sagte, mit Gericht; sie wollte nicht dulden, daß August nach dem schwarzen Tode, den er hinnehmen mußte, noch verleumdet werden sollte. Aber beweisen, daß August kein Räuber gewesen war, das konnte Lenka auch nicht.

»Ich mußte aus den Hosen und hockte im Seitenstreb, und da gings wumm-bumm! Ich die Hosen hoch und nach nebenan, aber wie ich vor Ort bin, ist kein August mehr da«, erzählte der Schlepper Duschke, der zuletzt mit August zusammengearbeitet hatte. Ein Bruch war »eigenmächtig« niedergegangen, und August war verschüttet worden. Man suchte tagelang nach ihm, aus Mitleid mit Lenka, die über Tage wartete und weinend in einer Haspelbude saß, doch es wurde immer gefährlicher, nach dem Verschütteten zu suchen, und schließlich mußte man aufhören, sonst wären noch andere »verschüttgegangen«.

»Lenka, hör auf mit Weinen, so ists auf der Welt: Es hat ihn getroffen, den August, das Bergmannslos.«

Nein, Lenka konnte nicht beweisen, daß ihr August nicht geräubert hatte, ebenso konnte niemand beweisen, daß er räuberte. Nun lag er schon einige Jahre draußen, weit draußen vor dem Dorf, in einem tieferen Grab als alle anderen Gestorbenen, auf dem Friedhof stand nur sein Leichenstein und bewies, daß auch Tote etwas besitzen, einen Stein für eine Weile.

Lenka Meura kannte sich in durchschnittlichen Bergmannsseelen aus und übernahms, für Büdner zu kochen, zu waschen und zu flicken. Am Morgen nach seiner ersten Schicht sagte sie zu ihm: »Deine Hände zeig mir!«

Er zeigte ihr seine Hände. Sie bejammerte ihn nicht. »Da müßte Dachsfett drauf«, sagte sie, »doch man kann auch mit etwas anderem einreiben.«

Büdner hatte diese Tinktur bereits benutzt.

»Gut, sparen wir das Dachsfett«, sagte Lenka. »Wer hat dir gesagt, daß man Seiche nehmen kann?«

Büdner beschrieb ihr den Mann, der es ihm gesagt hatte.

»Das war Friede Zaroba«, sagte Lenka, »ein durch und durch guter Mensch. Auf den sollst du horchen, will ich dir sagen!«

Der zweite Arbeitstag ging auf. Es war schlimm mit Büdners Knochen. Auf dem Wege zum Schacht schnitt er sich einen Birkenstab und benutzte ihn als Gehstock; erst in der Nähe des Einstieghäuschens warf er ihn weg und kletterte mit Weh und Ach, Geächz und Gestöhn die Fahrten hinunter.

Vor den Männern der Frühschicht, die sich wieder zum Abgang fertigmachten, richtete er sich auf, strämmte sich und täuschte. Die Männer, die ausgemacht hatten, den HELDENMACHER zu schneiden, versuchten wiederum, stumm zu sein, zu schweigen wie Sägeböcke. Das eine ist ein Beschluß, und das andere sind die, die ihn einhalten wollen, und wieder was anderes die, die ihn einhalten sollen, pflegte Simos auf der Ägäer-Insel zu sagen. Kolosche besah Büdner von oben bis unten, er erkannte August Meuras Jacke und Hose und sagte: »Sieh dir vor mit 'm Zeug vom Toten!«

Büdner war froh, daß jemand mit ihm sprach und ihn mündig machte. »Steckt der Tod in Jacken und Hosen?« fragte er.

»Pest, Pocken und Schwindsucht, auch Augusts Räuberei«, sagte Kolosche.

Büdners Häuer Risse blieb weiter unwirsch und stumm, wies mit dem Daumen über die Schulter auf das Loch und sagte: »Rin!«

Büdner stieg ein. Er konnte jetzt stehen im Loch, hieb drauflos, und die Kohle purzelte. Ihm schien, als schaffte er mehr als am Vortage, aber für Risse war es zuwenig, im Grunde so gut wie nichts, denn er dachte an seinen Leistungslohn. »Raus!« rief er, als er eine Weile zugesehen hatte, »raus, raus, raus!«

Wieder fiel Büdner das Schaufeln schwer. Er wartete auf das Wunder vom Vortage. Jedes Wunder braucht seine Vorbereitung im Unsichtbaren, und so dauerte es auch hier seine Zeit, bis sich die Muskeln des Neulings entkrampften, die Schmerzen geringer, dann sachter wurden und wegblieben.

Die Schaufel rasselte; die Kohlenbrocken kollerten; Risse atmete pfeifend; die Haue pochte, aber kein menschliches Wort war zu hören. Büdner lauschte in sich hinein, und daß er das konnte und nicht mehr all seine Kraft, auch die Denkkraft nicht, in seine zerschrundenen Hände leiten mußte, daß ihm die Zeit bis zur Vesperpause ein wenig kürzer vorkam, schien ihm zu beweisen, daß der Bergmann in ihm wuchs; zwar war er noch klein und unbedeutend, doch er schien zu wachsen.

Zum Vespern ging Risse wieder nach nebenan. Als er zurückkam und seinen Rucksack am Streb aufhängte, fiel ihm sein Hut herunter. Risses weißes Haar erinnerte Büdner an den hellen Schopf seines Vaters, und er versuchte es noch einmal, war höflich, ächzte heran und hob Risses Hut auf. Risse packte den Hut, warf ihn wieder zu Boden und nahm ihn dann selber auf.

Da war wohl nichts zu machen: Büdner schien in Risses Welt als Feind umherzugehen. Der Mensch widerspiegelt sich vielfältig in seinen Mitmenschen, und für jeden ist er ein anderer, wie Simos auf der Ägäer-Insel sagte. Vielleicht war bei Risse schon Wahnsinn im Spiel? Zu normalen Zeiten hätte Büdner die edle Neugier getrieben, das Wesen seines Arbeitskollegen zu ergründen, aber es waren keine normalen Zeiten; noch ging er wie ein Kurzsichtiger durchs Bergmannsleben und benötigte seine Kräfte, um seine Glieder unter Gehorsam zu zwingen und um winzige Gedankenwellen zu erzeugen, die sich auf ihn, auf seinen jammervollen Körperzustand bezogen. Außerdem versteckte sich Risse vor ihm und richtete es so ein, daß sie einander nach der Schicht nicht begegneten, obwohl sie nebeneinander in einem Doppelhaus wohnten. Erst vor Ort trafen sie sich wieder, als kämen sie aus verschiedenen Weltteilen.

Die langen Vorweihnachtsabende waren da. Lenka saß am Ofen, strickte und dachte an die Abende mit August am Stubenofen und wie es gewesen war, wenn der Mann ab und zu mit der Zeitung raschelte und zu ihr hinübersah. Sie dachte wehmütig an die kleinen Zänkereien um Schnaps, Sauerkohl oder Ziegenkäse. »Setz dir her und wärm dir das Kreuz!« sagte sie zu Büdner.

Büdner war leicht zu verführen; er hatte weder Lust zum Schreiben noch zum Lesen. Er setzte sich zu Lenka, fuhr der schnurrenden Katze übers schöngelbe Fell, ließ Lenka plaudern und hörte ihr zu.

»Jungs hatten wir zweie«, erzählte sie. »Beide im Kriege gefallen; der eine im Osten, der andere im Westen. Geweint hab ich, geheult, mindestens einen Eimer voll Tränen, getröstet hat mir nur, daß andere Frauen Tote in vier Himmelsrichtungen zu beweinen hatten, denk mal bloß! Die Jungs hätten auf August horchen sollen, die verfluchten Kerle!« Lenka stampfte noch jetzt zornig mit den Füßen, wenn sie an die ungehorsamen Jungen dachte. »August hat gewollt, daß sie mit ihm in den Schacht gehen. ›Auch im Kriege werden Kohlen gebraucht‹, hat er gesagt, ›im Kriege erst recht.‹ Die Bengels, sie haben nicht und nicht auf ihn gelauscht, will ich dir sagen. In die

Glashütte sind sie gerannt. Beide warn Meister da, aber in' Krieg mußten sie doch. Die Oberen denken sich allemal was aus, mit was sie die Unteren in den Krieg kriegen. Für seinen Kaiser und sein Vaterland muß er in den Krieg, haben sie meinem Vater gesagt. Für Groß-Deutschland solln sie marschieren, haben sie unsern Jungs gesagt. Nu höre ich, sollen sie für den Frieden in den Krieg ziehen.«

Büdner hätte aufspringen und argumentieren müssen, aber er war zu müde, er war ein Hautsack voll schmerzender Knochen und Muskeln, und gelogen hatte Lenka ja eigentlich nicht, nur daß das Bergwerk auch keine Bewahr-Anstalt war, wie Augusts Tod bewies.

Langsam, langsam gewöhnte er sich ein: Die Haut in seinen Handflächen fing an lederig zu wuchern; er war noch kein Aktivist, doch so viel schaffte er, daß Risse nicht mehr um seinen Leistungslohn zu fürchten brauchte. In der Nacht-Brotpause, die keinen Namen hatte, weil man sie weder »Frühstück« noch »Vesper« nennen konnte, fuhr er zuweilen schon ein wenig seine Dichter-Antennen aus. Er hatte keine Gewalt über sie, und niemand hat diese immateriellen Antennen je gesehen, aber viele hatten sie mit guten oder schlechten Nachrichten versorgt, viele hatten sie mit weichen und groben Wellen bedrängt: Überhalb der Erde, dachte er, werden sie sich jetzt vergnügen, werden tanzen und trinken, zeugen und gebären und nicht ahnen, daß du unter ihnen die Erde aushöhlst. Eines Tages wirst du zu den Mitverursachern eines kleinen Erdbebens gehören, weil die unterirdischen Räume, die du jetzt anlegst, zusammenstürzen werden. Die Erde wird beben bis nach Kohlhalden hinein. Ein gewisser Wummer wird vielleicht erwachen und beten, ohne sich bewußt zu werden, daß er aus der Kirche ausgetreten ist, und daß es sich bei diesem Beben um die Endsumme der »erhöhten Produktivität« handelt, zu der er Tag für Tag aufrief.

Der Gedanke belustigte ihn. Er gestand sichs ein. Obwohl er sich schuldig fühlte, verzieh er seinem Hauptkritiker und -schmäher nicht auf Anhieb, er war kein ausgereifter Gottessohn.

In der dritten Arbeitswoche blieb Risse zur Vesperzeit bei Büdner, setzte sich auf den Strebholzhaufen, tat seinen Hut herunter, biß vom Brot ab, trank Gerstenkaffee und sagte zum ersten Male einen vollständigen Satz: »Zum Rekordmachen, sehe ich, haben sie dich nicht hergeschickt, wozu also?«

Büdner war überrascht und antwortete im parteigefälligen Zeitungsstil: »Ich habe das Ansehen der Partei geschädigt. Sie schickten mich zur Arbeiterklasse in die Lehre.« Risse verzog sein Gesicht ob dieser geschraubten Rederei. Büdner bemerkte es und sagte: »Kurz gesagt, ich hab nicht gut getan und mußte meine Strafe haben!«

Risse fragte nichts mehr. Erzähl, was du willst, bei euch fällt keiner von oben nach unten, umgekehrt hab ichs öfter erlebt, mochte er denken und zog sich in sein altes Schweigen zurück, und »Rin! Raus!« und »Weg!« waren mehrere Schichten lang die einzigen Äußerungen, die Büdner von ihm zu hören bekam, doch in den Frühstücks- und Vesperpausen blieb er jetzt vor Ort, aß sein Brot und trank aus seiner emaillierten Blechflasche.

Eines Tages breitete sich beim Vespern Spiritusgeruch aus. Risse behielt den Hut bei der Mahlzeit auf, trank eifrig aus der emaillierten Flasche, glühte und fing an zu fragen: »Ist Moskau wirklich eine so schöne Stadt, wie man erzählt, oder ists nur Gerede?«

Das also war der zweite vollständige Satz, den Büdner von Risse zu hören bekam. »Ich war nie in Moskau«, antwortete er, »ich kann dirs nicht sagen!«

»Ja, wenn man nicht dort war, war man nicht dort«, sagte Risse, doch er glaubte Büdner nicht. Er trank, kaute und fragte nach einer Weile weiter: »Der Berg, auf dem das Schloß steht, das sie ›ihren Kremel‹ nennen, wie hoch ist der?«

»Ein Hügel allenfalls«, erwiderte Büdner. Das wußte er von Ansichtskarten her.

Für Risse stand fest, daß Büdner Moskau kannte. Sie haben ihn dir hergetan, er soll dich aushorchen, aber ich werde ihn balbieren, dachte er und sagte: »Ich kann sie eigentlich gut leiden, die Russen. Sie sind dir so zugetan, küssen dir mal von rechts und mal von links, wenn du ihr Freund bist; und wie zärtlich sie

239

erst zu den Frauen sind!« Risses Stimme fing an zu zittern, er weinte. Rätselhafte Tränen! Büdner wagte nicht, sich nach ihrem Grund zu erkundigen. Was sollte es nutzen? Der knurrige Risse, er würde sich niemals erklären.

Am Abend saß Büdner wieder am warmen Kachelofen, »plättete sein Kreuz«, wie Lenka das nannte, dachte an Risses rätselhafte Fragen und erinnerte sich an den Spiritusgeruch, der die Fragen einhüllte.

Ach ja, er wäre schon gern einmal nach Moskau gefahren, um dort umherzugehen, über die Kremlmauer zu lugen und nach dem Fenster zu spähen, hinter dem die ganze Nacht, wie es hieß, Licht brannte, weil dort einer saß und arbeitete, den die Dichter den »weisen Vater« nannten, das Väterchen, das dafür sorgte, daß keiner Taube in Moskau etwas geschah.

In Büdners Vorstellung stand die Universität, jener Wolkenkratzer, den man dem Herrn Lomonossow geweiht hatte, mitten in der Stadt. Er wollte auch dort hingehen und sich auf eine Bank in den Grünanlagen setzen, wollte all die tausend Fenster des großen Hauses beobachten; vielleicht würde er Glück haben, vielleicht würde zur gleichen Zeit eine Frau auf ihn heruntersehen, eine Frau, die er kannte, die ihn aber nicht erkennen würde von dort oben, eine Frau, für die er nur ein Punkt auf einer Bank sein würde.

Das Foto, das Rosa ihm geschickt hatte, fiel ihm ein, der Satz, der auf der Rückseite stand: »Wir verfolgen alles.« Also würden sie auch wissen, daß er nunmehr ein Parteistrafling war.

Der Abend war mondig und ausgesternt. Lenka Meura rumorte noch auf dem Hofe, schimpfte mit den Hühnern und stakte sie mit einer Stange vom Apfelbaum; sie sollten in den Stall, aber sie wollten nicht; es gab dort Ungeziefer. »Wenn sich die Absichten von Mensch und Tier gegenüberstehen und der Mensch seine Absichten durchsetzt, haben wir noch heutigentags mit Darwinismus zu tun«, lehrte Lehrer Klarwasser in der Schule. Lenka trieb also eifrig Darwinismus in der Mondnacht, setzte ihre Absicht durch, jagte die Hühner zum Ungeziefer in den Stall und trat an den Bretterzaun, der den Risse- vom Meura-Hof trennte. In den Zaunbrettern gabs Astlöcher, eines war

Lenkas Spähloch, und um es zu erreichen, hatte sie drei Mauersteine zu einer Fußbank übereinandergepackt: Bei Risse war es dunkel, er war nicht daheim.

In der Stube wischte sich Lenka die rechte, vom Umrühren der warmen Ziegentränke gerötete Hand am Sackschurz ab: »Risse ist weg!« sagte sie. »Er säuft Quartal nämlich.«

»Erzähl mir von Risse«, bat Büdner, schüttelte sich und stopfte braunes Tabakgekräusel in den Kopf seiner Pfeife.

»Schaurig und allein lebt er, seine Frau ist nicht tot und nicht lebendig, ist verrückt, denk mal bloß! Sie steckt in einer Anstalt, ›geistig umnachtet‹, wie die feineren Leute sagen. Manchmal hält sie sich für ein junges Mädel und nennt sich Fräulein Koschke, wie sie früher hieß. ›Wenn Sie mir wollen‹, sagt sie zu ihrem Risse, ›wenn Sie mir nehmen wollen, reden Se mit mein' Vater!‹

Und der Risse sagt: ›Marta, besinn dir, du hast mir doch schon!‹

Aber die Rissin kann sich nicht entsinnen, sie hats vergessen. Wenn du paar Jahre so 'n Theaterspiel erlebst, mindestens bei jedem zweiten Besuch, wie der Risse es erlebt, will ich dir sagen, denn färbt das ab; es kollert auch schon bei ihm, besonders, wenn er säuft.

Ich besorg ihm die Wäsche, trag ihm manchmal Suppe hin und frag ihn: ›Bist du noch böse auf unsern August?‹ frag ich, weil, ich kann nicht leiden, wenn jemand mit August böse ist. Letztens fragt ich ihn wieder, und er schüttelte den Kopf: ›August kann grinsen, der hat seine Ruhe; ich muß das auch schaffen!‹ sagt er mir.

›Wehe, wenn du dir aufhängst, alter Saufkerl‹, sagt ich ihm.«

Was Lenka erzählte, war nur die Hälfte von Risses Geschichte. Es gab noch eine Vorgeschichte, über die niemand sprach: Risse schimpfte fort und fort auf die Russen, deshalb wollte im Schacht niemand mehr mit ihm arbeiten.

»Sagt bloß nicht immer ›Russen‹ und ›Russen‹, es handelt sich um Sowjetsoldaten, um unsere sowjetischen Freunde«, sagte Sekretär Kleinermann zum Genossen Franz Duschke, aus dessen Gesicht, wie eine Sitzstange am Starenkasten, stets eine Zigarre ragte.

»Ich weiß, ich weiß«, sagte Franz Duschke, »und in einer Versammlung wirst du einen so unflätigen Ausdruck wie ›Russen‹ auch nicht von mir hören.«

Risses Russenhaß fiel nicht wie Tau vom Himmel, aber niemand sprach mehr von seinem Ursprung. »Zu gefährlich!« sagte Franz Duschke, um so eifriger aber sprach man über Risses »Böstaten gegen die Russen«.

Zwei Sowjetsoldaten kamen auf einem Motorrad ins Dorf und gingen ins Gasthaus, um etwas zu trinken. Risse sah, daß August Meura mit den Russen vor dem Tresen stand und mit ihnen anstieß. Er ging und ließ die Luft aus der Motorradbereifung der Militärmaschine und fing noch am gleichen Abend an, den bewußten Bretterzaun zwischen dem Risse- und dem Meura-Anwesen aufzustellen.

Ein andermal sah Risse auf einem Feldweg ein führerloses russisches Feldauto stehen. Die Sowjetsoldaten raubten in einem Obstgarten in der Nähe mund, holten sich ein paar Äpfel für die Weiterfahrt. Risse urinierte in den Benzintank des Autos und verschwand. »Die werden sich umgeguckt haben«, sagte er am nächsten Tag zu seinem Schlepper Arno Wittich, dem kleinen dunklen Kraftmenschen. »Vielleicht hocken sie noch auf dem Felde und können nicht weiter.«

»Schäbig!« sagte Wittich.

»Du kannst klug reden, dir haben sie nicht ...«

»Sei still, verschon mir!« unterbrach Wittich und ließ Risse allein vor Ort.

Ein andermal setzte Risse die Manövermarkierungen um, die sich sowjetische Soldaten in den Wäldern um Finkenhain aufgestellt hatten. Es hätte geschehen können, daß sowjetische Panzer auf die Bruchfelder der Finkenhainer Grube gefahren wären. Damals wurde Risse für einige Tage abgeholt, man verhörte ihn, ließ ihn jedoch wieder laufen, nachdem man seine Geschichte gehört hatte, jene Geschichte, die niemand mehr hören wollte, weil sie nicht erzählt werden sollte. Risse aber hielt sich, nachdem man ihn wieder hatte laufenlassen, allmählich für »unverletzbar«.

Kleinermann hatte Risse mit Büdner zusammengespannt, weil er hoffte, der ehemalige Redakteur würde günstig auf Risse einwirken. Aber wie sollte das gehen? Vermutete der Sekretär, nachdem er Teile von Büdners Roman gelesen hatte, daß in dessen Mund eine Engelszunge steckte?

Risse hatte bereits, bevor Büdner eintraf, wieder eine kleine Sabotage hinter sich. Er hatte im Walde das Kabel eines manövrierenden sowjetischen Nachrichtentrupps mit der Axt durchgeschlagen. Weshalb führten die Russen das Kabel an einem Stubben vorbei, aus dem er Kien spellte! Er mußte ja zuhauen. Nun lauerte er auf die Nachforschungen, und er hielt Büdner für den Mann, der ihn stellen sollte.

»Früher hat er nie gesoffen, der Risse, denk mal bloß, nicht mal bei Hochzeiten und Kindstaufen!« sagte Lenka Meura. »Aber wie das denn war, gings los bei ihm.«

»Wie *was* denn war?«

»Nischt nicht!« Lenka schwieg. Was sie angedeutet hatte, bezog sich auf Risses Vorgeschichte, die niemand mehr hören wollte, weil sie nicht erzählt werden sollte. Niemand wußte mehr, auch Risse selber nicht, ob sein Quartal begann, wenn er sich von den Sowjets geärgert fühlte, oder ob er die Russen ärgerte, um zu seinem Quartal zu kommen, und dieses Mal, von dem die Rede ist, gings so vor sich:

Er fuhr, ungewaschen und wie er von der Arbeit kam, mit dem Fahrrad von Wirtshaus zu Wirtshaus. Am Nachmittag wars in den Wirtshäusern noch leer, und im ersten, das er betrat, ließ er sich einen »Cottbuser Korn« und ein Bier einschenken, verschluckte den Korn und goß das Bier mit geräuschvollen Schlucken hinterher, blieb an der Theke stehen, wartete eine Weile und verlangte einen zweiten Korn und ein zweites Bier, trank, wartete und verlangte einen dritten Schub.

Als der Alkohol anfing zu wirken, sagte er: »Sie haben mir einen Spitzel hingetan!«

Der dürre Gastwirt verzog keine Miene, wandte sich ab und polierte Gläser.

Risse fuhr beleidigt ins Nachbardorf Eschholz, trank dort Korn und Bier und teilte der rundlichen Wirtin mit: »Bis jetzt haben sies nicht raus, aber sie haben mir einen Spitzel hingetan, doch ich geh ihnen nicht auf den Leim.«

Die Wirtin lächelte und sagte: »Es passiert allerhand auf der Welt. Hier in Eschholz hat der alte Fleischer die junge Hebamme geheiratet.«

Wieder fühlte sich Risse unverstanden, zahlte und fuhr weiter. Sein Fahrrad machte bereits große Kurven um kleine und kleine Kurven um große Dinge, und mit eins fuhr er gegen eine Birke, verbog sich den Lenker und schob sein Fahrrad nach Krautheim, aber auch dort ging man im Wirtshaus nicht auf ihn ein, da strampelte er mit seinem Fahrrad auf Finkenhain zu, und sein Hut rutschte ihm vom Kopf und kollerte davon. Er stellte das Fahrrad an einen Baum, beschlich seinen Hut, griff nach ihm, griff daneben, und es drehte sich alles um ihn her: Der Mond und die Sterne umschwirrten ihn wie Funken von einer Wunderkerze. Er setzte sich an den Straßenrand und klagte zum Mond: »Keiner will es hören, keiner, und du Lümmel hast sowieso kein Verständnis.«

Das letzte Mal kehrte Risse an jenem Abend in der Finkenhainer Gastwirtschaft ein. Dort hockte in der Schankstube auf einem leeren Faß neben der Theke der Postrentner Junkasch. Er saß dort täglich und lauerte auf gütige Freibierspender.

Risse verlangte Korn und Bier, trank, wurde gewahr, daß Junkasch auf dem Faß saß, und sagte: »Sie haben mir einen Spitzel hingetan, mit einem Spitzel muß ich arbeiten, bedenke!«

Junkasch sah sein Freibier heranblühen und sagte: »Einen Spitzel? Au, das ist schlimm! Ist schlimmer als ein Postkassenprüfer. Hab das erlebt: Zehn Mark zuviel in der Kasse, und sie fragen: ›Woher?‹ Zehn Mark zuwenig, und sie fragen: ›Wohin?‹«

Risse fühlte sich endlich verstanden und bestellte Korn und Bier für Junkasch, aber er wollte auch die Anteilnahme des Wirtes. »Hast du gehört?« sagte er. »Einen Spitzel haben sie mir hingetan!«

»Hör auf!« sagte der Wirt, verzog sein blaurotes Gesicht und sagte zu Junkasch: »Geh in die Küche!«

»Was soll ich in der Küche?«

»Man hat dir dort Eier ausgebraten«, log der Wirt.

Eier? Ja, das war was für Junkasch. Er ging mit dem Wirt in die Küche.

Risse stand allein vor dem Tresen, starrte auf das Regal mit den Schnapsflaschen, drohte, beschimpfte Junkasch, beschimpfte den Wirt und wankte hinaus.

Zu Hause schlief er eine Weile, stand auf, wusch sich, zog sich um und fuhr, erst halb ernüchtert, nach Rußstedt, um seiner Frau zu erzählen, was alle nicht hören wollten, nämlich daß man ihm einen Spitzel hingetan hatte.

---

23 Büdner hört die Erde auf ihrem Tropfenklavier spielen, vernimmt, daß sein neuer Arbeitskollege einen Drachen als Haustier hält, und erfährt von seiner Kostfrau ein Geheimnis, das jeder in Finkenhain kennt.

Büdner hockte vor Ort auf einem Strebholzstapel und wartete auf seinen Häuer Risse. Seine Dichter-Antennen, über deren Funktion er keine Macht hatte, fuhren schon forscher aus. Die Ereignisse in Kohlhalden hatten sie also nicht für immer beschädigt. Hier im Tiefbau war nun die Silberstadt im Lande Hirawathau, die ihm einst der zunehmende Mond gezeigt hatte, da er als Bäckerlehrling am Frühmorgen auf das Erscheinen der Gewerbepolizei zu passen hatte. Hier war Finsternis, nur der Schein seiner Grubenlampe verminderte sie um einige Quadratmeter. Vielleicht ist jedes recht geführte Menschenleben ein Flämmchen, das die große Weltfinsternis erhellt, dachte er. Es war still, und er hörte die schwarzen Wassertropfen aus dem Hangenden auf die Grundsohle fallen; schwere und leichte Tropfen, dumpfes Glucksen und helles Geklingel; die Erde spielte auf ihrem Tropfenklavier. Er schloß die Augen, und siehe, wieder hieß die Melodie wie damals in seiner Bäckerlehrzeit: Süssisingdudu, süssisingdödö – und wieder kam sie aus seinem Tief-Innen, wieder schien ein Quell aufgebrochen zu sein, doch statt der Schmetterlingskönigin, die damals gekommen war, erreichte ihn diesmal ein kräftiges Beben. Die Strebhölzer, auf denen er saß, kamen ins Rollen, und er war wieder diesseitig, war noch lange kein Heiliger, den nichts erschütterte. Man hatte in der Nähe seiner Arbeitsstelle »einen Bruch geschmissen«.

Eine halbe Stunde verging; von Risse war nichts zu sehen und nichts zu hören. Büdner erwog, nach vorn zu gehen und durchs Sprachrohr zu melden, daß sein Häuer fehlte, doch er stand schließlich davon ab; Risse konnte das bei seinem schwierigen Charakter für eine Denunziation halten. Es war ja möglich, daß er sich ausnüchterte und noch kam.

Also machte er sich allein an die Arbeit und war Häuer und Schlepper in einer Person, hackte Kohle los, füllte sie in Hunte, schob sie zur Schurre und kippte sie ab. Es gefiel ihm, einmal gelassen zu arbeiten, sich beim Hacken ohne Hatz die Struktur des Flözes anzuschauen; es gefiel ihm, mit der Schaufel zu experimentieren, sie unten am Kohlenhaufen anzusetzen und herauszufinden, daß die Kohlenklumpen durch ihr Eigengewicht aufs Schaufelblatt kollerten.

Und was ihn am meisten tröstete und ihm am meisten gefiel: Nun würde er endlich ein echter Proletarier sein, das rechte Bewußtsein würde ihm zuwachsen, der Kleinbürger in ihm erstickt werden. Endlich würde auch ein Rolling seine Freude an ihm haben können, an den er oft verstohlen dachte, weil der ihn mit den ersten marxistischen Faustregeln vertraut gemacht hatte. Rolling? Er stutzte. Wo war dem das »proletarische Bewußtsein« zugewachsen? Beim Betonstampfen? Das hatte er, Büdner, ja auch betrieben. Nicht lange genug, gewißlich. Aber wie lange waren sie denn alle, die ihm immer vorhielten, das »proletarische Bewußtsein« wäre nicht nur das A und O, sondern auch das Z des marxistischen Alphabets, wie lange waren sie echte Proletarier gewesen? Wummer zum Beispiel? Die Reihe ließ sich lang fortsetzen.

Wieder wurde »ein Bruch geschmissen«, diesmal ganz in seiner Nähe. Er erschrak, erschrak zugleich über seine ketzerischen Gedanken. Die Erde schien ihm zu zürnen: Er, der der

Partei mit seiner Unbeherrschtheit und seinem verfluchten Hang zum Dichten so viel Ärger gemacht hatte, wie kam er dazu, sich mit solchen Erhebungen über die soziale Herkunft vorbildlicher Genossen zu beschäftigen?

Er arbeitete die ganze Schicht über allein. Was kams ihm auf Lohn und Verdienst an? Die Erfahrungen, die er beim ruhigen Hinarbeiten machte, waren ihm wichtig.

Nach der Schicht ging er mit forschen Schritten durch die feucht-kalte Nacht, nicht nur, weil er in August Meuras dünner Arbeitsjacke fror, sondern weil er noch im Wirtshaus einkehren wollte. Es war das erste Mal. Sein Tabak war zu Ende gegangen.

In der Schenkstube war es dunkel, nur am Schankstock glühte eine dürre Lampe. Der Wirt spülte Gläser. Die Gläser klirrten leise, und Wasser schwappte. Auf einem leeren Bierfaß am Tresen saß, wie immer, die verblichene Postbotenmütze auf dem Kopf, der Postrentner Junkasch.

Büdner verlangte Tabak. Der Wirt tat, als hätte er nichts gehört. Büdner wiederholte seine Bitte. Der Wirt reagierte nicht. Junkasch schob seine Mütze nach hinten und kratzte sich den Strubbelkopf. »Du bist am Ende ein Ausländer«, sagte er zu Büdner. »Es ist hier kein Tabakladen nämlich, es ist eine Schenke. Hier trinkt man ein' Korn und ein Bier, bevor man Tabak verlangt!«

Die Wand-Uhr schlug. Sie hing neben der Theke. Ihr Zifferblatt war mit Klatschrosen bemalt. Sie gab blecherne Schläge von sich. »Lausche nur, lausch«, sagte Junkasch zu Büdner. »Es ist der Tod, der wetzt seine Sense. Auch du kommst dran und wirst es bereuen. Was hab ich nicht zwei Korn und zwei Bier bestellt, wirst du weimern.«

»Geh in die Küche!« sagte der Wirt zu Junkasch.

Junkasch rührte sich nicht vom Fleck. Büdner verlangte zwei Korn und zwei Bier. Junkasch stieß mit ihm an und sagte: »Hab ja gewußt, daß du es nicht warst, der Risse verpfiff.« Der Wirt kam hinter der Theke hervor, packte den alten Postboten beim Kragen und schleppte ihn in die Küche. Das gab Büdner zu denken. Er zahlte, steckte den Tabak ein und ging.

Im Meura-Haus wars dunkel, Lenka war schon zu Bett, auf

dem Stubentisch lag ein Zettel: »Kartoffeln stehen in die Röhre, Quark ist im Keller.« Neue Moden: Lenka verkehrte jetzt brieflich mit ihm. Auch das gab ihm zu denken.

Am Morgen goß Lenka ihm Kaffee ein, schnitt Brot und schob ihm die Marmelade hin, war schroff, war eckig, war kurz und war wortlos. Sie hatte die putzigen Augen an, und es hing ihr die bewußte Haarsträhne in die Stirn.

»Hast du was gegen mich?« fragte er.

»Eine Schande«, sagte sie, »daß ich so was zum Kostgänger hab! Ich hab dir gesagt, er säuft quartal. Ich hab dir gesagt, daß er kollerig ist. Ich hab dir gesagt, er schimpft auf die Russen, aber du gehst und verquatschst ihn oben.«

Büdner war bestürzt. Er schmierte sich zweimal Marmelade aufs Brot. Lenka entzog ihm den Marmeladennapf. Büdner versuchte sich zu rechtfertigen. »Er hat sie sogar gelobt, die Russen«, sagte er.

»Der Risse?«

»Ja«, sagte Büdner.

Nun hatte Lenka mehr als genug. »Der Risse hat die Russen gelobt? Nein, wie du lügst! Es wird mir wohler sein, wenn du dir eine andere Koststelle suchst, will ich dir sagen.« Lenka huschte nach draußen und ließ ihn sitzen. Das Marmeladenbrot schmeckte ihm bitter.

Wieder war er allein vor Ort. Nun mußte er es wohl melden, sonst würde er den Ausfall von Produktion begünstigen, er als Parteimitglied, und er ging und meldete durchs Sprachrohr Risses Fehlen, und nach einer Weile wurde ihm Nachricht, er möge sich gedulden, Lope Kleinermann bemühe sich um einen Ersatzmann für Risse.

Büdner hatte Kleinermann vor Tagen bei seiner Aufnahme in die Parteigruppe näher kennengelernt, als er, Büdner, in Üblichkeit seinen Lebenslauf aufsagte. Er hatte das so oft tun müssen, seit er in der Partei war, daß er ihn herunterleierte wie einst das Kindergebet: »Ich bin klein, mein Herz ist rein...« Immer wieder wurde er, besonders beim Eintritt in eine neue Gruppe, nach den Stationen seines Lebens befragt, und es war dabei zu jener Zeit vor allem Selbstkritik erwünscht, und es empfahl sich, »klein«, aber nicht »rein« zu sein. Ein Lebenslauf ohne Sünden war geschmacklos, undenkbar. Als Büdner in die Gruppe der Kreisleitung Kohlhalden aufgenommen wurde, hatte ihm gerade ein Mann wie Wummer, der, parteilich gesehen, nicht den allerreinsten Lebenslauf aufzuweisen hatte, die peinlichsten Fragen gestellt. Er hatte es erlebt: Ein Genosse, der nicht gewillt war, sich selber zu verkleinern, wurde ins Kreuzverhör genommen und »geschunden«, wie sie es nannten, bis der Gruppenneuling seine Lebensdaten durcheinanderbrachte und fast nicht mehr wußte, ob er noch existierte. Das war Wachsamkeit. Die Partei »neuen Typs« verlangte sie, und Büdner ertappte sich zuweilen selber unter den Kreuzverhörern; er wollte ein guter Genosse sein.

Beim Hinbeten seines Lebenslaufes vor der Bergwerksgruppe erwähnte er seine Theaterfahrten am Niederrhein.

»Da hast du also Theater für Imperialisten gespielt?« fragte der Genosse Paule Karnauke und steckte sich eine selbstgedrehte Zigarette zwischen die dicken Lippen.

»Ich glaube nicht, daß Imperialisten unsere Vorstellungen besuchten«, antwortete Büdner, »es sei denn, du hältst alle Menschen, die jenseits der Elbe wohnen, für Imperialisten.«

Die Antwort gefiel Karnauke nicht, sie zeigte zuwenig Bußfertigkeit.

Büdner erwähnte seine Parteistrafe. Der Häuer Sastupeit sagte: »Ich muß mir immer wieder wundern, daß man Genossen zur Bewährung in den Schacht schickt. Damit beurkundet die Kreisleitung, daß wir im Schachte Strafarbeiter sind.«

»Ich wollte hierher«, sagte Büdner. »Ich wollte jedenfalls, daß man mich hart bestraft. Wenn ich vielleicht auch nicht recht bei Sinnen war, als ich tat, was ich tat, so habe ich doch das Ansehen der Partei geschädigt.«

»Indem du die paar Klamotten von der Alten da zerkloppt hast?« fragte Karnauke. »Manche haben im Soff ganz andere Dinge zertrümmert und sind straffrei geblieben. Hat man dich nicht bestraft, weil du nach dem Westen wolltest, nach dem Westen?«

»Ich weiß nichts davon«, sagte Büdner.

»Aber du hast es doch Zwiebold gesagt, diese Nacht da«, sagte Kolosche, und der Kantinier nickte ihm ermunternd zu.

Kleinermann, für den Zwiebold seit geraumer Zeit eine fragwürdige Figur war, winkte ab. »Das ist nicht erwiesen.«

Karnauke ließ sich nicht abwimmeln. »Aber Zwiebold sagte es doch.«

»Es ist trotzdem nicht erwiesen«, sagte Kleinermann und blieb dabei. »Was soll überhaupt die Selbstgerechtigkeit? Sind wir hier in einer Versammlung von Göttern? Seid ihr noch nie in eine ausweglose Lage geraten; habt ihr nie verantwortungslos geredet und habt es Minuten später bereut?«

»Unsereins nicht«, sagte Karnauke, war selbstgerecht wie der Teufel und drehte sich eine neue Zigarette.

»So, so«, sagte Kleinermann. »Ich erinnere mich, daß wir vor etwa einem Jahr hier verhandeln mußten, weil ein gewisser Genosse Karnauke in Westberlin, im sogenannten Konsum Gesundbrunnen, kiloweis Kaffee kaufte. Wars nicht so?«

Karnauke vergaß, das Papier seiner Selbstgedrehten zu belecken, und wunderte sich, daß sie nicht zusammenhalten wollte.

In dieser Sitzung wurde Kleinermann Büdner sympathisch.

Aber die Erde dreht sich, Zeit vergeht, Dinge und Zustände wandeln sich, pflegte Simos von der Ägäer-Insel zu sagen. Nach Risses Verschwinden mißtraute auch Kleinermann Büdner. Hatte man ihm den nicht doch aus besonderer Veranlassung in den Schacht gesetzt? Er hatte erlebt, daß Genossen mit Parteistrafen, um sich rascher zu rehabilitieren, jeden »politisch krummen Satz«, der in ihrer Umgebung gesprochen wurde, weiterreichten. »Zeiten, Zeiten!« fluchte er, als ihm nicht gelang, einen zweiten Mann für Büdner aufzutreiben. Wie vorher zu Risse wollte niemand zu Büdner. Schließlich fragte Kleinermann Friede Zaroba. »Warum soll ich nicht«, sagte der.

»Kennst du ihn?« fragte Kleinermann.

»Unse Otta 'at mir vorgelesen, was in' Zeitung von am war. Keener kann sich hinter das verstecken, was er geschrieben 'at. Also, kenn ich am!«

Friedes Vertrauen zu Büdner beschämte Kleinermann.

Büdners neuer, zweiter Mann war also jener Hüne, der ihm nach seiner ersten Schicht das Leben gerettet und ihn heimgeleitet hatte. Es schien lichter vor Ort zu werden, als Friede dort erschien. Er war um zwei Köpfe größer als Büdner, etwa sechzig Jahre alt, doch noch so elastisch wie ein Baum im mittleren Alter; zwei tiefe Stirnfalten begrenzten sein allzeit mildes Lächeln.

Büdner konnte nicht anders: Wieder stellte er sich vor. Zaroba wehrte ab: »Aber ich weeß doch, wie du 'eeßen tust«, sagte er, »h'aber du weeßt nicht, wer ich bin. Gottfried 'eeß ich, aber rufen tun se mir Friede. Een Wendscher bin ich, aber Sorbe soll ich mir nennen, verlangen se. Was solln die Namen? Ich bin, was ich war!«

Sie einigten sich rasch über die Arbeit. »Laß mir 'auen«, sagte Friede, »und tuck du schippen; es wird dein Schade nich sein!«

Büdner stimmte zu. Zaroba nahm die Haue und hieb kraftvoll, doch gelassen auf die Kohle ein. Seine Bewegungen waren wie Musik.

Nach einer Stunde arbeiteten sie, als wären sie seit Jahren zusammen vor Ort. Wenn Zaroba sah, daß sein Schlepper nicht nachkam, hielt er ein, und Büdner erwartete einen Wutausbruch, wie er ihn von Risse her kannte, aber Zaroba spie kein Feuer, es entflog ihm kein böses Wort, sondern er griff selber zur Schaufel, half und strömte ansteckende Ruhe aus. Ringsum lag wie eine Elefantenhaut die Dunkelheit, und die Flämmchen ihrer Grubenlampen drangen in sie ein wie Mückenstiche aus Licht.

Sie arbeiteten zwei, drei Tage miteinander, und die Stimmung im Dorf gegen Büdner schlug um. Die Leute erwiderten seinen Gruß wieder, und manche grüßten ihn sogar zuerst, waren freundlich und redeten ihn an.

»Wenn der Heldenmacher Risse angezeigt hätte, tät sich Friede nicht so lange mit ihm abgeben, oder er hätt ihn schon dazu gebracht, davonzugehen«, sagte der Schlepper Kolosche.

Es ging viel Autorität von Zaroba aus: Als der arbeitsscheue Zwirdniak, der so feine Hände hatte wie ein Stadtweib, vor Jahren den Abendmahlsbecher aus der Kirche gestohlen hatte, lud der Heide Friede Zaroba ihn zu sich ein, und tags drauf zeigte Zwirdniak Reue, holte den Becher aus seinem Versteck, ging beim Pastor und den Kirchenältesten abbitten und machte sich davon.

Als der dürre Kubaschk mit dem großen Hunger in der Nachkriegszeit im Konsumladen Brotmarken stahl, redete Friede Zaroba mit dem Verstockten, und siehe, bis auf acht Pfund waren noch alle Brotmarken vorhanden, und Kubaschk brachte sie, alle konnten es sehen, in den Konsum zurück. Dafür wurde er von Friedes Frau Otta täglich zu Mittag gespeist, bis die Zeiten der Knappheit vorüber waren.

Büdner erfuhr merkwürdige Geschichten über die Zarobas. »Da kannste dir freuen«, sagte die Ausgedingerin Mutter Matuschke, auch TRATSCH-TRINE genannt, »nu wird Friedes Drache auch für dir arbeiten.«

»Was für ein Drache?«

Mutter Matuschke erklärte es ihm: »Eh es in Finkenhain den lieben Gott gab, gabs die Zarobas und ihren Drachen. Alle Leute, die später in Finkenhain eintrafen, hatten Angst vor dem Drachen, brachten Wind zwischen sich und die Zarobas und ließen sich abseits nieder, aber ihre Angst war umsonst, Zarobas Drache hat niemand nicht geschadet.«

»Und der Drache, wie sieht er aus?«

»Wie ein Tier, das niemand nicht beschreiben kann.« Der oder der, besonders Männer, die nachts aus der Schenke gekommen wären, hätten ihn als feuriges Biest mit Schwanz und offenem Rachen über Zarobas Schornstein hängen sehen, auch am Himmel hätte er manchmal gekreist und wäre dann im Zaroba-Schornstein verschwunden. Manche Frauen aber hätten ihn als halbgroßes Hühnchen mit dicken Augen kennengelernt, das am Küchen-Ofen gesessen und sich in die Unterhaltung der Menschen eingemischt hätte. »Zips, zips« und solche Redensarten! »Er vererbt sich, der Drache, mußt du wissen«, sagte TRATSCH-TRINE. Sie stand vor dem Konsumladen und drückte ihren Einkauf, einen Margarinewürfel, an die Hängebrust. Jeweils der klügste Zaroba-Sohn erbe den Drachen. Friede aber hätte ihn von seinem Großvater geerbt.

»Der kluge Mann«, nannten ihn die Finkenhainer unter sich.

Lehrer Klarwasser, ein blasser Mann, klein, fix, gut zu leiden, allseitig beschlagen und sozusagen das wissenschaftliche Herz des Dorfes, trug als einziger in Finkenhain über Tage einen Hut mit Vogelfedern hinterm Band. Wer die Federn bewunderte, erhielt von Klarwasser Aufklärung über die in Finkenhain und Umgebung vorkommenden Vögel. Ornithologie nannte er das, was die Finkenhainer Vogelbescheidwisserei nannten. Lehrer Klarwasser betätigte sich aufklärerisch in vielen Lebenssparten, und er klärte auch Büdner über den »klugen Mann« Friede Zaroba auf: »Womit haben wir es hier zu tun? Mit einem Rest sorbischen Schamanentums haben wir es zu tun, Genosse Büdner. Zarobas Großvater hat noch kranke Menschen und krankes Vieh geheilt. Friede Zaroba scheint mir mehr ein Seelenarzt zu sein, ein guter Psychologe, ohne daß ers weiß. Ich wünschte, unsere Koryphäen in der Psychologie würden sich eingehender mit so Zeitgenossen beschäftigen, die, wie Zaroba, über Geschlechter hinweg mit einer gewissen Urweisheit ausgestattet sind. Ich hab mit Kapazitäten drüber gesprochen, doch in den meisten Fällen leider nur ein Schulterzucken als Antwort bekommen.« Klarwasser wurde wissenschaftlich unangemessen warm, wenn er von Zaroba redete: »In seiner Jugend soll er in der Welt herumgekommen und überall gewesen sein, wo Bergbau betrieben wird, hat im Kupfer-, Salpeter-, Schwefel-, Steinkohlen-, Gold- und Silberbergbau gearbeitet, heißt es. Man mag ihn nicht direkt danach fragen, ein gewisser Respekt verbietet es einem. Übrigens spricht er, bis auf den slawischen Akzent, perfekt hochdeutsch, wenn er fürchtet, daß er nicht verstanden wird; doch wie vielen Sorben und Franzosen fällt ihm schwer, das H im Anlaut deutscher Wörter zu sprechen, und sobald er dieses Unvermögen auszuwetzen trachtet, setzt er das H vor das nächstbeste Wort, das mit einem Vokal beginnt; einen interessanten Arbeitskollegen hast du bekommen«, sagte Klarwasser, nahm seinen Hut vom erhitzten Kopf, betrachtete träumerisch die Vogelfedern hinterm Hutband und verabschiedete sich mit eifer-roten Wangen.

Auch Lenka war nunmehr wie Zucker in der Suppe und wußte nicht, was sie tun sollte, um Büdner zu versöhnen. Sie legte ihm ein zweites Kopfkissen ins Bett, weil sie bemerkt hatte, daß er seines, wenn er im Bett las, stets zu einer Nackenstütze zusammenknüllte. Sie trieb sogar, Gott weiß woher, eine Leselampe auf und schlug die Bücher nicht mehr zu, in denen er gelesen hatte, bevor sie nicht ein Lesezeichen hineingelegt hatte, und eines Tages betraf er sie beim Putzen seiner Schuhe, aber das ließ er nicht zu, er schubste sie freundschaftlich beiseite.

»Wenn ich gewußt hätte, daß du bei Friede so im Ansehen bist, wie du bist«, sagte sie, »hätte ich dir nie gesagt, was ich dir gesagt hab. Ein kleiner Mensch wie ich kann eben nur übern Zaun gucken, der Löcher hat.« Und Lenka rühmte ein neues Mal die Zarobas: »Sie gehen selten zu jemandem, außer zu Kranken. Bei mir warn sie, wie ich im Krieg die Söhne verlor. Aber jeder kann zu ihnen kommen. Was die Otta ist, auch Finkenhainer Elisabeth genannt, die ist ein Klasseweib, will ich dir sagen. Früher, wo noch Bettler über die Landstraßen gezogen sind, beköstigten die Zarobas woll jeden Tag einen zu Mittag. Am Waldrand ist damals einer gestorben, den haben sie den ›Bettlerkönig‹ genannt. Die Zarobas ham sein Begräbnis bestritten, und Bettler und Zigeuner sind von überallher zum Leichenschmaus gekomm', denk mal bloß.

Denn ist dem Häuer Wittich das Haus abgebrannt, und bis sein neues fertig war, haben ihn die Zarobas beherbergt, und ohne Bezahlung. Wer macht denn so was?

Und wie der Krieg zu Ende war«, eiferte Lenka und kuschelte sich an den Stubenofen, »hats von Umsiedlern gewimmelt in Zarobas Haus. Auch die Schächte hat Friede mit gerettet, wie der Krieg zu Ende ging. Sie warn drei Mann damals, Friede also, der unsere also, der August, und der Rudolf Risse. Man hat auch sie zuletzt bein Volkssturm holn gewollt, aber sie sind nicht gegangen. Sie sind runter in' Schacht und haben die Pumpen in Gang gehalten. Denn sind die Schwarzen gekomm, die SS, und die haben hier alles besetzt und haben uns, ihre eigenen Deutschen, behandelt wie Dreck. Denn wollten sie die Schächte sprengen und ersaufen lassen. Die Russen sollten keine Kohle nicht in die Hände kriegen, denk mal bloß. Was für Angst ich ausstund, weil die doch unten warn, der Friede, der August und der Rudolf eben, und sie hatten da unten ein Quartier.

Die Schwarzen haben gehört, daß im Schachte die Pumpen gingen. ›Kommt raus, sonst seid ihr erledigt!‹ haben sie runtergerufen. Aber unsere Männer haben ihnen was und sind nicht rauf. Wir sind so und so erledigt, haben sie gedacht, wenn kein Wunder nicht kommt.

Denn ist das Wunder gekommen: Friede Zaroba hat das Wunder geheißen. Wie die Schwarzen fast fertig waren, ihre Sprengsätze an die Fördertürme zu legen, kam Zaroba aus dem Wald gerannt. Ich kann mir noch erinnern, wie er breitbeinig zwischen die Birkenstämme gestanden hat und wie die Stämme so schöne schimmerten, weil doch Frühjahr wurde. Denn hat er geschrien, der Friede: ›Die Russen komm', die Russen!‹

Denn hat der Kommandant von die Schwarzen auf Friede geschossen, einmal, zweimal, dreimal, es hat nur so geprasselt und gerasselt. ›Schmeiß dir hin‹, hab ich geschrien und mir dabei den Mund mit die Sackschürze zugehalten. Friede hats nicht gestört. Er hat sich nicht mal geduckt, und er hat weitergebrüllt: ›Die Russen komm', die Russen, die Russen!‹

Denn wurde es den Schwarzen wohl zu warm in die Hosen. Sie machten sich fort. Die Sprengsätze ließen sie liegen. Friede schleppte sie fort und schmiß sie in die Brüche von die alten Schächte. Denn ist er runter in' Schacht und hat Risse an der Pumpe abgelöst, weil der mal nach seiner unbeholfenen Frau und der Tochter sehen wollte. Die Tochter, das Emmchen, war damals siebzehn Jahre.«

Als Lenka bis an diese Stelle ihrer Erzählung gekommen war, hielt sie sich mit der zerschrundenen Hand den Mund zu und brummelte: »Mein Gott, ich erzähl hier wer weiß was!«

Büdner bat Lenka, weiterzuerzählen. Sie weigerte sich, hielt sich die Schürze vor den Mund, aber schließlich siegte ihr Mitteilungsdrang, und außerdem hatte sie bei Büdner was gutzumachen. »Mags komm', wies will!« sagte sie. »Ich erzähl, aber du darfst zu niemand drüber reden! Es hat zwar in keiner Zeitung nicht gestanden, und es ist auch vom Bürgermeister nicht ausgezettelt worden, daß es ein Geheimnis ist, aber man soll nicht drüber reden, und nu mach was!«

Damit ging Lenka hinaus, ging ums Haus herum, prüfte, ob die Fensterläden gut verschlossen wären, kam zurück und sah in alle Zimmer-Ecken, als ob dort Küchenschaben mit Empfangsgeräten sitzen könnten, und zuletzt sah Lenka in den Ofen, sogar ins Ofenröhr, dann erst setzte sie sich wieder zu Büdner auf die Ofenbank und erzählte weiter:

»Die Russen kamen noch 'ne ganze Weile nicht, will ich dir sagen. Der Friede hat das bloß so geschrien gehabt, daß die Russen komm', damit die Schwarzen Furcht kriegen sollten. Na, haben ja auch Angst gekriegt. Du kannst gar nicht glauben, wie still es war, wie die Schwarzen fort und die Russen noch nicht gekomm' warn.

Der Risse hat Frau und Tochter angewiesen, sie solln sich lumpig anziehen und einschwärzen, und wie sie es gemacht hatten, ist er wieder in den Schacht runter zu die Pumpen.

Denn kamen mit eins die Russen. Die Rissin und die Tochter hatten nicht Zeit, sich im schmalen Gang zwischen dem Schuppen und dem Hühnerstall zu verstecken, wies ihnen Risse angewiesen hatte. Es kamen drei Soldaten auf Risses Hof, und die Risse-Weiber tränkten sie, und den Soldaten wallte das Blut auf, wie sie die Weiber sahen, und sie machten dem Emmchen Anträge. Das Emmchen hat nicht gewollt, da sind sie handgreiflich geworden, die Soldaten. Das Emmchen hat sich gewehrt, und die Rissin is auf die Russen los. Aber wie das so is bei die Männer, sie werden immer lüstiger, wenn man sich wehrt. Der eine Soldat stellte sich vor die Rissin und hielt sie mit der Maschinenpistole beiseite; die beiden anderen banden dem Emmchen die Röcke überm Kopf zusammen, und sie wurden gieriger und gieriger!

Die Rissin hat angefangen, ganz fürchterlich nach Hilfe zu rufen, hat geschrien und geschrien. Ist ein Major gekommen, ein russischer, hat in die Luft geschossen, und die Soldaten haben vom Emmchen abgelassen, aber das Emmchen lag da und hat sich nicht mehr gerührt. ›Erschießen Sie mir!‹ hat die Rissin zum Major gesagt, wie sie das Emmchen hat liegen gesehn, ›erschießen Sie mir!‹. Aber der Major hat die Rissin nicht erschossen. Es war ein feiner Mensch, muß ich sagen, aber für die Rissin hats nichts genutzt, blutarm und wehleidig war sie immer gewesen, und da hats ihr von alldem 'n Knacks im Kopf gegeben.«

»Hast du alles gesehn, was du mir erzählst?« fragte der erregte Büdner mit brüchiger Stimme.

»Habs gesehn, bin doch klein, war im Backofen, bin reingekrochen, hab mir mit Leinöl und Ruß eingeschmiert.« Wieder hielt sich Lenka den kleinen Mund zu und flüsterte hinter der Hand: »Mein Gott, mein Gott, ich rede und rede hier!« Und doch erzählte sie weiter: »Die nächsten Tage wurde in Finkenhain geredet, wir dürfen den Russen Zorn und Hitze nicht übelnehmen. Die Deutschen hätten über- und übergroßen Schaden in Rußland gemacht. ›Und das is woahr, woahrer als woahr!‹ hat Friede Zaroba gesagt. ›Nich bloß 'underttausende Fraun, nich bloß 'underttausende Kinder, noch Millionen Männer dazu ham die Deutschen in Rußland umgebracht. Ich bin 'n Wendscher, aber ich schäme mir für die Deutschen, schäme mir mit, bis an mein Lebensende werd ich mir schämen!‹

Weißdrein, in dem Augenblick kam mir Friede vor wie der liebe Gott, der die Eva und den Adam aus dem Paradiese getrieben hat: Wilde, aber gerecht. Bissel später freilich dacht ich, was bläst er sich auf, der Friede Zaroba, hat ja selber een Sohn in Rußland gehabt, hat er, aber schon fiel mir ein, daß der Sohn, Friedes Sohn, zum Russen übergelaufen war, und da dacht ich mit Schreck an den unsern Sohn, an den kleenen, der an der Ostfront gefallen is. Der wird doch nich etwa ooch... Kinder und Fraun, dacht ich. Ja, denn is ja besser, daß er is draußen geblieben, dacht ich, denk mal bloß!

Aber kaum war Zeitchen vergangen, da fing ich an, mir selber zu betadeln: Wie kannst du, hab ich mir gesagt, von dein' Sohn so was denken! Wieder Weilchen drauf dacht ich: Freilich wird keene Frau von ihrem Manne oder ihrem Sohne so was Schlechtes denken, ich meene, daß er in Rußland hat Schaden gemacht, gar gemordet; aber jemand muß es doch gemacht haben, dacht ich, denn wenn Friede Zaroba das sagen tut, denn stimmts ooch, hab ich mir gedacht, bis ich selber bald varrickt geworden bin wie die Rissin.

Und wieder wars Zaroba, was gesagt hat: ›'Ört uff mit Bibbern und Jammern. H'unsre Soldaten ham Tod ausgeteelt in h'andre Länder, und nun, wo der Tod zurücke und uff eich kommt, nu tragt am ooch! Schlimm mit Risse seine Tochter, aber schuld is der Todverteeler 'Itler. Und 'abt ihr am nich zugeklatscht? Ich will keen ansehn.‹

Wieder stund Friede Zaroba wie 'n Stücke Gott vorm Gemeindehaus, und es war die eenzigste und längste Rede, was ich ihn hab reden hören. Es war Frieden in die Welt, und es sollte auch Frieden in Finkenhain sein, aber die Rissin is rumgegangen und hat in ihrem Delerium die Geschichte von ihrem Emmchen immer wieder erzählt, bis die Leite ham anfangen zu flichten, wenn sie sie ham komm' sehn. Die Rissin wurde eene richtige Last für die Finkenhainer, denk mal bloß! Wir ham se gemußt in ne Anstalt bringen. Und wieder wars Friede Zaroba, der sie in Güte eingeliefert hat. Auf ihn hat die Rissin gehört. Auch der Risse war damals einverstanden, daß seine Frau sollte gesund gepflegt werden.

Das war die Geschichte, die alle wissen und die niemand mehr wissen soll. Laß ooch du dir zu niemanden drüber aus. Amen!«

Büdner fand keinen Schlaf diese Nacht. Von wegen Gemütlichkeit am Stubenofen! Lenkas Erzählung hatte ihn mehr aufgeregt als der verwickeltste Roman. Er versuchte seine Erregung mit verschiedenen Gegengedanken zu dämpfen: Du warst nicht hier, als das geschah, dachte er. Du hocktest einigermaßen sicher im ägäischen Kloster, als die angestauten Rachegefühle der mißhandelten Völker, in Taten umgesetzt, über deine Landsleute kamen, über die Schuldigen wie über die Unschuldigen, und er dachte das, als ob er es für die Zeitung aufschreiben müßte. Sieh doch, sagte er sich, in Finkenhain spricht man schon nicht mehr davon, aber du hast es zurückbeschworen mit deiner verfluchten Dichterneugier, hast keine Ruhe gegeben, bis Lenka es dir erzählte.

Wie schlimm eine Sache auch war, sie vergißt sich. Trauer und Resignation sind kein Dünger fürs Leben. Es fiel ihm jene Bäckersfrau aus der Stadt ein, in der er als Lehrling gelebt hatte. Ein sogenannter Gemütskranker hatte ihren Mann und Meister im Laden umgebracht. Etwas nie Dagewesenes war für das Städtchen geschehen. Niemand war dem arglosen Bäckermeister zu Hilfe gekommen. Er wurde mitten in seiner Pflichtausübung, wie es hieß, zwischen Ladentisch und Brotschragen von einem getötet, der nicht wußte, was er tat. Die Witwe war, wie das so genannt wird, untröstlich. Sie ließ ein Großfoto des Ermordeten anfertigen, umwickelte es mit einer Trauerschleife, schrieb »Ewig unvergessen« drauf und stellte die Fotografie zwischen Schokoladentafeln und Kekskartons in den Ladenschrank.

Die Zeit verging; die Dauerkunden gewöhnten sich an das Trauerfoto, nur Fremde erschraken noch, wenn sie um Kuchen in den Laden kamen. Schließlich vergaß auch die Meistersfrau das Foto, und die Dauerkunden fingen an, sie zu belächeln, denn sie hatte längst ein Verhältnis mit dem Altgesellen. »Ewig unvergessen!«

Büdner dachte als »Gegenmaßnahme« an den Dreißigjährigen Krieg und daran, wie damals die Schweden die deutsche Bevölkerung mißhandelten. Auch das hatte sich vergessen, die Ereignisse bestanden nur noch aus Buchstaben und Worten in Geschichtsbüchern, die das Mitgefühl der Leser kaum noch aufriefen. Die Löcher der Erde wuchsen mit Gras zu, die Wunden der Menschen mit Haut, selbst seelische Narben schienen zu verschorfen.

Aber soviel Büdner sich auch zurechtzureden suchte, seine Versuche gingen nicht ganz auf: Die Opfer der Schweden hatten er und seine Mitmenschen nicht gekannt, auch der ermordete Bäckermeister war schon begraben, als er, Büdner, ins Städtchen kam, und mit der Witwe hatte er nichts zu schaffen gehabt, aber Risse war sein Arbeitskollege, sein Häuer, ein unausstehlicher Mensch zwar, aber immerhin, er hatte ihn kennengelernt, es war ihm aufgegangen, wie die Rache des unschuldig heimgesuchten kleinen Mannes in seinem Häuer gearbeitet haben mußte.

Er wurde nicht fertig mit der Geschichte diese Nacht und trank drei Hieb weißen Deputatschnaps, um sich zu lindern, aber auch die halfen nicht, da trank er noch zwei Hieb hinterher, und endlich schlief er ein.

---

24 Kleinermann sucht einen Vermißten und entschuldigt sich wider die Norm bei einem Parteimitglied. Büdner entgeht der Trunksucht und der Gefahr, in ein neues Fiebertraum-Kapitel hineingezogen zu werden.

Eine Woche verging, und Risse kam nicht zurück. »Früher wars üblich, Vermißte durch die Zeitung zu suchen, aber das paßt nicht zur neuen Weltanschauung, wie?« sagte der lange Rurat in aufreizendem Ton nach der Frühschicht in der Waschkaue.

»Was redest du frech«, sagte Häuer Sastupeit. »Risse war kein Unschulds-Engel, wie du weißt!«

»Nein, du antwortest mir frech, weil du nicht weißt, wo Risse ist.«

Rurat war nach dem Kriege mit einem Treck aus dem Osten in Finkenhain eingetroffen, halb verhungert, ein wandelnder Zivilistenmantel, mit einem viel zu großen Schlapphut überm Mantelkragen, ein Mann ohne Ausweispapiere, er hätte sie verloren, wolle aber in Finkenhain bleiben, um von da aus nach seiner Familie zu suchen, hatte er erklärt.

Bürgermeister Schnurmann gefiel Rurat nicht, er hätte Gardemaß und könnte bei einer gewissen Truppe gewesen sein, aber Kleinermann war dafür gewesen, dem Langen einen Notausweis auszustellen, es würde sich erweisen, was in dem Kerl wäre. Kleinermann brauchte dringend Bergleute für unter Tage.

So blieb Rurat in Finkenhain, und bis nun hatte man, wohin man auch schrieb, weder positive noch negative Auskünfte über ihn erhalten. Fest stand, daß er gern opponierte und ein zersetzendes Wesen mit sich umhertrug.

»Wenn du nichts von dem schwarzen Auto weißt, in das sie den Risse luden, so hast du kein Recht, mir frech zu kommen«, sagte er und reizte Sastupeit weiter.

»Schwarzes Auto? Leichenauto?« mischte sich der Häuer Duschke neugierig unter seiner Brause hervor ins Gespräch.

»Muß ein schwarzes Auto nach der neuen Weltanschauung immer ein Leichenauto sein?«

Sastupeit ging hoch. Die Kernseife rutschte ihm aus der Hand, und er stellte sich drohend vor dem Langen auf. »Genug jetzt! Noch eine Parole, und es knallt.«

»Hau nur zu! Immer hau zu! Wenn du es nur nicht bereust! Was ich weiß, das weiß ich, und was ich weiß, das sag ich!«

Sastupeit ging nach der Schicht zu den Kleinermanns, doch er traf nur Frau Jaschka an und sagte ihr, Lope möge sich umtun und feststellen, wo Risse verblieben wäre. Frau Jaschka lächelte und versprachs auszurichten.

Kleinermann hatte Sastupeits Anstoß nicht nötig. Ihm war nicht entgangen, was man im Schacht einander zumunkelte. Um die Zeit, da Sastupeit seine Mahnung bei Jaschka abgab, war er bereits auf dem Kreissekretariat in Kohlhalden und wollte Auenwald sprechen, doch der war zur Konsultation in Friedrichsdamm und hatte Kuchbrät, den Zweiten Sekretär, mitgenommen. Kleinermann mußte mit Wummer verhandeln. »Was machst du dir Sorgen um Risse?« sagte der, und es zuckte in seinem Eichhörnchengesicht. »Haben die Freunde ihn nicht schon mal geschnappt, belehrt und wieder entlassen?«

»Zu lange diesmal«, sagte Kleinermann.

»Gut, werden sie ihn diesmal ein bißchen länger behalten, damits besser wirkt. Wer Bein stellt, muß damit rechnen, daß auch ihm Bein gestellt wird.«

»Paß nur auf, daß dir nicht mal jemand ein Bein stellt«, sagte Kleinermann, dem Wummers schnodderiger Ton mißfiel.

»Ich meine man nur«, sagte Wummer und nahm sich zurück. Für ihn war Kleinermann ein merkwürdiger Genosse, zuverlässig, durchgreifend, aber völlig unehrgeizig.

Wummer hatte recht: Kleinermann war wirklich ein eigenartiger Genosse, aber eigenartig muß nicht schlecht sein, und mit den drei Eigenschaften, die ihm Wummer zuschrieb, war er bei weitem nicht charakterisiert.

Nach dem Kriege hatte Reinhold Steil, der damals noch Kreissekretär in Kohlhalden war, ihn gebeten, eine proletarische Grubenverwaltung zu organisieren. Aber das wollte Kleinermann nicht, er verstünde nichts vom Verwalten. Dann sollte er hauptamtlicher Parteisekretär für die Tiefbaugrube Finkenhain werden, aber auch das wollte Kleinermann nicht. Er wünschte Parteisekretär vor Kohle zu sein und wollte, neben seiner Funktion, weiter im Schacht arbeiten.

Gut, aber einen Lehrgang müsse er wenigstens besuchen. Wieder nicht. Kleinermann hatte nicht Lust, sich seine eingeborene Parteilichkeit von jungen Parteikadern theoretisch erklären zu lassen.

Da nannte Reinhold seinen alten Genossen einen »Theoriefeind« und »Gefühlssozialisten«.

»Bin ich ein Theoriefeind?« hatte Kleinermann damals Friede Zaroba gefragt, der sein Häuer war.

Das große Leben wirds entscheiden, das Leben! hätte Friede ihm geantwortet, erzählt man.

»Du weißt also nichts von Risse?« fragte der Tiefbausekretär Wummer zum Abschluß des Gesprächs.

Wummer war schon wieder obenauf und antwortete biblisch: »Soll ich meines Bruders Hüter sein?«

Kleinermann murmelte was von Unmenschlichkeit, als er das Büro des Propagandasekretärs verließ und die Treppen hinabstieg. Er hätte sichs denken können, daß seine Unterredung mit Wummer so und nicht anders verlaufen würde, doch er wollte die Kreisleitung bei seiner eigenmächtigen Suche nach Risse nicht übergehen. Seit einer gewissen Zeit seines Lebens hielt er sich streng an die geschriebenen und ungeschriebenen Parteistatuten.

Eine Stunde später fuhr er nach Rußstedt. Lenka Meura hatte ihm gesteckt, daß Risse dorthin gefahren sein mußte; sie hätte, als sie die üblichen Hausarbeiten bei ihm verrichtete, entdeckt, daß die Handtasche fehlte, in der Risse frische Eier für seine Frau zu transportieren pflegte.

In der Psychotherapeutischen Anstalt zu Rußstedt, die in Finkenhain und Umgebung kurz ANSTALT genannt wurde, erfuhr der Sekretär von den Pflegerinnen, was der querige Häuer angerichtet hatte und was ihm geschehen war.

Risse schien mit seiner Rußstedt-Reise einen Glückstag getroffen zu haben: Seine Frau erkannte ihn und lächelte ihm zu, nur ihre Augen waren trüb, und ihr Gesicht war gedunsen. Risse erzählte ihr, daß er sie wieder einmal gerächt und den Russen »eins ausgewischt« hätte, doch nun hätten sie ihm einen Spitzel hingetan, aber den führe er hinters Licht. Er erzählte das alles mit so aufgesetztem Triumph und mit Gesichterschneiden, daß für einen Außenstehenden schwer zu entscheiden war, welcher von den Ehepartnern der Verwirrtere war.

»Versorgt dich Lenka Meura noch, kocht sie dir Essen, wäscht sie dir die Wäsche?« erkundigte sich die Rissin.

»Alles zum besten! Vor allem hab ichs den Russen wieder mal gegeben, einfach das Kabel zerschnitten, bums!«

Die Frau hörte nicht auf den Triumph ihres Mannes. »Grüß mir die kleine Kanaille«, sagte sie und meinte Lenka Meura. »Sag ihr, daß ich mich abfinden werde, wenn ich wieder zu Hause bin.«

Aber dann fing die Zeit an, sich in der Rissin zu verschieben: »Wieviel Lämmer brachte die Ziege, sinds Böckchen oder Zickchen«, fragte sie.

Eine Ziege gabs im Risse-Hause seit sechs Jahren nicht mehr, doch um die Frau nicht zu enttäuschen, sagte der Mann: »Zwei Lämmer. Zwei Lämmer, beides Zickchen.«

Die Rissin tänzelte zufrieden im Krankenzimmer umher, zwinkerte dem Manne zu und benahm sich wie in der Brautzeit. »Aus uns könnt was werden«, sagte sie, »aber die Eltern mußt du erst fragen, die Eltern.«

Risse ging auf das Spiel ein, nickte seiner Frau zu und lächelte zurück, da verzerrte die Frau mit eins ihr Gesicht, und in ihren Augen glomm der Wahnsinn wieder auf. »Du lügst«, schrie sie. »Die Ziege ist tot! Auch unser Emmchen ist tot, erstickt!«, und sie warf sich zu Boden, raufte sich das Haar und schrie schrill: »Erschießen Sie mir!«

Risse hielts nicht aus und rannte davon. Kurz vor dem Bahnhof kehrte er in einer Gastwirtschaft ein. In der Gaststube aßen Lastwagenfahrer zu Mittag. An der Theke stand ein sowjetischer Soldat, die Feldbluse hinter dem Koppel in saubere Falten gelegt, die Feldmütze gefaltet und vorn beim Koppelschloß durchgesteckt. Er bestellte hundert Gramm Wodka, um sein Heimweh ein wenig zu betäuben. Risse sah ihn herausfordernd an und bestellte *zweihundert* Gramm. Sie wurden ihm eingeschenkt. Er verschlang sie, noch ehe der Sowjetsoldat seine hundert Gramm hinter hatte.

»Choroscho«, sagte der Soldat und bestaunte Risses Trinkvermögen.

»Halt die Schnauze«, knurrte Risse.

Der Soldat verstand nicht und lächelte.

Risse bestellte noch einmal zweihundert Gramm. Er wollte sich großtun vor dem Soldaten, trank hastig, verschluckte sich und fing an zu husten. Der Soldat beklopfte ihm freundschaftlich den Rücken. Risse aber fühlte sich angegriffen, schlug dem Sowjetsoldaten ins Gesicht und nannte ihn »Weiberschänder«.

Kraftfahrer sprangen auf, griffen sich Risse, hielten ihm den Mund zu und schoben ihn hinaus auf die Straße.

Risse taumelte zum Bahnhof. Er fluchte, hielt sich an einem Briefkasten fest, stand und stierte auf die vorübergehenden Passanten.

Ein schwarzes Personenauto kam angefahren und hielt an der Bordkante, dort, wo Risse am Briefkasten stand; jemand öffnete die hintere Autotür und fragte: »Bist du krank, Kumpel?«

Risse winkte ab, wie die meisten Betrunkenen es tun. »Steig ein, wir bringen dich, wohin du es wünschst«, sagte der Mann, von dem man nur den Arm sah, der die Schlagtür offenhielt. Risse stieg umständlich und räsonierend ein; die Autotür klappte; das Auto fuhr davon.

Kleinermann kam spät heim. Seine Frau Jaschka wartete auf ihn. Sie hatte das Kopftuch abgelegt, und ihre Locken, die langsam grau wurden, wimmelten frei umher. Frau Jaschka strickte und sang polnische Volkslieder. Früher hatte sie sie ihren Kindern vorgesungen, doch die waren längst aus dem Haus; die Tochter war Lehrerin, der Sohn studierte in Moskau.

»Er ist nicht so theoriefeindlich, dein Sohn, wie du«, pflegte Reinhold Lope zu hänseln, wenn sie gut miteinander standen.

»Er wird doch hoffentlich nicht heimlich von dir sein«, gab Kleinermann dann derb zurück.

Frau Jaschka war nicht Parteimitglied, doch Lope hatte keine Geheimnisse vor ihr. Wenn andere Genossen, zum Beispiel Wummer, sich darüber aufhielten, entgegnete er ihnen: »Eine Frau, die alles für ihren Genossen Mann tut, nicht murrt, wenn er viele Abende ausbleibt, die mit ihm trägt und ihn versteht, ist eine Genossin, ob sie will oder nicht.« Er erzählte Jaschka an diesem Abend auch, was er über Risse erfahren hatte. Jaschka bekam traurige Augen und nahm Anteil an Risses neuerlichem Vergehen, als ob es sich um den eigenen Bruder handeln würde. »Mein Haar gäb ich herr, meine linke Hand meinetwegen, wenn ich damit erreichen könnt, daß der Rudolf gescheit wird« barmte sie. »Was wirrst du jetzt machen, Lope, was wirrst du?«

Kleinermann hob die Schultern; er wußte es in diesem Augenblick noch nicht. »Es muß Rat werden! Vielleicht über Nacht?« sagte er.

Am nächsten Tag ging er zu Büdner vor Ort. »Hör zu«, sagte er zu ihm, »es ist nicht üblich mehr in der Partei, daß man sich bei einem Genossen, von dem man der Sekretär ist, entschuldigt, wenn man ihn beleidigte. Wir sind eine Partei neuen Typs, wie es heißt. Wo gehobelt wird, fallen Späne, heißt es, und die Genossen, die so reden, wissen hoffentlich nicht, daß das ein Kernsatz bei den Ariern war. Ich für mein Teil will von einer solchen Auffassung nichts wissen, und ich sag dir rundheraus, daß ich dich verdächtigte, und bitte dich, das zu entschuldigen. Nicht, daß ich es für ehrenrührig gehalten hätt, wenn du Risses Geschimpf auf die Sowjetfreunde weitergeleitet hättest, aber es wäre nicht die Art gewesen, in der mit Risse umzugehen war.« Sodann wandte sich Kleinermann an Friede Zaroba und sagte: »Und ich entschuldige mich auch bei dir, weil ich das Vertrauen, das du unserem Büdner entgegenbrachtest, nach redlichem Vorsatz zum Schluß doch nicht teilte, weil ich dachte, es kann ja sein, daß auch der Friede sich mal irrt.« Zaroba tat, als wäre er dringend durstig, öffnete seine Teeflasche, drehte sich weg und trank.

»Noch etwas!« sagte Kleinermann und wandte sich wieder Büdner zu. »Wir müssen eine Belegschaftsversammlung über den Fall Risse abhalten und die Kollegen aufklären; das ist sicher, und das steht fest, aber es wäre gut, wenn du inzwischen noch das tun würdest, worum ich dich jetzt bitte: Ich bin mit Reinhold zur Zeit wegen der ergebnislosen Bohrungen nach Steinkohle in Knoblauch-Kirchweih überquer. Könntest nicht du, als ehemaliger Schwager, zu ihm gehen und ihn bitten, daß er sich um Risse kümmert, um seinen ehemaligen Schulkameraden Rudel Risse, sagst du ihm, um den Mann, der die Schächte von Finkenhain vor dem Absaufen retten half, um den Bürger Risse, der außerhalb seiner Quartalstrinkerei ungeheißen Förderleistungen aufbrachte, die sich sehen lassen konnten.«

Büdner sagte nicht freudestrahlend zu, wie sich denken läßt. Er schwieg. Parteiauftrag! hätte da Kleinermann am liebsten gesagt, doch er verkniff sichs, unbedingt! Wie leicht einer doch in einen Fehler verfiel, den er anderen Genossen ankreidete. Parteiaufträge sollten von einem Kollektiv, und wenns auch noch so klein wäre, ausgehen, war sonst seine Meinung. In diesem Augenblick nun bemerkte er, daß es Situationen geben konnte, in denen auch ein Genosse wie er verführt werden konnte, selbstherrlich zu handeln.

Schließlich sagte Büdner zu, das heißt, er nickte. Auf alle Fälle ein schwieriger Auftrag für ihn; er wußte nicht, wie groß Reinholds Enttäuschung über ihn war. Er würde wohl erst um Verzeihung für seine Kohlhaldener »Heldentat« bitten müssen, doch er wollte es gern tun, wenn damit etwas für Risses Freilassung zu erreichen war.

Als Kleinermann gegangen war, sprach Büdner mit Friede Zaroba, gegen Lenkas Verbot, über das, was die ihm vom Schicksal der Risse-Familie erzählt hatte. Er machte sich Vorwürfe, weil er sich zuwenig gemüht hatte, an Risse heranzukommen. Er hätte gern noch einmal die Qualen seiner ersten Arbeitstage im Schacht auf sich genommen, wenn ihm das ermöglicht hätte, wieder mit Risse zusammenzusein und sich ihm zu nähern. Vielleicht, daß Friede mit seiner Art, die Menschen und die Dinge zu sehen, ihn ein wenig beruhigen konnte. »Der dumme Kerle 'at das Mitleed, was viele mit am 'atten, mit seine kindischen Racheversuche an die Sowjets verkleenert«, sagte Friede von Risse. »Ich 'ab mir Miehe gegeben mit am, aber es war und war nischt zu machen. Es gibt dir ebent Leite, die fahrn wie uff Schien' in h'ihr H'Unglücke. Ich 'ab mehr solche kennengelernt in mein' Leben. Man kinnde weenen, wenn man als Mitmensch so machtlos zusehn muß.«

Also auch Zaroba hatte Büdner nicht beruhigen können. Er fand die Nacht wieder wenig Schlaf, griff in den Kleiderschrank und nach dem Schnaps, aber als er die Flasche heraushob, wurde ihm inne, daß es mit dem Trinken so anfing, daß es auch bei Risse gewiß so angefangen hatte: Erst gabs ein Motiv, einen Ärger, einen tiefen Kummer vielleicht, das den Griff nach der Flasche rechtfertigte, dann schwächte das Motiv sich ab, man griff schon aus Gewohnheit hin, und zuletzt verlor sich das Motiv, aber das Bedürfnis zu trinken war da, man mußte ihm stattgeben, der Trinker war geboren.

Er ging ruhelos in seiner Mietsstube auf und ab. Früher hatte er sich mit Schreiben von so übermächtigen Eindrücken befreit, aber seit seiner Raserei in Kohlhalden war Schreiben für ihn immer noch etwas Gewesenes. Er öffnete das Fenster, stieß den Laden zurück und gewahrte Föhnwind von den Sternen fallen. Da waren sie, seine alten Freunde, die Sterne. Da waren sie, wie sie gestern da waren, vorgestern und auch dann, wenn er nicht zu ihnen aufsah; da würden sie morgen, übermorgen und nach hundert Jahren sein; kein Mensch, der sie von ihrer Bahn abzubringen vermochte, bis sie zerfielen.

Ein Gedanke durchzuckte ihn: Vielleicht barg jede Zelle seines Körpers einen winzigen Punkt, der ständig dabei war, aus dem Nichts zu entstehen, wie es gewisse Atombausteine taten, einen Baustein aus einem Nichts, in dem alles so ewig war wie das Sichballen und das Zerfallen der Gestirne.

Wie, was? Er war entsetzt. Kündigte sich wieder ein Fiebertraum-Kapitel an, das aufgeschrieben sein wollte? Nur das nicht, nur das nicht! Er schloß das Fenster, setzte sich an den Tisch, verschränkte die Unterarme und schlief ein. Es war geradezu sicher, daß er schlief und träumte, denn er sprach mit dem Generalissimus, und wie das in Träumen zu sein pflegt, der Generalissimus trug unter seinem gezwirbelten Schnurrbart auch den Kinnbart des Ersten Genossen aus dem deutschen Oberbüro und sah erstaunt auf den Fremden, der ihn besuchte. Es kam wohl nicht alle Tage vor, daß ein Büdner bis zu ihm vordrang, doch er war trotzdem umgänglich, Büdner konnte sich nicht beklagen.

»Die Sonne geht auf und unter, mein Sohn«, sagte der Generalissimus. »Geht sie auf und unter? Sie geht auf und unter. Die Welt verändert sich programmgemäß, und wir verändern die Menschen nach unserem Programm. Der Risse allerdings ist ein Sonderfall. Er verändert sich unter den günstigsten Bedingungen nicht. Ließ er nicht meinen Soldaten die Luft aus den Motorradreifen? Er ließ. Penkelte er ihnen nicht in den Benzintank? Er penkelte.«

Büdner mußte lächeln, weil der Generalissimus »penkelte« sagte, doch der ließ sich nicht beirren und zählte Risses weitere Vergehen auf. »Sein Maß war voll«, schloß er die Audienz, »wir mußten ihn bei den Ohren kriegen, den Risse!«

Der Föhnwind schlug das Fenster zu, das Büdner offengelassen hatte. Er erwachte fröstelnd und dachte über den Traum nach: Alles, was der Generalissimus ihm gesagt hatte, hatte ihm in Wirklichkeit Kleinermann erzählt. Wer in aller Welt kannte die Gesetze, nach denen Unwirkliches zu Wirklichem wurde und umgekehrt?

---

25 Büdner geht zu Katharinas Geburtstag, erlebt einen Zigarettenbagger und eine Genossin, die der Verbannung entgeht. Er wird von seiner ehemaligen Dorfgespielin überrumpelt und verzürnt sich mit Reinhold.

Büdner bekam Grund, sich mit dem Zufall auseinanderzusetzen: Der Same des Zufalls liegt oft weit in unserer Vergangenheit, wollte er erkannt haben, in einer Vergangenheit, in die unser Gedächtnis nicht hinreicht. Wir wissen nicht viel mehr über den Zufall als unser behaarter Vor-Vater, der nicht erkannte, daß seine Liebesnacht und die Wehschreie seines Weibchens neun Monate später im Zusammenhang standen.

Zwei Tage nach seiner Unterredung mit Kleinermann erhielt Büdner einen Brief von Katharina: »Reinhold ist dir kein Brickel bös über das, was du angestellt hast in deinem Quartier bei deiner Wirtin. Er glaubet auch nicht, daß du in den Westen hast zurück wollen. Er hat vorsichtig verlauten lassen, daß man dir mitgespielt hat. Ich habs erfahren, wer dir mitgespielt hat. Was meine Genossin, die Buchhändlerische, und meine Freundin ist, die hat gesagt, der Zwiebold, was der Kantinier bei euch ist, tut auch noch anderswo Dienst, und man weiß bei ihm nicht, lügt er zu einem guten oder zu einem schlechten Zweck, und manchmal schauts aus, als lög er zu einem schlechten Zweck, aber aufs Ganze gesehen, ist es doch ein guter, in deinem Falle aber hat er zum schlechten Zweck gelogen, weil er dich nicht leiden kann. Ach, Stani, daß es so kreizweis verstrickt in' Partei zugeht, hab ich nimmer dacht, als ich einitreten bin!

Aber dieses muß ich dir zum Vorwurf machen, lieber Stani«, schrieb Katharina weiter, »es ist reine Sturerei, daß du die Arbeit nicht angenommen hast, die dir vom Reinhold ist zugedacht worden über Tage. Er hat es gut mit dir vorgehabt, der Reinhold, ich weiß es; du hättst auf die Parteihochschulen und dann auf die Kunsthochschulen sollen und lauter so Sackermenter, wennst nicht tobsüchtig worden wärst, und du wärst nicht tobsüchtig worden, wenn ich in deiner Näh gewesen wär. Aber jetzt gibsts auf, die Sturerei, und du gehst auf meinen Geburtstag her, auf meinen dreißigsten. Das mußt du mir schon antun zum Gefallen, und du wirst sehen, der Reinhold ist dir zugetan wie früher.«

Und der Zufall leistete sich an diesem Tage eine weitere Überraschung für Büdner: Es kam ein Brief von Elsbeth, und der war in gotischen Buchstaben und in von Lehrer Gerber angedrillter Schönschrift geschrieben.

»Wenn du einen festen Platz gefunden hast«, schrieb Elsbeth, »dann hol deine Bücher ab, es ist mir zuviel Abstauberei jede

Woche. Deiner Stellung bei der Zeitung wein keine Träne nach! Du wirst nie ein großes Tier, denn du bist so wie ich. Der Willi sagt, du hättest undankbar gegen die Partei gehandelt. Er redet, was er so im Büro hört. Ich weiß, daß du kein Faulenzer nicht bist, und wer kein Faulenzer nicht ist, der ist ein Arbeiter. Der Willi und seine Sekretäre, sie reden alleweil von Klasse, aber es kann nicht jeder ein Klasse-Arbeiter sein, trotzdem haben wir stets getan, was von uns verlangt wurde.

Der Mutter gehts nicht gut. Sie fängt an, verdreht zu reden. Der Himmel erspar mir so was aufs Alter! Lieber vom Fenster fallen wie die Fliegen im Herbst.« Elsbeths Brief schloß mit der drastischen Einladung: »Und wenn du uns nicht bald besuchst und mir sagst, was mit deinen Büchern werden soll, dann dresch ich dich. Es grüßt dich deine dich liebende Schwester Elsbeth.«

Katharinas Geburtstag war keine rauschende Ballnacht. Sie hatte sich zwei Freundinnen eingeladen, parteilich ausgedrückt, zwei Frauen von Funktionären auf Bezirksebene, die Buchhändlerin Genossin Hoppe und die Hausfrau Kollegin Birkenzweig. Die Hoppe war vierzigjährig und neigte zur Fülle; sie belieferte Katharina mit den neuesten Romanen. Die kränkelnde Kollegin Birkenzweig war mager bis dürr, ein ideologischer Windhalm, einfach Bevölkerung, einfach »unsere Menschen«. Katharina hatte die Birkenzweig aus einer Grippe herausgepflegt und bewunderte deren geschickte Finger beim Häkeln und beim Stricken, und über dem Austausch von Strickmustern und Schnittmusterbögen freundeten sie sich an.

Beide Freundinnen hatten ihre Männer mitgebracht. Reinhold hatte darauf bestanden, er wollte nicht mit den Frauen allein sein.

Büdner kam zuletzt in die kleine Geburtstagsgesellschaft, gratulierte Katharina, übergab ihr linkisch einen unterwegs gekauften Blumenstrauß und ein Buch von Paustowski, namens »Die goldene Rose«, in dem der liebe Konstantin seinen Mitmenschen zu erklären versucht, wie ein Schriftsteller arbeitet und unter wie komplizierten Bedingungen literarische Kunstwerke entstehen.

Die Gäste betrachteten Büdner mit Neugier. Sie hatten gelesen, wie er sich vor Wochen im VOLKSBLATT von seinem Roman distanzierte: »...Ich schrieb, was ich schrieb, in guter Absicht, aber nur wenigen Lesern machte ich mit dieser Absicht Freude. Ich muß etwas falsch gemacht haben, ich ziehe meinen Roman zurück ...«

Die Gäste unterließen es, auf Büdners unglückseliges Unternehmen einzugehen. So »schweinisch« der ehemalige Studienrat Birkenzweig das Fiebertraum-Kapitel auch fand, er hatte keinen Grund, den Verfasser zurechtzuweisen, wenn sein Bezirkssekretär ihn nicht zurechtwies, sondern ihm sogar von Zeit zu Zeit zulächelte. Büdner lächelte leise zurück, schon um gut Wetter für sein Risse-Anliegen zu machen, im übrigen verhielt er sich still und beobachtete.

Der Genosse Hoppe war ein freundlicher Mensch, der rasch, vor allem mit Parteilosen, ins Gespräch kam. Er konnte auf sein quellendes Bäuchlein klopfen und in die Menge hineinfragen: »Gehts uns nicht schon weit besser als neunzehnhundertfünfundvierzig, Freunde?«, und diese biedere Art zu agitieren ließ ihn für den Bezirksleiter der Nationalen Front besonders geeignet erscheinen.

Birkenzweig, der Bezirksverantwortliche für den Kulturbund, war der Gegentyp zu Hoppe, ein hagerer puritanischer Prediger, der theoretisch und prinzipiell bis zur Verbissenheit dafür sorgte, daß die Kulturbund-Arbeit im Bezirk nicht ins Musische ausartete.

Die Geburtstagsfeier fand in jenem Raum der Steilschen Wohnung statt, der noch keinen festen Namen hatte. »Herrenzimmer« konnte er nicht heißen, ihn »Gute Stube« zu nennen war auch unmöglich; Reinhold hätte ihn am liebsten »Wohnstube« genannt, aber diese Bezeichnung traf Katharinas Geschmack nicht. »Dann lieber Wohnzimmer«, sagte sie, aber das klang Reinhold immer noch zu gespreizt, deshalb nannte er den Raum einfach »Stube«.

Die Unterhaltung kam schwer in Gang. Gut, daß Katharina

einen Miniaturbagger aus Holz auf den Tisch gestellt hatte; Werktätige hatten ihn in einem Volkskunstzirkel für den Bezirkssekretär gebastelt. Ein Wunderwerk, dieser Bagger! Wenn man auf einen Hebel drückte, förderte er eine Zigarette ans Tageslicht.

»Was man alles so machen kann!« sagte die Birkenzweig mit ihrem Verständnis für Handarbeiten; Hoppe jedoch transponierte seine Bewunderung auf eine höhere Ebene: »Erstaunlich, der Kunstsinn unserer Werktätigen!«

In der Steilschen Küche scharwerkte eine Küchenhilfe; Katharina hatte sie für diesen Abend eingestellt, eine Frau, der sie in einer Krankheit beigestanden hatte. Zuerst wurde den Gästen armenischer Kognak auf einem schwarzen Blechtablett mit großen roten Rosen gereicht, das Reinhold aus Moskau mitgebracht hatte, dann sorgte die Küche für weitere Unterhaltung: Es wurden Knödel aufgetragen, die Katharina nach einem Rezept ihrer Mutter hatte anfertigen lassen, hernach gabs Schaumspeise und Wein, und nachdem die Gäste den in sich hatten, wurden sie redseliger. Der Zigarettenbagger konnte zur Seite gestellt werden, man nahm sich seine Zigaretten einfach mit der Hand; die Stube füllte sich mit blauem Rauch, und die Gespräche plätscherten. Sodann lüftete man, öffnete das Fenster, und auch das trug zur Unterhaltung bei. Das sanfte Licht fiel auf die Stämme von drei Blautannen im Vorgarten, an die je ein Futterhäuschen für Meisen genagelt war, und zwischen ihnen baumelte eine Speckschwarte in die Szenerie herab, ein stilles Werk der tier- und menschenliebenden Katharina.

Nach seinem fünften Glas Wein fing Hoppe an, sich vor seinem Bezirkssekretär aufzuspielen. In seinen offiziellen Reden vergaß er niemals die Gleichberechtigung der Frauen zu erwähnen, hier auf dem Frauengeburtstag aber mißachtete er sie und riß das Gespräch an sich. »Kann man still sein, Genosse Steil«, fragte er, »wenn man dazukommt, wie Leute herumrätseln, ob der Genosse Mao größer ist als der Genosse Stalin? Sind sie vielleicht Athleten? Na, ich habs ihnen gegeben, wie sichs gehört, hab ihnen gesagt, was ich dachte: Stalin ist und bleibt der Größte, habe ich gesagt, man muß doch sehen, daß er die längsten revolutionären Erfahrungen hat! Ists nicht so, Genosse Steil?«

Der Genossin Hoppe mißfiel, daß ihr Mann das Wort an sich gerissen hatte. Sie zupfte an ihren Ohrenclips, Nachbildungen von Vergißmeinnichtblüten, und sagte: »Auch der Genosse Stalin weiß nicht alles, was sich unter der Sonne krümmt.«

»Das müssen Sie beweisen, Genossin Hoppe!« sagte Birkenzweig, wurde scharf und prinzipiell und legte sich über den Tisch auf die Hoppe zu.

»Kann ich beweisen!« sagte die Hoppe, die nach dem vierten Glas Wein war. »In Kohlhalden verschwand kürzlich ein Bergmann, ein Aktivist wohl gar, wurde mitgenommen, ist weg!«

Reinhold sah zu Büdner hinüber, und Büdner nickte leise, doch Hoppe erschrak und sah seine Frau bereits, bis an den Bauch im Schnee, durch eine sibirische Verbannungslandschaft stolpern, der Puritaner Birkenzweig aber fragte im Ton eines Untersuchungsrichters: »Waren Sie zugegen, als der Aktivist verschwand?«

»Er hatte seine kranke Frau in der Irrenanstalt besucht.«

Birkenzweig wich nicht vom Faden. »Ich frage Sie, ob Sie zugegen waren?«

»Was heißt zugegen? Man hat es mir erzählt. Ich habe verläßliche Kundschaft!«

Hoppe sprang auf, stellte sich hinter seine Frau, hielt ihr den Mund zu und wandte sich an Reinhold: »Falscher Zungenschlag, Genosse Steil! Anni verträgt keinen Alkohol. Bitte gehorsamst, sie nach Hause bringen zu dürfen.«

Aber Reinhold war der, der er war, blieb ruhig und sagte: »Nach Hause bringen? Niemals! Keine Inquisition, bitte, keine Hexenverbrennung, um Gottes willen! Unter Genossen auf der Bezirksebene sollte alles zu klären sein!« Und Reinhold versuchte es: »Sie hat ja recht, die Genossin Hoppe«, sagte er, »kein Mensch ist allwissend. Mir fehlen zum Beispiel tiefgründige Kenntnisse auf landwirtschaftlichem und kulturellem Gebiet.«

»Verkleinere dich bitte nicht!« protestierte Hoppe. Er hielt seiner Frau noch immer den Mund zu. »Wissenslücken bei dir, das gibts doch nicht!«

Hoppes Schmeichelei verfing bei Reinhold nicht; noch war er nicht eitler als ein Durchschnittsmensch. »Laß die Höflichkeiten!« sagte er. »Wissenslücken sind Wissenslücken, und sie lassen sich nicht wegprahlen, und wenn ich sage, ich bin unsicher, was die Kunst betrifft, dann ist das so!«

»Beim Stani sein' Roman bist viel unsicher gewesen, gell«, sagte die angeheiterte Katharina, doch das ging Reinhold zu weit; von Katharina wollte er nicht kritisiert sein. Er schloß die Augen, schüttelte leise den Kopf, sagte verweisend: »Bitte!« und wandte sich wieder den anderen zu. »Stalin ist ein Mensch, lieber Genosse Hoppe, der gewiß hin und wieder Fehler macht«, sagte er. »Aber seine Fehlerquote ist niedrig und steht einem Höchstmaß von menschlich erreichbarem Wissen gegenüber.«

Hoppe nickte wie eine Wackelkopffigur im Schaufenster und nahm erlöst die Hand vom Mund seiner Frau. Er wurde würmlich vor Dankbarkeit, griff über den Tisch nach Reinholds Hand, schüttelte sie und hätte sie am liebsten geküßt. Birkenzweig versetzte erregt dem Zigarettenbagger einen Schubs, zog eine dünne Zigarre aus eigenen Beständen hervor, zündete sie an und entlockte ihr einen blauen Rauchring. Es war, als hätte dieser Ring in der Zigarre geschlafen. Nun schwebte er dahin und löste sich langsam auf. »Alles ist wissenschaftlich klärbar«, sagte er, und die Gäste warteten auf weitere weise Sätze aus seinem Munde, doch es kamen keine mehr.

Büdner hatte, wie stets, vorausgesetzt, daß er es mit alten, erfahrenen Genossen zu tun hatte, aber wenn Birkenzweig und Hoppe alte gute Genossen waren, so war zumindest nicht klug, wie sie sich aufführten und was sie von sich gaben, und wenn die beiden Parteimitglieder waren, wie sie sein sollten, so würde er nie ein gutes Parteimitglied werden.

Katharina riß ihn aus seinen Gedanken. Sie bearbeitete seinen rechten Stiefel mit ihrem kleinen Lackschuh, und zwar so heftig, daß er fürchten mußte, Hoppe, der zerknirscht unter den Tisch sah, könnte es bemerken. Eine Weile hielt Katharina ein, doch dann wurden ihre Zeichen noch deutlicher und heftiger, und schließlich flüsterte sie ihm zu, er möge hinausgehen, und kaum war er draußen, da folgte sie ihm und schob ihn ins Schlafzimmer. Sie war rein verrückt, diese Katharina! Man durfte wohl auch ihr nichts zu trinken geben.

Nichts da! Er verkannte Katharina, sie hatte von Reinhold den Auftrag, Büdner aus der Feststube zu locken, ob auch den Auftrag, ihrem ehemaligen Geliebten um den Hals zu fallen und ihn zu küssen, wurde nicht bekannt, aber sie tat es. »Weil du mir so leid tust«, erklärte sie, »und weil ich heute Geburtstag hab«, und sie kam mit ihrem blassen Mund nah an sein Ohr und flüsterte: »Heut nacht kommst du mir nicht aus!«

Er erschrak, drängte sie zurück und hielt sie mit ausgestreckten Armen von sich ab. Sein Glück war, daß überm Flur die Stubentür klappte und Reinhold kam, denn da ließ Katharina von ihrem Altgeliebten ab und sagte: »So, da habts ihr euch, nun versöhnts euch, und ich geh.«

Es gab keine Stühle im Schlafzimmer; Reinhold setzte sich auf die Kante seines Bettes; er hatte ein schlechtes Gewissen, weil er Büdner, der sich dereinst um Elsbeth und die Kinder gekümmert hatte, nicht besser beistand, als ihn die Mitglieder der Kreisleitung Kohlhalden verurteilten und »zur ideologischen Auskurierung« ins Bergwerk schickten, aber es hätte nicht gut ausgesehen, wenn er, der ehemalige Schwager des Delinquenten, sich da eingemischt hätte. Jetzt war den Kreisleitungsmitgliedern von Kohlhalden, nach Reinholds Meinung, Genugtuung widerfahren, jetzt durfte er, ohne sich den Vorwurf der Begünstigung zuzuziehen, wieder auf Büdners Entwicklung zurückkommen, und über sie wollte er mit Büdner reden, zumal Birkenzweig bei der Hand war, der entscheiden sollte, ob Büdner zuerst auf die Parteihochschule oder zuerst auf die Kunsthochschule sollte.

Aber da war nun erst der verschwundene Bergmann, nach dem Reinhold fragte, und Büdner gab Auskunft: »Der Bergmann heißt Rudolf Risse, und es heißt, du kennst ihn«, sagte er und setzte sich unaufgefordert auf das andere Bett, und das war Katharinas Bett, über dem Dürers Bild, die »Betenden Hände«, hing. Reinhold hatte die »Betenden Hände« nicht im Schlafzimmer haben wollen, aber Katharina hatte darauf bestanden. »Es ist Kunst«, hatte sie gesagt, »und überpolitisch.«

Rudolf Risse? – Reinholds Kindheit tat sich auf, als er den Namen hörte: Sie riefen ihn »Rudel«, den Risse, und sie spielten zusammen, gingen zusammen in die Schule, der Steil-Reini und der Risse-Rudel mit dem schwarzen Haar, das ihm in die Stirn hing, Rudel, der Urenkel eines Zigeuners, in den sich einst eine lustige Finkenhainer Bergmannstochter verliebte. Und der Steil-Reini war hell und wach, und der Risse-Rudel war geschickt und eigensinnig, und auf Sonntag bauten sie manchmal Wassermühlen und ließen sie von »ihrem Bach«, dem in den Gefludern dahineilenden Grubenwasser, antreiben.

Eines Sonntags brachte der Risse-Rudel ein aus Holz geschnitztes Männlein mit beweglichen Gliedern mit, schloß es an seine Wassermühle an, und eine verkehrte Welt tat sich auf: Es sah aus, als ob nicht das Rinnsal, sondern das Männchen die Mühle triebe. Das Männlein trug eine Spitztütenmütze, und der Risse-Rudel gab es für einen Zwerg aus, während der Steil-Reini behauptete, es wäre der Deutsche Michel. Der Risse-Rudel blieb dabei, das Männchen wäre ein Zwerg. »Hab ich ihn geschnitzt oder du?« Sie kriegten sich das Zanken und gingen im Unguten auseinander, und das blieb so, auch als sie am andern Tag die Entdeckung des sechsten Erdteils spielten, sich ein Floß bauten und auf Seefahrt gingen. Ihr See war ein ausgekohlter Tagebau mit ölig schillerndem Wasser, und er war tief, und ihr Spiel war verboten.

Das Floß war breit und fest, hatte einen Mast und ein Segel aus alten Kartoffelsäcken, und sie fuhren den Erdteil Eumerikanien entdecken, doch unterwegs entstand ein Streit um die Richtung, in die sie mußten, und sie schubsten einander, und der Steil-Reini verlor den Halt, fiel ins Wasser und konnte nicht schwimmen, keiner von ihnen konnte schwimmen.

Der Reini schrie um Hilfe, und sie riefen ihm zu, er möge ans Floß heranpaddeln, doch das gelang nicht, da schrien sie alle, bis auf den Risse-Rudel, um Hilfe. Der Rudel riß den Mast aus seiner Pflanzung, kippte ihn um, hielt ihn dem paddelnden Steil-Reini hin, und sie zogen den hinauf aufs Floß.

Am Ufer schwirrten sie auseinander. Am schnellsten lief Risse-Rudel, der Lebensretter. Er machte nichts aus seiner Heldentat, sondern blieb weiterhin zerstritten mit dem Steil-Reini, denn der hatte ihn beleidigt, hatte seinen Zwerg »einen Michel« genannt.

Der Steil-Reini machte sich bewußt, daß er schon im weißen Kindersarg läge, wenn der Risse-Rudel nicht gewesen wär. »Sieh«, sagte er am anderen Tage zum Rudel, »für dich ist das Männchen ein Zwerg, für mich ist es der Deutsche Michel, und für einen anderen ist es vielleicht gar ein Heinzelmännchen. Es ist bei uns nicht anders als bei den Erwachsenen. Die alte Sabbel-Hanne sagt, Lehrer Prautermann ist ein gelehrter Mensch, mein Vater sagt, es ist ein Menschenverdummer, und der alte Sastupeit sagt, ein Deckhengst ist Prautermann. Es kommt drauf an, wie wer was sieht, und wenn ich noch was sagen soll: Entschuldige!«

Es war die erste Entschuldigung, die im Leben unter Finkenhainer Bergmannskindern stattfand, und sie machte den Risse-Rudel wieder gängig und heiter, und sie faßten einander um die Schultern, gingen davon und sangen: »Wir sind zwei Freunde, bläh, bläh, bläh!«

Dann, als sie schon nicht mehr Rudel und Reini und beide Mitglieder der kommunistischen Parteiortsgruppe von Finkenhain waren, starb dem Rudolf Risse die Mutter. Er hatte sie sehr geliebt; sie hatte ihm die dunkle Haut und das schwarze Haar vererbt und sich auf ihrem Sterbelager gewünscht, der Pfarrer solle ihr die Grabrede halten. Ihr Sohn Rudolf erfüllte ihr den Wunsch, aber in der Ortsgruppe hänselten sie ihn und waren pietätlos. »Meinst du, daß deine Mutter was gemerkt hätte, wenn ihr unser Freidenker-Heinrich die Grabrede gehalten hätte?« fragten sie.

Risse erboste sich, trat aus der kommunistischen Ortsgruppe aus und ging zu den Sozialdemokraten, die hinwiederum beleidigten ihn später, als sie Hindenburg zum Reichspräsidenten wählten. Hindenburg war für Risse ein Walroß mit Zylinder, kein Mensch, denn er war in Schuld, daß Risses Vater in der Schlacht bei Tannenberg fiel.

Wahrscheinlich wäre Risse in seinem Starrsinn nie wieder einer Partei beigetreten, wenn nicht Reinhold Steil die Gelegenheit abgepaßt und sich bei ihm nachträglich für die Spöttereien der Genossen von damals, als Risse seine Mutter christlich begraben ließ, entschuldigt und ihn wieder für die Kommunistische Partei geworben hätte.

Am Ende wärs dir sogar möglich gewesen, Risses Starrsinn nach dem Kriege zu brechen, dachte Steil, wenn du dich bei ihm, der so selbstverständlich die Schächte von Finkenhain rettete, hättest entschuldigen, wenn du ihm hättest gute Worte geben können, als sich überhitzte Sowjetsoldaten über seine Tochter hermachten.

Aber Reinhold war zu jener Zeit kaum aus dem Lager, und andere hatten mit sich zu tun und selber Trost nötig. Als Steil später von der tragischen Angelegenheit erfuhr und vorschlug, Risse zum Bürgermeister zu machen, war der schon unleidlich; er trank schon, und sein Kummer hatte sich als Bittersalz niedergeschlagen.

Reinhold war nah dran, über Risses Schicksal gerührt zu sein: Mußte er den, der ihm einst das Leben rettete, jetzt nicht auch retten, ganz gleich, wovor? Er versuchte noch einmal alles rasch zu durchdenken: Risses Provokationen fielen ihm ein, von denen ihm Büdner erzählt hatte. Eigentlich hat Risse seine Verhaftung damit heraufbeschworen, dachte er. Dann fragte eine Stimme in ihm, und es war nicht auszumachen, ob die des Gerechtigkeitsgefühls oder der sogenannten Gleichmacherei: Und du, fragte sie, hast nicht auch du damals deine Verhaftung provoziert?

Vergleiche hinken, sagte eine andere Stimme, die Stimme der Wackers und Wummers, bedenke, daß es Risse ums Unrecht ging, das ihm und seiner Familie widerfuhr, dir aber ums Unrecht, das deiner Klasse angetan wurde.

Nein, Reinhold durfte sich nicht rühren lassen. Er hatte zwölf Jahre im Lager gesessen, und Risse hatte nichts für ihn unternommen in dieser Zeit. Außerdem, fand Reinhold, mußte er dem Parteineuling, der da neben ihm saß und um Gnade für einen politischen Provokateur bat, beibringen, daß im Klassenkampf Härte vonnöten war.

In der Geburtstagsstube gings lebhaft zu. Der Wein fing an zu herrschen. Ein Rundgesang ging um und drang bis ins Schlafzimmer. Reinhold stand auf und straffte sich. »Hat dich Kleinermann geschickt?«

»Ja«, sagte Büdner, »es ist Unruhe im Schacht, wie du dir denken kannst.«

Reinhold ging, die Hände in den Hosentaschen, vor seinem Bett auf und ab und zitterte. Insgeheim hatte er sich bereits vorgenommen, in der Sache Risse etwas zu unternehmen, doch er zweifelte im voraus an einem Erfolg. Es war der Zwiespalt, der ihn zittern machte, denn zu Büdner sagte er: »Also, was wollt ihr? Risse hat sabotiert, ist handgreiflich geworden – das läßt sich keine Besatzungsmacht der Welt bieten.«

»Besatzungsmacht?« fragte Büdner überrascht.

»Fang hier nicht an, Gold zu wiegen!« sagte Reinhold und blieb, die Hände in den Hosentaschen, vor Büdner stehen. »Was starrst du mich an? Es wird alles seinen Gang gehen, kannst du Kleinermann sagen. Sie werden Risse aburteilen, und er wird seine Strafe absitzen. Ist das so schwierig zu begreifen, ist das so schwierig den Leuten im Schacht zu erklären?«

Der unfreundliche Ton erschreckte Büdner. Katharina irrte, Reinhold hatte ihm nicht verziehen. Er verließ das eheliche Schlafzimmer der Steils, nahm im Flur seine Joppe von August Meura, setzte seine steingraue Blazermütze auf, grüßte leise und ging, ohne sich von der Geburtstagsgesellschaft zu verabschieden.

Als er ein Stück die Straße hinunter war und unter den Pyramidenpappeln entlangging, hörte er Katharina rufen: »Stani, lieber, lieber Stani!« rief sie, doch er antwortete nicht.

26
Büdner verfällt der Schreibsucht wieder, wird vom Meisterfaun verwarnt, eilt, seine Mutter zu begraben, wird vom Vater des »verfehlten« Romans wegen in das siebente Glied des Trauerzuges verwiesen und erfährt, daß die Kunst ein Wunder ist.

Um zwei Uhr in der Nacht kam er heim, setzte sich aufs Sofa und sah auf seine Füße, wie ein Wanderer, der genug Landschaft gesehen hat und verschnauft. Er war bedrückt von den Steils gegangen, und die Bedrückung hatte mit jedem Kilometer, den er auf der Heimreise zurücklegte, zugenommen. Was ihn bedrückte, war, daß er Risse nicht helfen konnte und daß Reinhold nicht helfen würde, weil er es aus politischen Gründen für falsch hielt.

Er suchte nach Trost, fand keinen und griff endlich zu dem Mittel, das ihm oft geholfen hatte, sich vom seelischen Druck zu befreien: Er holte Papier und Bleistift aus dem Schrank und fing an zu schreiben.

Es hätte jetzt sein bester Freund kommen und ihn bitten können, nicht zu schreiben, er hätte es doch getan. Sein bester Freund? Wer war sein bester Freund? Er ließ sich nicht Zeit, drüber nachzudenken, aber selbst wenn sein Freund das wäre, was Rosa ihm gewesen war, hätte der ihn nicht aufhalten können; ihn aufhalten wäre gewesen, wie einen Jähzornigen, der sich in Rage befand, belehren, seinen Konflikt in Ruhe und mit Güte zu lösen.

Beim Schreiben war Büdner ganz und gar Risse, und alles, was dem widerfahren war, widerfuhr ihm: Er war es, der bei Kriegsende in den Schacht stieg und die Pumpen umsorgte; er war es, der nach Hause kam, von der jammernden Frau empfangen wurde und die tote Tochter liegen sah; er kannte den Ort, an dem das geschehen war, er saß nur einige Meter davon entfernt.

Als er zwischen drei und vier Uhr morgens das erste Mal von seiner Schreib-Arbeit aufblickte, sah er einen Mann auf dem Rohrstuhl an der Kommode, auf einem von Lenkas »Hochzeitsstühlen«, sitzen. Der Mann trug die bei den Finkenhainer Bergleuten beliebte steingraue Blazermütze, blank geputzte Schnürstiefel, Manchesterhosen und, unter der frisch gewaschenen blauen Arbeitsbluse, ein weißes Leinenhemd, das Hemdbündchen mit einem talmigoldenen Kragenknopf geschlossen; er stützte den linken Arm auf Lenkas Kommode mit dem Häkeldeckchen und wirkte sympathisch. Büdner hatte nichts dagegen, daß der Fremde dort saß und ihm beim Schreiben zusah, bis er gewahrte, wie der sich mit dem Fuß hinterm Ohr kratzte; da wußte er, mit wem er es zu tun hatte.

»Laß das!« sagte der Faun sanft zu Büdner. »Du steigst in eine neue Schicksalskutsche!«

»Mag sein, aber nicht in eine, die mir vorgefahren wurde!« sagte Büdner und schrieb weiter. Als er jedoch nach zehn Minuten wieder aufsah, saß der Meisterfaun noch in der gleichen Haltung an der Kommode. »Laß das!« wiederholte er. »Es ist eitel, was du tust. Es werden Zeiten kommen, in denen die Kleinen Leute nicht mehr frieren, nicht mehr hungern, vielleicht gar im Überfluß leben, aber Zeiten, in denen ihnen keinerlei Leid widerfahren wird, wirds für sie nie geben. Leid ist eine Sache der Seele, deren Hunger sich nicht mit Kuchen, deren Durst sich nicht mit den besten Weinen stillen, deren Blöße sich nicht mit Kleidern bedecken läßt. Laß ab, keinem Herrschenden wars je recht, wenn man sagte oder schrieb, es gebräche ihm an Macht, die Bedürfnisse der Seelen zu stillen; ein kluger Mensch verlangt das nicht!«

Büdner wurde unwillig. »Stör mich nicht!« sagte er, »wie weise und wichtig deine Worte auch immer klingen mögen, ich mißtrau ihnen; alles, was du mir bisher anrietest, kam aus dem Hinterhalt. Ohne zu schreiben, müßt ich verkümmern wie ein Baum ohne Wasser; du solltest es wissen, wenn du so weise bist, wie du tust. Sag mir endlich, wer du bist!«

> Bin dies nicht, bin das nicht;
> Nicht Himmel, nicht Hölle.
> Bin Kind und bin Jugend;
> Bin Unschuld der Quelle.

»Dann bist du also der Neck aus meiner Jugend, bist es immer gewesen, obgleich ich dich für den Meisterfaun hielt?«

»Mehr«, kams vom Hofe. Aber ein wenig später meinte Büdner, es wäre Lenka Meuras Ziege gewesen, die den Morgen eingemeckert hätte.

Nach fünf Uhr legte er, was er über Risse geschrieben hatte, ohne es noch einmal zu lesen, unter seine saubere Wäsche im Kleiderschrank und machte eine merkwürdige Entdeckung: Es war ihm beim Schreiben weniger um Risse gegangen; er hatte geschrieben, sein Leid zu beschwichtigen. War das recht? War das nicht Egoismus? Oder waren Risses und sein Leid Zweige am gleichen Baum?

Er legte die Stadtkleider ab und wusch sich, zog die Arbeitskleider an und fühlte sich getröstet. Er hatte das Gefühl, etwas für Risse getan zu haben, und pfiff zufrieden durch die Zähne.

In der Küche kam ihm eine verweinte Lenka entgegen.

»Was hast du, was ist dir?«

»Soll eins nich weinen«, schluchzte Lenka, »wenn einer, dem die Mutter starb, in seiner Stube umhergeht und pfeift wie der geperlte Star im Frühling!« Sie holte ein zerknittertes Telegramm aus dem Küchenschrank. »Mutter Lena hat die Erde unter sich gelassen«, schrieb der Vater in seinem Hang, das gemeine Leben mit Sätzen aus seinem Schullesebuch aufzuwerten. »Sofort herkommen!«

Büdner mußte, ob er wollte oder nicht, ein wenig lächeln, aber da ging Lenka mit Fäusten auf ihn los.

Er lief zu Kleinermann, unterrichtete den von seinem erfolglosen Besuch bei Reinhold und meldete sich für seine Fahrt zum Begräbnis ab. Ein Leid war noch nicht bewältigt, da krallte ihn das nächste.

Mutter Lena hatte die letzten Wochen ihres Lebens im Bett verbracht. Zweimal entwich sie nachts wie Jesus aus seiner Grabkammer und schlich in den Wald. Vater Gustav fand sie morgens halb erstarrt. Ein Glück, daß die Nächte frostlos waren!

Lena hatte sich nun auch mit dem Gott, den ihr Meister Eckehart offenbarte, verunreinigt und hatte ihn entlassen, weil sie sich selber für erleuchtet hielt und Gott in allen Dingen dieser Welt leben sah, in einer Gänseblume so gut wie in einem hohlen Baum. Gott in den Gänseblumen zu besuchen fiel ihr schwer, weils mit dem Bücken nicht mehr recht ging, deshalb besuchte sie ihn in einem hohlen Baum.

Da lag sie nun im Brautkleid in ihrem weißen Sarg, die Mutter Lena. Ihr Gesicht war gelb wie Zitronenschale, doch es war beileibe nicht friedlich; es war das Gesicht eines mit sich zerstrittenen Menschen. Büdner staunte über die großen, eigenwilligen Ohren der Mutter, die zu ihren Lebzeiten unterm Haar versteckt gewesen waren. Ob sie ihren Gott gefunden hatte? Es fällt den Menschen schwer, ohne Götter auf der Erde zu verweilen, und wenn man sie ihnen ausredet, machen sie sich ihresgleichen zu Göttern, hatte der weise Simos gelehrt.

Der Sargdeckel wurde aufgelegt, und Mutter Lena entschwand allen, die sie in diesem Leben gesehen hatten, für immer. Keine Träne bei Büdner, nur das Gerumpel seiner Gedanken.

Schwester Elsbeth hatte den Fahrer Willi mitgebracht. Das wäre gewiß nicht im Sinne der lebenden Mutter gewesen, nun aber mußte Lena die Wilde Ehe ihrer Tochter schweigend billigen.

Vater Gustav hatte seine Trauer bereits hinter sich. Ihm gings jetzt um das Begräbnisfest, und wenn der Kummer in ihm doch durchbrechen wollte, besänftigte er ihn mit dem ölartigen Getränk, Likör genannt. Die Brombeeren für diesen Likör hatte er im Vorjahr gesammelt. »Als ob ichs gewußt hätte«, prahlte er, »wissenschaftlicher ausgedrückt: Als ob sich eine Vorahnung über mich bemächtigt hätte.«

Gustav schenkte dem Fahrer Willi vom Brombeerlikör ein, dem verdienten Manne des politischen Widerstandes, und Willi war handsam und verschmähte den Likör des ehemaligen Sozialdemokraten Gustav Büdner nicht. Dafür reihte Gustav seinen WILDEN Schwiegersohn in das erste Glied des Trauerzuges ein. Er durfte links vom trauergebeugten Gustav gehen, und rechts ging Elsbeth.

»Alles muß seine feierlich-ideologische Ordnung haben«, behauptete Gustav.

Vater Gustav hatte das Schicksal seines Sohnes Stanislaus in die Hände Gottes gelegt, als er ihn vor Wochen in Kohlhalden besuchte, aber auf dem Rückweg wurde er unsicher: Er wußte nicht, ob Gott ihn, den Kommunisten Gustav Büdner, erhören würde, und hantierte deshalb selber am Schicksal seines Sohnes: Er brach in der Versammlung der Dorfparteigruppe eine Romandiskussion vom Zaune und rief die Mitglieder auf, gegen die »hyänischen Leserbriefe«, die im VOLKSBLATT abgedruckt wurden, zu protestieren. »Es steht«, versicherte Gustav, »nicht ein unwahres Wörtchen im Literaturroman von unserem Stanislaus.«

»Aber es stehen zuviel alte Kamellen drin«, ließ sich Bürgermeister Stangenbiel vernehmen. »Mußte er von einer Zeit schreiben, zu der in Waldwiesen noch der Klassenfeind Bürgermeister war? Weshalb hat er nicht berichtet, wie bei uns das Kampfziel des Ablieferungssolls gemeistert wurde, weshalb nicht, wie sich der Fortschritt bei uns verbreitete und prozentual erhöhte?«

»Und denn, und denn«, unterbrach ihn Lotte Wohlgemut, »unsereiner denkt nicht mal an so Sauereien, wie der sie in seine Romangeschichte hineinschreibt.«

Nur Waldarbeiter Strauch verteidigte Stanislaus und sagte: »Einzig und allein, was der Junge geschrieben hat! Man muß sich nicht nur zum Vergnügen an die Vergangenheit erinnern, man muß sie durchdenken, und das hat Büdners Stanislaus vollbracht. Freut euch, daß ein fähiger Mensch unter uns ist!«

Bürgermeister Stangenbiel trat Strauch entgegen. »Es ist nicht gut, an das Gestern zu denken, besser ist, ans Heute, und noch besser, ans Morgen zu denken«, sagte er. »Büdners Stanislaus hätte lieber über die Genossenschaften schreiben sollen, die jetzt am Himmel der Landwirtschaft heraufdämmern.«

»Ich muß mich wundern, woher du das so genau weißt«, sagte Vater Gustav und war krätzig. »Warst nicht du es, der einen Leserbrief schrieb und beanstandete, daß unser Stanislaus deine Vergangenheit zuwenig ins Licht setzte?«

Stangenbiel paßte Gustavs Frage nicht. »Woher ich alles so genau weiß?« sagte er, »du solltest dir denken können, daß sich klügere Genossen ausdachten, was ich hier von den Genossenschaften von mir gab. Wenn du aber weiter so konterrevolutionierst, werden wir dich zur Rechenschaft ziehen lassen, ob du achtzig oder hundert Jahre alt bist!«

Als die Diskussion auf dieser Höhe war, kam eine Forstarbeiterin gerannt, riß die Tür der Versammlungsstube auf und rief: »Büdners Lena hockt tot in einer hohlen Linde.« Die Versammlung war zu Ende. Die Männer brachen auf.

Vater Gustav war noch immer erschrocken drüber, daß ihn Stangenbiel einen »Konterrevolutionär« genannt hatte. Er nutzte das Begräbnis, Stangenbiel zu versöhnen, und dirigierte ihn in das zweite Glied des Trauerzuges, wo ihn Sohn Artur und Schwiegertochter Bertchen KLAU-MÜLLER flankierten. Bertchen und Artur hatten, nach Stangenbiels Ansicht, »bewußtseinsmäßig aufgeholt und ihre ideologische Quote prozentual erhöht«. Sie hatten in der letzten Zeit ihr bäuerliches Abgabesoll übererfüllt. »Nicht dran zu rütteln«, sagte Stangenbiel, »sie setzen sich jetzt für die Demokratische Republik ein.« Freilich wußte er nicht, daß Bertchen sich auch um die Versorgung der westlichen Republik verdient machte und tapfer Eier und Hähnchen nach Westberlin lieferte.

Ganz gleich wie, Bertchen und Artur »genossen die Ehre des zweiten Gliedes und des Zusammengehens mit ihrem ehemaligen Widersacher Stangenbiel«, wie sich Gustav ausdrückte. Stangenbiel sollte sehen, daß Gustav parteilose Abgabesoll-Erfüller lieber waren als ein Mensch wie Stanislaus, der nach Stangenbiels Ansicht nicht auf der Höhe seiner Zeit stand.

Stanislaus wurde in das siebente Glied des Trauerzuges eingereiht und hatte seinen Bruder Herbert, den Tunichtgut aus Westdeutschland, zur Seite. Freilich dachte Vater Gustav nicht im Ernst so schlecht von seinem Sohn Stanislaus, wie er es Stangenbiel gegenüber dokumentierte. Zeig mir den, der nicht dann und wann ein bißchen heuchelt, war Gustavs Meinung.

Herbert Büdner war mit einem breiten Auto, auch Wagen genannt, aus der westlichen Republik gekommen, und die jungen Mädchen spiegelten sich im Chrom dieses Wagens, bevor sie sich in den Begräbniszug reihten. Herberts Frau, auch Dame genannt, war mittelgroß und schwarz gekleidet bis in die Seele hinein. Die Dorffrauen erzählten später, sie hätte sogar schwarz geschminkte Fingernägel für den Trauerfall getragen. Aber das war gewiß Gehässigkeit, ebenso wie die Behauptung, Herbert hätte sein schwarzes Über-Auto nur ausgeliehen gehabt.

Zwei Büdner-Söhne fehlten im Begräbniszug. Mutter Lena hatte sie überlebt. Den Sohn Paul verwies Gustav in das achte Glied des Trauerzuges, weil er nach seiner Glasmacherlehre von daheim weggelaufen war und nur jährlich eine Weihnachtskarte geschrieben hatte. Paul hatte sich auf die Herstellung künstlicher Augen spezialisiert und lebte als Kleinunternehmer in Thüringen. Er war auf einem Motorrad mit Beiwagen angereist, und im Beiwagen saßen eine mollige Frau und ein dicker Hund.

Der Begräbniszug war lang. Schade, daß ihn Lena nicht sehen konnte, denn sein Ende quirlte noch ungestaltet vor Büdners Haustür, als die Spitzengruppe mit den Haupttrauernden bereits den Hügel zum Friedhof hinaufkeuchte. Es war das erste Begräbnis in Waldwiesen, das ohne Pastor stattfand. Dieser »umständliche Umstand«, wie Gustav sagte, hatte eine Vorgeschichte: Einer von Mutter Lenas Wünschen war, ohne Pastor begraben zu werden. Gustav war im Begriff gewesen, ihr diesen Wunsch nicht zu erfüllen. Es war ihm peinlich, vor den Leuten, »seine geliebte Frau pastorenlos in die Erde zu versenken«.

Als Gustav beim Pastor vorsprach, wurde ihm der Bescheid: »Siehe, mein abtrünniger Sohn, was deine Frau für ihre Erleuchtung hielt, war eine Verwirrung ihres Geistes. Der Herr hat sie gestraft, weil sie ihr Leben lang auf heidnische Götter aus war. ›Die Rache ist mein, so spricht der Herr‹, und ›du sollst nicht andere Götter haben neben mir!‹ Ich sehe mich außerstande, den Willen des Herrn durch eine versöhnliche Begräbnisrede zu unterlaufen.«

Die Absage des Pastors machte Gustav wieder einmal zum behutsamen Revolutionär. Er bestellte vier Berufsmusiker und trug ihnen auf, beim Begräbnis Kampflieder zu spielen. Die Musiker spielten am Eingang zum Friedhof den Sozialistenmarsch: »Auf, Sozialisten, schließt die Reihen!« Stangenbiel, der alte Kommunist, spitzte die Ohren und konnte nicht an sich halten. Er verließ das zweite Glied des Trauerzuges, trat Gustav wie aus Versehen auf die Hacken und fragte: »Hast du den Reformistenmarsch bestellt?«

Ach, ach, ach, Gustav kam politisch nicht zur Ruhe! Gleich würde wieder das Wort Konterrevolutionär fallen. Er preschte nach vorn zu den Musikanten, und alsbald hörte man von dorther die Töne des Liedes, das die Internationale genannt wird: »Wacht auf, Verdammte dieser Erde!«

Den Pastor ersetzte ein Redner von den ehemaligen Freidenkern. Auf seiner Oberlippe tanzte ein Bärtchen. Die Trauergäste erfuhren von ihm einiges, was sie von Mutter Lena wußten, und einiges, was sie nicht von ihr wußten. Daß Mutter Lena Küchen- und Hausmädchen und zuletzt Näherin auf dem Schloß des Grafen gewesen war, wußten alle im Dorf, da die Leichenrede aber auch einen sozialen Aspekt aufweisen mußte, erfuhren sie die Neuigkeit, daß Gustav Lena durch Heirat davor bewahrt hatte, eine Mätresse des Grafen zu werden. »Gott sei Dank, Genossen, Gott sei Dank«, sagte der Freidenker, »das Schicksal meinte es gut und beschenkte unsere liebe Lena und den Glasbläser Gustav Büdner mit sieben Kindern, und sie zogen sie zu ehrbaren Menschen heran.«

Der »ehrbare Sohn« Herbert, der einen geliehenen Smoking mit Seidenaufschlägen trug, verbeugte sich zum Redner hin und bewies Lebensart. Elsbeth hingegen stampfte herrisch mit dem Fuß auf, und es löste sich Sand vom Grabgrubenrand und fiel verfrüht auf den Sarg.

Daß Mutter Lena nicht der Partei angehört hatte, wußten wiederum alle, daß sie aber trotzdem »eine fortschrittliche Frau« gewesen wäre, die sich vom »Opium der Kirche« befreit hätte und den schweren Lebensweg einer Anti-Christin gegangen wäre, war wiederum für manche Begräbnisteilnehmer eine Neuheit.

»Der Mensch kommt aus der Erde und geht wieder in die

Erde«, sagte der Redner sodann, und das wußten wiederum alle.

Eine feierliche Rede trotz allem: Der Freidenker verstand sich auf Wirkungen: Den letzten Teil seiner Abschiedsworte ließ er von den Musikern mit einem Trauermarsch untermalen, den bis dahin in Waldwiesen niemand gehört hatte, und was die Rede nicht vermochte, erreichte Beethovens Musik, selbst Stanislaus Büdner, ehemals Aspirant in Sachen Kunst, derzeit Bergmann in Finkenhain, der sich mit Theaterwirkungen auskannte, blieb nicht unangerührt.

Beim Leichenschmaus, auch Fellversaufen genannt, prostete Gustav seinem Widersacher Stangenbiel mit Brombeerlikör zu, und das so lange, bis Stangenbiel nicht mehr abgeneigt war, eine Probefahrt mit Herberts blink-blankem Westwagen zu machen. Er und Gustav ließen sich ins Hauptdorf fahren, und als sie zurückkamen, stritten sie miteinander. Herbert behauptete, Autos wie seines würde es in der Demokratischen Republik nie geben, das läge nicht im System, aber Stangenbiel bewies ihm wort- und likörgewandt: »In unserem System liegen noch viel längere und breitere Autos, sogar solche mit Luftkissen, Schaumstoff und Bordapotheke.«

»Wozu längere und breitere Autos?« mischte sich Gustav ein und lallte schon ein wenig. »Solche Mordmaschinen können mir gestohlen bleiben, für unsereinen sind sechzig Kilometer Höchstgeschwindigkeit das Massimum.«

Aber damit machte sich Gustav unbeliebt bei Ost und West. Sein Sohn Herbert und Bürgermeister Stangenbiel gingen gemeinsam auf ihn los und nannten ihn einen »Feind des Fortschritts«.

Stanislaus Büdner stand um diese Zeit unter den Zweigen jener Salweide im Wiesental, unter der er damals gesessen hatte, als er aus fernen Ländern heimgekehrt war. Das Gras in den Wiesen war grau, aber die Knospen an den Weidenzweigen waren schon bereit fürs nächste Frühjahr. Ein leiser Wind strich durchs Tal, ein Wind wie aus Kindertagen und doch nicht der Wind von damals. Hier hatte er einstmals gesessen, einen Veilchenstrauß für die Mutter in der Hand. Mit der Mutter wurde seine Kindheit begraben. Er hatte versucht, diese Kindheit mit Worten auf Papier festzuhalten, um sie andern nacherlebbar zu machen; es war nicht gut ausgegangen damit, man hatte ihm zu verstehen gegeben, daß man seine Kindheitsgeschichten nicht benötigte.

Waldarbeiter Strauch kam im Gehrock von der Begräbnisfeier. Er drückte Büdner noch einmal die Hand, wünschte ihm Beileid, riß sich dann den Trauerschlips und den steifen Kragen vom Hals und sagte: »Mir bleibt und bleibt ein Wunder, wie ein Mensch zustande bringt, zu erraten und aufzuschreiben, was andere Menschen denken. Man hat dies und das von Kunst gehört, und wenn das, was du aufschriebst, Kunst ist, so ist die Kunst ein Wunder.« Er packte noch einmal Büdners Hand und drückte sie, dann stopfte er seinen steifen Kragen und den Schlips in die Gehrocktasche und ging.

---

27 Lekasch wird nach Finkenhain geladen; er kommt, küßt die Finkenhainer und macht sich mit Büdner bekannt. Es wird eine große Versammlung anberaumt und musikalisch eingeleitet, um Lekasch wieder auszuladen.

Lope Kleinermann las; er las schon die halbe Nacht. Seine Frau fuhr im Schlafe herum und murmelte: »Mach doch das Licht aus!« Kleinermann dunkelte den Lampenschirm mit einem Tuch ab, kroch näher an die Nachttischlampe heran und las weiter; Lesen war ihm so nötig wie Rauchen. Er schloß keinen Tag ab, ohne ein paar Seiten aus einer Erzählung oder einem Roman gelesen zu haben. Angefangen hatte es mit dem wirklichen Lesen bei ihm nach seiner Konfirmation, als der Gutssekretär ihm, dem Gutsarbeiterjungen, die Tagebücher Tolstois schenkte, der Gutssekretär, der Kleinermanns Vater war, wie er später erfuhr.

Bücher wurden und waren für Kleinermann »Zauberdinger«; ihre Verfasser speicherten ganze Leben mit ihren Aufregungen in sie ein. Er sprach mit niemand davon, was er über Bücher dachte, erwähnte auch seinen Lesehunger nie; wozu sich belächeln lassen?

In der Nacht, von der die Rede ist, irrte er bisweilen von seinem Buche ab, weil ihm Reinhold Steils Verhalten zum Fall Risse nicht aus dem Kopf wollte. Er war empört und mußte immer wieder dran denken. Hatte Reinhold sein Finkenhain und die Kindheit, die er hier zubrachte, vergessen? Es mußte ihm doch eingefallen sein, daß Risse ihm einst das Leben gerettet hätte! Freilich wars möglich, daß sich die sowjetischen Genossen eine Einmischung in den Fall Risse verbitten würden, aber versuchen hätte es Reinhold müssen! Was war das für eine Art und Weise neuen Typs, einfach nein zu sagen, wenn man vorsichtig gebeten wurde, und den Überbringer der Bitte abzufrühstücken, wie Reinhold das mit seinem ehemaligen Schwager getan hatte!

Er versuchte sich wieder in sein Buch zu vertiefen. Es war Lekasch' Roman vom »Mann im Kessel«, in dem unter anderem beschrieben war, was einem Kesselschmied bei seiner lärmvollen Arbeit für Gedanken kommen. Kleinermann kannte auch die Interviews, die Lekasch gegeben hatte, als der aus der Emigration kam, und wußte, daß der Arbeiterdichter zur Zeit seine Amerika-Erlebnisse niederschrieb.

Dann fiel ihm die Belegschaftsversammlung ein, die er abhalten mußte: Konnte er vor die Leute hintreten, sie nüchtern unterrichten, wie es um Risse stand, und sie nach fünf Minuten wieder heimschicken? Die Information, fand er, mußte irgendwie eingebettet, kulturell umrahmt werden, wie man das jetzt nannte, zumal er sie nun nicht mit den beruhigenden Worten schließen konnte: Habt Geduld, Reinhold kümmert sich um die Sache!

Frau Jaschka fühlte sich auch vom abgedunkelten Licht der Leselampe belästigt, drehte sich der Wand zu und murmelte. Lope verstand nur ihr Unmutswort »Kruzifix!« Er schaltete die Leselampe aus, lag eine Weile im Dunkeln, spürte, wie sein Herz unregelmäßig arbeitete, stand auf, öffnete das Fenster vorsichtig, sah den von der Grubenbeleuchtung erhellten Nachthimmel durch den kahlen Birkenwald schimmern und atmete tief.

Es fiel ihm etwas ein, er hatte einen Einfall. Etwas für Finkenhain nie Dagewesenes sollte herbei: Er wollte Lekasch einladen, ihn bitten, den Belegschaftsmitgliedern beizubringen, daß man auch in Amerika nicht unausgesetzt Zucker leckte. Der Erlebnisbericht des Dichters sollte das Geschurr und Gemurr um Risse besänftigen helfen.

Bald danach schlief der Sekretär ein. Im Morgengrauen erwachte die Frau, betrachtete ihren schlafenden Kleinermann und sah, wie es in dessen Gesicht von Zeit zu Zeit zuckte. Das war neu und beunruhigend. Jetzt wars die Frau, die nicht mehr einschlafen konnte. »Kruzifix!«

Am nächsten Tag meldete Kleinermann bei der Verwaltungssekretärin ein Telefongespräch nach Friedrichsdamm an. Es dauerte seine Zeit, bis die Verbindung mit Lekasch hergestellt war. Lope rauchte eine Zigarette nach der anderen, inhalierte, zerquetschte die Glut im Aschenbecher, brannte sich die nächste an, und als er endlich mit Lekasch sprach, zitterte seine Stimme wie die eines Konfirmanden bei der Prüfung.

Der Winter taumelte, mal wars kalt, mal gelinde. Um Lekasch' Mühlenhügel strichen die Winde, doch drinnen in der ausgebauten Windmühle wars warm. Die Leute von der Stadtverwaltung hatten »ihrem Arbeiterdichter« ausreichend Kohlen und Holz anfahren lassen. Das Holz erbat sich Lekasch in Klafterlänge; er sägte und spaltete es selber, wenn er bis zum Nachmittag in seiner Stube gehockt und an den Amerika-Erlebnissen geschrieben hatte. Gymnastik und Sport wären dem ehemaligen Kesselschmied wie Faxen vorgekommen; Holzhacken beruhigte und machte müde.

Lekasch hatte den Abdruck der Leserbriefe über Büdners Roman im VOLKSBLATT verfolgt. Einige Zuschriften empörten ihn: »Da wollen sie Sozialistischen Realismus«, sagte er zu seiner Frau, »und wenn sie ihn haben, dann lassen sie zu, daß solche Kerle mit Lineal, Schublehre und Bandmaß auf ihn losgehen.«

»Wen meinst du, wenn du ›sie‹ sagst?« fragte die schwarzäugig-sanfte Leontine.

Ihre Frage machte, daß Lekasch stotterte und fuchtelte. »Die Genossen von der Zeitungsleitung meine ich.«

291

Die Jüdin Leontine Lekasch, deren wissende Blicke wie von hinter sieben Bergen kamen, hatte nicht umsonst gefragt: Noch immer war nicht geklärt, weshalb man sie im Institut beurlaubt hatte; es mußten ja wohl auch dafür Genossen verantwortlich sein. Die Lekasch' konnten nur vermuten, daß Leontines Beurlaubung mit ihrer Emigrationszeit in Amerika zusammenhing. Wenn sie Freunde oder Genossen, die sie für Freunde hielten, befragten, verstummten die.

Als Büdners Romanvorabdruck mit der Selbstanklage des Autors abgebrochen wurde, stand für Lekasch fest, daß er helfen *mußte*. Er ging in die VOLKSBLATT-Redaktion und bat um das Romanmanuskript. MEHRLESEN war noch verwirrt von dem, was geschehen war, vielleicht erwartete er auch von Lekasch eine Rettung aus der absurden Situation. Er gab das Manuskript bereitwillig heraus. Lekasch fuhr damit nach Berlin und brachte es seinem alten Freunde Buchmacher, der den EMPOR-VERLAG leitete.

Zwei Tage nach seiner Berlin-Fahrt bekam Lekasch Besuch. Frau Leontine brachte ihn in die »Müllerstube«. Ein gewisser Genosse Wagemann von der Kulturbundleitung war gekommen, ein Mann mit prallen Hautsäcken unter den Augen, ein einigermaßen sympathischer Mensch.

Lekasch trank einen Kognak mit ihm, einen zweiten und einen dritten, und sie sprachen über die »kulturelle Situation« im Bezirk. Lekasch, der an die »Beurlaubung« seiner Frau dachte, war vorsichtig mit seinen Äußerungen und achtete darauf, daß er nicht, wie sonst, allzuviel fluchte.

Wagemann war bescheiden und sprach bedachtsam: »Du hältst es hoffentlich nicht für anmaßend, wenn ich dich bitte, mir ein wenig aus deinem Amerika-Manuskript vorzulesen«, sagte er, »es besteht die Absicht, dich vom Kulturbund aus auf eine Lesereise durch die Republik zu schicken, Motto: ›Die Wahrheit über Amerika‹ oder so. Wir versprechen uns was davon.«

Lekasch war erfreut: Wenn man vorhatte, ihn zu Vorträgen in die Republik zu schicken, konnte nichts gegen ihn vorliegen.

»Halte mich nicht für unbescheiden, wenn ich dich bitte, mitten aus dem Manuskript zu lesen, also weniger von der Vorgeschichte deiner Emigration, sondern mitten aus der Amerikazeit, wenns sein kann.«

Lekasch war zu allem bereit, und während er im Manuskript blätterte und suchte, setzte sich der Fremde in dem alten Wachstuchsofa zurecht, das auf unbekannte Weise in die Mühle gelangt war.

Dann las Lekasch, und seine scharfen Rs rollten durch die Mühlenstube. Er schilderte seine Ankunft in New York: »Und da stehst du nun, kleiner Mensch, in der Riesenstadt und mußt dich zurechtfinden, und du denkst zunächst nicht an Politik und Klassenkampf, und du fühlst dich wie ein fliegender Fisch, der auf einem Bootsdeck zwischen unbekannten Dingen und Kreaturen landete.«

»Und keinerlei Hilfe, keine Solidarität von den Unsrigen?« fragte Wagemann dazwischen.

»Es kommt schon noch, es kommt alles noch«, antwortete Lekasch, war ein wenig ungehalten über die Störung und las weiter, las eine Viertelstunde, und als er danach aufsah, war der Fremde eingeschlafen und drohte nach vornüber zu kippen. »He!« rief Lekasch, schenkte noch einmal Kognak ein und war im übrigen unbeleidigt.

Wagemann entschuldigte sich, er wäre kein guter Zuhörer, wäre außerdem übermüdet. »Kannst du nicht so gut sein und mir das Manuskript für ein, zwei Tage herleihen, damit ichs daheim les, wenn ich ausgeschlafen bin?«

Gewiß, auch das! Der viel zu begeisterte Lekasch gab diesem Wagemann einen Durchschlag von seinen Emigrations-Erlebnissen. Er war so froh, daß sich jemand um ihn kümmerte.

In diese heitere Stimmung, in diese Hoffnung auf die Vortragsreise hinein kam Kleinermanns Anruf. Wagemanns Bemühungen schienen schon zu fruchten. »Arschklar, daß ich komm!« sagte er am Telefon.

Kaum war Büdner vom Begräbnis seiner Mutter zurück, da stellte sich Kleinermann bei ihm ein und teilte ihm mit, was er vorhatte. »Vielleicht bin ich ein bißchen hoch rangegangen«, sagte er und krümmte sich. »Ich hoff, daß du mir behilflich bist.« Auch Friedes Frau Otta würde helfen. »Wir werden, du verstehst, weniger als Partei, mehr als Kulturbund in Erscheinung treten.«

Sie erwarteten Lekasch an der Dorfgrenze, um ihn einzuholen, wie sie das früher taten, als es in Finkenhain noch ein reges Vereinsleben gab, und so erwarteten sie denn auch den Dichter, wie sie einst die Gast-Vereine erwartet hatten, an der Straße, die von Finkenhain nach Herzweide führte, auf der Zementbrücke, die der Gänsebach der Straße abforderte: Kleinermann, Büdner, der Gewerkschaftsmann Wildwasser und der Kulturobmann Grabowski. Sie froren, versuchten sich mit Trampeln die Füße warm zu halten und sahen von der Brücke in den Bach. Die Seele des Baches war dünn geworden – Grundwasserschwund. Die Sonne ging unter, und das Eis glitzerte rötlich. Der faßbeinige Wildwasser dachte an die Zeit, da er als Junge Krebse aus dem Gänsebach geholt hatte. Jetzt war das Wasser hier gelb und ockerig, sogar das Eis war gelb, das Schilf an den Bachrändern vom sauren Grubenwasser ausgeätzt, die Krebse ausgestorben, die Frösche ausgewandert.

Endlich klapperte das Leih-Auto von Lekasch heran. Sie stellten sich händeschwenkend auf die Straße. Das Auto hielt, Lekasch stieg aus und ging im gescheckten amerikanischen Überzieher auf die Bergarbeiter zu. Er hatte unterwegs vor Aufregung ein bißchen getrunken. Seine Sentimentalität brach aus, er umarmte Kleinermann, dann auch die andern, küßte sie auf die Wangen und weinte dabei. Sie ließen den Fahrer mit dem Leih-Auto vorausfahren und gingen zu Fuß durch das Dorf. Es war Sonnabendabend. Dunggeruch verschiedener Qualitäten zog über die Dorfstraße. Die Finkenhainer misteten ihre Ziegen-, Kaninchen- und Schweineställe aus. Lekasch sah von einem seiner Begleiter zum andern. »Parteisekretär?« fragte er. »Wer von euch ist der Parteisekretär?«

Kleinermann machte sich an die Seite des Dichters, stopfte ihn mit Produktionszahlen und gab ihm einen »politischen Stimmungsbericht«, in dem auch Büdner eine Rolle zu spielen schien, denn mit eins wendete sich Lekasch ihm zu und umarmte ihn aufs neue. »Leck mich im Arsch«, sagte er, »der Büdner bist du? Deinen Roman hab ich gelesen. Zum Pieronie, wir werden noch reden drüber.« Er hakte Büdner ein und ließ ihn nicht mehr los.

Im Dorfwirtshaus wurde ein kleines Festessen für den Dichter gegeben, ein Festessen mit weißem Tischtuch und blankgeputzten Weingläsern.

Büdner erfuhr von Lekasch, was sich damals mit seinem Roman »hinter den Kulissen« abspielte. »Ich hätt doch ein Vorwort schreiben sollen«, sagte der Dichter. »Der Deibel hol mich, aber der Tag wird kommen, an dem ich dir sagen kann, warum ich es nicht tat.«

Büdner errötete, wurde taumelig vor Freude, mußte sich an der Tischkante festhalten und zitterte.

»Einen Schnaps, schnell einen Schnaps!« rief Lekasch.

Kleinermann rannte um einen Schnaps und war erstaunt, als ihn der Dichter an Büdner weitergab.

Büdner trank den Schnaps. Sein Zittern verlor sich. Lekasch beklopfte ihm beruhigend den Rücken und versicherte immer wieder: »Leck mich im Arsch, daß ich dich auf diese Weise hab finden müssen!«

Der Tabakdunst in der Zechenkantine war so dicht, daß man eine Weile brauchte, bis man erkennen konnte, wie voll der Saal war. Die Bänke reichten nicht aus, man hockte auf Simsen und auf dem Fußboden, die Mitglieder des Empfangskomitees saßen als Präsidium an einem langen Brettertisch; zwischen Büdner und Lekasch Frau Otta Zaroba. Lekasch hatte die Hände auf dem Bauch gefaltet wie eine Großmutter auf einem Familientreffen. Der Häuer Sastupeit versuchte die Aufmerksamkeit des Dichters auf sich zu lenken und klopfte seine Pfeife am Stiefelabsatz aus. Lekasch nickte ihm liebevoll zu, und Sastupeit grinste zurück.

Die Veranstaltung begann. Der Kulturobmann Grabowski quetschte aus seiner geflickten Ziehharmonika das unumgängliche Bergmannslied. Es war den Bergleuten so bekannt, daß sie es überhörten und lieber zusahen, mit welchem Ernst Grabowski den künstlichen Wind für sein Spiel herstellte, den Ziehkasten zusammendrückte, wieder auseinanderzog und wie seine derben Finger auf die Perlmuttknöpfe tippten. Die Bässe der Harmonika klangen wie die Sirene der Brikettfabrik.

Nach dem »musikalischen Auftakt« trat Kleinermann ohne Rednerpose vor die Belegschaft und erzählte, was er über Risses unmögliches Verhalten wußte und daß man ihn dafür »mitgenommen« hätte. Der Sekretär entschuldigte sich, daß er zur Zeit noch nicht berichten könne, wohin man Risse gebracht hätte. »Ihr müßt einsehen, Kollegen«, sagte er mit Blick auf den murrenden Rurat, »daß Risse diesmal härtere Strafe verdient und daß man ihm seine Trunkenheit nicht ewig zugute halten kann!«

Schweigen – dem man nicht ankennen konnte, ob es Zustimmung oder Resignation zur Ursache hatte.

Kleinermann schiens geraten, auf Lekasch' Vortrag überzuleiten. »Ich glaube, daß auch die Amerikaner sichs drüben in Westdeutschland nicht gefallen lassen, wenn ein Deutscher ihre Truppenmanöver sabotiert oder gar ihre Soldaten tätlich angreift.«

Hie und da nickte ein Bergmann zustimmend, die meisten jedoch waren neugierig, was der Dichter zu sagen hatte. Aber zunächst gabs noch einmal Musik: Ein Mundharmonika-Orchester trat auf. Sechs Bergleute, die bisher heimlich in einer Sandgrube geprobt hatten, traten mit ihren Mundhobeln vor die Öffentlichkeit. Die Finkenhainer kannten bisher nur die normale und die sogenannte Pikkoloharmonika, die der Spieler im Mund verschwinden lassen konnte, jetzt aber lernten sie eine Harmonika kennen, die so groß war, daß sie der Spieler mit beiden Händen gegen den Mund stemmen mußte. Die Melodieharmonikas sangen: »Donau so blau, so blau, so blau«, doch die große Harmonika stimmte nicht in den Jubel ein, sondern brummte: »Nordost, Nordost« und wieder »Nordost« dazwischen. Tabaksqualm und Harmonikamusik quirlten durcheinander. Kantinier Zwiebold ruderte mit halb entblößten Armen durch dieses Gebräu, näherte sich dem Präsidium, tippte Kleinermann auf die Schulter und holte ihn ans Telefon.

Der Donauwalzer war zu Ende, aber Kleinermann war noch nicht zurück. Grabowski griff noch einmal zu seinem Ziehkasten und spielte das sentimentale Bergmannslied: »Ach Mutter, wenn die Glocken läuten, dann kommt der Vater wieder heim... « Der Kulturobmann ließ die Bässe orgeln und murren, und das besonders bei der letzten Strophe des Liedes, in der ein Bergwerksunglück mit dem Refrain schließt: »Ach Mutter, wenn die Glocken läuten, dann kommt der Vater nie mehr heim ...«

Wer jetzt nicht kam, war Kleinermann. Es wurde peinlich. Frau Otta Zaroba, die sich in den guten Sitten und Gepflogenheiten der Welt auskannte, strich sich mit einer Jungmädchengeste über das volle Haar, das einmal schwarz wie Rabengefieder gewesen, jetzt aber weiß wie drei Tage alter Schnee war. »Als ich jüng und ein Fräulein war«, sagte sie, »wär ich glucklóch gewesen, und es hätte mir genugt, neben einem Dichter zu sitzen und ihn anschauen zu durfen. Jetzt aber, wo ein lang Stuck Leben hinter mir ist, bin ich lieber begierig, einen Dichter zu horen.«

Lekasch sprang auf und umarmte Frau Otta. Gerade da kam Kleinermann vom Telefon, stellte sich hinter den Dichter und sagte dem noch während des Beifalls etwas ins Ohr. Lekasch setzte sich rasch, stand gleich wieder auf und wankte; ihm war wie damals, als er in Spanien verwundet wurde. »Genossen, Bergleute«, sagte er endlich. »Verzeiht, es geht mir nicht gut.« Er setzte sich. »Verzeiht einem alten Manne«, fuhr er fort, »verzeiht mir wirklich, aber es ist wohl zum Pieronie so, daß mein Herz alt wird, es wird alt, dieses Herz!«

Die Bergleute murmelten aufgeregt, und hinten standen einige auf, um den sitzenden Dichter, und was am Präsidiumstische vorging, besser sehen zu können, am eifrigsten war Rurat. »Habt ihrs gesehn? Er hat ihm was ins Ohr geflüstert, der Herr Partei.«

»Halts Maul!« wies ihn Sastupeit zurecht, während Lekasch sich zu Büdner beugte. »Bring mich zu dir!« sagte er. »Bring mich auf deine Bude!«

Kleinermann aber rief in den Saal: »Musik! Macht wieder Musik!«

28
Lekasch liegt mit Schuhen im Bett und macht Lenka Meura an seinem Dichtertum zweifeln. Lekasch und Kleinermann zeigen einander die »schwarzen Flecke« ihrer Parteileben; Büdner widerfährt trotz allem Freude.

Büdner fuhr mit Lekasch durch die Nebelnacht in seine Koststelle. Neugierig besah sich Lenka den weißhaarigen Mann. Sie hatte Respekt vor Dichtern. Chamissos Gedicht von der Waschfrau hatte es ihr angetan: »Du siehst geschäftig bei dem Linnen ... « Sie konnte es aus ihrem Schullesebuch noch jetzt auswendig, übertrug ihre Sympathie für den Dichter auf Lekasch und rannte ins Dorf um Kuchen für den unverhofften Besuch.

Lekasch legte sich, wie er war, auf Büdners Bett; die kurzen Finger seiner patschigen Hände zuckten, und er atmete geräuschvoll aus und ein.

Büdner setzte sich ans Fenster, schlug den Vorhang zurück, sah zu, wie der Mond im Nebel verschwand, und hörte Lekasch' Fahrer auf der frostigen Dorfstraße auf und ab gehen.

Es klopfte leise bei der Tür. Kleinermann kam herein, nahm die steingraue Blazermütze ab, klemmte sie unter den Arm und stand in frommer Haltung vor dem Dichter. »Ich versteh nicht«, sagte er. »Ich versteh nicht!«

Lekasch wälzte sich auf die Seite, sah Kleinermann an, sah zu Büdner hinüber und fing unvermittelt an, aus seinem Leben zu erzählen, erzählte aus seiner Kindheit, beschrieb die Zechenwohnung der Eltern in Oberschlesien, erzählte von der Sparsamkeit der Mutter, von der Trunksucht des Vaters und von der Umsiedlung der Familie ins Ruhrgebiet, Erlebnisse aus seiner Lehrlingszeit und von seiner Arbeit als Kesselschmied:

»Da sitzt du dann in einem Kessel, in einer Höhlung, für einen Tunnel zu klein, für ein Rohr zu groß, sitzt dem großen Lärm gegenüber, dem Geschaller und Geballer.

Sie haben über diese Zeit meines Lebens in den Zeitungen geschrieben, aber sie beschrieben das nur auswendig. Die armen Journalisten, man läßt ihnen keine Zeit, in die Tiefe zu gehen!

Paßt der Mensch sich an, oder hilft ihm das, was die Gelehrten ›die Natur‹ nennen? Einer wird neben dir verrückt vom Lärm, und du mußt es mit ansehen, ohne helfen zu können, wenn er anfängt mit den Zähnen zu klappen und nach dem Lärm zu beißen, als ob der ein Geschöpf wäre.

Einem anderen wächst Hornhaut übers Gehör, er fällt auf andere Weise aus der normalen Welt und hockt fortan in einer Welt ohne Töne, über mich aber, zum Pieronie, verfügte es anders!«

»Wer verfügte, was verfügte?« fragte der allzeit neugierige Büdner und drehte seinen Stuhl herum, um Lekasch besser sehen zu können.

»Das Leben, das Schicksal«, sagte Lekasch. »Wer weiß das? Ich verkroch mich nach innen, und da drinnen wars, leck mich im Arsch, sehr leise, aber mächtig wars, was da heraus wollte, und ich öffnete ihm die Eisentür, und was rauskam, war ein Gedicht, ein Trostlied. In den Zeitungen schrieben sie freilich, wenn davon die Rede war, es hätte mit einem Kampflied bei mir angefangen. Sie vereinfachen in den Zeitungen immer; sie glauben, sie müssen.« Lekasch richtete sich halb auf und sah hinunter zu Kleinermann, der sich auf Lenkas Fußbank gesetzt hatte. »Hörst du noch zu?«

Jawohl, Kleinermann hörte zu. Von Büdner war nicht die Rede.

»Was, zum Pieronie, soll ich dir sagen?« fuhr Lekasch fort. »Das nächste, was hinter der eisernen Tür hervorkroch, war eine Geschichte. Aber ich rede wie ein Journalist, wenn ich sage, daß es gleich eine Geschichte war; es war das Erlebnis mit meinem Nebenmann, über das ich nachgedacht hatte: Wohin war er gegangen, als er uns sozusagen geistig verließ? Und wars denn recht, wenn der Mensch so lärmte, daß er selber drüber verrückt wurde? Über das also dachte ich nach, schrieb es auf und schickte es der ROTBANNER-Redaktion. Die Genossen dort erklärten mir, es wäre eine erschütternde Geschichte, doch sie wär, beim Deibel, noch nicht richtig rund, ich hätt die sozialen

Belange unberücksichtigt gelassen, der Klassenkampfcharakter müßte herausgearbeitet werden, und die in der Redaktion halfen mir mit ihren geschickten journalistischen Händen dabei, und sie druckten die Geschichte.

Ich ging umher wie eine stolze Ente, für einen Pfau hab ich, leck mich im Arsch, nicht die Figur. Und dann schrieb ich wieder eine Geschichte und noch eine und berücksichtigte gleich selber das ›Soziale‹ und den ›Klassenkampfcharakter‹, und es wurde alles gedruckt, und schließlich schrieb ich meinen ›Mann im Kessel‹, eine Geschichte, die ich verbreitert und ausgebaut hatte. Sie war kein Liebeslied auf die Besitzer von Kesselschmieden, wie ihr wißt.«

Ja, das wußten sie, und sie wußten auch, daß Lekasch' Roman zu den Büchern gehörte, die die Arier verboten und verbrannten.

»Aber vorher kamen sie angeschissen«, erzählte Lekasch. »›Wir sind eine Arbeiterpartei‹, sagten sie. ›Du bist ein Arbeiter, ein Kesselschmied, und der Lersch ist ein Kesselschmied, und der Lersch ist bei uns. Kannst nicht auch du so schreiben wie der Lersch und bei uns sein?‹

In der Zeitung stand, ich hätt sie rausgeschmissen, das habe ich auch, aber so glatt gings nicht. Ein paar Tage habe ich mit mir gekämpft und mich gefragt: Vielleicht solltest du doch schreiben, wie sies haben wollen, und sie werden, was du geschrieben hast, auf ihren Scheiß-Parteitagen rezitieren, und du bist ein gemachter Mann. Es hat ein bißchen gedauert, bis sich das, was von uns das ›richtige Bewußtsein‹ genannt wird, bei mir einstellte, aber dann sagte ich ihnen: Haut ab!«

Lekasch unterbrach seine Erzählung und bat um Schnaps. »Hättest du einen? Mir ist, beim Pieronie, so ekelig im Magen!«

Büdner hatte drei Flaschen Deputatschnaps im Kleiderschrank und holte eine hervor. Lekasch griff danach, und seine Hand zitterte. »Hättest du was dagegen, wenn ich aus der Flasche trink?« Er wartete Büdners Zustimmung nicht ab, und es flossen einige Kubikzentimeter Wodka aus der Flasche in Lekasch hinein. Dann mußten auch Kleinermann und Büdner trinken, ehe Lekasch von seiner Spanienzeit erzählte: »Auch da war manches anders, als man es jetzt hierherum liest«, sagte er. Kleinermann horchte auf. Die Offenheit des alten Mitgenossen gefiel ihm. Hoffentlich hatte der nicht einen Schluck zuviel getrunken.

»Man hat auch die Spanienbegebnisse ein bißchen zurechtgerückt und verschönt. Es wäre Taktik oder Dialektik, sagt man und arbeitet mit dem Lineal, mit dem man bekanntlich nur gerade Striche erzielt. Man paßt das Leben der Theorie an. Aber mit welchem Recht, beim Pieronie, können wir unsern Gegnern und den Kaiserlichen vorwerfen, sie hätten die Geschichte zu ihren Gunsten verbogen, wenn auch wir verbiegen?«

Lekasch hatte in seiner Amerikazeit über seine Spanienerlebnisse geschrieben, und als er sie nach seiner Rückkehr veröffentlichen wollte, hatte man dies und das dran auszusetzen.

»Leute, die nie in Spanien waren, bemäkelten meine Aufzeichnungen! ›Aber ich war doch an der Front und wurde dort verwundet‹, sagte ich ihnen.

›Du hast die Übersicht nicht‹, antworteten sie. Gib mir, zum Pieronie, noch einmal die Flasche!«

»Und? Hast du geändert?« fragte Büdner.

»Hast du noch nie nichts von Parteidisziplin gehört?«

Doch, doch, Büdner hatte von Parteidisziplin gehört. Kleinermann lachte. Der Schnaps wirkte auch bei ihm.

Lekasch erzählte vom Kriegsende in Spanien und wie sie über die Pyrenäen nach Frankreich gingen und wie die Franzosen sie in ein Internierungslager steckten. »Am liebsten möcht mans heut nicht hören, daß wir in Spanien verloren haben, und möcht aus der Niederlage einen Sieg machen. Wozu solcher Selbstbetrug?«

Kleinermann zuckte und ärgerte sich im gleichen Augenblick über seine Vorsicht. Er wußte, woher sie kam.

Dann erzählte Lekasch von Amerika, von seiner Arbeit dort, wie er zu seinen ersten Bekannten kam und wie er die ersten Genossen traf. Auf einmal hielt er inne und legte sich auf den Rücken. Er faltete die Hände auf dem Bauch und schloß die Augen, als läge er Probe für seine Leiche.

»Ist dir schlecht, Genosse Lekasch?« fragte Kleinermann besorgt.

Lekasch winkte ab. Ihm war klargeworden, daß man ihm das Manuskript seines Amerikabuches sozusagen abgeluchst hatte, und daß der Telefonanruf vorhin in der Kantine damit zusammenhing.

Lenka kam heim, trug Kuchen unter der Schürze, klapperte im Hausflur mit den Holzpantoffeln und redete halblaut mit jemand. Sie brachte Lekasch' Fahrer mit herein, sah den Dichter im Bett liegen und stemmte die Hände empört in die Hüften. »Mit Schuhen im Bett?« sagte sie. »Das hat sich mein August nicht mal im Suff herausnehmen dürfen!«

Lekasch sprang auf. »Vergebt mir, Frau«, sagte er und verbeugte sich vor Lenka. »Es war mir, leckt mich im Arsch, ein wenig unwohl!« Er zog seine Geldbörse. Amerika!

Lenka wies den angebotenen Zehnmarkschein empört zurück. Sie bekam ihre putzigen Augen. »Was man noch!« Ihr gings um die Behandlung der Bettwäsche. Man wischte sich die Schuhe nicht an Bettbezügen ab. Klein-Leute-Gesetz. »Ich denke, Sie sind Dichter?« sagte sie, dachte an Chamissos Lobgedicht auf die Waschfrau und ging in die Küche.

Lekasch stand da wie dennmals als Schuljunge, da ihn der Hausbesitzer erwischte, als er mit Kreide an dessen Haustür schrieb: »Schlinsky, leck mich im Arsch, Schlinsky!«

Er griff nach der Flasche, beizte seine Verlegenheit hinunter und erzählte, wie er in der Emigration einen amerikanischen Genossen namens Wood kennenlernte und wie er sich ein paarmal mit dem traf, um die politische Weltlage zu diskutieren. »Jetzt heißts, der Deibel hol mich, Wood wäre ein Agent, den die Kapitalisten ausgeschickt hätten, Emigranten auszuhorchen, und ich bin deshalb ab heute, du weißt es«, wandte er sich an Kleinermann, »kein Genosse mehr.«

Kleinermann versuchte zu dämpfen. »Es läuft eine Untersuchung. Deine Mitgliedschaft ruht, hat Wummer von der Kreisleitung durchtelefoniert. Damit ist nicht alles verloren.«

Lekasch trank wieder und wandte sich an Büdner: »Zieh dein Bett ab, wenn ich weg bin, nicht nur, weil einer mit

Schuhen, sondern weil ein ideologischer Syphilitiker drin lag.«

»Red so was nicht!« fiel ihm Kleinermann ins Wort. »Wie konntest du damals ahnen, wer dieser Wood war?« Kleinermann ging aus sich heraus. Er wollte Lekasch trösten. »Jeder hat so Stellen in seinem Lebenslauf«, sagte er. »Schwarze oder blaue Flecke, Narben. ›Nicht zwei Baumblätter gleichen einander‹, las ich. Wenns wahr ist, gleichen auch zwei Kommunisten einander nicht. Jeder hat seine Eigenheiten. Nur für ihre Gegner sind sie gleich, wie Schafe in einer Herde für den Spaziergänger. Sie fügen sich Mehrheitsbeschlüssen, aber der eine hat dies, der andere das an diesem oder jenem Beschluß auszusetzen. Mir gings mit Stalins Hitlerpakt so. Eine Viereckigkeit, die nicht in meinen runden Kopf ging: Deutsche Kommunisten in Straflagern, auch ich saß ja drin, und Stalin klopfte Hitler auf die Schulter: Freundschaft!

Ich bin nebenhinaus geheckt, mußt du wissen, ein feinsinniger Gutssekretär zeugte mich mit einer aufsässigen Gutsarbeiterin, deshalb bin ich, das Produkt, einmal fein und fühlsam und ein andermal aufsässig.

Nach dem Stalin-Hitler-Pakt schien mir meine illegale Parteiarbeit mit eins unsinnig. Ich war so aufsässig, daß ich das einzige Mal in meinem Leben im Urlaub verreiste und mit meiner Frau ins Riesengebirge fuhr, obwohl sich bei mir daheim eine Anlaufstelle für illegale Parteikuriere befand. Drei Tage war ich in Urlaub, da packte mich schon die Reue; vielleicht das Parteibewußtsein, die Parteidisziplin, das Pflichtgefühl oder Gewöhnung. Ich reiste heim und suchte mit schlechtem Gewissen im Hausgarten und am Waldrand nach Spuren von Fremden. Wenn du nun einen Genossen, der als Kurier unterwegs war, in deiner verfluchten Bockigkeit der Geheimen Staatspolizei zugetrieben hast, dachte ich, suchte weiter nach Spuren, fand aber keine; offenbar war niemand dagewesen.

Ich begriff nicht, weshalb Stalin diesen Pakt mit Hitler abschloß. Andere Genossen fanden sich damit ab, ich nicht, bis heute nicht, und bis heute bin ich mir nicht sicher, ob ich nicht damals durch meine Aufsässigkeit doch einen Genossen der Gestapo zutrieb. Jeder trägt seinen Packen durchs Parteileben!«

Lekasch äußerte sich nicht zu Kleinermanns Offenbarung. Hatte er Furcht? Er schien abwesend und ganz mit seiner Sache beschäftigt: Ob sie auch seiner Frau ein Verfahren machen würden? Auch sie hatte Wood gekannt, hatte ihm hin und wieder ein Getränk hingestellt, wenn der zu Besuch kam.

Zwei sogenannte alte Genossen, dachte Büdner. Bis vor einer halben Stunde noch untadelige Vorbilder für dich, aber in Wirklichkeit nicht weniger belastet als du, der für schuldig befunden wird, die Arier nicht rechtzeitig bekämpft zu haben, den man schuldig spricht, weil er ein unpolitischer Mensch gewesen ist.

Pfarrer Krauthaupt fiel ihm ein; die Konfirmandenstunden bei dem. »Wenn ihr zu Bett geht, die Hände bleiben über dem Deckbett!« hatte der gesagt.

»Weshalb das?« hatten sie gewagt zu fragen.

»Unter dem Deckbett lauert die Sünde«, hatte Krauthaupt geantwortet.

»Und wehe, wenn ich einen Knaben auf das Mädchenklosett gehen sehe; überall lauert die Sünde!«

Nur Arno Mielke ließ sich damals vom Pfarrer nicht verblüffen. »Was will er von uns? Scheißt er nicht auch auf dem Klosett, auf dem seine Frau ihre Eier legt?«

Aber das war Arno Mielke, von dem die Dorfleute sagten: »Ein Frechling, ein aufsässiger, der landen wird, wo er hingehört!« Alle anderen suchten, nicht in die von Krauthaupt ausgemalten Sünden zu fallen und gehorsam zu sein. Aber wie sollten sie sich eigentlich halten, wenn der Mensch bereits erbsündig auf die Welt kommt, wie Krauthaupt ihnen eintrichterte?

Wie rasch wird man Parteisünder? Wieviel Parteisünden gab es? Trat man nicht bereits als Sünder ein, weil man nicht zeitig genug eingetreten war? Und hatte er, Büdner, nicht schon wieder Schuld auf sich geladen, weil er niederschrieb, was mit Risses Tochter geschah, weil in Parteikreisen über derlei Vorkommnisse nicht gesprochen werden sollte? Sogar hohe Parteiführer in Bulgarien, Ungarn und der Tschechoslowakei bezichtigten sich vor Gericht selber.

Lenka riß die Tür auf. Sollte sie im eigenen Hause anklopfen? »Kaffee ist gekocht, Kuchen steht auf dem Tisch«, sagte sie. »Der Fahrer braucht was Warmes in den Bauch, ehe ihr euch ganz besauft. Wenn ihr nicht kommt, kriegt die Katze den Kuchen und die Ziege den Kaffee!« Das war Lenka in ihrer herben Fürsorge.

Lekasch aß im Stehen von Lenkas geborgtem Kuchen, den Kaffee trank er im Gehen, er hatte mit eins keine Zeit mehr, er mußte nach Friedrichsdamm: Wer war dieser Kerl, der ihm sein Amerikamanuskript aus den Händen geluchst hatte? Auch so ein ewiges Kind, dieser Lekasch! Als ob er um Mitternacht in Friedrichsdamm noch irgendwelche Nachforschungen hätte anstellen können. Er stieg ins Auto. Büdner und Kleinermann winkten ihm, selbst Lenka stand auf der Haustreppe und machte eine undeutbare Handbewegung. Kaum war das Auto angefahren, da hielts schon wieder. Lekasch kurbelte die Fensterscheibe herunter und winkte Büdner zu sich. »Zum Pieronie, bald hätt ichs vergessen: Dein Manuskript hab ich dem Genossen Buchmacher vom EMPOR-VERLAG hingetan. Wenn er nicht schon geschrieben hat, dann wird er. Bleib frisch, mein Sohn, die Welt geht noch nicht unter!«

Am Dorfrand spürte der Autoscheinwerfer zwei Gestalten auf, einen langen Mann mit einer slowakischen Bauernpelzmütze und eine Frau in einer bunten Pelzjacke. Sie standen mitten auf dem Weg und winkten, und sie mußten dort schon lange gewartet haben, denn sie waren klamm, und die Augenbrauen des Mannes waren von Reif bedeckt. Der Fahrer hielt fluchend, weil er glaubte, daß es sich um Leute handelte, die mitgenommen werden wollten.

Wieder kurbelte Lekasch die Autoscheibe herunter, das Paar trat zum Wagen hin, und die Frau sagte: »Die Blümen, Dichter, die Blümen!« Sie reichte Lekasch einen wohlverpackten Blumenstrauß ins Auto, die Blumen, die ihm für seinen Vortrag zugedacht waren.

Lekasch erkannte die Frau nicht, obwohl sie ein paar Stunden zuvor neben ihm gesessen hatte, und er kannte den Mann nicht, der wie ein Riese aus der Vorzeit neben dem Auto stand. »Wer seid ihr?« fragte er und bedankte sich, und der lange Mann beugte sich zur Fensteröffnung und sagte: »Mitmenschen, zwee Mitmenschen sind wir.«

Der Fahrer fuhr ungeheißen wieder an. Lekasch beugte sich aus dem Autofenster und winkte, obwohl hinter dem Auto alles in Nacht lag und er niemand mehr erkennen konnte.

---

29   Büdner befindet sich wieder im schwebenden Zustand, trifft auf seinen verschütteten Freund Friede, versucht ihm zu helfen, der Tiefbau-Geist tatzt auch nach ihm, und er erhält einen weißen Boxhandschuh.

Der nächste Tag war ein Nebeltag. Der Frost hatte sich aufgelöst, war in die Luft und auf Reisen gegangen. Büdner ging zur Nachmittagsschicht, verfehlte seinen Schachteingang, irrte zwischen Heidekraut, Birken und Wacholder umher, bis er an den Rand des Klärteiches kam. Dort hörte er die Brikettpressen, orientierte sich und fand schließlich den Schachteinstieg. Die eisernen Sprossen der Fahrten waren kalt und glitschig, aber weder der Nebel noch die nasse Kälte machten ihm was aus; er schwebte wieder einmal, vielleicht nicht gerade fünfundzwanzig Zentimeter hoch, aber immerhin: Sein Romanmanuskript lag beim EMPOR-VERLAG!

Vergessen waren die Parteisünden der beiden alten Genossen, über die er am Vorabend bestürzt gewesen war, vergessen die eigenen Parteisünden. Der kluge Mensch, der Erfinder der künstlichen Fliege, wird unklug, sobald er seinem persönlichen Glück oder Unglück begegnet, hatte Simos von der Ägäer-Insel gesagt. Es fiel Büdner nicht ein, dran zu denken.

Er kam bis dreißig Meter vor Ort, da bebte die Erde. Eine Druckwelle riß ihm den Hut vom Kopf. Seine Lampe verlöschte. Er stolperte, suchte aufgeregt nach seinen Streichhölzern, suchte in der falschen Hosentasche, ließ die Lampe in der

Verwirrung unangezündet, tastete sich im finsteren Stollen nach vorn, ließ sich auf die Knie fallen und kroch, bis er etwas berührte, was ihn zittern machte.

Endlich fuhr er mit bebender Hand in die richtige Hosentasche und fand die Streichhölzer. Das Karbid in seiner Lampe war halb ersoffen, es pufftе am Brenner, aber schließlich gabs doch ein Flämmchen, und er erkannte, daß er an Zarobas geschorenem Schädel herumgetastet hatte, und er hob die Lampe und sah, daß Friede mit dem Gesicht nach oben lag, und er sah, wie an der Schläfe ein dünner Faden Blut niedersickerte. Später bezeichnete er als Eingebung, was er tat, er pochte mit dem Lampenhaken gegen das Blatt seiner Schaufel und sandte ein dumpfes Gedrämmer, einen Hilferuf, aus. Sodann zog er die Blende von seiner Karbidlampe und hielt Zaroba das Flämmchen vor den Mund, und siehe da, die kleine Flammenmandel bewegte sich. Er schrie auf vor Freude, lockerte die Kohlenkloben über Zarobas Brust, es knisterte, knackte, der Stollen wankte und krachte, das Erdreich bewegte sich wieder, wieder verlöschte die Lampe, wieder war Dunkelheit, und Büdner wurden die Arme eingequetscht. Jetzt hats dir die Finger zermalmt, dachte er und gleich darauf: So also ist der Tod, und da versank er.

Das Knappschaftskrankenhaus von Kohlhalden war ein fünfstöckiges Gebäudekarree. Der Innenhof wurde als Wirtschaftsfläche, als Parkplatz und Garten genutzt. In den Korridoren mischte sich der angsteinflößende Geruch von Jodoform mit dem Geruch von Gummilaken, Mullbinden, Bohnerwachs und dem versöhnlicheren Kochdunst aus der Kellerküche. Hier machten die Kranken ihre ersten Ausflüge ins wiedergewonnene Leben, humpelten, stakten, keuchten oder liefen rundum, trafen einander unterwegs wieder, und die Witzbolde begrüßten sich mit erhabenen Gesten. Andere ächzten aneinander vorbei, und das Mitleid des einen traf auf das Mitleid des anderen, und die Mitleide hoben einander auf. Kranke aber, die an den Fenstern standen, konnten sehen, was auf dem Innenhof vor sich ging.

Büdner arbeitete sich durch Narkosephantasien. In einer von ihnen wars Frühling; die Bäume blühten, und er stand in Lenka Meuras Garten. Nebenan, im Garten der Risses, war das Gras noch grau, die Bäume kahl, nicht einmal ein Schneeglöckchen war heraus, und inmitten der Gräue stand Risse und war traurig. Büdner ging auf ihn zu. In allen Kriegen wird vergewaltigt und Notzucht verübt, und bevor drei Russen deine Tochter vergewaltigten, vergewaltigten drei Deutsche ein Russenmädchen, flüsterte er ihm ins Ohr. Das Gesetz des Ausgleichs, das den Kosmos regiert, traf deine Tochter und dich, der du nicht im Kriege warst. Es ist zu verstehen, daß es dich kränkt, aber der Krieg ist blind.

Risse dachte nach; es ging ein Lächeln über sein Gesicht, und er flüsterte seinerseits Büdner ins Ohr: Jeder bringt mal Menschen um. Erzähls aber nicht weiter: Was mich betrifft, so brachte ich jenes Mädchen um, das meine zweite Tochter hätte werden sollen, jedenfalls leistete ich Vorschub dabei. In diesem Augenblick breitete sich Risses Lächeln über den ganzen Garten aus, und die Bäume trieben Blüten, das Gras fing an zu grünen, Hyazinthen und Märzbecher blühten auf.

Büdner seufzte zufrieden und hörte eine Stimme sagen: »Er kommt zu sich.«

Doch er kam noch nicht zu sich; Rosa beugte sich über ihn, und ihr zerzaustes Haar fiel ihm ins Gesicht. Er schüttelte sich, mußte niesen, und da küßte ihn Rosa mitten auf den Mund, wie damals am Tage seiner Rückkehr aus dem Klosterexil. Ein guter Roman, sagte Rosa. Du hast einen guten Roman geschrieben. Ich gab ihn einem Sterbenden, der nur noch wenig Zeit hatte, zu lesen; er las ihn, also muß er was taugen.

Also bist auch du dieser Ansicht! sagte er und wollte sie umarmen.

»Wer noch?« fragte sie.

»Die Doktorin«, sagte er. »Aber ich traute ihr nicht, sie ist eine Bürgerliche.«

»Wahrheit bleibt Wahrheit, auch wenn der Papst sie ausspricht«, sagte Rosa.

Er lächelte, das war seine Rosa, keck, flinkzüngig, heiter und im Grunde noch immer katholisch.

Wieder sagte die fremde Stimme: »Er kommt zu sich.«

»Das Lachen wird ihm vergehen, wenn er erfährt, was mit seinen Fingern ist«, sagte eine andere Stimme.

Büdner war schon wieder davon, wollte in den Schacht einfahren, bemerkte zu spät, daß die Fahrten keine Sprossen hatten, und fiel, fiel... bis auf die Grundstrecke, durchschlug sie und landete in einem Stollen voller Licht.

»Wie gehts?« fragte jemand. Büdner war wieder auf der Welt, und die rotblonde Schwester, die ihn nach seinem Befinden fragte, ähnelte der Säuglingsschwester, mit der er damals im Park des Kinderheimes verhandelt hatte.

Nun mußte er endgültig wieder auf *der* Welt bleiben, die auf der normalen, weil allbekannten Schwingungsebene lag, doch er sann seinen Narkoseträumen nach. Den Traum von Rosa wünschte er sich zurück, obwohl ihm Zaroba eines Tages im Schacht gesagt hatte: »Es gibt nischt nich zweemal auf die Welt; unsere H'Augen unterscheiden schlecht, das ist das H'Übel.«

Ja, der Zaroba! Büdner hatte sich sehr an ihn gewöhnt. Die Begebnisse im Schacht fielen ihm ein. Er erschrak. Wo war Zaroba? Hatte man auch ihn gerettet, war auch er im Leben?

Büdner erfuhr, daß Zaroba im Nebenzimmer läge. »Weshalb hat man uns nicht zusammengelegt?« fragte er die rothaarige Schwester, die stets in Eile war.

»Es hat sich so gefügt«, antwortete sie.

Büdner dachte über den Unterschied zwischen Fügung und Zufall nach. Gab es den? Es waren wohl die Weltlichen, die vom »Zufall«, und die Gläubigen, die von »Fügung« sprachen? Er philosophierte, bis er einschlief. In dieser Hinsicht schien er gesund zu sein.

Büdners Zimmergenosse war der achtzigjährige Knappschaftsrentner Wolle, dem das weiße Greisenhaar überm Nachthemdkragen stand. Wolle lebte zeitweis wie auf einer Insel, die durch die Vergangenheit schwamm, und er hielt die Krankenschwestern für seine Enkeltöchter, lobte die Mahlzeiten und heiligte sie mit langen Rülpsern.

An Besuchstagen scharten sich Familien um Wolles Bett.
»Vater, wir sehen, es geht dir gut.«

»Nee, Junge, hier geht man nicht mit Hut«, antwortete der schwerhörige Alte.

Der Verwandte schrie ihm seine Feststellung ins Ohr: »Wir sehen, es geht dir gut!«

Der Alte schien verstanden zu haben und sagte: »Ja, Junge, es geht nicht ohne Mut.«

Die jüngeren Leute lächelten, verzeihend und selbstzufrieden. Sie waren, gottlob, nicht so schwerhörig, und die Urenkel, diese Racker, nutzten die Schwerhörigkeit des Alten sogar aus, und sie machten sich lustig über sein langes Haar, über seinen Bubikopf, und empfahlen ihm, sich einen Bürstenschnitt zuzulegen. Sie kamen sich so heldenhaft vor mit ihren kühnen Bemerkungen, die der Alte nicht hörte. Oh, sie ahnten nicht, daß sie zwanzig Jahre später selber mit noch längeren Haaren durch die Welt waten würden.

Die Familien deckten Wolle mit Blumensträußen zu, und wenn sie davongingen, blieb ein Vorratslager von Wurst, Kuchen, Schinken und eingemachten Früchten zurück. Man sollte doch sehen, wie die Angehörigen für den Alten sorgten! Aber nach Hause holten sie ihn nicht; er war ja so weit gesund, der alte Wolle, nur daß er keine Zähne mehr hatte und daß seine Hände zitterten und daß er beim Suppe-Löffeln nicht alle Male den Mund traf.

Niemand verdachte es Wolles Angehörigen, daß sie den Alten nicht daheim haben und ausharren wollten, bis der seine Suppe ausgelöffelt hatte. Keine Zeit, keine Zeit! Die Arbeitskraft von Söhnen, Töchtern und Enkelsöhnen wurde benötigt, die Industriestadt Kohlhalden pulsieren zu machen.

»Bye-bye, Großvater!« winkten die Enkel. »Halt die Ohren steif und verführ die Krankenschwestern nicht!«

Und der Alte blieb auf seiner Insel zurück und schwamm durch die Vergangenheit, schwamm um das eingemachte Obst, die Würste, den Schinken und die Blumen herum; er verschenkte alles, damit man ihn am nächsten Besuchstag nicht tadeln konnte: »Stand dir woll nich an, unser Rollschinken, was?«

Wenn alles weg und verschwunden war, waren Wolles Angehörige mit ihm zufrieden, und es hieß: »Was der noch wegputzt, der Alte, mit seinen achtzig Jahren!« Das also bekam Wolle zu hören, weil er diesem ungehörigen Pack eine Freude machen wollte, und er saß da auf seiner Insel und dachte: So seid ihr nun in euren jungen Jahren, ihr!

Büdners erster Besuch war die Doktorin Sawade. Als sie kam, wußte er bereits, daß er zwei Finger der rechten Hand verloren hatte und daß seine Zerrungen und Quetschungen heilten.

Die Doktorin trug ihr Haar offen, obenauf, wie eine Krone, ein Pelzbarett, und ihr Nutriamantel duftete nach Tausendundeiner Nacht. Der Duft war für Büdner wie ein Hauch Heimat.

Den Wein, den sie ihm mitbrachte, lehnte er ab, und sie stellte ihn dem alten Wolle auf den Nachttisch hinüber. »Hab Dank, meine Tochter!« rief der Alte von seiner Insel und lachte wie ein Kind, dem man im Frühling einen Kreisel schenkt; später aber, als die rothaarige Schwester hereinkam, warf er einen mißbilligenden Blick auf die Ärztin und sagte: »Nimm den Wein da, Enkelchen! Trinkt ihn auf meine Gesundheit, macht euch froh damit! Meine Schwiegertochter brachte ihn, aber ich lasse mich nicht besoffen machen!«

Die Doktorin schüttelte Büdner das Bett auf, räumte das Geschirr von seinem Nachttisch und machte sich nützlich. Zwischendrein unterbrach sie ihre fließenden Bewegungen, versah sie sozusagen mit Haken, wie Menschen es tun, die sich vornahmen, etwas Wichtiges zu sagen, es aber noch hinausschieben. »Über deine Verletzung werden wir nicht reden«, sagte sie schließlich. »Es gibt Traurigeres. Ich habe viel an dich gedacht, über dich nachgedacht, mehr, als du vermutest.«

Er wunderte sich, daß sie ihn duzte; andererseits machte es ihn stolz, eine Akademikerin duzte ihn, ihn, den Dorfburschen.

Die Doktorin zog sich den Nutriamantel aus, schien sichs bequem machen zu wollen, aber sie tat es aus Verlegenheit. Sie und verlegen? Ja, auch das gab es. »Im übrigen«, sagte sie, »solltest du dich an mich halten und aufhören, nicht vorhandene politische Schuld durch proletarisches Über-Engagement abbüßen zu wollen. Halt dich an mich! Schreib, was dir Vergnügen macht! Ich werd für dich sorgen.« Sie strich über seine verbundene Hand. »Es mag altmodisch klingen, was ich jetzt sage, aber ich liebe dich, und jetzt weißt du es. Mach, was du willst, daraus, du bist zu nichts verpflichtet.« Sie setzte auch noch ihre Pelzkappe ab und warf ihr Haar zurück. Der Duft aus TAUSENDUNDEINER NACHT traf ihn. Sie drehte sich um und ging, ohne sich von ihm zu verabschieden, ohne ihm zuzuwinken, aufrecht und in gerader Linie hinaus wie eine Hypnotisierte.

»Beleidigt, weil ich ihren Wein nicht will«, brabbelte der alte Wolle.

Büdner aber lag da und grübelte, bis er eine Stimme sagen hörte: »Liebe ist wie ein Blitz; über sie grübeln ist verdächtig.«

Wars der Faun oder der alte Wolle, der es gesagt hatte? War er eingeschlafen gewesen und hatte die Stimme im Traum gehört?

Er zog seine Brieftasche aus dem Nachttischfach, holte Rosas Foto heraus, alles mit der linken Hand, und er stellte das Foto gegen die Vase auf seinem Nachttisch.

---

30 Büdner erfährt, daß der Tod die Rückseite des Lebens ist, hält Audienzen ab, hilft seiner Schwester, durch den Verlust von zwei Fingern, ihren Geliebten zu ehelichen, und wird von Katharina entbunden.

Als er sein Bett verlassen durfte, traf er sich auf dem Korridor mit Friede Zaroba. Da saßen sie dann mit ihren bandagierten Gliedern, mit den Abzeichen des größten Vereins der Welt, des Krankenvereins. Das Mitglied Büdner mit dem weißen Boxhandschuh und der rippengepanzerte Friede Zaroba, dessen rechtes Bein in einem weißen Gipsstiefel steckte. Sie waren außerdem mit Prellungen, Quetschungen, Blutergüssen, blauen und braunen Flecken am ganzen Körper versehen.

Auf der Korridorbank besuchte die beiden Frau Otta, die Altersschönheit, weißhaarig, rotbäckig, eine Unschuld mit dunklen Augen und bedankte sich bei Büdner: »Du häst ihm, meinem Friede, das Leben gerettet!«

Büdner wurde verlegen und fands überdrüber, daß er, der selbst hatte gerettet werden müssen, sich für Friedes Rettung danken lassen sollte.

Sie sprachen noch einmal über das Unglück und wie alles hergegangen war und daß Zaroba und Büdner ihre Rettung Rurat verdankten, der das Nötigste getan hatte, sie freizulegen, sein angeborenes Krakeelertum hatte ihn in den Stand gesetzt, einen solchen Über-Lärm zu veranstalten, daß Retter aus vielen Stollen herbeieilten.

»Wenn meine Zeit wär ran gewesen, 'ättst mir du nich, 'ätt mir ooch keen Rurat nich 'elfen könn'«, sagte Zaroba und legte seine Hand auf Büdners Schulter.

»Da bist du ja ein Fatalist!« sagte Büdner, es rutschte ihm so heraus.

»Wenn du Fatalist uff mir sagst, kinnde ich Gelehrter uff dir sagen, eener von die, was da meenen tun, wunder wie gescheide sie sind, wenn se, was een anderer denkt, mit Namen abstempeln könn'.«

Da schämte sich Büdner, daß er Friede, den seine Prellungen noch immer schmerzten, gereizt hatte.

»Der eine weiß dies, und der andere weiß das«, sagte Frau Otta und versuchte die Stimmung wieder anzuheben. »Und der Weise weiß, daß er dem Ünweisen das Ünwissen nicht vorwerfen darf.« Auch Frau Otta sprach ausländisch gefärbt, doch sie verstand, sich geschickt auszudrücken. Ihre Tugenden wurden in Finkenhain gerühmt. Es gab Leute, denen sie beigestanden hatte, die nannten sie aus Dankbarkeit nach jener Elisabeth mit der Rosenschürze auf der Wartburg – Elisabeth von Finkenhain.

Frau Otta schlüpfte, auch wenn keine Besuchstage waren, und wenns nur um fünf Minuten ging, ins Krankenhaus und scheute den Weg von Finkenhain nach Kohlhalden nicht.

Unter sich verständigten sich die Zarobas in der Hauptsache mit Blicken, und wenn sie auf der Krankenbank mehr miteinander redeten als sonst, dann aus Rücksicht auf Büdner, dem sie so gefielen, daß er sich heimlich wünschte, zur Familie zu gehören.

Schwester Elsbeth kam bei Büdner »zu Hofe« und überschüttete ihn mit Vorwürfen. »Was verständigst du mir nicht und läßt mir in Unanteilnahme?«

Büdner hielt ihr seine bandagierte Schreibhand entgegen. »Als obs nicht auch ein Maul gäbe, mit dem man was weitersagen lassen kann!« tadelte Elsbeth, und als sie den »kleinen Bruder« genügend abkapitelt hatte, fing sie an, auf Reinhold zu schimpfen. »Hat dieser Mensch vergessen, was du einmal für seine Frau, die ich gewesen bin, und für seine Kinder getan hast, als ihn die verfluchten Nazis am Arsch hatten? Wie kann er dich in den Tiefbau stecken! Ist er verrückt? Selber ist er nie unten gewesen, hat nur auf seinem Bagger ge- hockt.«

Büdner versuchte Reinhold zu entschuldigen, doch Elsbeth ließ nichts gelten. »Abgemeldet ist er bei mir. Seine Strafe soll er haben! Willi wird geheiratet!«

Merkwürdiges Welttheater, dachte Büdner, als die Schwester gegangen war, du mußtest dir also zwei Finger abquetschen lassen, um deiner Schwester einen Grund zu verschaffen, ihren Geliebten zu heiraten.

Lenka Meura besuchte ihren Kostgänger Büdner und brachte ihm ein gebackenes Hähnchen mit. Es war das junge Hähnchen gewesen, das morgens oft auf dem Zaun gesessen hatte und girrte, wenn Büdner vorüberkam.

»Was, hast du es geschlachtet?« fragte Büdner empört. Lenka wußte, was sie tat. Das Hähnchen hatte angefangen zu krähen, der alte Hofhahn hätte es am Ende doch umgebracht. Nun lag das waghalsige Ding papierunterlegt auf Büdners Bettdecke, reckte die Keulen und flehte noch im gebratenen Zustand um Gnade. Lenka aber sah stolz im Zimmer umher. Die Leute beim alten Wolle durften gern sehen, daß sie ihren Kostgänger auch im Falle eines Unfalls nicht darben ließ.

Nach dem Hähnchen holte Lenka ein Päckchen aus ihrem Bringekorb, eine Einschreibesendung vom EMPOR-VERLAG. Büdner lächelte wissend und süßsauer. Also war das Romanmanuskript zurückgekommen; gewiß druckte man es nicht, weil es der parteisündige Lekasch dem Verlag zugeleitet hatte!

Büdner legte das Päckchen seufzend ins Nachtschränkchen auf den Urin-Krug, Besseres war jetzt nicht mehr davon zu halten.

Die neugierige Lenka, sie kam nicht zu ihrem Recht, obwohl sie ein spitzes Küchenmesser zum Aufschneiden des Päckchens mitgebracht hatte. »Dir schickt man wenigstens was«, sagte sie, »aber für unsereinen sinds gleich drei Jahre her, und noch immer lügen die Leute etwas über ihn und unsereinen zusammen. Ich geh in den Konsum eine Wattejacke kaufen. Voriges Jahr war meine Größe nicht bei. Kleine Jacken sind immer knapp; es gibt mehr mittlere als große und kleine Leute auf der Welt. Ich steh also im Konsum an, bin gleich an die Reihe und soll meine Jacke kriegen, da drängt sich Minchen Kubinke vor, was auch eine kleene Krabbe is wie ich, aber mit Bauch, und sie reckt ihn vor. ›Ich bin schwanger‹, sagt sie, die lose Kanaille. Abgehauen war sie nach dem Westen, denk mal bloß, und dickbäuchig ist sie wiedergekommen. ›Du bist schwanger‹, sag ich zu ihr, ›aber nicht von hierherum‹, sag ich. ›Also hol dir deine Wattejacke dort, wo sie dich schwanger gemacht haben!‹

Sie frech: ›Schwanger ist schwanger, Ost oder West; es ist mir nicht freiwillig passiert.‹

›So‹, sag ich, ›bist nicht dabeigewesen?‹

›Nein‹, sagt sie, ›vergewaltigt bin ich worden, von' Amerikaner.‹

›Wieso soll ich das wissen?‹ sag ich. ›Bist du zu nah herangegangen an den Schießplatz?‹

›Ja‹, sagt sie, ›aber die Wahrheit ist, ich wollte Pilze suchen.‹

›Ach‹, sag ich, ›bist du das Mädchen, das Brombeeren pflükken wollte?‹ Und ich fing an zu singen, und ich schieb mich wieder vor, damit ich die kleine Wattejacke bekomm, und alle lachen, wie ich das Lied sing, und Minchen sagt: ›Ihr solltet euch schämen, denn es waren vier Amerikaner, Neger, und auch ihr hättet nichts gegen sie ausrichten können!‹ Und sie streitet mit den anderen Frauen und merkt nicht, wie ich ihr die kleine Wattejacke wegkauf.

›Es ist eben alles so gekommen, weil wir den Krieg angefangen haben, wir Deutschen‹, sagt Minchen zur Entschuldigung für ihren Bauch, und die Frauen sagen ihr: ›Hast du den Krieg gemacht oder die Männer?‹

›Die gottverfluchten Männer haben ihn gemacht‹, sagt Minchen, ›aber wir Mädchen müssen es ableiden.‹ Und Minchen merkt nun doch, daß ich ihr die kleine Wattejacke ausgekauft habe, und fängt mir an zu beschimpfen, ich hätte ihr, einer Schwangeren, die Jacke weggeschnappt, und ich sage ihr: ›Du bist schwanger, und ich bin eine Witwe!‹ Und sie sagt: ›Daß du eine Witwe bist, daran bist du selber schuld, weil du nicht genug kriegen konntest und deinen August ins Räubern geschickt hast.‹

›Wenn mir meine Jacke nicht zu schade wär, würd ich sie dir um die Ohren hauen‹, sag ich.

Da kannst du sehen: So sind die Leute, und sie geben und geben keine Ruhe, und immer wieder benimen sie August einen Räuber.« Lenkas Augen, die soeben noch putzig, also wütend waren, wurden traurig und tränenfeucht. »Von nirgendwo Hilfe, von nirgendwo«, heulte sie, packte ihren Bringekorb und ging gebeugt und klein wie ein Kind aus der Krankenstube.

Lenkas Kummer rief Büdners Mitleid auf. Wie konnte er ihr helfen? Über August und Lenka schreiben? Eine Ehrenrettung für August unternehmen? Er besah seine rechte Hand. Würde er wieder mit ihr schreiben können?

Am nächsten Tag sprach er mit Frau Otta darüber. »Was machst du dir Kümmer?« sagte sie. »Werden wir dir eine Schreibmaschine besörgen!« Sie lachte, und es blitzte in ihren dunklen Augen.

Eisregen prasselte aufs Krankenhausdach, Fröste versilberten seine Wände, auf- und abschwellende Sturzwinde zerstückelten die Schreie der Bagger draußen; für die Tagebau-Bergleute auf den Kippen waren schlimme Zeiten.

Büdner wurde der weiße Boxhandschuh abgenommen, die Wunde blieb noch verbunden. Er besah seine invalidisierte Hand und trug den Verlust der beiden Finger mannhaft; es sah so aus. Seht nur, wie er drüberstand über dem bißchen Unfall, der Büdner! Immerhin hielten sich noch der Daumen, der Ring- und der Kleinfinger zur Verfügung. Büdner fing an, sie zu dressieren. Sie wollten nicht gehorchen, aber er war nicht der Mann, der sich von einem mißlungenen Schreibversuch abschrecken ließ.

Nach drei Tagen glückte es ihm, einen Bleistift mit den übriggebliebenen Fingern zu halten, und er zauberte Wellenlinien und Kreuze auf den Rand der TAGESRUNDSCHAU. Später schrieb er wacklige Vokale und zittrige Konsonanten, schließlich wars sein Name, der auf dem Zeitungsrand stand, auch wenn er zunächst aussah wie ein Häufchen Fadennudel-Salat, was verlangt ihr von einem Invaliden? In der Nacht lag er wach und dachte über die Geschichte nach, die er schreiben wollte, um Lenka Meura zu trösten.

Schon am nächsten Tag begann er damit. Er hockte auf der Bettkante, den Block auf den Knien, schrieb und schrieb, und nach drei Tagen war die Geschichte fertig. Es wurde ihm leichter; das Gefühl, etwas für Lenka getan zu haben, milderte sein Mitleiden. Niemand hätte ihm in diesem Augenblick sagen dürfen, es wäre eine Illusion; er wußte es besser, wußte es aus erster Quelle.

In der Geschichte hieß die Frau des »Räubers« Lina Lischke. Wozu hätte sie raffsüchtig sein sollen, diese Lina? Ihre drei Söhne waren im Krieg geblieben, sie selber war anspruchslos. Alles, was sie brauchte, war da.

Es ließe sich denken, schrieb Büdner, daß das »Räubern« heutigentags aus Gewohnheit oder als Sport betrieben wird, aber August – ein Sportsmann? Nichts auf August und nichts auf Lina!

»Diese Geschichte wurde von einem aufgezeichnet«, schrieb Büdner zum Schluß, »der verschüttet, aber lebend geborgen wurde, der weder aufs Räubern noch auf Sport aus war und der doch zu Schaden kam, weil es der Kohle gefiel, ihm eines Tages aus freien Stücken über den Hals zu kommen; ›Geld oder das Leben!‹ sagt der Räuber; ›Kohle oder das Leben!‹ sagt manchmal die Erde.«

Büdners Hauptbesuch kam – Katharina wars, doch es lag nicht an ihr, wenn sie wie ein Staatsbesuch erschien. Sie wollte mit der Bahn nach Kohlhalden fahren, aber Reinhold duldete es nicht. Wie lang wollte sie da unterwegs bleiben? Er bat sie, einen »offiziellen Besuch« zu machen, sozusagen als Delegierte des Bezirkssekretärs.

Die Kranken, die auf den Korridoren an den Fenstern standen, sahen das breite schwarze Auto in den Innenhof fahren. »Oh, da bekommt aber einer Besuch!« Sie sahen, wie Katharina ausstieg und wie ihr der Fahrer den Blumenstrauß nachtrug, die Blumenköpfe nach unten, als sollte der Krankenhaushof mit roten Nelken gefegt werden.

Vor der Tür des Krankenzimmers übernahm Katharina den Blumenstrauß und schickte den Fahrer in den Hof zurück. Der Fahrer knurrte und sah herausfordernd auf seine Armbanduhr.

Büdners Krankenstube füllte sich mit dem Rot der drahtgestützten Nelkenblüten. Katharina plauderte, und sosehr der Kranke sich auch einarmig wehrte, sie küßte ihn zwischendrein immer wieder, sie nutzte es aus, so daß die Besucher des alten Wolle das Interesse an ihrem Kranken verloren und herauszubekommen versuchten, in welchem Verhältnis die beiden am drübigen Bett zueinander standen. Büdner wurde das unbehaglich. Er bat Katharina, mit ihm auf den Korridor zu gehen. Sie setzten sich dort auf eine Bank, und Katharina erzählte ihm, daß sie nun die Romane von diesem Theodor, dem Fontane, läse, und ereiferte sich über »Effi Briest«. Sie hätte sich mit der Kollegin Birkenzweig überworfen, weil die gesagt hätte: »Diese Frau sollte nicht Briest sondern Biest heißen.«

»Aber sie ist kein Biest«, sagte Katharina. »Ich kann diese Effi gut verstehen.«

Dann wünschte Katharina, Büdners Wunde zu sehen. Er weigerte sich, ihr seine verbundene Hand zu überlassen, doch sie wollte und wollte. »Immerhin bin i a Delegierte von' Bezirksleitung«, sagte sie und löste die Binde; sie tat es sehr sanft, und er fand seine einstige Geliebte in ihrem Eifer und ihrer Blässe wieder einmal possierlich.

Die rothaarige Stationsschwester kam vorüber und sah Katharina mißbilligend an. »Was schaust?« sagte Katharina. »I bin a Kollegin von dir, sollst wissen!«

Das Gesicht der Stationsschwester wurde nicht freundlicher.

Katharina sah sich die Wunde an. Sie war schon gut verheilt. »Wie gern bliebet ich und pfleget dich. Wir habens uns schlecht ausgesucht, wir zwei«, sagte Büdners alte Dorfgespielin und lehnte sich an ihn.

In diesem Augenblick erschien am Ende des Korridors der Fahrer. Er wartete an der Korridorecke, bis Katharina aufsah, und tippte dann auf seine Armbanduhr. Katharina wurde ungehalten. Sie sprang auf und scheuchte den Fahrer mit den Händen davon wie einen lästigen Truthahn. »Diese Malefiz-Aufpasserei, die!« schimpfte sie und setzte sich wieder. Es fiel ihr ein, daß sie noch keine Grüße von Reinhold ausgerichtet hatte. »Er hätt in der Sach, über die ihr gesprochen habt, was unternommen, hat er gesagt, und wenn nichts nicht geschehen wär, lägs nicht an ihm, soll ich dir sagen.«

Die rothaarige Krankenschwester ging vorüber und zwinkerte Büdner zu. Was sollte das bedeuten? Es kam ihm nicht zum Bewußtsein, was Katharina redete. Katharina stieß ihm in die Seite. »Was soll ich ihm ausrichten, dem Reinhold, einen Gruß wenigstens?«

Keine Antwort.

»Du solltest nicht stur sein mit dem Reinhold. Er hat soviel Übel abzuwehren. Immer wieder heißts drüben im RIAS, der Stalin wär krank und nicht richtig mehr beieinand, und der Reinhold muß dagegen an und alleweil argumentieren und offerieren.«

Der Fahrer erschien wieder an der Korridorecke.

»Jessas nö«, seufzte Katharina, küßte Büdner flink wie ein Eidechs und ging winkend den langen Korridor hinunter; sie winkte auch drunten im Hof noch, bevor sie ins Auto stieg, obwohl kein Büdner mehr am Korridorfenster stand. Der Fahrer räusperte sich zweimal, aber sie winkte und winkte.

31

Büdner wird ein Haspler; Zufriedenheits-Kristalle schießen in ihm an, doch er fertigt sich zwei Ersatzfinger und treibt neuen Unruhen entgegen.

Ein sonniger Februartag, und es roch schon ein wenig nach Frühling. Die Sirene der Brikettfabrik, die große Ohren-Uhr der Bergleute, ließ zwei lange Seufzer über die Wälder hinwallen. Büdner ging wieder zur Arbeit. Wenn die Fabriksirene zweimal seufzte, bedeutete das: halb zwei, und es war noch eine halbe Stunde Zeit bis zum Schichtbeginn. Büdner war zeitig losgegangen. Man muß die Zeit in der Hand haben.

Als die Sirene das dritte Mal seufzte, war er an seinem Arbeitsplatz, und der war jetzt dort, wo die vollen Hunte mit Hilfe einer Seilwinde aus dem Schacht heraus und die leeren Hunte in den Schacht hinunter gewunden wurden. Büdner hatte mit dieser Seilwinde, Haspel genannt, und deren Motor zu tun. Das, was er tat, nannte man »haspeln«; er war ein Haspler.

Vor der Haspelbude arbeitete der Abrücker, zog die gefüllten Hunte von der Aufzugschale, stieß die leeren auf die Schale, die in den Schacht hinuntergelassen wurde, und koppelte die gefüllten Hunte zur Weiterbeförderung an das Triebseil der Erd-Seilbahn.

Büdners Abrücker war Friede Zaroba; man hatte ihm nach dem Unfall eine leichtere Arbeit in der Brikettfabrik angeboten, doch er hatte sie ausgeschlagen, er wollte mit Büdner arbeiten, und Büdner war glücklich darüber.

Wenn die eisernen Räder der Hunte fettlos quietschten, schob sie der Abrücker Friede Zaroba seitab zum Hunteschmierer Valentin Kowalewski, VALEX genannt. VALEX war ein nach dem ersten Weltkrieg zugewanderter Pole, trug einen dunklen Stehbart, war stolz auf ihn, zwirbelte, striegelte und pflegte ihn. »Gesicht kann sein dreckig, Bart muß glänzen!«

Zaroba, Büdner und VALEX frühstückten oder vesperten miteinander in der Haspelbude. Ihr Eßtisch war eine leere Karbidtonne, über die sie ein Brett gelegt hatten, drei Holzkloben waren ihre Stühle.

Valex wickelte seine Margarinebrote aus einem weißen Tuch. »Tisch kann sein schwarz, Tuch muß weiß sein!« Er breitete das Tuch aus, schnitt mit dem Taschenmesser Stück um Stück vom Brot und aß bedächtig. In der Ferne summte die Brikettfabrik, in der Haspelbude wars warm; es herrschte Werk-Buden-Gemütlichkeit.

Büdner war mit seiner Invalidenarbeit, für die nur Schichtlohn gezahlt wurde, zufrieden. Wenn er aus der Haspelbude trat, hatte er den Himmel über sich. Vor der Bude hatten sich knorrige Holundersträucher angesiedelt, die das Bretterhaus mit ins Wald- und Feldleben einbezogen; mit ein paar Schritten war der Haspler zudem in einem Mischwald aus Kiefern und Birken.

Bei dieser Arbeit könntest du alt werden, dachte er. Du haspelst getreulich deine acht Stunden lang, du gehst nach Hause und bist ein »freier Mann«, ein Arbeiter, ein Werktätiger, ein Angesehener, dein Beruf wird im »Firmennamen« deines Staates geführt, und wie du deine Freizeit verwendest, hängt von dir ab. Du kannst ein bißchen mitregieren, wenn du Lust hast, in der Gemeindeverwaltung oder so, kannst deine Freizeit aber auch schreibend verbringen, ohne dich darum zu kümmern, was von einem Schreibenden zur Zeit verlangt wird, oder du stellst deine persönlichen Freizeitwünsche zurück, gründest eine Familie und gibst vor, daß du arbeitest und dich abmühst, damit die, die nach dir kommen, es besser haben werden, als du es gehabt hast. Möglichkeiten über Möglichkeiten!

Ach, der Büdner, er bedachte nicht, daß seine Zukunft mit seiner Vergangenheit verwoben war! Leicht wärs, Herr seines Schicksals zu sein, wär man nicht Sklave seiner Neigungen, hatte der weise Simos gesagt. Und das erfuhr auch Büdner an sich: Als die ersten Zufriedenheits-Kristalle soeben in ihm angeschossen waren, bekam er einen Brief von Mehrlesen, der ihn an eine Zeit erinnerte, an die er, Büdner, kaum noch dachte.

»Schade, daß alles so kam«, schrieb Mehrlesen. »Ich weiß nicht, was in dich gefahren war, aber du hast mich und Umbruch gezwungen, deine selbstkritischen Bemerkungen zum Roman doch noch abzudrucken. Was sollten wir tun, nachdem uns Wummer postwendend mitteilte, was passierte, man könne nicht weiterdrucken und so weiter!«.

Nach diesem Gerede versuchte MEHRLESEN, Büdner zu trösten: »Alles ist heilbar! Einmal wirst du mir erzählen, wie es dazu kam, daß du dein angenehmes Bürgerquartier in die Luft sprengtest.

Nimm als Plus, daß du jetzt unter den Werktätigen arbeiten und ihr Vertrauen gewinnen darfst! Gewiß wird sich Profit für deine Schriftstellerei daraus ziehen lassen!« Dann wurde MEHRLESEN hochtrabend und schrieb: »Sozialer Realismus, das ist das Gebot der Stunde! Niemand ist seiner Quelle jetzt so nahe wie du!«

Beinahe hätte Büdner das Postskriptum des Briefes überlesen: »Bin jederzeit bereit, Erfahrungen, die du machst, abzudrucken. In alter Freundschaft und Zuneigung«, lirum, larum, Löffelstiel.

Es packte Büdner, MEHRLESEN beim Wort zu nehmen. Er tütete die Geschichte über August Meura ein und schickte sie nach Friedrichsdamm.

Nach acht Tagen kam die Arbeit mit Bemerkungen von MEHRLESEN zurück. »Die Geschichte zeigt, lieber Freund«, schrieb er, »daß du noch immer verbittert bist und die optimistischeren Aspekte im Bergbau in deiner Erzählung unterdrückst. Mir ist bekannt, daß unter Tage Schrämmaschinen im Einsatz sind und daß die Arbeit im Tiefbau nur noch halb so schwer sein wird, wenn das in der Sowjetunion entwickelte Verfahren in Anwendung gebracht wird, die Kohle im Schacht zu verbrennen und nur noch die Energie nach über Tage zu bringen. Das alles hast du in deiner Verbitterung übersehen. Ich verzeihe es dir, weil ich mich in deine Lage versetzen kann, aber nicht alle in der Redaktion sind so einsichtig, du weißt, gewisse Wirtschaftsredakteure..., auch darf man die Leser über die Errungenschaften der Technik nicht so uninformiert lassen, wie du es tust ...«

Die Folge: Büdner war enttäuscht. Freilich war MEHRLESEN nicht ermächtigt, die Arbeit eines »Außenseiters« im Alleingang abzudrucken, aber das wars nicht, was den ehemaligen Lokalredakteur unsympathisch anging, es war Mehrlesens überheblicher Ton, mit dem er über die Wirklichkeit sprach, über die Wirklichkeit, die er nicht kannte; es war die dummdreiste Art, mit der er sich »die Leser« konstruierte, mit der er sich anmaßte, zu erklären, was Leser sich wünschten, die besser als er wußten, was war und was nicht war; was es schon gab und was es noch nicht gab.

Jetzt machst du die Probe, dachte Büdner und gab, bevor er zur Schicht ging, Lenka das Manuskript, das ihm Mehrlesen zurückgeschickt hatte, zu lesen. Als er zurückkam, empfing ihn seine Koststellenmutter mit Gerede, das süßer war als der Kuchen, den sie ihm gebacken hatte. »Endlich, endlich jemand, der sich auf mir erbarmt hat!« sagte sie. »Nu werden sie ihre Mäuler halten und nicht mehr einquatschen, daß ich August zum Räubern angetrieben habe.«

»Man wird die Geschichte aber nicht drucken, man hat sie mir zurückgeschickt«, sagte Büdner.

»Was macht mir das!« sagte Lenka. »Ich hab sie ja schon im Konsum vorgelesen. ›Wenns nu noch einer schwärzer auf weiß haben will, daß August kein Räuber nich gewesen is, dem wer ichs abschreiben!‹ hab ich gesagt. Sie waren alle still, und keiner hat Abschrift verlangt, denk mal bloß. Es geht auf keine Kuhhaut, wie ich dir danke.«

Und Lenka klapperte munter durchs Haus; immer mal wieder stöberte Büdner sie lesend in einer Ecke auf und hörte sie murmeln: »Jetzt bin ich gerettet, gerettet bin ich.«

Es hätte genügt, wenn Büdner weise über Mehrlesens journalistische Übervorsicht gelächelt hätte, aber nein, er tat das, was er anderen Genossen zuweilen als Fehler aufrechnete, er wollte den Kulturredakteur um jeden Preis belehren; freilich nicht mit Vulgär-Agitation, die es mit der Wahrheit nicht allzu genau nimmt, sondern still und mit einem handfesten Beweis im Sinne des Wortes. Mehrlesen, ein Mann, der es sein Leben lang mit Büchern zu tun gehabt hatte, müßte, so dachte er, für einen lautlosen Beweis empfänglich sein.

Er nahm einen Tag Urlaub und zog den Mantel an, den er

zusammen mit einem Paar Handschuhen (Übergröße) im Konsum-Ausverkauf erworben hatte, stopfte die leeren Fingerlinge am rechten Handschuh mit Sägespänen aus, nähte sie an den Fingerwurzeln zu und fuhr nach Friedrichsdamm.

Da sah er sie nun wieder, die muffige Königsstadt, und versuchte nicht wie ein geduckter Romanschreiber, sondern aufrecht wie ein Werktätiger, dessen Arbeitsergebnisse täglich sichtbar vor aller Welt lagen, durch die Straßen zu gehen.

Die ehemaligen Redaktionskollegen maßen ihm ihr Wohlwollen noch immer parteilich zu: Die ABSETZER nickten nur kurz, wenn sie an ihm vorbeigingen, obwohl sie doch zu ihrem Recht gekommen waren, andere begrüßten ihn freundschaftlich, bewunderten seinen Mantel und die Lederhandschuhe. »Steht dir gut, das Bergmannsleben! Gehst wohlverpackt umher wie ein Kapitalist und hast gewiß eine Flasche Deputatschnaps im Gepäck.« Oberflächliche Scherze, flache Zuneigungen; auch die ihm freundlich Gesinnten waren froh, daß man nicht sie zur »Strafarbeit« in den Schacht geschickt hatte.

MEHRLESEN sprang auf und breitete die Arme aus; es sollte zu einer Umarmung kommen, doch Büdner entzog sich ihr. Er holte den Brief des Kulturredakteurs aus der Seitentasche, entfaltete ihn, schob ihn auf den Schreibtisch, zog den rechten Handschuh aus und legte die Hand flach auf den Brief.

»Bringst was Neues? Hast nicht übelgenommen?« fragte MEHRLESEN und sah nicht, was er sehen sollte, und da nahm Büdner die Hand vom Brief, zog den Handschuh langsam wieder über, grüßte und ging hinaus.

Hinter einem hohen Ordner-Regal saß MEHRLESENS Sekretärin, die schmächtige Kollegin Radzey, eine aufmerksame Frau, die Besuchern kaum auffiel, der aber nichts entging, was in der Redaktion getan und verhandelt wurde. Als Büdner gegangen war, kam sie hervor. Ihr Gesicht war gerötet vor Empörung. »Zwei Finger weg«, sagte sie. »Sahst du nicht, daß ihm zwei Finger fehlten?«

MEHRLESEN fand sich nicht zurecht. Die kleine Radzey sprang hinaus, rannte den Korridor hinunter und rief nach Büdner. Der aber war nicht mehr zu sehen.

Aufrecht, wie er sie betreten hatte, verließ Büdner die Königsstadt wieder: Mantel, Lederhandschuhe, blaue Schiffermütze. Was hatte er erreicht? Nichts, nur daß sich die wenigen Zufriedenheits-Kristalle, die mühsam in ihm angeschossen waren, wieder auflösten.

Es war um die zehnte Vormittagsstunde, als er in einem Bahnwagen, ehemals dritter Klasse, mit Reihen von Sitzbänken und einem Gang in der Mitte, heimzu fuhr. Eine Weile beschäftigte ihn noch, was er erlebt hatte, dann zog die Gegenwart seine Aufmerksamkeit wieder auf sich: Das Leben war in diesem Falle ein Alleinunterhalter, ein schmächtiger, sonnverbrannter Mann in einer umgeschneiderten graugrünen Soldatenuniform, der einen dicken Seesack und einen Holzkisten-Koffer mit sich führte, sich »priesonner of woor« und »Spätheimkehrer« nannte und in triumphalem Ton Kriegsgefangenen-Erlebnisse zum besten gab. »Nju Mexiko«, sagte er und schmeckte das Wort auf der Zunge ab. »Wißt ihr, was Neu Mexiko bedeutet?« Er hätte dort als Kriegsgefangener ziemlich frei gelebt, und eine Indianerin, eine Mestizin, hätte es ihm angetan.

Es war ein Waggon für Nichtraucher, aber der Mann in der umgeschneiderten Uniform kümmerte sich nicht darum, er rauchte, und er verschenkte amerikanische Zigaretten nach allen Seiten. Die Männer im Umkreis bedienten sich und rückten zu ihm. »Riechen sie nicht schlecht, diese Mestizen-Mädchen?« fragte ein Mann mit plattgedrückter Nase.

»Ein wenig nach ranzigen Nüssen riechen sie, aber das ist nicht das Schlimmste. An was ich mich nicht gewöhnen konnte, waren die schräg stehenden Augen. Sonst aber, mein Lieber, mein Lieber!«

Sie lachten und waren guter Dinge, bis der Schaffner kam und den jovialen »Heimkehrer« auf das Rauchverbot verwies. Er zog seinen Block mit den Strafzetteln und wollte die sogenannte Rauchbuße kassieren, aber die mit Zigaretten angefütterten Männer im Umkreis legten sich für den »Spätheimkehrer« ins Mittel. »Laß ihn doch!« sagten sie zum Schaffner. »Du solltest froh sein, daß nicht du es bist, der so spät aus der Fremde heimkehrt.«

Der Schaffner war unerbittlich, zumal ihm der Mann seinen Rauch frech ins Gesicht paffte. »Die Rauchbuße, drei Mark, bitte!«

Der »Heimkehrer« sprang auf, griff in seinen Seesack, holte ein Päckchen Zigaretten hervor und reichte es dem Schaffner. »Nichts ist mir so lieb als Rauchbuße, wenn ich nur weiterrauchen darf!«

Der Schaffner sah auf die Zigaretten, nahm sie aber nicht, sondern trat einen Schritt zurück und schrieb den Bußzettel aus. Der »Heimkehrer« verfolgte es mit sadistischem Lächeln. »Dich hätten wir im Camp haben müssen, nur einen Tag«, sagte er, zahlte die Rauchbuße und drückte seine Zigarette aus.

Als der Schaffner umstieg, trat der »Mexikaner« ans Fenster und rief: »Wir werden weiter marschieren!«, und da wurde es still im Abteil. Jedermann wußte, daß das, was der Mann zitiert hatte, der Anfang eines gefährlichen Liedes war, in das man nicht mehr einstimmen konnte. Alle Reisenden im Abteil schienen sich bewußt geworden zu sein, daß etwas Dunkles, Feindliches mit ihnen fuhr.

Beim Umsteigen in Kantbus traf Büdner im Wartesaal auf Otta Zaroba. Sie saß schwarzäugig und mütterlich lächelnd am Tisch, hatte ihren slowakischen Bäuerinnenpelz über die Schultern gehängt und beobachtete die Mitreisenden. Zu ihren Füßen stand ein aus grünen Weidenruten geflochtener Henkelkorb, der mit einem bunten Tuch zugedeckt war.

Frau Otta winkte Büdner zu sich. Sie redeten vertraut miteinander wie Familienangehörige, die sich zufällig trafen. Vor den Wartesaalfenstern stand eine alte Linde. In ihren kahlen Zweigen spielte ein kleiner Mückenschwarm. Vorfrühling.

Frau Otta fuhr nach Rußstedt, um Risses Frau in der Anstalt zu besuchen. »Man muß sich doch kummern«, sagte sie. »Ihr Mann kann sie nicht fahren besüchen, sie kann nicht kömmen zu üns, also müß ich fahren selbstverstandlich.«

»Wird sie dich erkennen, wird sie wissen, daß du bei ihr warst?« fragte Büdner.

»Ob sie mich erkennt oder nischt«, sagte Frau Otta, »aber

wird sie berühigen vielleicht, wenn ich bei ihr komm und bin bei ihr und red ein bissel oder sing ein bissel. Wenn sie ist nur ein Minüte gluckloch, dann hat sich gelohnt.«

Wie ein böses Ereignis vom Vortage einem wieder zum Bewußtsein kommt, wenn man am nächsten Morgen erwacht, so ergings Büdner, als Frau Otta von den Risses sprach.

Die verfehlte Freude über die Tatsache, daß sein Roman beim EMPOR-VERLAG gedruckt werden sollte, sein Unfall, der Krankenhaus-Aufenthalt – sie hatten die Risse-Geschichte in ihm verdrängt. Er schämte sich, aber es blieb ihm nicht Zeit, alles bis zu Ende zu durchdenken und mit sich ins reine zu kommen. Sein Zug wurde aufgerufen. Er erzählte Frau Otta rasch von seinem Schreibversuch über die Risses. Später, als er sich Vorwürfe dieserhalb zu machen hatte, wußte er nicht, was ihn dazu getrieben hatte, ob das Bestreben, Frau Otta zu beweisen, daß auch er mit den Risses litt, ob die Eitelkeit des Schreibenden.

»Das ist bravo!« sagte Frau Otta. »Ich konnte dir kussen. In welcher Zeitung wirds gedrückt sein? Oh, die Leut werdens lesen, und sie werden die Risses nischt vergessen, und du wirst mehr haben getan für die armen Leut, als ich kann tün.«

»In keiner Zeitung wirds stehn, niemand wirds lesen!«

»Warüm nischt?«

Warum, warum? Wußte Frau Otta es wirklich nicht?

»Auch isch soll die Geschicht nischt lesen, nischt horen?« Sie konnte so gut bitten, diese Frau Otta, ihre dunklen Augen hatten etwas Zwingendes. »Kömm bei üns ünd les üns vor!« sagte sie, und Büdner, der losrennen mußte, stimmte zu. Sie verabredeten sich für den übernächsten Tag.

32 Büdner ist vom Leben der Zarobas angetan. Er frönt seiner Eitelkeit, liest die Geschichte von Risse vor drei Leuten, doch sein dritter Zuhörer verschwindet.

Es hatte leise geschneit, doch am Nachmittag kam die Sonne durch, und der Frost zog an. Büdner machte sich zum Ausgang fertig und zog die etwas bessere Joppe aus dem Nachlaß von

August Meura über sein Jackett. Lenka begleitete seine Ankleidezeremonie mit wohlwollenden Blicken.

»Kannst dir was einbilden«, sagte sie und meinte Büdners Einladung zu den Zarobas. »Sie laden selten ein, so gut wie kaum. Hab ichs dir schon gesagt oder noch nicht: Mir haben sie zweimal eingeladen, das zweite Mal, wie August wegblieb. Bei die Zarobas wirste was zu sehn kriegen. Schade bloß, daß nicht Frühling ist und daß du den Paradiesgarten hinterm Hause nicht richtig wirst durchnehmen können. Zarobas Urgroßvater hat ihn angelegt, den Ernährer in Not- und Kriegszeiten: Erdbeeren und Birnen, Edeläpfel und Reineclauden, Sauer- und Süßkirschen, Früh- und Spätpflaumen, Sonnenblumen und Mais, Kartoffeln und Lein, Rosen und Goldlack, Reseda und Phlox, Kräuter und was du willst, Ertrag aus jedem Quentchen Erde. Nach die Straße hin ein Blumengarten, hinterm Haus Kartoffel- und Gemüseland, Wiese, Birkenhain und Rosen, und zusammen doch bloß zwei Morgen wie die anderen. Manche habens nachgemacht, niemand ists so gelungen. Zarobas Garten ist alt und versteht jeden Wink. Auch wir haben mit unserm Garten probiert, aber August war nicht Friede; August soff ein bißchen, manchmal sehre, sehre.«

August trank also? Das war neu für Büdner. Wie, wenn er da, schnapsmutig, doch geräubert hatte? Wie vielen Quellen und Rinnsalen mußte ein Aufschreiber nachspüren, um zum großen Fluß Wahrheit zu gelangen?

Zarobas Anwesen lag abseits vom Dorf. Auch das ging auf alte Zeiten zurück: Die alt-alten Zarobas, die Klugen Männer, Zauberer und Schamanen, liebten die Stille und hatten sich abseits vom Dorfe angesiedelt.

Friede kannte die Namen und die Eigenschaften von sieben seiner Vor-Väter. Jeder hatte am sorbischen Blockhaus gebaut. Friedes Großvater ersetzte das Rauchloch über der Haustür durch einen gemauerten Schornstein; der Vater baute eine Stube für Jungleute an, und Friede selber riß im letzten Kriege das Strohdach herunter und legte ein Ziegeldach auf. Aber der jetzt ausgemauerte Hauskeller war noch die Vertiefung, das Loch, das sich die ersten Zaroba-Sorben einst in die Erde der

Finkenhainer Heide gruben, und so alt wie der Keller war auch der Ziehbrunnen, dessen Schwengel bis auf den Tag die Dächerzeilen des Dorfes überragte.

Die Geschichte von Zarobas Ziehbrunnen erzählte Kleinermann dem zugereisten Büdner, um ihm Friede Zaroba zu charakterisieren: Friede hielt diesen Brunnen fort und fort in Betrieb. »Es h'ist mir so schöne, wenn ich h'aus dem Brunnen trink«, sagte er. Trotzdem gabs auf dem Zaroba-Anwesen außer einer sogenannten Schwengelpumpe auch eine Motorpumpe. »Vor dem Kriege belächelten wir Friede«, sagte Kleinermann. »Ziehbrunnenkult! Aber gegen Ende des Krieges waren die meisten Schwengelpumpen im Dorf entzwei, von den Motorpumpen in den Kellern nicht zu reden; für sie gabs keine Ersatzteile. Zarobas Ziehbrunnen wurde Dorfmittelpunkt. Was wie Starrsinn aussah, erwies sich als weise Voraussicht. Also steckt Sinn auch im Starrsinn. Das Wort ergibts ja!« Deshalb mußte Kleinermann, öfter, als er wollte, an das Gespräch denken, das er mit Friede über Risse geführt hatte.

»Ihr werdt und werdt nich gescheide«, hatte ihm Friede gesagt. »Ihr 'abt gelitten, nu laßt ihr h'andere leiden. Wie wollt ihr raus aus 'em Deibelskreis? Sprengt h'ihn, und ich werd mir vor h'euch verbeegen bis auf H'Erde.«

»Du mit deinem Tolstoianertum!« hatte ihm Kleinermann eilfertig entgegnet, obwohl er selber seit seiner Gutsjungen-Zeit Tolstoi verehrte.

»Was man noch?« hatte Zaroba gefragt. »Du weeßt gut, daß ich keen Christ nich bin.«

Da beendete Kleinermann das Gespräch mit Friede über Risse, weil ihm die Argumente fehlten, denn er wußte zu genau, daß Zaroba kein Christ war; alle im Dorf wußten, daß es bei den Zarobas weder Kindtaufen und Konfirmationen noch christliche Hochzeiten und Begräbnisse gab.

Das Land lag unter Schnee, die Bäume waren kahl, und der Zaroba-Garten unterschied sich nur wenig von den Gärten der anderen Finkenhainer. Büdner schlüpfte in Zarobas Haus, und ihm war, als hätte er sein bisheriges Leben nur herumgebracht, um einmal hierherzukommen. Es war warm und heimelig in jedem Winkel; die Dielen, die Wände, Tische und Stühle waren aus gefirnißtem Rohholz und schimmerten rosa im schräg einfallenden Sonnlicht. Holzduft vermischte sich mit dem Geruch von getrockneten Pilzen und Waldmeister. Zwei Wände der Wohnstube waren mit Kinderzeichnungen tapeziert, mit Bleistiftstricheleien, Bundstiftzeichnungen und Aquarellen. Jeder Zaroba-Sohn hatte den Eltern jedes Jahr etwas zum Geburtstag gemalt, und all die Kritzeleien und Malereien hingen nun da, erzählten Kindheitsgeschichten und waren für Frau Otta aufschlußreicher als Fotografien. »Sieh an, das hät Paulko mit sechs Jahren gemalt«, sagte sie. »Eine Bäum wie eine Besen, und zwei Jahre später eine richtige Bäum, du erkennst, es ist eine Birke.«

Merkwürdig waren die Zeichnungen des jüngsten Zaroba-Sohns, der Janos hieß. Es waren Vexierbilder. Auf einem stand: »Such mich!« Auf einem anderen stand: »Ich komm, dir zu gratulieren, Mutter, aber such mich!« Büdner ließ sich verleiten, den kleinen Janos zu suchen, und er fand ihn einmal im Stamm einer hohlen Weide und einmal quer in den Wolken, die über einem Wald heraufzogen.

Die Zarobas bewirteten ihren Gast mit duftendem Tee und leichtem Wein, der zartrosa schimmerte. Frau Otta sprach von ihren Blumen, sprach von ihnen, als ob sie Familienmitglieder wären: »Sönne macht Blumen düften, sagt man, was aber ist mit der Blüm, wo Nachtkerze heißt?« Frau Otta hatte Nachtkerzen in ihren Heidegarten gepflanzt und sie beobachtet. »Sönne ist nicht da, Mönd ist nicht da, finster ist, aber Nachtkerzen bluhn auf, düften, und Nachtfalter kommen zu sie. Also, frag ich mir: Hat Natür wirklich starr Prinzipien, oder legt der Mensch sie hinein?«

Ein Gespräch ergab das andere, und auch Friede beteiligte sich. »Ich bin nicht in' Partei«, sagte er frank und offen. »Also, halt dir zurück, wenn du was sagen willst, was parteilose H'Ohren nich 'ören dirfen!« Friede sagte das stets, wenn er sich auf längere Gespräche mit Genossen einließ, doch wenn Kleinermann es hörte, beeilte der sich, entschuldigend hinzuzufügen, daß dafür Zarobas drei Söhne in der Partei wären. »Ich bin in' stärkste Partei, in' Partei vom großen Leben«, pflegte Zaroba zu sagen, »h'und h'immer, wo sich die Partei h'ans Leben 'alten tut, bin h'ich Genosse.«

»Die Partei hält sich immer ans Leben«, pflegte Kleinermann ihn vorsichtig zurechtzuweisen, doch dann sah ihn Friede durchdringend an und sagte: »Mag sein, aber tuck ruhig mal drieber nachdenken!«

Wie auch immer, Friede Zaroba wurde in Finkenhain, überhaupt in der Kohlengegend, respektiert. Keiner der alten Genossen hatte bisher übrigens versucht, ihn für die Partei zu werben, für Kleinermann war Friede, wenn er sich bei ihm Rat holte, einfach »ein Genosse ohne Parteibuch«.

Büdner erfuhr bei seinem Besuch allerlei über die Gepflogenheiten seiner Gastgeber, so zum Beispiel, daß sie alle Hast vermieden und daß Frau Otta Bücherlesen für notwendiger hielt als Essen. Jedem Tage gewannen die Zarobas eine stille Stunde ab, da saßen sie, taten nichts, dachten nicht einmal, wie die Leute wissen wollten, und auch das sollte, wie gesagt wurde, eine Gewohnheit sein, die sie von den Vor-Alten übernommen hatten.

Büdner blieb zum Abendbrot. Frau Otta hatte ein gesticktes Leinenkleid angezogen. Friede trug zum weißen Leinenhemd daheim lange Lederhosen und eine Weste, aus deren Tasche eine Uhrkette baumelte. Das Verhalten der Zarobas bei der Mahlzeit wirkte fromm, doch es war keine christliche Frömmigkeit, die von ihnen ausging, sondern die Achtung vor dem Brot. Frau Otta hatte die Brotschnitten aus Maismehl mit Pasten aus Paprika oder Tomatenmark bestrichen, dann mit Ziegenkäse belegt und ein zweites Mal gebacken.

Sie aßen schweigend, bis draußen ein Auto vorfuhr und jemand zum Haus kam und dreimal an die Tür pochte. »Es ist Janos«, sagte Frau Otta und ging öffnen.

Der etwa fünfunddreißigjährige Mann, der in die Stube trat, war so lang wie Friede und hatte das schwarze Haar der Mutter. Janos, der jüngste der drei Zaroba-Söhne, war ein schweigsamer Mann. Er murmelte ein paar konventionelle Worte, als ihm Büdner vorgestellt wurde, und wenn die Mutter ihn etwas fragte, antwortete er kurz, nicht sehr bereitwillig, fast militärisch. Die Mutter fragte nach Janos' Familie, fragte nach der Gesundheit seiner Frau. »In Ordnung, alles in Ordnung«, sagte er. Er wäre gekommen, um rasch nachzusehen, wie der Vater seinen Unfall überstanden hätte; er wäre nicht früher »abkömmlich« gewesen.

Friede war nicht weniger schweigsam als sein Sohn und gab knappe Auskunft. Frau Otta lud Janos zum Essen ein, doch der wollte nicht, wollte sich nicht einmal setzen, aber da wurde Friede gegen seine Gewohnheit eifrig. »Tuck uns mal die Ruhe nich fortschleppen und tuck dir hinsetzen! Es soll gelesen wern.« Er erklärte dem Sohn, wer Büdner war, »er war verschütt' mit mir, h'auch Sticke Roman 'aben se von am in' VOLKSBLATT gedruckt. Nu soll er was Neies vorlesen, Mutter 'at am h'eingeladen.«

Janos setzte sich mit Widerstreben, der *Vater* hatte ihn gebeten.

Der eitle Büdner war erfreut, daß ein dritter Zuhörer hinzugekommen war. Er zog seine zusammengefalteten Manuskriptseiten aus der Rocktasche und fing an zu lesen. Zuerst beobachtete er nach jeder Zeile, die er vorlas, die Gesichter seiner Zuhörer; denn er hatte für die Schilderung des Risse-Hauswesens seine Phantasie etwas eifrig in Anspruch genommen, aber weder Friede noch Frau Otta beanstandete, daß er rechts vor Risses Haustür einen Wacholder eingepflanzt, den Risses auch eine Katze zugeteilt hatte, obwohl ihnen bekannt war, daß es den Wacholder nicht gab und daß die Rissin sich vor Katzenhaaren fürchtete. Nein, sie strichen es ihm nicht als »Fehler« an; sie wußten, was ein Dichter sich erlauben durfte!

Aber er hielt sich zu lange bei der Schilderung des Risseschen Hauswesens auf, viel zu lange. Es war zu erkennen, daß er sich vor der Beschreibung der Ungeheuerlichkeit fürchtete, der seine Geschichte entgegentrieb. Er erkannte den Mangel beim lauten Vorlesen, unterbrach sich und sagte: »Hier werde ich streichen und kürzen müssen!«

Friede bestätigte es mit einem Kopfnicken; Frau Otta lächelte nachsichtig; Janos saß mit bewegungslosem Gesicht.

Bevor Büdner auf das einging, was nicht ungeschehen gemacht werden konnte, beschrieb er verständnisvoll die Umstände, die das Begehren der Sowjetsoldaten hervorgebracht hatten, ihren Haß auf die Deutschen, die ihnen die Heimatdörfer zur Trümmerwüste gemacht hatten, den langen Feldzug ohne Urlaub, schließlich die Sieges- und die Sinnenfreude. Gewiß war jeder von den drei Jungsoldaten in seinem Heimatdorf ein zwar wilder, aber doch lieber Junge gewesen, und eigentlich hatten sie der Risse-Tochter nur angetragen, was Burschen den Mädchen auf den Dörfern nach jeder Tanzmusik antragen, und die Risse-Emma hatte sich wohl auch nur gewehrt, weils ihr von drei Burschen zugleich und so brünstig und fremdländisch angetragen wurde, doch ihre Widersetzlichkeit hätte die tierische Lust der Burschen gesteigert, hatte sie zu Böcken werden lassen, die einander ein Weibstier zutrieben. Schuldlose brachten eine Schuldlose um! Menschlich war die Handlung knapp zu verstehen, politisch wurde sie vielleicht einerseits zum Triumph über die Arier und andererseits zum Anlaß eines Vorwurfs gemacht: Leute, die auszogen, Verbrecher zu bestrafen, wurden selber zu Verbrechern und säten neue Zwietracht.

Friede hob die Hand: »Mir scheint, es is zuwenig gesagt ieber Schuld, Siehne und Widerschuld; die sind nämlich verquickt und verstrickt wie an Wollfaden in am langen Strumpf, zwee rechts, zwee links. Die Geschichte is zu kleene.«

»Nein, nein, du bringst ihn dürcheinander!« protestierte Frau Otta.

Draußen sprang der Automotor an. Frau Otta ging ans Fenster, schob die Gardine beiseite und winkte. »Er wird zu klein Zeit gehabt haben«, sagte sie.

Da erst bemerkte Büdner, daß Janos' Platz leer war. Friede schwieg eine ziemliche Weile, ehe er sagte: »Tuck weiterlesen, tuck!«

33

Büdner wird von einem Geheim-Genossen des Umgangs mit einem Agenten der Reichen beschuldigt, und der Meisterfaun rät ihm, von Risse abzustehen.

In der Sonne wars schon ein wenig warm, und im Birkenwäldchen hinter der Haspelbude versuchte ein Meisenhahn seine Strophe. Friede Zaroba zog seine Jacke aus, nickte Büdner durchs Fenster zu und arbeitete weiter, gelassen wie immer und als ob von seiner Arbeit der Bestand der Welt abhinge.

Um die elfte Vormittagsstunde trat ein mittelgroßer Mann in die Haspelbude, der trug eine Grubenlampe aus Messing am Rucksackriemen, eine Lampe, wie sie vor dem Kriege die Steiger getragen hatten, grüßte freundlich, blickte unstet umher und erklärte, er wäre auf dem Wege zum Schacht Rote Erika, könne vor Durst nicht weiter, hätte Hering gegessen, ob was zu Trinken da wäre.

Büdner öffnete sein Wandschränkchen und holte die Kaffeeflasche heraus. Der Fremde befeuchtete sich die Lippen, gab die Flasche zurück, hockte sich auf einen der Holzklötze unter dem Schränkchen und fragte: »Bist du es, der mit dem Risse zusammen war?«

Büdner horchte auf: Der Fremde war am Ende kein Bergmann, sondern ein Beauftragter der Staatsanwaltschaft und sollte Erkundungen über Risse einziehen. »Ganz recht, ich war mit Rudolf Risse zusammen«, sagte er.

»Wie lange?«

Büdner wollte seiner Aussage Gewicht zum Guten hin geben und antwortete unklar: »Eine ganze Zeit.«

»Wieviel Tage, wieviel Wochen?«

Büdner blieb ungenau: »Einige Wochen.«

»So«, sagte der Fremde, »und das war lange genug, um über ihn schreiben zu können.«

Büdner war überrascht von der neuen Wendung, die die Befragung nahm. Vielleicht kein Beauftragter des Staatsanwalts, der vor ihm stand, sondern sonstwer. »Man kann sogar über jemand schreiben, den man nie gesehen hat«, antwortete er leicht gereizt.

Der Fremde ging nicht drauf ein. »Du hast also aufgeschrieben, was indifferente Leute dir von Risses Vorleben so zutrugen, nicht wahr?«

»Ein paar Wochen habe ich schließlich mit ihm gearbeitet, ich sagte es doch.«

»Aber er hat nicht mit dir geredet, wie man weiß. Machen wir uns nichts vor«, sagte der Fremde, »reden wir trotz deiner Parteistrafe wie Genossen miteinander. Ich tue meine Pflicht, doch du hast was aufgeschrieben, was dir nicht abverlangt wurde, hast was getan, was zur Zeit nicht deine Pflicht ist.«

Büdner hatte sich die Geheimen Genossen anders vorgestellt, dieser war, bis auf den flackernden Blick, der auf jemand hindeutete, dem das Lügen leichtfiel, recht sympathisch; er brauchte sich nicht zu zwingen, offen zu reden. »Ich bin nicht anders mit dem fertig geworden, was ich über Risses Vorleben erfuhr, ich mußte es aufschreiben; eine innere Pflicht, wenn du das verstehst.«

»Ich versteh«, sagte der Fremde.

»Und weshalb sollte ich es nicht aufschreiben?«

»Nichts dagegen, wenn du Notizen für dich machst, aber du hast sie nicht nur für dich gemacht.«

Büdner wollte protestieren, da fiel ihm ein, daß er bei den Zarobas vorgelesen hatte. Er erschrak: Jemand mußte davon erzählt haben. Er sah durch die verrußten Fensterscheiben zu Friede hinüber, der ruhig und ahnungslos seine Hunte abrückte. »Ich habe vorgelesen, ja«, gestand Büdner und zeigte auf Friede. »Dem da und seinen Leuten; sie kannten Risses Vorleben besser als ich.«

Büdner mußte haspeln. Der Fremde blieb hocken. Als der Motor wieder schwieg, hörte man den Meisenhahn ein zweites Mal seine Strophe probieren. »Wie konntest du dir zum Lebensberuf machen, anderen Menschen zu mißtrauen?« fragte Büdner.

»Auch innere Pflicht«, parierte der Fremde. »Innere Pflicht steht hier gegen innere Pflicht, nur daß ich mit meiner dem Staate dien und du mit der deinen eigentlich niemand.«

»Und wenn, was ich über Risse schrieb, ein kleines Kunstwerk wär?«

»Kunst hat parteilich und nützlich zu sein, hab ich gelernt, und anders gehts auch nicht. Komm' wir zur Sache: Du wirst uns das, was du von Risse aufschriebst, mit sämtlichen Abschriften übergeben, und du wirst danach ein rehabilitierter Genosse sein.«

Büdner biß die Zähne zusammen, damit sie nicht klapperten, und sah zu Friede hinaus. Der Meisenhahn sang wieder, und obwohl der Haspler die Schwingungen, die der kleine Vogel aussandte, nicht bewußt vernahm, beruhigten sie ihn. »Aber lieber Genosse«, sagte er zum Fremden, »ich hab doch das über Risse im Kopf und kanns mir jeden Tag neu schreiben.«

»Ich würde es dir nicht raten!« sagte der Fremde. »Es könnte falsch ausgelegt werden, und das kannst du mit deiner Parteistrafe nicht gebrauchen. Außerdem hast du mit einem Klosterbruder trotzkistische Gespräche geführt.«

»Das Gerede mit Konstantin meinst du?« fragte Büdner und ließ sich übertölpeln.

»Sieh an, du weißt es genau«, sagte der Fremde. »Er war ein Agent, dieser Konstantin!«

Büdner fielen die Prozesse gegen führende Genossen auf dem Balkan ein; er dachte an Lekasch, der in Amerika, ohne es zu wissen, Gespräche mit einem Agenten geführt hatte. Die Furcht packte ihn, und nun klapperten seine Zähne, und er stürzte hinaus und wollte zu Friede, bekam sich aber wieder in die Hand und fragte Zaroba, als er vor ihm stand, so ruhig er vermochte, nach der Uhrzeit.

Der Fremde verließ die Haspelbude, bestieg sein nagelneues Fahrrad, nickte zu ihnen hinüber und fuhr zur Brikettfabrik. Friede sah dem Fremden nach. »Der Kerle tat mir nich gefallen«, sagte er; »es war keen Brenner nich uff seine Messinglampe.«

Da brachs aus Büdner heraus: Er erzählte Zaroba, was der Fremde von ihm verlangt hatte.

»'aste bloß h'uns vorgelesen oder noch sonstawem?« fragte Friede und ließ den Fremden, der an der Seilbahn-Strecke entlangfuhr, nicht aus den Augen.

»Ich habe nur euch vorgelesen.«

»Sie sein dumm«, sagte Friede. »Ob's uffgeschrieben is oder nich, die Finkenhainer wissens doch und h'andre h'auch. Die Leite merken sich vor h'allem das Schreckliche, h'und die H'Alten erzählens die Jungen und die wieder weiter; deswegen sind manche Märchen so grausam.«

Der Fremde verschwand am Seilbahn-Bogen zwischen den Krüppelkiefern. Die Signalanlage erklang. Büdner ging an seine Haspel und Friede ans Sprachrohr. Am Füll-Ort hatte es Kurzschluß gegeben. Man verlangte nach neuen Glühbirnen.

In Büdner blieb den ganzen Tag ein großes Zittern. Hatte Reinhold am Ende den Mann zu ihm geschickt, Reinhold, der die Schreibsucht seines ehemaligen Schwagers kannte und vielleicht vermutete, daß der die Risse-Geschichte aufgeschrieben hatte?

Er hielts allein in seiner Stube nicht aus und setzte sich zu Lenka an den Ofen. Lenka, ach, Lenka, sie konnte so tief von unten seufzen, daß auch ihm leichter wurde! »Der Mensch verliert sich«, seufzte sie. »Du hast zwei Finger weg, ich verlier die Zähne, und in der Frühe ist mein Kamm voller Haare!« Büdner sah Lenka unauffällig von der Seite an: Hautfalten an der Stirn, am Kinn und in den Augwinkeln deuteten schon an, in wieviel Teile ihr Gesicht einst zerfallen würde.

Sie schwiegen eine Weile, und die Stille summte, bis das Signal eines Förderturms dazwischenklöppelte und Lenka sagte: »Die alte Ziege hat gelammt.« August wäre rein närrisch nach Ziegenlämmern gewesen. »Wie es nur so was Weißes geben kann inmitten aller Kohle«, hätte er gesagt. Lenka redete, plapperte und schnarrte wie ein Hauswebstuhl, webte einen Schutzmantel aus Alltäglichkeiten um Büdner, und das tat ihm gut, obwohl er immer wieder an den Mann denken mußte, der ihn in der Haspelbude besucht hatte. »Du hörst ja gar nicht zu«, sagte Lenka.

»Was?«

»Wies bei den Zarobas gewesen ist, hab ich gefragt.«

Es hätte ihm bei den Zarobas gut gefallen, sagte er.

»Das wollt ich dir auch geraten haben«, sagte Lenka, blieb eine Weile still und seufzte dann wieder von ganz unten. »Trotzdem«, sagte sie, »es sind auch Halme ohne Ähren in Zarobas Glücksgarbe: Friedes Jungs sind nicht so, wie sie sein sollen, denk mal bloß! Wie sie klein warn, warn sie ein Herz und Gemüte, aber nun nach dem Kriege weicht einer dem anderen aus. Keine Verträglichkeit mehr! Der Paulko, der was Hohes bei der Gewerkschaft ist, wie sie erzählen, kehrt auf halbem Wege um, wenn er erfährt, daß der Matthes zu Hause bei den Eltern auf Besuch ist, weil der Matthes in englischer Gefangenschaft war und weil sie dort, wie es heißt, manche Kriegsgefangenen heimlich zu Agenten gemacht haben. Und was der Janos ist, der Jüngste, der arbeitet auf einem Amte, von dem man nicht reden soll. ›Die Frontlinie geht durch die Familie‹, sagt er und kommt bloß zu seine Eltern, wenn er weiß, daß weder der Matthes noch der Paulko dort ist. Er will nicht nach seiner Arbeit gefragt sein, denk mal bloß!«

Büdner horchte auf. »Ist er... «

»Ja, ja, ist er!« sagte Lenka. »Zeiten, Zeiten sind das! Aber ich dürfte mir eigentlich nicht das Maul über die Jungs von anderen Leuten zerreißen. Wer weiß, wies gekommen wär, wenn die unserigen lebten. In der Partei wären sie, unbedingt, da hätt August schon drauf gedrungen!«

»Wie heißt er, den du meinst?« fragte Büdner, der an seine Vorlesung bei den Zarobas dachte.

»Janos heißt er, hast wieder nicht hergehört«, sagte Lenka und webte weiter am Schutzmantel aus Alltäglichkeiten, bis sie müde wurde und zu lallen anfing, und als sie zu Bett gegangen war, mußte auch er wohl oder übel in seine Stube, und dort war er allein, und er lag wieder einmal wach. Es war eine finstere Neumondnacht, emsiger Wind ging, und Büdner dachte an das Kloster auf der ägäischen Insel, dachte an Konstantin, den Griechen mit dem durchgeistigten Gesicht, der von der Insel Paros stammte. Einmal, als der Seewind das lange Haar des Pseudo-Mönches zur Seite wehte, sahen sie, daß ihm das rechte Ohr fehlte wie einem gewissen Petrus aus dem Neuen Testament. Faschistische Kriegsknechte hatten Konstantin in Spanien das Ohr abgehauen. Später war Konstantin nach Italien gegangen, hatte dort illegal gegen die italienischen und später auf den Ägäischen Inseln gegen die deutschen Faschisten gekämpft. Er geriet in Gefangenschaft, entkam und schlüpfte ins Mönchsgewand. Für die Männer im Inselkloster, die wie Mönche aussahen, war Konstantin Kommunist.

Büdner erinnerte sich: Sie hatten Küchendienst, der Mönch Konstantin, der Mönch Nico und er, und sie schälten Bohnen aus. Die trockenen Bohnenhülsen raschelten, die rotbraunen Kerne fielen klimpernd in die Eimer, das Meer brauste, und sie sprachen über Gott und die Welt.

Nico sagte: »Was übrigbleiben wird nach diesem Krieg: der Kommunismus.«

Büdner und Konstantin antworteten nicht. Nico war kahl geschoren. Seine abstehenden Ohren verhinderten, daß ihm die Kamilawka, die ihm zu groß war, über die Augen rutschte. Er sah von Büdner zu Konstantin. »Es möcht euch also nicht recht sein? Aber du *bist* doch Kommunist, wie es heißt«, wandte er sich an Konstantin.

Konstantin zögerte mit seiner Antwort, knackte zwei Bohnenhülsen und sagte endlich: »Wie wird er aussehen, dein Kommunismus?«

Nico wurde böse und warf die Bohnen unenthülst in seinen Eimer. »Schwätzt von Kommunismus und schwätzt und weiß nicht, daß er so aussehen wird wie in der Sowjetunion.«

Konstantin blieb sanft. Weshalb diese Heftigkeit? Noch wußten sie nicht, ob sie lebend von dieser Insel und aus diesem Kloster kommen würden. »Wenn Krieg aus und wir heil«, sagte er, »so sollst du mich hinführen nach Rußland, ich will mir ansehen.«

Nico war es zufrieden. Er meinte, Konstantin überzeugt zu haben. Eine Weile enthülsten sie wieder friedlich Bohnen. Die braunroten Kerne fielen klimpernd in die Eimer, und das Meer brauste.

Eine Viertelstunde später stritten sie wieder. Der geschorene Nico behauptete, die beste Staatsform wäre die Diktatur des Proletariats. Konstantin aber fuhr sich mit beiden Händen unters Haar und hielt sich die Ohren zu, das halbe und das heile. Er hatte die ganze Zeit gegen Diktaturen gekämpft, Franco, Mussolini, Hitler, und einer vierten sollte er anhängen?

Nico machte sich lustig über Konstantin. »Willst du eine königsgarnierte Demokratie wie in England?«

Konstantin antwortete nicht. Er hatte nicht gehört, was Nico ihn fragte. Er hielt sich noch immer die Ohren zu. Vielleicht wußte er nicht, was er wollte, vielleicht hatte die Staatsform, die er wollte, noch keinen Namen.

Solche und andere Gespräche wurden im Kloster geführt, aber niemand hielt Konstantin dort für einen Agenten, auch der wirkliche Kommunist Nico nicht.

Büdner schlief ein, aber nach einer Weile war er wieder wach, mußte an Reinhold denken und schämte sich, weil er ihn der Angeberei verdächtigt hatte. Aber wärs wirklich Angeberei gewesen, wenn Reinhold getan hätte, was wahrscheinlich Friedes Sohn Janos tat? Wärs nicht Vorsorge gewesen? Bei Reinhold wohl. Und bei Janos? Büdner wußte keine Antwort, in diesem Augenblick nicht.

Er stand auf, ging in die Küche, holte sich kalte Pellkartoffeln aus dem Ziegentopf, nahm, wie in der Redakteurszeit, Ballast zu sich, legte sich, schlief nach einer Weile wieder ein und träumte:

Er stand als Angeklagter vor dem Tribunal. Man beschuldigte ihn, er hätte auf Geheiß des Agenten Konstantin über das Schicksal der Risse-Tochter geschrieben, hätte Unruhe gestiftet und »den Frieden gefährdet«. Der Richter hatte das Gesicht von Wummer, trug aber einen Vollbart. Büdner verteidigte sich und bestritt, im Auftrage Konstantins geschrieben zu haben, versicherte, er hätte es im Auftrag seines Mitleids mit Risse getan, der seinen Haß nicht hätte bezähmen können.

Der Richter schien ihm zu glauben, sah ihn mild an und führte ihn in einen südlichen Garten. Silbergraue Olivenblätter raschelten, Blumen wuchsen ringsum, Finkenvögel schlugen, und der Kuckuck rief. Ein Paradiesgarten! »Siehe, hier sollst du leben und glücklich sein, wenn du zugibst, daß du im Auftrag Konstantins schriebst«, sagte der Richter.

»Aber er gab mir den Auftrag nicht«, versicherte Büdner wieder.

Der Richter nickte verständnisvoll und sagte: »Aber du wirst der Partei einen großen Dienst leisten, wenn du sagst, daß du den Auftrag von Konstantin bekamst, du wirst uns ermöglichen, eine Agentengruppe zu fassen.«

Dann stand er wieder vor dem Tribunal, und das Herz war ihm schwer; es schmerzte ihn bis in die linke Schulter hinauf, und er gewahrte Rosa im Gerichtssaal, auch Reinhold, und die nickten ihm ermunternd zu, und er beschuldigte Konstantin, und da griffen sie ihn, stießen ihn vor sich her und aus dem Gerichtssaal hinaus.

Er erwachte schweißnaß. Sein Herz raste. Draußen pochte jemand an den Fensterladen. Traum und Wirklichkeit vermischten sich. Es war große Furcht in ihm. Er fühlte sich schuldig, weil er über Risse geschrieben hatte. Jetzt kamen sie ihn holen. Er wollte die Folgen tragen, kleidete sich an, ging hinaus, ging ums Haus herum. Niemand. Warme Luft fiel vom Himmel, der Wind war in einen Frühlingssturm umgeschlagen; ein Ast des alten Goldparmänenbaumes schlug wie eine dürre Hand gegen den Fensterladen. Er ging in den Holzstall, holte die Säge und sägte den Ast ab.

Die Angst wollte nicht weichen. Der Traum hatte seine Wachgedanken gefärbt. Er blieb aufrecht im Bett sitzen: Wenn sie dich nun wirklich holen? dachte er. Er wußte aus den Erzählungen politischer Häftlinge, daß sie immer nachts abgeholt worden waren.

Der Meisterfaun saß wie die vorigen Male an der Kommode und stützte den Ellenbogen auf Lenkas Häkeldecke. »Gibs auf, dich um Risse zu kümmern, sonst wirst du das vierte Opfer dieser Geschichte. Merkst du nicht, wie dein Herz dir schon zu schaffen macht?« sagte er. »Glaub mir, auch die Neger, die unterm Amerikaner marschierten, vergewaltigten deutsche

Frauen, und die feinen Weißen vergewaltigten mit Hilfe von Schokolade. Sieh dich um: Die Leute haben längst verschmerzt, was geschah. Sie klagten eine Weile, haderten, doch sie konntens nicht ewig; jeder Mensch hat zu tun, das eigene Leben am Glimmen zu halten.«

Was steckte wieder einmal hinter den Redereien des Fauns? Ein falscher Fingerzeig, eine Intrige oder gar mal die Wahrheit? Ehe Büdner etwas erwidern konnte, schlug nebenan in der Stube Lenkas Regulator fünfmal. Der Meisterfaun verschwand hinter der Kommode wie ein Wildkaninchen im Bau. Büdners Nacht war dahin. Er zog sein Arbeitszeug an und nahm sich vor, Friede zu fragen, weshalb er nicht verhindert hatte, daß er, Büdner, bei seinem Besuch die Risse-Geschichte vorlas. Friede hätte doch wissen müssen, daß er seinen Sohn Janos damit in eine vertrackte Lage brachte.

34
Büdner blickt ins vertrackte Leben eines polnischen Hunteschmierers. Friede Zaroba sucht zu erfahren, was die Bäume denken, und zu verhindern, daß sein Haus zu einer unzuverlässigen Herberge gemacht wird.

Müde kam er nach der in Furcht verbrachten Nacht zur Schicht, doch Friede, mit dem er reden wollte, war nicht da. Der Hunteschmierer VALEX hatte Zarobas Arbeit übernommen. »Friede kommen früh vier Uhr zu mir«, sagte VALEX, »war angekleiden mit neuen Lederhose und neuen Rucksack. Muß fahren wohin, sagen er mir. Ich soll ihn vertreten, kommt er mich zu bitten. Mehr ich weiß nix.«

Zu Büdners Gedanken, die schnarrend und raspelnd wie Laubsägen in seinem Kopfe zugange waren, kam damit ein neuer: Weshalb hatte Friede ihm nicht schon am Vortage gesagt, daß er die Schicht wechseln würde? Hatte er es noch nicht gewußt, oder wollte er es ihm nicht sagen?

Ein Glück, daß VALEX froh war, weil er mal kein »Schmiermoppel« mit Streichblatt und Schmiertopf zu sein brauchte! Er zwirbelte sich den Bart, rückte die Hunte fast zärtlich auf und ab und sang:

> Maruschka, Braut, geliebtes,
> Ach, zeig mir deine Leberfleck ...

Büdner ließ sich nur zu gern von der Fröhlichkeit des Polen anstecken und trösten. Wenn er alles in allem bedachte, so hatte er das Leid, das ihn plagte, mit seiner Schreibsucht verschuldet. Siehe, wie fröhlich andere Menschen in den Morgen sahen, dieser Valex zum Beispiel, den kein Leid zu plagen schien.

Das Gerede des Meisterfauns von den Finkenhainer Leuten, die die Risse-Geschichte längst verschmerzt hätten, fiel ihm ein. Vielleicht hatte er recht, der Faun. »Dumm war er, dumm«, sagte vor einigen Tagen der Rumgeher Konopke, als der zu Lenka kam, um Kaninchenfelle aufzukaufen, über Risse. »Wie kann er den Feind beschimpfen und ohrfeigen, wenn der noch im Lande hockt?« Konopke blies in die Wolle der Kaninchenfelle und prüfte sie. Lenka antwortete nicht. Der Fellhändler wurde unsicher, schob die Brille auf die Stirn, sah Lenka an und suchte zu mildern: »Freilich, sie sind unsere Freunde jetzt, die Russen. Aber wer beschimpft seine Freunde? frag ich.«

Und Lenka, was sagte sie über Risse? »Er hat sich mit Vorsatz umgebracht«, sagte sie. »Einer nimmt Gift, der andere säuft sich zu Tode. Risse nahm einen Russen, wie ein anderer den Strick nimmt. Fromm wars nicht, aber bleib du fromm, wenn dir Gedanken zwiebeln wie Zahnschmerzen.«

Der Häuer Wittich krauste die Stirn und drehte sich mit schwarzen Händen eine weiße Zigarette. »Was Risse anbetrifft«, sagte er, »man soll sich nich besaufen, wenn einem im Soff erlebtes Unrecht einfällt.«

»Ich war nicht im Kriege nicht«, sagte der Häuer Sastupeit, »aber auch die Unsrigen sollen Lumpereien mit russischen Weibern getrieben haben. Wurst wider Wurst. Den Risse trafs freilich unschuldig; er war nicht im Kriege, aber Schicksal ist blind.«

»Noch ist nischt raus nich«, sagte der Schlepper Kolosche. »Er kann noch zurückkommen, der Risse. Sie haben ihn eingesperrt. Er hats verdient. Ich möcht nicht wissen, was die Unsrigen mit einem Russen gemacht hätten, der einen deutschen Soldaten abgebackpfeift hätte!«

»Maul halten, immer schön Maul halten«, griente Schlepper Waurisch. »Wenn man die alle zusammenzählen könnte, die sich in den Tod quatschten!«

»Wehe, wenns wieder anders kommt!« sagte der lange Häuer Rurat, und niemand hatte etwas anderes von diesem Umsiedler erwartet.

»Man muß alles frisch durchdenken!« sagte Lehrer Klarwasser. »Sie haben mächtig was drauf gehabt, die sowjetischen Soldaten. Der Krieg war lang. Der Weg nach Deutschland war lang. Die Zeit ohne Urlaub war lang. Weiß man, wie man selber reagiert hätte? Vorsätzlich haben sie die Risse-Tochter nicht umgebracht, das muß man sehen! Wer weiß, wie denen heute zumute ist, wenn sie an das Unglück denken!« Klarwasser fing an zu zitieren: » ›Der Krieg erzeugt eine hypertrophierte Erotik, jeder Krieg – das beweist die Haltung der Deutschen in Belgien, der Russen in Ostpreußen. Ich neige zu der Ansicht, daß es sich dabei um eine natürliche, wenn auch unnormale Steigerung des ‚Instinkts der Arterhaltung' handelt, des Lebensinstinkts der Menschen, die dem Tod Auge in Auge gegenüberstehen.‹«

Klarwasser äußerte sich auch vor dem Lehrerkollegium dahingehend, und wie das so ist, wenn drei Mann zusammen sind, ist manchmal schon der dritte ein Zuträger, und so auch hier: Klarwasser mußte sich bei Kreissekretär Hajo Auenwald verantworten. »Ich finde, das geht etwas über die Hutschnur, was du da gesagt hast, wie mir Wummer berichtete.« Klarwasser gehörte nicht zu den Genossen, die unter den tadelnden Worten eines Kreissekretärs selbstkritisch zerrannen wie eine Kellerschnecke, die man mit Salz bestreut. »Was bitte, geht über die Hutschnur?« fragte er.

»Das mit dem Instinkt der Art-Erhaltung«, antwortete Auenwald. Klarwasser konnte Auenwald beweisen, daß sein Zitat über die »hypertrophierte Erotik im Kriege« aus einem Brief von Gorki stammte, den der an den Marschall Semjon Budjonny geschrieben hatte, weil der dem armen, armen Dichter Babel Erotomanie vorgeworfen hatte.

Dieser Gorki! Auenwald hatte wieder Grund, ungehalten über diesen Dichter zu sein, der in kein Schema paßte.

In Kleinermann wurde jetzt, wenns um den Fall Risse ging, die wilde Mutter Mathilde wach. Die Finkenhainer sollten sich nicht so haben! Sie solln dran denken, wieviel Leid die Deutschen über die Sowjetunion brachten! In Finkenhain sind immer mal Menschen umgekommen, in der Kohle zum Beispiel. Der Klassenfeind hat sich hinter den Fall Risse gesteckt – das ist es!

Und Friede Zaroba, was hatte der gesagt? »Der Tod, der Tod«, sagte er, »h'ein Leben h'auf h'andere H'Art h'ist er. Es h'ist mir vor meine Geburt nicht schlecht gegangen; keene Sorgen nich, keene Schmerzen, keen 'Unger, keen Durscht, keene Winsche, keen Zorn nich, nischt. Was soll h'ich mir h'also firchten, 'inzugehn, wo h'ich 'erkam? H'aber wenn man geborn h'ist, h'ist man geborn, und jeder h'ist zu was geborn, sonst wär er nich 'ier. H'auch, wenn manch eener nich weeß, warum er 'ier h'ist, h'aus'alten muß er! Wenn h'aber een Mensch eenen h'andern Menschen h'umbringt, h'also Leben h'auf H'Erden willkirlich verkirzt, denn 'at h'er sich zu verh'antworten und kriegt seine Abrechnung – vom Leben nämlich!«

Wirklich, alle schienen sich mit Risses Schicksal abgefunden zu haben und gingen umher und taten das Ihre wie früher. Am besten war wohl, wenn auch er, Büdner, jetzt dranginge, seine Schreibsucht endgültig zu unterdrücken. War er, als er vor Monaten nach Finkenhain kam, nicht schon auf dem besten Wege dazu gewesen? Am klügsten, er lieferte ab, was er über Risse geschrieben hatte, wie es jener Geheim-Genosse gewünscht hatte, und er konnte danach als rehabilitierter Genosse zufrieden, vielleicht nicht weniger fröhlich als Valex umhergehen. Hör doch, ermunterte er sich, wie lustig die Signale der Fördertürme in Valex' Scherzlied hineinklingen!

An jedem Förderturm hing ein Klöppel neben einer Eisenschiene. Am Klöppel war ein Draht befestigt, und der Draht ging durch Eisenrohre in den Schacht hinunter zum Füll-Ort. Wenn der Wagenaufrücker unten am Draht zog, stieß der Klöppel oben an die Eisenschiene. Die Schienen an den Fördertürmen waren verschieden lang: Jeder Turm hatte eine andere Sprache, es konnte ein Klirren, ein Scheppern oder Drämmern, auch ein Ton wie ein Glockenklang sein. Büdner hörte gern, wenn die Fördertürme in der Dämmerung miteinander redeten: Ursignale aus der Eisen-Menschen-Zeit. Ein verstohlenes Glück durchzog den Haspler auch jetzt, da das Kling-Klang-Gerede der Türme VALEX' Gesang von der Maruschka mit dem Leberfleck begleitete.

Die Frühstückszeit kam heran. Sie saßen kauend auf ihren Klötzen, hatten die Budentür geöffnet und sahen zu, wie sich der Tag aus dem Morgennebel schälte. Auf einmal wurde heftig am Signal gerissen. VALEX rannte zum Sprachrohr, hörte ab, kam in die Haspelbude zurück, packte eine Brechstange, lief wieder zum Aufzug, sprang auf die leere Schale, gab Zeichen und ließ sich nach unten haspeln.

Es war verboten, Menschen mit dem Lastenaufzug zu befördern; Ausnahmen wurden nur bei Unglücksfällen gemacht oder wenn ein Vorgesetzter es eilig hatte.

Eine Weile verging. Der fallende Nebel setzte sich wäßrig an den knospenden Holunderzweigen ab und tropfte zur Erde, da gabs wieder Signal, und Büdner haspelte. VALEX sprang schimpfend von der Schale; jemand hatte aus dem Schacht gefragt: »Schönes Wetter da oben, Polack?«

VALEX hatte empört den Füll-Ort unten abgesucht, doch niemand gefunden. Das Frühstück war ihm verdorben. »Polack, Polack, ich immer nur Polack«, klagte er. »Ich bei Kaiser Polack, bei Ebert Polack, bei Gitler Polack, jetzt bei Kollege Pieck wieder Polack.«

»Vielleicht solltest du Kleinermann bitten, daß er etwas unternimmt!« versuchte Büdner ihn zu besänftigen.

»Kleinermann auch nix kann machen; ich gesehn«, sagte VALEX. Einmal hätte er den Pumpenwärter Rumposch beim Polack-Rufen erwischt. Rumposch war Mitglied der Partei, und Kleinermann, der selber mit einer Polin verheiratet war, hatte dafür gesorgt, daß in einer Parteigruppensitzung über die Beleidigung von VALEX verhandelt wurde.

»Es gehört sich nicht, daß du Kowalewski beschimpfst«, tadelte man Rumposch.

»Soll ich ihn Engel rufen, weil er seine Söhne in Hitlers Leibstandarte schickte?«

Ratlosigkeit und Geruder. Ein Sonderfall. Valentin Kowalewski hatte damals wirklich »Herrn Hitler« beweisen wollen, daß er kein »Polack«, sondern ein guter Deutscher wäre, und hatte seine Söhne überredet, sich zur Leibstandarte des Österreichers zu melden.

»Einmal muß das mit dem Chauvinismus zu Ende sein! Er verträgt sich mit dem Sozialismus sowenig wie der Kapitalismus mit der Gerechtigkeit«, sagte Kleinermann zu Rumposch und war froh über den Vergleich, der ihm so rasch eingefallen war.

»Bravo!« kams aus der Versammlung.

Aber das war die laute, die öffentliche Verlautbarung. Im Schacht kams weiterhin auf einen »Polack« mehr oder weniger nicht an, wie sich soeben gezeigt hatte, dort war die Produktion die Hauptsache. Das kleine Leben, es hatte seine Sackgassen!

Das war das Leid des Hunteschmierers VALEX, den Büdner eine halbe Stunde zuvor noch für einen fröhlichen Menschen gehalten hatte. Und dieses Leid verfolgte VALEX und erwuchs ihm immer wieder neu aus dem Umstand, daß er einst seine Heimat verließ. Wenn jeder Mensch sein eigenes Glück hatte, wie Büdner vermutete (einst würde er das erforschen!), dann hatte vielleicht auch jeder Mensch sein eigenes Leid, das mit ihm geboren wurde wie sein Schatten. Wie? Was? Lag da nicht schon wieder seine verfluchte Schreibsucht auf der Lauer?

Friede Zaroba ging um diese Zeit wie in seinen jungen Jahren zu Fuß über die Landstraßen. Dann und wann hielt er ein Lastauto an, um sich ein Stück mitnehmen zu lassen. Auf diese Weise war er vorzeiten durch die Welt gereist, um in Eilmärschen zurückzukehren, als der Großvater im Sterben lag, und damals brachte er Otta, das slowakische Heckenkind, die jetzige Elisabeth von Finkenhain, mit. Die alte TRATSCH-TRINE behauptete allerdings, Friede wäre um den Drachen nach Hause geeilt. »Wenn keener nich da is, der ihn übernimmt, denn macht er sich in den Erstbesten rein, und der Erstbeste hat keene Gewalt nich über das Untier, und es gibt Unglück.« Tratsch-Trine wußte es genau. Was wußte Tratsch-Trine nicht?

Nach dem Tode des Großvaters war Friede nur noch dann gereist, wenn ihm die Sicht verlorengegangen war, wie er es nannte. Das letzte Mal war das, als viele Finkenhainer, sogar der eigene Mann, die Rissin zu fürchten begannen, weil sie die Vergangenheit immer wieder zur Gegenwart machte. »Der Mensch lebt nich h'in Vergangen'eit, nich h'in Zukunft, er lebt jetze«, war Zarobas Meinung. »Wer das Jetze richtig packen tut, der lebt h'ewig!«

Das Bemühen der Zarobas, die Rissin aus der Vergangenheit in das Jetzt zu holen, mißlang, das Hirn der armen Frau war krank; es mußten Ärzte her, vielmehr, sie mußte zu den Ärzten hin, und Friede, dessen Gegenwart sie beruhigte, brachte sie mit dem Pferdefuhrwerk nach Rußstedt, wo es bisher, wie man weiß, auch den Ärzten nicht gelungen war, die Rissin aus der Vergangenheit völlig ins Jetzt zurückzuholen.

Diesmal reiste Zaroba zu seinem Sohn Janos, um den ihm die Sicht verlorengegangen war. Janos hatte das schützende Haus der Zarobas, aus dem bisher niemand als verstoßen oder verraten hinausgegangen war, zu einem unzuverlässigen Aufenthalt gemacht.

Wie hatte er das tun können, dieser Janos! Viele, viele Jahre hatten Friede und Otta mit ihren Söhnen in Harmonie gelebt, und sie hatten sie zur Friedfertigkeit erzogen, zu einer Haltung, die mit einem politischen Schlagwort pazifistisch genannt wurde. Nie wieder Krieg! Aber dann hatten die Arier ihren Krieg haben müssen, und auch Zarobas Söhne mußten hinein. Doch siehe, ihre Erziehung zahlte sich aus, ein Sohn lief zu den Engländern, der andere zu den Russen über, und auch der dritte Sohn hätte seinen Brüdern nicht nachgestanden, wenn er nicht schon beim sogenannten Polenfeldzug das rechte Bein verloren hätte und invalidisiert worden wäre.

Dann, als ein Leben im wirklichen Frieden beginnen sollte, fingen die Zaroba-Söhne an, einander zu meiden. Friede und Otta gehörten nicht zu den Leuten, die die Richtigkeit ihrer

Lebenshaltung niemals in Zweifel zogen. Verstanden sie die Zeit und damit ihre Söhne nicht mehr, oder war das Beispiel, das sie ihren Söhnen lebenslang gaben, nicht richtig gewesen?

Das war das Leid des Friede Zaroba, den Büdner für einen Menschen hielt, dem kleinmenschlicher Kummer und durchschnittliches Menschenleid fremd waren.

Das erste Mal sprach Friede gegen Mittag in der Wohnung des Sohnes vor, aber Janos war nicht daheim, natürlich nicht. Es wäre unbestimmt, wann er käme, sagte die gazellenäugige Schwiegertochter. Sie wußte, wie ungern der Schwiegervater in seinen Jahren reiste, und wollte ihn dabehalten und bewirten, doch Friede lehnte ab. Er benutzte die Gelegenheit, den großen Park zu besuchen, um den er bisher stets herumgegangen war. Er ging die frisch geharkten Wege entlang, sah den Frauen zu, die vorjähriges Gras verbrannten, und verweilte bei den Gärtnern, die Bäume und Sträucher verschnitten. Er saß eine Weile in der Sonne und bestaunte die alten Bäume, jene Riesen mit der raunenden Sprache. Er ging an den Beeten mit den frühblühenden Blumen entlang. Krokus, Schneeglöckchen und Hyazinthen blühten und auch die Märzbecher schon. Friede sog den Duft ein und brummelte: »Wie schön sichs die Könige haben machen lassen!« Dann ging er wieder zu den Bäumen, bestaunte sie aufs neue und sagte: »Na, h'ihr meine H'Alten!« Sie atmen wie wir, sie essen wie wir, dachte er, aber sie können nicht fortlaufen, wenn ihnen was nicht paßt, müssen ergeben stehnbleiben, wo die bezopften Gärtner von einst sie hinstellten; sie altern allmählich, fallen zusammen, vermodern und vererden; was denken sie?

Friede sprach noch zweimal in Janos' Wohnung vor, und die Schwiegertochter bot all ihren Liebreiz auf, den Großvater dazubehalten. Es gelang und gelang ihr nicht. Erst am späten Nachmittag traf er den Sohn daheim an, aber er ließ sich auch von dem nicht zum Bleiben bewegen, sondern blieb auf dem Korridor stehen, stand dort selber wie ein alter Baum und sagte: »Es war bei h'uns nie nich Mode, h'auch nich in die Zeit, wo der 'Itler rumgeschrien 'at, daß h'unsere Söhne h'außer'alb was erzählt 'aben, was zu 'Ause geredet wurde, sonst tät ich 'eute nich mehr leben.« Er trat einen Schritt auf Janos zu und reckte sich. »Wenn es nun 'eute nich mehr Mode sein sullde, daß h'im 'Ause bleibt, was im 'Ause gesagt wird, denn möcht ich wissen, h'ob das das Neie h'is, von das h'ihr alleweile reden tut.«

Janos gebärdete sich in keiner Weise überheblich, sondern blickte traurig zu Boden und antwortete nicht.

»Na, überleg dirsch«, sagte Friede, »wenn es nich anndersch geht, als wie es gegangen is, denn kumm lieber nich mehr! Gun H'Abend sag ich, und gehn tu ich!«

Zu Büdner aber sagte er am nächsten Tag: »Es wird, gloobe h'ich, keener mehr komm'. Es wird h'auch keener was von dir h'ab'olen wolln. Du weeßt, was ich meene. Wenn aber doch eener komm' tut, denn sag mir Bescheed!«.

Büdner konnte sich denken, was geschehen war. Er stellte keine Fragen, erzählte Friede aber auch nicht, daß er schon willens gewesen war, das, was er über Risse geschrieben hatte, abzuliefern. Er sah hinüber zum Birkenhain, wo der Frühling an seinem Geflecht arbeitete.

---

35   Die Kunde vom Tode eines Weltvaters gelangt zu den Unterirdischen. Ein schwarzer Platz wird in einen roten Platz verwandelt.

Nun war es März, und es gab sonnige Tage, es gab Wind und Staub und alles, was zum Vorfrühling gehörte. Die Loren der Hoch-Seilbahn gondelten über die Kiefernwipfel, als täten sie es aus eigener Kraft und nicht, weil ein unbeweglich scheinendes Seil sie zog. Verstaubt und dunkelbraun lag die Brikettfabrik im niedrigen Kiefernwald, schnaubte Ruß und Wasserdampf in die Umgebung, und ihre Pulse, die Pressen, pochten. Weiter im Wald, hinter den Klärteichen, wo das Schmieröl bunt aufblühte, vermischte sich das Pochen der Brikettpressen mit dem Klopfen der Spechte.

Ein Amselhahn sang seine Strophe, kennzeichnete sein Revier mit Tönen aus zitterndem Frühlicht und äugte zu den arbeitenden Männern hinüber. Alles war friedlich, bis mit eins der Dommel-Ton der Fabriksirene ertönte, er wogte zu ungewöhnlicher Zeit über den Wald hin und ließ nicht ab. Brannte ein Schacht? War Krieg ausgebrochen?

Das Telefon schnarrte. Der Amselhahn flog verschreckt davon. Die Sirene ging noch immer, Büdner preßte den verstaubten Telefonhörer ans Ohr und hörte es weit hinten in der Brikettfabrik sagen: »Stalin ist tot.« Er gab die Nachricht im gleichen sachlichen Ton, wie er sie empfangen hatte, weiter: »Stalin ist tot«, sagte er zu Zaroba und wußte nicht, wie er dabei aussehen sollte.

Zaroba konnte seine Ehrerbietung vor dem Tod nicht durch das Abnehmen einer Kopfbedeckung ausdrücken; er hatte beim Frühstücken seine Ledermütze sowieso abgesetzt und setzte sie deshalb wieder auf, ging zum Förderturm, klopfte ans Sprachrohr und gab die Meldung in den Schacht hinunter.

Kleinermann ließ sich aus dem Schacht haspeln, winkte verhalten zu Büdner hinüber, machte sich hastig auf den Weg zur Brikettfabrik und ging sich Weisungen holen; durch die verrußten Scheiben war nicht zu erkennen, ob sein Eifer von Trauer gedämpft war.

Und der Dommel-Ton der Fabriksirene fuhr fort, über die Wälder zu hallen, und der Amselhahn gewöhnte sich an ihn. Er kam zurück, sang weiter und triumphierte über den technischen Trauerton. Büdner war blaß, und Zarobas Gesicht war, wie immer, ernst und nachdenklich. Über Stalins Tod sprachen sie nicht mehr.

Die Totenfeier für den Generalissimus fand auf dem Verladeplatz zwischen der Brikettfabrik und dem kleinen Verwaltungsgebäude statt. Man hatte die Brikettpressen angehalten, doch die Kessel standen unter Dampf. Es quoll heller Rauch aus der breiten Fabrik-Esse, zuwenig dunkel, zuwenig traurig.

Bis auf die Kessel- und Pumpenwärter waren alle Bergleute zur Trauerfeier gekommen. »Man hat ein gewisses Muß im Bauche«, sagte der Schlepper Mieser. »Früher wurde man ausgesperrt, wenn man den Wünschen der Werkleitung nicht nachkam; die Nazis machten gar eine Befehlsverweigerung draus, wenn man zu ihren Feiern nicht erschien, und was einem jetzt passieren würde, weiß man noch nicht; der Scheffel Salz mit der neuen Regierung ist noch nicht gegessen.«

»Wenn Stalin weise war, wies ge'eeßen 'at; wir sinds nich, wenn wir das Leben h'an'alten wolln, weil er gestorben is«, sagte Friede Zaroba. Er kletterte in den Schacht und vertrat den Pumpenwärter Rumposch, der mit der Teilnahme an der Totenfeier den Verweis auslöschen wollte, den ihm die Beschimpfung Valentin Kowalewskis eingetragen hatte.

Es war märzkühl. Die Bergleute standen mit entblößten Köpfen, die Kahlköpfigen mit stiller Erbosung. Irgendein Eiferer hatte sich die Mütze vom Kopf gerissen und zwang die anderen, es ihm nachzutun.

Aus dem kohlenschwarzen Platz war ein roter Platz geworden: Die Brikettberge, die Pressenrinnen, die verstaubten Birken am Platzrand und das kleine Verwaltungsgebäude mit der Fuhrmannswaage, sie waren hinter rotem Fahnentuch verschwunden, nur die Füße der Bergarbeiter standen im ortsüblichen Kohlenstaub. Gar traurig sahen sie nicht drein, aber ernst blickten sie schon, wenn auch ihr Ernst nicht allzu hoch zu bewerten war; es war Übung im Spiel.

»Dieser viele rote Stoff!« sagte der Schlepper Mieser zum Häuer Koall. »Wie viele schöne Sommerkleider gäbe das für unsere Frauen!«

Büdner, der dicht bei stand, ärgerte sich über Miesers pietätlose Bemerkung und wies ihn, trotz aller Trauer, zurecht: »Die roten Fahnen sind ein Sinnbild«, sagte er.

»Ein Sinnbild für was?«

»Fürs Blut, das für unsere Sache vergossen wurde«, sagte Büdner, der Trauerfeier wegen, im Zeitungsstil.

»Für welche Sache?« fragte Mieser. Man merkte, daß es ihm Spaß machte, den HELDENMACHER zu reizen.

»Ökonomische Gleichberechtigung«, war Büdners Antwort.

Mieser gab nicht auf. »Ich sprach, dächt ich, von Ökonomie«, sagte er.

Da verfiel Büdner, wie manchmal in seiner Redakteurszeit, in Demagogie: »Es ist dir also zuviel rote Fahnen?«

»Willst mich fangen?« fragte Mieser. »Ich bin nicht Risse.«

Mitten im feierlichen Warten flammte versteckte Feindlichkeit auf, und Büdner ärgerte sich, weil er mit seinem »ideologischen Eingriff« in ein Flüstergespräch dem Gerücht, er hätte Risse denunziert, neuen Auftrieb gegeben hatte.

An der Platzeinfahrt hielten Bergmänner mit roten Armbinden Kohlenfuhrwerke von außerhalb auf. Die Feier sollte nicht gestört werden. Wenn man vom Eingang her auf den großen, in Fahnen gehüllten Kohlenplatz sah, wirkte alles wie ein Gemälde: die Menge der schweigenden Männer im schwarzen Kohlenstaub, kein Geräusch weitum, das wallende rote Fahnentuch, die schwarzen Kiefern, die Tribüne vor der Fuhrmannswaage. Die Männer auf der Tribüne, der Direktor, der Obersteiger, die Steiger, die Aufseher und links von ihnen Parteisekretär Kleinermann, sie waren ehemalige Arbeiter, und daß sie jetzt hoch über allen auf der Tribüne standen, hatten sie dem verstorbenen Generalissimus zu verdanken.

Die Totenrede hätte Kleinermann halten müssen, denn Stalins Truppen hatten ihn aus dem Lager befreit und den Halbverhungerten ins Dorf gefahren, aber reden war nicht seine Sache, schon gar nicht, »ergreifend« reden. Zum Totenredner hatte sich Propagandasekretär Wummer bestallt, doch der kam und kam nicht. Der Direktor fragte telefonisch in Kohlhalden um ihn an.

»Wummer lernt seine Rede noch«, flüsterte der Häuer Worreschk, und andere flüsterten es weiter. Heiterkeit breitete sich aus, und das feierliche Gemälde drohte zu zerfließen.

Der Dirigent der Bergmannskapelle sah sich genötigt, ein uneingeplantes Musikstück spielen zu lassen, um die Wartezeit zu überbrücken. Es war das »Ave verum« von Mozart, das die Andacht auf viele Gesichter zurückzauberte. Selbst Hartgesottene wurden von der Lieblichkeit der Musik angerührt und senkten die Köpfe.

Endlich wurde am Platzeingang das zerbeulte Personenauto vom Kreissekretariat sichtbar. Der Direktor und ein Obersteiger gingen Wummer entgegen. Sie trugen Bergmannsuniformen; Wummer hatte eine Trauerbinde am Ärmel seines dunkelgrauen Anzugs, ging langsam und zwang auch seine Begleitung, gemessen zu gehen, schnelle Schritte, wußte er, wirkten unfeierlich.

Der Wummer-Gruppe folgte ein Mann, der einen Trauerschlips zum graublauen Anzug trug; es war Büdners Redaktionsnachfolger Roßkamm. Er wars, der den Lohnbuchhalter telefonisch angewiesen hatte, Sorge zu tragen, daß die Belegschaft die Totenfeier ohne Kopfbedeckung absolvierte; damit er seinen Bericht mit dem eindrucksvollen Satz beginnen konnte: »Mit spontan entblößten Häuptern standen die Kumpel die ganze Zeit ...«

Büdner kannte Roßkamm, der auf den Redaktionssitzungen wunderbar erklären konnte, wie »ideologisch einwandfreie« Leitartikel anzufertigen wären, der selber jedoch stümperhaft schrieb. Nun schiens an den Tag gekommen zu sein, und man hatte ihn in die Praxis geschickt, und gewiß war er Propagandasekretär Wummer ein fähigerer Kader als sein Vorgänger; Büdner war davon überzeugt, doch es war kein Krümchen Neid in ihm.

Wummer durchschritt die Gasse, die von halbschräg gegeneinander eingepflanzten Fahnen gebildet wurde, und bestieg das Podium. Der Volkschor sang das Arbeiterlied »Brüder, zur Sonne, zur Freiheit ...«. In den akustisch unausgefüllten Raum hinter jeder Liedzeile drängte sich das Mauzen eines Mäusebussards, der am blauen Märzhimmel sein Weibchen umbalzte; es wurde Frühling.

Ein älteres Büromädchen mit harten Gesichtszügen, das Parteiabzeichen am Mantelaufschlag, rezitierte ein Gedicht vom Hauptdichter der Republik auf den Tod des Generalissimus.

»Ein Wunder, daß schon ein verwendungsfertiges Gedicht vorliegt«, flüsterte Häuer Wendehals, ein abgesetzter Dorflehrer.

»Warum nicht?« flüsterte Schlepper Mieser zurück. »Man fertigt ja auch Särge für Überlängen und Sonderleichen von einem Aufbahrungstag zum andern an.«

»Quatscht nicht, ihr Herunterreißer!« mischte sich Häuer Sastupeit flüsternd ein. »Der Generalissimus hat lange genug krank gelegen; der Dichter konnte sich einrichten.«

»Hat er sich auch«, flüsterte Wendehals, um das letzte Wort in der Sache zu haben. »Nicht eines der schlechtesten Gedichte; man muß ja auch die vorausempfundene Trauer als Leistung einkalkulieren.«

Büdner griff diesmal nicht ein; er ärgerte sich über seine Sucht Numero zwei, die darin bestand, immer und immer beobachten zu müssen; er wußte doch, daß ihn das in Konflikte stürzte.

Das Rednerpult war hoch, und Wummer stand auf Zehenspitzen, doch wenn er sich von Zeit zu Zeit von seinem Spitzentanz erholen mußte, wurde er für die Versammelten um fünf Zentimeter kleiner.

Bekannte Worte, Wendungen und Begriffe, wie auf Schnüre gefädelt, verließen den Mund des Propagandasekretärs, und von Zeit zu Zeit stieß seine Rede an das Gerippe der gelieferten Disposition; doch es war gut, daß man dem eifrigen Propagandisten nicht allzuviel eigene Formulierungen überließ, denn als er die Disposition einmal im Eifer verließ, sprach er vom »genialen Toten«. Da wars schon besser, wenn er sich an die in der Rededisposition vorgeschriebenen Eigenschaften des Verstorbenen hielt und ihn einen »weisen Lenker der Geschicke, einen Feldherrn, einen Vater der befreiten Völker, einen Befreier der Unterdrückten, einen Freund der Jugend, einen Protektor der Wissenschaften, einen feinsinnigen Förderer der Künste und einen überragenden Staatsmann« nannte. Freilich tat Wummer hierbei wieder des Guten zuviel. Eine von Wummers wenigen negativen Eigenschaften war, manchmal das rechte Maß nicht zu kennen, denn die von fleißigen Journalisten zusammengetragenen verherrlichenden Adjektiva waren in der Rededisposition zur Auswahl angeboten, Wummers Feldwebelstimme trug sie jedoch mit Hilfe von Großflächenlautsprechern alle über den Platz, und das grenzte eigentlich an eine Verunglimpfung des toten Parteiführers.

Es gab Bergleute, die die Rede Satz für Satz verfolgten, an anderen Gehörgängen hinwiederum rauschte sie vorüber, weil sie abstrakt und nicht mit der Wärme einer Persönlichkeit ausgestattet war. Vielleicht waren alle offiziellen Trauerreden der Welt nicht besser. Echte Trauer ist wortlos, pflegte der weise Simos zu sagen.

Büdner tastete sich ab: Trauerte er? Nein, er war nachdenklich, fand er. Es war ihm unmöglich, um einen Menschen zu trauern, den er nie gesehen hatte. Er hatte um seine Mutter getrauert, würde um seinen Vater trauern. Es gab Genossen, die Stalin »den Vater« nannten; mochte sein, daß die jetzt um ihn wirklich wie um einen leiblichen Vater trauerten.

Andere Genossen, die sich für die besten hielten, sprachen von der Weisheit Stalins. Büdner hatte Stalins Werke gelesen und hatte sich nicht entschließen können, alle Äußerungen des Generalissimus für weise zu halten; so war er zum Beispiel nicht mit dem einverstanden, was Stalin über die Sprache verlautbarte. Ihm schien, für manche Genossen waren diese Bemerkungen nur weise, weil sie der Generalissimus gemacht hatte.

Freilich hatte er sich das nur in kurzen Anwandlungen von Aufsässigkeit zu denken erlaubt, um gleich drauf aus Üblichkeit mit sich selber ins Gericht zu gehen und sich der Unfähigkeit zu bezichtigen, die Weisheit Stalins zu erkennen.

Für kurze, reue-arme Zeiten war der Generalissimus für Büdner der Mann mit dem gepflegten Schnurrbart, der in weichen kaukasischen Schaftstiefeln achtunggebietend und nicht schlechter als andere Herrscher einherging; war er der Mitvernichter der Faschisten. Die Hitler kommen und gehen, aber das deutsche Volk bleibt oder ähnlich war ein Ausspruch Stalins, den Büdner für weise hielt. Ob man einen solchen Gedanken nicht auf die Völker und ihre Führer im allgemeinen beziehen durfte, wagte er nicht zu entscheiden, da fehlte es ihm an Schulung.

Früher hatte er sich nie vorschreiben lassen, was er zu denken hatte, aber nachdem er Rosa und Rolling zuliebe in die Demokratische Republik gegangen war, lernte er Mitmenschen kennen, die gründlicher als seine Bekannten am Niederrhein über die Kriegsursachen nachgedacht hatten, und manche Genossen waren dem Generalissimus so dankbar für ihre Befreiung von den Ariern, daß sie sich vorgenommen hatten, den Rest ihres Lebens im Geiste ihres Retters zu verbringen. Daran war nichts zu tadeln, wenn diese Dankbarkeit nicht hie und da ins Religiöse umgeschlagen wäre, denn wo blieb bei solcher Religiosität der wissenschaftliche Sozialismus? Und Gläubigkeit war ansteckend, auch Büdner war des öfteren in einen solchen Gläubigkeits-Sog geraten und hatte seinen Verstand entmündigt, doch sobald er es bemerkte, ging er mit sich ins Gericht: Hatte er dem Glauben an einen personifizierten Gott aufgesagt, um einem menschlichen Gotte anzuhangen? Derlei Rechtereien mit sich selber waren stets positiv ausgegangen, wenn er ausgeruht und mutig war; war ers nicht, überfiel ihn sogleich die Stimme seines Parteischullehrers Anton Wacker und schimpfte ihn »eine Kleinbürgerseele«, und er litt unter seiner »Erbsünde«, nicht als Industrieproletarier geboren zu sein.

Büdner entdeckte trotz allem bei seinen Betrachtungen während der Totenfeier viele Vorzüge an Stalin: In der Härte des Generalissimus gegen die Parteifeinde glaubte er dessen überdimensionale Güte gegen die Unterdrückten zu sehen; ein Quant Herrschsucht durfte da wohl von Zeit zu Zeit erlaubt sein.

Daß man Stalin wissenschaftliches Verständnis nachrühmte, ließ Büdner hingehen, am Kunstverständnis des Generalissimus aber zweifelte er. Ein Mann, der abscheuliche Bilder und Skulpturen, die man von ihm anfertigte, guthieß, hatte zumindest einen schlechten Geschmack. Nun, Büdner verzieh dem Generalissimus den Mangel an Kunstsinn, schließlich war er dafür ohne Zweifel ein großer Feldherr, ohne je eine Militärakademie besucht zu haben. Da war Genie, und wo Genie in der Kriegskunst war, konnte kaum Sinn für die Künste sein.

Indessen redete Wummer und redete. Die Bergleute langweilten sich und wurden unruhig. Der Sekretär hob seine Stimme und sprach heftiger, sogar solche Textstellen, die getragen hätten gesprochen werden müssen. »Soll er in Frieden ruhen, unser teurer Toter!« schrie er, und das klang wie ein Befehl. »Aber was mit uns?« fragte er und antwortete sich selber.

Eine Weile hörten die Bergleute wieder aufmerksamer zu, aber als noch immer kein Ende erkennbar wurde, vergaßen sie Wummer und überließen sich dem KLEINEN LEBEN.

Einer dachte an seinen Garten und wie er den Disteln darin den Garaus machen würde; ein anderer dachte an den versotteten Schornstein seines Hauses, der erneuert werden mußte.

Deine Apfelbäume mußt du noch verschneiden, bevor sie anfangen zu treiben, dachte ein anderer. Wieder ein anderer dachte an seine hochschwangere Frau, die sich ans Gebären machte, als er von daheim ging. Er stand hier, ein vergangenes Leben zu betrauern, und hätte daheim sein müssen, ein aufgehendes Leben zu begrüßen.

Im Pumpenstollen wars angenehm warm, und der Motor summte gleichmäßig und einschläfernd. Friede Zaroba hockte mit aufgestütztem Arm in der Wärternische und grübelte: Sein Sohn Janos hatte ihm Düsteres eingebracht: Bald zieh er sich der Härte, weil er dem Sohn halb und halb verboten hatte, nach Hause zu kommen, bald fand er, es wäre richtig so gewesen; das Zaroba-Haus mußte bleiben, was es von je gewesen war: eine Zuflucht für die vom Leben Bedrängten. Mit Gesetzesbrechern wurde er, Friede, selber fertig. Das hatte er bewiesen. Büdner hatte nichts Unrechtes getan, nichts, was den Staat gefährdete, wenn er aufgeschrieben hatte, was alle in Finkenhain wußten. Seit wann war unrecht, aufzuschreiben, was geschehen war? – So Friede also am zweiten Tag.

Und am dritten Tag wieder: Es ist immerhin dein Sohn, dem du das Heimkommen verwehrtest. Durftest dus, weil er nicht für recht hielt, was du für recht hältst? Gibt es zweierlei Recht? Gibt es zweierlei Wahrheiten? Einen Tag später: Es gibt nicht zweierlei Wahrheiten! Wieder einen Tag später: Aber es war immerhin dein Sohn... Ein Teufelskreis! Ein Teufelskreis! Er hatte gehofft, ihn in der einsamen Finsternis beim Gesumm des Pumpenmotors zu sprengen, aber da blieb der Sohn, und da blieb er, und da waren zweierlei Wahrheiten, wenn sowohl er als auch sein Sohn recht hatte.

Er rief die alten Zarobas an: »Eee, H'Urgroßvater Wilmko, eee, Großvater Kito, tut mir was sagen!«

Sie antworteten ihm nicht, die Klugen Männer.

Über Tage bei der Totenfeier sah der blasse Werkdirektor, der Wummers Rede aus Parteidisziplin länger als andere gefolgt war, besorgt zum Platzeingang hinüber. Dort stauten sich die Brikettfahrzeuge. Die Glasfabriken im Nachbarort hatten keine Kohlenvorräte, hoffentlich gerieten sie nicht in Schwierigkeiten; die Schuld würde auf ihn, den Grubendirektor, nicht auf den verstorbenen Generalissimus fallen.

Endlich wurde erkennbar, daß Wummers Rede zu Ende gehen sollte. Die Bergleute atmeten auf. Der Sekretär schleuderte nunmehr wuchtige Wummer-Worte gegen die abwesenden und die anwesenden Feinde und schwor beim Tode des großen Generalissimus, daß man diese Feinde vernichten würde, so oder so.

Am Himmel zwischen den Bauschwolken brachen die Bussarde ihren Balztanz ab, ließen sich in die Kiefernkronen fallen und zeugten eine neue Generation Raubvögel.

Wummers Rede war zu Ende. Ein Jungbergmann verlas Gedenkworte des zweiten Hauptdichters der Nation: Stalin hat die Waffen geschmiedet, packen wir sie und kämpfen mit ihnen!

Immerhin ein Lebensaufruf, wenn auch ein kriegerischer und von einem Dichter, der nie im Kriegsgetümmel gestanden hatte.

Wie kams, daß Kleinermann gerade bei diesen Dichterworten an den Stalin-Hitler-Pakt dachte, mit dem er sich immer noch nicht einig wußte? Er erschrak, fürchtete sich vor sich selber, vor den Teufeleien, die in ihm steckten. Die lange Trauerkundgebung hatte ihn zermürbt. Der Mensch ist nicht auf langes Trauern eingerichtet, er giert nach einem langen Leben.

Die Bergmannskapelle spielte »Unsterbliche Opfer ...«. Der Chor fiel ein. Noch einmal senkten sich die Gesichter der Bergleute, noch einmal wurde es feierlich, noch einmal sah es aus, als trauerten alle, alle.

Gleich danach wurde es ganz und gar unfeierlich. Man schrie über den Platz, man rief einander, man stellte sich in Gruppen auf, ein Zug formierte sich und marschierte mit Marschmusik in die benachbarte Glasmacherstadt zum Trinken.

Die Fahnentücher wurden entfernt, die Brikettpressen setzten ein, pochten, knackten und drückten Trauer und Tod vom Platz. Am Platzeingang stritten die Fahrer um die Vorfahrt, schrien und hupten.

Wummer stand vor dem niedrigen Verwaltungsgebäude, wartete mit einem echt-blassen Gesicht auf, winkte sein Auto heran, sah das wilde Treiben an der Einfahrt, schüttelte den Kopf und hielt sich für den einzigen Menschen, der die große Bedeutung dieses Todes erfaßte.

---

36   Büdners Roman kommt als Buch zu ihm und bringt verschiedene Leute in Verlegenheit. Der Autor hält eine Morgen-Lob-Rede auf die Schönheit der Welt, und ein Ringeltäuber stimmt ihm zu.

Die Gestirne wimmelten durch den Weltenraum; kein Computer bestimmte ihre Bahnen, trotzdem kam der mitteleuropäische Teil der Erde ohne Direkt- oder Beinahe-Zusammenstöße zu seinem Frühling. Die Finkenhainer Bergmannsfrauen bestellten ihre Vorgärten, die Männer richteten die kleinen Kartoffel-Äcker und säten Hafer. Nattern und Frösche, Igel und Eichhorn kamen hervor, der Wind blies Kohlenruß über die Flur, die Menschen wirkten je nach Intelligenz aufklärend oder verdunkelnd aufeinander, und alles geschah, obwohl der Generalissimus gestorben war, selbst Propagandasekretär Wummer schien der »teure Tote« nicht sonderlich zu fehlen, nichts von Unersetzlichkeit!

Büdner kam von der Tagschicht, wusch sich, setzte sich hemdärmelig an Lenkas Küchentisch, schaufelte drei Teller Bohnensuppe ein und garnierte sie mit Sauerkirschkompott. Lenka sah zu, und als ihr Kostgänger den letzten Kirschkern ausgespien hatte, brachte sie ihm ein Päckchen, dazu Bleistift und Papier. Die Postfrau hatte ihr eine Unterschrift abgefordert, und sie forderte sie von Büdner zurück.

Büdner betrachtete die Sendung. Es war kein Einschreiben sondern ein gewöhnliches Päckchen vom Empor-Verlag. »Laß dir deine Unterschrift von der Postfrau zurückgeben«, sagte er zu Lenka und neckte sich mit ihr. Er ging in seine Stube, riß das Päckchen auf und stand sich selber gegenüber: »Damals in der Kindheit, Roman von Stanislaus Büdner«. Um ein kleines, und er wäre lang hingeschlagen, jedenfalls benötigte er mindestens die Zeit, die ein Trinker morgens zum Erwachen braucht, um nach seinem Rausch wieder zu sich zu kommen.

In einem Beibrief erklärte Verlagsleiter Buchmacher, wie alles zugegangen war: Man hätte im Verlag mit Befremden auf die Rücksendung der sogenannten Autorkorrektur gewartet, dann aber von Büdners Unfall erfahren und Lekasch gebeten, die Korrektur zu übernehmen. Büdner möge verzeihen. »Wir bedauern Dein Mißgeschick, aber zwei verlorene Finger sind nicht das Leben, besonders, wenn man ein Buch geschrieben hat wie das, was ich Dir schicke.«

Büdner holte das Päckchen aus seinem Kleiderschrank, das er damals im Krankenhaus erhalten hatte, öffnete es und sah, daß es bedruckte Papierstreifen, sogenannte Korrekturfahnen, enthielt.

Lenka Meura wieselte vor Büdners Stubentür umher, war neugierig und zwinste unbeherrscht durchs Schlüsselloch. Büdner stand am Fenster, hatte ihr den Rücken zugewendet, und seine Schultern zuckten, er weinte. Lenka hätte in ihrer Schwatzlust im Konsumladen darüber berichten können, doch sie tats nicht; der Instinkt der Kleinen Leute verbots ihr.

Büdner ging, die Fäuste in die Hosentaschen gestopft, in seiner Stube auf und ab, schluchzte noch einmal auf und dachte: Was für einen merkwürdigen Weg hat dein Buch gemacht, und welche Kräfte waren im Spiel, dich mit dieser Freude zu schlagen! Er schluchzte wieder.

Nach einer Viertelstunde kam Lenka unaufgefordert zu ihm in die Stube, stellte ihm Melissentee auf den Tisch und murmelte: »Zur Beruhigung!«

Er gewahrte weder Lenka noch den Melissentee, sondern fing an, sein Buch zu lesen, las den ganzen Nachmittag, verschlang sein Abendbrot stumm und ohne zu wissen, was er aß; Lenka konnte hüsteln und hüsteln, konnte sich bemerkbar machen, ihm die neuesten Nachrichten von ihren Ziegen übermitteln, er war nicht erreichbar, sondern ging wieder in seine Stube und las den ganzen Abend und die ganze Nacht.

Als der Morgen aufdämmerte, öffnete er das Fenster, sah den Frühling im Birkenwald hinter dem Hause und ließ ihn hochleben. »Ein Hoch auf den Frühling!« schrie er. »Ein Hoch auf die Menschen! Ein Hoch auf die eigensinnige Mutter! Ein Hoch auf den einfältigen Vater! Ein Hoch auf den alten Dichter, der dem jungen die Korrekturfahnen durchsah! Ein Hoch auf die Regierung, die das Buch eines streunenden Herumarbeiters drucken ließ. Ein Hoch auf Buchmacher und den EMPOR-VERLAG! Ein Hoch auf das Leben! Ein Hoch auf die Kunst! Ein Hoch auf das Bleibende!«

Vergessen waren die Ungewißheiten, vergessen das Ränkespiel in der Zeitungsredaktion, vergessen die verletzenden Leserzuschriften, vergessen die Verzweiflungstat im möblierten Zimmer der Brösicke, vergessen auch die Risse-Geschichte.

Vom Wald her kam, wie ein Echo auf Büdners Geschrei, der Ruf eines Ringeltäubers. Hinter der Stubentür stand Lenka im Unterrock und murmelte: »Es ist nicht mehr richtig mit ihm.«

Auf der Grube gings weiter wie eh und je, gings um Kohle für alle, nicht um die Überfreude eines einzelnen. Ein neues Buch in der Welt erschienen? Soso! Eine Sendung Südfrüchte für Bergmannskinder wäre wichtiger.

Wer Kummer und Freude in sich behält, ohne sie in Worte umzumünzen, wird weise, hatte Simos von der Ägäer-Insel gesagt. Wollte Büdner nicht weise werden? Nein, er griff überschwenglich in seinen Rucksack, zog sein Buch heraus und gab es Friede. »Wenn du es lesen willst?«

Friede wehrte freundlich ab. Er besaß das Buch schon, Frau Otta hatte es tags zuvor aus Kohlhalden gebracht.

»Zaroba ist belesen wie ein Professor«, pflegte Lehrer Klarwasser zu erklären, »zwar hat er nicht alle Bücher der Welt gelesen, aber viele doch, russische, sorbische und slowakische zum Beispiel und deutsche natürlich.«

»Vor allem das Siebente Buch Mose«, fügte die alte Tratsch-Trine hinzu.

»Jetzt liest Friede nür mehr wenig und nür mehr dieselben Bücher, immer dieselben«, sagte Frau Otta.

»Ein wirkliches Buch geht niemals zu Ende«, sagte Zaroba. Er vermachte die meisten seiner Bücher den Söhnen, jedem Sohn ein Drittel der Bibliothek, behielt nur etwa zwanzig Bücher für sich, und die standen auf einem Regal in der Kräuterkammer des Zaroba-Hauses. Friede sprach nie über sie, zeigte sie auch niemandem. »Weil das Siebente Buch Mose dabei ist, das der Drache bewacht«, sagte die alte Tratsch-Trine.

Alle Umstände, unter denen Büdners Buch erschien, waren ungewöhnlich, und zwanzig Jahre später bei durchgestalteter Bürokratie werden diese Umstände traumhaft erscheinen: Er unterschrieb zum Beispiel seinen Verlagsvertrag erst, als schon zwanzigtausend Exemplare seines Buches in den Buchläden lagen. Zum ersten Male tauchte Geld als Gegenwert für seine Dichtereiarbeit auf. Bezahlte man ihm das Schreibvergnügen, oder wars eine Aufwandsentschädigung für Nachtarbeit und Enttäuschungen?

Frischer Fisch auf dem Büchermarkt! Versuchen Sie diesen Fisch, werte Kundschaft, diese neue, noch unbekannte Sorte vom Aussehen eines Herings, gefangen für Sie von einem jungen Fischer in den Strömungen des geistigen Meeres; eine neuartige Beute, die Sie probieren sollten!

Es wurden Proben des neuartigen Herings an Redaktionen von Zeitschriften und Tageszeitungen geschickt. Verkostet den neuen Hering, Kollegen, beschreibt, wie er schmeckt!

In den Kulturredaktionen der Zeitungen waren neuartige Heringe nicht die beliebtesten. Man schrieb lieber über bewährte Fische. Verschiedenartige Meinungen über den neuen Hering wurden laut: Im Geschmack reicht er nicht an den hergebrachten, hieß es in der einen Zeitung. Zuviel Gräten, hieß es in einer anderen, man zersticht sich den Genießergaumen. Im Hauptblatt hieß es: Wenn man bedenkt, daß das sozialistische Fischereiwesen noch jung ist, sollte man zufrieden sein.

Jedenfalls naturhafter Hering, hieß es in einer Zeitschrift, nicht mit Essig und Öl gewürzt, nicht mit Speilern zusammengehalten, nicht mit Gurke gestopft, kein Rollmops.

Büdner wußte gottlob nichts von den vielerlei Beschreibungen. In Finkenhain wurde außer dem VOLKSBLATT das HAUPTBLATT und die TAGESRUNDSCHAU gelesen. Friede Zaroba brachte Büdner mit Grüßen von Frau Otta einen Ausschnitt aus der TAGESRUNDSCHAU:

»Freunde, Genossen, lest und genießt!« hieß es da. »Ein neues Buch erschien, ein neuer Autor steht vor uns. Der Buchtitel ist irreführend, doch wer unvoreingenommen liest, wird bald erkennen, daß es sich nicht nur um ein Erinnerungsbuch handelt; es legt die Wurzeln von Gefühlen, Neigungen, Zu- und Abneigungen bloß. Büdner schreibt nicht, was er schreiben sollte, er schreibt, was er schreiben mußte, darin liegt der Reiz des Buches. Ein sozialistisches Buch, obwohl wir den Begriff ›sozialistisch‹ keinmal verwendet fanden...« Viel Gutes über Büdners Roman, und wieder fing er an, vor Freude zu hüpfen, und stimmte beim Haspeln einen Lobgesang an. R. Raswan – war die Besprechung in der TAGESRUNDSCHAU übrigens gezeichnet.

Zwanzigtausend Büdner-Bücher sickerten in die Bücherschränke der Republik. MEHRLESEN betrachtete das Exemplar, das auf ihn gekommen war: DAMALS IN DER KINDHEIT! – der Titel, den er verworfen hatte! Das Herz schlug dem Kulturredakteur sehr oben, hinter dem Hemdkragen. Am nächsten Tag legte er das Buch auf Umbruchs Schreibtisch und sagte: »Gedruckt, wie es geschrieben ist! Was machen wir jetzt?«

Umbruch starrte auf den Roman, als läge eine Bombe vor ihm. Er schob die Daumen hinter die Hosenträger, stand auf, ging zum Fenster, sah eine Weile in die Schrebergärten, in denen schon die Aprikosen blühten, drehte sich um und ging wieder zum Schreibtisch, und sein Anzug schlotterte aus den bekannten Gründen. Seine Ansicht war: Sich vorläufig nicht rühren! Was konnte, was wollte man ihnen? Sie hatten den Willen des Autors respektiert und seine Selbstkritik veröffentlicht. Alles in Ordnung, nur dumm, daß dieses Gespräch stattfand, bevor die

Besprechung des Romans in der TAGESRUNDSCHAU erschienen war.

Lekasch saß um diese Zeit in seiner Windmühle und langweilte sich. Was sollte er mit dem vielen Frühling, den grünen Getreidehalmen und den blühenden Obstbäumen hinter den Feldern? Man hatte ihm (oder hatte er sichs selber) so was wie Hausarrest verordnet. Er las aus Verzweiflung Klassiker und stellte, wie einst ein gewisser BEN AKIBA, fest: Alles schon mal dagewesen, auch zu Hausarrest verurteilte Dichter, nur zu Hausarrest verurteilte kommunistische Dichter noch nicht, in der Theorie von der Weltrevolution waren sie nicht vorgesehen. Knabberten Bürokratismus, Sektiererei, Verkirchlichung und übergroße Furcht vor Konterrevolutionen an der Theorie von der Weltrevolution?

Lekasch hatte bis zu seiner »Partei-Ruhe« mit Hingabe an seinen Emigrantenerlebnissen geschrieben, nun aber, nachdem man ihm auf merkwürdige Weise zu verstehen gab, daß man keinen Wert auf diese Erlebnisse legte, verhielt er sich parteidiszipliniert und schrieb nicht weiter. Er hatte oft, auch in Amerika, betont: »Zuerst bin ich Kommunist, dann Schriftsteller«, und er glaubte sich zu erinnern, daß eben jener Wood, um den alles ging, an der Logik dieser Behauptung gezweifelt und gesagt hatte: »Dann könntest du auch sagen: Zuerst bin ich Wissenschaftler, dann männlichen Geschlechts.«

Sie hatten sich gestritten, und jetzt bewies Lekasch, daß Woods Ansichten nicht auf ihn abgefärbt hatten. Er verfocht seine These und schrieb nicht, weils, wie er glaubte, der Parteiführung zur Zeit nicht genehm war.

Die Besprechung von Büdners Roman in der TAGESRUNDSCHAU las er mit Genugtuung. Hier hast du dich jedenfalls nicht geirrt, dachte er, auch die sowjetischen Genossen bestätigen, daß der Junge ein Talent ist!

Er rief bei MEHRLESEN an. MEHRLESEN stöhnte. Vor einer halben Stunde hatten er und Umbruch sich noch so »gedeckt« gefühlt. Was jetzt? Er hatte seinen Traum, der Entdecker eines Talents gewesen zu sein, bereits begraben. Sollte er begraben bleiben! Sollte nun geschehen, was geschehen mochte. Er gabs auf, sich einzumischen. Er war Kulturredakteur, das hatte er vor Jahren nicht von sich erwartet, Leistung genug für seine Verhältnisse; er wollte Kulturredakteur bleiben!

Büdners Buch und die RUNDSCHAU-Besprechung lagen auch auf dem Schreibtisch von Sekretär Renner: DAMALS IN DER KINDHEIT, o ja, o je! Reitergeneral hatte Renner werden wollen in seiner Kindheit, ein kleiner Budjonny, jetzt kam er sich zuweilen wie ein Pferd vor, das geritten wurde, und Büdners Roman war für ihn eine Eidechse, der immerzu neue Schwänze wuchsen. Aber diesmal würde ihm wohl erspart bleiben, sich mit diesem Produkt des lästigen ÜBERBAUS auseinanderzusetzen. Reinhold war da; er, Renner, hatte zur Zeit sein Getu mit den Bauern. Das *Kartoffel-Quadrat-Nest-Pflanzverfahren*! Renner hatte damit einen schweren Stand, sogar bei den Kreisfunktionären. Das Verfahren wäre zu kompliziert, und Kartoffeln wären keine Nesthocker, hieß es. Renner war gezwungen, den Forschen zu spielen und auf gut Glück zu antworten: »Alles Ungewohnte scheint zunächst kompliziert, also: Übung, Übung und Geduld! Unsere Leitungskader haben sich was beim *Nest-Pflanzverfahren* gedacht, also!«

»Nun haben sie es ihm doch gedruckt, das Buch, dem Stani, und wir müssen uns schämen, vielmehr du«, sagte Katharina zu Reinhold.

Reinhold betrachtete das Buch, nahm den Schutzumschlag herunter, beklopfte die Deckel, las die Besprechung in der TAGESRUNDSCHAU und pfiff durch die Zähne. Zu Katharina aber, die auf sein Urteil wartete, redete er vom Frühling: »Ein schöner Abend! Wir sollten ein wenig im Park spazieren!«

Katharina ließ sich nicht ablenken, sie blieb beim Thema. »Ein Jammer ists«, sagte sie, »wie man den armen Stani beschumpfen hat. Ein Kesseltreiben habens auf ihn gemacht damals in unserer Zeitung!« Sie stemmte die Hände in die Hüften. »Du hast es zugelassen! Daß ich nicht pfui sag! Hast es gar aus Eifersucht zugelassen, weil der Stani mich, die Katharina, früher geküßt hat als sein Genosse Bezirkssekretär?«

Reinhold sprang auf. »Aus!« sagte er hart und bündig. »Aus!«

Katharina sah Reinhold zum ersten Male wütend. Sie rannte verschreckt hinaus. Im Hausflur drehte sie sich um, riß die Tür wieder auf und sagte, blasser als blaß: »Wegen meiner, bitt schön, auch aus!« Dann fing sie an zu heulen, und sie heulte noch, als Reinhold drei Stunden später ins Schlafzimmer kam.

Bücher haben Wirkungen, heißt es. Büdners Buch bewirkte jedenfalls, daß die Steils ihren ersten wirklichen Ehekrach hatten. Er wurde erst in der Nacht geschlichtet. »Ein Mißverständnis«, erklärte Reinhold. »Ich hab gemeint, mit deinen ungehörigen Redereien solls aus sein, nicht mit der Ehe!«

Katharina war gleich wieder obenauf. »Aber dann mußt du den Stani, den man öffentlich beschumpfen hat, auch öffentlich entschuldigen!«

Reinhold überlegte, was zu machen wäre. Er war damals nach der Auseinandersetzung mit Büdner auf Katharinas Geburtstag zum Kommandanten der sowjetischen Garnison gegangen. Sie verhandelten freundschaftlich über den Fall Risse. Der Kommandant bat Reinhold, seine Intervention schriftlich einzureichen. Reinhold tat es.

Wochen vergingen. Reinhold traf den Kommandanten auf Feierlichkeiten; sie tranken miteinander, lobten einander, aber von der Angelegenheit Risse sprachen sie nicht, dafür wurde Reinhold aus dem Oberbüro mitgeteilt, es wäre unangebracht, sich in Maßnahmen sowjetischer Dienste einzumischen. Alles gehe seinen Gang!

Reinhold gehorchte, übte Parteidisziplin, doch es bedrückte ihn, daß er als alter Genosse in diesem Falle so macht- und hilflos war. Er fühlte sich den Menschen, unter denen er aufgewachsen war, verpflichtet. Sie hatten ihn delegiert.

Nun kam da die Angelegenheit mit Büdners Roman. Hier durfte er wohl in eigener Regie klären und seinen Leuten beweisen, daß er der alte Baggerführer aus Finkenhain geblieben war. Er schrieb einen Artikel fürs VOLKSBLATT: »Unsere Partei«, schrieb er, »verlangt viel von ihren Mitgliedern;

unser Staat verlangt viel von seinen Bürgern, leicht vergißt man dabei, daß alles, was wir tun, für Menschen getan wird.«

Reinhold erzählte, als ob er am Tisch in einer Arbeiterküche säße, was sich zugetragen hatte, bis Büdners Roman im VOLKSBLATT vorabgedruckt wurde. Er erzählte, erzählte, und die Leser hörten ihm zu. »Hätte ich, der ich ein Bergmann war, gedacht, daß ich einst über Literatur, Landwirtschaft, Juristerei und Medizin zu befinden haben würde? Freilich stehen mir Fachleute zur Seite, die mich beraten, aber das letzte Wort habe in jedem Falle ich zu sprechen. Viel verlangt!«

Reinhold gestand, daß er im Falle des Dichters Büdner nicht genügend beobachtet hätte, wie mit Leserzuschriften sektiererischen Inhalts eine Art Kesseltreiben gegen den Dichter veranstaltet wurde. »Sektiererei ist eine Folge von Unwissen«, schrieb Reinhold. »Liebe Freunde, was nun die Kunst betrifft, so bin auch ich unwissend, zudem entscheidet in der Kunst nicht Wissen allein, sondern wohl auch Gefühl, soviel wurde mir klar, nachdem ich las, wie sowjetische Genossen Büdners Roman einschätzen.«

Das VOLKSBLATT ging von Hand zu Hand, und Reinhold erntete Sympathie bei Genossen und Parteilosen. Leute wie Wummer und Stadtrat Grün zogen die Köpfe ein; Kreissekretär Auenwald, der seit kurzem eine Brille trug, versuchte die Angelegenheit theoretisch zu bewältigen, und Katharina weinte vor Freude.

Büdner hockte sich mit dem VOLKSBLATT, das ihm wiederum Zaroba brachte, auf seinen Holzklotz und war für eine Viertelstunde ein säumiger Haspler: Das war Reinhold, sein alter Reinhold, wieder, den er verehrte, für den er Parteigänger wurde. Er würde ihn bei der nächsten Begegnung für diesen Artikel umarmen, nicht wie einen ehemaligen Schwager, sondern wie einen Menschen, mit dem man sich ganz, ganz einig weiß!

37
Büdner wird seiner Parteistrafe auf merkwürdige Art ledig; Wummer kommt ihm mit Pferdehändlermanieren; Vater Gustav läßt sich von ihm die Dichter-Vaterschaft bescheinigen; Lenka Meura erhöht sein Kostgeld, und er steigt wieder in eine Schicksalskutsche.

Büdner wurde gewahr, daß man nicht in Finkenhain wohnen und ungestört auf seine Arbeit gehen konnte, wenn man der Welt durch ein Buch Kunde von sich gegeben hatte; das konnte nicht einmal ein gewisser Traven, der sich in den südamerikanischen Busch zurückzog.

In der Zechenkantine roch es, wie immer, nach Karbidgas, nach Gummi und Ockerschlamm. Die Parteigruppe tagte. Fritze Wummer war gekommen. Er hatte seine Gebirgsjägerstiefel abgelegt und trug Halbschuhe. Nur von der Form der Soldaten-Skimütze konnte er sich nicht trennen; die neue hatte er aus feinem Tuch arbeiten lassen. Im Gesicht war er blasser als vor einem Jahr. Die Büroluft arbeitete an ihm wie das Wetter am Maulwurfshügel.

Wummer empfahl den Genossen der Tiefbaugruppe im Namen der Kreisleitung, die Parteistrafe des Hasplers Büdner zu löschen.

Die Genossen waren nicht so bereit, wie Wummer es sich wünschte. Literarische Produktionserfolge wurden im Schacht nicht veranschlagt. In der Kohlenproduktion hätte Büdner nicht mit Sonderleistungen aufzuwarten.

»Und daß er sich zwei Finger abquetschen ließ, als er Zaroba rettete?« fragte Wummer und versuchte zu beweisen, daß es auf die Dauer zu Produktionsausfällen gekommen wäre, wenn zwei Bergleute gefehlt hätten.

»Drei!« rief jemand aus dem Dämmerdunkel der Kantine. »Risse fehlt auch!«

Wummer überhörte die Anspielung, aber was war zu tun? Hier stand er nun der platten Produktionsphilosophie gegenüber, die er den Bergleuten eingehämmert hatte. Er versuchte es von einer anderen Seite: »Aber Freunde!« sagte er, »sogar die sowjetischen Genossen bestätigten in ihrer Zeitung, daß Büdner ein gutes Buch schrieb.«

Das wurde Kleinermann zuviel: »Hast nicht gerade du das Gegenteil behauptet die ganze Zeit?«

War Wummer je um eine Ausrede verlegen? »Unsere Erfahrungen reichen leider noch nicht an die der sowjetischen Genossen heran«, erklärte er feierlich.

»Nicht einmal deine? Das wundert mich«, wurde wieder von hinten aus der Dämmerung gerufen.

»Nun, wie ihr wollt«, sagte Wummer und tat beleidigt. »Vergeßt nicht, daß ich euch eine Empfehlung der Kreisleitung überbrachte! Ich habe keine Zeit mehr. Man wartet anderenorts auf mich.«

Wummer ging. Man belächelte ihn. Es war nicht zu vermeiden. Am liebsten hätte auch Kleinermann gelächelt, doch die dumme Faustregel, nach der Funktionäre »nächsthöherer Partei-Ebenen« aus Autoritätsgründen nicht belächelt werden durften, auch wenn sie dumm daherschwatzten, zwang ihn, in die Verhandlung zurückzuspringen. »Jetzt bitt *ich* euch zuzustimmen«, sagte er, »daß die Parteistrafe des Genossen Büdner gelöscht wird.«

Alle waren dafür, am eifrigsten Zwiebold.

Als Büdner heimkam, lief ihm Lenka Meura durchs Vorgärtchen entgegen. »Es sitzt ein Gast in deiner Stube, einer aus Kohlhalden woll.«

Büdner ging in die Stube. Der Gast sprang auf. Es war Wummer, und der streckte ihm die Hand entgegen. »Zeit, daß wir uns versöhnen«, sagte er.

Büdner war durch seinen Erfolg mild gestimmt und fand Wummers lächelndes Eichhörnchengesicht nahezu sympathisch. Was sollst du ihm deine Hand verweigern, dachte er. Er ist ein Mensch ohne Raum für eine eigene Meinung in bezug auf das Parteileben. Vielleicht ist er aber seiner Vergangenheit wegen unsicher, hält sich vorsichtigerweise an das, was ihm angeschafft wird, hat aber im geheimen seine eigene Meinung? Siehe, da stand er nun in den neuen Halbschuhen, streckte Büdner die Hand hin und fragte: »Darf ich die Versöhnung als gegeben betrachten?« Büdner nickte und reichte ihm seinerseits die Hand, die Hand, an der zwei Finger fehlten, und Wummer ergriff Büdners Hand und sagte, noch ehe er sie losgelassen hatte, einladend und lächelnd: »Dann kannst du wieder Lokalredakteur bei uns sein!«

Nein, nun wußte Büdner nicht, wo er hinsehen sollte, doch Wummer empfahl ihm, nicht zu zögern, es läge zwar noch kein Beschluß der Kreisleitung vor, aber er, Wummer, würde das schon regeln. Er hielt Büdner noch einmal seine Hand zum Einschlagen hin, wie es die Pferdehändler tun, aber da verließ Büdner die Milde; er wurde schroff, übersah die Hand des Propagandasekretärs, ließ ihn stehn und sagte: »Nun muß ich mich waschen!«

Ein Tag, dessen Nachmittag bis in den Abend hinein ein leises Ekelgefühl in Büdner hinterließ, doch er verging, und schon der nächste Tag nahm sich etwas lustiger aus: Als Büdner von der Schicht kam, schlug ihm bei der Haustür blauer Rauch entgegen, appetitlicher Rauch. Lenka stand am Küchenherd, buk Plinsen und zwinkerte ihm zu. »Verwandtschaftlicher Besuch!«

In der Stube saßen Vater Gustav und Bürgermeister Stangenbiel. Sie hatten nicht nur die zwanzig Kilometer lange Strecke von Waldwiesen nach Finkenhain auf Fahrrädern, sondern noch einen Umweg über Kohlhalden hinter sich. Gustav hatte dort in der Volksbuchhandlung vorgesprochen: »Drei Bücher von unserm Stanislaus, bitte!«

»Drei Bücher von wem?« fragte die Blatträschel.

»Von Herrn Stanislaus Büdner, früher hierorts, von dem ich der Vater bin.«

Die Blatträschel lächelte mokant. »Und wieviel Bücher?«

»Eins für mich, eins für Stangenbiel und eins für den Präsidenten.«

Die Blatträschel prustete in bekannter Qualität, und jeder Zoll an ihr war kleinbürgerliche Dümmlichkeit.

Vater Gustav hatte Stangenbiel gezwungen, mit ihm zu reisen. »Die letzte Gelegenheit, bei unserem Stanislaus abzubitten!«

Stangenbiel gratulierte mit der damals gebräuchlichen Formel, ob nun zu einem Sportsieg, zur Jugendweihe oder zur Erhöhung der Ferkelproduktion gratuliert wurde, und sie hieß: »Weiter so, Genosse, zum Wohle unserer Republik und der gemeinsamen Sache!« Ein »Los, los!« oder »Marsch, marsch!« konnte sich der Gratulierte je nach Stimmung hinzudenken. Nach einer kleinen Pause fügte Stangenbiel der Glückwunschformel hinzu: »Nun wirst du ja mächtig verdienen und hoffentlich dran denken, daß die Dorfstraße durch Waldwiesen noch nicht asphaltiert ist.«

»Es wird auf sein Honirar ankommen«, erklärte Vater Gustav.

Die Gäste setzten sich zu Tisch, legten ihre Mützen neben sich auf den Fußboden und aßen Plinsen. »Ja, hier sitz ich nun und schmause und bin der Vater von diesem Dichter dort«, sagte Gustav jovial zu Lenka.

Büdner wars peinlich, und noch peinlicher wurds ihm, als der Vater ihm eine Unterschrift, »ein Autigramm«, abverlangte und erklärte: »Es soll doch zu sehen sein, daß du von dem abstammst, der in diesem Buche keine kleine Rolle spielt.«

Am nächsten Tage reisten Vater Gustav und Stangenbiel wieder ab, und danach bliebs für eine Weile ruhig und besuchslos, und es wurden Büdner schöne Tage: Der Frühling platzte, hinter gefiederten Blättchen versteckt, aus Holunderzweigen und hinter zartgrünen Grashalmen aus der Erde, und das große Es fing an, im frohen Büdner zu klopfen wie in den glücklichen Tagen seiner Jugend:

> Jetzt bist du wieder in mir, großes Rauschen.
> Und ich will stille sein und lauschen...

Sein Leben schien ihm, was es seit langem nicht gewesen war, vollkommen zu sein: Sein Roman war da und ging als Buch durch die Häuser, und er war trotzdem kein Bücherwurm, sondern ein echter Proletarier, wie Rolling es direkt und Reinhold und Rosa es indirekt von ihm verlangt hatten; das Beste aber, er war kein Parteistrafling mehr. Ihm war zumut wie in der Klein-Kinder-Zeit, wenn Mutter Lena sagte: Komm her, hock dich auf meinen Schoß! Hast zwar die jungen Kohlpflanzen ausgerissen und die Ziege damit gefüttert, aber bist noch dumm. Hock dich her! Es soll wieder gut sein!

Wie kams, wie kams nur, daß er als reifer Mann in ein »Mutter-und-Kleinkind-Verhältnis« zu einem Abstraktum, einer Institution geraten war, deren Qualität, wie zum Beispiel jetzt die Mütterlichkeit, von der Qualität einer nicht allzu großen Menschengruppe abhing, die ihn jeweils wie eine Familie umgab? Vielleicht war er nicht einmal von Auenwalds und Kuchbräts, sondern nur von Wummers »Mütterlichkeit« beglückt, der es mit karrieristischem Vorbedacht für günstig hielt, ihn im Alleingang zu rehabilitieren, weil sowjetische Genossen positiv über seinen, Büdners, Roman geschrieben hatten. Ja, wie kams?

Nun, er war Wummers Wünschen ja nicht gefolgt. Das hätte gerade gefehlt: Sein freies Proletariertum aufgeben, wieder Wummers Untergebner werden und sich dessen »ideologischen Launen« anpassen!

Aber ach, die schönen, runden Tage – sie vergingen allzu rasch. Im Grunde machten sie zusammen knapp eine starke Woche aus, dann dämmerten wieder wirrere Zeiten für ihn herauf:

Verschiedenartige Kräfte schienen sich vorgenommen zu haben, seinen Lebensrhythmus zu stören. Wieder traf Besuch für ihn ein. Diesmal erfuhr er es von Lenka im Konsumladen, in den er um Tabak gegangen war, während seine Kostfrau Plinsenmehl, Zucker, auch Zimt dort holte. Der Kostgänger kam ihr allmählich teuer: Die ewigen Plinsen und der zusätzliche Kaffee! Lenkas Stöhnen führte dazu, daß Büdner sein Kostgeld unaufgefordert erhöhte.

Der Gast war ein Vertreter der VOLKSFILM aus Berlin, ein Dramaturg namens Flunkenstein und so weiter. Ein fremdartiger Schönling saß in Lenkas stilloser Klein-Leute-Stube und verbarg sein Entsetzen über Büdners rußige Bergmannsaufmachung, seine Nasengegend war vom Weingenuß gerötet; der Mittelfinger seiner linken Hand war mit einem blauen, der Ringfinger der rechten Hand mit einem roten Siegelring aufgedonnert, und seine Füße steckten in Halbschuhen mit Kreppgummisohlen. »Wir haben Großes mit dir vor, du«, sagte er zu

Büdner. Er betonte das Du und sagte es immer wieder; es sollte wohl heißen: Du und ich, wir zwei Proleten, wir!

Das Große, was Flunkenstein mit Büdner vorhatte, war, einen Film aus dessen Roman zu machen. »Die Leitung legt Wert auf die Verfilmung von Gegenwartsautoren, du.«

Büdner stellte sich vor, wie die Leitung, allegorisiert als Sandstein-Figur, in einem Park stand und über das Wohl von Gegenwartsautoren nachdachte. Gleich drauf aber zieh er sich, wie oft, der Respektlosigkeit und war froh, daß ein Mensch dem andern noch nicht ins Hirn sehen konnte.

Flunkenstein hatte Büdners Buch noch nicht gelesen und entschuldigte sich: »Vergriffen, leider, nicht mehr zu bekommen, du.« Er schlug Büdner vor, »zwecks Anfertigung eines Films« auf Kosten der VOLKSFILM nach Berlin überzusiedeln. Es ginge nicht anders, es mache sich nötig und so weiter. »Du bekommst einen Vertrag als Berater! Wir werden zusammenarbeiten! Du schreibst das Szenarium, das Treatment, das Drehbuch, vor allem die Dialoge! Du mußt täglich zur Verfügung stehen. Es geht nicht anders!«

Wie damals, als ihn Reinhold zum Redakteur machen wollte, bat sich Büdner Bedenkzeit aus.

Bedenkzeit? – Mit wem konnte er über sein Filmangebot sprechen? Mit dem wunderlichen Vater, der herben Schwester, der naiven Katharina? Die einzige wäre Rosa gewesen. Wo war sie? Durfte er nicht verlangen, daß sie sich zeigte, nachdem er mit einem Buch aufwarten konnte? »Wir verfolgen alles«, hatte sie auf ein Foto geschrieben. Wer konnte das noch glauben?

Er hätte Rosa gern sein Buch geschickt. Zum Lachen! Er kannte ihre Anschrift nicht, und doch machte es ihn einen Abend lang glücklich, an sie zu denken. Er schlenderte durch den Kiefernwald hinter Meuras Haus und suchte nach Widmungen, die er ihr ins Buch schreiben konnte: »Für Dich«, konnte er schreiben, einfach nur »Für Dich«. Oder sollte es besser eine dunkle Widmung sein: »Rosa, Rosa, wenn Du wüßtest!« Nein, zu sentimental! Anormal, ihr immer noch nachzuseufzen! Schließlich hatte sie ihn aufgegeben. Aber eine Widmung mußte ins Buch!

Bedenkzeit. – Sollte er nicht lieber weiter leben wie bisher, sich still über seinen literarischen Erfolg freuen, ein von der Parteiführung, ein von der Regierung wohlgeachteter Bergmann sein und bleiben und sich nicht wieder auf das Produzieren von »Waren« einlassen, die nicht unbedingt gebraucht wurden?

Bedenkzeit. – Der Sommer summte. Büdner saß hinterm Haus im Birkenwäldchen; vor ihm lag Risses verödetes Anwesen, eine leere Muschelschale am Strande des Lebens. Es erschütterte ihn nicht, wie es das vor Wochen getan hätte. Sein Erfolg hatte seine Besorgnisse um Risse beiseite gedrängt. Er stimmte Häuer Sastupeit nur zu gern bei, als der sagte: »Einem Sowjetsoldaten eine runterhauen ist Kriegsverbrechen. Die Russen sind nicht verpflichtet, Rechenschaft darüber abzugeben, wie lange sie Risse behalten werden.«

Das war die objektive Wahrheit, und auch das war das Leben, eines von mehreren zumindest. Ewige Trauer war übrigens lebensfeindlich und ewiges Rechtsverlangen Kohlhaaserei!

»Rat geb ich nicht«, sagte Friede, »h'aber, 'ast du h'an Berlin gedacht, h'eh der Mensch da bei dir kam?«

»An Berlin? Nein.«

»Denn machste h'also nich, was du willst, denn machste, was een h'anderer von dir wollen tut.«

Büdner erfaßte in seinem Glückstaumel die Warnung hinter Friedes Worten nicht. Er dachte an die Möglichkeiten in Berlin, an Theaterbesuche, Kunstausstellungen, Begegnungen mit anderen Schriftstellern, und vielleicht wartete dort auch ein Mensch auf ihn, eine Frau, die Rosa glich. Aber hatte er sich nicht vorgenommen, nie wieder in Schicksalskutschen zu steigen? – Nicht von was, liebe Leute!

Er hatte keinen Möbelwagen für seinen Umzug nötig: zwei Koffer wie damals, als er vom Niederrhein nach Waldwiesen reiste. Man wünschte ihm, was man so wünscht, wenn eins fortgeht. »Vergiß uns nicht«, sagte Lope Kleinermann, und das ging vom Gefühl her schon fast über diese Norm hinaus. »Wenns dich tröstet: Es wird hier bald keinen Tiefbau und demzufolge auch keine Haspler mehr geben«, fügte er hinzu.

»'aber H'Arbeit wirds 'ier h'immer geben«, sagte Friede Zaroba, und das klang wie ein Trost und eine Aufforderung.

Ein herber Abschied, nur Lenka Meura wischte sich zwei Tränen mit der Sackschürze von den Bäckchen, gesetzliche Tränen sozusagen, denn bei Begräbnissen, Konfirmationen, Jugendweihen, Hochzeiten und Abschieden hatte ein wenig geweint zu werden. »Halt dir grade!« rief sie, als er mit seinen Koffern in der Graufrühe des Augustmorgens verschwand.

Er fuhr mit dem Postauto nach Kohlhalden, gab dort seine Koffer auf und kaufte zwei Blumensträuße. In der Bahnhofstraße traf er auf Stadtrat Grün. Süßsaure Freundlichkeit. »Man hört, du kommst wieder? Freu mich auf neuerliche gute Zusammenarbeit«, sagte er, und Büdner hörte die Heuchelei hinter dem Stadtrat-Schlips knistern.

Am liebsten wäre Büdner, erfolgsberauscht, wie er war, in die Redaktion gegangen, um sich von der Wetterzeube und Ramona als angehender »Filmmann« bestaunen zu lassen, vielleicht auch, um seinen Nachfolger Roßkamm zu fragen, ob sich die Bericht- und Artikelproduktion gesteigert hatte.

Glücklicherweise versagte er sich im letzten Augenblick die Dummheit und kippte nicht über, aber die Brösicke besuchte er. Sie empfing ihn mit krägelem Silberblick, schlug die Hände überm Kopf zusammen und spielte eine Wiedersehens-Szene aus einem Durchschnittsstreifen der VOLKSFILM nach. »Nein, wenn ich nicht stünd, säß ich nieder! Der Herr Büdner! Was für eine Überraschung! Und gleich mit zwei Blumensträußen!«

Büdner wagte nicht zu sagen, daß der zweite Blumenstrauß der Sawade zugedacht war, und lieferte ihn in die linke Hand der Brösicke. Auch zu ihr war das Gerücht von der Rückkehr Büdners gedrungen. Die ewige Kleinstadtseite von Kohlhalden, auch sie pulsierte nach wie vor. »Schade, zu schade!« sagte die Vermieterin und zwinkerte. Zur Zeit wohne eine Dame in Büdners ehemaligem Zimmer, eine leider etwas lockere Dame vom Theater, aber vielleicht ließe sich mit dem Herrn vom Wohnungsamt verhandeln. Silbernes Zwinkern.

Büdner ging durch die Sawadesche Torfahrt. Der Geruch von Leinmehl und Pferdefutter überfiel ihn, und die alte Stiege machte ihre Musik. Er wartete vor der breiten Glastür, bis sich sein Atem beruhigte, doch als er läuten wollte, sah er das Schildchen, die Sawade hatte es eigenhändig geschrieben: »Bin in Urlaub. Vertretung freundlicherweise Doktor Sommertau.«

Büdner hob die Schultern. Das hatten auch enttäuschte Patienten schon getan, doch die waren dann zu Doktor Sommertau gegangen. Für Büdner war Sommertau keine Sawade-Vertretung. Was hatte er mit der Doktorin abzumachen? Wollte er ihr von seinem Glück erzählen, von seinem vielleicht ganz und gar wackeligen Glück, oder wollte er mit ihr über die Vorschläge verhandeln, die sie ihm im Krankenhaus gemacht hatte?

Enttäuscht stieg er treppab. Jede Treppenstufe seufzte.

---

38 **Büdner macht das Kinogehen zu seinem Beruf, läßt sich einen Windsorknoten binden und läuft Gefahr, von einer Autogrammjägerin erlegt zu werden.**

Berlin bedrängte Büdner in der Person von Flunkenstein zunächst geschäftlich. Der Dramaturg saß hinter der Schreibtischschranke seines halbvornehmen Büros und drehte, während er mit dem Filmnovizen verhandelte, an einem kleinen Rundfunkgerät, glitt per Drehknopf zwischen zwei Sendern hin und her und sprang selber mit seinem Hinhören vom Gespräch mit seinem Besuch zu den »Verlautbarungen« der Nachrichtensprecher und wieder zurück. »Du brauchst einen Mitarbeiter, der was vom Film versteht«, sagte er. »Es kommt drauf an, ob du das Szenarium mit mir schreiben willst. Wir würden gut zusammenarbeiten, du!«

Der Nachrichtensprecher des amerikanischen Senders berichtete von einem angeblichen Streikversuch der Schwermaschinenbauer in der »Zone«. Flunkenstein drehte rasch auf »normal«. Der Sprecher vom Radio der Demokratischen Republik verkündete eine Preissenkung für Strickwaren aus Zellwolle.

Büdner wartete unmutig, bis Flunkenstein den Sprecherton zurücknahm, und erklärte: »Nein, keinen Mitarbeiter!« Er hatte seinen Roman allein geschrieben, er wollte auch das Szenarium allein schreiben!

»Wirklich?« fragte Flunkenstein und verbarg seine Enttäuschung. Er hatte geglaubt, es mit einem Mann zu tun zu haben, der sich dankbar für seine »Befreiung« aus dem Bergbau erweisen würde.

Der Sprecher des amerikanischen Senders berichtete triumphierend, ein Mitglied des Zentralen Büros der Freien Jugend wäre mit der Verbandskasse im »freien Westen« eingetroffen.

Büdner krauste die Stirn. Was für verkommene politische Moden in Berlin! In Finkenhain hatten sie, soviel er wußte, diesen »Höllensender« nie gehört.

Flunkenstein bemerkte den Unwillen seines Gastes, drehte rasch zurück und erklärte: »Es ist nur, weil man von einer Währungsreform munkelt!«

»Währungsreform?« fragte Büdner. »Bei uns oder drüben?«

»Bei uns«, sagte Flunkenstein, »aber drüben senden sie so was manchmal früher.«

Der Sprecher des demokratischen Senders berichtete, eine Hausgemeinschaft in der Großmeister-Allee hätte die Verpflichtung übernommen, die Anlagen um das Stalin-Denkmal in »persönliche Pflege« zu nehmen.

Flunkenstein schaltete aus und widmete sich endlich seinem Gast, wie es sich gehörte. »Aber du hast nie ein Szenarium geschrieben«, sagte er.

»Ich werde es lernen!« sagte Büdner.

Flunkenstein war verblüfft, mit welcher Bestimmtheit dieser Mann aus dem Schacht ihn von der Mitarbeit ausschloß. »Gewiß wirst du es lernen«, sagte er, aber das brauche Zeit und, ob das nun wahr war oder nicht, für einen solchen Fall wären keine Mittel vorgesehen.

Büdner blieb unbeeindruckt. Was hieß Mittel? Er hatte Mittel – aufgespartes Buch-Honorar.

»Ja, du, du wirst doch dein eigenes Geld nicht aus Eigensinn verplem-plempern, du!« stotterte der Dramaturg verwirrt und hätte es wahrscheinlich gern aufgegeben, mit diesem störrischen Land-Esel weiterzuarbeiten, doch er konnte es nicht, die

Genossen der Leitung hatten ein Auge auf das »Talent von draußen« geworfen. Für sie war Büdner ein Werktätiger von unter der Erde, ein Erntearbeiter für Grundstoffe mit pressemäßigen Heldenmerkmalen. »Bergarbeiter-Schriftsteller wird Filmkunst neue Impulse zuführen.« Flunkenstein hatte dem Nachrichtendienst die Meldung selber übergeben, bevor Büdner in Berlin eintraf.

»Das Talent von draußen« ging sogleich an die Arbeit, suchte die Tages- und Zeitkinos am Alexanderplatz und Bahnhof Friedrichstraße auf und wurde an Nachmittagen in den verschiedenen Normalkinos der Stadt gesehen. Eigentlich keine Arbeit! Was würden seine Leute aus Finkenhain von so einer Beschäftigung halten? Jugend-Rentner und Tagedieb würden sie ihn nennen. Seine Rechtfertigung: Er machte sich Gedanken über jeden Film, den er sah.

Taten das die Leute von Finkenhain etwa nicht?

Eine weitere Rechtfertigung: Das Sich-Einleben in der Großstadt war auch Arbeit.

Kein Einwand aus Finkenhain.

Er nahm die Arbeit des Sich-Einlebens auf sich und nutzte die wenigen Freistunden, die er sich gönnte, Berlin auf seine Weise zu erobern. Er wohnte in der Großmeister-Allee, der neuesten Straße der Stadt, und das war ein Glück, das er den Leuten von der VOLKSFILM zu verdanken hatte. Er lief in einer abgewetzten Manchesterjacke aus August Meuras Nachlaß umher, bis Flunkenstein ihn unzufrieden musterte und sagte: »Die Leitung hat uns nahegelegt, den Proletkult zu überwinden, du!«

Büdner fand das kleinbürgerlich, doch er wollte ein guter Genosse sein und brachte seine Kleidung auf den Stand der noch müden Mode jener Tage.

Im Laden, »Herrenausstatter« genannt, kaufte er sich einen pfeffer-und-salz-farbenen Anzug mit engen Hosenbeinlingen. Enge Hosenbeinlinge, wie sie englische Börsenmakler und Geldleute trugen, waren modern. Nur Männer von draußen kamen noch in weiten Hosenbeinlingen wie in Säcken daher. Büdner kaufte sich eine rote Krawatte mit weißen Punkten und einen Wettermantel, eine sogenannte Regenhaut, deren wilder Gestank verriet, daß sie aus der chemischen Hexenküche stammte.

Er wohnte bei einem Fräulein Linser. Das Fräulein war dreißig, vielleicht vierzig Jahre alt, klein, handlich, onduliert und parfümiert, es schwärmte für Persönlichkeiten vom Film und wünschte mit »Frau« angeredet zu werden. »Beim Film und am Theater so üblich, wenn Sie wissen, was ich meine«, sagte sie und erzählte ihm von ihrem verstorbenen Lebensgefährten. »Ehe mag ich nicht«, sagte sie. »Ehe engt den persönlichen Erlebnisradius ein.«

Frau Linser war Büdner beim Auspacken seiner Koffer behilflich, legte seine Wäsche in den Schrank und strich sie glatt. Ihr verstorbener Lebensgefährte wäre Kleindarsteller am Deutschen Theater gewesen, talentvoller Kleindarsteller mit Aufstiegschancen, leider gesellschaftlich übertüchtig: In seinen Freistunden nur Enttrümmerung und Wiederaufbau. Freilich bekam er die Goldene Aufbaunadel, »schließlich auch diese Wohnung hier, in der Sie mich sehen, doch er machte sich hin«. Frau Linser weinte leise.

Aber Zeit teilt, eilt, heilt. Inzwischen hätte Frau Linser einigen netten Untermietern behilflich sein können; der letzte wäre Bühnenarbeiter am Gorki-Theater gewesen. »Netter Mensch, gut zu leiden, aber ohne Temperament.« Frau Linser war glücklich, daß ihr das Schicksal nun einen Drehbuchautor »ins Haus geweht« hatte.

Büdner hockte vor dem Garderobenspiegel im Wohnungsflur und wollte seinen neuen Schlips mit einem modischen Dreiecks-Knoten versehen. Er probierte und ächzte; seine Wirtin wurde aufmerksam; er ließ sich helfen. Frau Linser war klein, er mußte in die Hocke gehen und kam ihr mit seinen Knien zu nahe. Gekicher. Er setzte sich auf einen Hocker, die Linser stellte sich hinter ihn, langte ihm über die Schulter, ließ ihre Finger spielen, und fertig war der Windsorknoten.

Er bedankte sich, besah sich im Spiegel, und die Linser ließ ihre kleine Hand vertraulich auf seiner Schulter liegen, und dort lag sie mit all ihrer knisternden Elektrizität.

Wieder ging er »auf die Arbeit«, sah sich im Archiv Filme an, analysierte Szenarien und Drehbücher, ging in die Theater, schrieb Stücke, die ihm nicht zusagten, in Gedanken um, sah sich andere Stücke, die ihm gefielen, zum Beispiel Brechts »Mutter Courage«, wieder und wieder an und las die Buch-, Theater- und Filmbesprechungen in der TAGESRUNDSCHAU von diesem Raswan und hätte ihn gern kennengelernt.

Er aß in einem kleinen Restaurant in der Marienstraße hinter der Weidendammer Brücke. Selbst wenn er sich um die Mittagszeit in einem andern Stadtteil befand, fuhr er dorthin. Das Lokal, in dem er sich täglich ein bis zwei Stunden aufhielt, entwickelte sich zu einem kleinen Zuhause für ihn. Er liebte es, wenn ihm die Kellnerin unaufgefordert Karpfenkopf und Limonade hinstellte, wenn aus dem Deckenlautsprecher jeden Mittag um die gleiche Zeit eine ausländische Operettensängerin deutsch sang und versicherte, daß ihr Papa »eine wunderbare Clown« gewesen wäre; wenn er befriedigt feststellen konnte, daß sich ihm die Schlagermelodie für immer mit blauem Karpfenkopf, abgeschlagenem Tellerrand und dem schalen Geschmack von Limonade verband.

Zuweilen aßen Schauspieler vom Brecht-Ensemble in »seinem« Lokal, und er fühlte sich geehrt, wenn die Dame Regine, die die Yvette in der »Mutter Courage« spielte, möglicherweise das Mittelteil des Karpfens auf dem Teller hatte, von dem er den Kopf aß, oder wenn ihm der Herr Ernst, der den Planwagen der Courage über die Bühne zog, vom Nebentisch her freundlich zunickte.

Frau Linser aber lud ihn zum Sonnabend-Nachmittags-Tee ein. Der Tee duftete nach Zitrone, der Napfkuchen nach Vanille. Es war gemütlich in der holzgetäfelten Eß-Ecke der Küche, und alles war mit Fanghaken und Ködern für einen Möblierten Herrn bestückt.

Frau Linser plauderte über ihren Beruf als Abteilungsleiterin im Bezirkskontor für Kohlenhandel. »Brötchenberuf«, sagte sie, »wenn Sie wissen, was ich meine. Meine Berufung ist Sammeln von handgeschriebenen Äußerungen berühmter Filmleute.« Frau Linser fuhr ihrem Untermieter ganz wie nebenbei über den Jackenärmel. Sie hatte seine ausgefranste Hemdmanschette erspäht. »Gibt es denn solches?« Das hatte sie bisher noch bei keinem Untermieter mitansehen können. Sie versuchte seinen Manschettenknopf zu öffnen. Ein wollüstiger Schreck durchfuhr ihn. Eigentlich begriff er nicht, weshalb er sich sträubte, doch er zog seine Hand zurück und versprach, ihr sein Hemd zu überstellen, wenn es aus der Wäsche käme.

Die Linser war nicht enttäuscht. Sie rechnete mit der Wirkung von Zeit. Nicht die geringste Verlegenheit! Sie plauderte über ihre Technik beim Sammeln von Autogrammen. »Ich schreibe zwei-, allerhöchstens dreimal, aber dann bekomme ich Antwort: ein paar Worte, einen Satz, auf Papier gesetzte Zeichen von Berühmtheiten.«

Büdner dachte daran, daß er einst Menschen nach ihren Vorstellungen vom Glück und vom Tod befragen wollte. Hier war nun das Glück der Frau Linser:

»Falls ich merke, daß mein Tod naht, übergeb ich meine Autographensammlung einer Staatlichen Stelle, einem Institut für Filmgeschichte, pipapo. Die Zeitungen werden berichten: Unauffällige Existenz überlieferte kommenden Generationen Schauspielerbriefe einer deutschen Film-Epoche. Diese schlichte Nachricht wird mein Ende beglänzen.«

»Aber werden kommende Generationen noch etwas von den Schauspielern halten, die Sie heute berühmt nennen?« fragte Büdner vorsichtig.

Na, da kam er bei Frau Linser schön an. »Ja, was glauben Sie denn: Henny Porten, Harry Piel, niemand wird sie vergessen! Die schriftliche Äußerung von Hans Albers, die ich besitze, unvergessen, unvergessen!, und die Hauptsache ist und bleibt, ich sterb in dem Bewußtsein, der Menschheit etwas Nennenswertes hinterlassen zu haben.«

Büdner zog sich zurück. So abgeschmackt sich das anhörte, es lohnte, drüber nachzudenken. Jeder Mensch schien wirklich, wie er vermutete, sein ganz und gar persönliches Glück zu haben. Er wollte das später genau erforschen.

39 Büdner schreibt einen Film-Fahrplan. Ein Sekretär bietet ihm sein Leben »zwecks schriftstellerischer Auswertung« an.

Ein Genosse ist nie allein, ist niemals verlassen; wo er hinkommt, findet er seine Gruppe und seine Heimat, findet er Genossen, die die Welt so anschaun, wie er sie anschaut, und er ist zu Hause, hatte ihnen Anton Wacker zum Abschied von der Parteischule gesagt.

Büdner gehörte jetzt einer Wohngruppe an. Der Sekretär war Rentner, wohnte im Nachbarblock, hieß Runkehl und war darauf bedacht, daß man die zweite Silbe seines Familiennamens betonte. »Ich bin keine Runkel, keine Rübe, zum Donnerwetter!«

Wenn Runkehl zuhörte, auch bevor er zu reden anfing, zog er seine Oberlippe mit dem eisgrauen Bärtchen zur Nase hoch, als müßte er die Luft, die er einzuatmen gedachte, vorwärmen. Er war erstaunt, daß ein junger Mann, gewesener Bergmann, einer Gruppe von Rentnern, Invaliden und Hausfrauen angehören sollte, eine Seltenheit; und er rief seine Frau herbei. »Komm mal, Muttel, und sieh!« Eine damenhaft geputzte Genossin mit altersrundem Rücken bestaunte das »junge Element«. »Solltest du nicht besser der Betriebsgruppe der VOLKSFILM angehören?« Nein, Büdner war freischaffend, freischaffender Schriftsteller.

»Wer bestimmt so etwas?« fragte Runkehl und machte sich Notizen.

»Kollegen beim Stadtbezirk, Abteilung Finanzen«, sagte Büdner.

Die Genossinnen und Genossen der Wohngruppe waren mißtrauisch gegen den viel zu jungen Genossen, aber Büdner nahm regelmäßig an den Unternehmen teil, die sie Enttrümmerungs-Sonntage nannten. Er putzte stets mehr Steine, als er zu putzen hatte, schob Feldbahn-Loren hin und her, schuftete wie einst unter Tage und verhalf seiner Gruppe im Wettbewerb zu einem Siegerwimpel, mit dem sie an sonnigen Sonntagvormittagen zur Enttrümmerung ausmarschierten.

Er fühlte sich wohl dabei, fühlte sich nützlich. Wie ein unausrottbares Myzel saß die Kleine-Leute-Ansicht in ihm: Arbeit, bei der man auf einem Stuhl an einem Tisch sitzt, wäre keine richtige Arbeit, sondern mehr ein Ausruhen, eine Provinz an der Grenze der Faulenzerei. Die Enttrümmerungs-Sonntage verhalfen ihm zu einer guten Meinung von sich, und auch andere erhielten sie, schiens, von ihm; denn die Runkehls luden ihn zum Nachmittagskaffee ein.

Was er bei den Sekretärsleuten sah und hörte, stichelte der derzeitige Film-Arbeiter (mit Stichworten) in sein Gedächtnis und verwahrte es, bis zum Abruf, im Hirn-Arsenal hinter der Zellentür mit der Aufschrift: ZUR SCHRIFTSTELLERISCHEN AUSWERTUNG DEREINST, und dort stands nun abrufbereit: Runkehl-Stube bunt tapeziert, Rosenmuster, dicker Teppich auf Steinholz-Fußboden, eine Zimmer-Ecke mit Blattpflanzen, Sittich im Bauer, sprachbegabt, sagt gequetscht: »Wie die Zeit vergeht, Muttel!«

Andere Zimmer-Ecke Rundfunk-Apparat, obenauf Häkeldeckchen, auf dem Deckchen Stalin-Gipsbüste.

Die Runkehls erzählten beim Kaffee ihre Familiengeschichte, und auch die nahm er in Stichworten in sein Arsenal auf: Parteialter je dreiundzwanzig Jahre. Parteijubiläum rückt näher. Vor dreiunddreißig arbeiteten die Runkehls im Mutterschutzverband, trieben sexualpolitische Aufklärung (Muttel war Hebamme!), Kommunisten in diesem Verband führend aufklärend: Frauen sollten keine Gebärmaschinen sein, keine billigen Produktivkräfte für Kapitalisten mehr gebären! Empfängnisverhütung, Abtreibungen im frühen Schwangerschafts-Stadium!

Nach dreiunddreißig wurde der Mutterschutzverband verboten, existierte aber illegal weiter. Losung: Keine Soldaten für die Nazis! Gefährliche Zeit für illegale Arbeit! Über Nacht wurden zuweilen Genossen SA-Männer, einer denunzierte die Runkehls. Sie wurden verhaftet. Muttel nach Cottbus, Runkehl nach Waldheim in Haft. »Nur, damit du Bescheid weißt, falls du zu unserem Parteijubiläum über uns schreiben willst«, schloß Runkehl die Lebensbeschreibung.

»Zeit vergeht, Muttel, Muttel«, plärrte der Wellensittich.

Büdner wußte, was die Runkehls von ihm erwarteten. Er fands verständlich. Weshalb sollten nicht auch *ihre* Taten gewürdigt werden! Aber wie sie bei der Würdigung verschleiern? Noch immer war die Abtreibung verboten. War die Staatsführung aus ethischen Gründen drauf bedacht, Eingriffe ins Leben zu verhindern, oder wartete sie, bis die von den Ariern niedergemachten Menschen ergänzt waren?

Büdner dachte an seine Umfrage zum Thema Glück und Tod, an die er sich machen wollte, sofern sein Film einschlagen und ihm auch für die nächste Zeit erlauben sollte, auf ein festes Arbeitsverhältnis verzichten zu können. Aber weshalb eigentlich warten und nicht gleich damit beginnen, wenn sich Gelegenheit bot? Er befragte die Runkehls.

»Unser Glück ist, daß sich unsere politische Arbeit auszahlte, daß der Staat in der Lage ist, sich bei uns abzufinden«, sagte Runkehl, und das klang, als ob der Staat etwas Eigenständiges wäre, eine Einrichtung, die ohne Menschen existieren konnte, eine Überkraft, die für die Runkehls nur einige Jahre in ein Versteck getreten war, um die Runkehl-Untertanen zu beobachten, dann aber wieder hervorgekommen war, um sie für ihr Wohlverhalten zu belohnen.

»Und der Tod, wie denkt ihr darüber?« fragte Büdner.

»Ja, zum Tod, Muttel, was soll man da sagen?«

»Ja, was zum Tod?« sagte auch sie. »Kinder sind bei uns nicht. Wir verhinderten sie in der Notzeit nicht nur bei anderen. Nun ist die Glückszeit da, und wir sind zu alt.«

»Was also mit dem Tod?« beharrte Büdner.

»Wenn schon gegangen werden muß, möcht ich nicht allein zurückbleiben«, sagte die Runkehl, ihr Mann aber fing an, mißtrauisch zu werden: »Wozu schreibst du über den Tod?« fragte er. »Es ist jetzt eine optimistische Zeit. Hast du die letzte Großrede nicht gehört? Heraus aus den Bunkern der *Skepsis*!«

Da Büdner schon einmal dabei war, befragte er am nächsten Tage auch Flunkenstein. Ha, dachte Flunkenstein, als Büdner zu ihm kam, jetzt ist er mit dem Szenarium gegen die Wand gerannt und braucht Hilfe, doch ach, er wurde wieder enttäuscht. »Mein Glück?« fragte er und feuerte sein Hirn mit zwei Gläsern Rotwein an. »Was willst du mit meinem Glück? Eine Reihe von Erfolgsfilmen wäre mein Glück.«

»Filme, die dich oder das Publikum zufriedenstellen?«

Für Flunkenstein waren Erfolgsfilme nur solche, die das Publikum zufriedenstellten.

»Und der Tod, wie denkst du über den?«

»Am liebsten gar nicht. Er ist schrecklich, aber vielleicht stürbe sichs leichter, wenn man ein paar Filme hinterließe, wie Chaplin, Fritz Lang oder Luis Trenker sie machten. Wohin willst du übrigens mit deinen Hinterwäldlerfragen? Ich hätte lieber etwas über das Szenarium gehört.«

Auch das, auch das, Büdner würde sich bald damit melden, aber zunächst ging er neben seiner harten Arbeit an diesem Szenarium weiter auf Entdeckungen aus, füllte sein Dichter-Arsenal mit Großstadt-Atmosphäre und Großstadt-Requisiten, staunte über dies und war enttäuscht von jenem, staunte und war wieder enttäuscht, und anders konnte es nicht sein, das Leben, es war so. Und das, was er nun schon viele Monate vor sich hatte und erlebte, war Berlin, jenes Fischerdorf von einst, das ein anderes, genannt Cölln, untergedümpelt und ihm seinen Namen aufgedrückt hatte. Das war das Berlin der Arbeiter-und-Bauern-Republik, die Häuserzeilen von Luftlöchern unterbrochen und über den Trümmerplätzen als unsichtbares Motto: STEIN BIST DU IM KRIEG GEWORDEN, HAUS SOLLST DU IM FRIEDEN WERDEN.

Er lebte nur in dem Sektor, der ihm als Genossen erlaubt war, und überschritt die Grenzen nicht, auch wenn andere es taten. Freilich erreichten ihn trotzdem sogenannte Feindansichten; sie flogen unbekümmert wie Spatzen über die Sektorengrenzen, überrannten sie wie Ratten. Es gab zum Beispiel verschiedene Meinungen drüber, wie der Frieden, den man hatte, haltbar zu machen wäre. Die Menschen der geviertelten Stadt kamen darüber nicht zur Ruhe. Wie vertrauensvoll, wie gläubig hatten sie in Finkenhain gelebt! Büdner mußte an Lenka Meuras Behauptung denken: Die kleenen Leute fangen keene Kriege nich an!

In Büdners Sektor war jedenfalls Frieden, und er wurde gehörig besungen. Für ihn stand die Menschheit auf Wacht, und es wurde enttrümmert und was Neues hingebaut.

Büdner arbeitete hart an seinem Szenarium, ging mit sich ins Gericht, strich, lernte und schrieb neu, und eines Tages war es für ihn fertig.

Er war beschwingt, wie wirs alle sind, wenn wir eine Arbeit zur eigenen Zufriedenheit hinter uns brachten und bevor sich Zeitgenossen auf sie stürzen, um zu erklären, daß sie sie besser gemacht hätten.

Er ging zu Fuß zur VOLKSFILM und freute sich unterwegs am Gestrüpp auf den Trümmer-Inseln: Huflattich, Taubnessel, Schöllkraut und Klee, Holunder, Robinien und Birken waren vom Land hereingekommen und willens, die Stadt in Besitz zu nehmen, falls die Menschen sie aufgeben sollten.

Ach, er war und blieb ein Scheiß-Romantiker, dieser Büdner, erfreute sich am Unkraut und bedachte nicht, daß in die Großstadt hohe, graue Würfel aus Zement, Türme der Zivilisation, Super-Shops, Wolkenkratzer, Stalagmiten und Rutsch-Elefanten aus Beton gehörten.

Im Büro der Dramaturgie residierte eine bejahrte Sekretärin in verkniffener Überzeugung, seit langem zu wissen, »wie wir das machen«. Flunkenstein wäre außerhalb, erklärte sie und nahm das Szenarium gegen Quittung entgegen. Danach fühlte Büdner sich wie ein Preisrätsel-Teilnehmer, der seine Lösung in den Briefkasten gesteckt hat und wartet, obs eine Niete oder eine »Reise durch den romantischen Kaukasus« werden wird.

---

40 Büdner soll einen angehenden Filmhelden revolutionieren; speist in einem Restaurant für Schlipsträger, schluchzt im Theater und übernachtet im Hotel ADLON.

»Unbegossene Arbeit gedeiht nicht«, sagte Flunkenstein und zog eine Flasche Rotwein hinter Aktenordnern hervor. Er schenkte ein, trank und schenkte wieder ein, trank wieder, trank drei Gläser aus, ehe Büdner mit seinem ersten fertig war, setzte sich dann zurecht, schlug die Beine übereinander, drehte an seinen Fingerringen, rückte die Schreibtischlampe nach links und fuhr fort: »Aber die Sache ist die, was im Buch geht, geht im Film nicht. Du weißt nicht, was im Film nicht geht, er lebt vor allem vom revolutionären Helden, und der deinige ists nicht – ich meine – revolutionär.«

»Mein Held hängt unüblichen Träumen nach und versucht sie zu verwirklichen«, entgegnete Büdner.

»Wo tut er das, bitte?« fragte Flunkenstein und drehte gelangweilt an seinen Ringen.

»Er ist der Sohn eines Glasbläsers und will in einer Umgebung, in der Glasfressen und Kurpfuschen die größten Künste der Welt sind, Dichter werden.«

»Der Zuschauer von heute wünscht eine sichtbarere Revolutionierung«, sagte Flunkenstein und trank sein fünftes Glas Rotwein.

Büdner stellte sich vor, wie die Waldwiesener einen Film aufnehmen würden, in dem der Büdner-Sohn zwischen dem sozialdemokratischen Vater, all den anderen Sozialdemokraten des Dorfes, der religiös-sektiererischen Mutter und den politisch-geschekten Geschwistern, plötzlich vom Geiste der Revolution »erleuchtet«, umhergehen und kommunistisch agitieren würde. Alles so, wie sie sich das in Berlin so denken, hörte er seine Landsleute sagen.

»Nein, nein, nein!« Flunkenstein wurde eifrig in seinem Weinrausch. »Einen Film, der nach deinem Szenarium gedreht wird, nimmt uns niemand ab. Denk an das viele, viele Geld, du, das wir dem Staat da ohne Effekt verschleudern würden! Der Film muß gleich revolutionär beginnen. Bei dir wird der Held aus dem Heimatdorf *gelockt*. Warum? Vertrieben muß er werden. Das klingt nach Unterdrückung, und Druck erzeugt Gegendruck. Na?«

Büdner dachte an dies und das, dachte wieder an seine Landsleute und was die von einer »Vertreibung« des Büdner-Jungen halten würden. Aber konnte er Flunkenstein damit kommen? Was wußte der von den Waldwiesenern? Was würden ihm deren Feststellungen gelten?

Er dachte auch an seine zusammengeschrumpfte Barschaft. Bis zum Erscheinen seines Buches hatte er es nur mit Mark und Pfennigen zu tun gehabt. Der Umgang mit Großgeld, mit Zehnern und Hundertern, war ihm schlecht ausgegangen. Er hatte seiner Schwester Elsbeth, auch seinem Vater Gustav, sogar Lenka Meura so manchen glatten Schein gegeben. Die Beschenkten hatten sich zuerst gesträubt, dann aber doch genommen. Weshalb einen Glücklichen nicht noch glücklicher machen? Nun waren auch in Berlin viele Scheine verschwunden.

Er versuchte es noch einmal mit einem Einwand. »Es ist meist mein Leben, was ich aufschrieb«, sagte er. »Soll ich es dem Film zuliebe fälschen?«

Triumph für Flunkenstein: »Ich sagte dir doch, was im Buch geht, geht im Film nicht!«

Eine Weile stritten sie noch hin und her, dann erklärte sich Büdner zögernd bereit, den Stoff nach Möglichkeit im Sinne Flunkensteins zu überprüfen, aber eine Mitarbeit des Dramaturgen lehnte er wiederum ab.

Vom sogenannten vorläufigen Szenarium gab ihm Flunkenstein nur einen Durchschlag zurück. Das Original benötige er für eine Pressekonferenz demnächst. Ob fertig oder nicht, er mußte den Presseleuten etwas zum Anpacken und zum Durchblättern geben. Es mußte etwas zu sehen sein.

Es war Sonnabendnachmittag, Wochen-Ende, und das Gedröhn der Last-Autos verschwand aus dem Straßenlärm, die Großstadt glitt in ihren Sonntag; aus den Eckkneipen drang Gebrummel und Geraune; Büdner saß grübelnd über seinem Szenarium; auf dem Kinderspielplatz vor seinem Fenster schwoll der Lärm an, in der Linser-Wohnung erschien die Doktorin Sawade, kam und war da.

»Welch hoher Besuch!« jubelte die Linser. »Bella Birking in meiner Wohnung! Wie finde ich das?«

Die Sawade wehrte sich: »Wohl eine Verwechselung!«

Die Linser trat zwei Schritte zurück, wie eine »Kunstkennerin« in der Gemäldegalerie, betrachtete die Sawade mit halb zugekniffenen Augen, ortete mit beiden Händen ihr Herz unter dem kecken Büstenhalter und entschuldigte sich: Wie kams nur, wie kams, daß sie ihr Idol, die nußbraune Susi Süßholz aus dem »Pakistanischen Grabmal«, mit Bella Birking verwechselte!

Die Sawade trug ein blaues Reisekostüm zu einem hellgelben Pullover, an dessen Kragen ein Käferchen mit Goldbeinen und einem Leib aus Aquamarin hockte. Büdner rettete sie vor der klebrigen Neugier der Linser und brachte sie in sein Zimmer. Sie setzte sich mit schöner Selbstverständlichkeit in Papa Linsers alten Ohrensessel, zog ihr silbernes Zigarettenetui aus der Handtasche und fragte: »Darf ich?« Büdner fühlte sich gedrungen, nach einem Streichholz zu fischen, und mußte dabei an die zuwidrige Beflissenheit eines gewissen Intendanten Klapphorn denken.

Da saß sie nun, die Doktorin, rauchte und sah gut aus, viel zu gut für Büdners Einspännigkeit. Natürlich hatte sie erfahren, daß er sie vor seiner Abreise besuchen wollte; die mündliche Nachrichtenübermittlung der pulsierenden Industriestadt funktionierte.

Allein, keine Zeit, keine Zeit! Sie schwor, daß sie seit einem Jahr das erste Mal in Berlin wäre. Immer noch zuwenig Ärzte in Kohlhalden, während Einwohner- und Krankenzahlen stiegen. Im übrigen hätte er ihr, nach dem Angebot (»nenn es Vorschlag meinetwegen!«), das sie ihm im Krankenhaus gemacht hätte, dreist ein paar Zeilen schreiben dürfen.

Er antwortete nicht. Sie hatte erfahren, daß er sie hatte aufsuchen wollen, konnte sie sich nicht denken, daß er sich »zur Sache« hätte äußern wollen? Er beschäftigte sich mit seiner Tabakspfeife, und dann wars die Streichholzschachtel, die ihn interessierte, und schließlich schien er die Bäume vorm Fenster zum ersten Male zu sehen, und endlich fragte er: »Und der Stadtpark, gehts vorwärts mit ihm?«

»O ja«, sagte sie. »Die Affen sind da, springen umher und unterhalten sich und das Publikum, und sie sind niemals verlegen, und falls du aus Mangel an Gesprächsstoff nach der Entwicklung des Theaters fragen wolltest: Die ›Maske in Blau‹ finanziert, soviel ich hörte, die ›Iphigenie‹. Herr Auenwald studiert fern, und Herr Wummer nimmt Kurs auf die Funktion des

Ersten Sekretärs. Noch einige Informationen über den Krankenstand? Die Tuberkulose nimmt ab, die Trunksucht zu. Vielleicht ein wenig Tratsch noch? Die Brösicke denkt ans Wiederheiraten.«

Er war froh, daß die Linser unaufgefordert Tee brachte und der Doktorin das wertvollste Stück ihrer Autographensammlung zeigte, den ermunternden Zuruf des berühmten Filmschauspielers Adolf Dösel: »Nichts ist so schlimm, daß es nicht schlimmer sein könnte!«

Die Doktorin las die »aufrichtenden Worte«, bestaunte sie, sah das Leuchten in den Augen der Linser, las den »Zuspruch« nochmals, staunte wieder und bewies, daß sie allen Krankheiten gewachsen war.

Jetzt hätten sie den Tee gehabt, an dem sie sich hätten festhalten können, wenn es der Doktorin nicht zu dumm geworden wäre: Sie griff nach der Mappe, die links von ihr auf dem Tisch lag, nach dem Durchschlag von Büdners Film-Arbeit.

»Ein Szenarium«, erklärte er beklommen.

»Ach ja«, sagte sie, blätterte einmal rauf und runter und legte die Mappe wieder weg. Sie wußte aus der Zeitung, daß er einen Film nach seinem Roman schrieb, und verstand nicht, weshalb. »Macht es dir Spaß, dich ein zweites Mal mit dem gleichen Stoff zu beschäftigen?«

Er antwortete nicht. Es war schon so: Er hatte sich beim Schreiben des Szenariums von Zeit zu Zeit gelangweilt.

»Bist also in eine Schicksalskutsche gestiegen; warnst deine Leser und steigst selber ein?« Etwas ein zweites Mal schreiben, wäre das nicht, als ob eine Eidechse in die Haut zurückkriecht, die sie unter Lebensgefahr abstreifte? »Hattest du nicht andere Stoffe inzwischen, Erlebnisse aus dem Bergwerk?« Spielte sie auf die Risse-Geschichte an? Er antwortete nicht. »Solltest du nicht das Filmschreiben denen überlassen, die sichs zum Beruf machten?«

»Ich muß das lernen – ein Szenarium schreiben«, sagte er kleinlaut.

Sie stand auf, breitete die Arme aus und ging auf ihn zu. »Muß ich wiederholen, was ich im Krankenhaus sagte?«

Der »des Alleinseins müde Mittvierziger«, es zog ihn in die ausgebreiteten Arme der Gespielin wie den Eisenspan in die Arme des Hufeisenmagneten. Vergessen alle Schicksalskutschen.

Dann wünschte sie seinen neuen Sommeranzug zu sehen. Er zog ihn an, sie bestaunte ihn mit Maßen und wünschte, er möge sie ausführen, aber es war sie, die ihn ausführte.

Sie ging mit ihm in den GANYMED neben dem THEATER AM SCHIFFBAUERDAMM. Er wollte nicht dorthin; nach einer Theatervorstellung vor Wochen hatte er dort zu Abend essen wollen, aber der Geschäftsführer hatte ihn zurückgewiesen. Krawattenzwang. Das hatte ihn empört: Wer in der Leitung war da schlipssüchtig geworden? Man hatte ihn hinausbefördert.

Daß ihn die Sawade in dieses Lokal hineinbrachte, war ein Zeichen seiner Schwäche. Er war mürb an diesem Tage.

Es stellte sich heraus, daß sie Theaterkarten besorgt hatte, und sie fuhr ins Hotel, um sich theaterfertig zu machen, er aber hockte im GANYMED.

Sie sah zum ersten Male »Mutter Courage« und war glücklich wie ein Kleinkind auf Großstadtferien. Ihm wars peinlich, daß sie zu nackten Armen weiße Handschuhe trug und mit einem Lorgnon herumfuchtelte, aber dann verzauberte ihn die Weigel mit ihrem Gefolge. Er vergaß Lorgnon und weiße Handschuhe und wartete auf seine Lieblingsstellen im Stück: Eine war der Auftritt des etwas x-beinig daherkommenden Feldpredigers Geschonneck, der ein Liebesgespräch mit der Weigel-Courage führte und dabei mit einem Beil fuchtelte; eine andere war der Auftritt der schönen Yvette-Lutz, die das »Lied vom Fraternisieren« sang, die Dessausche Instrumentierung mit den fürwitzigen Flötentönen, die ihn erregten; und dann war da das Getrommel der stummen Kathrin-Hurwicz und der stumme, jawohl, der stumme Schmerzensschrei der Courage-Weigel über den Tod ihres »redlichen« Sohnes.

Wenn er allein ins Theater ging, blieb er in der Pause rekapitulierend auf seinem Platz sitzen und redete sich seine Menschenscheu zur Tugend herauf. Mit der Doktorin ging er ins Foyer und beobachtete, wie mißgünstige Frauen und lüsterne Männer sie anstarrten. Sie trug ein sehr durchbrochenes Abendkleid in Schwarz, auf der linken Schulter eine künstliche Rose. Erste Klasse! Mit solchen Attraktionen hatte er es sonst nur aus der Ferne zu tun gehabt, ausgenommen eine gewisse Herbstbeginning-Party am Hofe der Dame Mautenbrink. Ach ja, noch vertat er sich gelegentlich, was seinen Geschmack anbetraf, noch immer war er da nicht gefeit.

Sie saßen wieder im Parkett, erste Reihe, erster Klasse, und hörten den von Fremde und Hunger zermürbten Regimentskoch Busch vor einem verschlossenen Bauernhaus um eine warme Suppe betteln, hörten ihn reumütig sagen: »Alle Tugenden sind nämlich gefährlich auf dieser Welt... man hat sie besser nicht und hat ein angenehmes Leben... was hat meine Kühnheit mir genutzt... wär besser ein Hosenscheißer geblieben und daheim...«

Büdner hatte diese Szene schon vier- oder fünfmal gesehen, den Ausruf der Reue ebensooft gehört, aber diesmal wars ihm, als bezöge er sich auf ihn. Wars die Ungewißheit über sein Szenarium, war er großstadtmüde? Er schluchzte trocken auf und hatte gute Lust, davonzurennen.

Nach der Vorstellung gingen sie zu Fuß zum ADLON. Über den Ruinen rollte sich der Mond hoch. Auch hier Kulissen und Lichteffekte! Es war, als hätten sie das Theater nicht verlassen. In der Ferne donnerten die Schnellbahnen, in der Nähe raschelten Ratten vor Kellerlöchern und quiekten wie schlecht gespielte Klarinetten. Das klirrende Gespenst aus »Hamlet« hätte auftreten können.

Büdner ging die Klage des Kochs nach: »... wär besser ein Hosenscheißer geblieben und daheim...« Er fands mit eins müßig, daß er sich ein Jahr lang mit einem Szenarium abgegeben hatte. Verzehrt war der Auftrieb, mit dem er in Finkenhain aufgebrochen war. Aber war anderes, was geschrieben wurde, unvergänglicher? War nicht alles eine Frage der Zeit? Du wirst vergehen, dachte er, und sie, deren Arm du hältst, wird vergehen, eure Zeit auf Erden verkleinert sich. Was mußte man tun, um nicht vergeblich gelebt zu haben?

In der Nähe eines mit Holundersträuchern bewachsenen Trümmerplatzes umarmte sie ihn. Leiser Wind wehte von der Spree herüber. Büdner folgte ihr ohne Widerstreben ins halb zertrümmerte ADLON. Sie hatte vorgesorgt, zwei Zimmer bestellt, doch sie benutzten nur eines. Alles erster Klasse, erster Klasse auf Trümmern!

»Progressive Verbürgerlichung«, hörte er seinen Parteischullehrer Anton Wacker sagen.

---

41 Büdner verliert den Meisterfaun, soll mit Sturmwind und Gespenstern für eine wilde Ehe gekirrt werden und wird eines marmornen Engels ansichtig.

Am nächsten Tag verhandelte er noch einmal mit Flunkenstein, weil er ein starkes Argument zur Rettung seines Szenariums gefunden zu haben glaubte. »In welcher Szene revolutioniert sich nach deiner Meinung die Courage?« fragte er.

»Du kennst dich eben nicht aus«, antwortete Flunkenstein mit aufgesetzter Nachsicht. »Du weißt nicht, was sich hier abspielte, als die ›Courage‹ Premiere hatte. Es gab damals zwei Ansichten bis hinauf ins Oberbüro. Die eine Front behauptete, die Heldin müßte sich auf Grund ihrer nachteiligen Erfahrungen mit dem Krieg revolutionieren, und Brecht und seine Mannen vertrauten auf ein kluges Publikum, das aus dem Schicksal der Heldin lernen würde.«

»Na und?« sagte Büdner. »Schließlich siegte Brechts Ansicht. Das Stück läuft.«

»Man hat es knurrend laufen lassen«, sagte Flunkenstein. »Es war Brecht, der es inszenierte.« Der Dramaturg schraubte wieder an seinen Siegelringen. Es war, als ob er Dampf in seine Hirnzellen ließe. »Möglich, daß man auch dir, einem Produktionsarbeiter aus der Provinz, in dieser Richtung was durchgehen ließe, nicht aber mir. Wer betreute den Film? wird man fragen. Flunkenstein, wird die Antwort sein. Und Flunkenstein würde die Diskussion, die der mächtige Brecht hinter sich brachte, nicht ohne Schaden überstehen.«

Flunkenstein kam wieder auf Büdners Szenarium zurück. »Wenn sich dein Held wenigstens durch einen Streik, den er anzettelt, positivieren würde, dann stünden wir nicht ganz so trocken mit unserem Film vor der Kommission.«

»Wenn ich ehrlich sein soll«, sagte Büdner, »in biederen deutschen Bäckereien ist nie gestreikt worden.«

»Aber es hätte geschehen sollen!« sagte Flunkenstein und blieb auf Kurs. »Vielleicht wäre alles anders gekommen, wenn man gerade in den Backstuben gestreikt hätte. Am Ende hätts uns den Hitler erspart, du!«

Büdner schüttelte lächelnd den Kopf. Er stellte sich vor, wie das ausgeschaut hätte, wenn Meister Kluntsch in der Stahlhelm-Uniform gegen Hitler gezogen wäre.

Und wieder gingen sie auseinander, ohne daß einer des anderen Meinung akzeptierte, um es gewählt zu sagen.

Daheim oder dort, wo jetzt »daheim« für ihn war, erwartete ihn im Ohrensessel von Papa Linser ein säuberlich rasierter Mann mit modisch amerikanischem Bürstenhaarschnitt, in einer dünnen schwarzen Lederjacke, in einer Jacke, wie Büdner sie sich in seinen ausgefallensten Träumen nicht leisten konnte. Schlichte Eleganz, vornehm, vornehm, dachte er, begrüßte den Fremden höflich und verbeugte sich sogar ein wenig, doch als der Fremde nicht einmal den Versuch machte, sein Hinterteil zehn Zentimeter aus dem Sessel zu heben, sah er genauer hin, erkannte, mit wem er es zu tun hatte, und stellte sich auf Abwehr ein, überflüssigerweise übrigens.

»Ich habe dich bewundert, gestern den halben Tag lang«, sagte der Faun. »Mann, wie du mit dir selber kämpftest, wie du einmal, gleich nach der Theatervorstellung, soweit warst, der Doktorin zu sagen: Ich geh auf dein Krankenhaus-Angebot ein. Laß uns unsere Sache zusammenwerfen! Verschaff mir Schreibfreiheit! Ich sah, wie schwer es dir wurde, dich herumzureißen, auch nachher noch einmal, als ihr schon nebeneinander laget wie Zusammengehörige. Wie gesagt, ich bewunderte dich.«

Büdner stopfte sich, halb überrascht, halb verlegen, die Tabakspfeife, doch der Faun bat ihn, nicht zu rauchen. »Ich vertrags nicht mehr, es geht zu Ende mit mir. Hör meinen Letzten Willen: Die Kunst folgt eigenen Gesetzen. Ich sag das nicht nur so hin wie Anton Wacker die Formel vom Sozialistischen Realismus, sondern erwarb mir die Erkenntnis in Jahrhunderten. Siehe, und deshalb sollst auch du den heranschmeißerischen Vorschlägen Flunkensteins nicht folgen! Er hat nicht Kunst, sondern Karriere im Auge.«

Und wovon leben die nächste Zeit? dachte Büdner.

»Geh nach Finkenhain. Verdien mit Handarbeit, was du zum Leben brauchst, und schreib nur, was du willst!«

Aber ach, Büdners Eitelkeit war in der Großstadt bereits zu einem im Spiegel nicht sichtbaren Dreckfleck hinterm rechten Ohr angewachsen. Er hörte seine ehemaligen Redaktionskollegen schadenfroh triumphieren, sah die Genugtuung über sein Versagen in Wummers Eichhörnchengesicht und dachte leider nicht an das Hilfreiche, das für ihn von Zaroba, Kleinermann und all den Kleinen Leuten von Finkenhain ausgehen würde. »Ich kanns drehen, wie ichs will«, sagte er zum Faun, »bisher war keiner deiner Ratschläge ohne Hinterhalt.«

»Es ist mein letzter, er ist echt. Bedenke, daß ich dich nie lobte! Heute tat ichs. Wir sind jetzt deckungsgleich. Ich muß verschwinden.«

Und der Faun verschwand und löste sich auf, denn es klopfte, und die Linser kam mit Füllhalter und Schreibblock herein, weil sie »Filmbesuch« bei Büdner vermutete und ihre Autographen-Sammlung zu bereichern hoffte.

Bedauerlich, daß der Ratschlag des Fauns Büdner aufrief, sich gegenteilig zu verhalten, und daß es nicht anders sein konnte, daran war das wackelig-hinterhältige Vorleben des Monsters in Schuld. Büdner erhörte seine finanzielle Bedrängnis und seine Eitelkeit, ließ sich verbissen auf Flunkensteins Vorschläge ein, setzte sich hin und fing an, sein Szenarium zu ändern: Der Held wurde nach Flunkensteins Empfehlungen aus seinem Heimatdorfe getrieben, quittierte seine Vertreibung mit dem Eintritt in den Sozialistischen Jugendverband, ging sodann aufsässig durch seine Bäckerlehre und widersetzte sich, mehr als acht Stunden täglich zu arbeiten.

Zwischendrein stieg der Szenarist hinunter in den Spirituosenladen, holte sich eine Flasche weißen Schnaps, trank davon, machte sich leichtsinniger und befähigte seinen Helden, die Bäckerburschen einer Kleinstadt zum »Generalstreik« aufzurufen. Ein Szenarium, das sich Flunkensteins Idealen näherte, schickte sich an hervorzutreten, und es bedurfte einer Dosis von fünf Extraschnäpsen für Büdner, um den langen Arbeitstag endlich abzubrechen und in Schlaf zu kommen.

In der Nacht aber erhob sich ein Sturm, berannte die Wände der Hochhäuser und biß Löcher in die Wandverkleidungen. Kacheln fielen auf die Straße, gefährdeten Nachtpassanten und zeigten an, daß auch diese Wohnfestungen nicht für die Ewigkeit gebaut waren.

Die Linser schlief nicht. Der Sturm schiens besonders auf die Außenwand ihres Zimmers abgesehen zu haben, drückte gegen die Doppelfenster und machte die Scheiben klirren; zudem kam aus der Oberwohnung helles Geklapper, das jeweils mit einem dumpfen Aufschlag und Fußgescharr endete.

Frau Linser war verpflichtet, sich zu fürchten. Sie sprang aus dem Bett, nahm eine Wolldecke, ging über den Flur, klopfte an Büdners Tür und trat unaufgefordert ein.

Büdner seufzte sich aus dem Schlaf, sah, wie sich die Baumkronen auf dem Kinderspielplatz vor seinem Fenster im Lampenlicht bewegten, und wurde der Linser ansichtig. Sie zitterte im seidenen Nachthemd, und er hörte sie wispern, über der Decke ihres Zimmers gäbe sich ein Geistertrupp ein Stelldichein, sie fürchte sich.

Büdner sprang aus dem Bett, um nachsehen zu gehen. Die Linser schmiegte sich weich und duftend an ihn und bat, in seinem Sessel übernachten zu dürfen.

Er machte sich los, blieb eine Weile weg, kam zurück und erklärte: Droben vertreibe sich die vom Sturm im Nachtschlaf gestörte Familie die Zeit mit Würfelspielen. Die Spieler gierten aufgeregt nach Sechsen und scharrten ungeduldig mit den Füßen. Keine Geister also!

Leider zeitigt die aufklärendste Aufklärung keinen Erfolg, wenn sich der Aufzuklärende nicht geneigt zeigt, und so wars mit der Linser, sie schmiegte sich noch einmal an ihn, mit dem Ergebnis, daß er ihr vorschlug, sie möge, wenn sie möge, mit seinem Lager vorliebnehmen, er werde sich erlauben, auf dem ihren weiterzuschlafen.

Die Linser war zufrieden mit dem Bettentausch als Teil-Erfolg, ihm aber fiel es nicht leicht, in den vorgewärmten Kissen, auf der Statt, die von unverwirklichten Träumen vibrierte, seinen Schlaf wiederzufinden, und er dachte an sein Szenarium: Wie sollte es nach dem Streik der Bäckerlehrlinge weitergehen? Bäcker sind keine Klassenkämpfer! Sein alter Kamerad Rolling hatte es ihm oft und eindringlich genug gesagt: Nur Industrieproletarier sind verläßliche Klassenkämpfer! Freilich war auch er, Büdner, eine Weile Industrieproletarier gewesen, das war nicht zu verstreiten, doch er wars gewiß nicht lange genug gewesen, vor allem war er, wie Rolling ihm oft vorgeworfen hatte, nicht als Proletarier geboren.

Oder hatte er den falschen Stoff gewählt? Hatten die Proteste der VOLKSBLATT-Leser gegen seinen Roman mehr Berechtigung gehabt, als er ihnen zugestand?

Es verknäuelte sich alles in ihm wie damals, als er sich für seine »Faust«-Besprechung kritisieren sollte. Im Morgengrauen stand er auf und spazierte in der Stadt umher. Der Sturm hatte nachgelassen, und alles, was er aufgewirbelt hatte, kam wieder zur Ruhe, über allem lag Bereitschaft zum Neubeginn.

Er trottete durch die Straßen, blieb an Schaufenstern stehn, starrte auf die Auslagen und sah Gestalten aus seinem Szenarium. Als er, dumpf wie ein Tier, das den Wald verläßt, eine Straße überquerte, rannte er beinahe in das Liefer-Auto einer Konsum-Backwaren-Fabrik. Danach gings ihm auf wie eine Sonne: BROTFABRIK! Wenn er seinen Helden in eine Brot- und Windbeutelfabrik versetzen würde, ließe der sich vielleicht glaubhafter revolutionieren.

Er ging und ging und spielte in Gedanken eine dritte Fassung seines Szenariums durch, und als er am halben Vormittag in sein Zimmer zurückkam, war ein Wunder geschehen: Rosa saß da, blauäugig wie früher, nicht überaus gut gekämmt, auch wie früher, doch leider nicht so lustig wie früher, mehr gestreng. Als er auf sie zustürzte und sie umarmte, war sie wie aus Marmor.

Er prallte zurück: »Bist du nicht Rosa?«

»Rosa Raswan«, sagte sie.

Es dauerte seine Zeit, bis er begriff, daß *sie* es war, die unter fremdem Namen über seinen Roman geschrieben hatte, und danach versuchte er, sie noch einmal zu umarmen. Sie zitterte, aber sie rührte sich nicht.

» ›Wir verfolgen alles‹, warst nicht du es, die das auf ein Foto schrieb?«

»Wir verfolgen noch immer alles«, sagte sie und öffnete die Lippen kaum.

Eifersucht schoß in ihm auf. »Wer ist wir? Du und der, nach dem du Raswan heißt?«

Es kränkte sie, daß er an seinen Nebenbuhler, nicht an seinen Sohn dachte, aber sie wiederholte: »Doch, doch, wir verfolgen alles!«

»Meine Parteistrafe ist gelöscht, wenn du die meinst«, schrie er.

»Du solltest nicht schreien!« sagte sie mit mühsamer Sanftheit, und da schrie sie schon selber, schrie gegen ihre Tränen an: »Zeig mir, was du jetzt schreibst!« schrie sie, und danach wurde sie steinern wie vorher.

Willig wie ein Schüler schob er ihr das zweite Szenarium hin, von dem er sich nachts mit fünf weißen Schnäpsen losgerissen hatte.

Rosa fing an zu lesen. Auf dem Platz unterm Fenster spielten die Kinder Räuber und Prinzessin. Die unechten Schreckensschreie der Mädchen hallten durch die Dämmerung, und im Ahorn sang, wie einst im Weißblattschen Parkgarten, ein Amselhahn, sang und sang, und Zeit und Raum schrumpften ins Nichts.

Da sitzt sie nun, und das ist das Wiedersehen mit ihr, dachte er. Er hatte sich dieses Wiedersehen in vielen Fassungen ausgedacht, Fassungen von paradiesisch bis entsetzlich, aber eine Fassung so nüchtern, wie er sie vor sich hatte, war ihm nie eingefallen. Er betrachtete sie. Sie war vertieft in sein dummes Szenarium und bemerkte es nicht.

An ihrer Nasenwurzel war beim Lesen eine flache Falte erschienen, die war neu. Er verzeichnete sie mit kleiner Genugtuung; nicht nur er wurde älter. Er dachte an die Hochzeit der Steils und wie Rosa damals zu ihm gewesen war.

Auf einmal ein Gedanke, der seine ziehende Eifersucht linderte. »Raswan«, fragte er und störte sie beim Lesen, »ist es dein Redaktions-Pseudonym?«

»Später!« sagte sie wie eine Mutter, die ihrem Kinde das Zwischenfragen verbietet.

Er hielt sich nicht an ihr Verbot. »Oder ists der Name, den dir der andere aufdrückte?« fragte er weiter.

Die Falte an ihrer Nasenwurzel vertiefte sich.

War das die Rosa, auf die er Jahr um Jahr gewartet hatte? Doch! Er sah sie ja, ihre immer noch halb kindlichen Hände, sah ihr schmuckloses Mädchenkleid, und da war ihr Duft, der Rosa-Duft, der sein Zimmer füllte!

Die Zeit verging. Der Amselhahn hörte auf zu singen. Rosa klappte die Mappe zu, sah ihn an. »Nun verschmäh meine Hilfe nicht«, sagte sie.

Er sah weg.

»Wer weiß, ob ich dir hätte helfen können, wenn ich Rosa Büdner hieße.«

Er sah sie noch immer nicht an.

Sie stand auf und legte das Manuskript auf den Tisch. Ihr Gang war französisch wie eh und je; da hielt ers nicht aus und versuchte, sie noch einmal zu umarmen. Wieder nichts als Abwehr. »Wie kannst du deine Wirtin ertragen?« fragte sie. »Du wohnst hier unwürdig.«

Es stellte sich heraus, daß die Linser sie Hannel Hummel genannt, ihr ein Autogramm abverlangt und sie filmnärrisch belästigt hatte.

Büdner erhob sich nicht, obwohl Rosa schon bei der Tür war. Er saß mit gesenktem Kopf, die Hände schlaff zwischen den Knien. Sie sahs, kam zurück, strich ihm über den halb kahlen Kopf, doch er blickte trotzdem nicht auf.

Am nächsten Tage redete er sich ein, das rosa-ähnliche Weib, das bei ihm gesessen hätte, wäre eine Erscheinung gewesen. Nach der Schmetterlingskönigin in seiner Kindheit, dem Neck in seiner Jugend und dem Meisterfaun fing eine Figur an, ihn aufzusuchen, an die er lange mit Hoffnungen gedacht hatte. Es schien schlimm mit seinem Kopf bestellt zu sein.

42 Büdner erhält Auftrieb vom marmornen Engel, erwartet vergeblich dessen zweites Erscheinen und muß sich mit einem Brief seines ehemaligen Bräutchens nottrösten.

Fünf Tage später wieder ein Wunder; es war, als hätten sich Unregelmäßigkeiten in den Weltenlauf eingeschlichen: Flunkenstein gab der Linser, weil sie es ihm abverlangte, das Autogramm von Gerd-Michael Henneberg, trat bei Büdner ein, schwenkte die TAGESRUNDSCHAU und fragte, ohne die Tageszeit zu bieten: »Hast du gelesen?«

Nein, Büdner hatte in seinem Jammer nichts gelesen.

Die Raswan hatte eine Vorschau auf die kommende Produktion der VOLKSFILM veröffentlicht und unter anderem geschrieben: »Was aber den Film DAMALS IN DER KINDHEIT nach dem gleichnamigen Roman von Stanislaus Büdner betrifft, so verspricht er – wir durften das Szenarium einsehen – der erste wirklich epische Film unserer Produktion zu werden. Da wird kein aufgesetztes Revoluzzertum sein, keine Dramatik um jeden Preis; da wird, wenn sich bei der Umsetzung nicht (wie leider oft geschehen) alles ändert, das bare Leben mit seinen Wundern sichtbar werden...« Flunkenstein las seinem Filmnovizen den ganzen Artikel vor.

Also war Rosa kein Phantom, dachte Büdner, keine Ablösung der Schmetterlingskönigin oder des Necks, kein umgewandelter Meisterfaun. Er hatte es mit der wirklichen Rosa zu tun gehabt.

»Du mußt entschuldigen«, sagte Flunkenstein, »wenn ich dich anspitzte, das Szenarium umzuschreiben. Der Mensch kann sich irren, du! Das Honorar für beide Szenarien wird dir übrigens in den nächsten Tagen zugeschickt!«

So einfach war das: Ein Szenarium, das Flunkenstein noch vor Tagen zuwenig revolutionär war, wurde durch die optimistische Zeitungsnotiz eines Mädchens brauchbar und verwandelte die »Weltanschauung« eines Flunkenstein in ihr Gegenteil: Der Mensch kann sich irren!

»Du weißt hoffentlich, wer die Raswan ist?« fragte Flunkenstein.

Büdner tat arglos. »Ich dachte die ganze Zeit, es wäre ein Mann.«

»Ich glaube, sie hat nicht einmal einen.«

Es fuhr jähe Freude in Büdner, während Flunkenstein fortfuhr, ihm die Raswan zu schildern: »Unauffällige Figur, nicht mal ihren Vornamen kennt man. Alter – so bei dreißig. Keine Theatertoiletten. Du sitzt in der Theaterpremiere neben ihr und siehst sie nicht, wenn du nicht weißt, daß sie es ist, aber was sie dann schreibt, hat Hand und Beine.« Flunkenstein beleckte sich symbolisch die Finger. »Und dann die Sowjetmacht im Rücken, du! Sie gab bei der Pressekonferenz übrigens nicht Ruhe, bis ich ihr dein Szenarium mitgab.«

Und kaum waren einige Tage vergangen, da wurde Büdner amtlich aufgefordert, sich eine Einmannwohnung, ein Atelier auf dem Dach eines benachbarten Häuserblocks, anzusehen. Auch dahinter steckte die wirkliche Rosa, seht, o seht, es schienen ihr »allerlei Kräfte« zur Verfügung zu stehen.

Das Atelier lag etwas mehr stadteinwärts als sein Linser-Zimmer. Er konnte von dort bis zum Alexanderplatz sehen und hatte weder rechts noch links noch über sich Nachbarn. Hatte Rosa das so gewollt? War sie nicht so verheiratet, wie er wähnte? Sie trug übrigens keinen Ehering, überhaupt keinen Ring. Alte Hoffnungen wurden in ihm wach.

Es war schwierig, Frau Linser beizubringen, daß er nicht bei ihr bleiben würde. Hatte sie ihn nicht behandelt wie einen Verwandten und besser? Wie gern hätte sie nicht nur die Manschetten seiner Hemden repariert, sondern sich auch um seine

Strümpfe gesorgt, wenn er sie nur hergetan hätte! War der Tee, den sie ihm kochte, zu schwach, der Kaffee, den sie seinen Gästen anbot, zuwenig westlich gewesen? Sie bat ihn zu bleiben, wrang sogar die Hände. Es fiel ihm schwer, nicht in Mitleid zu fallen. Erst als er ihr versprach, er würde sie zur Filmpremiere einladen, bekam der Abschied ein anderes Aussehen. Frau Linser hoffte auf eine Autogramm-Rekord-Ernte.

Vierzehn Tage später bezog er die Atelierwohnung und wurde der Nachbar von Schwalben, Möwen, Tauben, Turmfalken, Dohlen und Flugzeugen. Seine Wohnungsausstattung war dürftig. Noch steckte der edle, gegen sich selber gerichtete Geiz, auch Bedürfnislosigkeit genannt, in ihm: Regale und Kästen, Tisch, Stühle, sogar sein Bettgestell aus rohem Kiefernholz waren in einem Geschäft für Rohmöbel am Ostbahnhof zusammengekauft; der einzige Luxus in seinem Wolken-Kuckucks-Heim war ein Federbett, Ober- und Unterbett aus Daunen, das nachgebildete Nest, in das ihn einst Mutter Lena hineingebar.

Er lebte sich ein, fütterte verwilderte Tauben, schloß Freundschaft mit einer Dohle, arbeitete am Drehbuch und wartete auf Rosa. Er rechnete mit ihr und hielt für ihren Empfang einen Blumenstrauß: Goldlack, Reseda und Rosen, den er jeweils nach drei Tagen erneuerte.

Mit jedem Blumenstrauß war Rosa bereits ein wenig in seinem Atelier, ihre halb kindliche Hand jedenfalls, mit der sie den Strauß an sich nehmen würde. Ach, er träumte sich die verschiedensten Stadien ihres ersten Besuchs im Studio aus! Sie hingen wie vorgefertigte Formen im Raum und hatten weiter nichts nötig, als von Rosa mit Wirklichkeit gefüllt zu werden.

Wenn er aus der Stadt kam, suchte er jeden Ritz beim Ateliereingang nach einer versteckten Nachricht ab. Er wurde krank vom Warten. Seine Krankheit hieß Rosa, seine Medizin gegen sie hieß, wie so oft in seinem Leben, Schreib-Arbeit.

Büdner bauwerkte mit einem nach Flunkensteins Meinung »erfahrenen Mann« zusammen am Drehbuch. Der Mann hieß Schemann, war halb beleibt und hatte Igel-Augen unter hängenden Brauen.

Schon im Journalistenberuf hatte Büdner beobachtet, daß es Kollegen gab, die für das Schematisieren der Berufsarbeit zuständig zu sein schienen, Leute, die zum Beispiel Leitartikel nach Schema schrieben: fünfundfünfzig Prozent Lob und Leck, zwanzig Prozent Objektivität, fünf Prozent Kritik und zwanzig Prozent optimistischer Ausblick. Auch eine Menge Bücher, fand er, wurden nach Schema angefertigt. Schlappes Leben und Scheinprobleme, ein bißchen Krim, ein bißchen Sex, ein wenig Porn – Ende und süßer Ausklang: Das Leben kleckerte weiter, die Helden blieben optimistisch-geruhsam zurück.

Schemann nun, Büdners neuer Arbeitskollege, kannte das Backrezept für Filme. Er hatte irdische, über- und unterirdische Filme unter zweieinhalb Regierungen hinter sich. Flunkenstein ermahnte den Routinier vorsichtshalber: »Wir drehn den ersten voll-epischen Film, bitt ich dich zu beachten, und du hast dich um nichts als um die kameragerechte Seite des Drehbuches zu kümmern: Totale, halbnah, Kameraschwenk, fernes Vogelgezwitscher, Schneegeplätscher und Regenfall!«

Schemann hatte in der Prenzlauer Allee, im Hinterhof eines zerbröckelten Hauses, einen Arbeitsraum gemietet. Der Raum war mit zwei Bocktischen, einigen Stühlen und zwei Schreibmaschinen ausgerüstet und mit dem Gezeter von Spatzen, dem Lärm von Kindern und sentimentaler Leierkastenmusik garniert. Dort nun, wo weder ein Sonnen- noch ein Mondstrahl hindrang, arbeiteten er und sein Beigeordneter Büdner, und der schrieb, strich, schrieb wieder, feilte – die alte Leier –, und es wurde eine Szene nach der anderen fertig. Freilich lief die Zusammenarbeit nicht ohne Konflikte, denn Schemann war unablässig auf *szenische Zuspitzung* aus, während Büdner *den Fluß des Lebens* und möglichst wenig Dialoge haben wollte. Wenig Dialoge – auch das war nicht nach Schemanns Geschmack; er konnte nicht genug Dialoge kriegen.

»Du unterschätzt das Publikum; man muß ihm nicht noch sagen, was es doch sieht«, sagte Büdner, aber Schemann schien sich vor der Stille zu fürchten. Flunkenstein redete, wenn er vorbeikam, wie Meister Coué auf Schemann ein: »Die Welt erwartet einen epischen Film! Laß den Büdner machen, du!«

Eine Weile hielt so eine Ermahnung vor, doch dann gabs wieder Gerangel: Es ging um die Geräusche, zuweilen Filmmusik genannt. Auch davon konnte Schemann nicht genug kriegen; nur keine Stille, nur nicht eine der Gestalten atmen hören! Selbst wenn der Held nachdachte, verlangte Schemann Musik-Geblubber als Untermalung, und in der Szene, in der der Dorfjunge über die Existenzmöglichkeit erdferner Wesen nachdenkt, sollten Gepfeif und Gekreisch wie von hundert ungeschmierten Türen anzeigen, daß sich seine Gedanken durch den Kosmos bewegten.

Wieder entschied Flunkenstein zu Büdners Gunsten. Schemann giftete sich und rechnete auf Genugtuung am Schluß der Arbeit. Ein so »magerer« Film würde den Kollegen von der Abnahmekommission nie und nimmer gefallen!

Auf dem Rohholzregal in Büdners Atelier verwelkte der siebente Blumenstrauß. Die Tauben kamen schon durchs Fenster und holten sich ihr Futter im Atelier ab, aber Rosa kam nicht. Das wurde Büdner leid. Entschlossen (woher die Entschlossenheit?) kaufte er UNTERDERHAND ein Päckchen Amerika-Zigaretten, Marke »Camel«, und der Pförtner bei der TAGESRUNDSCHAU lieferte ihm für sie Rosas Anschrift.

Es war ein trüber Sommermorgen. Gott hatte seinen dicken Zeigefinger auf die Öffnung des himmlischen Strahlrohrs gelegt: Wasserpulver fiel hernieder. Büdner hatte sich einen Hut mit breiter Krempe gekauft. Ach, doch wieder? Nein, diesmal nicht, um wie ein Künstler auszusehen, sondern um sich darunter zu verstecken.

Die Raswans wohnten in einer unbelebten Straße in Pankow, seitab vom Rathaus. Es gab dort Villen im Landhaus-Stil, die Gärten und Baumrauschen um sich hatten, Vorgärten mit Eisenzäunen. Einst hatten in dieser Straße vermutlich Geschäftsleute und Kleinfabrikanten gewohnt, jetzt wohnten hier Funktionäre und Angestellte aus Ministerien.

Büdner ging, unterm Hut versteckt, im stinkenden Regenmantel die blanke Straße hinunter. Er fand das blaue Emailleschild mit der weißen Nummer zwanzig an einem Eisenzaun, den Namen RASWAN aus Goldbuchstaben auf schwarzem Marmorgrund. Büdner sah das sozusagen mit schielenden Augen und verhielt sich im übrigen wie ein Spaziergänger, der sein verhaltenes Ausschreiten und die Stille der Straße genoß, der zuhörte, wie der gesammelte Rieselregen in klingenden Tropfen von den Ahornbäumen fiel.

Die etwa zweihundert Meter lange Straße hatte eine Krümmung in der Mitte. Früher war sie ein anspruchsloser Weg mit Pfützen und Murmellöchern gewesen, jetzt war sie asphaltiert, und von ihrer Biegung aus konnte man beide Straßen-Enden beobachten: Ein schwarzes Pobeda-Auto bog in sie ein, fuhr langsam zum Eingang des Raswan-Hauses, und der Fahrer drückte dreimal auf die Hupe. Büdner entfernte sich rasch in der Gegenrichtung, blieb nach dreißig Schritten stehen und kehrte um.

Ein Mann im hellen Trenchcoat kam den Vorgartenweg herauf und schlug mit seinen ausgezogenen Lederhandschuhen tändelnd gegen die nassen Köpfe der Gladiolen am Gartensteig, er trug eine Blazermütze von kaukasischen Ausmaßen; sein Gesicht war durchgeistigt, sein englischer Schnurrbart sah aus wie gebleicht; an der Pforte winkte er mit den Handschuhen zum Landhaus zurück, begrüßte dann den Fahrer, stieg ein und fuhr davon.

Wenn das Raswan war, dachte Büdner, so muß die, die Rosa heißt und seine Frau ist, jetzt allein im Hause sein. Du solltest läuten und sie wissen lassen, daß du nicht länger gewillt bist, auf sie zu warten; außerdem brauchst du ihren Rat für deine Arbeit. Wenn aber der Mann, der fortfuhr, ein Bekannter der Familie war, käme vielleicht Raswan heraus, wenn du läutest. Die Peinlichkeit, die er sich damit bereiten würde, durchschüttelte ihn im voraus. Ein Windstoß fuhr in die Ahornkronen. Dicke Tropfen fielen auf die Straße. Er ging davon.

Zwei Tage später war er wieder dort. Es war ein klassischer Sommertag mit Vogelgesang in den Vorgärten; Amseln und Stare balzten für die zweite Brut.

Vor dem Raswan-Hause spielte sich alles ab wie vor zwei Tagen: Wieder der gleiche Mann, nur daß er keine Mütze trug und daß er sein weißes, gewelltes Haar, nicht ohne Eitelkeit, wie es schien, zur Schau stellte und Büdners Selbstbewußtsein zunichte machte. Was war er mit seiner Halbglatze dagegen?

Im Landhaus hinter den dunklen Fenstern mußte Rosa zu finden sein. Büdner suchte seine Mut-Reste zusammen, ging zur eisernen Pforte und drückte auf den Klingelknopf. Er erwartete einen Summerton und drückte schon im voraus gegen das Gittertor, doch es tat sich nichts. Er läutete wieder und noch einmal – nichts.

Er versuchte sich zu trösten: Rosa konnte unterwegs in der Republik sein; sie schrieb auch über auswärtige Theaterpremieren.

Ein paar Tage später ging er ein drittes Mal nach Rosa sehen, und dieses Mal aus reiner Sehnsucht. Nach Raswans Abfahrt eilte er sogleich zum Tor, doch als er läuten wollte, legte ihm ein Mann, den er für einen spazierenden Rentner gehalten hatte, die Hand auf die Schulter und zog einen Dienstausweis. »Zu wem so beharrlich?«

Büdner stotternd: »Jemand besuchen!«

»Sie wissen seit Tagen, daß niemand da ist.« Der Mann verlangte Büdners Ausweis. Büdner wies sich aus, durfte gehen und hatte genug von seinen Rosa-Nachforschungen. Hatte er erwartet, daß sie seinetwegen die Ehe brechen würde?

Wie gut, daß sich ein wenig Trost aus der Welt einstellte: An seiner Ateliertür steckte ein Brief, an dem ein Zettel befestigt war. »Immer noch kein Briefkasten!« Eine Mahnung des Postboten.

Der Brief war von Katharina. Sie hatte ihn auch hier in Berlin gefunden. »Lieber Stani«, schrieb sie, »gescherter Bazi, der du bist. Ich erlaub mir, das zu sagen, obwohl man jetzt Sie auf dich sagen muß, wie ich in der Zeitung les. Kannst du nicht Leuten von deiner Verwandtschaft mitteilen, daß du in den Film gegangen bist?

Der Reinhold ist krank, denk dir! Sein Herzkranz ist nimmer gesund. Wenn du medizinischer wärst, tät ich dirs genauer erklären. Schuld am gestörten Herzkranz bin vielleicht ich, und auch wieder nicht ich, sondern du. Um deinet hab ich den

Reinhold damals bedrängt, daß er Selbstkritik in der Zeitung hat machen müssen. Er hats mir zuliebe getan und ich dir, aber dem Reinhold hat man die Selbstkritik irgendwo in der Höhe übelgenommen, hör ich von der Buchhändlerischen. Es hat schon auf meinen Geburtstag angefangen mit dem Herzkranz von deme Reinhold, wo Ihr in unserem Schlafzimmer gestanden seid und geheim mitnander geredet habt.

Jetzt nun sitzt der Reinhold daheim und liest viel. Er wird kuriert, geht spazieren und geht zeitig zur Ruhe. Man wird ihn auf die Kur schicken, hör ich. Manchmal, wenn er die Zeitung liest, springt er freilich auf und will in Bezirksleitung, weil sie, hör ich, dort was falsch machen.

Nun von meinen Tätigkeitsmerkmalen, lieber Stani: Ich les tüchtig die Romane von dem Honoré, deme Balzac, wo sich selber geadelt hat. Jess', was hat der für eine Menge Romane geschrieben in seiner männlichen Komödie!

Im Lehrjahr hams uns gesagt, daß der Balzac ein Royalist gewesen ist, daß er aber nicht anders hätt können, als zugunsten der Aufstrebungsbestrebungen der bürgerlichen Klasse zu schreiben, und daß das dem Karl, dem Marx, mächtig imponiert hat. Also derf auch ich seine Romane nicht zu lang und zu viel finden.«

Die fleißige Katharina, sie lernte und lernte immer etwas hinzu, und sie behielt alles so schön, und es war ihr bei der Hand, sobald die Rede drauf kam! »Ich hab mir gedacht«, schrieb sie weiter, »daß auch dir so etwas ist unterlaufen und daßt hast von deiner Kindheit wollen schreiben, aber es haben sich Menschen von anderen Sternen mit Übertemperatur, die fiebrig umeinand laufen, eingedrängt. Daß du mir, sobald du bissel Zeit hast, hier erscheinst, schon um Reinholds wegen, der krank geworden ist um deinetwillen! So weit ist der Weg nicht von Berlin nach Friedrichsdamm, und wenn du nicht kommst, so komm ich, wenn der Reinhold in der Kur ist.«

So naiv Katharinas Brief auch war, er weckte Sehnsüchte in Büdner, Sehnsucht nach Zeiten, die gewesen waren, Sehnsucht nach Waldwiesen, nach Finkenhain.

Der volle Sommer war da. Die Ferienwünsche der Großstadtbewohner wurden laut, Wünsche nach Wildwässern und Waldschatten, aber vorher arbeiteten sie in der Parteigruppe wieder einmal die »Geschichte der KPdSU(B)« durch. Sie wurden abgefragt wie Grundschüler. Der Zirkelleiter hatte nicht gern, wenn man etwas mit eigenen Worten sagte. Er wollte am liebsten Originaltext, der war leichter zu kontrollieren. Büdner lernte die Kapitel auswendig. Er wollte ein guter Genosse sein. Zur Erholung las er wieder einmal Tolstoi und fand, daß man den unterschätzte, aber mit wem konnte er darüber sprechen? Mit Flunkenstein? Der kam ihm immer mehr vor wie eine lebende Filmspule. Mit der Sawade? Sie kam so selten, sie war so überlastet. Und Rosa? Sie ließ und ließ sich nicht sehen, dafür platzte Runkehl in sein Atelier und verpflichtete ihn zum »Agitationsfeldzug« für Sonntag. Der Sekretär besah sich das Dachgarten-Atelier und schätzte den Wert des Mobiliars ab. »Ich hätte gedacht, daß man besser verdient beim Film«, sagte er.

43 Büdner dringt in fremde Häuser und Küchen, versucht den Geist der Wahrheit zu verbreiten und empfängt selber Belehrung mancher Art.

Es wurde viel aufgeklärt in jener Zeit: Menschen, die alles zu wissen schienen und den Lauf der Welt endgültig erkannt zu haben glaubten, klärten Menschen auf, von denen sie annahmen, daß sie zuwenig wußten und daß sie falsche Vorstellungen vom Lauf der Welt hätten. Wer lächelt, weiß nicht, wie nötig Aufklärung nach diesem schrecklichen Krieg war, den sich die Verführer der Deutschen geleistet hatten. Wie kams nur zu diesem schrecklichen Krieg, wie kams? wurde zuweilen gefragt, und da durften die, die es genau zu wissen glaubten, nicht hinter dem Berge halten. Es gab Zweifler, Pessimisten, Leute, die behaupteten, Kriege wirds immer geben, und es gab Leute, die sagten: Klassenfeind hin, Klassenfeind her, für die, die ihr die Klassenfeinde nennt, seid ihr die Klassenfeinde. Wer ist nun wer? Ja, da mußte aufgeklärt werden!

Die Mitglieder von Büdners Wohngruppe versammelten sich im Aufklärungslokal der Nationalen Front und wurden dort von einem Instrukteur der Kreisleitung mit Rat versehen: Der Klassenfeind hatte wieder gelogen. Er log eigentlich immer, wenn es um die Wahrheit ging, aber diesmal war es schlimm; er hatte den größten Toten des sozialistischen Lagers verunglimpft und behauptet, der Generalissimus hätte seine Macht mißbraucht und veranlaßt, daß Bürgern seines Landes, sogar Genossen, Unrecht zugefügt worden wäre.

»Pfui!« rief Runkehl.

»Pfui!« rief auch Kampf-Maier.

»Pfui, pfui, pfui!« riefen sie alle, und einige spien aus, auch Büdner nicht zuwenig. Gab es etwas Verlogneres als den Klassenfeind?

»Was hat er von solchen Lügen?«

»Er versucht, unseren Aufbau zu stören«, sagte der Instrukteur. »Aber es soll ihm nicht gelingen!«

»Das walte Gott!« bekräftigte die Runkehl, »und auch Marx und Lenin natürlich!« verbesserte sie sich, als sie bemerkte, wie entgeistert Kampf-Maier sie ansah.

Die Genossen Rentner, Invaliden und Hausfrauen schwärmten in Dreiergruppen aus; jeweils ein Genosse mit flinkem Mundwerk neben einem, dem die Argumente nicht ausgingen, dazu eine Genossin, die sich in den täglichen Kleinigkeiten des Lebens und des Haushalts auskannte. Die Stöcke, die einige Mitglieder bei sich führten, waren nicht zum Zuschlagen gedacht, sie waren Fortbewegungshilfen. »Diskutiert offensiv!« gab ihnen der Instrukteur mit auf den Weg. »Duldet nicht, daß sich die infamen Lügen bei Bürgern unseres Wohngebiets festsetzen!«

Büdner ging mit den Runkehls, das heißt, sie waren drauf bedacht, daß er mit ihnen ging. »Du mußt uns auch auf der Haus-Agitation kennengelernt haben«, sagte Runkehl, »falls du früher oder später über uns zu schreiben wünschst.«

In den Treppenaufgängen der Hinterhöfe mischten sich Gerüche von vielerlei schmorenden Sonntagsmahlzeiten. Heißes Fett kreischte in Pfannen, und der Dunst kochender Salzkartoffeln drang aus geöffneten Küchenfenstern.

In der ersten Wohnung, die die Runkehls mit Büdner aufsuchten, plättete die Frau eine Bluse. Der Mann kam mit eingeseiftem Gesicht aus der Badestube. »Allet klar«, sagte er. »Macht euch weiter keene Mühe! Wir glooben nich, wat die da drüben quatschen«, und mit »die da drüben« waren die Rundfunksender im westlichen Teil Deutschlands gemeint.

In der nächsten Familie zankten die Kinder und lärmten. Die Hausfrau schälte Kartoffeln. »Allet, wat recht ist, aber 'nem Toten sagt man nichts Schlechtes nach«, sagte sie, und der Mann, der Petersiliengrün für die Sonntagssuppe hackte, fügte hinzu: »Hetze interessiert mir nich!«

Runkehl war zufrieden mit den ersten Hausbesuchen. Wenn es weiter so flutschte, wurden sie weit vor dem Mittagessen mit der Bearbeitung der ihnen zugeteilten Familien fertig sein.

Das Sonnenlicht fiel stechend in die Hofschächte. Über den zerklüfteten Mietshäusern wurden dunkelgraue Wolken sichtbar. Die Luft in den Hinterhöfen wurde noch schwerer. Ein Gewitter zog herauf. Gereiztheit breitete sich unter Menschen und Möwen aus, und die verwilderten Tauben pickten Kalk von den grauen Häuserfassaden.

Friedlich kamen die drei Aufklärer in ihr siebentes Familienquartier. Am Küchentisch saß ein Mann und blätterte in der Bibel. Er war hohlwangig und blaß. Die Frau hingegen, die neben ihm saß, blühte, hatte rote Lippen, noch rötere Wangen, war sonntäglich angezogen und hielt die Hände im Schoß gefaltet.

Die Agitatoren boten die Tageszeit. Der Mann kam aus der Bibel und sagte: »Grüß euch Gott.«

Runkehl entschuldigte sich für die Störung, ließ einige Floskeln schweben und zog den Bibelleser in eine Diskussion. »Sie sind gläubig, wie ich sehe«, sagte er.

»Bin ich deshalb in Ihren Augen ein schlechter Mensch?« fragte der tuberkulös aussehende Mann.

Runkehl verneinte, plänkelte aber weiter und fragte nach dem Beruf des blassen Mannes.

»Straßenbahnschaffner«, sagte der Mann. »Und Sie?«

»Danach zu fragen, sind Sie nicht befugt, die Fragen stellen hier wir«, sagte Runkehl mit einem gewissen Adelsstolz auf seine Vergangenheit.

Der blasse Mann zuckte zusammen und entschuldigte sich. Runkehl merkte, daß er einen falschen Ton angeschlagen hatte, man mußte es ihm hoch anrechnen. »Ich bin Rentner«, sagte er versöhnlicher, »und früher war auch ich Angestellter wie Sie, aber der Unterschied zwischen uns ist, daß Sie *glauben*, ich aber *überzeugt* bin.«

»Ja, wir glauben«, sagte die blühende Frau und wollte ihren Mann nicht allein lassen.

»Was ist der Unterschied zwischen Glauben und Überzeugung?« wollte der Schaffner wissen.

»Der Überzeugte weiß, und der Gläubige glaubt«, sagte Runkehl, ohne groß nachzudenken.

»Wer sagt Ihnen, daß ich nicht weiß?« fragte der blasse Mann.

Plauz, war Runkehl da: »Sie haben den, von dem Sie annehmen, daß er alles regelt, nie gesehen.«

»Haben Sie?« fragte der Mann.

Runkehl kam in Verlegenheit. Er hatte weder Stalin noch seinen Nach-Nachfolger Chruschtschow je gesehen.

Die Genossin Runkehl sprang ein. »Vergleiche hinken«, sagte sie.

»Wie soll ich das verstehen?« fragte der Straßenbahnschaffner.

Runkehl drängte seine Frau unwirsch zur Seite. »Gut, zugegeben«, sagte er, »ich habe Stalin nicht von Angesicht zu Angesicht gesehen, auch Chruschtschow nicht, aber ich lese und höre täglich die Aussprüche und Anweisungen der Führung.«

»Ich auch«, sagte der Straßenbahner, lächelte fein und klopfte mit der flachen Hand auf die Bibel. »Wir reden hier und reden, und Gott hört uns zu und sagt das Seine.«

»So? Hört er?« fragte Runkehl.

»Ja, er hört und weiß«, sagte der Straßenbahnschaffner.

»Dann weiß er auch, daß wir für unsere Überzeugung jahrelang im Zuchthaus saßen«, sagte Runkehl.

»Ich saß acht Jahre für meinen Glauben«, sagte der Schaffner.

Runkehl wandte sich beleidigt ab und ging grußlos zur Tür. Seine Frau folgte ihm. »Vergleiche hinken!« bemerkte sie wieder, murmelte es aber nur.

Büdner wars peinlich. Er nickte dem Manne zu, bevor er die Küche verließ; Runkehl sah es, kehrte um, öffnete die Tür wieder und sagte: »Sehn Sie sich vor!«

Sie gingen über die Straße zum nächsten Häuserblock. Die Sonne war verdeckt, das Gewitter war fast oben, Blitze zuckten, und es donnerte in der Ferne. Sie trafen auf die Dreiergruppe, die der Genosse Kampf-Maier anführte. Maier war Kriegsinvalide, hatte einen Arm verloren, nannte sich »Friedenskämpfer«, gehörte zur Gruppenleitung und kämpfte um alles: um Zielsetzung, um Bereitschaft, um Pünktlichkeit, um zahlreiches Erscheinen, um die Durchdringung und um hundertprozentige Beflaggung.

Runkehl und Kampf-Maier zwinkerten einander verschwörerisch zu und tauschten rasch Erfahrungen aus:

»Gehts glatt?«

»Alles glatt.«

»Auf Stalin-Verleumdungen gestoßen?«

»Nichts dergleichen!«

Sie gingen weiter. Runkehl wandte sich an Büdner. »Es kann vorkommen, daß einem die Argumente ausgehen«, sagte er, »aber zugeben gibts nicht. Immer schön offensiv bleiben, nicht, Muttel?«

»Früher wars viel schlimmer«, sagte die Runkehl, »da wurde man hinausgeschmissen, auch Dresche hats gegeben.«

»Der mit seinen acht Jahren Zet! Was wird der schon sein? Zeuge Jehovas«, sagte Runkehl.

»Weißt du es?«

»Das riecht man«, sagte Runkehl. »Mit dieser Sorte ist nichts anzufangen. Sie sind auch bei uns nicht zugelassen, amerikanische Agenten! Er soll sich vorsehen!«

Büdner dachte an den amerikanischen Agenten Lekasch. Eigentlich wars schwierig, ein so vollkommener Genosse wie Runkehl zu sein.

Der nächste Haushalt, den sie aufsuchten, lag im Hinterhof, fünf Treppen. Am Küchentisch saß ein unrasierter Mann, Dumper-Fahrer auf einer Baustelle der Großmeister-Allee, der seine Wecker-Uhr auseinandergenommen hatte. Schrauben und Rädchen lagen wie Fliegenfutter auf dem Tisch umher. Eine Frau war nicht zu sehen.

Runkehl grüßte. Der Mann sah von seiner Arbeit auf, erkannte die Agitatoren und nickte. »Alles in Ordnung, bis auf den Wecker alles in Ordnung«, sagte er.

»Sagen Sie das, um uns loszuwerden?« fragte Runkehl.

»Sie sehen, daß ich hier kniffle«, sagte der Mann.

Runkehl ließ seine Oberlippe zur Nase hinaufhüpfen, wärmte Atemluft vor und fragte: »Sind Sie sicher, daß bei Ihnen alles in Ordnung ist?«

Wie unklug, den Mann zu reizen, dachte Büdner. Stand nicht jeden Tag in der Zeitung, daß die Feiertage den Werktätigen »zur Entspannung« zu dienen hätten? Und da saß nun ein Werktätiger, der seine Wecker-Uhr reparierte, damit er am Montag nicht den Schichtanfang verschlief.

Der Mann wurde patzig. »Was soll nicht in Ordnung sein? Sie unterstellen hier«, sagte er.

»Immer höflich, immer höflich!« mischte sich die Runkehl ein. »Wir kommen von der Partei.«

»Sagen Sie bloß noch dazu, Sie kommen die Gesinnung prüfen, dann wären wir wieder soweit«, sagte der Mann, und seine Stimme wurde heiser.

»Vergleiche hinken«, sagte die Runkehl wieder.

Der Mann wurde wild: »Soll ich mir bis ins Grab vorschreiben lassen, was ich zu denken habe?« Er stieß einen Fluch auf Deutschland aus und nannte es ein Gefängnis, in das er hineingeboren worden wäre.

Eine Tür wurde aufgestoßen. Die heftigen Worte des Dumper-Fahrers hatten den »Möblierten Herrn« der Familie, einen blonden Studenten, herbeigelockt. Er entschuldigte sich, es wäre ihm peinlich, aber er hätte die interessante Unterredung leider mit anhören müssen, er wünsche in einer bestimmten Sache aufgeklärt zu werden.

Runkehl war froh, von dem Wüterich mit der Wecker-Uhr loszukommen. »Bitte«, sagte er zum Studenten, »wir stehen Ihnen zur Verfügung.«

Draußen hatte es angefangen zu hageln; in der Küche wars dunkel; der Donner krachte, und danach rauschte Regen nieder, gleichmäßig und beruhigend, eine Erlösung für die Stadt und ihre Hinterhöfe.

Der junge Mann erzählte, er wäre vor einer Woche selber als Agitator unterwegs gewesen, allerdings in Westberlin. Man hätte dort einen Film zur Verherrlichung des Hitlergenerals Rommel aufgeführt. Er und einige seiner Kommilitonen wären empört gewesen, ein Instrukteur hätte ihnen geraten, gegen den Film demonstrieren zu gehen. »Gut, wir gingen nach Westberlin«, sagte der junge Mann, »wir störten dort die Filmvorführung, warfen Stinkbomben ins Foyer und rissen die Rommel-Bilder aus den Schaukästen.«

»Prima«, sagte Runkehl und klopfte dem jungen Manne gönnerhaft den Rücken. »Du kannst dich sehen lassen!«

»Anscheinend nicht«, sagte der Student. »Ich schlag am Montag hier die Zeitung auf, die unsrige, und was lese ich? ›Fortschrittliche Westberliner Studenten demonstrierten gegen Rommel-Film, schlugen Schaukästen ein.‹«

Betretenheit. Runkehl sah Büdner auffordernd an. Büdner fühlte sich genötigt, was von Druckfehlern zu stottern, die immer mal vorkämen.

»Kein Druckfehler!« Der junge Mann schüttelte den Kopf.

Runkehl versuchte es noch einmal. »Vielleicht doch eine Westberliner Studentengruppe«, sagte er, »von der ihr nicht wußtet.«

Der junge Mann zog seine rechte Hand aus der Hosentasche, sie war mit einer weißen Mullbinde umwickelt. »Ich wars, der den Schaukasten einschlug«, sagte er.

Sprachlosigkeit. Der Mann mit dem auseinandergenommenen Wecker starrte die Eindringlinge an, der Student sah zu Boden. Runkehl zog sein Notizbuch und wollte sich den Namen des jungen Mannes notieren. Der Mann mit dem Wecker protestierte. »Wozu das?«

»Zur Klärung«, sagte Runkehl.

»Bei der Zeitungsredaktion ist geklärt, ich war dort«, sagte der junge Mann. »Man nahm mich beiseite und sagte: ›Taktik, du Dussel!‹ Das ists, was ich nicht verstehe.«

»Wir werden überprüfen«, sagte Runkehl und schrieb.

»Ich sagte Ihnen doch, es ist überprüft, glauben Sie mir denn nicht?«

»Raus!« brüllte der Mann mit der Wecker-Uhr und hieb mit der Faust auf den Tisch, daß die Schrauben umherhüpften.

»Wir werden trotzdem überprüfen, erst recht«, sagte Runkehl, um auch hier das letzte Wort zu haben.

In der Toreinfahrt zum zweiten Hinterhof blieben sie stehen und warteten auf das Nachlassen des Regens. Runkehl tadelte Büdner, tadelte sogar seine Frau: Sie hätten ihn mit der Last der Argumentation allein gelassen.

Büdner war kleinlaut. Er fand, daß er zum Agitator nicht taugte. Er war nicht so eingerichtet, daß er – auch wenn er im Unrecht war – das letzte Wort haben mußte. Seine Stärke wars, ein scharfer Beobachter zu sein, und das war, wenn mans wie Anton Wacker betrachtete, die Aufgabe besonders ausgewählter Genossen. Jeder Genosse hatte nur das auszuführen, wozu er beauftragt wurde, und ein Schriftsteller war, nach Anton Wacker, beauftragt, parteilich, immer nur parteilich und das Parteiliche nur positiv zu beobachten.

Was sollte Büdner machen, wenn es ihm, trotz beharrlichen Bemühens, immer wieder unterlief, daß er alles und nicht nur parteilich beobachtete. Machte ihn das parteiuntauglich? Wenn ja, dann sollten auch Melancholiker, Jähzornige, Pessimisten und Leute mit anderen Charakterfehlern parteiuntauglich sein.

Was war der Erfolg ihres AUFKLÄRUNGSSONNTAGS? Sie hatten nicht feststellen können, daß sich Verleumdungen in ihrem Agitationsgebiet festgesetzt hatten. Am Bilde des Generalissimus schiens nichts zu deuteln zu geben; das wäre auch noch schöner gewesen!

Allerdings waren sie bei einigen Leuten auf Unzufriedenheit gestoßen, aber Runkehl hatte deren Beschwerden nicht anerkannt. Er pochte auf seine Verdienste aus der Vergangenheit und sah auf Schwierigkeiten, die die Gegenwart mit sich brachte, wie eine Denkmalsfigur vom steinernen Roß.

Büdner wars nicht möglich, die gleiche Haltung einzunehmen. Gewiß würde Runkehl das den übergeordneten Funktionären berichten. Mochte er! Mochten es diese Funktionäre Büdner verdenken oder nicht! Besser wärs, sie würden mit ihm reden. Er würde versuchen, es ihnen zu erklären. Mochten sie seine Haltung verurteilen, bitte, hier stand er und konnte nicht anders. Mochten sie ihren Aktenvermerk über ihn machen, aber besser, sie würden mit ihm reden.

Der Regen ließ nach. Runkehl zog seine Uhr. »Mittag vorbei«, sagte er. »Die anderen haben längst gegessen – und wir – immer und immer in der Pflicht, nicht, Muttel?«

44 Büdners Herz wird von der Sawade überwacht; seine Kindheit ein zweites Mal veröffentlicht. Er küßt Rosa vor Raswan, und Katharina nutznießt von seinem Ruhm.

Das Drehbuch war fertig. Schemann rechnete mit Ablehnung, doch es wurde nicht abgelehnt. Flunkenstein war zufrieden und sagte zum fünfzigsten Male: »Wir werden den ersten epischen Film der Republik drehen, du!«

Es floß neues Geld in Büdners Kasse, aber das war ihm verdächtig. Hätte ers nicht auch bekommen, wenn er Flunkensteins Vorschlag verwirklicht und den Helden überrevolutioniert hätte? Etwas stimmte nicht. Aber was?

Statt einer Antwort wurde ihm neues Geld: Man bot ihm einen Beratervertrag an, und er fing an, das richtig zu finden. Ein zweiter Fleck Eiteldreck bildete sich hinter seinem linken Ohr. Das Leben in der Großstadt war *so* und nicht anders. Du bist eben ein Arbeitsbeschaffer, brüstete er sich. Mit deinem Roman hast du Leute im Verlag beschäftigt; Papier mußte hergestellt werden, Setzer und Drucker wurden bemüht, Betriebsleiter, Packer und Ausstatter befaßten sich mit deinem Erzeugnis, und neuerdings hat ein Drehstab sein Auskommen dran,

Schauspieler, Statisten, Beleuchter, Kostümbildner und Filmarchitekten.

Seine »Arbeit« als Filmberater ließ ihm viel Freizeit. Er nutzte sie: Die glücklichsten Stunden verbrachte er im Theater, jener poetischen Insel in der Großstadt. Viele Stunden, nicht immer die besten, verbrachte er damit, über Rosa nachzudenken, ihr nachzuträumen. Er hatte ihr, wie sich herausstellte, zu Unrecht »Absichten« unterstellt, als sie ihm das nachbarlose Atelier verschaffte. Sie kam nicht, besuchte ihn nicht. Sie hatte ihren Mann, und basta; er war so etwas wie ein Protektionskind für sie, er, der Vater ihres Sohnes.

Er unternahm keinen Versuch mehr, Rosa in ihrer »frommen« Ehe zu stören, gebot sich, sie zu vergessen, und wollte, wie in seiner Lehrlingszeit, »Ordnung in sein Gedankenleben bringen«. Aber seine Gedanken, sie waren wie Wildkaninchen, huschten, wenn er auf sie zuging, in Sandhöhlen, kamen flugs wieder hervor, wenn er sich abwandte, und durchtummelten seine Nächte.

Er spazierte zu verschiedenen Tageszeiten in der Nähe der RUNDSCHAU-Redaktion auf und ab. Weshalb sollte er dort nicht spazieren? Wem nahm er damit was weg? Es gingen ja auch andere Leute dort auf und ab.

Manchmal kaufte er sich eine Zeitung, stellte sich vor den Redaktionseingang, tat, wie die Leute vom Geheimdienst zuweilen, als ob er läse, und beobachtete. Einmal muß es doch glücken, dachte er, doch es glückte nicht!

Er schlenderte umher, um Stimmungen für seine Dichter-Werkstatt einzufangen. Am Bahnhof Friedrichstraße sahen ihn stark geschminkte Mädchen auffordernd an. »Abgesandte aus den klassenfeindlichen Sektoren der Stadt«, hatte sie Runkehl im Parteilehrjahr genannt.

Ein Stadtbahnzug kam an; ein Menschenschwall glitt die Treppen herunter in die Bahnhofshalle. Büdner stand vor dem Thekenfenster des MITROPA-Restaurants, aus dem Mischgeruch von Parfüm und Suppenwürze strömte; er las die Speisekarte und spürte mit eins jenen wissenschaftlich ungeklärten Zwang, sich umsehen zu müssen, und sah eine Frau in einer hagebuttenroten Tuchjacke. Rosa, das war Rosa, dachte er, während sich die Frau im Menschengewimmel verlor und gleich drauf am Ausgang erschien: Der französische Gang! Kein Zweifel, es war Rosa!

Er rannte los, rammte eine untersetzte Frau. Der Frau fiel ein Karton aus der Hand. Er hob den Karton auf; es tropfte schlierig aus ihm — Eiweiß. Die Frau verlangte Schadenersatz. Er wollte weiter. Zwei Männer hielten ihn fest: »Zahlen!«

»Wieviel?«

»Zwei Pfund!«

»Zwei Pfund was?«

Die Männer verhöhnten ihn, er möge sich nicht dumm stellen, zwei Pfund — zweimal zwanzig Mark! Er gab einen Fünfzigmarkschein und war frei.

Die rote Jacke schwebte über die Weidendammer Brücke. Auf dem Gehsteig wimmelten Fußgänger und behinderten ihn. Erst hinter der Brücke konnte er anfangen zu rennen, aber da war die Jacke schon in der Oranienburger Straße und verschwand im Portal eines Geschäftes für Damenbekleidung. Er stellte sich vor die Ladentür. Nach zehn Minuten hielt er es nicht mehr aus, ging hinein und suchte, suchte in allen drei Stockwerken: Von der roten Jacke war nichts zu sehen. An die Probierkabinen dachte er nicht.

Als er das Geschäft verließ, zitterten ihm die Knie. Er stand eine Weile erschlafft umher. Die Frau in der roten Tuchjacke verließ das Kaufhaus. Ehe er sie gewahrte, war sie wieder auf der Weidendammer Brücke. Er rannte, belästigte Passanten, schubste und rief wie vor Jahren in einer Schneenacht am Niederrhein: »Rosa!« und nochmals: »Rosa!« Die Passanten fingen an, ihm Platz zu machen. Er rannte. Die rote Jacke schien zu fliegen, verschwand im Bahnhofsportal und blieb verschwunden.

Sein sechsundvierzigster Sommer war da, und es war schon viel Abrieb von ihm in Berlin; er traf auf ihn, auf sich selber, erinnerte, sehnte sich und bedauerte versäumte Gelegenheiten. Die gleiche Anzahl von Sommern hatte er nicht mehr vor sich, er, der geistige Landstreicher.

Der Film über das Leben des Büdner-Jungen wuchs heran, der Regisseur und die Schauspieler gingen in einer für sie fremden Kindheit umher, und je länger sie drin waren, desto häufiger erschienen Zeitungsnotizen. Fachjournalisten ließen sich über den »Stand der Dreharbeiten« aus, veröffentlichten Szenenfotos und versuchten die Leser zu künftigen Zuschauern zu machen.

Büdner sah den Jungen, der *ihn* darstellte, einen blonden Landjungen aus Mecklenburg, den man aufs Geratewohl in die Büdner-Kindheit hineingeworfen hatte, und fand keine Beziehung zu ihm.

Man bat ihn um ein Interview. Er sträubte sich.

»Es ist nützlich, Publicity, du!« sagte Flunkenstein und drehte an seinen Siegelringen. »Du mußt es machen. Der Film kostet dem Staate Millionen. ›Wir leben im Film-Zeitalter‹, wie Lukian List zu sagen pflegt, ›selbst sogenannte Dichter gackern, bevor sie legen, schlitzen den Mutterschoß auf und lassen die Leser das Embryo sehen, das unbefruchtete Ei manchmal gar‹, das Film-Zeitalter ist da!«

Büdner ließ sich widerwillig auf ein Interview ein und beantwortete die üblichen Fragen: Wie kamen Sie zu Ihrem Stoff? Was wollten Sie mit ihm aussagen?

Er ärgerte sich, daß er auf die billigen Fragen geantwortet hatte, aber er las das Interview trotzdem, sogar mehrmals, wie vor Jahren die erste Fortsetzung seines Romans im VOLKSBLATT, er las es einmal mit Rosas Augen, dann mit den Augen von Auenwald und Wummer, schließlich mit den Augen der Sawade und mit denen von Frau Otta und Friede. Schön eitel war er!

Auch sein Foto neben dem Interview sah er sich immer wieder an. Wenn er seine perfekte Glatze mit Rosas Augen betrachtete, gefiel er sich mehr als überhaupt nicht, und er konnte es Rosa nicht verdenken, daß sie den intellektuellen Raswan vorzog, der mit vollem, weißem Haar würdig einherschritt.

Es war übrigens nicht sein erstes Zeitungsfoto, fiel ihm ein; einmal hatte er auf einem als Hypnotiseur figuriert, aber das hatte er nie gesehen.

Die Premiere war im Filmtheater angesetzt, das ARENA genannt wurde. »Die Schöpfer des Films sind anwesend«, hieß es gespreizt in der Ankündigung.

Büdner stand in dunklen Hosen, mit aufgeknöpfter Weste vor dem Spiegel und knotete mühevoll eine hellgraue Krawatte. Die Sawade sah ihm interessiert zu. Sie war im eigenen Auto gekommen, ihn abzuholen, aber das blitzneue Auto der Doktorin beeindruckte Büdner wenig. Er saß steif neben ihr und hütete seinen schwarzen Festanzug.

Sie waren zu früh am Filmtheater, gingen ins Café gegenüber und setzten sich so, daß sie das Auto und den Eingang des Theaters vor sich hatten. Es war ein schwüler Sommerabend, die Sonne ging glührot unter, und überm Kühler des Zweisitzers flimmerte die Luft. Vor dem Theatereingang standen die Platzanweiserinnen.

Büdner dachte, um sich zu beruhigen, an Finkenhain, an Friede und Frau Otta, an den Paradiesgarten hinterm Haus, an das Rascheln der Maisblätter.

Die Doktorin trug ein purpurtäublingsrotes Seidenkleid, lang und mit Kugelknöpfen bis zu den Ohrläppchen geschlossen. Ihr Haar war turmhoch gesteckt, sie sah aus wie eine Schwester von Mozart.

Eine Dame mit dem ebenmäßig-wächsernen Gesicht einer Schaufensterpuppe und Hängelocken à la Königin Luise trat an ihren Tisch, hob die Oberlippe, zeigte akkurate Zähne, alle noch von Gott gemacht, dem besten Dentisten der Welt. Sie begrüßte die Sawade, entschuldigte sich, sah Büdner versprechend an und wünschte, ihm vorgestellt zu werden.

Die Dame hieß Leisegang. Sie drückte Büdner verfänglich die Hand und nannte ihn »das Talent von draußen«, entschuldigte sich aber sogleich, die Bezeichnung stamme nicht von ihr.

»Von wem dann?« wollte die Doktorin wissen.

Die Fremde erzählte, sie verkehre im Hause des großen Lukian List, der »Meister« interessiere sich für Büdner.

In Büdner reagierte der verdutzte Dorfschuljunge: Er hatte Lists Bücher, soweit sie bisher in Deutschland erschienen waren, schon in Kohlhalden mit Respekt gelesen, sogar jenes Werk, das List noch als Anarchist geschrieben hatte. Oh, da rollten die Kapitalistenköpfe, und der Mann, der sie rollen ließ, war der literarisch verkleidete Lukian List, der seinen Vater, den Sorauer Tuchfabrikanten, von Herzen haßte, weil er den zu beerben wünschte, einfach so aus Üblichkeit und um, mit dem Geld im Hinterhalt, ungestört schreiben zu können. Vater List aber wollte seinen Sohn nur bei entsprechenden kaufmännischen Leistungen am Familienreichtum teilnehmen lassen.

Seine berühmten DAVID-Romane hatte der Meister in der Emigration geschrieben, und sie machten ihn in beiden Welten berühmt, in der rechten wie in der linken. Es waren Schicksale von Antifaschisten, die mit weniger Glück als der biblische David gegen den Goliath Kapitalismus kämpften; moderne Romane, für die List alle literarischen Register gezogen, amtliche Dokumente, Plakate, auch Phantasie und Intuition verwendet hatte.

Die Dame mit den Hängelocken brachte sich in Erinnerung. »Herr List wird mich ausfragen, wenn ich ihm erzähl, daß ich Sie kennenlernte. Darf ich mich ausfragen lassen?«

Der Sawade wurde es zuviel. Sie verabschiedete sich von der Fremden und verabschiedete damit auch Büdner von ihr. »Bekanntschaft aus Kulturbundkreisen«, erklärte sie ihm. »Konferenzbekanntschaft. Soll ehemals adelig gewesen sein, alles undurchsichtig!«

Als beim Kino die ersten Autos vorfuhren, wurde er flatterig, doch die Doktorin spürte, wie es um ihn bestellt war, und drückte ihm unter dem Marmortisch die Hand. Sie kannte ihn besser, als er ahnte.

Der Verkehr vor dem Kinoportal nahm zu, Taxen hielten, Frauen in langen Röcken entstiegen ihnen, Herren faßten hinauf zu ihren Schlipsen, merkwürdige Leute hatten vor, sich mit

Büdners Kindheit zu beschäftigen, die man auf einen Zelluloidstreifen übertragen hatte.

Flunkenstein schleppte eine übergewichtige Dame ins Foyer. Schemann traf mit einer Frau ein, die um vieles jünger war als er. Der Stellvertreter des Kulturministers erschien, würdig und weiß behemdet, verantwortungsbewußt und steif.

Reinhold und Katharina entstiegen einem Partei-Auto. Katharina entsprang Reinhold, lief voraus, stolperte über ihren langen Rock und suchte im Foyer nach »ihrem Stani«. Sie wollte die Premierenfeierlichkeit für eine kleine Sünde mißbrauchen und ihren ehemaligen Dorfliebsten vor aller Augen küssen.

»Wir sollten aufbrechen«, sagte die Doktorin.

Büdner stand auf und taumelte. Angstgefühl packte ihn, er fing an zu frieren und bat die Doktorin, noch ein wenig zu bleiben.

Sie fühlte ihm den Puls und ließ Mokka kommen. Er dachte merkwürdigerweise an den Sawade-Salon in Kohlhalden; ihm war, als wäre dort, im Gefitz und Gewirr der Dinge, doch was wie Heimat für ihn gewesen.

Man schleuste den Film-Autor und seine Begleiterin durch einen Seitengang zur vorderen Sitzreihe, während die Wochenschau lief. Die Stablampe der Platzanweiserin warf einen Lichtfleck aufs Parkett, und Büdner starrte auf diesen wandernden Lichtfleck, folgte ihm und dachte an den Mann im Märchen, der einem Irrlicht folgte, bis er im Moor versank. Er wagte nicht, nach seinen Sitznachbarn zu sehen.

In der Wochenschau zeigte man Straßenleben in einer indischen Stadt, einen Kosthappen Straßenleben: Menschen wimmelten durcheinander: Geschäftige, Bettelnde, Hungernde! Der Kommentator bedauerte die Armen, doch es war ein agitatorisches Bedauern, kein echtes Mitleid in der Kommentatorenstimme. Vielleicht hatte er die Textstelle zerprobt.

Ende der Wochenschau, Halblicht im Saal. Büdner vertiefte sich in das Programmheft und tat, als erführe er zum ersten Male etwas über den Film Damals in der Kindheit.

Ein Gong. Pseudofeierlichkeit. Die roten Samtvorhangteile rutschten schlurrend auseinander und enthüllten die unschuldig weiße Leinwand, dann hob der projektierte Filmtitel deren Neutralität auf: DAMALS IN DER KINDHEIT. Vor Jahren war dieser Titel ein Gedanke, ein Einfall in Büdner gewesen; jetzt wurde er in die Welt projiziert.

Büdner gewöhnte sich daran, daß der blonde mecklenburgische Junge, der über die Leinwand lief, er sein sollte. Peinlich war ihm, daß andere Filmfiguren, deren Keimlinge in Waldwiesen als Bäuerin Schulte oder Waldarbeiter Strauch umhergingen, mit dem mecklenburgischen Filmjungen so sprachen, wie sie früher mit ihm, dem Büdner-Jungen, gesprochen hatten. Er hielt sich das Programmheft vor die Augen. Die Sawade packte ihn sanft beim Handgelenk und zog seinen Arm herunter. »Denk an dein Publikum!« flüsterte sie.

Er schämte sich: Der alte Dorfjunge war mit ihm durchgegangen.

Auf der Leinwand zähmte der Büdner-Junge die Vögel unter dem Himmel, gewöhnte sie an eine Vogelscheuche, in deren Gesicht er die mit Roggenkörnern gestopfte Tabakspfeife von Vater Gustav gesteckt hatte. Die Vögel kamen und bedienten sich.

Dann zog der Junge die Kleider der Scheuche an, steckte sich die Pfeife in den Mund, stand reglos und wartete, Stunde um Stunde, und das an drei Tagen. Man zeigte es im Film gerafft.

Am dritten Tag flog die erste Meise näher. Es war heiß, und den Fliegen gings gut; der Junge hatte Grützbrei mit Zucker gegessen, sein Mund war süß und anziehend. Die Fliegen liefen ihm übers Gesicht, speichelten mit ihren Rüsselchen an seinen Lippenrändern herum und quälten ihn, bis ihn die Macht über seine Lippen verließ, bis er zuckte. Die Meise, die sich genähert hatte, flog davon, und das Publikum lachte.

Tage vergingen, bis die Vögel aus dem Pfeifenkopf fraßen. Erst war es einer, dann zwei, schließlich kamen Scharen, und wieder lachte das Publikum. Er sprang auf und wollte sichs verbitten. Was sollte das Beifallsgelächter? Ihn hatte damals, als er die Vögel zähmte, die Bibelgeschichte des alten Noah beeindruckt, dem die Tiere zu Paaren auf die Arche gingen. Die Menschen mußten in der Vergangenheit mit den Tieren in

Frieden gelebt haben. Ein Herr Noah hatte an einem Regenmorgen gewiß nur die Tür seiner Arche zu öffnen und zu sagen brauchen: Kommen Sie rein, Herr Amsel, singen Sie hier! Es ist nicht das beste Wetter draußen.

Auch in den Märchen wurde über die Zeit berichtet, da Menschen und Tiere in Eintracht lebten, Frösche und Bären mit friedfertigen Mädchen sprachen, Tauben Aschenputtel bei der Arbeit halfen und der Kriminalpolizei Hinweise gaben: Blut ist im Schuh!

Was war in späteren Zeiten geschehen? Hatten die Tiere oder die Menschen etwas versehen? Mit seinem Vogelscheuchen-Experiment hatte er damals die Antwort gefunden: Der Mensch war irgendwann unfriedfertig mit den Tieren umgegangen. Im Film war seine Absicht nicht zu erkennen. Das Publikum erlebte ein Dressurkunststückchen, eine Kindsköpferei, und erfuhr höchstens, daß er, der Büdner-Junge, mit Geduld gesegnet war.

Katharina benahm sich wie ein Wendehals-Weibchen, sah im Saal umher, so weit es die Dunkelheit erlaubte, und suchte nach Büdner; sie wollte die erste sein, die ihm gratulierte, wenn das Licht anging. Du wirst sogar deiner Zunge nicht verbieten, ihn mitzuküssen, dachte die Sekretärsgattin, und du wirst nie mehr sagen, daß zuwenig Liebe in dem ist, was er schreibt.

Frau Linser hatte einen Schreibblock vor sich auf den Knien liegen und ließ die Mine ihres Druckbleistiftes vor- und zurückschnellen. Sie saß neben dem Schauspieler Richter, der im Film den Vater Gustav spielte, als kennte er ihn, nur daß er das Wort »Glasfresser« ausgesprochen hatte, als wäre es mit drei R geschrieben. Hoffentlich laufen mir der Norbert Christian und die Mathilde Danegger nicht weg, dachte die Linser, auch die Irma Münch und der Kahler nicht, der Kahler mit der Stimme, wie ein Mann sie haben muß.

Büdner hatte weder Schwester Elsbeth noch Vater Gustav zur Premiere geladen, weil er fürchtete, sie könnten sich »danebenbenehmen«! Ein schöner Spießer war er!

Auf der Leinwand sah man Vater Gustav Streikposten stehen. Im Roman war die Tatsache mit leiser Ironie behandelt, im Film hatte man eine Clownerie draus gemacht. Wenn Elsbeth das gesehen hätte, würde sie laut protestiert haben. Ihr Bruder Stanislaus hatte die Kleinen Leute verraten.

Rosa saß in ihrem blauen Leinenkleid neben dem weißwürdigen Raswan, war eifersüchtig auf die Sawade und nahm sich vor, Büdner Raswan vorzustellen, Raswan alles zu erzählen und die Sawade wissen zu lassen, daß die mit ihrem rechtmäßigen Manne, mit dem Vater ihres Sohnes, umherzog.

Der Film war zu Ende. Flunkenstein und Schemann luden Büdner ein, mit ihnen auf die Bühne zu kommen. »Es ist so üblich, man zeigt sich und verneigt sich, das Publikum will es, Publicity, du«, sagte Flunkenstein.

Büdner sträubte sich. Man schickte das Mädchen zu ihm, das seine pausbäckige Schulliebste gespielt hatte, das bat ihn treuherzig und packte ihn bei der Hand, da ging er mit.

Er sah von der Bühne herab die hochgereckten Arme und die klatschenden Hände der Zuschauer, und er sah seinen Sohn, der neben Rosa saß, ein Männlein im dunklen Anzug mit langen Hosen und einer feuerroten Krawatte. »Bravo! Bravo!« rief der kleine Mann ihm zu, und Büdner sah, daß sein Sohn Rosas Mund geerbt hatte.

Die »Filmschöpfer« verließen die Bühne und wurden vom Publikum umringt. »Bravo, Schemann, bravo!« rief man, denn der war es nun, der den ersten epischen Film des kleinen Landes in Szene gesetzt hatte. Konnte Flunkenstein das zulassen? »Endlich konnte ich beweisen«, rief er den Gratulanten zu, »daß man auch ohne dramatische Zuspitzungen zu einem dynamischen Film kommen kann!«

Der stellvertretende Minister drückte Flunkenstein die Hand, und Flunkenstein dachte an einen Staatspreis. Der Minister beglückwünschte auch Büdner, klopfte ihm auf die Schulter und nannte ihn einen »Kohlenkumpel«, der nicht enttäuscht hätte.

Büdner suchte nach Rosa, ihr hatte er zu danken, aber es war Katharina, auf die er traf, und die machte wahr, was sie sich vorgenommen hatte. Ihre stürmischen Küsse waren Büdner peinlich; er sah sich nach Reinhold um.

Die Doktorin küßte ihm die Stirn. Sie hatte eine Orchideenblüte herbeigezaubert, eine Blüte in Orange und Blau, die einem Reiherkopf mit aufgerissenem Schnabel glich.

Auf einmal stand Rosa mit einem Biedermeier-Strauß vor ihm, und da war kein Halten mehr: Er umarmte sie und küßte sie mitten auf den Mund, obwohl er Raswan herankommen sah.

Und Rosa, wie nahm sie es hin? Sie ließ es geschehen (wars die festliche Stimmung?), sie verhielt sich wie früher, küßte zurück und ließ sich umarmen, sah rasch, und nicht ohne Triumph, zur Sawade hin und ließ sich wieder umarmen, und erst als Raswan sich näherte, schob sie Büdner sanft zurück und sagte, ohne zu fürchten, daß es jemand hören könnte: »Hab noch Jeduld mit mir, eine Weile!«

Raswan war heran. Rosa stellte die Männer einander vor, und die Männer machten die in aller Welt üblichen Verbeugungen aufeinander zu.

»Respekt«, sagte Raswan. »Freut mich, ausgezeichnet.« Büdner murmelte irgend etwas, fror wieder und taumelte, und die Doktorin packte ihn beim Arm. Rosa betrachtete die Sawade abschätzend. Büdner dachte nicht daran, die Frauen einander vorzustellen. Sie taten es selber; Rosa kühl und herablassend, die Sawade ehrlich erfreut, jene Frau Raswan kennenzulernen, die so verständnisvoll über Büdners Roman geschrieben hatte.

Tumult und Durcheinander: Katharina brachte Reinhold heran, und auch Reinhold gratulierte. »Alles war gut, alles war schön«, sagte er, und Katharina zog ihn weiter und führte ihn zu Rosa. »Kennst unsere Rosa nimmer?«

Natürlich kannte Reinhold den lieben Gast von seiner Zweithochzeit. Er begrüßte Rosa, begrüßte Raswan, und Katharina zog Rosa beiseite. »Dein Sohn, Rosa, wie gehets ihm immer, hieß er nicht Stanislaus?« Sie gingen und suchten den kleinen Lew.

Das Handschütteln hörte nicht auf. Flunkenstein und Schemann gratulierten Büdner, und Büdner gratulierte ihnen, die Gratuliersucht war ausgebrochen. Büdners Sohn Lew kam, strich sich über seine feuerrote Krawatte, sagte wohlerzogen »gestatten« zu Flunkenstein hin, gab Büdner die Hand und gratulierte. »Letzten Winter las mir Mama Ihr Buch vor«, sagte er.

Büdner wußte vor Rührung nicht, was antworten. Der kleine Lew sah zu ihm auf, wie ein Verirrter zu einem Wegweiser hinaufsieht, und lächelte fein. Dann verbeugte er sich und rannte davon. »Mama, Mama«, hörte ihn Büdner rufen: »Wir verstanden uns gut!«

Nicht viel, und Büdner wäre seinem Jungen nachgerannt. Gut, daß ihn die Linser mit ihren Wünschen hinderte. »Ein Dichterwort, bitte«, sagte sie und schwenkte ihren Schreibblock. »Ein Dichterwort zur Erinnerung an den gelungenen Abend.«

Die Nachtluft ernüchterte ihn. Er fühlte sich wie jemand, der gewahrt, daß er im Traume tat, was er im Wachen nie getan haben würde, und entschuldigte sich bei der Sawade: »Ich habe mich schlecht benommen.«

»Es ist zu verstehen«, sagte sie. »Mich entschuldige jetzt, bitte. Du hast noch Gäste. Ich bin müde. Du weißt, wo du mich findest.«

Seine Gäste waren Katharina und Reinhold, hauptsächlich Katharina. Sie hing die ganze Zeit an seinem Arm und ließ sich mitfeiern. Sie verfolgte die Abfahrt der Sawade, beobachtete, wie die in ihren Zweisitzer stieg, anfuhr und winkte. Als Büdner widerwinken wollte, hielt Katharina ihm die Hand fest und verwies auf ihren langen Rock. »Auch unsereins tat manches zu deiner Premier.«

So wurde Büdner zum letzten Gast seiner Filmpremiere, und es sah aus, als ob er nicht genug davon kriegen konnte. Er versuchte sich von den Steils zu befreien, obwohl ihn Katharina bezüglich kniff und sagte: »Ich weiß von kein Mal, daß ich dich ohne Bewirtung von uns stieß.«

Er ging trotzdem, ging auf dem geschotterten Mittelstreifen der Dimitroffstraße entlang. Er sah, wie die Blätter der Linden im Licht der Bogenlampen aufglänzten, und dachte: Wenn das der Ruhm war, wirst du ihn nicht oft haben wollen. Aber du hast Rosa geküßt, und sie ließ dich nicht ohne Hoffnung. Strotzte das

Leben von Umwegen, weil man zu oft in Schicksalskutschen stieg?

Einen Augenblick empfand er Freude drüber, daß List, der große List, von ihm wußte, aber schon fiel ihm die abfällige Bemerkung der Sawade über die Dame mit den Luisenlocken ein. Vielleicht hatte die sich nur interessant machen wollen.

Lindenschwärmer flogen hartnäckig gegen die Straßenlampen. Die Dunstglocke über der Stadt zerging. Der Mond durchfuhr einen Kreis aus feinem Blau, stolperte über ein paar weiße Wölkchen und fuhr dann ohne Aufenthalt im feinen Blau weiter.

---

45 Büdner wird verführt, im Schriftstellerverband über Kartoffelpreise zu reden, und findet damit Anklang beim großen Lukian List.

Flunkenstein hatte Büdner geraten, dem Schriftstellerverband beizutreten. »Jeder Mensch gehört in eine Gewerkschaft, du!«

Büdner stellte einen Aufnahmeantrag. Man teilte ihm mit, was vorgewiesen werden mußte, damit sich die knarrende Verbandspforte öffnete: Fragebogen, Lebenslauf, zwei Schriftsteller als Bürgen, Beweise für literarische Tätigkeit – Bücher waren wohl gemeint. Ein zweiter Parteieintritt also! Büdner ließ sich Zeit; er mußte überlegen, doch siehe, es erreichte ihn eine Einladung zur Werksdiskussion im Verband. Sollte sein Film diskutiert werden? Nein, ein Schauspiel. Immerhin, ganz so bürokratisch, wie er vermutete, war man bei der Verbandsleitung nicht. Er wußte nicht, daß Lukian List hinter der Einladung steckte.

Das Versammlungslokal der Schriftsteller war ein Raum, dessen Fenster auf einen Hinterhof hinausgingen; Düsternis herrschte, und es waren nüchterne Gasthaustische im Raum verteilt; an jedem Tisch vier Stühle, auf jedem Stuhl ein Schriftsteller. Am quergestellten Präsidiumstisch saßen Vorstandsmitglieder, deren Namen in den Tageszeitungen mit »bekannt«, »verdient« oder »profiliert« geschmückt wurden. Neben dem Versammlungsleiter saß der Kulturinstrukteur vom Zentralbüro namens Zwetter. Hinterm Präsidium hing zwischen Fahnen auf rotem Grund in Goldbuchstaben die Losung: ERST MEHR ARBEITEN, DANN BESSER LEBEN!

Büdner hatte sich vorgenommen, weltmännisch und forsch zwischen seine Berufskollegen zu treten, doch als er in den dunklen Saal kam, befiel ihn seine Menschenscheu, aber die Kollegen, zu denen er sich an den Tisch setzte, machten es ihm glücklicherweise nicht schwer. Sie kamen ihm bieder entgegen, nickten ihm ermunternd zu und gaben ihm zu verstehen: Auch hier wird die Suppe mit Wasser gekocht.

Zangenhammer, ein kleiner, dunkler Lyriker, Verfasser von Zeitgedichten, eröffnete die Veranstaltung und wünschte den Verhandlungen mit langweilender Stimme Erfolg.

In diesem Augenblick betrat List den Versammlungsraum. Es war seine Gewohnheit, zu spät zu kommen, um den Eröffnungszeremonien zu entgehen, aber diesmal kam er nicht spät genug, Zangenhammer unterbrach seine Einführung *doch*, begrüßte ihn und sagte, daß er sich besonders freue und so weiter.

List winkte ab. »Arbeiten wir!« sagte er mit scharfer Stimme und setzte sich bescheiden an die äußerste Ecke des Präsidiumstisches. Er war hager wie ein buddhistischer Bettelmönch, schlang die Beine umeinander, fuhr sich mit rascher Handbewegung über das unrasierte Gesicht und ließ seine Blicke, die wie der Schlitzverschluß einer Kamera arbeiteten, im Saal umherflucken.

Zangenhammer beeilte sich mit der Einführung: Wie gesagt, man hatte sich versammelt, um über ein Schauspiel des Dramatikers Heinrich Hartholz zu sprechen, der wie Büdner, allerdings schon vor Jahren, »von draußen« gekommen war. Hartholz saß am Präsidiumstisch, und alles an ihm war viereckig, sein Schädel, die Wangenknochen, nicht zu reden von den Ski-Schuhen, die er sommers und winters trug.

Das Schauspiel hieß: »Wassernot in Katzenstedt«: Den Bauern verdorren die Feldfrüchte, weil ihnen die Bergleute der benachbarten Braunkohlengrube das Grundwasser entziehen. Kartoffeln werden so dringend benötigt wie Kohlen. Kurz und gut, ein Konflikt zwischen Industrie und Landwirtschaft, und von diesem ökonomischen Konflikt war Hartholz ausgegangen, und er erfand zu ihm passende Menschen, die mit ihm fertig zu werden vermochten: Ein Kleinbauer und ein Bergbau-Ingenieur entwickelten ein Klärsystem, mit dem das von der Grube vereinnahmte und versäuerte Grundwasser wieder für die Landwirtschaft nutzbar gemacht wurde.

Büdner hatte sich das Stück mit der Sawade zusammen angesehen, und sie hatten sich hinterher gestritten, weil der Doktorin mißfallen hatte, daß die Liebhaberin sich auf Anraten des Parteisekretärs erst zur Liebe hinreißen ließ, nachdem der Liebhaber sein Knechtsdasein beim Großbauern aufgegeben und sein Klassenverhältnis in Ordnung gebracht hatte.

»Nicht anders als früher«, protestierte die Sawade, »wo das Fabrikantentöchterchen den Arbeiter aus dem Betrieb seines Vaters erst heiraten durfte, nachdem er eine betriebsfördernde Erfindung machte und als Kompagnon in die Firma aufgenommen werden konnte. Ich stell mir das Neue, das ihr in die Welt bringen wollt, nicht als eine simple Umkehrung des Alten vor.«

Dieses ewige Widersprechen! Büdner war gereizt, zumal er sich gerade an diesem Abend vorgenommen hatte, die Doktorin endlich umzuerziehen. »Es ist in Ordnung, so, wie es ist«, sagte er geistlos, und er wußte in dem Augenblick, da ers aussprach, daß es geistlos war, doch er beließ es dabei, und was er am Stück wirklich auszusetzen hatte, verschwieg er.

Und die Doktorin widersprach weiter und widersprach, und es kam so weit, daß sie auf der Straße stehenblieben und einander anschrien, und das führte dazu, daß er nicht mit ihr ins Adlon ging.

»Wir haben angewiesen, und ich hoffe, alle Kollegen haben sich das Schauspiel angesehen«, sagte Zangenhammer. »Fangen wir an!«

Ein kahlköpfiger Kollege meldete sich. »Ich bin einverstanden, total einverstanden«, sagte er mit rauher Alkoholikerstimme, »und ich halt für einen Vorzug, daß das Stück in Jamben geschrieben wurde; vielleicht wäre alles ein wenig nüchtern und zu ökonomisch geraten, wenn die Jamben nicht wären; gut,

gut, aber mit dem Schluß des Stückes kann und kann ich mich nicht befreunden!«

Büdner dachte an den Schluß der »Wassernot«: Der Konflikt ist gelöst, die Felder werden bewässert, junge Bergarbeiter und Bauern träumen, wie sie Hecken anlegen und im Schutz dieser Hecken Früchte wie Baumwolle und Melonen ernten werden, kurzum, Hartholz' geflügeltes Dichterpferd, eine rossige Stute, war mit ihm durchgegangen.

»Melonen und Baumwolle in unserem Klima, man stelle sich das vor!« sagte der Kollege mit der rauhen Stimme, doch da schaltete sich der Kollege Zwetter ein, der meinte, Mißtrauen gegen sowjetische Neuerermethoden herausgehört zu haben. »Kennst du das mit den Hecken, das Trawopolnaja-System, weißt du drüber Bescheid?«

Nein, der Kahlkopf mit der rauhen Stimme kannte es nicht, dieses System da. »Muß ich?« fragte er. »Kennst du es denn?«

»Wir sind immerhin instruiert worden«, antwortete Zwetter.

Der Kahlkopf gab sich nicht zufrieden. »Traloponaja hin oder her, es mag ein noch so gutes System sein«, sagte er, »ohne gutes Klima scheint mir so etwas unmöglich. Die Sowjetunion freilich verfügt über alle Klimata der Welt. Aber was wir?«

Zwetter überhörte den Einwand, stand gebückt, hielt sich an der Tischkante fest, sprach leise, fast schüchtern und lobte Hartholz für sein Stück. »Was sollen so Kritteleien«, sagte er. »Es wäre besser, wenn auch andere Schriftsteller-Kollegen sich den Zeitproblemen widmen und zum Beispiel der Frage der Roheisengewinnung oder dem Problem des Buntmetallmangels literarisch näherträten.«

Gelächter im Saal.

Büdner mochte nicht, wenn man schüchterne Menschen belachte; man belachte auch ihn zuweilen.

»Hier gibts nichts zu bedauern«, erklärte der Kollege an Büdners Tisch, der Laubusch hieß. »Zwetter ist selber schuld, wenn über ihn gelacht wird; solange er nur instruierte, gings an, aber dann wollte er uns im wahrsten Sinne des Wortes was vorschreiben und verfaßte eine nach seiner Meinung zeitgemäße Liebesnovelle: Sein Liebespaar lag im Bett und sprach über den Buntmetallmangel. Muß ich mehr sagen?«

»Ich weiß nicht, was die bei der zentralen Abteilung sich denken«, mischte sich der andere Kollege an Büdners Tisch in den halb geflüsterten Disput. »Jahrelang soll man sich das Geschwätz dieses Dilettanten anhören!«

»Versager gibts auf allen Gebieten mal«, beschwichtigte Laubusch.

»Gewiß, doch auf anderen Gebieten werden sie rascher gefunden, diesen Zwetter aber lassen sie auf uns hocken und hocken!«

»Hör auf zu unken!« sagte Laubusch, der mitkriegen wollte, was am Präsidiumstisch gesagt wurde.

»Unser verehrter Kollege Hartholz hat sein Schauspiel mit der Verantwortung eines Planers und Leiters geschrieben«, sagte Zwetter, »und unsere Menschen nahmen das Stück und die Problemlösung an. Zwanzig Vorhänge bei der Premiere, fünf bis sieben bei jeder normalen Vorstellung!«

Büdner kams vor, als hätte ihn List mit einem Schlitz-Verschluß-Blick gestreift, doch dann wandte der sich an Zwetter und unterbrach ihn. »Alles recht und richtig, was Sie sagen. Und wir wissen, was Sie wissen, aber vielleicht wärs möglich, in der Diskussion etwas zu erfahren, was wir noch nicht wissen. Ich seh, es sitzt ein Mann unter uns, der von draußen kam, sogar aus dem Bergbau, wenn man mich recht unterrichtete.« Er winkte zu Büdner hin. »Darf ich den verehrten Kollegen bitten, uns bei der Diskussion behilflich zu sein?«

Büdner sprang auf wie einst vor Lehrer Gerber in der Dorfschule. Zunächst erbleichte er, doch dann fühlte er sich angespornt, und eine Viertelminute später redete er, doch es war nicht er selber, der da redete, es war wieder einmal dieses Es, und das sprach geschraubt wie gescherte spiritistische Medien, die sich einen Anstrich von Gelehrsamkeit geben. »Mir scheint, wir sind zu rasch dabei, Utopien als Lösungen gesellschaftlicher Probleme zu feiern«, sagte er. »Wir nehmen uns vor, das Eis der Pole zu schmelzen, im ewigen Eis Palmen in Gewächshäusern zu ziehen, das Klima umzugestalten und den Lauf der Flüsse zu ändern. Ich bezweifele nicht, daß der Mensch das alles kann, aber wird er nicht Steppen schaffen, wo keine waren, wenn er die Flüsse umleitet? Und was kosten so Projekte? Wer bezahlt sie? Wie teuer wird ein Zentner Kartoffeln sein, wenn man ihn auf die im Stück des Kollegen Hartholz vorgeführte Weise produziert?«

Wenn Büdner später an seinen ersten Diskussionsbeitrag im Schriftstellerverband dachte, schüttelte er sich allemal. In Wirklichkeit hatte er nur den Einwand herausgeredet, den er während des Gezänks mit der Sawade unterdrückt hatte, aber es war ein Einwand nach Lists Geschmack. »Da hattersch, Kollegen, uns fehlt der Blick fürsch Reale«, sagte er auf gut schlesisch. Allgemeines Beifallsnicken, und auch der Genosse Zwetter schüttelte nicht gerade den Kopf, obwohl er anderer Meinung war. Für ihn war der Staat ein Gebilde, das über eine unerschöpfliche Kasse verfügte, mit deren Hilfe die kühnsten Projekte verwirklicht werden konnten.

In der Pause stellte sich List bei Büdner vor, und die Kollegen, die es beobachteten, bemerkten: Seht, seht, wo gabs je solches?

»Aber ich kenne Sie doch«, sagte Büdner.

»Wirklich?« fragte List und prahlte wieder mit Bescheidenheit. »Das freit mich aber. Mir geht da ane Idee im Koppe rimm, über die ich gerne mal mit Ihnen reden würde. Lassen sich Se mal bei mir sehn!«

46
Büdner versäumt durch ein rüpeliges Telegramm seiner Schwester, Lukian List zu besuchen; sein toter Vater Gustav beschäftigt zwei Redner; Katharina bezichtigt ihn und Reinhold des Brahmanentums.

»Lassen sich Se mal bei mir sehn!« Lists Worte gingen Büdner im Kopf herum, aber auch der »letzte Rat« des Meisterfauns: »Geh nach Finkenhain!« Eigentlich hatte er in Berlin nichts mehr zu tun. Der Film war geschrieben. Was tat er hier noch? Die Antwort war: Er mußte auf Rosa warten. »Hab noch Geduld mit mir eine Weile!« hatte sie gebeten. Wärs nicht geradezu grausam gewesen, ihre Bitte nicht zu berücksichtigen? Aber wie lang war »eine Weile« bei dieser eigenwilligen Rosa?

Freilich arbeitete er in Berlin nicht gerade als Tagedieb, sondern durchstreifte die Stadt und machte sich Notizen. In seinem Bücherregal stand eine Reihe vollgeschriebener Groschenhefte. Außerdem war er Stammgast in der Staatsbibliothek, verbrachte halbe und ganze Tage dort, durchforschte die Bücher der Weisen aller Zeiten und suchte zu erfahren, was und wie sie über das Glück und über den Tod gedacht hatten. Er gabs nicht auf, nach der gemeinsamen Wurzel der so verschiedenen menschlichen Vorstellungen vom Glück und vom Tod zu suchen.

Ja, und nun war die Aussicht dazugekommen, mit dem großen Lukian List kluge Gespräche zu führen. »Lassen sich Se mal bei mir sehn!« Er dachte täglich an diese Einladung und ließ doch Tag um Tag verstreichen, ohne ihr zu folgen, und allmählich verlor er den Mut, hinzugehen und zu sagen: Hier bin ich; Sie wollten mich sehn!

So kams, daß das Leben wieder was mit ihm anfing, weil er zögerte, was Rechtes mit sich selber anzufangen: Jene Dame, die ihm die Sawade vor der Filmpremiere im Café vorgestellt hatte, wand sich, geschmeidig wie eine Leopardin, in sein Atelier. Ja, da stand sie dann, die karätige Frau mit den steingrauen Augen; Hieronymus Büdner hieß sie in seinem »Gehäuse« willkommen und ließ sie auf einem seiner beiden Holzstühle Platz nehmen.

Er hätte die Dame, die sich da bei ihm eingeschlichen hatte, von früher her kennen müssen, von der Wartestunde her, die er einmal bei ihr in der Geschäftsstelle des Santorinischen Bruderordens verbracht hatte, aber ihr gegenüber versagte jegliches Personengedächtnis. Hatte sie nicht schon wieder ihre Luisenlocken abgelegt und sich mit flammend goldrotem Haar geschmückt?

Und wieder machte sie ihm Augen; er irrte sich nicht, doch als er auf ihre versprechenden Blicke einging, erstarrte sie. Sie brachte ihm eine Einladung von Lukian List und bat, auf Antwort warten zu dürfen.

Es fiel ihm schwer, in Anwesenheit der Dame was auf einen Zettel zu kritzeln. »Also dann – auf Sonnabendnachmittag«, schrieb er. »Mit Dank und in freudiger Erwartung ...«

Die Leisegang erhob sich wie eine Katze, die eine Weile auf einem Fensterbrett geruht hat, reichte ihm die Hand, und da war auch wieder dieser versprechende Händedruck, und abermals wurde ihre Hand starr wie ein Brett, als er ihn entsprechend erwiderte.

Mächtige Leere in seinem Atelier, als die goldrot geflämmte Dame gegangen war. Was war mit ihm los? Was sollte die kaum niederzuknüttelnde Anfechtbarkeit? Er gebot sich, an Rosa zu denken, an das Wiedersehen mit ihr, das ausstand, das kommen mußte, das sie ihm sozusagen in Aussicht gestellt hatte: Hab noch eine Weile Geduld mit mir – oder ähnlich!

Aber zwei Tage nach dem Besuch der Leisegang kam der Tod, über den er diesen und jenen Weisen und manchen Zeitgenossen befragt hatte, in Büdners Nähe, der Tod von Vater Gustav nämlich. »Scher dir her zum Begräbnis von Vatern ...«, telegrafierte seine Schwester Elsbeth. Sie hatte das Telegramm in der Aufregung nach Finkenhain geschickt, und Lenka Meura hatte es nach Berlin dirigiert. So kam Büdner erst wenige Stunden vor der Trauerfeier in Waldwiesen an.

Elsbeth rüffelte ihn ab, nannte ihn einen »Filmstar«, der zu vornehm wäre, seiner »gewöhnlichen Schwester« auf einer Ansichtskarte seine Adresse mitzuteilen. »Die Zeit hats gegeben, und sie wirds wieder geben, daß du auf die Nase fällst, dann wirst du wissen, wo deine Schwester ist«, sagte sie.

Es war wohl nicht ganz ernst gemeint mit Elsbeths Prophezeiung; denn sie gab dem Bruder trotz der schwarzen Feierlichkeit einen Klaps auf den Hintern. So waren sie zueinander, die Geschwister; so waren sie überhaupt zueinander, die Kleinen Leute, und das konnte zuweilen ein großes Glück sein!

Die Scheunentenne war geräumt und mit Immergrün und Fichtenzweigen ausgelegt; Fichtenduft mischte sich mit dem Duft des letzten Ziegen-Heus, das Vater Gustav eingebracht hatte. Der Vater lag im geschlossenen Sarg, der Sarg war hellgelb gestrichen und hatte bronzierte Eisenbeschläge.

»Es kommt drauf an, ob du den Vater in dir herumschleppen willst, wie er war«, sagte Elsbeth, »oder ob du seinen zerspellten Dickkopf sehen willst.« Im letzteren Falle wäre sie bereit, den Sarg noch einmal zu öffnen.

Büdner wollte den zertrümmerten Vater nicht sehen, doch er bedang sich aus, eine Weile allein auf der Tenne bleiben zu dürfen. Er hockte sich auf die Leiter, die zum Heuboden führte. Es war wohl das einzige Mal im Leben dieser Leiter, daß ein Mann im Traueranzug auf ihr saß.

Der Vater war ohne Nachricht für Büdner vom Sichtbaren ins Unsichtbare gegangen, er, der die Arbeit seines Sohnes mit Klein-Leute-Stolz verfolgt hatte. Ob er noch immer damit gerechnet hatte, daß sein Stanislaus eines Tages Glas fressen würde?

»Er könnte noch leben«, behauptete Elsbeth vom Vater, »hätt ers nicht mit diesem Traktor aufgenommen, mit diesem Traktor, ja.«

Wie die Dorfstraßen so sind: Pfützen hie und Pfützen da, Schlaglöcher und Katzenbuckel, und der Radfahrweg schlängelte sich durch all diese Unebenheiten. Vater Gustav war auf seinem alten Fahrrad, Marke »Viktoria«, unterwegs zu Bürgermeister Stangenbiel, um sich mit dem über einen bevorstehenden »Aufklärungssonntag« zu beraten. Die Genossen sollten ausziehen und die Verleumdungen, die der Rias-Sender gegen den toten Generalissimus verbreitete, widerlegen. Vater Gustav war in Gedanken beim toten Generalissimus, und der schmale Radfahrweg verführte ihn, bald die rechte, bald die linke Seite der Dorfstraße zu benutzen. Er überhörte den heranplauzenden Traktor, und kurz bevor Mensch und Maschine einander begegneten, fuhr Gustav, weil es der Fußsteig so vorschrieb, auf die andere Straßenseite hinüber. Der Traktorist bremste, so stark er konnte, aber es reichte nicht aus: Vater Gustav, der ein Sechzig-Kilometer-Tempo fürs Auto zum »höchsten Massimum« erklärt hatte, wurde im Fünfzehn-Kilometer-Tempo von einem Traktor getötet.

»Alles nur seine Unfortschrittlichkeit«, tadelte Bürgermeister Stangenbiel noch den toten Gustav. Was für einen schönen

Streit hätte das in Sachen Fortschritt geben können, wenn sich der ehemalige Glasbläser nicht so lautlos davongemacht hätte! Stangenbiel suchte deshalb, nach einigen Gläsern Leichenschnaps, sein Mütchen an Büdners Sohn Stanislaus zu kühlen. »Gewisse Leute«, sagte er, »die ich zu einem gewissen Zeitpunkt aufgefordert habe, Geld für die Asphaltierung einer gewissen Dorfstraße herzutun, sind vielleicht nicht ganz unschuldig am Tode ihres Vaters ...«

Unausrottbar wie Schmeißfliegen waren trotz »fortschreitenden Fortschritts« die Zänkereien auf dem Dorfe, wenn man die Städte nicht mitrechnete.

Vater Gustav hinterließ ein Testament. Elsbeth fand es im Tischkasten in einem dreimal rotgesiegelten Briefumschlag. In den Siegellack war das Petschaft des Grafen Arnim gedrückt; weiß der Teufel, wie es in die Kate der Büdners gelangt war! Halte es Mutter Lena zur Erinnerung an ihre Näherinnenzeit mitgenommen, als sie sich beim Räumen des Schlosses die buddhistischen Bücher holte?

Vater Gustav verfügte, Elsbeth solle die Erbin der Büdner-Kate sein; die anderen Kinder aber sollten sich die Barschaft teilen, die er hinterließ; sie bestand zur Hälfte aus dem Romanhonorar, das Büdner dem Vater geschickt hatte.

Weiterhin, verfügte Gustav, sollte beim Verschwinden seiner Leiche sowohl ein weltlicher als auch ein geistlicher Redner zu den Trauergästen sprechen. »Ich habe mir mein Leben lang bemüht«, hieß es im Testament, »niemals jemanden ganz und gar vor den Kopf zu stoßen. Ich wills nach meinem Tode erst recht nicht. Was kann der neue Pastor dafür, daß wir uns mit dem alten nicht immer einig waren. Laßt ihn also auf meinem Begräbnis reden, den neuen Pastor, damit die alten Frauen was zu heulen haben. Wenn er politisch ausfällig wird, kann ja Stangenbiel ein zweites Mal reden. Wie beliebt. Ich bin immer dafür gewesen, daß alles ausdiskutiert wird!«

Im Nachsatz des Testaments aber hieß es: »Wenn Stangenbiel oder andere Genossen den Pastor bei meinem Begräbnis monieren sollten, können sie in einer Sondergruppe mit dem weltlichen Redner im Trauerzuge gehn, natürlich vorn, und die geistliche Gruppe soll in zehn Meter Abstand folgen.«

Die Verhandlungen mit dem neuen Pfarrer führte Elsbeth. Er war ein hohlwangiger Junggeselle mit blitzenden Augen hinter Brillengläsern, ein evangelischer Fanatiker, ein viereckiger Kreis, ein schwarzer Schimmel, der sich nicht geneigt zeigte, als Zweitredner bei der Versenkung von Gustavs Leiche mitzuwirken.

»Liebe, liebe Frau«, sagte er zu Elsbeth.

»Einmal liebe Frau ist genug«, verwahrte sich Elsbeth.

»Also, liebe Frau«, sagte der Pfarrer widerwillig, »wenn es sich bei dieser Zwiefeierlichkeit ergibt, daß der Vorredner, der gewiß der sich in alles einmischenden Partei angehören wird, abfällige Bemerkungen über die Kirche macht, so werde ich mich nicht entschlagen können zu erwidern.«

Eine verkniffelte Sprache. Elsbeth mißverstand den Pfarrer, vielleicht absichtlich. »Ich weiß jedenfalls«, sagte sie, »daß mein Vater nichts gegen Gott hatte. Obwohl er in der Partei war, seine Kirchensteuern zahlte er in den letzten Jahren wieder. Sie sollten ihn behandeln wie andere Kirchenkunden.« Elsbeth zog Gustavs Testament aus ihrer schwarzen Handtasche. »Lesen Sie selber, Herr Pastor«, sagte sie. »Es ist der Wunsch vom Vater, daß Sie sein Begräbnis bereden, sonst ... man hat gehört, daß Tote als Gespenster erscheinen, wenn ihr Letzter Wille nicht und so weiter.«

Gustav kannte seine Waldwiesener Zeitgenossen. Kurios, wie sein Leben zuweilen, wurde auch sein Begräbnis: Die Büdner-Nachkommen bekundeten, daß sie, was Welt und Geist anbetraf, geteilter Meinung waren: Die einen marschierten in der weltlichen, die anderen in der geistlichen Begräbnisgruppe. Nur Elsbeth wußte nicht recht, wo sie hingehörte. Einst war sie die Frau des weltlich gesinnten Reinhold Steil gewesen und wäre selbstredend mit dem in der weltlichen Begräbnisgruppe marschiert, nun aber hatte der, obwohl sie in ihrem Telegramm nur ihn eingeladen hatte, seine Zweitfrau, die Katze Katharina, mitgebracht, es blieb Elsbeth nichts übrig, als mit ihrem Ehemann Willi in der Zehn-Meter-Lücke zwischen den beiden Gruppen zu gehen.

Die weltliche Rede für Gustav hielt Bürgermeister Stangenbiel: Nichts von den lebenslangen politischen Reibereien mit dem »teuren Toten«! Nach Stangenbiels Worten war Gustav einer der besten Genossen gewesen, die es je in Waldwiesen und »über die Grenzen der engeren Heimat hinaus« gegeben hatte. Gustav, ein Immerbereiter, ein Nimmermüder, war gegangen – leider. Stangenbiel reckte sich, sah über die Gruppe der weltlichen zur Gruppe der kirchlichen Trauergäste hin und sagte: »Was nach mir hier auch immer geredet werden wird, und wenn der Gegner auch bemüht sein sollte, unseren Gustav für sich einzuvernehmen, ich stehe hier und verkünde, das Herz des Toten gehörte der Partei, nur der Partei.«

Danach wurde in der weltlichen Gruppe der Sozialistenmarsch angestimmt. Auch das hatte Gustav sich testamentarisch ausbedungen. Stangenbiel betrachtete sich als »geleimt«.

Was für ein schöner Grund wäre das gewesen, sich mit Gustav zu zanken! Zu spät. Stangenbiel preßte seine Lippen aufeinander, um nicht der Verführung des Mitsingens zu unterliegen.

Büdner war der letzte, der vom Friedhof ging. Da lagen sie nun, die Gräber der Eltern, das alternde Grab der Mutter, mit Begonien und Efeu bepflanzt, und das frische, mit Kränzen und Schleifen geplusterte Grab des Vaters. Ja, da lagen sie, und Fleisch und Bein und was sie waren, würde sich mehr und mehr mit der Erde vereinigen. Außerhalb des Friedhofs aber trieben jene Menschen, die Lena und Gustav der Welt gestiftet hatten, ihr Wesen bis nach Thüringen und Westdeutschland hin, und wie diese Nachkommen sich auf Erden auch gebärdeten, und was sie aus ihrem Leben auch machten, sie waren auf Anstoß zweier Menschen in die sichtbare Welt getreten, die jetzt unter den zwei Grabhügeln lagen.

Vor dem Friedhofstor, an der Lebensbaumhecke, warteten Reinhold und Katharina auf Büdner, drückten ihm die Hand und versicherten ihm nach mitteleuropäischem Brauch ihr

Beileid. Katharina freilich benutzte die Gelegenheit wieder, ihren alten Gespielen auf den Mund zu küssen.

Mit Reinholds Herzkranz schien es besser zu gehen. Er betreute jetzt die Parteiveteranen des Bezirks, und das war jedenfalls keine Funktion, die ihm die Nachtruhe raubte. Trotzdem hatte er sich bis jetzt seine Jugendträume nicht erfüllt, hatte die Bücher nicht gelesen, die er immer hatte lesen wollen, streifte nicht zweck- und ziellos durch die Wälder, wie er sichs vorgenommen hatte, sondern lief vorläufig auch in seiner neuen Funktion auf den Schienen weiter, auf die er eingefahren war. Eine Erschütterung wäre nötig gewesen, ihn vor Routine zu bewahren, von der er nichts merkte. »Ich muß dich allein sprechen«, sagte er zu Büdner.

Katharina wurde böse und stampfte mit ihren kleinen Füßen das graue Gras an der Friedhofshecke. »Dieses Geheimtun das in dere Partei! Es mißfallt mir lang schon! Ein Genosse derf das wissen, der andere das, der dritte am liebsten gar nix. Ich bin eure Genossin, meine Herrn, und wenn ihr Parteiliches zu beschwatzen habt, sollt ichs hören dürfen. Aber ich seh, ihr treibts wie die in Indien mit ihren Kasten; je kleiner der Kasten, in dem einer sitzt, desto weniger derf er wissen von den göttlichen Geheimnissen.«

Drüben überm Weg vorm Tor der Büdner-Kate erschien Elsbeth, klatschte in die Hände und rief: »Zum Leichenschmaus, gottverdammich!«

Reinhold nutzte die Gelegenheit, Katharina wegzuschicken. »Geh wenigstens du!« sagte er zu ihr, und Katharina ging gehorsam. Er aber packte Büdner beim Arm und zog ihn um die Wegbiegung. »Es kam mir zu Ohren, daß du das von Risse aufschriebst«, sagte er. »Warum? Es macht nur böses Blut, so wie die Lage ist.«

Büdner gefiel nicht, daß Reinhold das Begräbnis des Vaters benutzte, ihm Vorhaltungen zu machen. »Ich schriebs für mich, ich konnt nicht anders damit fertig werden«, sagte er barsch.

»Gut, wenns dir half, doch jetzt ists überflüssig, dächt ich«, sagte Reinhold väterlich und machte die Handbewegung des Zerreißens, denn Katharina kam zurückgepprescht.

»Auf deine Tabletten vergiß nicht!« mahnte sie Reinhold und blieb, und sie ging auch nicht, nachdem Reinhold ein Glasröhrchen aus der Westentasche gezogen, sich eine rosa Tablette auf die flache Hand geschüttet und sie geschluckt hatte.

Aus der Büdner-Kate drang das Geschmetter einer Trompete zu ihnen herüber. Es kam aus jener Stube, in der einst die Bäuerin Schulte den halb erstickten Stanislaus Büdner ins Leben zurücktanzte. Im Trauerhaus »versoff man das Fell« von Vater Gustav.

47 Büdners Fehltod wird entdeckt. List setzt ihn den Verführungen des Klassen-Satans aus und macht ihn mit der Theorie der Bedürfnislosigkeit bekannt.

Lists Studio war wie ein Lugaus; es hatte Fenster nach allen Himmelsrichtungen hin, und um die Zeit, da die Trompete in der Büdner-Kate die Begräbnis-Nachfeier für Vater Gustav einblies, wartete der Meister auf Büdner, ging von Ausguck zu Ausguck und betrommelte nervös die Fensterbretter; er war nicht gewohnt, daß man ihn warten ließ. Der arme Büdner, er hatte in der Eile der Abreise vergessen, seinen Besuch abzusagen.

List stöberte seinen Meisterschüler Häckerling, einen bartlosen Spät-Mann, auf, der hinter einem Viereck aus Wandschirmen saß und Notizen überprüfte. »Gehn Se zu den Weibsen runter! Die Leisegang soll nachsehn, was los is!«

Häckerling rutschte vom Drehschemel und ging treppab zu den »Weibsen«, und das waren Lists Frau Vivian, ihre Zwillingstöchter Sherry und Mary und die Leisegang. Die Zwillingsmädchen knieten auf der Couch, sahen zum Fenster hinaus und lauerten auf Büdner, den Mann von draußen.

Die Leisegang machte sich fertig, um nach Büdner sehen zu fahren. »Nehmen Sie mich, bitt schön, mit«, bat Frau Vivian. Die Leisegang hatte ihr von Büdners dürftiger Wohnungsausstattung erzählt, und die List-Frau war neugierig geworden, sie gierte nach allem, was Abwechslung versprach; das Leben, es war so wenig interessant hier im preußischen Preußen! Auch die Zwillingsmädchen wollten mit. Nein, sie sollten, bitt schön, den Gast empfangen, falls er käme, während die Damen unterwegs wären.

Frau Vivian und die Leisegang fuhren in einem kleinen postgelben Auto über die Möllendorfstraße zur Großmeister-Allee, und sie läuteten bei Büdner, aber es wurde ihnen nicht geöffnet.

Frau Vivian drückte ihre Stupsnase gegen die unteren Scheiben des großen Atelierfensters. »Wie bei armen Leuten ists halt!« sagte sie nach einer Weile, stellte sich auf die Zehen, lugte durch die oberen Scheiben, prallte zurück und sagte mit zitternder Stimme: »Er liegt im Bett und rührt sich nimmer!«

Die Leisegang war sich schon lang nicht zu schad, in fremde Fenster zu schauen, und auch sie sah jemand reglos im Bett liegen.

»Er ist am End schwerkrank, gar tot«, flüsterte Frau Vivian, und die Damen pochten gegen die Scheiben des fremden Ateliers, aber es rührte sich nichts.

»Ich geh um Hilfe«, entschied die Leisegang und ließ Frau Vivian allein zurück, und der wars unheimlich, doch es reizte sie. Sie lehnte sich gegen die Balustrade des Dachgartens, und die Möwen kamen und umsegelten sie, und sie mußte an den Film von der Geierwally denken.

Drunten lagen die Allee und der Alexanderplatz im Dunst, für Frau Vivian Anti-Hollywood-Atmosphäre, und sie bedauerte den Mann von draußen: Wenn er tot war, hatte er sich gewiß umgebracht, und wenn er sich umgebracht hatte, warum? Lukian hatte ihr oft empfohlen, sie möge sich mehr um ihre Mit- und Nebenmenschen kümmern. Jetzt tat sie es, aber Lukian sah es nicht.

Die Leisegang kam mit einem dürren Volkspolizisten und einem behenden Schlosser zurück. Der Schlosser trug ein kekkes Hütchen, rasselte mit einem Bund Dietrichen, machte sich an die Arbeit und hatte die Tür nach zwei Minuten geöffnet.

Stille wie im Leichenschauhaus, als der Volkspolizist das Atelier betrat. Es war aufgeräumt, alles an seinem Platz, nur das Bett war nicht geordnet; auf dem Deckbett lag der Schlafanzug, auf dem Kopfkissen das hellbraune Oberteil eines Hutes von August Meura. Büdner hatte dem Meura-Hut die Krempe abgeschnitten und trug die Kappe nachts, wenn das Atelier auskühlte, um seinen halbkahlen Kopf warm zu halten, und der Schlafanzug auf dem Deckbett und das Käppchen auf dem Kopfkissen – sie hatten von draußen ausgesehen wie ein liegender Mann.

Zuerst lachte der Schlosser, dann lachte Frau Vivian unterdrückt, und das war, als ob eine Grille zirpte, während sich die Leisegang in der kleinen Küche zu schaffen machte und berichtete: »Verreist ist er.« Der Gashauptahn wäre abgedreht! Im Spülbecken gäbs einen Ockerfleck vom tropfenden Wasserhahn, Büdner müsse schon zwei, drei Tage unterwegs sein! Sie kannte sich aus, die Leisegang, sie war nicht seit gestern erst auf der Welt.

Zwei Tage später entschuldigte sich Büdner telefonisch bei List, sie trafen eine neue Verabredung, und er besuchte zum ersten Male das Landhaus am Orankesee. Der See lud nicht zum Baden ein; sein Wasser stank sogar im Spätherbst noch nach dem Kot von halbwilden Enten, die sich auf ihm tummelten.

Büdner sollte, so war am Telefon vereinbart, den Hintereingang vom Garten her benutzen; List wollte verhindern, daß die Weibsen seinen Gast abfingen.

Es gelang, alles gelang: Büdner kam ungesehen ins holzgetäfelte Studio, in dem kleine, chinesisch anmutende Tische und Hocker aus Holz und Leder standen; inmitten der Hocker-Herde aber ragte ein schwarzer Lutherstuhl auf, dessen Sitzfläche mit rotem Saffianleder überzogen war.

Überall, auf den Tischchen, den Hockern und den Fensterbrettern, lagen Bücher, Manuskriptteile, lose Zettel und kleine Zeichnungen, und an den holzgetäfelten Wänden, auch an Gestellen, die wie Kartenständer aussahen, hingen landkartenähnliche Aushänger, die mit Thesen, Sätzen und Aufrissen beschrieben waren, und all diese Hilfskonstruktionen, die umherliegenden Zettel, auch die Bücher schienen sich auf Lists gegenwärtige Arbeit zu beziehen. Manche der Thesen waren aus herausgeschnittenen Zeitungs-Großbuchstaben zusammengesetzt; Lists Augen fingen an zu versagen, doch es widerstrebte ihm, mit einer Brille umherzugehen.

Der große List trat aus einer Tapetentür. Die Tür war von einem Bücherregal umrahmt. Der Meister trug graugrüne Latzhosen und braune Lederpantoffel, begrüßte Büdner mit amerikanischem Hallo-Ruf, verbeugte sich ein wenig und reichte ihm rasch und drucklos die Hand.

Büdner entschuldigte sich noch einmal und redete List mit »Genosse« an.

List war nicht in der Partei. »Die Disziplin dorte wirde mich varrickt machen«, pflegte er zu sagen, doch er hatte es gern, von Parteimitgliedern mit »Genosse« angesprochen zu werden, und er nahms dankbar von Büdner entgegen, duzte den sogleich und bat ihn, im Lutherstuhl Platz zu nehmen. Büdner nahms für bar und setzte sich.

Es war noch nie vorgekommen, daß sich ein Gast, auch wenn er aufgefordert wurde, in den Lutherstuhl gesetzt hatte, selbst der stellvertretende Kulturminister hatte bescheiden auf einem Hocker Platz genommen und sich aus Respekt vor List den Bauch eingedellt.

Büdners Verhalten nötigte List Respekt ab. Hier hast du es mit dem Stolz eines Mannes von draußen zu tun, mit dem Selbstbewußtsein eines Proletariers, dachte er und wußte nicht, daß Büdners »Stolz« und »Selbstbewußtsein« nichts weiter waren als Unerzogenheit.

Der Meister huschte in seinen klappernden Lederpantöffelchen hin und her, trug Zeitungen zusammen, legte sie auf ein Tischchen neben dem Lutherstuhl und bat Büdner, ihn für ein Weilchen zu entschuldigen, er hätte noch ein Ferngespräch nach Österreich zu laufen, und damit verschwand er wieder hinter der Tapetentür im Bücherregal.

Büdner nahm die Zeitungen, betrachtete ihre Titel und legte sie wieder aufs Tischchen: Es waren alles Zeitungen, die er als Genosse nicht lesen durfte, gedruckte Ketzereien des Klassenfeindes aus Westdeutschland, Österreich, England und Amerika. Gewiß wollte List ihn prüfen. Er dachte an die Landesparteischule und wie sie ihn dort »überprüft« hatten: Er mußte auf einer Bühne sitzen und seinen Lebenslauf erzählen, und sie strahlten ihn mit Scheinwerfern an, während unten im verfinsterten Saal, hinter grünen Lampenschirmen, die Mitglieder einer Kommission die Lebensläufe, die er zu verschiedenen Zeitpunkten seines Nachkriegslebens geschrieben hatte, verglichen, und sobald sich sein mündlich vorgetragener Lebenslauf nicht mit den verschiedenen geschriebenen Lebensläufen deckte, wurde er von den Kommissionsmitgliedern hochnotpeinlich befragt.

Damals war viel Furcht in ihm gewesen. »Parteifurcht«; nicht, weil er in seinen Fragebögen falsche Angaben gemacht hatte, sondern weil es ihm darum ging, ein würdiges Mitglied der Gemeinschaft zu sein, der Rolling, Rosa und Reinhold angehörten, vor allem um Rosa gings ihm. Etwas von dieser »Parteifurcht«, fand er, war noch immer in ihm. Weshalb? Weil Reinhold sich, wie kürzlich im Hinblick auf die Risse-Geschichte, das Recht nahm, ihn zu bevormunden? Weil Rosa es für nötig befand, ihn beim Schreiben des Filmszenariums vor dem Einfluß des Karrieristen Flunkenstein zu bewahren? Das war doch richtig, wie sich herausgestellt hatte. Vielleicht war es sein Hang zur Überdisziplin oder der anerzogene Untertanengeist, die ihn beständig leise fürchten machten, er könnte sich gegen das, was die Parteilinie genannt wurde, vergehen. Es war doch möglich, daß List durch ein Loch in der Tapetentür zu erkunden trachtete, wieviel von dem, was Parteidisziplin geheißen wurde, in ihm, in Büdner, war.

Er dachte an Anton Wacker, und wie dessen Reaktion wohl gewesen wäre, wenn man ihm Feindzeitungen, so nannten sie Publikationen aus Ländern, in denen Kapitalisten regierten, in den Schoß gelegt hätte. Zumindest hätte der den parteilosen List einen Provokateur genannt.

Endlich kam List zurück, entschuldigte sich und verbeugte sich wieder. Er brachte den aufgeschwemmten Häckerling mit. Häckerling trug ein grünes Sporthemd und sah aus wie ein Forst-Eleve vom Innendienst. List stellte ihn vor: »Mein Assistent, auch meine Brille manchmal«, und er benutzte den Augenblick, da Büdner aufstand, um Häckerling zu begrüßen, sich in seinen Lutherstuhl zu setzen.

Der überraschte Büdner setzte sich nicht auf den Hocker, den ihm Häckerling zuschob, sondern auf eines der Tischchen.

Über Lists geschorene Kopfhaut ging jenes Zucken, das bis nach Amerika hin bekannt war; es konnte Mißfallen, auch Wohlwollen ausdrücken, nicht einmal Frau Vivian wußte es jeweils exakt zu deuten.

Da saßen sie nun, und hinter der Lehne vom Lutherstuhl schimmerte der Orankesee, und sie begannen ihr erstes Arbeitsgespräch, und keiner von ihnen ahnte, wohin es führen würde.

»Freut mich, daß du dich entschlossen hast, mit mir zamm was auszukochen«, sagte List.

Büdner stutzte. Er entsann sich nicht, daß sie bereits über Pläne gesprochen hatten, und er sagte es vorsichtig.

List grinste; er hatte mit seiner Überrumpelungstaktik testen wollen, wie leicht sich Büdner einvernehmen ließ, nun lenkte er ein. »Ich bin manchmal vergeßlich«, sagte er und sog an seiner kurzen Tabakspfeife, an der von vielen Fotos her bekannten Stalin-Pfeife. »Es gibt Menschen, die ham mein Vertraun mitm ersten Schlage, und da passierts schon, daß ich mit ihnen rechne, ohne zu fragen, ob sie überhaupt mit sich rechnen lassen wollen.«

Was sollte Büdner antworten. Das Zankgeschrei der Wasservögel draußen auf dem See kam ihm zu Hilfe. »Eine Menge Wild-Enten habt ihr hier!« sagte er.

Häckerling fand Büdners Verhalten respektlos. Er dachte an den Tag, an dem er zu List kam. Es war bei einer Diskussion, die der Meister mit jungen Germanisten führte. Er, Häckerling, hatte sich damals einen Ruck gegeben und gefragt: »Ists vermessen, Herr List, Sie zu bitten, uns etwas über Ihre spezielle Dialektik zu sagen?«

Darüber ließe er sich nicht gern aus, hatte List geantwortet. »Was Sie meine spezielle Dialektik nennen, die is amal mit dem Genossen Proletkult erwischt worden, seitdem hält man sie hierzulande nicht mehr für gesellschaftsfähig.«

Häckerling notierte sich den Ausspruch des Meisters sogleich. Dem Meister gefiel der Eifer des jungen Mannes. Er lud ihn zu sich nach Hause ein, wo sie rasch miteinander ins reine kamen: Häckerling wurde Lists von der Kunstakademie honorierter Meisterschüler.

Büdner sah an der Lehne vom Lutherstuhl, die wie eine Kulisse wirkte, vorbei und auf den See hinaus, sah einen Schwan aus dieser Kulisse gleiten, sah ihn die Flügel sträuben und wie einen Damenhut aus dem Jahre neunzehnhundertundzwölf dahinschwimmen.

List zog seinen rechten Lederpantoffel aus, warf ihn spielerisch in die Höhe, fing ihn wieder auf und lobte Büdner für die Fragen, die er im Schriftstellerverband gestellt hatte. »Ich meen die Fragen nach den Kosten von Projekten, die sich varrickte Himmelsstürmer und Gigantomanen ausdenken.« Zunächst wären ganz andere Probleme zu lösen.

Andere Probleme?

Ja, wenn die Kapitalisten und alle auf Auspowerung der Völker bestehenden Kreaturen ausgeschaltet wären, wie es in Bälde der Fall sein würde, hieße es aufpassen, daß die Arbeiter nicht die Bedürfnisse der Reichen übernähmen! »Ich meen die unnützen Bedirfnisse, die Fräcke, Säcke, Smokings, Geschmeide, Privathäuser, Autos und so Zeig!«

Eine Reihe Wild-Erpel zog ratschend über dem See dahin. List war bei seinem Lieblingsthema: Freilich, solange es noch Kapitalisten jenseits der Elbe gäbe, »wern se uns neue Bedirfnisse uffzuholzen versuchen, besonderst unechte, aber wir dirfen se uns eben nich uffzwingen lassen, verstehste. Die Produktion von Nutzlosigkeiten muß verfemt werden!«

Hinter der Luther-Stuhl-Lehne schoß ein Schwanenhahn hervor und schoß auf einen zweiten Schwan zu, Büdner erwartete einen Zweikampf, aber alles, was geschah, war Plusterei und Geplänkel.

List verwies auf die Aushänger an den Kartenständern. Auf einem war erkennbar, daß der Meister sich mit so etwas Profanem wie dem Fahrrad auseinandersetzte: DIE ENTWICKLUNG DES EIGENTLICHEN PRINZIPS FAHRRAD IST ABGESCHLOSSEN, hieß es auf dem Aushänger lakonisch. Ein solid gebautes Fahrrad blieb bei normalem Gebrauch und entsprechender Pflege ein Menschen-

Alter lang verwendungsfähig, aber der Kapitalist bediene sich der Mode, stand zu lesen, die Verwendungsdauer des verhältnismäßig preiswerten Fortbewegungsmittels zu verkürzen; eine neue Lenkerform, eine neue Art von Sattel müßten her, und die Lebensdauer werde durch eine leichtere Bauweise (schwächere, unvernickelte Speichen und schwächere Rahmen) herabgesetzt.

Auf einem anderen Tableau wurden ähnliche Manipulationen an der Mannshose abgehandelt, der die von den Kapitalisten gemachte Mode vorschriebe, mal kurz, mal lang, mal weit und mal eng zu sein, um die Dauer ihrer Verwendungsfähigkeit zu verkürzen. Der Meister arbeitete an einem Essay über echte und unechte Bedürfnisse. Niemand hatte ihm diese Arbeit abverlangt, er wollte sie der Regierung als Memorandum überreichen.

Bücher und Bibliotheken müßten den Arbeitern zu Bedürfnissen werden, Theater und bildende Kunst, dozierte List. Mit dem Herstellen von unnützen Dingen vertue man kostbare Zeit, die fürs Denken genutzt werden müßte. »Denken muß Bedirfnis Nummer eins werden!«

Häckerling und Büdner bewunderten den Meister um die Wette. Büdner vor allem, weil List mit seiner Theorie seinem verstorbenen Vater Gustav, dem anspruchslosen Glasbläser, recht gab.

Und die Wellen von Lists wilden Gedanken machten den blanken Silberteller an der Holzwand zittern, den der Meister bisweilen, wenn er an ihm vorüberging, mit einem raschen Seitenblick als Spiegel benutzte. »Was schreiben Se da und schreiben?« fuhr er den eifrigen Häckerling an. »Das ham Se doch alles schon längst!« Ja, er habe das schon, Häckerling bestätigte es, aber es handele sich diesmal um eine verfeinerte Variante des Ausspruchs. Der Meister nahms zufrieden zur Kenntnis, setzte sich, sprang wieder auf, ging wieder hin und her, tat einen Seitenblick in den »Spiegelteller« und erklärte: »Das verfeinerte Denken, es wird uns alles ersetzen, alle Vergnügen, sogar die Kunst allmählich!« Aber weiter kam er mit seinen THESEN nicht; seine Weibsen drangen ins Studio, die

Leisegang und Frau Vivian auf zierlichen Füßen in leichten hellblauen Schuhen, Mokassins genannt, die große Mode der westlichen Welt!

Die Damen entschuldigten sich, sie hätten einen Biedermeier-Schreibsekretär für Lukian aufgetrieben und müßten seinen künftigen Platz im Studio ausmessen.

List fühlte sich gestört und fuchtelte mit seinem Pantoffel. Es beeindruckte die Damen nicht. »Aber du hast doch Biedermeier verlangt«, sagte Frau Vivian, begrüßte den Gast mit einem Hofknicks und machte sich ans Ausmessen.

Lists Kopfhaut zuckte. Er sprang zum Bücherschrank, riß die Tapetentür auf, rief Büdner zu: »Komm ock morgen wieder!« Dann verschwand er.

Die Damen verhehlten nicht, daß sie List mit Absicht vertrieben hatten. Frau Vivian lud Büdner mit einem zweiten Hofknicks zum Essen ein, und Büdner war so hingerissen, daß sein Kopf eigenmächtig nickte und zusagte.

48 Büdner wird von eineiigen Zwillingen umbuhlt und von Lukian List zum Teilhaber einer Romanfabrik gekürt.

In den Räumen der Weibsen war es dunkel wie in alten Bauernstuben. Frau Vivian führte den Gast in den Mittelsaal. Dort flogen ihm die etwas zu schwer geratenen Haus-Elfen Sherry und Mary entgegen. Sie klapperten mit den Augen und plapperten, als hätte man ihnen, wie den Spielzeugpuppen späterer Jahre, kleine Grammophonplatten eingebaut, und sie küßten ihn auf den Mund, und der verwunderten Frau Vivian erklärten sie: »Ausgemacht, gestern abend ausgemacht!«

Frau Vivian entschuldigte sich, doch dem ausgehungerten Einspänner Büdner mißfielen die jungfräulichen Küsse nicht, und er hatte nichts dagegen, sich von fünf Frauen – eingerechnet die schöne Hausgehilfin – verwöhnen und in vier Dialekten unterhalten zu lassen, von Frau Vivian lieblich österreichisch, von Sherry und Mary breit amerikanisch, von der Leisegang kölnisch und von der Hausgehilfin sächsisch. Joi, es war ihm so wohl bei alldem, wie einst dem »braven Soldaten Schweyk«, da ihn die Irrenwärter badeten und »trockenlegten«.

Später mußte er sich – Frau Vivian zuliebe – Möbel aus Zeiten und Jahrhunderten ansehen, aber er kannte sich nicht aus mit Schränken und altem Gestühl, mit Barock, Biedermeier und Chippendale, und er war froh, als Sherry und Mary ihn auf ein breites Sofa zogen, damit er das Rascheln ihrer neuen Petticoats hören konnte; sie hatten sie tags zuvor aus Westberlin bekommen. »Denken Sie«, sagte Mary, »wir sind eineiige Zwillinge, und es ist so schwer für uns, nonkonformistisch zu sein! Will ich einen Petticoat, will auch Sherry einen, und jetzt sind wir beide scharf auf einen Motorroller.«

Welch unterhaltsame Dümmlichkeiten! Büdner mußte an Lists THESEN von den echten und unechten Bedürfnissen denken.

Man rief zu Tisch. Der Meister blieb fern. Man aß mit Geplauder; Häckerling stopfte, und Büdner wurde von vier Damen genudelt.

Nach der Tafel mußten die Mädchen im Garten spazieren, den »Preußenmarsch gegen die Molligkeit machen«, hieß das bei ihnen, und Häckerling, der sie begleiten mußte, nannten sie ihren »bartlosen Feldwebel«.

Lukian List lag um diese Zeit angekleidet auf dem zerwühlten Bett in seinem Schlafkabinett hinter der Tapetentür und grollte. Er war zornig auf die Weibsen, die ihm seine erste Unterredung mit Büdner zuschanden gemacht hatten. Seine Familie machte ihm schon immer nicht wenig zu schaffen, aber seit sich seine Vivian diese Leisegang zur Freundin gemacht hatte, respektierten sie nicht einmal mehr seine geheiligte Arbeitszeit in den Vormittagsstunden. Wieder einmal fragte er sich: Wozu muß ein Dichter eine Familie haben? Es hätte dir damals, als du mit der Vivian anfingst, was Besseres einfallen sollen, dachte er, und ganz für sich bezeichnete er die Zeit, in der er sich mit der österreichischen Schauspielerin zusammentat, als eine Periode biologischen Vermehrungstaumels. Leider, leider war auch er dieser menschlichen Unzulänglichkeit anheimgefallen, er, dessen Lebensphasen, vorher und auch jetzt wieder, streng systematisiert waren, und für die Zeit nach seiner Emigration sahen sie so aus:

A. Strikte Absage an alles, was die Kapitalisten betraf. Sie beruhte auf seinem Grund-Erlebnis mit dem Scheiß-Vater. Nichts, was den Hirnen solcher Pfeffersäcke entsprang, sollte in die neue Gesellschaft einfließen und sie belasten.

A. a. Das zu verhindern, war er hierher gekommen, statt in Österreich zu bleiben.

A. b. Aus diesem Grunde verstand er sich mehr als schreibender Politiker denn als politischer Schreiber.

A. c. Er mußte den Politikern das zu Bewußtsein bringen, weil sie schreibenden Politikern merkwürdigerweise mißtrauten, lenkbaren politischen Schreibern aber anscheinend nicht.

A. d. Ein Partei-Eintritt würde ihm seine künftige Arbeit wahrscheinlich erleichtern, deshalb war zu überprüfen, ob er es mit der Disziplin, die ihm dann abverlangt werden würde, aufnehmen konnte.

A. e. Den Politikern mußte klargemacht werden, daß nicht nur kapitalistische Ideen, sondern auch deren Materialisationen, in Form von unechten Bedürfnissen, zersetzend in den jungen sozialistischen Staat eindrangen. Das sollte in dem Essay bewiesen werden, an dem er arbeitete, zu dem er, mit Hilfe von Häckerling, umfangreiche Untersuchungen anstellte.

Die Arbeit würde in zwei, drei Monaten beendet sein, deshalb hatte List auch für die danach folgende Zeit seine Arbeits-THESEN parat:

B. a. Die Zeit für antifaschistische Arbeiten, nach Art seiner DAVID-Romane, war zu Ende!

B. b. Die von den Arier-Ideen verseuchte Bevölkerung mußte umerzogen werden!

B. c. Man mußte Romane schreiben, in denen man der Bevölkerung deutlich zu machen hatte, worin das Neue im heranwachsenden sozialistischen Staat bestand.

B. d. Es gab (leider) Umstände, die verhinderten, daß man mit dem Projekt bisher hatte beginnen können.
B. e. 1. Es fehlten zwölf Jahre Leben in Deutschland;
B. e. 2. Man kannte das neue Leben der Arbeiter über und unter Tage nicht. Häckerling wurde beauftragt, Ausschau nach intelligenten Arbeitern zu halten, die mit heutigen Stoffen behilflich sein konnten.

Bei seiner Suche war Häckerling auf Büdners Roman gestoßen. Er las List daraus vor. »Das könnt ock der Mann sein, den wir brauchen!« hatte List gesagt.

Nun war er dagewesen, dieser Mann, doch als List beginnen wollte, ihn um heutige Erlebnisse anzuzapfen, waren ihm die Weibsen dazwischengekommen. Wie sollte er ihnen nicht grollen, wie nicht bis zur Verfluchung seiner Familiengründung herabsteigen, wie seine Pfeife nicht glühend rauchen. Gesittete Pfeifenraucher hatten ihm oft und oft die Folgen solcher Rauchersünden vor Augen geführt. Aber hatte List je auf Ratschläge anderer gehört? Er bezog seine Ratschläge seit seiner Pennälerzeit von sich selber, sogar einige Backenzähne hatte er sich mit einer Eßgabel gezogen, statt zum Zahnarzt zu gehen.

Die Zweige der Trauerweiden filterten das Mittagslicht und pendelten im sanften Wind; ihre Schattengitter bewegten sich auf dem Fußboden des Salons und machten aus dem dicken Teppich das Fell eines atmenden Tieres. Die Möbel strömten ihre arteigenen und jahrhundertalten Gerüche aus; Frau Vivian und ihr Gast tranken Kaffee, und der Gast war froh, daß die Hausherrin ihm abnahm, ein Gespräch zu beginnen. »Verzeihen Sie, bitt schön«, sagte sie, »schreiben Sie auch fürs Theater?«

Nein, fürs Theater schrieb Büdner schon lang nicht mehr.

»Und wenn ich sie lieb bäte?«

»Hähä!« machte Büdner und war hilflos.

»Die Leut hierherum wissens ja nicht, daß ich a Schauspielerin bin. Es wär so herzig, sie zu überraschen.«

Büdner wurde noch hilfloser. »Ja, wär schon herzig«, sagte er.

»Nun, wenn nicht Theater, so schreibens mir halt anen Film, aber sagens dem Lukian nichts drüber!«

Ein Windstoß fuhr in die Hängezweige der Bäume vor den Fenstern. Das Tierfell, das der Teppich war, schien sich heftiger zu bewegen. Die Leisegang kam herein. Sie schien zugehört zu haben. Hinter ihr stürmten die Zwillinge in den Salon. »Schaut, die infame Vivian!« hieß es. »Sie macht uns den Mann von draußen abspenstig. Und wissen Sie«, sagte Mary und zog Büdner vom Kaffeetisch wieder auf das breite Sofa, »und wissen Sie, daß sich Vivian die Mokassins anzog, um Ihnen ihre kleinen Füße vorzuführen?«

»Und wissen Sie«, fragte Sherry und setzte sich auf Büdners Schoß, »wie hinterhältig Vivian und Cläreleise sind und daß sie mit Nachschlüsseln in Ihre Wohnung drangen?«

»Man sollte euch die Puppenmäuler zerklopfen!« fuhr die Leisegang auf, und sie wies auch Frau Vivian zurecht: »Ich versteh nicht, weshalb Sie den Blagen das erzählten!«

Wildgänse fielen auf dem See ein, krächzten und schlugen mit den Flügeln. Im Salon ruderte Frau Vivian und entschuldigte sich kreuzweis. »Wir brachen ja nicht wie Gangster bei Ihnen ein«, sagte sie und strich Büdner über den Handrücken. »Wir sorgten uns um Sie. Nun schämen wir uns.« Ja, und sie würden sich weiter schämen müssen, weiter, immer weiter, wenn Büdner ihnen nicht zu Hilfe käme, er möge ihnen erlauben, sein Atelier apart zu möblieren.

Alle vier Frauen, auch die Mädchen, die nicht dabeigewesen waren, erklärten Büdner zuletzt um die Wette, welche Angst sie an jenem Tage um ihn ausgestanden hätten. Er konnte sich später nicht entsinnen, ob er sich mit der Möblierung seines Ateliers einverstanden erklärt hatte, denn alsbald bedrängten ihn Sherry und Mary mit »konformistischen« Gästebüchern, und er schrieb in jedes ungeschickte Grüße und Komplimente; vor ihm aber hatten Leute wie Sartre, Aragon, Lukács und Dymschitz, ganz vorn sogar Chaplin und die Dietrich was eingeschrieben.

Als er heimkam, saß seine halbzahme Dohle auf der Balustrade, fuhr quorrend aus dem Schlaf und zeigte an, daß sie um ihre Abendmahlzeit gekommen war. Büdner holte ihr einen Wurstzipfel, doch sie nahm ihn nicht. Alles zu seiner Zeit!

Das Leben und das Verhalten der streunenden Kreaturen wurde von einem zentralen Punkt her geregelt, vielleicht trachteten die Menschen, ohne daß sie es wußten, unablässig danach, diesen Punkt wiederzufinden.

Büdner ging nachdenklich ins Atelier zurück. Vor der Tür lag ein Zettel; er hätte beinahe draufgetreten. Er ging hinein, machte Licht und las. Rosa fragte: »Was hatten der Volkspolizist und die merkwürdigen Frauen vor Tagen in Deinem Studio zu suchen? Wir verfolgen alles! Ich komm bald.«

Zwei Freuden durchglosten ihn an diesem Abend, bevor er einschlief: Rosa hatte ihn nicht aufgegeben; sie würde kommen; List würde mit ihm arbeiten und sein Meister sein.

Am nächsten Tage fing ihn Häckerling am Portal des Landhauses ab. Der Meister wünschte sein Arbeitsgespräch mit ihm im parkartigen Garten zu führen. Er wollte bei den Verhandlungen nicht wieder von den Weibsen gestört werden. Die Gartenspaziergänge des Meisters wurden im Hause List »Landausflüge« genannt. Der Meister ging nicht gern und berief sich mit dieser Unlust auf den Urmenschen: »Der Kerle lief nur, wenn er Hunger hatte.«

Es war ein sonniger Tag; der Himmel hoch und blau, und das Wasser des Sees roch noch leis moderig. Die drei Männer gingen über die gewundenen Parkwege: Büdner stampfend, List mit kurzen Schritten, und Häckerling stolperte mit einem tragbaren Schreibpult dahin. Der Meister knüpfte nicht an seine Thesen vom Vortage an und hatte doch seinen Plan: Er entschuldigte sich, daß er Büdner kein Beileid zum Tode des Vaters gewünscht hatte, aber es wäre so wunderlich mit den Vätern; er selber hätte sich erhofft, beglückwünscht zu werden, als sein Vater starb. »Wie war er, dein Alter, hatt ihr euch denn vertragen?«

Eine Nebelkrähe flog über den See und begrüßte oder behöhnte die Wild-Enten. Wer wußte das? Büdner erzählte von seinem Vater Gustav, der so gern gesehen hätte, daß sein Sohn Stanislaus ein Glasfresser geworden wäre. Roman und Film – ganz schön für den Anfang, aber jedermann glaubte sich berechtigt, an solchen Taten seines Sohnes herumzukritteln. Glasfressen, ja, das wäre eine eindeutige Sache gewesen! Niemand, der sich getraut hätte, seinem Stanislaus vorzuhalten: Du mußt das Schnapsglas besser zerkauen, bevor du es hinunterschluckst, oder so was.

List lachte, daß eine Eichkatze aus ihrer Baumhöhle schlüpfte und sich zum Wipfel hinaufkrallte. Büdner erzählte, wie der Vater als Toter zwei Leichenredner beschäftigte und dafür sorgte, daß ihm die »Nationalhymne« der Sozialdemokraten nachgesungen wurde.

»Ein echt deutsches Komödchen!« sagte List. »Und du hast es noch nicht geschrieben?« Er wollte in der Geschichte von Vater Gustavs Begräbnis die politische Wackelei des deutschen Kleinmannes sehen, die bis in die Neuzeit reichte, und daran, wie Stangenbiel dem Pfarrer im voraus allen Anspruch auf den »ideologischen Gustav« entriß, den Zug der neuen Zeit. Stangenbiel – der neue Mensch, oje, dachte Büdner.

Und ein Schwan erhob sich vom See und flog über den Parkgarten hin, und sein Schwingenschlag war wie Gesang, während Büdner von seiner Schwester Elsbeth erzählte; wie sie zu ihrem Manne gehalten hatte all die Lagerjahre hindurch, bis auf den »Fehltritt« mit dem gefangenen Franzosen. Und wie sich Elsbeth gewisser Wünsche wegen, die ihr der politisch überbeanspruchte Reinhold nach der Lagerzeit nicht mehr erfüllte, zu Reinholds Lagergenossen, dem weniger beanspruchten Wagenlenker, hinüberschlug.

»Das muß ja sogleich aufgeschrieben werden!« sagte List und wollte in Elsbeths Verhalten einen für die neue Zeit typischen Fall von Frauen-Emanzipation sehen. »Es muß was Neues in die Literatur!« folgerte der Meister. »Wir müssen weg von dem, was bisher Kunst war!« Sie könnten sich nicht wissenschaftliche Sozialisten schimpfen und einer Kunst nachhängen, die metaphysisch basiert wäre! Der Meister ließ einen Kernsatz heraus, und der züngelte aus ihm wie die gestreckte Flamme aus dem Munde eines Feuerspeiers: »Sozialismus, der das Myzel metaphysischer Kunst nicht ausrottet, trägt seinen Todeskeim mit sich herum!«

Häckerling, der sein Schreibpult an einem Nackenband vor

sich her trug, notierte eifrig und stolperte stärker, und er kam schreibend vom Weg ab und geriet auf einen Grasfleck, wo ihm ein herabhängender Apfelbaum-Zweig die Stirn zerkratzte. Der Meisterschüler betrachtete die verzwergten Äpfel am Zweig, doch der Meister wurde ungeduldig. »Kommse!« rief er, »kommse! Was soll das Beglotzen von verschrumpelten Äppeln? Natur ist noch nicht fertig!« Häckerling ließ den Zweig fahren und notierte: »Natur noch nicht fertig.«

Der Schwan ging wieder auf dem See nieder. Die Enten stoben auseinander wie Grashüpfer beim Landen eines Flugzeuges, und Büdner, dem es allmählich behagte, List mit seinen Erzählungen von einer Verwunderung in die andere zu stürzen, ließ jetzt Lenka Meura und den räuberischen August im Parkgarten des Listschen Landhauses erscheinen.

»Schreiben, schreiben, nichts wie aufschreiben!« forderte List und konnte sich an der Tatsache nicht satt staunen, daß sich gefährliche Gewohnheiten, die die Kleinen Leute in einer ökonomischen Zwangslage angenommen hatten, zäh bis in die Neuzeit erhielten.

Ja, aber diese Geschichte hatte Büdner geschrieben, doch man hatte sie ihm nicht gedruckt.

»Dann hast du sie in einer falschen Methode geschrieben, vielleicht aus sentimentalem Blickwinkel«, folgerte der Meister.

Und endlich erfuhr Büdner, was List mit ihm vorhatte. Eine neue Schreib-Art sollten sie, stellte er sich vor, beide entwikkeln. Einen harten dialektischen Realismus! *Den* Stoff wollte er sehen, den sie damit nicht packen und zur Belehrung der Menschheit aufbereiten konnten!

Büdner widersprach. Der Risse-Stoff war ihm eingefallen. Die Schicksalskutsche rollte, er stieg ein und erzählte: Die Bergarbeiter-Häuser von Finkenhain tauchten auf, die Schächte redeten in der Abendstunde miteinander. Friede Zaroba erschien am Rande des Birkenwäldchens und rief: Die Russen kommen, die Russen! Die Kugeln umpfiffen ihn, doch er warf sich nicht hin, weil er zu wissen glaubte, daß sein Tod nicht heran war. Risse kam aus dem Schacht, ging nach seinen Frauen sehen und machte ihnen Vorwürfe: Was machtet ihr nicht so, wie ich es euch sagte? Die jüngere der Frauen hörte seinen Vorwurf nicht mehr, und die ältere vermochte ihn nicht mehr aufzuschließen. Und der verstörte Risse kam in den Parkgarten und schrie: Raus, raus und wieder raus! Und Häckerling bekam einen Hustenanfall. Er behauptete, eine Mücke wäre ihm in den Rachen geflogen. Hinter seinen Brillengläsern kullerten zwei dicke Tränen abwärts.

Eine blauschwarze Wolke schob sich vor die Sonne. Die Schlagschatten der Bäume verschwanden, und Dämmergrau breitete sich aus. Die Männer bemerkten, daß sie nicht weiterspaziert waren, sondern noch immer am Pavillon standen, in dem die Lists sommers ihren Tee zu trinken pflegten. List stand gegen einen Pfosten gestützt, und ihm, dem zur Gewohnheit geworden war, sich kein klassenwidriges Mitleid zu gestatten, fiel nichts anderes ein, als zu sagen: »Die Fisse tun mir weh. Täten Se mal so gutt sein, Häckerling, und mir Pantoffeln, Tabak und Pfeife von oben holen!«

Häckerling legte das tragbare Schreibpult ab und wischte sich die Tränen. Er kam nicht dazu, ins Haus zu gehen. Im Vorgarten erhob sich Geknatter, das anschwoll, in den Park kam und sich um die Wegbiegungen wand: Sherry und Mary fuhren auf ihrem neuen Motorroller an den verdutzten Männern vorbei, sausten zum See hinunter, schoben den Roller dort ins Gebüsch, kamen zurück und zerrten Büdner um eine Kahnpartie ans Wasser.

49
Wie die Leisegang sich hinter dem angsthäsigen Weißblatt versteckte und barocke Holz-Heilige fand, und wie Weißblatts Betrieb für die Herstellung von Pseudo-Literatur Konkurs machte.

Im Bericht der Kommission, die das Vorleben der ehemaligen Popignora des Santorinischen Schwesternordens Cläreliese von Leisegang untersuchte, heißt es:

Die Leisegang verließ Westdeutschland im Auftrag eines Mannes mit undurchsichtigem Beruf, namens Truhe, der unter anderem mit antiken Möbeln handelte und herausspekuliert hatte, daß die Republik östlich der Elbe für seine »Geschäfte« noch Urland war.

Den Popignore des Santorinischen Bruderordens, Johannis Weißblatt, der aus Furcht, wegen Hochstapelei verhaftet zu werden, in »den Osten« flüchtete, benutzte die Leisegang als Schutzschild beim Einlösen ihrer neu eingegangenen Verpflichtungen. Man überprüfte den Narren Weißblatt, der vorgab, Dichter zu sein, wieder und wieder, dafür beschäftigte man sich weniger eingehend mit seiner Lebensgefährtin.

Die Leisegang war damals erstaunt, auch in der Republik östlich der Elbe hin und her Journalisten vorzufinden, die ihr Brot nach Art westlicher Boulevard-Blatt-Schreiber zu backen versuchten: »Fortschrittlich gesinntes Künstlerpaar kehrte dem Westen den Rücken«, schrieben sie.

»Darf ich annehmen, Frau von Leisegang, daß es für Ihr Fachwissen drüben im niedergehenden Kulturbetrieb keine Verwendung mehr gab?« fragte so ein fixer Junge.

»Sie dürfen«, antwortete die Leisegang vieldeutig.

Einige Wochen später ließ sie die Meldung verbreiten, sie, die fortschrittliche Kunstwissenschaftlerin, hätte ihren Adelstitel abgelegt, und danach bastelten sie das Dichterpseudonym »Jo Ostra« für Weißblatt, der sich alsbald auf die Produktion von dunkler, schwer entschlüsselbarer Lyrik einstellte, für die offenbar Bedarf vorlag, weil man der vordergründigen Fahnen- und Aufbau-Lieder müde war.

Man bot dem »fortschrittlich gesinnten Künstlerpaar« eine Wohnung in einem Berliner Vorort mit literarischer Tradition an: Bölsche, Wille und andere hatten dort gewohnt und gewirkt, aber der Leisegang kams vor allem auf ein Landhaus mit separaten Eingängen an. Weißblatt wunderte sich über die zwei Eingänge, doch die Leisegang wußte es ihm zu erklären: »Du mußt als Avantgardist doch dann und wann proletarisch schlafen!« Er wars zufrieden. Der Begriff »Avantgardist« gefiel ihm so gut, daß er sich ihn als Berufsbezeichnung ausbedang.

Und so reisten die »Leiseblatts« als »Künstlerpaar« durch die Republik. Jo Ostra trat in Kulturbund-Ortsgruppen auf, und sie wohnten in kargen Kleinstadtgasthäusern oder in Privatquartieren, die Enthusiasmierte dem »reizenden Paar von drüben« zur Verfügung stellten. Man verwöhnte sie, den »genialen Dichter« und die »bezaubernde Kunstwissenschaftlerin«.

Der Leisegang wars zuweilen peinlich, und sie sah und hörte weg, wenn Weißblatt in tragischer Pose wie weiland als Popignore auf seine Gastgeber einredete: »Hier sitz ich, Sohn eines westdeutschen Großunternehmers, von dem ich mich angewidert abkehre, weil er an den Vorbereitungen zu einem dritten Weltkrieg teilnahm.«

Wenn Weißblatt sich gebührend »umweltmüd« über »seine verlassene Heimat« ausgeklagt hatte, las er seine Gedichte. Die Leisegang wunderte sich oft und genug drüber, daß kaum jemand den verworrenen Inhalt der Machwerke erklärt haben wollte; entweder waren die Gastgeber tolerant, oder sie wollten nicht für »Banausen« gehalten werden.

»Die reizende Dichtersgattin« benutzte die Zusammenkünfte nach Weißblatts Leseveranstaltungen, um mit ihren Gastgebern über Folklore und Antiquitäten zu plaudern. Beflissene Apothekerswitwen, gutmütige Pfarrersfrauen und Leute, die sich Pensionisten nannten, auch Frauen neureicher Großhandwerker hingen interessiert am Munde der Weitgereisten. Die Leisegang wußte das Gespräch geschickt auf ihr »Hobby«, das Sammeln von Antiquitäten, wie holzgeschnitzte Barock-Heilige und dergleichen, zu bringen. »Wir sind hier evangelisch, Gnädigste«, konnte ihr ein Pfarrer hilfreich beispringen, »aber es gab im Nachbardorf eine katholische Gutsherrschaft mit eigener Schloßkapelle.« Die Kapelle hätte freilich bei der sogenannten Bodenreform gelitten, und die Holz-Heiligen hätten gewissermaßen Beine bekommen, haha, der Pfarrer hätte beobachtet, wie beispielsweise ein Mädchen in einer Sandgrube mit so einem Holz-Heiligen spielte, und er hatte die Güte, der Herr Pfarrer, die »reizende Dichtersgattin« zu jener Sandgrube zu begleiten, und siehe, der Heilige war noch dort, und die Leisegang durfte ihn mitnehmen.

Weißblatt kümmerte sich nicht um die Nebengeschäfte seiner Lebensgefährtin. Wehe, er hätte es getan! Sie hätte ihm geleuchtet; auch was sie neben dem Antiquitätensammeln betrieb, hatte für ihn in »Finsternis« zu bleiben. Ihm gehörte das große Haus, Kunst genannt, und er wohnte dort nach vorn heraus, im Appartement Pseudo-Kunst.

Gute, fördernde Einrichtungen werden zuweilen von parasitären Naturen ins Gegenteil verkehrt, heißt es, und das erwies sich am literaturfördernden Klima in der Republik östlich der Elbe. Es begünstigte Weißblatts Trägheit und Scharlatanerie. »Wie wäre es mit einer Kantate über die Schwerlastzugbewegung der Eisenbahner, verehrter Jo Ostra?« fragte ein Kulturverantwortlicher von der Reichsbahn.

Der Schmierenkomödiant in Weißblatt stand auf. »Wie lange«, sagte er, »wünschte ich mir, die Eisenbahn zu poetisieren. Aber es fehlte mir bislang an Erfahrungen!«

Man telefonierte, organisierte und ermöglichte Ostra, auf der Lokomotive eines Schwerlastzuges mitzufahren. Schwarz und werktätig kam er zurück und dichtete in einer Nacht die erforderliche Kantate: »Sinds die Räder, die da rollen, /oder ists der Mensch, aus dessen Kopf/damals erstes Rad entsprang?...«

Der Vorschuß für die Kantate war schon da, das Honorar folgte, und später kam die Prämie für die Uraufführung.

Der nächste Auftrag: »Könnten Sie uns ein Laienspiel über Buntmetall-Schieber schreiben, verehrter Jo Ostra?«

Auch das. Jo Ostra nahm an und kassierte den Vorschuß, doch da setzte seine Trägheit ein. Er schrieb nicht, hielt die Auftraggeber hin, und es glückte.

Der Hochstapler in ihm kam nach vorn. Er erkundete, welche Themen die Kulturpolitiker gern literarisch behandelt sähen, und er verpflichtete sich auf einer Kulturbundveranstaltung, einen Roman über seine dramatische Flucht von West nach Ost zu schreiben.

Auch hier wieder Auftragshonorar und Vorschüsse. Er las sogar hie und da ein paar Seiten aus dem »werdenden Buch«, die er jeweils vor der Veranstaltung niederschrieb. Er war nun mal kein Mann von Ausdauer und Verlaß, dieser Weißblatt!

Ein betriebsamer Lektor brachte ihn auf die Idee, er möge eine Sammlung seiner Gedichte veröffentlichen. Weißblatt war einverstanden. Der Lektor stellte eine Bedingung. »Könnten wir, verehrter Meister«, sagte er, »einige Gedichte, die Ihnen in der ersten Zeit Ihres Hierseins zu agitatorisch gerieten, herausnehmen?«

Weißblatt war bereit. Es waren zehn Gedichte. Er ersetzte sie durch Gedichte aus jenem Bändchen, das er vor dem Kriege »an den Tag gebracht« hatte. »In diesem Raum nun, der dich hielt, / Atmen die Luft noch, die dir nah war«, und so weiter.

Seine neue Gedichtsammlung nannte Jo Ostra: »Zu neuen Ufern«. In den Buchläden erschienen nur wenige Exemplare von ihr. Wachsame Kulturpolitiker hatten die Auflage nach den ersten negativen Reaktionen von Genossen, die etwas von Gedichten verstanden, einkellern lassen. Jo Ostra aber bildete sich ein, sein Bändchen wäre »unter dem Ladentisch« verkauft worden. Er hielt das für einen »Durchbruch nach vorn«, zumal das gesamte Honorar für die Auflage pünktlich in der Dichterwohnung erschien.

Weißblatt schrieb im Glücksrausch an seine Mama Friedesine Weißblatt von seinem »einzigartigen Erfolg in östlichen Landen«.

Es antwortete ihm seine alte Freundin Elly Mautenbrink auf Briefpapier mit Trauerrand, seine Mutter wäre gestorben. Weißblatt wußte auch diesen Kummer zu nutzen, drapierte seine Trägheit mit Trauer und gab vor, der Schmerz mache seine Hände zittern, es gelänge ihm nicht eine Zeile, aber da erschien eine Besprechung seiner Gedichte in der Tagesrundschau, und die Person, die sich R. Raswan nannte, schrieb: »... Wenn jetzt Gedichte, die auf der Rechenmaschine hergestellt zu sein scheinen, hie und da in unseren Tageszeitungen von Literaturbesprechern als Avantgardismus bezeichnet werden, so ist das zum Fürchten dumm, und man muß annehmen, daß sie, wie jene beflissenen Leute im Märchen, nicht zugeben wollen, einen nackten Kaiser vor sich zu haben.

Einige dieser Werke waren übrigens schon in einem Bändchen zu finden, das der Verfasser vor dem Kriege am Niederrhein herausgab ...«

Man schien bei der Tagesrundschau über Weißblatts Vorleben unterrichtet zu sein.

Die Leisegang machte ihm Vorwürfe: »Noch einmal so Dönskes, und ich trenn mich von dir!«

Er bat kläglich bei ihr ab, bat wie als Junge, wenn ihm sein Vater, Prinzipal Weißblatt, Schläge angedroht hatte, aber einige Tage später betraf sie ihn auf dem Bahnhof Friedrichstraße in Gesellschaft eines Mannes, der mit Rauschgift handelte. Der Händler war ein Westberliner, und die Leisegang kannte ihn. Sie war nicht erst seit gestern auf der Welt!

Aus mit uns, Freund Weißblatt! Es war der Leisegang schon lang zuwider, daß ihr Gespons von Lektoren, Verlegern und literarischen Auftraggebern bedrängt wurde, die einander im abseitigen Landhaus die Klinke in die Hand gaben. Die Schutzschildfunktion Jo Ostras war zuschanden. »Man will dich, wie ich hörte, wegen Hochstapelei belangen«, sagte sie. »Du hast keine Zeit zu verlieren!« Da bekam Weißblatt sein Hosenzittern wieder, und sie machte ihn fliehen.

Zu den Lists hatte die Leisegang Kontakt über ihren Antiquitätenhandel bekommen. Sie traf Frau Vivian eines Tages in einem Antiquitätengeschäft, erkannte deren Gier nach »antikem« Mobiliar, und sie kamen rasch ins Gespräch. Die Leisegang wußte preiswerte Angebote zu machen; heute eines, nach vier Wochen wieder eines, und sie wurde nicht nur für die zierliche Frau Vivian, sondern auch für die beiden List-Töchter, die Zwillinge, unentbehrlich und wuchs in die List-Familie ein wie die Mistel in die Rinde einer Pappel.

---

50 Weißblatt erfindet eine Nachnahme, wird vom ehemaligen Fräulein Mück gespeist, von seiner ehemaligen Gespielin abgespeist und von John Samsara bevorschußt.

Weißblatt ging am Rhein-Ufer entlang, stromabwärts, windan. Er war kein Priester, kein Popignore, kein Avantgardist, hatte weder einen Beruf noch ein selbstverliehenes heiliges Amt, war nichts mehr.

Woher sie das Geld gehabt haben mochte, die ganze Portion,

die sie dir mitgab? Er dachte an die Leisegang, und das westelbische Geld, an das er sich erinnerte, ging zu Ende. Die ehemalige Popignora hatte ihm versprochen nachzukommen, und er hatte ihr dieserhalb geschrieben, doch sie hatte nicht geantwortet. Er schrieb ihr ein zweites Mal und bat sie, ihm Geld zu schicken, blieb wieder ohne Antwort, und jetzt war er »blank«.

Als Jüngling und junger Mann hatte er sich nie am Rhein aufgehalten; dort spazierten ja alle; als Junge freilich hatte er sich wie andere herumgetrieben, doch damals hatten noch Bäume mit so hängenden Strippenzweigen am Ufer gestanden, jetzt standen hier dunkelgrüne Bänke und spielten, neben grellbunten Papierkörben und protzigen Hinweisschildern, moderne Landschaft, sachlich und übersichtlich.

Er blieb stehen, durchsuchte seine Taschen, fand einen Zwanzigmarkschein in der rechten, einen Zehnmarkschein in der linken Jackentasche, dann ein Fünfmarkstück und die kleine Injektionsspritze in der linken, hinteren Hosentasche. Das war alles. Sein Grinsen erstarb. Er dachte an seine Schulden im Hotel M<small>INERVA</small>. Der Mann in der Rezeption dort grüßte ihn schon seit Tagen nicht mehr. Eine merkwürdige Welt, in der nur begrüßt wurde, wer zahlte! Man sollte was gegen die Geldgier tun, dachte er, aber würde er dabei nicht wieder so allein sein wie früher, als er versucht hatte, die Reichen zu expropriieren? Die Leute hier, zu denen er jetzt mit seinem Hut, dem modischen Anzug und dem kleinkarierten Übergangsmantel wieder gehörte, schienen mit dieser Welt zufrieden zu sein.

Er hatte das Futter seiner Hosen- und Jackentaschen herausgezogen, und so hing es nun, und er stand dort und grübelte, und die wenigen Vormittags-Spaziergänger machten einen Bogen um ihn. Ihm war elend, er fühlte sich leer wie ein Benzinkanister im Straßengraben, sogar so viereckig. Es fehlte ihm ein Stoß, der ihn ein Stück weiter bringen würde.

Eine Frau kam den Rheindamm herauf. Sie war klein und blaß, hatte gebleichtes Haar und was von einem Angorakaninchen, blieb stehen, sah zu ihm hinauf und sagte: »Erlauben Sie, bitte.«

Er beugte sich zu ihr hinunter wie zu einem Kinde. Die kleine Frau schluckte verlegen. »Der Mensch übersieht oft was«, sagte sie. »Ich suche zum Beispiel meine Nähnadel auf dem Sessel, auf der Couch und überlege, wo handhabte ich zuletzt mit ihr? Ich finde sie schließlich im Pullover über meiner Brust. Meine Brust ist klein, aber ich finde die Nadel dort, und ich habe sie selber hingesteckt, als ich das Nähen unterbrach, um den Papagei zurechtzuweisen, weil er wieder unflätig war. Nicht, daß wir ihn so mißerzogen, er brachte es mit, als mein Mann ihn mitbrachte. Mein Mann fährt zur See. Aber ich verplaudere mich, und wenn ich davon sprach, daß ich manchmal was suche, dann, um zu fragen, was Sie suchen, Herr Weißblatt.«

Weißblatt beugte sich noch tiefer hinunter. Die kleine Frau war, zwei, drei Bekannte ausgenommen, die er besucht hatte, der einzige Mensch in seiner Heimatstadt, der ihn wiedererkannte, obwohl er hier in die Grundschule gegangen war und das Realgymnasium besucht hatte.

Man wollte ihn nicht kennen. Er hat dich früher nicht gekannt, dachte beispielsweise der Stadtreferent für Kultur, also kennst du ihn jetzt nicht, den Ostlandfahrer.

Es rührte Weißblatt, daß sich die kleine Frau munter und arglos zu ihm bekannte, die Frau Forkenbeck, geborene Mück. Sie wäre früher bei der Firma WEISSBLATT, BETONWAREN P.P. als Stenokontoristin unter Herrn Käske und Fräulein Pampelow beschäftigt gewesen, wußte sie zu berichten, damals, als die Firma noch Hunde- und Kaninchensaufnäpfe in Mengen von zwölf Dutzend an Kleinkundschaft verkaufte. »Vergangene Zeiten, Herr Weißblatt!«

Weißblatt hätte die kleine Frau Forkenbeck am liebsten umarmt, besonders, als sie erwähnte, daß sie auch seine Mutter Friedesine gekannt hätte und in der letzten Zeit ihres Lebens deren Vertraute gewesen wäre. »Manchmal sprach mich Ihre selige Frau Mutter mit Rosa an«, sagte Frau Forkenbeck, »aber Rosa, das war eine ganz andere, und auch die hab ich gekannt. Ihre Frau Mutter, Gott hab sie selig, erzählte mir oft von Ihnen und von den Abenteuern, die Sie unter den Ostvölkern zu bestehen hatten. Ich habe einmal ein Buch über einen gelesen, der in Tibet eindrang und den sie dann dort festhielten. Es ging ihm nicht schlecht, doch er litt unter den Sitten. Stellen Sie sich vor, sie trugen ihre Toten vor die Stadt, zerstückelten sie mit einer Axt und klopften auch noch die Leichenknochen klar, damit die Geier es leichter hatten. Das Trauergefolge sah aus der Ferne zu und murmelte Gebete. Je weniger vom Toten übrigbleibt, desto besser! Der Leib gilt den Tibetanern nichts, wenn einmal die Seele aus ihm heraus ist, und das nennen sie ihre Religion. So und ähnlich stellte ich mir Ihr Leben bei den Ostvölkern vor, Herr Weißblatt. Oder?«

Es tat Weißblatt wohl, als ein solcher Abenteurer durch die Vorstellungen der kleinen Frau Forkenbeck zu gehen. Es war geradezu Schicksal, daß er sie traf. Der Schmierenkomödiant stund in ihm auf. »Und denken Sie, dann kommt man aus der bitteren Fremde«, sagte er, »und muß feststellen, daß man hierzulande nicht besser mit den Verstorbenen umgeht als in Ihrem Tibet dort!«

Frau Forkenbeck hob ihre kleine Hand. »Ich weiß«, sagte sie. »Ich weiß, Herr Johannis, weiß, daß Sie um Ihr mütterliches Erbteil prozessieren müssen, ich kenne den Stand der Dinge.«

Wie gut, wie gut, daß jemand da war, der wußte, wies um ihn stand! Früher war das die Leisegang gewesen, aber nun war dieser Posten schon seit Monaten nicht besetzt! Er war zum ersten Male in seinem Leben mehr als allein gewesen.

Frau Forkenbeck ergings leider nicht besser. »Allein, immer allein. Kann man wissen, was die See sich eines Tages ausdenkt?«

Er erzählte ihr von seiner Misere mit dem Hotel, doch da war keine Not. »Aber Herr Johannis«, sagte Frau Forkenbeck, »weshalb sollte ich Ihrer Frau Mama nicht den Liebesdienst erweisen und Sie beherbergen!«

»Und was wird Herr Forkenbeck sagen, wenn er plötzlich heimkommt, weil sein Schiff unterging?«

Es zeigte sich, daß Frau Forkenbeck das praktisch veranlagte Fräulein Mück geblieben war. »Von einem Schiff, das untergeht, kommt selten jemand zurück«, sagte sie; im übrigen kenne sie den planmäßigen Rückkehrtermin ihres Mannes.

Was noch? Weißblatt hätte ganz und gar vergessen, daß er auf der Post dringend eine Nachnahme einlösen müßte. Soeben, als Frau Forkenbeck ihn vorfand, hätte er festgestellt, daß er nach dem Krach mit dem Hoteldirektor ohne Brieftasche davongestürmt wäre.

Frau Forkenbeck griff in ihr Handtäschchen, und dort war, was Herr Weißblatt sich wünschte. Doch er mußte ihr versprechen, noch diesen Tag seine Sachen aus dem Hotel zu holen und zu ihr zu ziehen.

Er umarmte die kleine Frau und bat sie, es nicht falsch aufzufassen.

»Nie!« versicherte Frau Forkenbeck und machte sich mütterlich an seinen Hosentaschen zu schaffen, und sie schob auch das Futter der Jackentaschen nach innen.

Die Nachnahme, die Weißblatt erfunden hatte, löste er in einem Seitengäßchen nahe der Post ein. Der »Beamte«, der sie ihm in einem halb zerfallenen Schifferhäuschen aushändigte, trug keine Uniform, sprach fließend mit den Händen und sah arabisch aus. Ein sehr kleines »Nachnahmepäckchen«, das sich bequem in der Jackentasche unterbringen ließ. Weißblatt suchte damit die öffentliche Bedürfnisanstalt am Rathaus auf. Es war die höchste Zeit!

Danach fühlte er sich wie Gott in seinen besten Jahren, spazierte wieder auf der Rheinpromenade entlang, kam an die Stelle, an der er die kleine Frau Forkenbeck getroffen hatte, setzte sich dort auf eine Bank und ließ sich das Leben geschehen. Es war so wundervoll: Das Schöpferische, auch »das Kreative« genannt, bewegte sich auf ihn zu, durchzog ihn: Er würde ein Buch schreiben, ein Buch über *seine* Tibet-Abenteuer östlich der Elbe. Den Titel hatte er schon: »Seele hinterm Eisenvorhang«. Immer fanden ihn die Titel seiner Werke zuerst.

Du wirst erzählen, man hätte dich drüben zwingen wollen, ein Buch über deine Flucht von West nach Ost zu schreiben, dachte er, aber dazu warst du nicht *able*, denn du bist nicht geflüchtet damals, es war ein Trip, eine Forschungsreise, du fuhrst, um dir den Osten mit den Augen des Mannes von hier anzusehen.

Wie schön, wie schön! Die Welt war wieder wohlauf. Der Stoß, mochte er lange wirken! Die Götter mochten sie segnen, die kleine Frau Forkenbeck! In seinem Kopfe war das Buch schon fertig. Er setzte seinen Schreibdrang in Bewegung um, sprang auf und ging weiter, und dort, wo der Rhein einen Bogen machte, schwenkte er von der Dammpromenade ab und schlug die Richtung zu seinem ehemaligen Elternhaus ein, es zog ihn zum Ur-Anwesen seiner Familie.

Es paßte zu seiner Hochstimmung, daß sich das Tor zum Betriebsgelände der W<small>EISSBLATT UND</small> C<small>AMPAGNIE</small> AG wie von Geisterhand öffnete. Er fühlte sich befähigt, durch Eisentore und Betonmauern zu dringen. Konnte er wissen, daß im Betonturm mit den Schießscharten jetzt Julius Priebe als Pförtner saß, Julius Priebe, der schon in der W<small>EISSBLATTSCHEN</small> B<small>ETONWAREN</small> P.P. mit dabei war, Priebe, der den ehemaligen Prinzipal und jetzigen Aktionär noch immer P<small>APA</small> nannte; der auch den Weißblatt-Sohn erkannte, obwohl der Weißblatt-Sohn keine Ahnung von der Existenz eines Priebe hatte.

Große Veränderungen im Betriebsgelände: Montagehallen ragten auf, Bagger und Kräne rungsten und jankten, und eine elektrische Werksbahn grollte. Am Weißblattschen Landhaus waren die Um- und Ausbauten durch weißen Edelputz mit dem Hauptgebäude egalisiert worden.

Wars Sehnsucht oder das, was später N<small>OSTALGIE</small> benimt werden sollte, es trieb Weißblatt junior in den Parkgarten hinters Haus. Immerhin waren ihm dort in der Jünglingszeit eine Menge Gedichte geglückt, an einem Tage, erinnerte er sich, waren es zehn Stück. Ach ja, der Garten mit dem Amselhahn, der dort wie ein schwarzbeflügelter Geist lebte, er hatte es immer gut mit ihm gemeint.

Als er um die Ecke bog, sah er hinten unter den Fichten den abgemagerten Prinzipal, beschlipst und im Straßenanzug, an seinen Betongöttern hantieren. Das einzige, was vom alten Prinzipal übriggeblieben zu sein schien, waren die Holzschuhe, die holländischen Klompen, mit denen er im nassen Gras stand, aber auch die waren mit blauer Ölfarbe auf S<small>TATUS</small> gebracht.

Weißblatt junior zog sich zurück und sah von hinter der Hausecke noch eine Weile zu, wie der Prinzipal mit Spatel, Drahtbürste und Sandpapier seine »Jötterwelt« behandelte, wie er Algen und Moos aus den Aughöhlen Amors tilgte, der noch immer mit erhobenem Fuß und dem Leibsumfang eines Dortmunder Bierkutschers dem Landhaus zuzustreben schien.

Der Prinzipal, er hatte also immer noch Träume, der alte Stint, kraftlose, aber beharrliche Träume! Angeekelt zog sich der Junior zurück.

Vor dem Portal traf er auf seine ehemalige Gespielin Elly Mautenbrink.

»Nein, dieser Zufall!«

»Aber gar nicht!«

Die Mautenbrink hatte an Leibesfülle zugenommen, nicht einmal das ins Braune changierende Mantelkleid vermochte das zu verdecken, auch ihr schwerfälliger Gang verriet es. Sonst aber hegte, pflegte und färbte sich die ehemalige Gespielin wie vorzeiten. Weißblatt junior war nicht allzu überrascht, zu vernehmen, daß sie die Nachfolgerin seiner Frau Mama Friedesine geworden war.

Sie bat ihn, wenigstens für einen Moment näher zu treten. Er trat. Oh, die Mautenbrink, sie hatte alles im Hausinnern erneuern und auf finnisch umgestalten lassen! »Ja, da staunst du nun vielleicht«, sagte sie, »aber der Mensch versucht sich zu erneuern, solange er lebt. Wenns ihm von innen her mißlingt, versucht ers von außen. Beide Wege sind übrigens möglich.«

Es war die »Weisheit« eines modernen amerikanischen Mystikers, mit der sie operierte. »Freilich ist der AUSSENWEG der leichtere, der unzüchtigere, der Umweg, sich zu verinnerlichen«, erklärte sie.

Im übrigen plauderte sie von gehabten Zeiten. »Kurios, zu denken, daß ich dich einst zu meinem Geliebten machte, und daß du nun mein Sohn bist«, sagte sie.

Erinnerungen verschiedenster Qualitäten. Er starrte auf ihren Scheitel, dorthin, wo ihr Haar verriet, daß es schon grau war.

»Du sollst nicht denken, daß ich so alt bin, wie mein Haar es möchte«, sagte sie.

Er bemerkte, daß er taktlos gewesen war. Das durfte er nicht. Er wollte etwas bei ihr erreichen. »Ich liebte dich damals wie verrückt. Du warst meine erste Frau. Ich hoffe, du weißt es noch«, sagte er.

Es hob sie an, das wieder einmal zu hören, doch es regte sie nicht an, ihren *letzten* Mann aus ihm zu machen. In dieser Hinsicht war Stille, war Ebene in ihr. Sie strich ihm mütterlich über die Taschenklappen seiner Jacke und zupfte seine Krawatte zurecht.

Was sollte ihm das? »Was läßt du zu, daß er prozessiert und nicht auszahlt?« fragte er. »Du hast doch Einfluß auf ihn.«

Sie hatte wenig Einfluß auf den Prinzipal, doch sie wollte es nicht zugeben. »Ich kanns deinem Papa nicht verdenken, wenn er die Auszahlung hinauszerrt«, sagte sie. »Du nimmst das Geld, schleppst es am Ende in den Osten und gibst es dort aus.« Jeden Tag, an dem sein Erbteil bei ihnen im Geschäft arbeitete, könnte es drüben nicht arbeiten.

Weißblatt machte sie auf die hohen Prozeßkosten aufmerksam, die ihnen entstehen würden.

»Sie werden ein Klacks sein gegen das, was das Geld uns inzwischen einbringt.«

»Aber die Zinsen, die mein Anwalt von euch erheben wird!« sagte er.

»Zinsen werden gegen Zinsen stehen, aber bei den deinen wird es sich nur um die normalen handeln«, sagte sie.

Rechenoperationen, die für Weißblatt nicht mehr zu bewältigen waren. Er sank zurück, seine Unterarme hingen schlaff über der Sessellehne. Draußen sprang der Amselhahn im Geflieder umher, doch er sang schon nicht mehr.

Weißblatt fing an zu betteln: »Gib mir was aus deinen Reserven, ziehs später vom Erbteil ab!«

Sie war nahe dran, sich von seiner bebenden Unterlippe rühren zu lassen, doch sie packte sich. »Alles, was ich hab und hatte, steckt im Geschäft. Du weißt, sollt ich denken, daß ich mein Land verkaufte und den Edelhof vermietete.«

Nein, er wußte es nicht. »Da gehts dir ja nicht besser als meiner Frau Mutter, eigentlich schlechter, sie verfügte immerhin über ›stille Reserven‹. Was erhofftest du dir, als du alles hingabst?«

Sie ging nach nebenan und kam mit einigen Geldscheinen zurück. »Was ich mir erhoffte? Stillung durch Übersättigung.«

»Und wieviel an Äußerlichkeiten fehlt dir noch bis zur Übersättigung?«

»Wer kann das wissen?« sagte sie. »Wenn ich zum Beispiel zur Villa Hügel hinschau...«

«Vom Rhein dröhnten Nebelhörner herüber. Zwei Schleppermannschaften begrüßten einander.

Er griff zitternd nach den Geldscheinen. Auf der Dammpromenade blieb er stehen und versuchte sich zu entsinnen, ob er sich von ihr verabschiedet hatte.

Als er seine Rechnung im Minerva bezahlte, tat er groß, gab dem Manne mit dem Narbengesicht in der Rezeption ein erhebliches Trinkgeld und sagte drohend : »Und daß Sie sichs nie wieder einfallen lassen, zu einem Gentleman, der wegen Transferschwierigkeiten nicht Punktum zahlt, unfreundlich zu sein!«

»Ich bitte Sie, Sir«, flehte der Narbengesichtige.

»Scheißkerl!« sagte Weißblatt großspurig, obwohl ihm zu guter Letzt nicht viel vom Mautenbrinkschen Vorschuß geblieben war. Glück und Segen, daß er wußte, wohin ihn das Taxi zu bringen hatte!

In der Wohnung der kleinen Frau Forkenbeck hatte er nichts auszustehen. An den Papagei, der mehrmals am Tag ein bestimmtes Wort kreischte, hoffte er sich mit der Zeit gewöhnen zu können. Das Wort stand nicht im Duden. Der Papagei hatte Sprachunterricht bei Seeleuten erhalten.

Weißblatt verbrachte eine gute Nacht mit der kleinen Frau Forkenbeck, »eine gut umwobene Nacht«, schwärmte er, doch er erwachte in hundsmiserabler Verfassung. Keine Not wiederum! Der Stoß, den er brauchte, lag bereit. Zu gütig, diese kleine Frau Forkenbeck!

Er fing wieder an, an sein Buch zu denken: Ein Buch über den Osten sollte das werden, wie es im Westen noch keines gab.

Weshalb sollte er weniger objektiv über den Osten schreiben, als er vorhatte? Man hatte drüben weder aus Revolvern noch aus Schrotflinten auf ihn geschossen, man hatte ihm keine Handschellen angelegt, keinen Maulkorb umgetan; das wollte er den Leuten hier ins Bewußtsein rücken. Und weshalb nicht bekennen, daß er lieber drüben in diesem literaturfreundlichen Lande geblieben wäre, statt hier in seiner beschissenen Heimat zu sein, in der er um sein Erbteil prozessieren mußte? Am Schlusse seines Buches sollte man übrigens Glockentöne vernehmen, nicht die Glocken der Heimat, nicht westliche, nicht östliche – Versöhnungsglocken.

Für Weißblatt war das Buch eigentlich schon fertig. In der Zukunft wird man keine Bücher mehr schreiben, glaubte er zu wissen; man wird Buchinhalte auf mechanischem Wege von Kopf zu Kopf übertragen. Eine Schande, daß die Technik noch nicht so weit war!

Gegen acht Uhr morgens faßte er den Entschluß, nach Düwelsheim zu fahren. Seine Hochstimmung von Stoß zu Stoß betrug immerhin noch sechs bis sieben Stunden. Er wollte Ausschau nach seinem ehemaligen Schulfreund John Samsara halten; der säße in der Redaktion eines Wochenmagazins und wäre schlicht bürgerlich wieder Jochen Samstag, hatte man ihm erzählt.

Er war in guter Stimmung, schwebte dahin, und es ging ihm nach Wunsch: Er traf den alten Freund in seiner Redaktion an. Samstags Gesicht hatte sich kaum verändert, noch war der Zeitpunkt nicht heran, an dem es nach innen einfallen und knittern wurde. Der alte Freund hieb sich auf den Schenkel. »Ja, wie find ich denn das!« Er bevorzugte noch immer intellektualienische Redewendungen. Die Sache mit der Vergeistigung der Kapitalien war ihm nicht ausgegangen. Seine Zeitschrift ÜBERSINN wurde zuletzt nur noch von wenigen intellektuellen Linken goutiert. Ganz gleich, wer die Zeitschrift auch finanzierte, niemand finanziert etwas bis in alle Ewigkeit, was von niemandem gebraucht wird!

Samstag hatte seine »Philosophie« und seine »Weltanschauung« gewechselt. Das Monatsmagazin, das er jetzt redigierte, hieß ALL. Umfassender gings nicht. Wer den Namen las, mochte assoziieren, was er wollte, so war es gedacht.

Samstag war überzeugt, daß Weißblatt »sein ALL« kannte. Er schenkte Whisky ein und bot Knackmandeln an. »Ich geh doch nicht fehl in der Annahme, daß du als Ost-Experte uns etwas bringst«, sagte er.

»Das solltest du wissen«, sagte Weißblatt.

»Zeig her!«

Mit dem Herzeigen wars bei Weißblatt schon früher so eine Sache gewesen! Nein, er konnte nichts herzeigen, nicht direkt, aber einige Ideen, einen Sack voll Ideen immerhin. Er entwickelte ein munteres Bild von dem, was er zu schreiben gedachte. »Denk dir, wenn ich aufschreib, wie ich in einer östlichen Parteischule meine Gedichte las! Es wird so spannend sein, wie wenn einer in Lhasa in Tibet dem Dalai-Lama einen pornographischen Film vorführt.

Samstag war nicht besonders angetan. Eine so unwiderstehliche Sensation wäre das keinesfalls; ein gewisser Lionel, der in Düwelsheim lebte, wäre sogar Lama und Lehrer in diesem Lhasa gewesen, das Weißblatt meine. »Und sonst, mit welchen Sensationen werde ich es sonst noch in deinem Buche zu tun kriegen?« fragte er.

»Ich fuhr zum Beispiel auf der Lokomotive eines Güterzugs von mehr als einem Kilometer Länge«, ereiferte sich Weißblatt.

Samstag winkte ab. »Schwerlastzug, bekannt! Aber die Russen wollen ins All, weißt du davon was?«

Doch, doch, die Russen wären überall, wußte Weißblatt zu berichten.

»Du bist der Kindskopf geblieben, der du immer warst«, sagte Samstag. »Wenn ich nur dran denk, wie du dir die Jacke zuknöpftest und deinen Ranzen nahmst, als EULE im Mathematikunterricht sagte: Wir fahren fort!«

»Das war ein Witz, den ich mir ausgedacht hatte«, protestierte Weißblatt.

»Nachträglich ausgedacht!« sagte Samstag und lachte.

Sie verhandelten unernst, hin und her. Samstag erklärte sich bereit, Weißblatts Buch in Fortsetzungen vorabzudrucken, sobald es da und vorhanden wäre.

Weißblatt war einverstanden, sehr einverstanden, er hatte mit nichts anderem gerechnet, auch mit einem Vorschuß natürlich.

»Nein, bei aller Freundschaft, zuerst ein paar Fortsetzungen auf den Tisch!« sagte Samstag, und dabei blieb er.

Enttäuscht fuhr Weißblatt nach Dinsborn zurück. Der Mautenbrinksche Vorschuß ging zu Ende wie die Wirkung seines Morgenstoßes. Er schüttete der kleinen Frau Forkenbeck sein Herz aus. »Kennen Sie das Magazin ALL?«

Nein, Frau Forkenbeck kannte es nicht. Sie kannte nur das MAGAZIN FÜR DIE FRAU.

Schade, die Redaktion des Magazins ALL hätte Weißblatt mit einem Riesenauftrag beehrt.

»Wirklich? Aber Sie werden doch deshalb nicht nach Düwelsheim gehen?« fragte Frau Forkenbeck.

»Aber nein, geradezu am liebsten niemals«, tröstete er sie. Er müsse wohl oder übel hierbleiben, müsse den Prozeß um seine Erbschaft verfolgen, die ihm fehle; gerade jetzt zum Beispiel hätte er wieder ein wenig was nötig, um sich in Schreibstimmung zu versetzen.

Ja, glaubte er denn, Frau Forkenbeck hätte ein Herz aus Beton? Sie wischte sich die Tränen. »Aber Johannis!« sagte sie. »Zwischenfucker!« schrie der Papagei aus dem Wohnzimmer, und Frau Forkenbeck schloß die Tür.

So gingen zwei Tage hin. Weißblatt kaufte zusammen, was er zum Schreiben benötigte, vor allem einige Stöße. Sodann durchdachte er sein Vorhaben noch einen Tag lang, auf der Couch liegend, und siehe, noch gingen Engel über die Erde: An diesem Tage brachte die Post ein Telegramm von seinem Freunde Samstag: »Sofort kommen. Auftrag für Dich. Vorschuß möglich.«

51   Büdner entdeckt seinen dritten Blickwinkel und bekommt Kenntnis vom »Jüngsten Gericht«.

Der Herbst nahm ab, der Winter nahm zu. Alle Dinge der Welt bis zu den Sternen hinauf kommunizierten: Wo etwas zunahm, nahm etwas ab, und auch die Trümmer in der Viertelstadt Berlin nahmen ab, während die Neubauten zunahmen. Büdner war und blieb die Stütze der alten Genossen. An einem Spätherbstsonntag, den ein anderer vielleicht einen Vorwintersonntag nannte, wurde die Gruppe dank seiner Tüchtigkeit zum dritten Male ausgezeichnet. Trotzdem war Runkehl nicht mit ihm zufrieden. »Da ist er nun Schriftsteller«, sagte er und zog seine Oberlippe mit dem Bärtchen zur Nase hinauf, »aber einen Zeitungsartikel über uns als Gruppe und unsere Enttrümmerungsarbeit hat er bisher nicht zustande gebracht, nicht, Muttel?«

Büdner hingegen war mit anderen Leuten nicht zufrieden. List hatte sich nicht wieder gemeldet. Hatte er ihn mit der Risse-Geschichte verprellt? Eine andere Sache war, daß Rosa ihren angekündigten Besuch hinaus- und hinausschob. Bisher hatte er noch dies und das von dem, was sie tat und was sie dachte, aus der TAGESRUNDSCHAU erfahren, aber nun war auch diese Nachrichtenbrücke eingestürzt, kein Lebenszeichen mehr!

»TAGESRUNDSCHAU jibts nich mehr«, hatte die Verkäuferin am Zeitungskiosk gesagt. »Is einjejangen. Hat ihre Uffjabe erfüllt, sagen se. Nehmse det HAUPTBLATT!«

Für Büdner hatte die TAGESRUNDSCHAU ihre Aufgabe durchaus nicht erfüllt; nicht nur, was Rosa dort schrieb, sondern auch die klärenden Artikel anderer Mitarbeiter hatten ihm hier und dort ein Licht aufgesteckt und ihn zum Nachdenken angeregt. Es wollte ihm nicht in den Kopf, daß diese Genossen nun alle davongegangen waren, ohne sich groß nach ihren Lesern umzusehn: Lauft allein, ihr neunmalklugen Jungs! Unsere Aufgabe ist erfüllt. NA SDOROWJE!

Er lag auf einem neu-alten Sofa wie in einer Muschelschale. Ach ja, dieses Sofa! Eines Tages waren die List-Weibsen gekommen, und er hatte gewähnt, sie würden ihm eine Einladung des Meisters bringen, aber sie hatten ihn gebeten, einen Tag fernzubleiben; sie wollten ihr Versprechen einhalten und ihm die Wohnung »veredeln«. Widerstrebend hatte er sich einverstanden erklärt, war in die Stadtbahn gestiegen und bis hinter Erkner hinausgefahren. Er war an der Löcknitz entlanggewandert, hatte die Försterei Schmalenberg und den Reiherhorst in ihrer Nähe entdeckt. Einige der Tiere waren, unbeeindruckt vom andrängenden Winter, hiergeblieben, und er beobachtete, wie sie fischten. Ihre storren Beine, fand er, ähnelten Maschinengestängen, und ihr Gekrächz hörte sich an, als ob Gott mit seinen Riesenhänden in den Kiefernwipfeln große Leinwandstücke zerreißen würde.

Als er zurückkam, war seine Wohnung »behaglich« eingerichtet. Es gab darin jetzt braune Polsterstühle mit geschwungenen Lehnen, Tische und Tischchen, denen man die behutsame Arbeit alter Handwerksmeister anfühlte, ein breites französisches Metallbett mit einem Baldachin, einen kleinen und einen großen Biedermeier-Schreibsekretär mit Schreibplatten, Kästen, Schüben und Geheimflächern, auch ein Teppich und Gobelins fehlten nicht. Er kam sich vor wie eine goldene Uhr im gepolsterten Schmuckkästchen, denn auch ein rotes Sofa, das wie die Schale einer Muschel geformt war, stand da.

Ja, nun lag er in diesem Muschelsofa und suchte seiner Unzufriedenheit durch Lesen Herr zu werden. Er las zum dritten Male Tolstois Roman »Auferstehung«. Als er ihn zum ersten Male las, war er Bäckerlehrling und neugierig gewesen, ob dieser Nechljudow aus vornehmer Familie es über sich bringen würde, die Hure Maslowa zu heiraten. Das zweite Mal las er »Auferstehung« im Inselkloster, und es imponierte ihm die Haltung der Maslowa, die die wilden Heiratsanträge Nechljudows abschlug. Jetzt beim dritten Lesen beeindruckte ihn die Beharrlichkeit, mit der sich Nechljudow für das Unrecht demütigte, das er der Maslowa einst angetan hatte.

Ein kühner literarischer Griff, eine verflucht verzwirnte Geschichte, die den einzelnen auf seine Verantwortung für die Menschheit verwies. Willst du die Welt verändern, fang bei dir an! Der alte Tolstoi hatte beim Schreiben gewiß an so manches Unrecht gedacht, das er als unwissender, junger, sausender, brausender Adliger beging.

Jetzt hast du den Roman aus einem dritten Blickwinkel gelesen, dachte Büdner, und wer weiß, wie viele da möglich sind, und den einzig möglichen entdeckst du vielleicht, wenn du das Buch in deinem achtzigsten Jahr und knapp vor deinem Tode liest!

Während er las und von Zeit zu Zeit dem Treiben der Tauben vor seinem Fenster zuschaute, schlug das Wetter um: Wind tat sich auf; die Antennen auf dem Dachgarten fingen an zu summen, die Tauben suchten nach Schutz, und es tappte jemand ums Atelier und läutete.

Runkehl wars, schon wieder Runkehl, mit dem er den Vormittag beim Enttrümmern verbracht hatte. Büdner streckte ihm die Hand hin, doch der Sekretär trat einen Schritt zurück, zog die Oberlippe mit dem Bärtchen hoch und raunzte, er käme und käme nicht zur Ruhe. »Dringende Versammlung morgen.« Ein Gast von der Kreisleitung würde teilnehmen, das Erscheinen aller Mitglieder wäre Pflicht. Runkehl zog einen Zettel aus der Tasche und legte ihn auf den Tisch. Büdner möge bescheinigen, daß er benachrichtigt wurde. Büdner unterschrieb und fragte: »Hat man den Generalissimus wieder verleumdet?«

Runkehl antwortete nicht.

Die außerordentliche Gruppensitzung fand am Frühnachmittag statt. Büdner war zu zeitig am Platz, doch er hatte das gern: Wer zuerst im Bahnabteil saß, durfte sich als Gastgeber für die Zusteigenden fühlen. Der Versammlungsraum, ein ähnliches Dachgarten-Atelier wie das seine, war noch verschlossen. Vom Alexanderplatz war nichts zu sehen. Die Stadt lag unten im Dunst. Er ging wartend auf und ab und philosophierte: Einst wird jeder Stein und alles Feste, alles, was wir halten zu können glauben, wir selber und die Erde wieder Dunst im Weltenraum sein. Das tröstete ihn, denn er dachte dabei nicht wenig an seinen Kummer mit Rosa.

Runkehl kam angeschnauft, überspielte seine Atemnot, wühlte mit beiden Händen in seinen Taschen und suchte nach dem Schlüssel vom Sitzungsraum, fand ihn endlich und schloß auf.

Ein Gemisch aus Dampfheizungs-Wärme und überaltertem Tabakrauch drückte sich ins Freie, ein milder Gestank, der wie ein verschmutztes Tier lauernd hinter der Tür gelegen zu haben schien.

Der Versammlungsraum war landesüblich ausgestattet: An den Wänden hingen die Porträts der Parteistifter. Büdner war in seiner Redakteurszeit durch Alleen von Sitzungsräumen gegangen und wußte, daß man beim Fehlen des Lenin-Bildes auf den Charakter der Gruppenführung schließen konnte. Die Porträts der Parteiahnen waren bunt und nach Kräften retuschiert. Ob Lenin es gern gehabt hätte, bonbonfarben in tausend mal tausend Sitzungszimmern zu hängen? Im Sitzungszimmer der Wohngruppe Obere Großmeister-Allee hingen, außer Stalins Porträt an der Stirnwand, an den Seitenwänden die Porträts des Republikpräsidenten und des Obersten Sekretärs.

Tür auf, Tür zu, nach und nach trafen die anderen Mitglieder ein, polterten, husteten, keuchten, und ein jeder tat auf seine Weise und nach seinem Vermögen sein Vorhandensein kund. Der Genosse Haubold sagte fein-sächsisch: »So, da wär mar.«

Die Genossin Mönch, eine ehemalige Abteilungsleiterin im Kulturministerium; machte: »Huhu!« und reckte grüßend den Arm. Auch wer nicht aufblickte, wußte, daß sie eingetroffen war, die Mönch.

Der Genosse Rodrich, ehemaliger Fuhrparkleiter beim Zentralkomitee, klopfte wie ein Stammtischbruder auf den Tisch: »Tag zusammen!«

Der Genosse Kampf-Maier, ein Leitungsmitglied, ging von Genossen zu Genossen und begrüßte jeden mit einem Händedruck; er reichte auch Büdner die Hand, doch er sah ihn dabei nicht an.

Von fünfundzwanzig Gruppenmitgliedern erschienen nach und nach fünfzehn. Ein Rekordbesuch! Büdner wars, als würden auch andere Genossen seinen Blicken ausweichen, doch dann bot ihm der Genosse Kliemann eine Zigarette an, und er dachte, du bist überempfindlich, wie kannst du verlangen, daß dir jeder zugrinst, weil du ein guter Enttrümmerer bist!

Man wartete noch auf den Gast von der Kreisleitung. Die Genossin Runkehl strich sich über die blaue Strickkappe, flüsterte mit dem Genossen Kliemann und sah dabei von Zeit zu Zeit zu Büdner hinüber.

Dann kam er, der Genosse Krause, ein untersetzter, etwas krummbeiniger Mann mit einem dunklen Bürstenbart, kurz, mit einem Hitler-Bart, und das, obwohl sein Träger mehr als drei Jahre als Kommunist im Gefängnis gesessen hatte!

Runkehl begrüßte den Gast, begrüßte die Mitglieder, lobte den guten Sitzungsbesuch, sagte, was sonst zu sagen war, stotterte ein wenig dabei, wies noch einmal auf den besonderen Charakter der Sitzung hin und übergab das Wort dem Gast.

Krause zog einen Schnellhefter aus seiner Aktentasche und ging zum Rednerpult. Ein schlichter Genosse, ein ernster Genosse, dachte Büdner, aber dieses Bärtchen, dieses verfluchte Bärtchen, es klebte da unter der Nase des sonst so sympathischen Genossen wie eine vom Licht überraschte Küchenschabe und regte zu ungerechten Assoziationen an!

»Es geht vorwärts«, sagte Krause. »Wir kommen gut voran, besonders gut im Kreisbezirk Friedenshain ...« Nunmehr wäre auch die Sporthalle gegenüber dem Stalin-Denkmal fertig, und der Ausbau der Großmeister-Allee könne im wesentlichen als abgeschlossen betrachtet werden...

Weshalb immer diese Liturgie? dachte Büdner, und er dachte es nicht feindlich, nicht gehässig, sondern nur, weil ihm zuwider war, seine Lebenszeit mit Wiederholungen zu verbringen. Was Krause sagte, hatte in der Zeitung gestanden, man hatte es im Rundfunk hören können, außerdem sahen die Genossen alle Tage selber, daß die Großmeister-Allee so gut wie fertig war.

Aber Krause zählte unbeirrt weitere Positiva auf, und man fing an zu ahnen, daß im Verlauf der Sitzung etwas Negatives behandelt werden würde.

Büdner gestattete sich, wegzuhören und zu überlegen, wie man eine solche Sitzungs-Liturgie in einem Roman so interessant darbieten könnte, daß ihn sitzungsübersättigte Leser nicht aus der Hand legten. Eine wichtige Frage. Er nahm sich vor, sie sich von seinem Lehrmeister, den er nun hatte, von Lukian List, beantworten zu lassen. Kann ein Marxist, wollte er fragen, der Sitzungen, Kongresse, Liturgien, Phrasen und Wiederholungen haßt und sich darüber lustig macht, wenn abwesende Parteiführer, sogar solche aus China, in Sitzungspräsidien gewählt werden; einer, der das mit der Herbeirufung des Heiligen Geistes in der Christenkirche vergleicht, der Held eines sozialistischen Romans sein?

Er kam aus seinem Weghören erst zurück, als Krause vorn am Pult den Namen Büdner mit Nachdruck aussprach. Er sah, daß der Instrukteur eine bebilderte Zeitschrift in der Hand hatte, die westdeutsche Monatszeitschrift ALL, und daß sich das, was Krause aus der Zeitschrift vorlas, auf ihn, auf Büdner, bezog. »Geht man von dem aus«, hieß es, »was damals im griechischen Inselkloster aus Büdners Diskussionen erkennbar wurde, so näherte er sich den Kommunisten, davon aber war keine Rede mehr, als er durch bestimmte Umstände am Niederrhein landete und damit liebäugelte, eine private Baufirma zu übernehmen, und sogar versuchte, sich für diesen Zweck eine kaufmännische Bildung anzueignen. Später, als er bemerkte, daß seine Erbschleicherei nicht zum Ziele führte, stand er von seiner kaufmännischen Ausbildung ab und erschlich sich eine Stellung als Bibliothekar und Hofdichter im halbfeudalen Betrieb einer niederrheinischen Großagrarierin ...«

An dieser Stelle unterbrach Krause seine Vorlesung, sah zu Büdner hinüber, vergewisserte sich, ob der zuhörte, und las dann weiter: »Wir erinnern uns eines Essays, den Büdner für die Zeitschrift ÜBERSINN verfaßte, eine Abhandlung über Posthypnose. In diesem Pamphlet behauptete Büdner, die Russen hätten die deutschen Kriegsgefangenen, bevor sie sie entließen, posthypnotisch behandelt, hätten ihnen Agitationsmodelle eingegeben, mit denen sie später, von Moskau gesteuert, unter der deutschen Bevölkerung wirkten. Wenn Psychologen, die wir inzwischen befragten, diese Methode auch für fragwürdig halten, Büdner behauptete damals, daß die Russen sie angewendet hätten, und bewies es sogar, wie das beigegebene Foto zeigt...«

Büdner erblaßte, bekam einen krampfartigen Schmerz in der Bauchgegend, starrte auf den Aschenbecher vor sich, auf die blaue Rauchschnur, die von seinem schlecht ausgedrückten Zigarettenstummel aufstieg, spürte, wie alle dasaßen und ihn empört anstarrten und wie ein Schwall von Antipathie auf ihn zukam.

Krause las weiter: »Wie bekannt wurde, ging Büdner inzwischen in die Ostzone, färbte sich wieder auf Rot um, schrieb dort ein Buch und half es zu verfilmen. Der Film wird als gelungen bezeichnet, wird in der Presse gelobt und soll, wie man hört, auch für unsere Filmtheater angekauft werden. Man ist jenseits der Elbe ideologisch durchaus nicht kleinlich und bedient sich – wie man sieht – sogar der Hilfe eines politischen Wechselbalges, wenn es darum geht, international konkurrenzfähig zu sein ...«

Als Krause diesen Satz las, wurde er von etwas wie Hellhörigkeit oder Klasseninstinkt heimgesucht: Könnte nicht sein, dachte er, daß der Artikel von Managern westdeutscher Filmkonzerne in Auftrag gegeben wurde? Und er zögerte eine Weile, ehe er weiterverhandelte, und dachte sogar daran, die Sitzung abzubrechen, doch dann obsiegte die Parteidisziplin in ihm: Er hatte hier nicht zu verhandeln, was er vermutete, sondern einen Auftrag zu erfüllen und darüber zu wachen, daß sich die Genossen der Gruppe in der Diskussion den Ansichten der Kreissekretäre im Fall Büdner näherten.

Krause war Möbelpacker von Beruf und ein »gebürtiger Kommunist« wie Kleinermann und Reinhold Steil. Er hatte in der Arierzeit illegal weitergearbeitet, war gefaßt und eingesperrt worden und wurde nach dem Kriege durch entsprechende Schulungen das, was er jetzt war, Instrukteur. Die Genossen im Kreissekretariat waren zum Teil jünger und hatten weniger praktische Parteierfahrung als er, doch, wie viele alte Genossen, hatte Krause übermäßigen Respekt vor Schulungen, und da seine jüngeren Genossen in der Kreisleitung länger geschult waren als er, wagte er die Richtigkeit ihrer Anweisungen nicht zu bezweifeln. »Genossinnen und Genossen«, sagte er, »falls ihr diesen Artikel in Augenschein nehmen wollt, meldet euch im Anschluß bei mir, damit ich ihn euch zeige. Im übrigen schlage ich vor, daß wir Büdner zu den Anschuldigungen Stellung nehmen lassen.«

Büdner bat um einen Schluck Wasser aus der Karaffe auf dem Präsidiumstisch. Das Wasser wurde ihm gewährt. Er trank Schluck um Schluck, lauschte in sich hinein und zögerte, bis Krause helfend einsprang, weil es ihm peinlich wurde. »Es gibt ja Verwechslungen, verhängnisvolle Verwechslungen manchmal. Könnte in diesem Falle nicht so etwas vorliegen?« fragte er und dachte daran, wie ihn sowjetische Dienste am Ende des Krieges verhafteten und in das ehemalige Konzentrationslager der Arier nach Sachsenhausen brachten und wieviel Zeit mit Untersuchungen und Verhören verging, bis geklärt war, daß er nicht jener Krause war, der als Aufseher im Konzentrationslager Häftlinge gequält hatte.

Büdner erhob sich. Er spürte noch immer diesen Krampf im Bauch, in der Gegend des Sonnengeflechts, und zog sich zusammen wie ein Igel, der einen Stoß von einem Menschenfuß erhielt, sich langsam wieder aufrollt und, wie um Verzeihung für seine Existenz bittend, einen scheuen Blick in die Runde tut. »Die Vorwürfe, die man mir macht«, sagte er endlich, »entsprechen nicht den Tatsachen. Die Schlüsse aus dem, was ich schrieb, sind gefälscht.

Runkehl zog sein Bärtchen zur Unternase hinauf. Das sind sie nun, die Leute, von denen gesagt wird, sie hätten Köpfchen, dachte er, Leute, die sich nach fünfundvierzig an uns heranschmissen, weil sie unsere Macht rochen. Der da war noch einigermaßen bescheiden, es gab weit unbescheidenere Burschen, und mit einem von denen hatte er, Runkehl, sich gestritten, als er noch im Gesundheitsministerium arbeitete. Revolution? hatte dieses »Köpfchen« gesagt, ihr habt doch keine Revolution gemacht. Die Macht wurde euch von den Russen in den Tischkasten gelegt. Und wenn du mich »einen Zugesprungenen« nennst, so sag ich: Freilich bin ich zwanzig Jahre später als du zur Partei gestoßen, aber hättet ihr ohne uns hier aufbauen können?

Runkehl schien aus dieser Kontroverse damals nichts gelernt

und schien auch vergessen zu haben, daß er vor Wochen noch darauf gelauert hatte, von Büdner »beschrieben« zu werden. »Was soll das nun heißen?« fragte er. »Die Taten waren so, und die Schlüsse wurden gefälscht? Was für ein Gerede! Wir sind hier nicht beim Schriftstellerverein, auch beim Film nicht, wir sind eine einfache, ehrliche Wohngruppe!«

Krause griff den aggressiven Ton von Runkehl nicht auf. Er bat Büdner um Erläuterung.

Ein Sperling flog dreimal hintereinander von außen gegen die Scheiben. Zog ihn das Lampenlicht an, oder war er geschickt, die Scheiben zu zerschmettern, um frische Luft in den Sitzungsraum zu lassen?

»Seit meiner Lehrlingszeit interessiert mich die Arbeit, die Schreiben, manchmal auch Dichten genannt wird«, sagte Büdner. »Ich hatte immer Lust, ein Schreibschaffender zu werden, einer, von dem Lesestücke in Schullesebüchern stehen. Richtig gut schreiben kam mir immer vor wie zaubern. Ists vielleicht kein Zauber, wenn einer es fertigbringt, so zu schreiben, daß andere Mitmenschen nicht aus seinen Büchern herauskönnen, ehe sie sie nicht zu Ende gelesen haben? Ists kein Zauber, wenn Gestalten, die sich ein Dichter ausdenkt, von Lesern wie wirkliche Menschen behandelt werden? Wenn ein Dänenprinz namens Hamlet, den ein Dichter erfand, seit Jahrhunderten in der Welt von sich reden macht? Wenn ein Don Quixote, den ein Cervantes in die Welt stellte, ein Nechljudow, den Tolstoi erdachte, wie wirkliche Menschen unter uns leben, Genossen?«

»Nenn uns nicht mehr Genossen!« sagte die Runkehl und zupfte an den Kunstlöckchen, die am unteren Rand ihrer blauen Strickkappe hervorlugten.

Und wieder wars Krause peinlich. Er rief die Runkehl zur Ordnung und bat sie, Büdner nicht zu unterbrechen.

Büdner selbst hatte die Zwischenbemerkung der Runkehl kaum wahrgenommen, er war mit seinem Lieblingsthema, dem Schreiben, beschäftigt. »Das Schreiben hatte mich also gepackt«, fuhr er fort. »Ich schrieb immer und immer. In der Lehrlingszeit, in der Gesellenzeit, während des Krieges, ich ließ keine freie Minute ohne Schreibversuche vergehen.«

Jetzt unterbrach ihn der Genosse Breithaupt, ein kleiner, dicker Mann, Hausmeister an der Volksschule. »Das ist es eben«, sagte er, »du scheinst dich ums Schreiben, aber nie um vernünftige Arbeit gekümmert zu haben!«

Büdner verspürte Lust, seine rechte Hand zu erheben und auf die Lücke zwischen seinen Fingern zu verweisen, doch jetzt bellte die Genossin Mönch dazwischen: »Überhaupt Dichter! Dichter kann man nicht werden. Es gehört Talent dazu. Niemand weiß das besser als ich!«

»Ich glaubte ein wenig Talent zu haben«, entgegnete Büdner, doch die Mönch fuhr unbeeindruckt fort: »Wahrhaftigen Gottes, es sind viele vorbeigezogen, als ich noch im Ministerium saß, die sich Talent einbildeten, sich aber besser, wie hier erwähnt wurde, um eine vernünftige Arbeit hätten bemühen sollen, um eine Arbeit zu unser aller Nutzen!«

Von der Straße tönte die Sirene eines Rettungswagens herauf. Die Genossin Repel mit der randlosen Brille schüttelte sich, sah auf die Uhr und hatte Mühe, der Verhandlung weiter zu folgen.

»Ich dächte, der Genosse Büdner hat sein Talent ausgewiesen«, sagte Krause. Der ehemalige Möbelpacker, er mühte sich, Büdner zu verstehen, und wies die rüde Diskussion, die immer wieder in Büdners Erklärungen einzubrechen drohte, energisch zurück.

»Mag sein«, sagte Büdner zur Mönch, »daß meine Schreibereien nicht vor aller Augen bestehen können, aber was die vernünftige Arbeit zu aller Nutzen betrifft, so bin ich nie um sie herumgegangen. Erst die letzte Zeit in Berlin lebte ich vom Schreiben. Ich schrieb, weil ich schreiben mußte. Schwer zu verstehen für jemand, der diesen Trieb nicht kennt, doch ihr werdet sehn, ich werde weiterschreiben, was auch über mich beschlossen wird!«

»Wenn jemand noch was von dir druckt«, sagte die Mönch ungerührt und nestelte an ihrem weißen Blusenkragen.

»Ob man druckt oder nicht – ich werde schreiben«, antwortete Büdner.

Es wurde für einen Augenblick still im Raum; einige Genossen schienen beeindruckt zu sein, doch die Mönch giftete sich und kam mit einer neuen Frage, mit einer Frage, die Büdner, solange er in der Partei war, wohl an zwanzig-, dreißigmal beantwortet hatte. »Weshalb wurdest du freiwillig Soldat?« hieß sie.

Wiederum antwortete Büdner, so redlich ers vermochte, erzählte von Lilian und wie sie ihn gestachelt und eifersüchtig gemacht hatte.

»Frau hin, Frau her«, sagte die Mönch, »du hast dich jedenfalls freiwillig gemeldet!«

»Ich wußte damals noch nicht, was ich heute weiß«, sagte Büdner. »Und ich sehe mit Achtung auf jene Genossen, die zu jeder Zeit das Rechte wußten.«

Runkehl fühlte sich getroffen und ging hoch. »Soll man zulassen, daß dieser Mensch ironisch über alte Genossen spricht, die lebenslang ihren politischen Kompaß in sich trugen?«

»Ich glaube nicht, daß Büdner das ironisch meinte«, sagte Krause, doch andere Genossen nickten Runkehl zu. Sie wußten nicht, daß Runkehl, als Hitler und Stalin ihren Pakt schlossen, ähnlich wie Lope Kleinermann, gewaltig an seinen Kompaß klopfen mußte.

Noch einmal versuchte Krause zu mildern. »Vergeßt nicht, daß auch Büdner nicht sein Leben lang ohne Bewußtsein blieb; er hatte sich freiwillig zur Truppe gemeldet, doch er desertierte schließlich!«

Keinerlei Wirkung. Es kamen neue Fragen, immer wieder Fragen: Wie war das im Kloster? Wie wars mit dem privaten Baugeschäft?

Büdner antwortete, so gut er vermochte, bis Kampf-Maier sagte: »Schön und gut, doch mir scheint, wir reden am Wichtigsten vorbei.« Er holte weit aus, erklärte, daß auch er Soldat gewesen wäre, verschwieg aber, daß er auch Arier gewesen war. Er war schließlich nicht angeklagt, sondern Büdner. »Meinen Arm verlor ich nicht im Kampf«, fuhr er fort. »Ich verlor ihn durch eigene Ungeschicklichkeit beim Loren-Abkoppeln in der Gefangenschaft. Ich hatte das Glück, in sowjetische Kriegsgefangenschaft zu kommen, und was ich sagen möchte, ist dies: Ich habe nicht im Arbeits- und nicht im Antifa-Lager erlebt, daß man Gefangene hypnotisierte und sie hypnotisiert zur Agitation nach Deutschland schickte. Das aber hat Büdner behauptet, und darüber soll er reden!«

Büdner versuchte, auch das zu erklären. Er sprach von John Samsaras Zeitschrift ÜBERSINN und daß das Demonstrationsfoto, das er selbst nie gesehen hätte, in der Redaktion angefertigt worden wäre. »Laßt mich nach Westdeutschland reisen, Genossen, und ich werd euch den Beweis bringen, daß wahr ist, was ich sage!«

Überdimensionales Gelächter, höhnische Bemerkungen, Gemurmel und Zwiegespräche: »Nach Westdeutschland – und dann verschwinden, haha!«

»Wer hier ist, hat hier zu bleiben! Er hat der Republik Geld gekostet.«

»Büdner auch?« fragte wer. »Wann und wo das?«

Eine Antwort wurde nicht gegeben.

Runkehl verschaffte sich Gehör, ließ sein Bärtchen zur Unternase springen und steigerte sich. »Wo steht, was du uns jetzt erzählt hast, in deinem Lebenslauf?« schrie er und schäumte.

Und da wars zu Ende mit Büdners Erklärungen! So mußte das »Jüngste Gericht« sein, das ihnen Lehrer Gerber einst in der Dorfschule ausgemalt hatte. Das Weltgericht brach über Büdner herein. Sein Leben ging zu Ende – sein Parteileben.

52 Büdner erlebt eine menschliche Kernspaltung, und es widerfahren ihm zwei Wunder.

Die Nacht war mild und licht, der Vollmond stand über der Großmeister-Allee, die gekachelten Fassaden der Neuhäuser blinkten. Büdner ließ sie hinter sich, kam in die Gegend der stumpfen, grauen Häuser und kleinen Privatläden, in die Gegend, wo die Großmeister-Allee anfing, Frankfurter Allee zu heißen. Er ging gebückt; die Schmerzen peinigten ihn noch immer, die Schmerzen in der Magengrube, heftiger noch als eine Stunde zuvor. Es war weder Haß noch Hochmut in ihm; er war traurig, tief traurig und fühlte sich schuldbeladen. Die ehemaligen Genossen hatten gehandelt, wie sie mußten:

Die Runkehls waren der Partei seit Jahrzehnten verbunden, hatten ihrer kommunistischen Gesinnung wegen im Zuchthaus gesessen, und die Leitung wußte ihnen Dank und sorgte dafür, daß sie sich jetzt als Rentner nicht einschränken, nicht darben mußten. Wie hätten sie nachsichtig gegen einen sein sollen, der seine Partei-Unschuld nicht beweisen konnte.

Der joviale Kliemann im grobgestreiften Hemd hatte ihn, wie es schien, ein bißchen bemitleidet. Kliemann, auch Flaschen-Kliemann genannt, war kein Kämpfer gegen die Arier, sondern ein zahmer Sozialdemokrat gewesen, doch die Arier selber hätten ihn, wie er sagte, drüber belehrt, daß man Kommunist zu sein hätte. Er gab sich Mühe bei diesem Vorhaben, und es war Dankbarkeit dabei im Spiele, weil er die harte Arbeit eines Müllkutschers gegen die weniger anstrengende eines Alt-Stoff-Aufkäufers hatte eintauschen können. Wie hätte Kliemann sich »versöhnlerisch« gegen ihn verhalten sollen?

Die Mönch trug das Abzeichen der von den Ariern Verfolgten. Ihr Mann war, wie der Mann der Sawade, im Lager umgekommen; sie, seine Kampfgefährtin, die ehemalige Volksschullehrerin, wurde nach dem Kriege folgerichtig ins Kulturministerium berufen, wo sie als Abteilungsleiterin gewirkt hatte. Jetzt war sie in Pension. Wie konnte ein Parteiverleumder wie er Gnade von ihr erwarten?

Kampf-Maier war kleiner Mitläufer bei den Ariern gewesen. Ihn hätte, so sagte er, der Krieg zur Besinnung gebracht. Auch er war dabei, ähnlich wie Kliemann, seinen politischen Fehler auszuwetzen, und war glücklich, daß ihm die Leitung seine »politischen Verfehlungen« großmütig verziehen hatte. Wie konnte er sich im Fall Büdner anders als gerade halten?

Der Mann der blassen Krenz, die Büdner bei der Verhandlung schräg gegenüber gesessen hatte, war Hauptmann der Volkspolizei. Sie war eine empfindsame Frau mit Kummerfalten auf der Stirn und saß während der Diskussion wie auf heißem Leinsamen. Die Versammlung fand zu einer unüblichen Spätnachmittagszeit statt; sie hatte ihre etwas rüd geratenen Söhne unbeaufsichtigt daheim lassen müssen, und die nutzten die Abwesenheit der Mutter gewiß aus und machten statt Schularbeiten Dummheiten. Konnte man ihrs verdenken, daß sie Büdner mit Antipathie bedachte?

Ähnlich wars bei der schwarzhaarigen Repel, der stabilen Frau mit der randlosen Brille; ihr Mann war Vorsteher eines Stadtbahnhofes, und sie war sozusagen aus Dankbarkeit Parteimitglied geworden. Man durfte sich zwar fragen, ob das ideologisch ausreichte, aber wer durfte das fragen? Büdner nicht. Die Repel hatte der Parteileitung jedenfalls bisher keinen Kummer gemacht. Sie sah während der langwierigen Sitzung ein ums andere Mal in ihre Handtasche und vergewisserte sich, ob sie den Schlüssel vom Gas-Haupthahn auch wirklich bei sich hatte. Sie hatte ihre sklerotische Schwiegermutter allein zu Hause lassen müssen. Konnte man ihrs verübeln, daß sie für eine rasche Aburteilung des Genossen Büdner war?

An welches Gruppenmitglied Büdner bei seiner schmerzvollen Wanderung auch dachte, keines hatte bisher der Partei geschadet, alle durften sie dreist ihre »Mutter« oder ihr »Zuhause« nennen. Er kannte dieses Gefühl; einmal hatte auch ers haben dürfen, damals, als die sowjetischen Genossen seinen Roman für brauchbar erklärten, nachdem amusische Menschen ihn abgelehnt und geschmäht hatten.

Alle Genossen der Gruppe waren direkt oder indirekt produktiv und taten Nützliches für die Gesellschaft, während die gesellschaftliche Notwendigkeit seines selbst erwählten Berufes umstritten war. Womöglich betrieb er ihn doch nur aus Eitelkeit.

Dort standen sie, die die Gesellschaft und ihre Forderungen im Auge hatten, und hier stand er mit den Forderungen seiner Eitelkeit. Sie hatten seinen Namen aus der Liste der Mitglieder getilgt; er hatte die Sitzung verlassen müssen, bevor die anderen auseinandergingen.

Sie werden noch eine Weile über deine Verfehlungen gesprochen haben, dachte er, und für sie bist du jetzt ein Renegat, einer, den die Vorhut der Klasse ausstieß, einer, den der Bannstrahl traf, »ein Unwürdiger«, wie sich die Mönch ausgedrückt hatte. Er war erschüttert, wie sagte man in solchen Fällen?, bis auf den Grund seiner Seele. Er hatte seine Mitarbeit in der Zeitschrift Übersinn in keinem Fragebogen erwähnt und war also durch eine Unterlassung zum Fälscher geworden. Ihm war, als müßte er in Traurigkeit ertrinken, und er fiel in einen Rausch von Selbst-Anklage-Bereitschaft. Du bist sogar schlimmer, als die Gruppenmitglieder von dir denken, sagte er sich, und du wirst lange, lange Zeit bußfertig leben müssen. Und ob du je lernen wirst, alles Außerparteiliche kritisch und alles Innerparteiliche unkritisch zu betrachten? Ob du überhaupt in die Partei gehörtest? Du bist weder aus ökonomischen noch aus ideologischen oder ideellen Gründen eingetreten. Du wolltest einer gewissen Rosa gefallen, die einen anderen nahm. Du wolltest einen Reinhold trösten, dem deine Schwester die Treue gebrochen hatte. Du wolltest nicht ganz und gar wortbrüchig gegen einen gewissen Rolling sein.

Konnten Genossen wie die Runkehls oder eine Genossin wie die Mönch einen Parteieintritt aus solchen Motiven gutheißen?

Freilich, so führte er zu seiner Entlastung an, hast du dich später bemüht, auch aus anderen Gründen ein guter Genosse zu sein, aber warst du dir bewußt, was dazu gehörte? Vielleicht hatte Elsbeth recht, wenn sie behauptete, die Büdners wären nicht handsam und fromm genug, gute Parteimitglieder abzugeben.

Es war schon recht, daß sie ihn aus der Mitgliederliste gestrichen hatten. Sein Parteiabzeichen hatte er gleich, nachdem er den Sitzungsraum verließ, in die Tasche gesteckt, und er war hinuntergestiegen, hatte den Fahrstuhl nicht benutzt; er hielt sich des nicht mehr für wert.

Allmählich war er in die ländliche Gegend von Friedrichsfelde gekommen, und seine Magenschmerzen wurden sachter. Etwas in ihm entkrampfte sich, doch seine kummerigen Gedanken umkreisten ihn weiter.

Drei Betrunkene kamen ihm entgegen. Sie wankten von einer Straßenseite zur anderen. Die Autofahrer gaben Blinkzeichen und stoppten. Einer der Betrunkenen trug ein Parteiabzeichen, und gerade der stimmte das »Schlesierlied« an, das sie in seiner ehemaligen Parteigruppe zum Revanchistenlied erklärt hatten. Der grölende Genosse mit seiner Trunksucht, war er handsam und fromm genug für die Partei? War Trunksucht kein besonderes Parteivergehen, weil es zu viele gab, die tranken?

Er spuckte vor sich selber aus: Da nörgelte er also an anderen herum, statt sich seiner eigenen Verfehlungen zu schämen! Er war seiner über und hätte sich erdrosseln mögen. In seiner Not hinkte er zu einer Kastanie, die im Schatten stand, lehnte sich gegen sie und schluchzte. Es schien zu Ende mit ihm zu gehen. Seine Hände strichen über die rissige Rinde des Baumes wie über die Haut eines Urtieres. Er weinte, weinte, und die Welt verschwamm ihm.

Er wußte später, wenn die Rede drauf kam, nicht anzugeben, wie lange er am Kastanienbaum gestanden hatte; als er wieder zu sich kam, war er ein anderer: Die Erschütterung hatte bewirkt, daß sich jetzt sein Ich oder das, was er dafür hielt, in ein Über-Ich und ein Unter-Ich spaltete. Und nun redeten die beiden Ichs miteinander: Du bist nur traurig und lamentierst, flüsterte das Über-Ich, weil du von anderen hörtest, daß sie traurig waren und lamentierten, als man sie aus der Partei tat. Alles, alles wird so rasch zur Konvention!

Das Unter-Ich tat, als überdächte es die Frage, und schwieg.

Er kam in die Gegend von Kaulsdorf, und der Krampf, der ihn gequält hatte, war verschwunden. Zu seiner Rechten blinkte ein See im Mondschein, und sein Unter-Ich schnarrte: Du mußt traurig sein, mußt doch traurig sein, es ist üblich!

Er aber willfahrte den Wünschen seines Unter-Ichs nicht, und sein Wohlsein blieb. So ists recht, sagte sein Über-Ich. Man hat dir nur eingeredet, die Partei wäre das Leben. Gebiert sie Lebewesen? Das Leben selber, so wirds dir beweisen, daß sie nur eine Hilfskraft von ihm ist, eine Angestellte, eine Pflegerin. Das Leben, es wird dir bleiben, obwohl man dich aus der Liste der Parteimitglieder löschte. Und einmal wird das Leben auch beweisen, daß man dir unrecht tat, und wenn deine Angelegenheit ins Märchen-Alter gerückt sein wird, wird sie sich so anhören: Es war einmal ein Mann, der war traurig und glaubte nicht mehr leben zu können, weil statt seines Namens ein Strich in der Mitgliederliste der Partei stand, weil er nicht wußte, was für ein Glück es ist, namenlos zu sein. Bei dem Wort PARTEI aber wird eine kleine Zahl stehen und auf eine Fußnote verweisen, und in der Fußnote wird erklärt werden: PARTEI – eine Interessengruppe von Menschen, die – für uns längst selbstverständliche – ökonomische und soziale Gerechtigkeit anstrebte.

Ein wenig unheimlich wars ihm schon, wie seine beiden Ichs da miteinander redeten, aber er ließ es geschehen, und es blieb ihm wohl. War er in einen Zustand gelangt, den man in religiösen Kreisen ERLEUCHTUNG, in Künstlerkreisen INSPIRATION und in Psychologenkreisen EUPHORIE, gar WAHNSINN nannte? War er ein Heiliger geworden, wie er es sich früher einmal gewünscht hatte, als er sich auf Anraten einer Pfarrerstochter mit den Lebensläufen solcher Herren befaßte und sich kreuzigen lassen wollte? Hörte er jetzt DAS MEER VON BRASILIEN rauschen, wie es ihm seine Schulkameraden versprachen, als sie ihm, seiner Hintergesichtigkeit wegen, ins Ohr spuckten?

In den Feldern von Kaulsdorf, über denen Mond und Sterne miteinander wetteiferten, dazusein und zu leuchten, kehrte er um, ging nach Friedrichsfelde zurück und gab der bewußten Kastanie einen freundschaftlichen Klaps. Das Licht der Gaslaternen warf seinen Schatten auf den Fahrdamm, und der lag da riesig und ungeschlacht, bewegte sich, wenn er, Büdner, ging, und stand still, wenn er, Büdner, verharrte. War er das Unter-Ich und der Schatten sein Über-Ich? Oder gabs doch ein Ideelles, wie jene Leute, die man Idealisten schimpfte, behaupteten? Ein ideelles, unsichtbares Etwas, dessen Schlagschatten sein Unter-Ich war?

Es ging auf Mitternacht zu, als er seinen Dachgarten in der Großmeister-Allee erklomm, und dort stand er noch einmal dem unverstellten Nachthimmel gegenüber, sah Sternsplitter aufglühn, fliegen und verlöschen; wollte ins Atelier und sah eine Frauengestalt auf der Türschwelle hocken. Es war Rosa und das zweite Wunder, das er in dieser Nacht erlebte.

53
Rosa bricht Ehe, läßt sich schein-interviewen und nimmt an einer Theaterpremiere in Halle teil, die in der Großmeister-Allee stattfindet.

Es war um die dritte Morgenstunde; die Stadt ruhte mit halb geöffneten Augen und verdaute mit dumpf kollernden Geräuschen. Rosa und Büdner lagen im breiten französischen Metallbett mit dem Baldachin und waren einander so nahe wie früher.

Er hatte ihr von seinem Parteiausschluß erzählt, das zuallererst. Und er hatte es erzählt wie eine Geschichte, die sich in fernen Zeiten begab, wie ein Märchen, ohne Verbitterung und ohne Trauer. Sie war fürs erste erstaunt über seine Gelassenheit; auch sie hatte wohl schon mit der Konvention des Lamentierens in solchen Fällen Bekanntschaft gemacht. Dann aber dachte sie dran, daß sie nicht der Partei-Engel mit dem glühenden Schwert war, der zu richten hatte; sie nicht, nein! Und vor allem: sie wußte, wie wenig schuldig er an seinem »Parteivergehen« war und daß sie ihn ins Recht setzen konnte. Nicht einmal er wußte, daß in Dinsborn zwischen ihren Siebensachen die Abschrift des Briefes lag, den sie damals John Samsara geschrieben hatte. Mit ihr konnte sie Samsaras Fälschung beweisen.

Ein anderer Umstand, sich nicht länger über sein »Gefaßtsein« zu wundern, war, daß sie neben ihm lag, daß die alten Erlebnisse mit diesem Reisigen und ihre neu erwachte Liebe zu ihm sie zu einem neuen Erlebnis mit ihm verleiteten.

Büdner hatte die ganze Zeit wach gelegen, hatte sich wach gehalten, weil er fürchtete, seine Hochstimmung könnte den Augenblick seines Einschlafens benutzen, um mit einem Traum davonzufliegen.

Rosa hingegen war dies und das, verschwand von Zeit zu Zeit aus ihren Gesprächen, schlummerte ein wenig, wachte auf und focht wieder mit, und soeben war sie wieder erwacht und fragte: »Jene Frau mit den hochgesteckten Haaren, hattest du sie dir nur für deine Filmpremiere ausgeliehen?«

»Nein«, sagte er, »aber ich bin nicht viertelst soviel mit ihr verheiratet wie eine gewisse Dame mit einem weißhaarigen Fremden.«

Er stand auf und ging in die kleine Küche. Du dürftest ein bißchen weniger aufgekratzt sein, nach allem, was passierte, knarrte sein Unter-Ich.

Er suchte nach Limonade. Es war keine da. Er trank laues, gechlortes Wasser aus der Leitung und brachte auch ihr davon. Sie trank, bedankte sich, sah ihn an und sagte: »Hilf mir, ich weiß nicht, wo anfangen!«

»Gut«, sagte er, »spielen wir Reporter und positive Heldin!« Sieh wie von hoch oben auf sie und auf das, was sie tat, flüsterte sein Über-Ich. Er wünschte zu wissen, ob er sie mit Frau Raswan oder mit Frau Lupin ansprechen sollte. Sie entschied sich für Lupin. Es beglückte ihn.

»Frau Lupin«, sagte er, »Sie liefen uns vor Jahren am Niederrhein über den Weg. Welch ein Zufall, daß wir Sie wiedertrafen! Oder war es keiner? Sie zogen damals aus, wenn wir uns recht erinnern, die Hoffnungen anderer zu erfüllen. Erfüllten Sie sie? Erfüllten sich die Ihren?«

»Ich ging weg, um Philosophie zu studieren«, sagte sie, »aber man kommt nicht ins Paradies ohne ein Tor, und man kam damals nicht aus Westdeutschland nach Moskau, ohne hier beraten zu werden.«

»Was riet man?«

»Gesellschaftswissenschaft wär umfassender als Philosophie, sagte man. Philosophie allein, wozu sollte dat taugen? Die Philosophen hätten die Welt nur verschieden interpretiert...«

Er unterbrach sie. »Es wäre mir lieb, wenn Sie Zitate beiseite ließen! Ich will wissen, was in Ihrem Kopf vorging!«.

»Gesellschaftswissenschaft, dat wär Philosophie in Aktion. Ich weiß nicht mehr, ob mans mir so sagte oder ob ichs mir einredete.«

»Was verstehen Sie unter Philosophie?«

» Spekulieren, wat übrigbleibt, wenn man von hier weggeht, von der Erd verschwindet«, sagte Rosa. »Herauskriegen, ob dat, wat man auf Erden tut, einem eingeboren ist oder obs einem die Mitmenschen zuweisen.«

»Und was weiter?«

»In der Gesellschaftswissenschaft, merkte ich bald, behandelte man die Philosophie, als ob sie wat Vergangenes wär, etwas, wat nicht mehr in unsere Zeit paßt, ich hatt aber nun gerad Lust, zu spekulieren. Nur über Mißständ im menschlichen Zusammenleben und Klassenverhältnisse zu verhandeln, war mir zuwenig. Außerdem verlangte man eine Menge Gläubigkeit von mir, und ich fand dat unwissenschaftlich. Wat sollt ich machen? Mich für sündig erklären und mich im Glauben üben? Ich konntet nicht, und dat war mein Konflikt; ich wußt damals noch nicht, dat es die Dogmatik war, gegen die ich mich instinktiv wehrte.«

»Ich fürchte, Ihre trockenen Erklärungen werden die Leser meiner Zeitung nicht interessieren«, sagte er, und sie warf sich herum und drehte ihm beleidigt den Rücken zu. Draußen graute es. Auf der Hoch-Antenne rappelte sich ein Türkentäuber. Büdner legte seine Hand auf Rosas Schulter. »Es fällt mir ein, daß wir uns zwischendrein auf einer Hochzeit trafen. Damals merkte man Ihnen die Unzufriedenheit mit Ihrem Studium nicht an.«

»Doch!« sagte sie und starrte die Wand an. »Ich war sojar drüber am Reden. Sie verstanden mich nicht. Sie waren auf der Schule und dogmatisch.«

»Und wovon redeten Sie damals?«

»Keine Mauern wären dick jenug, lang zu verbergen, wat hinter ihnen jeschieht, sagte ich; außerdem wär da die Tochter Swetlana, die hie und da im Freundeskreis Bemerkungen über ihren Vater machte, denn sie wär eine Tochter wie Aller-Leuts-Töchter, sagte ich.«

»Das versteh ich auch heut nicht«, sagte er. »Vor allem möcht ich, daß Sie nicht von anderen, sondern von sich reden. Es war nicht die vornehmste Art, mit der Sie sich damals im Kinderheim verabschiedeten.«

»Der Abschied war nicht gegen Sie, sondern gegen mich gerichtet. Ich wollt dat Studium meines Kindes wegen nicht schmeißen, soviel brav war ich damals noch.«

»Damals?« fragte er. »Jetzt glauben Sie nicht mehr, daß Revolutionen für die Kommenden gemacht werden?«

»Doch!« sagte sie, »aber es braucht Jahre, bis Revolutionen sich befestigen, wie wir sehen, und wir jachzen in unseren Funktionen, und wir schieben unsere Kinder beiseite, weil sie uns beim Revolutionmachen stören, und wir nehmen sie damit gegen uns ein, und die Revolution, die wir vorgeben für sie zu machen, wird fragwürdig.«

Die ersten Möwen kamen, setzten sich auf den gemauerten Zaun des Dachgartens, spähten vergeblich um »Frühstück« zum Küchenfenster und flogen wieder zum Osthafen.

»Vater Leo ließ ich von meiner Unzufriedenheit wissen«, sagte Rosa. »›Ich ahnte es‹, antwortete er, ›ich ahnte es, lieb Rosa, aber nun mußt du sehen, wie du da durchkömmst! Schreib mir über die Bücher, die du in Russisch liest, teil mir mit, was du von ihnen hältst, denk, dat ich teilhaben möcht am Neuen. Schreib mir von Moskau und wohin du gehst, wenn du freihast. Teil mir mit, wie das Heilige Grab auf dich wirkte, denn ich werd unser Jerusalem wohl nie mit eigenen Augen sehn.‹«

»Allerhand, was er sich erlaubte, der alte Leo, in seinem niederrheinischen Winkel«, sagte Büdner.

»Dat war Schadenfreude«, sagte Rosa, »weil ich doch, politisch gesehn, immer mehr Onkel Ottos Tochter gewesen bin als die seine. Na, ich schrieb ihm auf, wat er verlangte. Und die Aufschreiberei wurd mir zur lieben Gewohnheit. Den Wochenbrief an Vater Leo ließ ich nicht aus, lieber die Vorbereitung auf eine Vorlesung.«

»Und die Gesellschaftswissenschaft wurde vernachlässigt?«

»Gar nicht«, sagte Rosa. »Ich war immer noch eins a. Es kam doch aufs Lernen von Formulierungen an. Dat fiel mir leicht, und allet wär eigentlich gut gegangen, wenn ich mir nicht immerzu mein ferneres Leben als Gesellschaftswissenschaftlerin vorgestellt hätt. Davor graute mir. Ganz zu Unrecht vielleicht. Viele Genossen sind glücklich und schöpferisch in diesem Fach, wie sie sagen, und ich glaub et ihnen. Aber sie glaubten mir nicht, wenn ich sagte, ich würd mich niemals in dieser Funktion wohl fühlen. ›Absolviere!‹ hieß es, ›Disziplin halten! Du hast dat Zeug, du gehörst zu den Besten!‹.

Ich wollt nicht mehr zu den Besten gehören, und doch gelangs mir nicht, eine von den Schlechten zu werden!«

Unten war die Stadt erwacht. Versorgungsfahrzeuge aus Marzahn und dem Oderbruch rollten zur Markthalle. Das rasche Tappen auf den Gehsteigen nahm zu, Arbeiter eilten zu den Untergrundbahnschächten, Mütter, auch Väter schoben hastig Kinderwagen in die Tages-Kindergärten; Kinder trippelten an Mütter- oder Väterhänden, wurden fortgerissen, plauderten lustig oder weinten.

»Sie drücken sich um eine bestimmte Sache, Frau Lupin!« sagte er.

»Ich weiß et«, sagte sie und machte sich an seiner Schlafanzug-Jacke zu schaffen, knöpfte sie auf und knöpfte sie zu.

»Wo lernten Sie ihn kennen?«

»In der INTERNATIONALEN BIBLIOTHEK.«

»Sie saßen also dort, lasen, und am Nebentisch saß er und las?«

»Nein«, sagte sie, »Schauspieler lasen aus Paustowskis Buch ›Die goldene Rose‹. Ich hatt erfahren, dat Paustowski anwesend sein sollt, und ich glaubte ihn herausgefunden zu haben. Er saß mir schräg gegenüber, und ich starrte zu ihm hin.«

Und du dachtest, sie wär dir wer weiß wie treu, schnarrte Büdners Unter-Ich. Aber sie wurde doch Paustowskis Frau nicht, flüsterte sein Über-Ich besänftigend. Sie wurd die Frau eines noch anderen, triumphierte das Unter-Ich. Es kann sich ändern; man muß warten können, tröstete das Über-Ich.

»Mag sein, daß ich mich in dieser Vortragsstunde in Paustowski verliebte«, fuhr Rosa fort, als hätte sie das Gespräch der beiden Büdner-Ichs gehört. »Vielleicht wars nicht grad Paustowski, sondern seine Poesie, in die ich mich verliebte. In allen Poeten is wat, dat man mehr liebt als sie, wenn man sie liebt.«

»Sie weichen wieder aus«, sagte er, »reden die ganze Zeit von Paustowski.«

Rosa ließ sich nicht beirren. »Et kann passieren, dat man sie nicht mehr liebt, wenn man fühlt, dat sie dat, wat sie ganz und gar sind, nämlich Poeten, in sich unterdrücken.«

»Zu dunkel alles«, sagte er.

»Aber et mußte gesagt sein. Ich bin schon am Hinkommen: Die Veranstaltung ging zu Ende; die anderen klatschten noch, und ich sprang auf und ging, ich weiß nicht, woher ich den Mut nahm, zu Paustowski. Et war vielleicht der aus Neujier stammende Mut, mit dem ich vor Jahren am Niederrhein einen schlafenden Priester küßte, nur dat der dat vergaß, mein ich.«

Er stieg von seinem »Interviewerhügel« und küßte sie. Also hatte er sich jenen Kuß damals nicht ausgeträumt!

»Jetzt sind Sie es, der ablenkt«, sagte sie und drängte ihn sanft zurück. »Ich küßte Paustowski damals die Hand, doch et war, wenns einen Gott gibt, so wird ers verzeihen, et war Raswan. Ich schämte mich, als er in akzentlosem Deutsch zu mir sagte:›Ich versteh, es hat dich ergriffen, mein Kind.‹ Er strich mir übers Haar, aber ich war wütend: Paustowski war in der ersten Reihe am Sitzen, doch er war klein, fast ein Zwerg; später erfuhr ich, dat er unter seiner minderen Körpergröße lebenslang litt und dat er wußt, wie wenig er äußerlich den Vorstellungen naiver Literaturdamen entsprach, wie ich eine war.«

»Und Sie gingen nicht hin und küßten ihm doch noch die Hand?«

»Nein, ich rannte hinaus. Ich schäumte vor Scham. Wissen Sie, wie dat ist?

Es war ein Abend im späten Oktober; schon tagelang hatte es Frost gegeben, und nun fing et an zu schneien; sacht mit großen Flocken, und sie durften nicht kleiner sein bei meinen Vorstellungen vom Moskauer Winter, und die Leute auf den Straßen waren lustig und begrüßten den Schnee.

Er holte mich ein und überholte mich; ich meine Raswan. Als er mir zwei Schritte voraus war, drehte er sich um und sah mich an. Seine Augen waren mild-grau. ›Tut mir leid‹, sagte er.

Wie es mit mir und ihm weiterging, war ziemlich alltäglich. Ich systematisierte damals alle Lebensvorgänge, so als Übung, weil ich doch studierte, wie man dat Leben verwissenschaftlichen müßt. Ich hatt Varianten davon zusammengetragen, wie Menschen einander kennenlernen. Meine Bekanntschaft mit Raswan rangierte unter der Variante SICHERHEIT.«

»Und Ihre Gegenvariante, wie sah die aus?«

»Totale Unsicherheit, Instinkt, Intuition.«

Frag weiter in der Richtung! raunte Büdners Über-Ich. Nein, sagte sein Unter-Ich, du kannst deine männlichen Interessen nicht so außer acht lassen!

»Wie kams, daß Sie ihn heirateten?« fragte er. »War er nicht schon verheiratet?«

»Er war geschieden«, sagte sie. »Seine Frau, eine Russin, hatte sich von ihm scheiden lassen. Ich sollt vielleicht nicht drüber reden, den gleichen Fehler machen wie er, aber ich red: Er lebte seit neunzehnhundertvierunddreißig in Moskau, arbeitete zuerst in einer Zentralstelle der Internationale, später als Korrektor für russische Texte, die ins Deutsche übersetzt wurden. Dann kam der Krieg. Es gab sowjetische Genossen, die den deutschen Genossen anfingen zu mißtrauen. Raswan wurde nach Kasachstan beordert, und da wars, dat seine Frau, eine russische Patriotin, sich von ihm scheiden ließ.

Er war noch nicht lang wieder in Moskau, als ich ihn traf, und er hatt nicht weniger mit sich abzumachen als ich. Der Unterschied: Ich sprach über dat, was mich bedrückte, er nicht. Er behandelte mich wie eine Tochter. Ich sah in ihm einen Ersatzvater.«

Büdner wollte unterbrechen, doch sie wehrte ab. »Ich weiß, einen Vater heiratet man nicht, wollen Sie sagen. Ja, aber ich heiratete ihn.«

»Boten Sie sich ihm an?«

Rosa drehte ihm wieder beleidigt den Rücken zu, dann aber antwortete sie doch: »Nein, er bot sich mir an, aber wat ändert dat? Ich heiratete ihn.«

»Brauchten Sie ihn als Vater für Ihren Sohn? Schien Ihnen der richtige Vater, der Ihnen zuliebe Genosse, gar Funktionär geworden war, nicht verläßlich?«

»Gerade dat dieser Sohn-Vater sich mir auf diese Weise gefällig zu machen versuchte, ließ mich stutzen.«

»Das sollten Sie erklären!«

»Später!« sagte Rosa. »Raswan machte mir den Heiratsvorschlag, bevor er nach Deutschland zurückging, weil er fürchtete, dat mein Studium ohne ihn doch noch mit einem Fiasko enden würd! Verstehen Sie, bitte: Ich hatt nichts gegen Moskau, nichts gegen die Sowjetunion, nichts gegen die Menschen. Ich hatt viele Freunde dort. Manche sorgten sich rührend um mich; manche allerdings in einer parteilichen Art, die ich nicht besonders mochte. Mag et sich pathetisch anhören, aber ich werde dieses Land immer lieben, werd immer wieder dorthin fahren, wenns mir erlaubt wird.«

Die halbzahme Dohle pochte ans Fenster der kleinen Küche. Büdner schnitt ein Stück billiger Blutwurst zu Würfeln und warf sie ihr vor.

»Ich dacht schon, et wären die List-Frauen wieder«, sagte Rosa.

Büdner war schon wieder im Interview: »Wie wars, als Raswan Ihnen den Antrag machte?«

»Damals war ich ein heimwehleidiges Mädchen, und mein Heimweh ging in dat Land, in dem ich meinen Sohn wußte, und dahin ging Raswan. Er braucht nur zu sagen, dat er mich mitnehmen würd, und ich sagte zu. Aber nein!« protestierte sie, obwohl er gar nichts gesagt hatte. »Eine solche Zweck-Ehe war nix Unmoralisches für Moskauer Verhältnisse. Man schloß dort auch Ehen auf Zeit, um zu einer bestimmten Wohnung zu kommen. Die Not, die Not! Auch ich war in Not!«

Die Morgensonne fiel ins Atelier und beschien die gepolsterte Muschel, das Jugendstil-Sofa, in dessen hölzernen Lehnenrand ein Seerosengerank geschnitzt war.

»Noch eine Frage.«

Sie sah ihn mädchenhaft an, unwiderstehlich!

»Muß ich annehmen, daß Sie sich inzwischen daran gewöhnten, auf SICHERHEIT verheiratet zu sein?«

Sie ging mit Fäusten auf ihn los, betrommelte seine Brust, seinen Rücken und ließ sogar die Halbglatze nicht aus. Er wußte nicht, ob es gespielte oder echte Wut war, bis er gewahrte, daß sie weinte. Als sie sich beruhigt hatte, wischte sie sich die Tränen mit *seiner* Hand, schluchzte noch einmal auf und sagte: »Ich werd dir nicht erzählen, über wen und welche Stellen ich erfuhr, wie et dir jeweils ging. Als die ersten Fortsetzungen deines Romans im VOLKSBLATT erschienen, war ich übrigens schon hier, doch ich schickte unser Foto meiner Freundin nach Moskau, und *sie* schickte es dir, und als sie dich ins Bergwerk steckten, wär ich am liebsten zu dir gefahren, Gott weiß et!«

»Das Intertview, Frau Lupin, Sie vergessen das Interview«, sagte er aus lauter Freude und Hilflosigkeit.

Sie war bereit. »Jetzt werden Sie verstehen, daß ich Raswan was zu verdanken hab«, sagte sie. »Oder können Sie sich nicht denken, was et mir bedeutet, bei meinem Sohn zu sein?«

An dich war nicht gedacht, schnarrte sein Unter-Ich. Doch! fiel ihm das Über-Ich flüsternd ins Wort. Aber sei jetzt weise, wie ich dirs anriet!

Wieder wars, als hätte Rosa gelauscht. »Ich weiß, was Sie fragen wollen«, sagte sie, »aber Sie hielt ich um diese Zeit für tot.«

»Ich lebte aber und mühte mich, Ihnen zu gefallen. Sie hätten es leicht erfahren können.«

»Du lebtest, aber ich liebte dich, glaube ich, nicht mehr«, sagte sie und fiel aus dem Intertiew. »Du wärest, fürchtete ich, zu schwach gewesen, weiter der zu sein, den ich liebte.«

»Und jetzt?«

Sie ging ins Interview zurück. »Ich sah, daß alles, was Ihnen geschah, dem Poeten in Ihnen nicht geschadet hat, und da wurd ich hart zu mir, und Rosa, sagte ich zu mir, was für ein miserables Weib wärst du, wenn du ihm jetzt, trotz allem, was du Raswan zu verdanken hast, nicht hilfst.«

»Und?« fragte er wieder betont unbeteiligt.

Sie fuhr auf. »Wie stumpf sind Sie eigentlich? Weshalb muß ich Ihnen sagen, dat Ihr Buch dat erste war, das ich hier in der TAGESRUNDSCHAU besprach, daß ich Raswans Beziehungen umging und dat ich die Rezension selber in der RUNDSCHAU unterbrachte?«

Also war die Besprechung in der RUNDSCHAU, auf die du so stolz warst, nichts als eine weiberlistige Protektion, schnarrte sein Unter-Ich.

Nicht doch, nicht doch! Sei getrost! Sieh auf die Sache, als ob du auf einem Stern stündest! flüsterte sein Über-Ich.

Er, als Interviever, aber fragte: »Fürchteten Sie, Raswan wäre es nicht recht gewesen, Sie das Buch eines alten Liebhabers loben zu hören?«

Falsch, falsch – da ist Eifersucht! flüsterte das Über-Ich.

»Mir wärs nicht recht gewesen«, sagte Rosa unverletzt, »wenn Raswan mich auch in diesem Falle protejiert hätt. Er hat so viele Bekannte, alte und neue, und Verbindungen nach überallhin. Ich machte mit meinem Bekannten aus der Kulturredaktion aus, er möge mir die Besprechung allsogleich zurückgeben, falls das Geringste dran auszusetzen wär. Der Jenosse Ulitschew war gründlich. Er las Ihr Buch in einer Nacht und bat mich um Erlaubnis, noch hie und da einen Satz in die Besprechung einfügen zu dürfen, und er lobte kräftiger, als ich gewagt hatte.«

Damit war das gespielte Interview vorläufig zu Ende.

Er erwachte am halben Vormittag. Unten in der Allee hatte das Gedröhn der Autos seine Tageslautstärke erreicht. Nun wirds Zeit, daß du Schluß machst mit dem Liebesgetaumel und dir vor Augen hältst, was dir gestern geschah, schnarrte sein Unter-Ich.

Hör auf mich, flüsterte sein Über-Ich. Laß mich obsiegen! Es hängt von dir ab, ob mirs gelingt.

Büdner war glücklich, daß in seiner Hand lag, ob ihm die Hochstimmung blieb. Er sah auf die schlafende Rosa und weckte sie mit Widerstreben. Es konnte ja sein, daß man sie irgendwo erwartete. Irgendwo, dachte er, nicht: Raswan.

Er strich ihr übers zerzauste Haar. Sie erwachte, lächelte und setzte sich auf. »Soll ich dir wat sagen?« Sie sollte.

»Ich hab Hunger«, sagte sie, und so war sie, die liebe Hexe, und beim Frühstück sagte sie: »Schön hier in Halle! Ich bin nämlich in Halle zu einer Theaterpremiere, sollst du wissen.«

»Ja, und nun?«

»Die Premiere wurde von einem gewissen Büdner um einen Tag verschoben.«

Er verfiel wieder ins Interviewer-Spiel. »Man wird Ihnen dahinterkommen. Es wird in der Zeitung stehen, daß die Premiere gestern abend war.«

»Es könnt ja sein, daß ich am ersten Tag zu spät kam und nur die zweite Hälfte sah und daß ich noch einen Tag bleiben mußt, um die erste Hälfte zu sehen.« Rosa phantasierte wie ein Ostermädchen, um nicht zu sagen, daß sie etwas zusammenlog.

Er schwieg. Ob sie den verdienten Genossen Raswan seinetwegen belügen wollte? Sie ahnte, was er dachte. »Noch hab ich ihn nicht belogen«, sagte sie. »Gewiß werd ich ihm sagen, wie allet war. Es gibt eine alte Abmachung zwischen uns, einen Moskauer Vertrag: Bevor ich ihn heiratete, fragte er mich: ›Hast du mir nicht erzählt, daß du den Vater deines Sohnes etwas mutwillig zurückließest, weil du eine ergebene Genossin sein wolltest?‹ – ›Dat hab ich‹, sagte ich. – ›Könnt nicht sein, daß zwischen euch alles wieder so wird, wie es war, wenn ihr euch wiederseht‹, fragte er. Ich schloß et aus und erzählte ihm, wie sehr du mich bei meinem Urlaubsbesuch enttäuscht hättest. Er verteidigte dich. Ich sollt nicht so hart sein, sagte er. Du wärst um diese Zeit interniert und vom Leben isoliert gewesen, und dat, was ich den Poeten nannte, der würd draußen wieder durchbrechen. – ›Ausgeschlossen, er war schon zu dogmatisch‹, sagte ich, und ich geb dat zu.

Aber er sagte: ›Du bist mir zu vehement, du willst zu deinem Sohn kommen. Versprich, daß du mir einen Wink gibst, wenn ich recht behalten sollt.‹ So verblieben wir, und dein Name fiel damals nicht. Ich wolltet nicht, und nu schlach mich, wenn du kannst!«

Sie ging um die Mittagszeit und seufzte: »Ich weiß nicht, ob ich diesmal schon die Härte aufbring, ihm alles zu sagen!«
Sein Über-Ich schwieg. Ging seine Hochstimmung zu Ende? »Ich werde weggehen«, sagte er.

Sie stürzte sich wieder auf ihn und betrommelte ihn mit den Fäusten: »Laß dir nicht einfallen, mich zu verlassen! Ich muß meine Hand auf dein Fell legen können!«

Dann fuhr sie nach Halle. Er wollte sie zum Untergrundbahnhof bringen, doch sie verbat sichs.

Sie will nicht mit dir gesehen werden, schnarrte sein Unter-Ich. Lügt sie damit nicht schon?

Sei wohlgemut und weise! flüsterte sein Über-Ich.

Ob es weise war, wenn er sich nun einredete, er müßte in Berlin bleiben, weil Rosa ihn brauchte?

54 Büdner erfährt, daß das Leben ein Schnittmusterbogen ist, und Katharina fragt ihn, wo die Tage hingeklungen sind.

Das Landhaus der Raswans lag, ob Sommer, ob Winter, von früh bis abends im Schatten. Sie hatten die Wahl zwischen drei sich ähnelnden Landhäusern gehabt, aber Rosa hatte sich dieses unter Kastanien und Buchen ausgesucht. Als Kind hatte sie ein Haus unter Baumlaubschirmen bei einem Tagesausflug in Holland gesehen und wäre gern hineingegangen, weil sie fand, man müßte gut darin aufgehoben sein, aber Vater Leo hatte es nicht für schicklich gehalten, fremden Leuten um »Sperenzkes seines Döchterkes« einen Besuch aufzudrängen.

Jahre später war nun, wie man sah, ein anderer Mann auf Rosas »Marotte« eingegangen. Raswan wars gleich, ob der Ort, an dem er arbeitete, schattig oder sonnig war; er hatte sich sein Leben lang mit Unzulänglichkeiten und Unregelmäßigkeiten abfinden müssen, wenn sie nur seine Arbeit nicht behinderten, und seine Arbeit waren zur Zeit knifflige russische Texte, die er ins Deutsche übersetzte. Er steckte tief in dieser Übersetzung, aber als Rosa die zweite Nacht ausblieb, wurde er unruhig. Er telefonierte mit den Leuten der Rezeptionen aller Hotels in Halle ; in keinem wohnte die Journalistin Rosa Raswan. (Rosa übernachtete wohlweislich in einer privaten Pension!)

Raswan schlief die Nacht schlecht, fing am Morgen wieder an herumzutelefonieren und sagte zum kleinen Lew: »Du wirst wohl mit dir selber fertig, verzeih, aber ich muß die Mama finden.«

»Ja, Herr Vater«, sagte Lew und packte seine Schulsachen.

Rosa war bemüht, ihrem Sohn dieses »Herr Vater« auszureden, doch es gelang ihr nicht. Es lag an Raswan, der in seiner ersten Ehe keine Kinder gehabt hatte und der der Meinung war, man müßte mit Kindern kindisch reden. Der kleine Lew meinte jedoch, man sollte mit ihm reden wie mit einem Erwachsenen, und mit dem »Herr Vater« wies er auf die Ton-Art hin, in der er mit Raswan zu verkehren wünschte. Werd ich nicht jeden Morgen mit mir selber fertig, dachte er. Ich wasch mich, zieh mich an und muß nicht einmal geweckt werden, wenn mir Mama den Wecker gibt. Ich verlang ja nicht, daß der Herr Vater mit mir bis ans Tor geht und mir nachwinkt. Es würde mir auch nicht gelingen, mich mit ihm zu necken, mich hinter einem Ahornbaum zu verstecken und wieder hervorzukommen und wieder zu winken, wie ich es mit der Mutter tu.

Er machte sich fertig und wartete, bis Raswan eines seiner ergebnislosen Telefongespräche beendet hatte, klopfte an und ging ins Arbeitszimmer, um sich zu verabschieden.

»Eigentlich ists nicht recht, daß kleine Jungen, denen die Mutter abhanden kam, zur Schule müssen«, sagte Raswan, und das war wieder eine von den Kindereien, die Lew nicht leiden mochte. Weshalb sollte ein Junge, dessen Mutter auf Dienstreise war, nicht in die Schule gehen? Vielleicht hatte die Mama einen Zug nicht erreicht, vielleicht einen zweiten nicht, das konnte doch sein. Er wußte schon, wie er der Mutter trotzdem nah sein konnte: Er steckte seine Schulbücher in Rosas Einkaufstasche; da fühlte er, wenn er die Henkel anpackte, was von der Mama, und es war, als brächte sie ihn an der Hand zur Schule.

Rosa kam am Mittag des dritten Tages zurück. Raswan umarmte sie und zitterte, doch er ging nicht mit Fragen auf sie los.

Rosa schätzte Raswans Feingefühl, und einmal, als sie es lobte, hatte er erklärt, alle Menschen hätten das gleiche Feingefühl, es werde jedoch nicht bei allen abgerufen. Auch er wäre früher nicht feinfühlig gewesen, wie hätte ers als unehelicher Sohn einer Hamburger Kellnerin, der sich durch die Kindheit raufen mußte, sein sollen!

Rosa achtete nach diesem Gespräch auf das Feingefühl ihrer Mitmenschen, doch Raswans Theorie bestätigte sich nicht. Sie sagte es ihm, doch er blieb dabei, jedenfalls fragte er Rosa erst am Abend nach ihrer Heimkehr: »Was hat man im Theater in Halle gespielt?«

»Ich habe es dir gesagt, als ich fuhr«, antwortete Rosa. »Aber du scheinst, wie so oft, nicht zugehört zu haben. ›Tai Yang erwacht‹ wurde gespielt, und ich habe es dir gesagt.«

»Ach, diese ›Tai Yang‹, weshalb spielt man eigentlich ›Zyankali‹ nicht, es hat mich immer so ergriffen.«

»Weißt du wirklich nicht, weshalb man ›Zyankali‹ bei uns nicht spielen kann?«

»Ach ja!« Raswan klopfte sich mit der flachen Hand vor die blasse Stirn. Es war ihm eingefallen, daß ein gewisser Paragraph des Bürgerlichen Gesetzbuches auch unter der Arbeiter-und-Bauern-Regierung noch nicht abgeschafft worden war und so weiter.

»Ich finde übrigens nicht, daß ›Zyankali‹ stärker ist als der ›Mamlock‹«, sagte Rosa, und ein Wort gab das andere, und sie waren in einer literarischen Debatte, und eine literarische oder politische Debatte am Sonnabendvormittag zum Beispiel konnte bewirken, daß Rosa vergaß, einkaufen zu gehen, und derlei Umstände machten das Leben der Raswans interessant: Sie gingen dann ins Restaurant essen, was dem kleinen Lew besonders gefiel, weil er so gern sah, wie verschieden die Menschen, was sie aßen, vom Teller in den Mund brachten, und er selber ging schon geschickt mit Messer und Gabel um.

Am Abend nach Rosas Rückkehr arbeiteten und schrieben Raswan und Rosa je auf ihren Zimmern, und erst beim Gute-Nacht-Sagen sagte Raswan: »Gestern gelang mir nicht eine brauchbare Zeile.«

»Hattest du keinen guten Tag?« fragte Rosa und war sich ihrer Scheinheiligkeit bewußt.

»Ich fand nicht sehr hervorragend, daß du nicht telefoniertest, als du deinen Zug verpaßtest.«

Rosa antwortete vorläufig nicht und log demzufolge nicht, und du wirst auch nicht lügen, nahm sie sich vor, denn wenn du ihn belügst, verleugnest du den Dichter im Dachgarten und löschst dessen Existenz aus! Sie ließ alles in der Schwebe.

Der kleine Lew kam aus der Schule, senkte den Kopf und versuchte betrübt auszusehen.

»Ach, ach, ach!« barmte Rosa, »es ist wieder schlecht gegangen in der Schule, wie ich sehe!«

Lew murmelte etwas von einer Vier im deutschen Aufsatz.

»In der vorigen Woche hattest du eine Eins im Aufsatz«, tröstete Rosa, »das gleicht sich aus, um Geld und Zensuren trauern ist unwürdig!«

»Angeführt, angeführt!« triumphierte Lew, weil die Mama wieder einmal auf eine seiner scherzhaften Schwindeleien hereingefallen war. Es setzte einen Klaps, und dann folgte die große Umarmung.

»Du mußt zwei Züge verpaßt haben, Mama, habe ich ausgerechnet«, sagte Lew.

Rosa wich aus. »Ja, und die Mathematikarbeit, habt ihr nicht auch die heut zurückbekommen?« fragte sie.

Es blieb, wie gesagt, alles in der Schwebe, und erst am nächsten Abend ging Rosa zu Raswan ins Arbeitszimmer, um sich zu erklären. »Verzeih, wenn ich dich unterbrech«, sagte sie. Raswan sah auf.

»Erinnerst du dich an die Abmachung, die wir unseren Moskauer Vertrag nannten?«

Raswan mußte nicht überlegen. Der Pfeil hatte ihn schon getroffen. Er hantierte, während Rosa erzählte, mit seinem Füllfederhalter, zog die Kappe herunter, steckte sie wieder auf, unablässig, immerzu. Rosa hinwiederum stand während des Erzählens auf, schlug die. Vorhänge zurück und öffnete das Fenster. Draußen raschelte das gefrorene Kastanienlaub im Nachtwind am Boden. »Büdner tat mir leid«, sagte sie, »weil er sich von sogenannten guten Genossen, die von Literatur nix verstanden, kritisieren lassen mußte, bis er nicht mehr aus und ein wußt und um sich schlug. Wie hätt ich da nicht helfen sollen!«

»Wärs nicht gut gewesen, wenn du mir das schon erzählt hättest, nachdem du ihn mir vorstelltest?« fragte Raswan.

Rosa wußte, weshalb sie es nicht erzählt hatte. Sie hatte (eifersüchtig) gefunden, daß Büdner nach dieser Filmpremiere geradezu im Glücke schwamm. Sie fand ihn gut umsorgt von jener antiken Dame mit dem hochgesteckten Haar, gehätschelt und gut untergebracht. Weshalb hätte sie Raswan damals beunruhigen sollen? »Er schien mir nicht in Not zu sein an jenem Abend, aber jetzt ist ers«, sagte sie und erzählte von Büdners Parteiausschluß und was sie über den Anlaß wußte.

Nervöses Zucken um Raswans Mund. Er fing wieder an, die Kappe seines Füllhalters zu strapazieren, zog sie ab und steckte sie auf. Er dachte nicht an Konventionen, die einem Ausgeschlossenen diese oder jene Haltung vorschrieben; er dachte an das, was ein Genosse empfand, dem mit der Partei alles genommen wurde. »Und jetzt ist er zerschmettert, versteht sich«, sagte er.

Sie hätte Büdner nicht gerade untröstlich vorgefunden, berichtete Rosa wahrheitsgemäß.

»Das besagt nichts. Ich kenne Menschen, die sich mit Sachlichkeit polstern, sobald sie fürchten müssen, bemitleidet zu werden«, sagte Raswan und bezog das auch auf sich. Rosa war überrascht, wie geschickt er es ins Spiel zu bringen wußte.

»Er muß Revision einlegen«, sagte Raswan. »Erlaub, daß ich mich drum kümmere.«

»Auf keinen Fall«, sagte Rosa und verriet sich mit ihrer Heftigkeit. »Ich bins schließlich, die seine Unschuld beweisen kann.«

Tage vergingen. Die Großstadt produzierte Nebel und hüllte sich in ihn ein. Büdner stand gegen die Balustrade des Dachgartens gelehnt und dachte an Rosa. Sie schien nicht die Kraft gefunden zu haben, Raswan die Wahrheit zu sagen; sie war noch nicht wiedergekommen.

Nicht einmischen, flüsterte sein Über-Ich, und alles wird sich fügen, wie dus brauchst!

Man kommt sich vor wie ein Narr, schnarrte es aus dem Nebel. Büdner wähnte, es wäre sein Unter-Ich, das ihn zur Unzufriedenheit aufzurufen wünschte, aber mit eins stand der Briefträger vor ihm. »Entschuldigen!« sagte er. »Aber man kommt sich wirklich vor wie ein Narr.« Das dritte Mal wäre er bereits mit einem Einschreiben »in dieser Teufelshöhe«. Niemals jemand anzutreffen, auch ein Briefkasten wäre noch immer nicht da, in den man eine Benachrichtigung stecken könnte. »Meine Vorstellung von einem Schriftsteller war immer, daß er mehr zu Hause ist als gewöhnliche Leute.«

Der Postbote legte den Brief und den Einschreibzettel im Atelier auf den Tisch, deutete mit dem Zeigefinger auf die Stelle, an der Büdner zu unterschreiben hatte, und hielt ihm seinen Kopierstift hin. Es war ein kleiner, schmächtiger Mann, einer von den kleinen, zähen Marschierern. Bevor er etwas sagte, blies er jedesmal die Backen auf. »Kann schon verstehn, daß Sie viel unterwegs sind«, sagte er. »Das Glänzende an Ihrem Beruf ist, daß Sie dichten können, wo Sie gerade sind. Keine Wcitterung, auch Regen kann Sie nicht hindern. Das Dichten an und für sich stell ich mir vor, wie wenn 'n Schneider zuschneidt: Vor Ihnen liegt das Leben wie 'n großer Schnittmusterbogen, auf dem die Linien von vielen Anzügen durcheinanderlaufen, aber Ihnen kommts auf 'n bestimmten Anzug an, und den müssen Sie ausrädeln. 'n gutes Beispiel, erstaunlich, was? Das macht, unsereins hats mit verschiedenen Sorten Menschen zu tun und kann sich befragen.«

Wär das nicht was für dich, für die Arbeit, die du vorhast, flüsterte Büdners Über-Ich.

Ein anerkannter Schriftsteller, ein vom Ruhm angeräucherter Film-Skripter, ein von Lukian List erwünschter Mitarbeiter und dann hausieren gehn? schnarrte sein Unter-Ich.

»Sie sind einer meiner höchsten Kunden«, sagte der Briefträger, »ich meine, was die Treppen anbetrifft. 'n guter Witz, was?«

Büdner verstand und holte ein Zweimarkstück. Der Postbote wehrte ab, griff aber rasch zu, als Büdner das Geldstück wieder an sich nehmen wollte. »Gegen Trinkgeld soll man sich nicht wehren«, sagte er und erspähte, daß Büdner zwei Finger fehlten. »Ha!« machte er. »Auch von' Querschläger bei Radom weggefetzt?« Er legte seine linke Hand auf den Tisch, an der gleichfalls Mittel- und Ringfinger fehlten. »Ha!« machte er wieder. »Sie rechts, ich links. Dolles Zusammentreffen, was?«

Büdner ging nicht auf die Verbrüderung ein. Der Postbote steckte das Trinkgeld weg. »Wär nicht nötig gewesen«, sagte er wie zur Selbstberuhigung. »Aber wenn man bedenkt, was andere so für Nebeneinnahmen haben!«

Büdner schwieg noch immer.

»Sind Sie Genosse?« fragte der Postbote.

Büdner verneinte – das erste Mal seit Jahren.

»Gut«, sagte der Briefträger, »wenn Sie Genosse wären wie ich, würde ich nicht weiter mit Ihnen über die Nebeneinnahmen von anderen Genossen reden. Ich verleumde hier niemand, wenn ich sage, daß manche sich ganz schön nebenbei bestocken, aus Erbhäusern in Westberlin zum Beispiel. Kurios, was? Sogar 'n armer Gruppensekretär aus der Nähe is 'n Betroffener.«

Büdner erwiderte noch immer nichts.

»Sie sind nicht neugierig, was? Na, macht nichts! Weiter könnt ich auch nicht aus mir rausgehn«, sagte der Briefträger, zog die Oberlippe zur Nase hoch, ahmte Runkehl nach, »verwischte« es sogleich wieder und sagte: »Nu weiß ich immer noch nicht, wo Sie Ihre Finger verlorn haben!«

»Bergwerk!« sagte Büdner.

»Paßt sich gut. Wird von Schriftstellern ja heute verlangt, Praxis. Sind Sie so was wie 'n Muster, hauseigener positiver Held! Aber nu muß ich gehn!« Er verabschiedete sich mit Handschlag und ging.

Du hättest ihn befragen sollen, flüsterte das Über-Ich, und Büdner rannte dem Briefträger nach, bekam ihn am Fahrstuhl zu fassen und fragte ihn. Der Postmensch wehrte ab: »Nicht hier im Treppenhaus!«, und Büdner fuhr mit dem Postmann hinunter, und vor dem gekachelten Haus schwätzten sie eine Viertelstunde miteinander, und Büdner erfuhr, gegen zwei weitere Mark Trinkgeld, was er über den Briefboten-Stand und seine Möglichkeiten zu wissen wünschte.

»Lieber Stani, wo sind die Tage hingeklungen ...?« fragte Katharina in ihrem Einschreib-Brief. »Die Wörter sind aus einem Roman, den ich las, aber ich weiß nicht mehr, aus welchem, und es ist auch ganz gleich, aus welchem, die Hauptsach, es stimmt: Wo sind die Tage hingeklungen ..., der Tag beispielsweis, wo wir mitanand in der schönen Premier gesessen sind, und alle haben auf mich schauen müssen, weil ich eine Verwandtschaft von dir und berühmt gewesen bin mit dir zusammen, was nun nie wieder sein wird, wie ich erfahr.

Oder ists nicht wahr, was man sich erzählte, nämlich daß raus bist aus' Partei, daß sie dich aussi getan haben, und dein Nam wird, wie ich hör, aus dem Film ausgestrichen, und der Film wird, hör ich, hier bei uns nicht mehr gezeigt, nur mehr im Ausland. Das find ich schoffel, lieber Stani.

Und ich war in der Buchhandlung, um es mit einem zweiten Roman von diesem Zola zu versuchen. Ich habe sein Buch ›Mutter Erde‹ gelesen, und es hat mir wenig gegeben, lieber Stani. Wenn man in diesem Roman fände, daß die Leut Sakra und Teifi sagen, so ginge es an, aber sie furzen und fucken, zeigen ihren Ursch und scheußen heraus. Ach, was dieser Zola alles in den Mund nahm, ist mir zu geschert! Mir kams gleich so vor, als wärs keine richtige Kunst nicht, und ich habs im Lehrjahr erfahren, es ist auch keine Kunst, es ist Naturalismus, der uns nicht weiterbringt.

Und was ich dir noch schreiben wollt, die Genossin Hoppe, wo du ja kennst, sie hat mir gesagt, daß die Leut letzte Woch all gerannt und gelaufen sind und daß sie deinen Roman ausgekauft haben, weil er nimmermehr erscheinen wird. Auch das find ich schoffel.

Du mußt wieder eini in' Partei, lieber Stani. Es gefallt auch mir sonst nicht herinnen, denn um deinet bin ich einitreten dennmalen, obgleich mir Reinhold viel zugeredet hat, aber eigentlich wollt ich doch in' Partei, um mit dir auf den Lehrgang zu gehen, und die Umständ mit Reinhold sind später eingetreten.

Auch Reinhold ist der Meinung, du mußt wieder eini in' Partei. Du kannst nimmermehr ein Kriegsverbrecher gewesen sein oder so was, soviel kennet er dich, sagt er, und du sollst ihm mitteilen, ob er dir was helfen kann.

Reinhold hat mich schreiben geheißen, er ist ein wenig durchnand zur Zeit, weil, er hat von hintenherum Nachricht aus Moskau gekriegt, und man hat ihm mitgeteilt, daß sein

Freund Ilja Iwanow in einem Lager gestorben ist. Reinhold sagt, daß sein Freund Ilja nimmermehr etwas getan hat, was unzulänglich wär und schädlich für' Partei. Der, was Reinhold das gesagt hat und aus Moskau kam, ist ein Unbekannter gewesen. Es gibt Stunden, da meint Reinhold, es ist vielleicht der Klassenfeind gewesen, der ihm was aufbinden hat wolln, damit er einen schlechten Eindruck bekommt von den sowjetischen Genossen.

Reinhold hat an die Frau von Ilja Iwanow geschrieben, doch er hat keine Antwort nicht bekommen.

Es sind kummerige Zeiten, lieber Stani. Ein Glück, daß ich mir das Lesen von die Roman' gefunden hab. Manchmal ärgere ich mich, weil ich schon so alt war, bis ichs fand, aber dann sag ich mir, ich mußt so alt werden, damit ich dich treffen und durch dich auf das Lesen hinkommen konnt.

Nun bin ich wieder zu dem Leo, zu deme Tolstoi hingangen. Und ich hab den Roman von der ›Auferstehung‹ gelesen, und sie ist mir noch nähergangen als die Geschichte von der Anna, von dere Karenina da.

Ich hab mich streiten müssen mit der Genossin Hoppe, was mir die Bücher zuschanzt, und sie hat mir gesagt, ich sollt mich von deme Tolstoi nicht so hinreißen lassen, denn er ist mehr weg vom Fenster in der heutigen Zeit, und Babajewski und solchene Leut hätten ihn längst überflügelt, weil sie positiv vom Leben schreiben und nicht so ein Gejammer machen wie dieser Tolstoi. Aber ich laß mir nix anschaffen von der Genossin Hoppe; was ich fühl, das fühl ich, und davon geh ich nicht weg. Auch uns, fühl ich, würd etwas Demut anstehen und nicht soviel Sucht auf das Alleinherrschen. Es ist damit nicht aus, wie ich merk, auch wenn der Zar weg ist oder der Hitler; sie ersteht immer aufs neu.

Und Stani, was ich dich zum letzt noch fragen muß: Hast du wirklich deine Fragebogen gefälscht, oder hast du nur etwas vergessen und weggelassen beim Ausfüllen? Die Genossin Hoppe, die Buchhändlerische, die wo ihren Schwager bei der Sicherheit hat, sagt, man wird auch ausgeschlossen, wenn man etwas vergessen und weggelassen hat im Fragebogen, denn auch das wär eine Fälschung.

Ich frag, weil ich in dieser Sach in großer Sorge bin, denn ich hab nicht gewußt, wo ich meinen Fragebogen hab ausgefüllt, daß ich hätt die Naziführungsschul, auf der ich gewesen bin, erwähnen müssen. Die Schul ist für mich ohne Erfolg gewesen, ich bin nicht Führerin geworden, und ich hab gedacht, daß ich es deswegen nicht hinschreiben muß.

Was ich geworden bin, ist Krankenschwester, das weißt ja auch du. Was mach ich aber, wenn sie mir nun dahinterkommen, daß ich das von der Schul nicht ausgefüllt hab? Reinhold hab ich mich bis jetzt noch nicht fragen traut. Deshalb schreib mir du bald Antwort, auf daß ich weiß, woran ich bin.

Der Mond geht unter, und die Sonn geht unter, und der Mond geht auf, und die Sonn geht auf, und so verbringen wir unser Leben. Aber lasset uns sehen, daß zwischen Sonnaufgang und Monduntergang was geschieht und wir was machen mit unserm Leben, wie geschrieben steht. Das ist ganz und gar wahr, lieber Stani.

Es grüßt dich, und es küßt dir die traurigen Augen deine Katharina, die dich nie vergißt, wie auch du sie nicht vergessen sollst!«

Büdner wischte sich über die Augen.

Noch heulen über so gefühlsverworrenes Gestammel? schnarrte sein Unter-Ich.

Seine Eitelkeit weint, weil sein Roman in die Papiermühle geht und sein Name aus einem Zelluloidstreifen geschnitten wird, flüsterte sein Über-Ich. Tränen der Unwissenheit, aber noch hast du eine Strecke zu leben.

---

55   Büdner schüttelt sich vor Glück über gelungene Verhandlungen, und Rosa schraubt ohne Gebrauchsanweisung am Schicksals-Chronometer.

Büdner kam von der Post. Er war froh, daß er den Einflüsterungen seines Über-Ichs gefolgt war und mit dem Poststellenleiter verhandelt hatte. Ein Glücksschauer durchschüttelte ihn.

Jedes Plus muß mit einem Minus bezahlt werden, hatte Simos gesagt. Auch diesmal wars so: Runkehl kam zu Büdner und streckte ihm die Hand zum Gruß hin. Büdner zögerte.

Er tat, was er für seine Parteipflicht hielt, als er dich zum Aussätzigen erklärte, flüsterte sein Über-Ich.

Büdner gab Runkehl die Hand.

»Es ist in Vorschlag gebracht worden, du sollst eine Revision einleiten!« sagte der.

»Ich habe nicht daran gedacht.«

»Du nicht«, sagte Runkehl, »aber Leute, zu denen du gute Beziehungen, gewissermaßen einen heißen Draht hast.« Eine Tochter vom bekannten Genossen Raswan wäre bei ihm gewesen. »War er nicht in China auch gewisse Zeit, der Raswan, oder denke ich falsch lang?«

Büdner wußte es nicht.

Runkehl ließ seine Oberlippe mit dem Bärtchen zur Unternase hüpfen. »Ich gebe zu, daß wir vor Aufregung vergaßen, dich auf die Revisionsmöglichkeit hinzuweisen. Es war kein böser Wille hinter, denn uns ist jede Seele heilig!«

Auf dem Dach eines der Althäuser hinter der Allee erschien ein Schornsteinfeger und winkte einem Kollegen zu, der nicht zu sehen war. »Es könnte also glücken mit deiner Revision«, sagte Runkehl und sah zum Schornsteinfeger hinüber. Die »Raswan-Tochter« hätte sich erboten, zu bezeugen, daß Büdner nicht sowjetfeindlich gehandelt hätte, sondern daß man ihm übel mitgespielt hätte. »Mag sein, daß ihrs gelingt. Über das Weglassen gewisser Tatsachen aus Fragebogen und Lebenslauf, ob dir die Fälschung verziehen wird, meine ich, werden allerdings wir zu entscheiden haben!«

Ach, dieser unselige Runkehl! Seine Haltung verführte Büdner für Augenblicke, auf die scharfe Stimme seines Unter-Ichs zu hören: Merkst du, wies bei ihm zwischen Heuchelei und realen Absichten pendelt? Willst du zurück und deine Zeit wieder zwischen Menschen verbringen, die dem Klassenfeind williger glauben als dir?

»Ich habe nicht an Revision gedacht«, wiederholte er.

Runkehls Bärtchen flitzte zur Unternase. »Bescheinige, daß ich dir die Revision nahelegte!« Er legte ein entsprechendes Papier auf den Ateliertisch.

»Macht, was ihr wollt!« sagte Büdner und unterschrieb nicht.

Runkehl ging (wieder einmal) grußlos. Auf dem Dachgarten blieb er noch eine Weile stehen, sah zum Alexanderplatz hinüber und dachte: Das sind sie nun, die Jungen. Was aber haben wir alles getan und hingenommen für die Partei!

Die Raswans lebten, oberflächlich betrachtet, wie früher. Und wenn mans »unterflächlich« betrachtete?

Rosa war jetzt *Fixum-Mitarbeiterin* in der Kulturredaktion vom HAUPTBLATT. Ihr Chef schickte sie zu einer »Courage«-Aufführung nach Erfurt. Sie fuhr gern; es reizte sie, die sogenannte Provinz-Inszenierung mit der in Berlin zu vergleichen und den Theaterleuten in Thüringen, wenn möglich, Mut zu machen.

Sie umarmte Raswan; er küßte sie auf die Stirn und sie ihn auf die Wange. Er stand am Fenster und sah ihr nach; sie winkte ihm vom Tor aus noch einmal zu.

Raswan fing an zu frieren, schaltete zusätzlich die elektrische Heizung ein und wärmte sich die klammen Hände. Seit er von Büdners Existenz wußte, unterbrach er seine Arbeit zuweilen, horchte in sich hinein und wollte ergründen, ob ihm irgendwoher Trost kommen würde, falls ihn Rosa verlassen sollte. Er rechnete mit schweren Zeiten; es würde in seinem Alter nicht leicht sein, Trost zu finden.

Je länger Rosa unterwegs war, desto öfter unterbrach er seine Arbeit, obwohl er dringlich die Endredaktion einer Romanübersetzung abschließen mußte. Es widerte ihn an, in den Gedanken anderer Menschen spazierenzugehen.

Wie gut wärs, wenn du jetzt selber schreiben könntest! dachte er. Es hatte in seinem Leben eine Zeit gegeben, in der er das versucht hatte. Er hatte sich damals hart angepackt und immer wieder probiert, bis er einsehen mußte, daß nicht alle Menschen mit gleichen Begabungen ausgestattet waren.

Später, es war schon in Moskau, freute er sich über seine frühe Einsicht. Er hatte die Front jener Leute, die sich Schriftsteller nannten, es aber nicht waren, nicht verstärkt! Und er gehörte auch nicht zu denen, die aus Mangel an Talent plötzlich »schlau« wurden, wie eine Dichterin schrieb, nicht zu denen, die den wirklichen Schriftstellern Anleitung gaben, wie die zu schreiben hätten; er wurde kein Kritikaster, liebte die schöne Literatur nach wie vor, ließ sich von ihr gefangennehmen, wurde kein Kunstfeind, weil sich ihm ihre Entstehungsgeheimnisse nicht offenbart hatten.

Rosa hatte in der Küche absichtlich ein Zettelchen liegenlassen, auf dem sie ihre Abfahrt aus Erfurt und ihre Ankunftszeit in Berlin notiert hatte, aus dem überdies zu ersehen war, daß sie wiederum zwei Nächte wegbleiben würde.

Als sie heimkam, lag Raswan zu Bett; er war blaß, und sein Haar schien noch heller geworden zu sein. Rosa setzte sich auf seinen Bettrand. »Muß ich mich schuldig fühlen?« Er verneinte, ob das nun wahr war oder nicht. Nichts Besonderes, ein Schwächeanfall, der Arzt wäre schon dagewesen.

In der Küche fand Rosa den Zettel mit ihren Zeitnotizen unangerührt. Also glaubt er, dachte sie, ich hätt mit meiner Erfurt-Fahrt einen zweiten Besuch bei Büdner getarnt.

Raswan wünschte liegenzubleiben. Rosa ließ den Arzt wiederkommen. Der Arzt untersuchte Raswan ein zweites Mal. »Wir wollen nicht von einem Infarkt sprechen, von vegetativen Störungen aber unbedingt«, sagte er.

Raswan wurde ins Regierungskrankenhaus gebracht. Keinerlei Aufregung! Nur die Frau durfte ihn besuchen.

Wessen Frau, dachte Raswan und lächelte trüb.

Rosa besuchte Raswan, wenn es nur irgend anging, sorgte für Harmonie und Heiterkeit, erzählte ausführlich von ihrem Erfurt-Besuch und gab auffällig Auskunft drüber, wie sie die beiden Nächte dort verbracht hatte. Was sie beabsichtigte, gelang: Am nächsten Tag ging es Raswan besser, und alsbald durfte er das Krankenhaus verlassen. »Ich hab dich verdächtigt, als du in Erfurt warst«, sagte er eines Tages ehrlicherweise.

»Und verlangst, hoff ich, nicht, daß ich mich drüber am Freuen bin«, sagte Rosa.

»Nein, aber ich muß dich bitten, nach Büdner zu sehen!«

»Wo dat dann?« fragte Rosa überrascht.

»Ich fürchte, er schreibt nicht mehr. Aber er muß schreiben, über den Parteiausschluß selbst ganz und gar!«

»Wat dat anbetrifft, so muß ich nicht zu ihm«, sagte Rosa. »Er schreibt, wie ich ihn kenn, er kann nicht anders!«

Raswan lächelte. Rosas Weigerung tat ihm gut. »Es geht aber auch mit seiner Revision nicht weiter, wurde mir übermittelt«, sagte er.

Rosa bekam ihre Lesefalte über der Nasenwurzel. Raswan hatte sich also eingemischt. Es war ihr nicht recht, doch sie ließ es sich nicht ankennen.

Sie ging nicht zu Büdner, weil sie sich nach ihm sehnte. Was für ein Widerspruch! Gar keiner! Es war schon schlimm genug mit ihr. Sie ging zu Runkehl und erfuhr, daß Büdner die Revision abgelehnt hatte. Er weiß ja nicht, daß ich den Brief hab, mit dem ich ihn rechtfertigen kann, fiel ihr ein, und sie tat einen Kunstgriff, versuchte das Schicksal zu korrigieren. Es ist erlaubt, das Schicksal zu korrigieren, wenn man die rechte Stelle und die rechte Zeit kennt und wenn man es in der richtigen Verfassung tut, hatte der weise Simos einst verlautbart.

Rosa kannte Simos und dessen Weisheiten nicht. Sie benutzte den primitiveren Weg, sie log. Es traf ein Telegramm von Vater Leo ein: Er wäre krank, doch nicht ganz marod, aber immerhin so krank, daß er nicht reisen könnt, seine Tochter aber unbedingt sehen müsse.

Gelobt sei, wer aus Liebe lügt, tröstete sich Rosa. Raswan »genehmigte« Rosas Reise nach Dinsborn, aber nicht einmal er, der seine Verbindungen hatte, konnte die Ausreise-Erlaubnis um einen Tag beschleunigen. Es waren Fragebogen und Formulare auszufüllen, und die Papiere mußten die vorgeschriebenen Dienststellen passieren, alles brauchte seine Zeit.

Rosa hätte freilich mit der Untergrundbahn nach Westberlin fahren, dort ein Flugbillett kaufen und mit ihrem Personalausweis ohne Beanstandungen nach »drüben« fliegen können, aber sie durfte nicht, sie war Genossin, mußte »Bewußtsein an den Tag legen«, obwohl du zu einem »parteinützlichen Zweck« hinüberflögest, dachte sie.

Wie auch immer: Es verging Zeit bis zur Abreise, und auf einmal wars so, daß sie nicht mehr nur Büdners Parteiangelegenheit wegen fuhr, wenn Vater Leos Krankheit schon eine Lüge war. Es gab mit eins einen weiteren Grund, über den sie nicht mit Raswan, nicht mit Büdner, nicht einmal mit Vater Leo sprechen konnte.

---

56 Büdner erfährt, daß es lohnt, als Leiche noch umzusiedeln, daß ein toter Liebhaber seine Geliebte noch glücklich zu machen vermag und daß es ein Glück sein kann, als Millionär für einen Kontrolleur gehalten zu werden.

Büdner war jetzt Briefträger, ja, wirklich Briefträger. Als Bäcker hatte er Lasten auf dem Rücken geschleppt, als Bergmann sie gehoben und geschoben, nun schleppte er sie in einer Ledermappe vor seinem uniformierten Leibe. Auf den Kragenspiegeln seiner blauen Briefträgerjacke wiesen Posthorn und Telegrafenblitz aus, daß er ein Postangestellter war, dem es oblag, unversiegelte Nachrichten aus der Gefühlswelt, als da waren Liebes-, Scheide-, Droh- und Trauerbriefe, bunt bebilderte Grüße von Verreisten und nüchterne Briefe aus der Geschäftswelt zu den Leuten zu tragen, und die Leute nannten ihn »Postbote« oder »Meister«.

In vielen Hausfluren hingen die Briefkästen mit offenen Schlünden nebeneinander und harrten auf Futter. Sie ersparten einem vernünftigen Briefträger das Treppensteigen. Büdner war kein vernünftiger Briefträger; er wollte die Post den Empfängern eigenhändig übergeben und mit den Leuten reden. Gab es eine bessere Gelegenheit für einen Mann, der zu erfahren suchte, wie die Menschen über Glück und Tod dachten?

Es war ein frostiger Morgen, und er stieg in der Großmeister-Allee drei Treppen an. Er hätte den Fahrstuhl benutzen können, doch als literarischem Kundschafter war ihm wichtig zu erfahren, was in den Familien zu Mittag gekocht wurde.

Im dritten Stock rechts roch es nach kochendem Sauerkraut. Büdner läutete, und ein hagerer Mann mit blanker Glatze öffnete ihm, grüßte und knöpfte sich die gestopfte Strickjacke zu.

»Da wär eine Nachnahme, Herr Lehmann, man hat nicht gern Nachnahmen, aber man schrieb sie irgendwo aus, und ich muß sie Ihnen bringen«, sagte Büdner, um mit seinem »Kunden« ins Gespräch zu kommen.

»Nett von Ihnen«, sagte der kleine Mann und strich sich fäustlings über die Glatze. »Sehr nett von Ihnen, Meister, mirs schonend beizubringen, aber Nachnahme ist Nachnahme, und das hier ist schon mehr eine Teufelsnahme. Denken Sie, ich bestell mir Pflanzen für meinen Balkon bei einer Gartenfirma in Erfurt, ein paar Schlinger bestell ich, ein bissel Efeu, ein bissel Wildwein und Geißbart, und ich zimmere mir Kästen und warte auf meine Pflanzen, und auf einmal heißts von der Hausverwaltung: Balkonbepflanzung laut Mietvertrag nicht vorgesehen; beeinträchtigt die architektonische Wirkung der Neubauten.«

Der Mann in der gestopften Strickjacke führte Büdner durch die Wohnung zum Balkon, zeigte ihm dort das Eisengitter und fragte: »Wo steckt hier die architektonische Schönheit? Das wissen auch Sie nicht, nicht wahr nicht, Meister? Macht aber nichts; wie das so ist: Unsereins fügt sich, will vor der Hausgemeinschaft nicht kritisiert werden und bestellt die Klimmer bei der Firma in Erfurt ab.«

Büdner gab zu erkennen, daß ihm die Bauchlast, die Briefträgertasche, beim Umherstehen schwer wurde, und der Mann sagte: »Treten Sie doch näher, setzen Sie sich ein bißchen!«

Büdner setzte sich an den Stubentisch, auf dem lag eine Decke mit langen Fransen, auf der Decke stand eine Vase, und in der Vase steckten Kunstrosen.

Der Postkunde Lehmann setzte sich zu Büdner an den Tisch. »Was soll ich Ihnen sagen: Vierzehn Tage vergehn, und meine Klimmer kommen doch, aber ich beruf mich auf meine Abbestellung und schick sie zurück. Eine Weile hör ich nichts mehr von ihnen, aber dann schreibt mir die Firma, die Klimmer sind beim Hin- und Herschicken verdorrt, sie stehen mir zur Verfügung. Haha, was soll das? Ich brauche die Sendung nicht, ich schriebs Ihnen doch, teilte ich der Firma mit. Was soll ich mit den verdorrten Pflanzen? Was hätten Sie mit dem Blätterheu gemacht, sagen Sie, Meister? Kurz und gut, das Ende der Geschichte, hier, wie Sie sehn, die Nachnahme, von der ich nichts gehabt habe. Ich hab den Efeu nicht klimmen sehn, das Geißblatt hat mir nicht geblüht, und meine Frau zankt mit mir. Was machen? Was würden Sie mir raten, Herr Briefträger? Ja, setzen Sie ruhig die Mütze ab, es ist warm hier drin!«

Was sollte Büdner dazu sagen? Die Firma würde recht bekommen, nachweisen, daß sie die Abbestellung der Pflanzen nicht zeitig erhielt.

»Müßten nicht die Architekten, die behaupten, Pflanzen verunzieren die ›architektonische Schönheit‹ ihrer einfallslosen Balkons, den Schaden übernehmen?« fragte Lehmann. »Kennen Sie zufällig die Rechtslage, Herr Briefträger?«

Nein, Büdner kannte die Rechtslage nicht, aber es waren noch acht Tage Zeit, bis die Nachnahme eingelöst werden mußte. Herr Lehmann konnte sich erkundigen.

»Ach, ich zahl lieber gleich! Ein Rechtsstreit bringt mir schließlich noch zusätzlich Kosten.« Lehmann winkte resigniert ab. »Man ist ja selber schuld«, sagte er. »Jetzt, wo man in die Jahre kommt und merkt, daß das sogenannte ›Fortkommen im Leben‹ eine Art Gespenst war! Man könnt so schön zu Hause auf dem elterlichen Grundstück im Dorf sitzen. Da hätt man den kleinen Garten, aber man hat ihn hingegeben, nannte sich ›fortschrittlich‹ und dachte ans Vorwärtskommen. Was sollte ich mit Haus und Garten? Ich wohne in Berlin, was soll ich mir noch Haus und Garten aufladen, dacht ich, aber ich plappere Sie hier voll, Herr Briefträger, und biete Ihnen nicht mal was zu trinken an.«

Der Mann sprang auf, ging in die Küche und kam mit einer Limonade zurück. Büdner setzte das Limonadenglas auf seine Posttasche, und der kleine Mann erzählte weiter, und es rann wie aus einem Faß aus ihm, das ganze Lehmann-Leben: Gemeindesekretär wäre er zuerst auf seinem Dorf gewesen, im Fernstudium hatte er sich zum Hauptbuchhalter hinaufgeschult, als Hauptbuchhalter wäre er in einen volkseigenen Betrieb gegangen, der Zigarren herstellte, von dort aus hätte er wieder einen

Lehrgang absolviert und wäre schließlich in der Hauptverwaltung für Tabakwaren in Berlin gelandet.

»Genosse?« fragte der literarisch forschende Postbote und nippte aus seinem Limonadenglas.

»Versteht sich!« sagte Lehmann. »Wie hätte ichs sonst schaffen sollen?«

Stimmt nicht! flüsterte Büdners Über-Ich. Auch Parteilose und Mitglieder von Blockparteien sind bei entsprechenden Kenntnissen und Haltungen Oberbuchhalter geworden!

Was gehts dich noch an, schnarrte das Unter-Ich.

»Alles war gut, wie es war«, sagte der Postkunde Lehmann, »aber jetzt ist Schluß mit mir, aus! Weiter gehts nicht mehr; objektive Gründe, wie man sagt. Aber da ist was in einem, das strebt noch weiter; sucht sich, will mal sagen, andere Ziele, ›abwärts gerichtete Ziele‹, wie mein Flurnachbar sagt, weil ich ihn, nach seiner Meinung, nicht mehr genügend in der Hausgemeinschaftsleitung unterstütze.

Büdner spürte, es war an der Zeit, mit seiner »literarischen Fahndung« zu beginnen. »Es wäre also Ihr Glück gewesen, einen berankten Balkon mit Geißblattblüten und duftenden Wicken zu haben?«

Lehmann schwieg eine Weile, lächelte dann und sagte: »Zu Ihnen gesagt, mein größtes Glück wär, das Elternhaus und das Gärtchen daheim auf dem Dorfe wiederzuhaben, aber das geht nicht. Alle würden sie mit dem Finger auf mich zeigen: Da hat er nun Lehrgänge gemacht, hat sich qualifiziert und gepaukt, ist Berliner geworden, hat große Bogen gespuckt und sein Grundstück abgegeben, und seine Frau hat fein getan, was will er nun wieder hier? Ehrlich gesagt, solange es hier in Berlin gut weiterging, hab auch ich vom Heimweh nach Garten und Häuschen nichts gespürt, aber nun, wos auf die Sechzig zugeht, wo mir das Lernen schon schwerfällt, wo ich manches nicht mehr begreife, auch politisch nicht, kommt sone merkwürdige Sehnsucht, und mein allergrößtes Glück wär, wenn Sie schon fragen, zu Hause begraben zu sein.«

Büdner fing an zu glühen. »Sind Sie überzeugt, es lohnt sich, noch im Tode umzuziehen?«

»Lohnt sich unbedingt«, sagte Lehmann. »Hier in Berlin liegt man zwischen all den Fremden, und außer der Frau weiß keiner was von einem; schließlich heiratet die noch mal, und man ist vergessen. Auf dem Dorf, wo man aufwuchs, kommen die alten Weiber, und sie wissen genau, wann man konfirmiert wurde, wann man heiratete, wissen, daß man ein annehmbarer Mensch war, und reden davon, und ein alter Schulkamerad bleibt am Grabe stehen und denkt: Na, allzuviel hat er von seiner Studiererei nicht gehabt, der fixe Bursche! und zeigt, daß er mich nicht vergessen hat.«

Also dachte der Genosse Lehmann über eine Nachnahme, über das Glück und über den Tod!

Und alsbald bekam Büdner durch seine Postbotengänge Gelegenheit, in ein anderes Leben hineinzusehen: Er brachte einen nicht vorschriftsmäßig frankierten Brief in eines der kriegszerschrammten Häuser hinter der Großmeister-Allee, fünf Treppen hoch, es sollte ihn ein Fräulein namens Camilla Willmann erhalten.

Fräulein Willmann, ein gut erhaltenes Fräulein, eine Lehrerin, eine Frau, die sich erlaubte, ihre silbergraue Hornbrille weit unten auf der Nase zu tragen, weil sie zu wissen schien, daß sie noch Reize ausstrahlte, besah den Brief, sie kannte den Ort, aus dem er kam, doch sie kannte die Absenderin nicht, aber sie ahnte etwas, riß den Umschlag auf und vergaß das Strafporto und vergaß den Briefträger.

Büdner bekam Zeit, sich in Fräulein Willmanns Jungfrauenwohnung umzusehen: Es gab da einen aus dicker Wolle geknüpften Bettvorleger, niedrige Sessel, ein nierenförmiges Tischchen mit einer Platte aus Glasmosaik; an den Wänden aber einen schmiedeeisernen Leuchter in Fragezeichenform und eine kupferne Bratpfanne, in der gewiß noch nie gebraten worden war, Kunstgewerbe und »Heimkunstbetontheit«, wo man hinsah.

Büdners Betrachtungen wurden von einem Aufschrei unterbrochen: Fräulein Willmann sank, von einer Erschütterung heimgesucht, im kissengepolsterten Korbsessel hintüber und rief: »Nein, nein, wie kleinlich sind wir, wie kleinlich! Er hat sich umgebracht, es ist nicht zu fassen!« Sie nahm die Brille herunter, betupfte ihren Nasenrücken mit dem Taschentuch, fing an zu schluchzen und beugte sich nach vorn, bis ihr Gesicht die Knie berührte, und so schmerzversunken hockte sie, bis Büdner nicht anders konnte und ihr die Hand auf die Schulter legte.

Fräulein Willmann richtete sich wieder auf, blickte wie blind umher und sagte: »Drei Briefe schickte ich ihm in Abständen zurück: Annahme verweigert! Erinnern Sie sich, Herr Briefträger?«

Büdner erinnerte sich nicht, doch es beruhigte ihn: Fräulein Willmann hatte nicht vergessen, daß sie mit dem Briefträger redete, sie unterbreitete ihre Liebesgeschichte sozusagen einem Manne von der Straße, und das mit vollem Bewußtsein.

»Der Mann, um den es geht, war Lehrer an derselben Schule wie ich«, sagte sie. »Er war einer von den Ruhigen, ein Beobachter mit sonorer Stimme, die schon tröstete, wenn man sie nur hörte. ›Nicht so schlimm, gar nicht schlimm, Fräulein Willmann‹, konnte er sagen, als wir noch per Sie miteinander waren, später sagte er:›Mach dir nichts draus, liebe Camilla!‹

Er war verheiratet. Wir hatten uns zwei Jahre, heimlich, wie wir glaubten. Im ersten Jahr gings still zwischen uns zu. Ich war für ihn da, wo ich konnte, er für mich, wo er konnte; im zweiten Jahr erst gestand er mir: ›Was bin ich ohne dich‹ und so weiter. Aber wenn ein verheirateter Mann einer, die nicht seine Frau ist, gesteht, daß er sie liebt, muß er die Konsequenzen aus seiner verfehlten Ehe ziehen, meinen Sie nicht?«

Büdner meinte es auch. Wieso nicht? Er als Glücks- und Todeserforscher war in ähnlicher Lage wie Fräulein Willmann.

»Heute weiß ich, daß Glaube, Gott, Friede, Freundschaft, vor allem Liebe zu kränkeln anfangen, wenn man sie benennt«, sagte Fräulein Willmann. »Sie zerstieben, wenn man sie mit Worten berührt, vergehen, wie die farbigen Muster auf Schmetterlingsflügeln, wenn Menschenfinger sie berühren.

Zwei Jahre vergingen; er zog keine Konsequenzen, da sagte ich: ›Laß uns Raum zwischen uns bringen!‹ Ich beabsichtigte, mich versetzen zu lassen.

›Nein‹, sagte er, ›wieso sollst du gehen, wenn ich mit meiner mangelnden Hartherzigkeit in Schuld bin.‹ Er war es, der sich versetzen ließ.

Es war schwer für mich, es ohne ihn auszuhalten, doch ich sagte mir: Du hast von ihm Konsequenz verlangt, nun sei auch du konsequent!

Nach einigen Monaten kam ein Brief von ihm. Ich verweigerte die Annahme.

Einen Monat später kam ein zweiter Brief, dann ein dritter, und wieder verweigerte ich die Annahme.

Nun dieser Brief hier!« Fräulein Willmann machte eine Pause und bemerkte, daß Büdner die Last seiner Briefträgertasche mit der Lehne eines Korbstuhls abstützte. »Interessiert Sie das überhaupt, was ich Ihnen erzähle?«

»Es interessiert mich«, sagte Büdner beileidsvoll, und Fräulein Willmann kam mit ihrer Lebensbeichte wieder in Fahrt: »Denken Sie sich die filmische Verkettung der Umstände, Herr Briefträger! Er hatte sich scheiden lassen, und das hatte er mir im letzten Brief mitgeteilt, und ich nahm auch diesen Brief nicht an, und er stürzte sich mitten in der Unterrichtszeit in den Treppenschacht seiner Schule. Der Hausmeister hörte den Aufprall, den Schrei, das Ächzen. Kollegen kamen gerannt, die Kinder waren nicht zurückzuhalten. Was für eine pädagogische Mißwirkung! Ich also schuld am Tode dieses unübertrefflichen Mannes, niemand von denen, die ihn kennen, wirds anders sehen!« Fräulein Willmann schluchzte wieder, und Büdner legte seine Briefträgertasche unaufgefordert ab, nahm einen Flechtstuhl her und setzte sich. Sollte seine Postkundschaft warten! Er konnte bei diesem Sonderfall von Erschütterung nicht zur Tagesordnung übergehen, und er blieb sitzen, bis das ganz große Weinen aus Fräulein Willmann heraus war, und dann tröstete er sie und sagte: »Wer weiß schon von dieser Geschichte, besonders von ihrem Ausgang.«

»Noch weiß es niemand«, schnupfte Fräulein Willmann, »aber es wird bekannt werden.«

»Inzwischen wird heilsame Zeit vergangen sein.«

Fräulein Willmann schluchzte noch einmal auf, sah den Briefträger dankbar an, bat um Verzeihung, ging nach nebenan, kam mit einer Kognakflasche zurück und goß ein.

Er trank nicht, bis auch sie sich bereit erklärte zu trinken. Sie hoben ihre Gläser, doch als sie zum Anstoßen aufeinander zu wollten, ward ihnen inne, daß der Anlaß es nicht hergab.

Als der Kognak eine Weile in Fräulein Willmann war, rötete sich ihr Gesicht, und ihre Augen fingen an zu glänzen. Sie neigte den Kopf zur Seite und sagte: »Wissen möcht ich doch, wie sie aussieht.«

Büdner verstand nicht.

»Ich meine die Frau, die mir den Brief schrieb, denn es handelt sich nicht um seine Frau.«

Da wußte Büdner, daß er gehen konnte. Das Strafporto schenkte er seiner Kundin, er war doch kein Gerichtsvollzieher. Fräulein Willmann, hatte er erkannt, war nicht die Frau, der es gegeben war, mit der Schuld am Tode eines Menschen bis zum eigenen Tode umherzugehen. Sie würde Gelegenheit finden, sich diese Schuld abzuschütteln.

Nach einigen Tagen fand er sie schon sanft getröstet. »Mir ist, als wüchse meine Seelenwunde langsam von den Rändern her zu«, erklärte sie. »Wenn das Unglück über einen hereinbricht, ahnt man nicht, wo sich der Trost hernehmen wird, aber, er nahm sich her: Die Frau, die mir den Brief schrieb, jene, die es nach seiner Scheidung mit ihm aufgenommen hatte, hat schließlich wenig von ihm gehabt, finden Sie nicht auch, Herr Briefträger?«

Darin also, daß ihr Geliebter ihrer Rivalin nicht allzulange etwas gewesen war, bestand zu jener Zeit das Glück des Fräulein Willmann.

Und Büdner stieg weiter treppauf, treppab, behorchte die Menschen und klopfte sie auf ihr Glücksempfinden ab. Einige Tage später brachte er einem Kunden namens Weißmann ein Nachnahmepäckchen, das zweite innerhalb von vier Wochen:

Schutzmittel, Diskreter Versand, Weiteres in Tageszeitungen nachzulesen!

Weißmann, wohl an fünfzig Jahre alt, die Stirn voller Falten, nahm die Nachnahme in Empfang und zwinkerte Büdner zu: »Muß ja auch sein«, und das hatte er schon bei der vorigen Sendung gesagt. Er war Fahrkartenkontrolleur, einer von denen, die, wenns niemand erwartet, auf einen Straßenbahnwagen springen, Fahrgäste ohne Fahrkarten ermitteln, Bußgelder kassieren, salutieren und wieder abspringen, ein Mann, der sich berufen fühlte, auch sonst im Leben darauf zu achten, daß alles seine Richtigkeit hatte. »Schon Solidaritätsmarken geklebt, Genosse Briefträger?« hatte er letztlich gefragt, und diesmal erinnerte er Büdner an die Aufbauspende für Korea.

Büdner hatte schon gespendet, aber durfte er den Bratspieß umkehren und eine Frage stellen?

Doch, er durfte!

Büdner benutzte die Gelegenheit, den Genossen Weißmann im Rahmen des »Büdner-Forschungsprogramms« zu befragen.

»Du lieber Gott; was mein größtes Glück wär?« sagte Weißmann. »Das solltest du dir wohl denken können! Ich spiele Lotterie.«

Büdners Unter-Ich hatte sich angewöhnt, in Parteiangelegenheiten leise zu provozieren. Frag ihn, schnarrte es, ob sein größtes Glück nicht besser der Sieg des Weltproletariats über die Kapitalisten wäre. Büdner hörte nicht auf die Einwände, die sein Über-Ich ihm zuflüsterte, und fragte.

»Sieg des Weltproletariats? Braucht Zeit«, antwortete Weißmann. »Wird schon kommen. Aber feste!«

»Gut also, das Große Los, und was würdest du mit dem Geld machen?« fragte Büdner.

Laß das Fragen! flüsterte sein Über-Ich, du delektierst dich an der Geldgier eines Genossen.

Es war schon zu spät: Weißmann ging los. »Was ich mit dem Geld machen würde? Nichts Besonderes. Ich würde weiter aufspringen, aber feste! Stell dir vor, die Fahrgäste halten mich für einen gewöhnlichen Kontrolleur, und ich bin Millionär, und die Zinsen, die mir mein Lotteriegewinn einbringt, sind höher als mein Kontrolleurseinkommen, und dann das Gefühl, daß ich für meine Million niemanden hab ausbeuten brauchen!« Weißmann steckte sich im Vorglück eine Zigarette Marke »Turf« an und nahm einen Lungenzug. »Stell dir vor, ich hab Sohn und Tochter, und ich vererb ihnen das Vermögen, wenn ich merke, daß ich abkratz, und ich mach testamentarisch aus, daß auch die das Geld auf der Kasse lassen müssen, aber feste! Nur die Zinsen dürften sie sich holen, und auch sie hätten ausgesorgt fürs Leben ...«

Büdner hatte Mühe, Weißmann zu unterbrechen. »Und der Tod?« fragte er rasch, »wie denkst du über den Tod?«

»Wenn du Geld hast, denkst du nicht an' Tod!« behauptete Weißmann. »Ist ja alles geregelt, wenn dir die Augen zufallen.« Weißmann stutzte. »Bis auf eine Sache allerdings, nach Italien würde ich gern mal wollen. Ich war im Kriege dort, aber feste! Aber du weißt, wie man als Landser so ein Land erlebt. Jeden Tag denkste, morgen biste hin, und das mitten im Frühling, wenn alles in der Natur wie gemalt ist, aber du siehst vor lauter Angst das Schöne nicht. Nach Italien, da würde ich unbedingt mal hin wollen.«

Wieder folgte Büdner dem Geschnarr seines Unter-Ichs. »Aber du bist Genosse«, sagte er. »Würde man dich fahren lassen?«

Weißmann drückte seine Zigarette aus und zündete sich, als hätte er schon in der Lotterie gewonnen, eine neue an. »Weißt du, Kumpel, ehrlich und unter uns gesagt, gesetzt den Fall, ich hätt das Große Los, da würd ich doch, wenn alle Stricke reißen, klammheimlich über Westberlin und so ... Nee, Italien im Frieden ließ ich mir nicht nehmen!«

Darin also bestand das Glück des Kontrolleurs Weißmann, und das wars, was er über den Tod dachte.

Nach Feierabend saß Büdner in seiner Dohlen-Höhe, schrieb die Geschichte vom Postkunden Lehmann und seinen Klimmern nieder und tat wieder etwas, was niemand von einem Briefträger verlangte. Zwischendrein wartete er auf Rosa, doch es war kein Warten, das an ihm sägte. Wenn die Schreibarbeit fleckte, dachte er sogar hoffärtigerweise: Wenn sie nun an ihrem Raswan klebenbleibt, hast du deine Zeit in Berlin nicht nutzlos verbracht. Er dachte wirklich »klebenbleiben«, um nicht denken zu müssen, daß Rosa Raswan liebte. Ja, wenn sie nun wirklich an dem klebenbliebe, dachte er, was unsereiner nicht hoffen sollte!

57 Rosa teilt ihrem staunenden Vater mit, daß er von Besitzenden regiert wird, beschafft Unschuldsbeweise und verstrickt sich in Schuld.

Bevor Rosa reiste, brachte sie den kleinen Lew in sein altes Kinderheim am Stadtrand. Es war zu anstrengend für Raswan, sich um den Jungen zu kümmern; allein der Versuch, Rosa ein wenig zu ersetzen, war Schwerarbeit für ihn. »Bringst du mir ein echtes Bodderramp mit, und bist du auf Weihnachten zurück?« erkundigte sich Lew vorsichtig. Rosa versprachs ihm.

An einem feucht-kalten Dezembermorgen kam sie in Dinsborn an. Die Stadt lag im Niederrhein-Nebel, und hinter den Fenstern der alten Schule flackerte Kerzenlicht. Rosa erinnerte sich, wie auch sie und ihre Mitschülerinnen in der Vorkriegszeit Kerzen auf ihre Bankpulte gestellt und versucht hatten, mit den Flämmchen den Nebel von den Schulhausfenstern zurückzudrängen.

Daheim im frisch verputzten Vorstadthaus lebte und webte Vater Leo wie eh und je. Er ging nicht gebeugter, hinkte nicht heftiger, hatte haltgemacht mit dem Altern; der Umgang mit den Büchern hielt ihn in einem Schwebezustand. »Ja, wat!« rief er und tat überrascht, bevor er Rosa umarmte, obwohl er seit Tagen auf sie wartete.

In diesem Augenblick gings in Rosa weich her: Weshalb nur, fragte sie sich, hast du den Vater bis nun keinmal zu dir nach Berlin eingeladen? Aber kaum hatte sie es gedacht, da sagte der: »Dat et so schwierig für euch ist, nach hier zu kommen! Ich versteh dat nicht.«

Da wußte Rosa wieder, weshalb sie den Vater nicht eingeladen hatte. Sie mochte seine »sozialdemokratischen« Fragen nicht, sie waren ihr lästig. Freilich waren auch ihr die Umständlichkeiten, die man sich bei ihrer »Ausreise« leistete, absurd vorgekommen, doch sie erachtete sie schließlich als »nötig« und nahm sie hin, weil man sie ihr nicht allein, sondern allen machte, die »ausreisen« wollten. Im Grunde und ideologisch hatten die Reisebehinderungen wohl doch ihren Sinn, fand sie, aber sie hatte keine Lust, Vater Leo das gleich bei ihrer Ankunft behutsam aufzudröseln, deshalb vereinfachte sie und sagte: »Es ist schon wat heran, wenn wir nicht jeden Hohlkopf nach hier lassen, damit er sich mit euren politischen Ansichten vollaufen lassen kann.« Sie sprach sogar von »unseren Menschen«, die erzogen werden müßten, wie das um jene Zeit unter Funktionären üblich war, und sie sagte im Tonfall östlicher Über-Aufklärer: »Ihr seid hier ne kapitalistische Staat, Vadder!«

Ach Rosa, sie hatte nicht bedacht, daß nicht »Aufklärungssonntag« und daß ihr Vater kein sogenannter Indifferenter war, dem man den Mund stopfen konnte, wenn man ein Argument in drohendem Tonfall aussprach. Leo sah seine Tochter von oben bis unten an und sagte: »So, sind wir dat – ne kapitalistische Staat? Dat han ich nun wirklich nit jewußt, mein Döchterke!« Das war sie nun, die Ironie, die Rosa kannte und die sie vom Vater geerbt hatte, die sie jetzt jedoch merkwürdigerweise verloren zu haben schien, und sie schämte und entschuldigte sich.

Vater Leo hinwiederum tats leid, daß er die Tochter gleich bei der Ankunft politisch attackierte, und er entschuldigte sich seinerseits. »Die meisten Leut, mußt wissen«, sagte er, »die von euch nach hier kommen, sagen mir Primitives, und die von uns nach euch fahren, erzählen mir Primitives, wenn sie zurückkommen, und die einen sind parteiisch für hier, und die andern sind parteiisch für dort; die Welt is voll Agitatoren, und da kömmt nun mein eigen Kind, und auch dat is ne Agitator!«

Da schüttelte sich Rosa wie eine Katze, die durch den Regen ging, und öffnete rasch ihre Reisetasche. Sie zog Büdners Roman heraus, gab ihn dem Vater, und es geschah, was sie erwartet hatte: Leo ging um seine Brille hinter die Bücherwand, und dort übermannte ihn die Neugier, und er kam nicht mehr hervor.

Rosa legte ihre Reisekleidung ab. In der Flurgarderobe hing ein Schultertuch der Mutter. Es war mehrmals gereinigt und wieder hingehängt worden, es hing dort wie eine Reliquie.

Auch in ihrem ehemaligen Zimmer schien die Zeit stehengeblieben zu sein wie in einem Museumsraum. Ihre alte Puppe hockte noch auf dem Plüsch-Esel, und beide, Esel und Puppe, zogen Rosa in ihre Kindheit zurück, und sie hörte Vater Leo sagen: »Dat grau Eselche bin ich, und die Pupp, die drauf hockt, dat bist du!«

Da stand die weiße Kommode, das Erbstück aus der Familie der Mutter, alles, alles museal und wie an- und eingewachsen. Rosa zog das mittlere Fach der Kommode auf und holte ihre Schatulle heraus, einen Karton aus fester Pappe, den sie in ihrer Backfischzeit mit goldenem Stanniol überzogen hatte. In dieser Schatulle bewahrte sie Krimskrams und Wichtiges beieinander auf: einige Briefe, die die Mutter in ihren Jungmädchenjahren an den Vater geschrieben hatte, Schulzeugnisse, Poesie-Alben, Haarschleifen aus der Vorschulzeit, eine verdorrte Rose, das Abschiedsgeschenk jenes reisigen Soldaten, der die Abiturientin Rosa Lupin zur Frau gemacht hatte, und schließlich lagen da auch der verlogene Artikel aus der Zeitschrift ÜBERSINN und die Kopie ihres Protestbriefes an John Samsara.

Rosa seufzte glücklich, steckte die Belege in ihre Handtasche, und eigentlich war damit der Zweck ihrer Reise schon erfüllt, und das wäre auch so gewesen, wenn sie eine bestimmte Nacht in Halle und nicht in der Großmeister-Allee in Berlin verbracht hätte.

Vater Leo hatte sich hinter der Bücherwand wirklich festgelesen, und er fuhr herum, als Rosa ihn fragte: »Ist wohl Doktor Rosenzweig noch am Leben, Vater?«

»Woll, woll«, antwortete Leo. »Er praktiziert sojar noch. Er müsse nachholen, sagt er, und ist noch lang nicht am Aufjeben. Aber wat fragst du, lieb Rosa, bist du krank?«

Nein, Rosa war nicht krank. Viel zu gesund! Sie hätte nur so nach Doktor Rosenzweig gefragt, weil sie sich erinnert hätte, sagte sie, und ihre Blicke flatterten dabei. »Ich hätt ebensogut nach der alten Melters fragen könn' und ob die noch Kautabak am Schmatzen ist«, sagte sie und log immer dicker.

»Er wird sich freun, der Rosenzweig, wenn du ihn besuchtest«, sagte Leo arglos. Politisch freilich wärs mit ihm kein Schrittchen vorwärts gegangen. »Er is der jeblieben, der er war. Er wird mit dir diskutieren wollen, aber sag ihm nich so alljemeinet Zeugs wie mir, verletz ihn nicht, ich möcht dat nich!«

Der alte Doktor Rosenzweig lebte seit Kriegsende mit einer Wirtschafterin. Es war ihm nach zwölf Jahren Arierzeit und Isolation nicht mehr gelungen, großartige Beziehungen zu Mitmenschen aufzunehmen. Er war mißtrauisch geworden, und als Rosa bei ihm eintrat, erinnerte sie ihn an die verwachsene Rosalia Lupin, die er hatte sterben sehen, und es fiel ihm der junge Mann, der Neffe vom Leo Lupin, ein, den die Arier anschossen und den er heimlich behandelt hatte.

Rosenzweig war gealtert und wirkte ungepflegt: Graue Bartstoppeln, mindestens drei Tage alt, drängten auf seinen Wangen bis fast an die Augen vor, und lange, graue Haare wuchsen ihm aus Nase und Ohren.

Es fiel dem Doktor ein, daß die Lupin-Tochter vor Jahr und Tag auf große Fahrt, zum Studium, wie es hieß, nach Moskau gegangen war, und er mißtraute dem Besuch. Kam sie wirklich aus Anhänglichkeit oder um zu agitieren? »Nanu«, sagte er unbewegt, »ein Gast aus fernem Märchenland hier bei uns im Sumpf? Es müßte, wenn ich recht vermute, eine Menschin vor mir stehn, die vom Glück durchstrahlt ist. Aber«, der alte Doktor trat zur Seite und besah Rosa eindringlich, »so glücklich siehst du mir nicht aus, Klein Rosa.«

Rosa fühlte sich provoziert, doch sie antwortete nicht. Das Anliegen, das sie zu Rosenzweig trieb, verbot ihr, sich auf einen politischen Streit mit dem Doktor einzulassen. Da aber wurde der Doktor herausfordernder. »Hast den Chruschtschow mit gewählt, als Stalins Stelle frei wurde?« fragte er.

»Ich war als Ausländerin nicht wahlberechtigt, Herr Doktor«, antwortete Rosa so sanft, wie sie konnte.

»Und die anderen, deine Professoren, deine Bekannten, die Russen all, haben sie ihn gewählt, den Chruschtschow?«

»Auch die nicht«, sagte Rosa, blieb sanft und antwortete brav: »Die von den Russen gewählten Parteiführer und Deputierten haben den Chruschtschow gewählt, Herr Doktor.«

»Und du bist sicher, daß *alle* Russen mit der Wahl, die die Deputierten trafen, einverstanden waren?«

Rosa wich aus und sagte: »Ich weiß et nicht, Herr Doktor.«

Schweigen. Jetzt muß sie ja wohl mit dem herauskommen, was sie zu mir führt, dachte der Doktor, und er täuschte sich nicht, der alte Menschenkenner, es fing an in Rosas Augen tränenfeucht zu glitzern, und sie offenbarte sich, erzählte und erzählte, nicht zuviel und nicht zuwenig, und an irgendeiner Stelle im Doktor, wenn eine Seele schon nicht zugelassen war, taute es, doch er drapierte diesen Einbruch von Mitgefühl und versäumte nicht, sich und seine politischen Ansichten ins Recht zu setzen. »Ja, seid ihr da drüben nicht arg auf Kinder und neue Menschen? Es muß doch auch bei euch durch den Krieg an Nachwuchs fehlen!« sagte er.

Rosa schwieg und sah auf das graue Spitzbäuchlein des Arztes, sah den goldenen Bogen, den die Uhrkette vom mittelsten Westenknopfloch zur Uhrtasche schlug, den Uhrkettenbogen, den sie von der Kindheit her kannte, der zum Doktor gehörte, der Kettenbogen, von dem stets Beruhigung ausgegangen war, wenn der Doktor mitten in ihr Kinderfieber an ihr Bett getreten war, ihr den Puls fühlte und sagte: »Es wird schon wieder werden!«

Rosa wartete auch jetzt auf diesen Satz, aber er kam nicht, und sie mußte sich entschließen, dem alten Doktor die komplizierten Umstände zu erklären, die sie veranlaßten, seine Hilfe in Anspruch zu nehmen. Sie erzählte von Raswan, erzählte von Büdner, erzählte, bis der Doktor abwehrend die Hände hob und sagte: »Nichts mehr von deinem Roman! Je länger du schwätzt, desto schwerer wirds mir, zu tun, worum du mich bittest. Bedenk, daß ich zwei Frauen hatte und Kinder wollte, und es kamen keine!« Er ging zum Fenster und tat, als sähe er dort zum ersten Male in seinem Leben die Geranie, die dort stand, und er zupfte ihr ein gelbes Blatt aus, zerknüllte es und warf es in den Aschenbecher auf seinem Schreibtisch. »Denk, daß ich immer dagegen war, Leben, das sich menschlich manifestieren wollte, zu unterbrechen!« fuhr er fort. »Ich tats nur in äußersten Fällen, nur wenn ein Genosse so in Not und Armut steckte, daß man annehmen mußte, daß das zu erwartende Kind die erste Wiederkehr seines Geburtstages nicht erleben würde.«

Rosa versuchte noch einmal, sich zu erklären, doch der Doktor ließ sie nicht zu Wort kommen. »Du verstößt gegen das Gesetz, und ich tus, wenn ich dir willfahr«, sagte er. »Lassen wir uns beiden eine Überlegungsfrist! Komm in drei Tagen wieder!«

Drei schlimme Tage für Rosa. Sie mußte unausgesetzt an das denken, was der Doktor ihr gesagt hatte, und hätte sich dessen Bedenken nur zu gern angeschlossen und ihr Vorhaben aufgegeben, aber ihr Leben war kompliziert geworden, und das von Büdner, wie sie glaubte, nicht minder. Es war Vernunft am Platze. Aber war Vernunft in diesem Falle nicht ihr Mangel an Mut, vor Raswan hinzutreten und ihm zu sagen: So und so, und die Dinge sind nicht anders? War Vernunft nicht getarntes Mitleid mit Raswan?

Im übrigen nahm sie ihr altes Leben auf, versorgte den Vater, führte ihm den kleinen Haushalt, und alles ging wie zu jener Zeit, da sie weder Büdner noch Raswan, weder Moskau noch Berlin gekannt hatte.

Vater Leo kam beglückt aus Büdners Roman. Bei aller Neugier hatte er die ersten Seiten mit Skepsis gelesen. Was kann ein Mensch, den man kennt, einem schon Neues zu sagen haben, hatte er gedacht, aber er wurde von Seite zu Seite gerissen, und er sagte zum Schluß zu Rosa: »Respekt, meinen Respekt! Man kann von diesem Büdner als von einem Dichter sprechen. Einem, dem es gelingt, so interessant über Wahrheiten zu schreiben, die uns allen eingelagert sind, sollte ein Dichterdiplom ausgehändigt werden!« Er hätte ihm eine Menge Bestätigungen eigener Gedanken geliefert, dieser Büdner-Lümmel.

Rosa hörte Vater Leos Lob auf Büdner mit Begier, doch sie ließ sichs nicht ankennen, sondern schälte Kartoffeln, richtete das Mittagessen und schien ganz davon in Anspruch genommen, bis der Vater vor ihr stehenblieb, sie ansah und sagte: »Eijentlich schad, dat es nicht mehr so sein kann zwischen dir und dem Büdner, wie et war.«

Da warf Rosa das Schälmesser weg, schluchzte auf, rannte in ihre Stube und saß dort, bis sie sich beruhigt hatte, während Vater Leo mit sich haderte, weil er so wenig feinfühlig gewesen war.

So verging der erste Tag der Frist, die der alte Doktor sich und Rosa gesetzt hatte, und am zweiten Tage bemerkte sie zum ersten Male, daß sie die Umstände, in denen sie sich befand, launisch machten: Vater Leo kam aus der Stadt gehinkt und brachte zwei Gebinde Chrysanthemen. »Weil du doch, wie ich weiß, die Mutter auf dem Friedhof besuchen wirst«, sagte er, »und weil es weiße Chrysanthemen waren, die sie sich stets zu Weihnachten wünschte, als sie noch lebte.«

Rosa war verstimmt, weil der Vater sie aufforderte, ans Grab der Mutter zu gehen, um den Nachbarn Genüge zu tun, die ausspähten, ob Leos »Kommunisten-Tochter« wenigstens den heimischen Sitten treu geblieben war. Was sollten ihr »so Sitten«? Für sie war Mutter Rosalia wieder Erde geworden und war jetzt überall, wo Erde war, war schroffer Berg, war liebliches Tal, war weißer Flußsand, war Staubkorn auf der Ecke der Konsole. Nein, Rosa wollte nicht zum Friedhof, aber gar nicht!

Vater Leo fühlte sich gekränkt. So viele Bücher er in seinem Leben auch gelesen, in so vielen Philosophie-Systemen er sich auch auskannte, an manchen Sitten und Gepflogenheiten, die seine Umwelt hochhielt, kam er nicht vorbei. Die beiden Chrysanthemensträuße blieben ungewässert auf dem Küchentisch liegen und rollten, als ob sie sich des Familienzwists schämten, ihr Laub und die weißen Blütenblätter ein.

Am Nachmittag suchte Rosa in der Stadt Plätze auf, die sie an ihr Leben, »wie't mal war«, erinnerten, spazierte zur Kirche und war enttäuscht, weil man die große Kastanie vor dem Kircheneingang abgeholzt hatte, unter der sie mit ihren Freundinnen vor dem Kirchgang gehockt, unter der sie gezwitschert hatten wie Küken unterm Strauch; und hatte unter diesem Baum nicht auch vor Jahren ein gewisser Betonstampfer Büdner auf sie gelauert?

Sie machte sich auf den Weg zur ehemaligen Weissblattschen Betonwaren p.p. und ließ sich von der in die Vergangenheit führen, in der sie Frau Friedesines »Hausdöchterke« gewesen war. Ach, sie wollte jene Junggesellenstube wenigstens von außen sehen, in der sie einen fremden Fahrenden mit einem Kuß in ihr Leben hineinriß.

Aber die Weissblattsche Betonwaren p.p. gab es nicht mehr. Hinweisschilder zeigten an, daß Rosa sich auf dem Wege zum Betriebsgelände zur Weissblatt und Compagnie AG befand. Die Türen des Betriebsportals öffneten sich, ein breites Auto, eine Art von Luftpflug, fuhr heraus, fuhr langsam und als ob es mit der Fähigkeit ausgestattet wäre, nachzudenken.

Rosa trat beiseite. Im Wagen saß der abgemagerte Prinzipal, starrte sie an, schien sich zu erinnern und nickte. Dem langen Leo sein Döchterke, mochte er denken, eijentlich wenig jealtert, diese Rosa oder wat sie jleich hieß, und jewiß noch immer Kommunistin und noch immer in diesem Allzweckmantel und mit der Baskenmütze, dieser Uniform der Flugblatt-Streuerinnen.

Der Wagen des Prinzipals zog an, wurde schneller. Das Betriebstor der Weißblatt-Compagnie schloß sich, schloß Rosa aus.

Sie ging wieder in die Stadt, und dort sah sie in einer Geschäftsstraße Madame Mautenbrink aus einem Zweisitzer steigen, und die trug eine Kappe und einen Pelz von Moskauer Zuschnitt. Wie dat nun? dachte die parteischulfromme Rosa. Es lag außerhalb ihrer Vorstellungen, daß, wie hieß es doch?, der Rubel rollen mußte und daß Pelze, Kaviar, sogar Wodka »devisen-intensiv« waren. Vater Leo hatte zwar davon erzählt, doch sie hatte in ihrer Launenhaftigkeit sein »sozialdemokratisches Geschwätz« zurückgewiesen.

Die Mautenbrink erkannte Rosa nicht, und Rosa hinwiederum ahnte nicht, daß es sich um die Nachfolgerin von Frau Friedesine Weißblatt handelte, die sich da aus dem Sportwagen wälzte, doch sie dachte an eine gewisse »Herbstbeginning-Party«, während der sie für die Mautenbrink durchaus jemand gewesen war, die Verlobte von Madames Hausdichter nämlich.

Da ekelte sich Rosa, eilte heimzu und war in der Laune, mit Vater Leo auf den Friedhof zu gehen, und die gaffenden Nachbarn hinter den Fenstern störten sie nicht.

58 Osero empfängt Rosa mit Statuten, und Rosa versucht, ihn in einem erdachten Gespräch zu belehren; zwei Männer sprechen von ihr, als wäre sie ein Kind.

An Rosas drittem Wartetag ließ es sich nicht mehr aufschieben, sie mußte zu Onkel Otto; gewiß hatte der längst erfahren, daß sie in der Stadt war. Sie besuchte die Oseros am Frühabend. Der Onkel war noch nicht daheim, und die Tante empfing sie mit wirren Redereien: »Die Rosa bist du, die Rosa? Ja, dann sollst du auch einen Stuhl haben und dich setzen. Bist also zurück aus dem Osten, dem Osten?« Sie kämen jetzt alle zurück aus dem Osten, der Walter, der Willi, sogar die Margret, die die Fahne so gut hätte schwenken können, wäre wieder da. »Sie haben ausjelernt, heißt es, im Osten, aber sie hatten dort keinen Garten, im Osten.« Auch der Weißblatt-Sohn, Johannis der Täufer, wäre wieder zurück aus dem Osten. Die alte Weißblatt wäre gestorben; der Prinzipal hätte die Mautenbrinksche genommen, aber es gäbe schon Kräche, weil die dem Johannis, dem Täufer, ihrem alten Liebhaber, Vorschuß auf die Erbschaft gegeben hätte.

Rosa war froh, als der Onkel kam. Sie begrüßte ihn; der Onkel begrüßte sie nicht. Er zog sich die Joppe aus, schlüpfte in eine ärmellose Strickjacke, krempelte sich wie früher vor dem Essen die Hemdsärmel hoch, biß ab, kaute, schluckte und sagte kein Wort.

»Siehst du nicht, daß Rosa zurück ist aus dem Osten, dem Osten?« fragte die Tante.

Der Onkel schwieg, aß fertig, ließ sich von der Tante einen Packen Schulungshefte bringen, legte sie links von sich auf den Küchentisch, schlug eines auf, sah Rosa an und sagte:

»Wenn man was verfehlt hat, entschuldigt man sich im Parteibüro!«

»Hätt ich im Büro jemand anders getroffen als dich, Onkel Otto?« sagte Rosa und lächelte.

»Verflucht, wer die Partei enttäuscht!« sagte Osero, und seine Stimme überschlug sich, und er hieb mit der Faust auf den Tisch.

»Er wird verrückt, verrückt ohne Garten«, barmte die Tante.

Alles wie immer, dachte Rosa, die Tante barmt, der Onkel poltert, nur du bist eine andere geworden. Bist du?

Osero schlug ein zweites Mal mit der Faust auf den Tisch. »Die Partei erwartet, daß die Genossen ihre Aufträge ausführen!«

»Du hast recht, Onkel Otto«, sagte Rosa und dachte an Doktor Rosenzweig: Wird er dich morgen wegschicken, wird er nicht?

Osero fing an, wie es seine Art war, in der Küche umherzurollen. »Die Partei verlangt, daß, wer zum Studium geschickt wird, das Studierte einbringt!« Wieder ein Faustschlag auf den Tisch.

»Und wer nicht mag, wat er studieren soll, und sich nicht wohl fühlt, Onkel Otto?«

Osero nahm eine Abfüllkelle vom Geschirrschrank. »Die Dame hat sich, wie man hört, nicht wohl gefühlt?«

Tante Erna nahm dem Onkel die Abfüllkelle weg. Der Onkel griff sich einen großen Quirl. »Ein Genosse führt seinen Auftrag aus, ob er sich dabei wohl fühlt oder nicht!«

Tante Erna nahm dem Onkel den Quirl ab. So hin und her und auf und ab, bis der Onkel etwas versöhnlicher sagte: »Es wäre schließlich auch Rat geworden, wenn die Dame sich gemeldet und verlautbart hätte: Hört zu, Genossen, hätte die Dame schreiben können, ich fühl mich nicht behaglich, beratet mich, Genossen! Aber nein, sie geht hin und läßt sich aus ihren Parteipflichten herausheiraten!«

»Du hast recht, Onkel Otto«, sagte Rosa wieder und dachte, wenn dich Rosenzweig nun doch wegschickt, wie gehts dann weiter?

Osero fielen die Wortgefechte ein, die er früher mit diesem Weibsbild Rosa gehabt hatte, und er war enttäuscht über die kargen Widerworte der Nichte. Was war aus ihr geworden? Was, wenn sie in Diskussionen mit dem Klassenfeind so rasch nachgab? Er machte noch einen Versuch, etwas Gold für die Gruppe aus Rosa zu pressen, und sagte: »Es sind hier Briefe von dir herumgegangen.«

»Von mir?«

Es stellte sich heraus, daß Vater Leo die Briefe, die sie ihm über sowjetische Bücher schrieb, voll Stolz auch anderen Genossen zugänglich gemacht hatte. Der Onkel hatte nur einen davon gelesen. »Man kann sich nicht um allet kümmern!« Aber seine »Kultur-Onkels«, wie er sie nannte, hätten ihm versichert, »dat et sich um jute Abhandlungen jehandelt hätt«! Die Frage war nun, ob Rosa sich »am End wohl fühlen würd, wenn sie hier bei der Bezirkspresse mittun dürft«.

»Ich hab ne Mann, Onkel Otto, der drüben nich wech könnt!«

Zum ersten Male erschien nach all dem Streit ein herzlicher Zug in Oseros Gesicht. Er warb um Rosa wie früher, als sie noch seine kleine Nichte war. »Vielleicht könnt er doch wech, dein Jenosse Mann?« sagte er

Rosa geriet in arge Bedrängnis. Konnte sie Onkel Otto sagen, wer ihr wirklicher Mann war? Hatte sie überhaupt einen Mann? Es tat ihr leid, den Onkel zu enttäuschen.

Osero gab ihr die Hand zum Abschied nicht. Die Tante lamentierte: »Er wird unhöflich, immer unhöflicher, der Garten fehlt ihm, der Garten ...«

Rosa ging heimzu. Es schneite niederrheinischen Schnee, der beim Fallen zergeht und schon Regen ist, bevor er die Erde erreicht. Aus den Hochofen-Schlünden von Humborn fuhren die Feuer. Rosa schluchzte und schluckte den Besuch bei Onkel und Tante hinunter, sah dem Spiel der Hochofen-Feuer zu und dachte: Wie kommts, wie kommts nur, daß Menschen einander enttäuschen. Es war etwas zwischen ihr und dem Onkel geschehen, über das zu sprechen sie vermieden hatten. Nun aber stand Rosa im Schneetreiben und redete, so unklug es auch scheinen mochte, im Selbstgespräch über das Versäumte:

Ich ging so meines Wegs dahin, sagte sie, und wenn ich auch noch klein war, es war *mein* Weg, und da kamst du, Onkel Otto, der schon eine Wegstrecke hinter sich hatte, und du sahst mich, und ich gefiel dir, und du hieltest es für einen Ausdruck deiner Liebe, meine Gedanken in die Richtung der deinen zu dirigieren.

Die Hochofen-Feuer züngelten, und der Niederrhein-Schnee wehte wie eine weiße Lasur über sie hin, und die Schatten aller Dinge lebten: So ists, und anders darfs nicht sein, hörte Rosa den Onkel antworten. Der Mensch muß seine Erfahrungen weiterjeben, und die wichtigsten sind die idejologischen.

Aber ist nicht jeder Mensch etwas Einmaliges, Onkel Otto? fragte Rosa schüchtern.

Das wär Invidualismus, sagte der Onkel und sprach das Wort falsch aus. Auf Invidualismus könn wir uns nicht einlassen, woher sonst Parteidisziplin nehmen? Jib zu, dat die Menschen jleich sind: Jeder braucht zu essen, anzuziehn und den Schutz der Jemeinschaft.

Und du meinst, dat wär allet, wat der Mensch braucht, Onkel Otto?

Natürlich is et nich allet, raunzte der Onkel, er braucht auch, dat er weiß, mein Nachbar hat zu essen, zu trinken und kann sich kleiden.

Und dat wär dann allet, Onkel Otto?

Allet!

Rosa versuchte es vorsichtig von einer anderen Seite: Ich hab ne Sohn, Onkel Otto.

Weiß, weiß, aber der war nicht einkalkuliert bei deiner Delejierung.

Aber nun ist er da.

Leider, sagte der Onkel.

Rosa spürte, wie ein großes Heulen in ihr aufstieg, und sagte, um ihren Tränen zuvorzukommen: Er heißt übrigens Leo, mein Sohn.

Hab nicht erwartet, daß er Otto heißt.

Aber nun war Rosa unverletzbar, war bei ihrem Sohn und schwärmte: Denk, Onkel Otto, der Klein Leo, er war schon als Blach janz wild nach Musik!

Nichts Besonderet. Sie sind doch all jetzt janz verrückt nach Rock am Roll und jehjehjeh!

Wieder war Rosa mit dem Onkel an ein Ende gekommen. Sie wagte nicht, ihm zu erklären, daß es sich beim kleinen Lew um einen besonderen Musikhunger handelte und daß das Kind bereits ganze Opernpartien auswendig konnte.

Das Schneetreiben wurde dichter; es wurde kälter, und die ersten Schneeflocken erreichten die Erde unzertaut. Noch einmal versuchte Rosa dem Onkel zu erklären, weshalb sie einander enttäuscht hätten: Ich würd nie behaupten, Onkel Otto, dat dat, wonach du mit deiner Idejolojie strebst, nicht jut wär, aber es jibt, wie mir scheint, ein enges und ein weites Jutes, und das müßte einjeräumt werden!

Quertreibergeschwätz, antwortete der Onkel und verstummte.

Rosas Respekt vor Oseros Ansichten erlaubte ihr nicht, zu entscheiden, ob es gut oder schlecht war, wenn ein Mensch den anderen geistig bevormundete. Vielleicht ists dies und auch das, dachte sie, und einmal ist es gut und ein andermal schlecht, vielleicht wars gewagt, nur auf die Dinge zu achten und nicht auf den Leerraum, der entstand, wenn sie verschoben wurden, vielleicht pochten die Menschen zu ihren Ungunsten darauf, stets ein klares Ja oder Nein voneinander zu hören?

Sie rannte gegen das Schneegestöber an. Und wenn nun morgen Rosenzweig weder ja noch nein zu dir sagt? fiel ihr ein.

Zwölf Stunden später lag sie in ihrem ehemaligen Jungmädchenzimmer. Die Sonne schien wie zum Hohne. Rosa deckte das Eselchen mit der aufreitenden Puppe mit ihrem Halstuch zu und schloß die Augen. Es war ihr fiebrig. Im Fiebertraum sah sie Onkel Otto breit und hemdärmelig am Küchentisch sitzen. Wie willst du nun feststellen, fragte er, ob der, der da hat kommen wollen, nicht auch musikhungrig jewesen wär, wat? Die Menschen sind jleich. Gerade dat ist dat weite Jute!

Rosa wollte etwas erwidern. Der Onkel winkte ab. Quertreibergeschwätz! Der Luftzug, den die ungestüme Handbewegung des Onkels auslöste, machte, daß sie die Augen aufschlug: Vater Leo stand vor ihr. »Ist dir nicht gut, mein Rosa?«

»Ich bin nur müd, Vater«, sagte sie. »Und dann der Onkel, der mit mir streitet!«

Die Sonne verschwand. Dämmergrau breitete sich aus. Rosa wußte nicht, ob sie geschlafen hatte oder nicht. Vater Leo war wieder da und brachte ihr Kaffee. Es war ihr peinlich, daß der Vater sie bediente; aber wiederum wars eine Erinnerung an Kindertage, an denen sie sehr krank gewesen war.

Sie wollte aus dem Bett, doch Vater Leo drückte sie sanft bei den Schultern zurück, da blieb sie gehorsam liegen und versuchte zu schlafen, schlief. So verging der erste Tag, nachdem Doktor Rosenzweig ja gesagt hatte.

Am zweiten Tag fing sie an zu weinen, die tüchtig tüchtige Rosa! Sie weinte, und es kam ihr vor, als ob nicht sie weinte, sondern ein Es tief innen aus ihr.

Vater Leo stand am Bett und wrang die Hände. »Am End bist doch krank, lieb Rosa?«

Rosa schwieg.

Er legte ihr seine große Hand auf die Stirn. Rosa wars, als brächte sich diese Hand wieder in Erinnerung, und sie weinte noch heftiger.

»Ob ich Rosenzweig nicht doch hol?« fragte der Vater.

Rosa hielts nicht länger aus, setzte sich im Bett auf, offenbarte sich dem Vater und erzählte ihm, was der bereits wußte.

Also war sie das naive Döchterke von damals! Hätte sie sich nicht denken müssen, daß Rosenzweig, eine Stunde nachdem sie bei ihm war, mit Vater Leo verhandelt hatte? Und Rosas »Fall« hatte dazu beigetragen, daß zwei Nachbarn, die sich aus politischen Gründen jahrelang nur mit einem Kopfnicken begrüßt hatten, wieder miteinander redeten. Die Alten hatten zusammengesessen und über Rosa geredet wie ganz früher, wenn »dat Blag« Lungenentzündung oder die Masern hatte.

Einige Tage später fuhr Rosa zurück. Sie fuhr nicht nach Hause, und sie kam nicht von zu Hause, doch diesmal bezwang sie das Weinen, das heraus wollte. Ihre Kraft nahm wieder zu, und sie versuchte, mit Gelassenheit auf ihr Leben zu sehen, auf dieses verwirrte Leben, in dem Raswan nur ahnte, daß sie Büdner liebte, in dem Büdner nicht wußte, daß sie auf sein Kind verzichtet hatte, weil sie um Raswans Leben fürchtete und an die gemeinsame Sache dachte.

Bei der Kontrolle an der Grenze fiel ihr der Streit ein, den sie am zweiten Tag mit dem Vater gehabt hatte:

»Sag mir nur eins, lieb Rosa«, hatte der Vater gefragt, »weshalb behandelt ihr Leute wie Verbrecher, die von euch nach hier gehen wolln, um auszuprobieren, ob sie sich bei euch oder bei uns wohler befinden?«

Die Frage brachte Rosa in Verlegenheit. Sie wurde hilflos und wütend. »Woher willst du wissen, ob dat es nicht doch Verbrecher sind? Alte Nazis, die nicht umzuerziehen sind, Steuerhinterzieher und all so Gesocks und Gedöns«, eiferte sie, und die vorgefertigten Argumente flogen aus ihr wie aus einer Gebetsmühle. Der Vater aber hatte sie mitleidig angesehen und gewartet, bis sie ihm das Wort ließ. »Jewiß mögen Verbrecher drunter sein«, hatte er ruhig gesagt, »aber doch nicht alle sind Gesocks, die nach hier wollen, um sich zu informieren.«

»Laß mich in Ruh«, hatte Rosa da geschrien. »Du bist ne alte Sozialdemokrat jebliebe!«

Wenn sie jetzt daran dachte, wie traurig sie den Vater an jenem Tage mit ihrer politischen Rüpelei gemacht hatte, und wie sehr er sie trotz allem die letzten Tage umsorgt hatte, als sie mit ihrer mutwilligen Krankheit in ihrem Mädchenzimmer lag, schämte und schämte sie sich, und sie war keinesfalls glücklich, als sie mit dem kleinen Lew an der Hand das Landhaus unter den großen Kastanienbäumen betrat, und sie empfand es fast als ein Glück, daß Raswan nicht daheim war, daß er nach Moskau hatte abreisen müssen, und daß sie sich erst von dieser in allen Stücken merkwürdigen Reise erholen konnte.

59
Lukian List wird an ein Gedicht über rüchige Weibsfüße erinnert, wird »schlesischer Barbar« geschimpft und macht sich zum Belehrer seines Lehrers in der Weltwissenschaft.

Lukian List, der trotz aller politischen Nachkriegs-Aktivität in Alltags-Ferne lebte, war von Büdners Geschichten an jenem Spätnachmittag mehr als angetan gewesen. »Wäre ja noch schöner, wenn wir die literarisch nicht in die Hand kriegen sollten, nach meiner Methode freilich!« hatte er Büdner nachgerufen, als der von Sherry und Mary zur Kahnpartie entführt wurde.

Dabei war es einstweilen geblieben. List war empfindlich, wenn andere ihm nicht Wort hielten; mit seinem Wort an andere nahm ers nicht so genau. Er hatte sich um Büdner bemüht, nun betrachtete er ihn als »eingekauft«, das Projekt »new novel«, wie er es nannte, schien ihm gesichert. Noch lag die Arbeit über die menschlichen Bedürfnisse auf der Werkbank. Sie hielt ihn länger auf, als er kalkuliert hatte, weil er immer wieder auf Gegenstände stieß, von denen schwer zu sagen war, ob sie zu den echten oder unechten Bedürfnissen gehörten. Da war zum Beispiel eine Maschine, genannt Auto. Für List war sie ohne Frage den echten Bedürfnissen zuzurechnen. Aber wie stands mit dem Privatbesitz solcher Maschinen? Sollte man sie verstaatlichen und für den Privatbesitz nur Fahrräder zulassen wie in China? Bei diesen Überlegungen war ihm vor allem sein Privatauto im Wege. Schließlich redete er sich ein, er würde drauf verzichten können, sobald genügend staatliche Omnibusse und Mietwagen zur Verfügung stünden.

Wie gesagt, diese und andere Überlegungen hielten ihn auf, und immer wieder kamen Einladungen zu Kundgebungen und Kongressen hinzu, denen er sich nicht entziehen konnte und wollte.

Aber eines Tages wurde es ihm zuviel, und er reiste nach Österreich. Er hatte dort bei seinem Verleger zu tun, doch die Hauptsache war ihm, sich in ein Hotelzimmer zu verkriechen, um endlich die mehreren hundert Seiten »Memorandum« ohne Störungen niederzuschreiben.

Es war Mitte Dezember, als er aufsah und seine Vivian nachkommen ließ. »Ein paar Tage Fronturlaub«, sagte er. Frau Vivian fielen die Frauen von Hollywood ein und wie die aus sich herausgegangen waren, wenn ihre Männer während des Krieges einige Tage von der Front auf Urlaub geflogen kamen. Sie fing sogleich an zu hüpfen wie ein Backfisch, hakte Lukian ein und versuchte mit ihm davonzurennen.

In den nächsten Tagen schlenderten sie in Schönbrunn umher, spazierten durch den menschenleeren Prater und besuchten den Wienerwald: Erinnerungen aufspüren, Erinnerungen! Frau Vivian konnts nicht »dermachen«. Sie hatten Glück, es gab ein paar sonnige Früh-Winter-Tage, und in Grinzing sagte Frau Vivian vor einem Gartenzaun: »Hier war es!«

List wußte nicht, was dort gewesen sein sollte. Es standen ein paar Astern mit hängenden Blütenköpfen im frostharten Beet, die über die letzten Sonnenstrahlen des zerfließenden Jahres nachzudenken schienen. Die Astern von damals, behauptete Frau Vivian, nur das Haus, das im Garten gestanden hätt, wär abgetragen worden, und vor dem Haus hätten sie »bisserl gezecht, und da habts ihr, der Loisl und du, das Lied von der Kuhmagd gemacht, die sich die Füße nie wusch, weils ein Herr aus der Innenstadt so hat haben wollen«.

Lukian erinnerte sich, ja.

»Was warst du da für ein Lustiger!« zwitscherte Frau Vivian, »und jetzt prüfst vor jedem Lacher, wie er sich ›klassenmäßig‹ ausnimmt. Das Lied von der Kuhmagd, wars damals auch ›klassenbezogen‹?«

»Grad eben«, sagte List. Es wäre gegen die Perversitäten der Wiener Kapitalisten gerichtet gewesen.

»Ah geh! A Scherz wars von euch!«

Lukian schwieg. Er wußte es besser: Zu jener Zeit war der Loisl Waldmoser dabei, ihm »ein proletarisches Bewußtsein einzubauen«; und er, Lukian, besuchte marxistische Zirkel und hatte große theoretische Polit-Erlebnisse. Es war die Zeit, da aus dem Anarchisten und Bürgerschreck List binnen kurzem ein Marxist wurde, der »seine künstlerische Begabung der aufsteigenden Klasse zur Verfügung stellte«, wie es jetzt in seiner Zeitungsbiographie hieß. Er selber ließ wenig über seine Entwicklung zum Marxisten verlauten. Sein Freund war damalen schon an die Partei gebunden, er, Lukian, band sich nicht, und so kams, daß er in der Arierzeit in die Vereinigten Staaten, Waldmoser aber in die Sowjetunion emigrierte.

Frau Vivian war selber schuld, wenn Lukian die Erinnerungen an den alten Freund Waldmoser übermannten. Er wollte nicht mehr mit ihr umherziehen. »Es wird mir zu dämlich, an all den Örtern rumzurüsseln, die in mittelseichten Frauenromanen ane Rolle spielen!« sagte er und versuchte telefonisch ein Treffen mit Waldmoser zu vereinbaren, doch es war eine ihm fremde Frau am Apparat, die ihn abspeiste und erklärte, Waldmoser hätte sich zur Arbeit aufs Land zurückgezogen. List versuchte zu erörtern, er wäre ein alter Freund und so weiter.

Die Frau schnitt ihm das Wort ab: Ob alter, ob neuer Freund, Waldmoser wünsche nicht gestört zu werden, er käme zurück, wenn er mit seiner Arbeit fertig wäre.

Soll er mich am Arsch lecken, dachte List und ging mit seinem Verleger verhandeln: Es sollten in Wien drei seiner DAVID-Romane gedruckt werden. Der Vertrag war gemacht, doch jetzt druckte man nicht. Was sollte das?

Es stellte sich heraus, daß im Verlag für die Herausgabe der DAVID-Romane, auf die man zuvor versessen gewesen war, nichts getan wurde.

»Die Zeiten!« erklärte der schneidige Verleger. Als er an die Veröffentlichung gedacht hätte, wären die Russen noch in Wien und vermutliches Interesse vorhanden gewesen. Mochte sein, daß es wiederkäme, aber augenblicklich wärs ungeheuer im Schwinden. »Sie können sich denken, weshalb – oder?«

List pochte auf seinen Vertrag. Der Verleger erklärte sich nach einem großen Krach bereit, bis »zum Heranrücken günstigerer Zeiten« einen Abstand zu zahlen.

Enttäuscht zog sich List in die Kaffeehäuser zurück, während Frau Vivian mit alten Bekannten vom Theater herumzog. Er beobachtete die Leute und hörte nur mehr, was sie in Schlesien »Schnürschuh-Geprahl« genannt hatten: Wir Österreicher haben dös, und wir Österreicher haben das, und wir Österreicher haben immer, und wir lassen uns nix gefallen... Nur, daß sie sich hatten den Hitler gefallen lassen, davon sprachen sie nicht.

Zeitunglesen hatte List sich verboten. Politische Diätkur! Er ließ sich vom Dunst der Kaffeehäuser, diesem Geruchsgemisch aus Kaffeedampf, Tabakrauch, Fettgebäck und Parfüm, anregen und gleich drauf wieder von Geschirrklappern und dem Geraune der Gäste einlullen, bis ihm war, als läge er zwischen Schlafen und Wachen an einem südlichen Strand. Es war nicht gar so schlecht, eine Weile vom überpreußischen Berlin mit seinen Trümmern fort zu sein.

Bald aber fing ihn auch das Kaffeehaus-Leben an zu langweilen, und er griff nach den Zeitungen. Herrgott, diese Verkommenheit! Es summte und surrte aus ihnen, und es stank von Gerüchten über den Generalissimus, es gab Mutmaßungen, es wurde gehetzt.

Jeden Abend fand Frau Vivian ihren Lukian wortkarger, wenn er ins Hotel zurückkam, während sie jeden Tag fröhlicher wurde; es war schon peinlich. Doch List war nicht zu bewegen, mit ihr ins Theater zu gehen. Es wurde dringend nötig für ihn, sich mit »seinem Loisl«, der sechs Jahre in der sowjetischen Emigration gelebt hatte, auszutauschen.

»Ich denk, es liegt am schlechten Kaffee, den du trinkst, du kennst dich da nicht aus«, sagte Frau Vivian und bat List, mit ihr aufs Dorf zu fahren, zu einer Großtante, die den besten Kaffee der Welt koche.

List kannte diese Großtante nicht, hatte nie von ihr gehört, aber Frau Vivian verstand so gut zu bitten, so schöne Augen zu machen wie dennmals, als er sie unbedingt haben mußte. »Wie willst du in deinem Preußen etwas Bündiges über Österreich sagen, wenn du nicht einmal auf einem Dorf gewesen bist?«

Sie fuhren zur Großtante. Der Ort Schönewald, den Frau Vivian »ein Dörfchen« nannte, war so weit weg nicht, und er war in der Zeit, da Vivian ihn nicht gesehen hatte, schon mit den

Außenbezirken von Wien verwoben. Trambahn und Omnibusse fuhren hin, und aus vielen Bauernhöfen waren Ausflüglerlokale geworden. Jetzt zum Anfang des Winters wars still dort. Natürlich war Vivians Großtante keine Bauernfrau, wie List geglaubt hatte, sondern eine Hofratswitwe, verschrumpelt und doch noch lüstern; sie verlebte in einem gemieteten Landhaus als Blumenfreundin ihre Pension, und sie umarmte die Großnichte, brachte es »vor Wiedersehensfreude« zu Tränen und schätzte über Vivians Schulter hinweg, ob Lukian nicht besser zu ihr als zur Großnichte passen würde.

Vivian aber, die naive Vivian, war echt gerührt vom Wiedersehen. »Gefallt sie dir?« fragte sie Lukian, als die Hofrätin sich um den Kaffee kümmern ging.

»War sie Bordellmutter früher?« fragte List.

»Du Grobsack, du grober!« Frau Vivian beschimpfte List, bis die Großtante zurückkam. »Wie ich mich freu, daß ihr wieder da seids!« sagte sie ein ums andere Mal. »Ich dacht schon, ihr wäret im Ausland umgestanden. Und gut habts ihrs euch für eure Rückkehr ausgesucht; wo wir hier wieder allein mitanand sind; das Amerikanervolk und das Russenpack fort, und wir könnens uns wieder so machen, wie wirs gehabt haben. Was habens nur alle hier gewollt? Sie habens uns doch nie net gefehlt!«

List konnte nicht mehr an sich halten. »Aber der Hitler, der hat euch gefehlt damals!«

Die Großtante sah verächtlich auf Lukian herab wie die Riesin Mila auf den Zwerg Murks, und sie ging ein zweites Mal, sich um den Kaffee kümmern.

»Du hast sie beleidigt«, sagte Frau Vivian, und es brach ein Zank unter den List-Leuten aus. Er wurde halbblaut geführt, und es flogen verletzende Worte hin und her: »Wiener Wäschermadel« und »schlesischer Barbar«, »Komödiantin« und »Rotzdichter«! Und List ließ seine Vivian sitzen und fuhr nach Wien, fuhr direkt zur Wohnung seines Freundes Waldmoser, überrumpelte die Wirtschafterin, bestach sie, erfuhr endlich, wo sein Loisl sich aufhielt, und machte sich auf den Weg nach Hinzwang bei Reutmoos in Tirol.

Waldmoser saß am breiten Balkonfenster eines Tiroler Bauernhauses vor einer Staffelei und malte. Früher hatten er und List sich bei Wiederbegegnungen umarmt, hatten einander geschüttelt und sich gegenseitig die Rücken geklopft; dasmal nichts dergleichen.

»Bist du krank?« fragte List.

»Nein, aber du inkommodierst mich ein wenig«, sagte Waldmoser. »Meine Claudia, was du ja kennst, sie ist zu ihren Leuten in die Schweiz gefahren. Ich bin allein mit einer Zugeherin, und es ist nicht so aufgeräumt, wie es sein müßte.«

Waldmoser war ein Mann mit einem asketischen Gesicht, schütterem Bart und herausquellenden Schläfen-Adern. Er entschuldigte sich und malte weiter. »Das Licht«, sagte er, »es ist einmalig. Ich brauche es. Ich bin nahzu verwundet von seiner Einmaligkeit, und wenn ichs jetzt nicht krieg, dann krieg ichs nimmer!«

List sah hinaus. Es lag wirklich ein arges Lichtgeflamm überm leicht verschneiten Lechtal.

»Hörst du es?« fragte Waldmoser.

»Was?«

»Das Licht, das wie Musik über den Kogel hinweg zu Tal fließt?«

List hörte es nicht. Er sah das Licht, ja, ja, aber Musik? Er war nicht bereit, über ein aus Geographiebüchern hinlänglich bekanntes Alpenglühn zu schwärmen wie ein Gymnasiast von seiner ersten Liebschaft. Entweder der Loisl spielt mir jetzt an Theater vor, dachte er, oder es ist was mit ihm geschehen, was ich nicht weiß. »Ich hab nie gewußt, daß du malst«, sagte er. »Ich dachte, du kritzelst anen Roman augenblicklich.«

»Wie ichs gerad lustig bin«, sagte Waldmoser. »Jetzt mal ich!«, und er kroch fast in sein Bild hinein. »Ganz früher, ehe du mich kanntest, war mirs Malen übrigens näher als das Schreiben. Ich mal freilich naiv, wie du siehst, naiv, wie jene Bauern in Jugoslawien, die dort jetzt so schön zu Wort kommen.«

Jugoslawien? Als List Waldmoser das letzte Mal besuchte, schrieb der ein zorniges Buch gegen den jugoslawischen Verräter-Marschall. Es war also etwas passiert mit dem Freund.

Aber was? Er sah sich Waldmosers Bild an: Im Vordergrund des verschneiten Lechtales lag wie auf einem Welt-Linnen eine tote Bäuerin. Sie war voll bekleidet, war aus einem rüstigen Leben gefallen; brennende Kerzen umstanden sie im Schnee. Bei der Leiche waren Trauernde, einige starrten auf den Leichnam. Ein Arzt im weißen Kittel, der Kittel naiv in Hellblau gemalt, damit er sich vom Schnee abhob, übergab einem Manne einen Zettel, offenbar den Totenschein. Auf dem Gesicht des Mannes – Zufriedenheit: Kein Mord – natürlicher Tod.

Andere Trauernde beachteten die Tote auf dem Schnee nicht, sondern sahen zu den Tannwipfeln hinauf, wo ein verfeinertes Abbild der toten Bäuerin schwebte. Waldmoser leitete mit feinen Pinselstrichen Licht und wieder Licht auf dieses durchsichtige Abbild der Toten.

List fehlten die Lederpantoffel zum Ausziehen und Fuchteln. »Was ists auf dem Bilde da?«

»Was jeder will, der es anschaut«, sagte Waldmoser. »Vielleicht der Tod der Poesie?«

Da zog List einen seiner Halbschuhe aus und fuchtelte mit dem. »Es macht mich varrickt, daß mit dir kein klares Reden mehr ist«, sagte er. »Hör doch amal anen Augenblick druffe: Ich frag dich jetze, wie du mich vor fünfundzwanzig Jahren gefragt hast: Wem nutzt, was du malst?«

»Mir!« sagte Waldmoser.

Dann saßen sie beim Tee. Ein rotbäckiges Mädchen im Winterdirndl zapfte ihn aus einem Samowar, einem Stück Rußland, das Waldmoser neben dem russischen Offiziersumhang und den Papirossy mit dem langen Pappmundstück in das postkarten-schöne Haus, mit Steinen auf dem Dach und dem geschnitzten Umgang im ersten Stock, gebracht hatte. Waldmoser nahm eine Papirossa und bot List russischen Tabak an. »Schon schwierig zu beschaffen jetzt hier«, sagte er mit leisem Bedauern.

List ärgerte die landläufige Konversation. Seine Füße vibrierten unterm Tisch. »Was schreibst du, wenn du schreibst?« fragte er unvermittelt.

»Essays über Jugendfragen, die Abtreibung als ethisches Problem oder den Einfall von Barbaren-Deutsch ins Österreichische«, sagte Waldmoser. »Wenns auch nicht allen nutzt, was ich schreib, dem oder dem nutzt es doch, und was das Malen anbetrifft, so mal ich mir die Welt so, wie ich mir vorstell, daß sie ausgesehen hätt, wenn das, was wir unsere Sache nannten, gesiegt hätt.«

Draußen zog ein Keil Wildgänse nach Süden. Waldmoser sah ihm durchs Balkonfenster nach.

»Für dich ist sie also nicht mehr auf dem Wege, unsere Sache?« fragte List.

»Das will ich nicht sagen, aber sie wird sehr, sehr viel später siegen, als wir uns einbildeten«, sagte Waldmoser. Er hätte Nachrichten, unerhörte Nachrichten über Vergehen, die sich der Generalissimus zuschulden kommen ließ. »Sie werden unsere Sache zurückwerfen, übel zurückwerfen!«

»Und du glaubst, daß nur an Brickel Wahres dranne ist?«

»Ich muß dir mit dem Ausruf jener anglikanischen Bischofsfrau antworten, als sie erfuhr, daß der Mensch vom Affen abstammt: Hoffentlich ist es nicht wahr, sagte sie, sollte es aber wahr sein, so laßt uns dafür beten, daß es nicht allgemein bekannt wird!« Waldmoser verbeugte sich vor dem Freund, setzte sich an die Staffelei, legte sich in sein Bild hinein und schien dort was Haarfeines zu bewältigen. »Es ist noch ein wengerl Licht«, entschuldigte er sich, »ich muß es nutzen! Du sollst dreist weiterreden, wanns dir gefallt!«

Und es kam zu einer Debatte zwischen den Freunden wie vor fünfundzwanzig Jahren, nur daß ihre Rollen vertauscht waren: List, der Arierzeit und Krieg unter Kapitalisten verbracht hatte, versuchte nunmehr, Waldmoser, der die gleiche Zeit unter Kommunisten verbracht hatte, von dem zu überzeugen, was sie »die gemeinsame Sache« nannten, nur daß Waldmoser sich nicht wie früher erregte. Eine Weile stritten die Freunde hart am Rande eines »Zerwürfnisses für immer«.

»Selbst wenn ock einiges stimmt, was sie dir da vom Dshugaschwili aufgeschwatzt haben«, ereiferte sich List, »so sinds immer nur die Fehler *eines* Mannes!«

Waldmoser verstärkte mit leisen Pinselstrichen das Lächeln auf dem Gesicht der schwebenden Bäuerin. »Bei der Sucht zur

Heiligenverehrung, die sich in unsere Sache einschlich, die auch dich und mich erpackte, ists so unmöglich nicht, daß wieder geschieht, was geschehen ist!« sagte er stockend, griff nach einem etwas gröberen Pinsel, hellte mit dem das dunkle Grün der Tannenwipfel etwas auf und spürte, wie es von List her zu ihm hin vibrierte.

»Wenn mir wer in Preußen von deiner jetzigen Einstellung berichtet hätte, den hätt ich ock geohrfeigt«, sagte der. »Einen Lügner und Verleumder hätt ich ihn geheißen!«

Keine Antwort von Waldmoser.

»Ein Führer versagt, und selbst das ist noch nicht erwiesen«, brummelte List, »und du schmeißt den Wissenschaftlichen Sozialismus auf den Mist?«

»Ein Führer, du sagst es.« Waldmoser malte eine neue Figur in sein Bild, die im Begriff war, sich jenen Trauernden beizugesellen, die sich mit dem Totenschein für die Bäuerin zufriedengaben. »Ich mag nicht mehr!« sagte er. »Du bist um fünfzehn Jahre jünger. Ich mag nimmer! Ich tu, was ich für anständig halt, nix, was den Feinden hilft, aber auch nix, was die, wo sich selber krönen, auf dem Throne hält!« Er versuchte, dem Gesicht des Mannes, der sich auf dem Bilde von einer Gruppe zur anderen begab, den Ausdruck des Zweifels aufzudrücken.

»Loisl, Loisl, du bist irgendwelchen Reaktionären ins Garn gegangen!« sagte List. »Gib Obacht, daß man dir nicht den Prozeß macht!«

»Es wär mir gleich«, sagte Waldmoser und besserte am Gesicht des Zweiflers herum. »Schlimm wärs für dich, wenn sie mir den Prozeß machten, weils dann sein könnt, daß du deinen alten Freund eines Tages als Märtyrer verehren müßtest.«

Gesegnet die Abendmahlzeit, die ihr Gespräch für eine Weile unterbrach. Das Mädchen im Winterdirndl tafelte ihnen auf. Waldmoser zog seinen Malerkittel aus und setzte sich im Tiroler Janker zu Tisch. Er aß wenig, List hingegen alles, was aufgetragen wurde: Leberknödel, Geselchtes und Apfelstrudel. Er nahm Ballast auf, um ruhiger zu werden, und als er seine und Waldmosers Mehlspeis verschlungen hatte, versuchte er vorsichtig, zum Vor-Tisch-Thema zurückzukehren. »Wenn ich dem Dshugaschwili was vorzuwerfen hätt«, sagte er und fuhr mit einem Zahnstocher wie mit einem winzigen Zeigestock umher, »wenn ich ihm was vorzuwerfen hätt, dann, daß er inkonsequent in seiner Haltung zur Kunst war, daß er zum Beispiel die sogenannte Klassik unaufbereitet, ich mein, ohne sie für die Sache nutzbar gemacht zu haben, unter die Leute bringen ließ, daß er zusah, wie sich Idealismus, Phantastik und Metaphysik in den Realismus einschlichen.«

Waldmoser lächelte müde. »Dafür hat uns unser Väterchen eine Menge Shakespeare-Stoffe geliefert. Aber man wird nicht zulassen, daß sie einer von uns bearbeitet. Wir werden es uns sogar selber verbieten, weils heißen wird: Nach vorn und nicht zurücksehn, Genossen! Und einer von draußen, einer, der nicht unter uns war, was sag ich − einer? − viele, die sich dranmachen werden, sie werden nicht gerecht mit diesen Stoffen umgehn. Nicht einmal denken; sie werden nur verdammen.«

List hastete die hölzerne Stiege hinunter. Er trug seinen grauen Lodenmantel über dem Arm, sein Mützenschild stand nach der Seite überm Ohr nach links weg.

Im Hausflur betrommelte er mit den Fäusten die verschlossene Tür. Das rotbäckige Mädchen im Winterdirndl kam und duckte sich. Stand dort der Freund des Hausherrn oder ein Amokläufer? »Pfüat Ehna«, sagte es vorsichtig. »Pfüat Ehna!«

List rannte ins Lechtal hinaus, kam auf dem verschneiten Fußsteig ins Rutschen, fing sich, blieb stehen, lauschte und ging im Schritt weiter; er ging wie ein lahmer Hahn, es war mehr ein Hüpfen.

Der Himmel war hoch. Die Gestirne hingen, wo sie hingehörten, und redeten miteinander: Unser Väterchen hat uns eine Menge Shakespeare-Stoffe geliefert, sagte ein gelbroter Stern und zwinkerte.

Aber man wird nicht zulassen, daß sie einer von uns bearbeitet, sagte ein anderer und glimmerte, als ob das was Fröhliches wäre.

Wir werdens uns selber verbieten, sagte ein grünliches Sternchen und verschwand.

Wenn sich die Leute von draußen dranmachen, sagte der Mond, werden sie nicht gerecht mit diesen Stoffen umgehen. Sie werden nur verdammen.

List drohte zum Himmel hinauf: »Seid still, ihr kosmischen Krümel, und mischt euch nicht in Menschliches!«

Er hüpfte weiter ins Tal. »Das wern wir ock sehn!« murmelte er, »wern wir ock sehn, ob eens von draußen drieber schreiben muß!« War Waldmoser überhaupt noch »drinnen«? Durfte er von »drinnen« und »draußen« reden?

Wie? Auch er – List – wäre nicht »echt drinnen«?

»Das wern wir ock sehn!«

Er hüpfte und stolperte weiter und weiter. Wenn nur einer mich abbackpfeifen käm, dachte er, wenn nur einer käm und mir eins reinhaute, weil ich loff und heul, dem Waldmoser nachheul. Ich hätts doch wissen solln bei meinen Jahrn, daß alles im Fluß is und daß übrig is, hier herlang rennen und heulen!

---

60   Büdner befristet einen Trauerbrief wie eine Nachnahme, wird gerockt und gerollt, sieht Rosa reden und hört nicht.

Die knisternde Weihnachtszeit kam heran, und Büdners Briefträgertasche wurde schwerer. Die Menschen befiel ein Rausch, sich auf bunten Karten gute Weihnachtstage und Glück zum neuen Jahr zu wünschen. Auf den Karten waren Fichtenzweige mit brennenden Kerzen und verschneite Dörfer zu sehen, Hasen und Rehe lugten in die Forsthaus-Fenster weidegerechter Jäger, selbst die nüchternsten Menschen ließen sich auf Romantik ein und feierten das Poesiefest mit.

Zu normalen Zeiten wars Büdner eine »Ehrensache«, offene Postkarten und Mitteilungen zu lesen. Es fand sich allemal ein ruhiger Hausflur, in dem er sich auf die Treppenstufen setzen und seine Kenntnisse von der Welt und ihren Menschen vervollständigen konnte; um die Weihnachtszeit nun mußte er auf die gute Gewohnheit verzichten; sie überforderte seine Kräfte.

Am Vormittag des sogenannten Heiligen Abends trug er noch einmal Post aus und hatte in einer Nebenstraße der Großmeister-Allee bei Spinnstecher, vier Treppen, einen Trauerbrief abzuliefern. Einen Trauerbrief auf Weihnachten? Du wirst den Leuten nicht das Fest verderben, dachte er, war ein gefühlvoller Postbote, steckte den Brief in seine Trägertasche zurück und gab ihn einen Tag nach Weihnachten ab.

Aus der Wohnung der Spinnstechers duftete es leise nach Fichte, Vanille und Schokolade. Der Binnenschiffer Spinnstecher, ein derber Mann mit angeklatschter Scheitelfrisur, schwarzem Rollkragenpullover und dunkelbraunen Manchesterhosen, saß daheim; die Spree war zugefroren. Er nötigte Büdner in die Stube und gab ihm eine dicke Banderol-Zigarre. »Weil wir uns vor den Feiertagen nicht sahen«, sagte er.

Büdner nahm sonst alles an, was ihm geschenkt wurde, um ein »echter Briefträger« zu sein, aber diesmal zögerte er. Er dachte an die schwarz geränderte Gegengabe in seiner Tasche. Doch Spinnstecher ließ nicht nach. »Nu ziern Sie sich nicht! Weihnachten ist Weihnachten, und Sitte ist Sitte«, sagte er, und da nahm Büdner die Zigarre, und Spinnstecher nahm den Brief, und seine Augen wurden rund, und er riß den Umschlag auf, und Büdner wurde wieder in eine Familienangelegenheit eingeweiht:

»Scheiße, so eine Scheiße!« schrie Spinnstecher. »Stell dir vor, mein Vater und meine Mutter an Krebs gestorben, jetzt meine Schwester. Das steht hier nicht, aber woran wird sie schon gestorben sein? Kannst dir also denken, was ich zu erhoffen hab. Und keiner bei mir zu Hause!« Der Binnenschiffer warf den Trauerbrief auf den Tisch. »Meine Frau auf Besuch bei Bekannten, die Kinder treiben sich rum, ich allein hier mit meinem Krebs!« Spinnstecher schluchzte auf und wischte sich die Tränen mit dem Ärmel seines schwarzen Schifferpullovers.

Büdner fing den schwankenden Mann auf, brachte ihn zur Couch und versuchte, ihn mit Hilfe seiner Dichterphantasie zu trösten: »Es ist nicht erwiesen, ob deine Schwester an Krebs starb. Ich hab krebskranke Familien gekannt, in denen nur jeeiner übrigblieb, und der wurde in einem Falle achtundachtzig, im anderen Falle neunzig Jahre alt!«

»Mag sein, mag alles sein, Kollege«, ächzte Spinnstecher, »aber ich war mit Schwester und Schwager wegen der Erbschaft verkracht!« Wenn die Todesanzeige rechtzeitig gekommen wäre, sagte der Binnenschiffer, hätte er sich wenigstens mit dem Schwager versöhnen können. »Zu spät, hier sieh: das Begräbnis ist heute.«

Büdner hielt sich an seiner Briefträgertasche fest und machte sich Vorwürfe. Ein Ausspruch des weisen Simos Fiel ihm ein: Weißt du, ob dein Bruder den Schmerz, den du ihm ersparen willst, nicht braucht?

Er erklärte sich Spinnstecher und beschuldigte sich, der Brief, er wäre schon am Weihnachtsabend dagewesen.

Spinnstecher hörte es nicht. Er lag auf der Couch und krümmte sich, schnellte mit eins hoch, stand aufrecht und schrie: »Der große Mensch, von dem sie in den Zeitungen schreiben, ein unsichtbares Krebstier frißt ihn auf! Scheißkerle von Gelehrten, rechnen Mond und Sterne aus, aber das kleine Krebstier auf Erden finden sie nicht!« Er ging zum Fenster und wollte sich hinausstürzen. Büdner riß ihn zurück und schüttelte ihn zurecht. Spinnstecher starrte ihn an wie ein Betrunkener und lallte: »Hab zwei Jungs gerettet von meiner Zille aus, bin fast selber umgekommen bei. Wenn ich umgekommen wär, hätts doch 'n Sinn gehabt!«

Büdner führte den tobenden Binnenschiffer zur Couch zurück und drückte ihn sanft nieder, doch der stemmte sich, und es flackerte in seinen Augen, und in seinen Mundwinkeln bildete sich Speichelschaum. »Bald gibts Krieg, Kollege!« schrie er. »Die Imperialisten geben die Krebsmedizin nur an Geldleute ab. Wir müssen sie ihnen entreißen, kriegsmäßig. Dabei will ich hops gehen!« Er lächelte irr, breitete die Arme aus und umarmte etwas Unsichtbares.

Spinnstechers Frau kam, eine kleine, energische Frau mit schnarrender Stimme.

»Ihrem Manne gehts, wie Sie sehen, nicht gut«, sagte Büdner und steckte die Zigarre mit der Banderole ins Futter seiner

Briefträgermütze. Bevor er seine Post weiter austrug, suchte er den Arzt an der Ecke Paulastraße auf und schickte ihn zu Spinnstecher.

Am Silvestermorgen, beim letzten Postgang im alten Jahr, ging er nach dem kranken Binnenschiffer sehen. Die Frau teilte ihm schnarrend mit, man hätte ihren Mann nach Wuhlgarten bringen müssen, er hätte sich etwas in den Kopf gesetzt.

Was hatte sich Spinnstecher in den Kopf gesetzt? Einen Krebs. Büdner fiel ein Ausspruch des Simos von der Ägäer-Insel ein, nach dem alle zivilisatorischen Dinge zunächst in Menschenköpfen existiert hätten, bevor sie zu sogenannten Wirklichkeiten gemacht wurden. Ein überprüfbares Wunder!

Aber der Mensch muß vorsichtig. mit diesem Wunder umgehen, damit es sich nicht gegen ihn richtet, flüsterte Büdners Über-Ich.

Diese Sensibilität immer! schnarrte das Unter-Ich. Freu dich am Anwachsen der Dinge auf Erden!

Auch der Krebs, den sich Spinnstecher in den Kopf setzte, kann anwachsen, flüsterte das Über-Ich.

Da hatte Büdner sein Silvester und etwas, was er im alten Jahr noch zu bewältigen hatte: Spinnstechers Geschichte durchdenken und niederschreiben! Am Frühabend ging er durch die Allee, um sich einzustimmen. Es gelang nicht. Er traf auf Leute, die krakeelend umherzogen, sogenannte Knallerbsen warfen, Radauplätzchen anzündeten und enttäuscht weiterzogen, wenn Büdner ihnen nicht aufmerksam genug zusah und erkannte, wie fröhlich sie waren. Ein Fenster wurde aufgerissen. Ein Männergesicht mit einer Pappnase erschien, begrüßte alle Welt, schrie verfrüht sein Prosit, Prosit in die Straße, und eine Wolke Krapfenduft drückte sich am angetrunkenen Prosit-Rufer vorbei ins Freie.

Büdner stieg in sein Atelier und wußte noch immer nicht, wie er die Spinnstecher-Geschichte anpacken sollte. Das wars, was er bei Lukian List gewiß hätte lernen können: Einen Stoff auf Anhieb literarisch packen und prägen! Aber an eine Zusammenarbeit mit List war nicht mehr zu denken.

Konnte der Krebs, den sich Spinnstecher in den Kopf gesetzt hatte, ohne menschliches Zutun, nur durch die Einwirkung von Gedankenkräften entstehen?

Erinnere dich an die Einbildungskraft deiner Hypnose-Medien! flüsterte das Über-Ich. Legtest du ihnen nicht ein kaltes Geldstück auf den Unterarm, und sie bekamen Brandblasen, weil du ihnen einredetest, die Münze wäre heiß?

Er schob das Schreiben hinaus und fing an, sein Geschirr zu spülen. Er wusch nicht alle Tage ab, sondern brauchte erst alles verfügbare Geschirr auf, und zweimal hatte er sogar Tassen und Teller hinzugekauft, um die Frist von Abwasch zu Abwasch zu verlängern.

Sein Unter-Ich revoltierte: Wer in aller Welt feiert so Silvester wie du?

Denk an Spinnstecher! mahnte sein Über-Ich, doch sein Unter-Ich blieb am borstigen Faden: Wartest und wartest auf Rosa und bist ihr, der Frau eines verdienten Kaders, durch deinen Parteiausschluß inzwischen vielleicht längst suspekt.

Schreib Spinnstechers Geschichte, flüsterte das Über-Ich, mach in ihr deutlich, wie wichtig für die Zukunft jedes Menschen ist, was er sich in den Kopf setzt!

Überm Streit seiner Ichs fiel er in Schlaf, war eine halbe Stunde weit weg und erwachte vom eigenen Schnarchen. Fünf Minuten später fing er an zu schreiben.

Es ging gut voran mit der Spinnstecher-Geschichte, bis leise ans Atelierfenster geklopft wurde. Er sah nach. Zwei Weibspersonen in Pelzmänteln sprangen ihm an den Hals und riefen gleichzeitig: »Nun sind wir gestellt!« Die List-Zwillinge. Auch Frau Vivian und die Leisegang kamen aus dem Dunkel.

»Auf Silvester ist Ungewöhnliches erlaubt«, erklärte die Leisegang. Sie hätten sich eingeladen, um ihn für einen der nächsten Tage einzuladen. »Der Lukian hat uns geschickt.«

List hatte sich auf seiner Rückfahrt vorgenommen, Waldmoser zu widerlegen und dem alten Freund zu beweisen, daß die großen literarischen Vorwürfe, die hier und jetzt anfielen, auch hier und jetzt bearbeitet werden konnten. Kaum hatte er im

Landhaus am Orankesee die wichtigste Post durchgesehen, da verlangte er nach Büdner.

»Silvester!« sagten ihm seine Leute.

»Was geht ock mich das an?«

Häckerling machte geltend, daß es auch aus »anderen Gründen« zur Zeit nicht angängig wäre, mit Büdner zu arbeiten. Er tat sehr bedeutsam und unterrichtete List von Büdners Parteiausschluß.

»Hat er die Partei geschädigt?«

»Man muß annehmen. Hätte die Gruppe ihn sonst... «

»Ich wills von ihm selber wissen«, unterbrach List und schickte seinen »Weibsen–Schwarm« aus, Büdner herbeizuschaffen.

Die vier Frauen rissen einen großen Flechtkorb aus der Dachgarten-Finsternis, schleppten ihn ins Atelier und packten aus: Krapfen und Kuchen, kalten Karpfen und Würste, Rotwein und Nelken, dazu ein neumodisches Tonbandgerät, das die List-Mädchen tags zuvor aus Westberlin geholt hatten.

Während die beiden Frauen den Punsch zubereiteten und den Tisch deckten, paßten sich die Zwillinge ins Muschelsofa, taten erwachsen und erklärten, sie hätten »literarische Fragen«. Büdner mußte sich zu ihnen setzen, und der weibshungrige Dachgarten–Poet saß zwischen ihnen wie der Aluminiumstab zwischen den Backen eines Feilklobens. »Bitte die Fragen!«

»Was wurde eigentlich aus dem dicken Bauernmädchen, mit dem Sie sich damals am Waldrand trafen?« fragte Mary.

»Ja, jene Rundliche, mit der Sie wau oder so etwas machten?« fragte Sherry. »Gab es diesen Pausback, oder haben Sie ihn erfunden?«

Er hätte das Mädchen gekannt, erklärte Büdner.

»Dann haben Sie sich also auch nicht ausgedacht, daß Sie sich schon im Mutterleib Ihres Lebens bewußt waren?«

Büdner lächelte nachsichtig.

Frau Vivian klatschte in die Hände und bat zu Tisch. Büdner aß zwei Krapfen und trank drei Gläser Punsch; er hoffte damit jene Heiterkeit zu erreichen, die zu seinem Damenbesuch paßte. Aber auch die List-Damen tranken; er holte sie nicht ein; nur die Leisegang blieb, wie sie war: schön, versprechend und abweisend – ein Neutrum.

Frau Vivian fing an zu singen, sang die studentischen Stumpfsinn–Reime vom Hund, der in die Küche schlich und dem Koch ein Ei stahl. Sie sang die billige Reimerei einmal in der Manier eines Wiener Fiakers, ein andermal in der Manier einer Berliner Göre, dann als Frau eines amerikanischen Besatzungsoffiziers und schließlich als Dämchen vom Kurfürstendamm. Sie »machte es entzückend, ganz reizend«, wenn man der Leisegang glauben durfte, und die List-Töchter, die die Nummer gewiß nicht zum ersten Male hörten, waren begeistert von ihrer Frau Mutter.

Böllerschüsse krachten. Von der Straße drang das übliche Silvestergetöse ins Atelier. In und hinter der Allee wurden die Fenster aufgerissen. »Prosit!« schrie man, »prosit!« auf alles und jeden. Bengalische Lichter flammten auf, Büschel von bunten Funken verblühten am Himmel; Raketen stiegen auf und löschten an der Himmelsstelle, an der sie zerkrachten, die Sterne aus. Die Menschheit geriet aus den Fugen. Echtes oder unechtes Bedürfnis?

Die List-Zwillinge umarmten Büdner und küßten ihn nach der Schnur. »Prosit Neujahr, prost und prost!« Mary warf das kleine Tonbandgerät an. Musikgetümmel tobte gegen die Atelierfenster und machte die Scheiben zittern.

Rosa hatte sich von ihrer Niederrhein-Reise erholt. Raswan war noch nicht aus Moskau zurück. Von Zeit zu Zeit schrieb er eine Ansichtskarte von Plätzen, an denen sie gemeinsam gewesen waren, grüßte Rosa, grüßte den kleinen Lew, schrieb jedoch nichts von seiner Arbeit, nichts davon, wie lange er bleiben würde. Die Karten waren jeweils zehn bis fünfzehn Tage unterwegs, und das war normal wie manches andere.

Rosa schrieb eine Besprechung über »Puntila«, jenen finnischen Kulaken, den in der Trunkenheit allweil soziale Milde überfiel. Es war bekannt, daß Brecht den Stoff für dieses Stück von einer finnischen Gutsbesitzerin »entliehen« hatte. Er gab es zu. Weshalb nicht? Er nannte sich selber: größter literarischer Spitzbub des Jahrhunderts und redete sich auf die alten Chinesen heraus, die bewährte literarische Stoffe wieder und wieder bearbeitet hätten.

Es reizte Rosa, zu untersuchen, ob so »altchinesische Methoden« in einer Zeit verwendbar waren, in der jeder Tag, wie es hieß, Neues brachte, in einer Zeit, in der der NEUE MENSCH heranwuchs. Alsbald gewahrte sie, daß sie sich auf etwas eingelassen hatte, für das Umfragen bei Schriftstellern nötig waren. Sie hätte gern mit Büdner drüber gesprochen, aber nicht nur darüber. Sie gestand *sich*, daß sie Sehnsucht hatte, doch sie gestands *ihm* nicht. Aber sie hatte jetzt auffällig oft in der Allee zu tun. Und eines Tages stand sie dort im Spielzeugladen, um nach dem Pony zu suchen, das sich der kleine Lew zu Weihnachten wünschte, da ging draußen der Briefträger Büdner vorüber. Sein Anblick weckte Schreck und Mitleid in ihr: Schreck über die unerwartete Begegnung, Mitleid, weil Büdners Postbotenmütze zu groß war und ihm die ohnehin schon abstehenden Ohren noch trauriger zur Seite drückte. Am liebsten wäre sie ihm nachgerannt und hätte ihm einen Papierstreifen in die Mütze eingelegt. Sie verbot sichs. Nichts unternehmen in Sachen Büdner, ehe Raswan wieder da war! Büdner mußte das doch verstehen: So fair, wie sie jetzt zu Raswan war, würde sie später zu ihm sein, wenn es nötig werden sollte.

Ach ja, Büdner hätte das wohl auch verstanden, doch woher sollte er es wissen?

Aber eines tat Rosa doch: Sie brachte das »niederrheinische Beweismaterial« zu Runkehl. Auch das hatte sie sich bisher versagt, weil Raswan ausblieb. Jetzt tat sie es, weil sie fürchtete, Büdner ginge vielleicht dies und das ab und er wäre unfreiwillig Briefträger geworden.

Tag um Tag verging, und sie wurde nicht mit sich fertig. Hätte sie Büdner nicht wenigstens schreiben können? Was hätte sie ihm mitteilen sollen? Abermals die Bitte, auszuharren, auf sie zu warten? Es gab Stunden, da wußte sie schon nicht mehr, ob sie eine solche Vertröstung verantworten konnte. Je länger Raswan ausblieb, desto mehr tat er ihr leid. Vielleicht war er gar weggegangen, um ihr freie Hand zu lassen.

So gings hin und her und auf und ab mit Rosa bis zum Silvester-Abend. Der Lärm der Lustigen drang auch bis zum Landhaus unter den großen Kastanien in die abseitige Straße. Der kleine Lew schlief. Sie fühlte sich allein wie nie, und es schien ihr, als ginge nicht sie selber, sondern etwas Unpackbares mit ihr hinaus in den Trubel.

In Büdners Atelier rockten und rollten Sherry und Mary; jede tanzte für sich, doch von Zeit zu Zeit reichten sie sich die Hände und schienen ausmessen zu wollen, ob die Entfernung zwischen ihnen noch stimmte. Das war nun die neue Tanzkunst, die sie aus Amerika mitgebracht und die sie schon als Schulkinder perfekt beherrscht hatten.

Und mit eins geschah es: Mary sprang Büdner an, zog ihn in die Tanzmitte und zerrte an ihm im Rock-Rhythmus, bis er sich ergab und, so gut er konnte, tat, was von ihm verlangt wurde, und was er produzierte, war nicht geradezu linkisch. Der Punschgenuß verhalf ihm zu Verrenkungen, die er sich selber nicht zugetraut hatte.

Frau Vivian klatschte rhythmisch in die Hände, und die Leisegang schnalzte anfeuernd mit Daumen und Zeigefinger, und Sherry sprang in die Tanzmitte, verdrängte Mary, und Büdner mußte sich auch ihr gegenüber verrenken. Für einen Augenblick wars ihm peinlich. Er dachte an den Kranichtanz von Vater Gustav, den er als Dorfjunge erlebt hatte, doch sein Punschrausch überrannte die lahme Peinlichkeit, und nun war es wieder Mary, mit der er es zu tun hatte: Das kleine Luder, es tanzte mit ihm in die Küche und bis in die äußerste Ecke hinein, wo sie von den anderen nicht gesehen werden konnten, und sie versprach sich vielleicht schon etwas davon, dieses angegarte Ding.

Vom Tonband her schrie einer, der es gewiß von amerikanischen Viehhirten gelernt hatte: »Jippie yeh« und »Jippie yoh« oder so was, und auf der Straße drunten schoß und krachte man sich immer noch ins neue Jahr hinein, da stand auf einmal Rosa mitten im Atelier, und vier Weibsen und ein keuchendes Mannsen starrten ihr auf den Mund, der sich bewegte und etwas sagte. Und was er sagte, floß im gleichen Augenblick in das große Reservoir, in dem sich alle auf der Welt gesagten Worte sammeln, die an Menschen vorbeigehen, in das Reservoir, von dem niemand je wissen wird, ob es mehr gute als böse Worte enthält.

---

61 Büdner spielt einen Bettler und einen Weisen, bekommt den »dialektischen Punkt« gezeigt und verschickt eine Warnung.

Als Büdner ins Studio kam, saß List, wie es sich gehörte, im Lutherstuhl, redete mit Häckerling, fuchtelte mit einem Pantoffel und stand nicht auf, ihn zu begrüßen. »Setz dich ock nieder!« hieß es, und von einer Verbeugung war nicht die Rede. Vergangene Zeiten.

Büdner hatte keine andere Behandlung erwartet. Er setzte sich auf den niedrigsten Hocker. Nichts mehr vom »proletarischen Stolz«, den List ihm beim ersten Besuch angedichtet hatte. Der Meister gab Häckerling Anweisung für die Drucklegung des MEMORANDUMS. Büdner war im List–Studio noch nicht vorhanden. Auch das erschien ihm billig. Hinter der Lehne des Lutherstuhls kam ein Schwan hervor, tolpatschte über das Rand–Eis des zugefrorenen Sees und verschwand am Fensterrand. Alles eingefroren, auch drinnen, wie es schien. Du mußt ihm von deinem Parteiausschluß sagen! flüsterte Büdners Über–Ich.

Es war nicht nötig; der Meister wandte sich ihm endlich zu und musterte ihn. »Was hältste deine Mütze im Schoße wie an Bettler?«

Was antworten? Büdner hatte seine Tschapka, für den Fall eines raschen Abgangs, mit ins Studio gebracht und ähnelte wirklich dem Bettler, den er einst auf dem Theater gespielt hatte.

»Stimmts, was sie dir nachsagen?«

Häckerling duckte sich und vergaß das Notieren.

»Es stimmt nicht«, sagte Büdner und wollte erklären.

Der Meister winkte ab. »Genügt, wenn du mir sagst, es stimmt nicht. Es kann dem Menschen ganz gutt schlecht gehn, wie mein Großvater, ein alter Handweber, sagte. Denk aber nicht, wenn auch du nun parteilos bist, daß wir beide parteilos sind!«

Die kleinen Genossen fordern Beweise für deine Unschuld, und der große List glaubt dir so, schnarrte Büdners Unter-Ich. Werd nicht ausfällig! mahnte das Über-Ich. Du hast den kleinen Genossen, bewußt oder unbewußt, etwas aus deinem Leben vorenthalten. Nicht sie erhoben das Mißtraun zur Tugend! List erzählte von seinen Erlebnissen in Österreich, beschimpfte seinen Verleger, machte sich über die Hofrätin lustig; die Österreicher wären auf dem besten Wege, politisch zu verkommen; von seinem alten Freund Loisl erzählte er nichts.

Büdner packte nur hin und wieder ein Wort. Er dachte an sein Silvester-Erlebnis: Sie wollten hören, was Rosa sagte. Die Leisegang schaltete das Tonbandgerät aus. Zu spät – Rosa war davon. Er packte Joppe und Tschapka, wischte sich den Schweiß mit dem Jackenärmel und verließ die verblüffte Silvestergesellschaft. Er hatte sie sich nicht bestellt.

In Lists Erzählung blieb durch das Auslassen des Loisl-Erlebnisses ein Loch. Es war schwer zu erkennen, weshalb aus der Österreich-Reise für ihn und Büdner literarische Forderungen erwuchsen. »Jetzt also ran!« sagte er übergangslos. Vor allem an die Risse–Geschichte sollte es gehen. »Wir müssens ihm beweisen!«

Büdner rannte die Allee hinunter. Er hatte Rosa entdeckt und wollte sie einholen. Die Silvestervergnügten gingen ihm nicht aus dem Wege; Angetrunkene hielten ihn auf.

List schrieb mit seinem Lederpantoffel eine Eins in die Luft. »Den Mann würd ich schon gleich mal nicht Risse, sondern Rasse nenn', echte preußische Rasse, symbolisch, verstehste!«

Unterm Fenster im Parkgarten tummelten sich die List-Zwillinge. Die halbzahmen Enten waren vom zugefrorenen See herübergewatschelt und ließen sich füttern. Die Zwillinge gaben ihnen Namen, und eine Ente nannten sie Donald Duck. Der Erpel machte zufällig: »Krääb, krääb!« Die Zwillinge klatschten in die Hände. Donald hatte ihnen geantwortet.

Büdner sah nicht mit liebevoller Nachsicht auf die Szene. Vergangene Zeiten!

Er sah Rosa mit erhobenen Händen auf der Fahrbahn entlangrennen. Zu seiner Angst, daß er sie nicht einkriegen könnte, kam die Angst, daß sie überfahren werden könnte. Rosa hatte Glück, eine Taxe kam, hielt. Sie stieg ein.

Er stand da wie ein unmutiges Pferd, schüttelte sich, und alle Menschen in der Allee schienen ihn auszulachen.

List malte mit dem Pantoffel eine Zwei in die Luft. »Da sind zwei unalltägliche Komponenten in der naturalistischen Geschichte, die ins Alltägliche zurückgeführt werden müssen. Ane Vergewaltigung ist da und an Lustmord.

Nehm wir amal an, die Rasse–Tochter hat an Dorfschatz, der will sie haben, und sie will ihn auch, aber da kommt der Sohn vom Gutsbesitzer dazwischen und will auch. Und da mischen sich, sagen wir mal, die Eltern vom Rasse–Mädel ein: Mädel, sagen se, du wirst ock nich tumm sein und den kleenen Tucker nehm, wenn dir geboten wird, als Gutsherrnfrau in der Kutsche zur Stadt zu fahren. Und das Mädel, ane Rasse–Tochter, hört druff ...«

Wir waren uns schon einmal viel einiger, flüsterte Büdners Über-Ich, damals, als man dich aus der Liste strich. Du kannst nichts erzwingen! Begreif doch, daß du schuldlos an der Situation bist, in der dich Rosa betraf! Das Leben wird beweisen, nicht deine Beteuerungen!

Und es war so schwer, dem flüsternden Über-Ich zu folgen, erhitzt und verlacht, wie er dastand, im Getümmel von Silvester-Glücklichen. Sein Glück wär gewesen – auf eine Taxe zu treffen, die ihn nach Pankow gebracht hätte.

»Gutt also, der Herrensohn schwängert sie«, empfahl List, »und dann hat er se über, und er will se nicht mehr, und das Kind, das se kriegt, schon gleich gar nicht. Er blecht also und zahlt. Das Mädel aber läuft zu 'ner Pfuscherin, läßt sichs wegmachen und stirbt dabei. Haste da nicht auch beeds, ane klassenmäßige Vergewaltigung und an Lustmord? Freilich haste, aber die Leute wollens nicht zugeben. Dann kommen die Russen, sind überreizt und aufgehetzt, nehmen sich die zweite Tochter vom Rasse vor, und das Mädel erstickt ihnen unter der Hand, Verkehrsunfall gewissermaßen. Aber denne is was los, denn heißts Vergewaltigung, denn heißts Mord, denn heißts, seht ock, seht ock!«

Häckerling hielt den Atem so stark an, daß er ihm hinten hinausging.

»Was gibts zu krächzen?« fragte List.

Häckerling war froh über die Auslegung seiner rückwärtigen Äußerung und seufzte freudig: Er war Zeuge einer von Lists meisterhaften literarischen Kapriolen; er wohnte einer Erstaufführung bei, etwas wie Gottesnähe umwehte ihn.

List scheuchte Büdner auf. »Hörst du überhaupt zu?«

»Doch!« log Büdners Unter-Ich, ehe er es verhindern konnte.

List sah ihn von der Seite an. »Jede Begebenheit hat anen dialektischen Punkt, und der kann weit draußen in der Historie liegen. Hastes bemerkt?«

Ja, wollte sein Unter-Ich sagen, doch sein Über-Ich kam ihm zuvor. Nein, sagte es.

»Aber du wirsts noch merken, wenn du dranne arbeitest. Man kann dieser Art von Vergewaltigung noch manches entgegensetzen, kann sie bis zur Lappalie runterspielen«, eiferte sich der Meister. »Denk, daß um die gleiche Zeit, wo die Russen dem Mädel a bissel unter den Rock griffen, die Gangster drüben den Massenmord von Hiroshima beschlossen und ausführten. – Das wern wir überhaupt gegenschneiden. Ums Material mach dir keine Sorgen! Wir liefern dirs.«

Büdner stand vor dem Landhaus der Raswans in der Pankower Nebenstraße. Licht sickerte durch die Fenstervorhänge und lag wie Goldhauch auf den Stämmen der Kastanien. Da sitzt sie nun bei ihrem Raswan, schnarrte sein Unter-Ich. Er hatte ihr vielleicht erlaubt, dir gut Neujahr wünschen zu gehen, und jetzt erzählt sie ihm, daß sie dich nicht antraf, um nicht eingestehen zu müssen, wie sehr du sie enttäuschtest.

Büdner war drauf und dran zu läuten. Er konnte sich betrunken stellen und den Hausfreund spielen, der sich in den Kopf gesetzt hat, der Familie Raswan zu unpassender Stunde seine Neujahrsaufwartung zu machen.

Vertrau dem Leben! flüsterte sein Über-Ich.

Er stand ab von seinem Vorhaben. Es fiel ihm leicht: Das Licht im Landhaus verlöschte. Die Raswans gingen schlafen. Wie lieb! Er stand da, als hätt er den Rat seines Über-Ichs befolgt, stand da und glotzte, scheinbar weise geworden, ins neue Jahr.

Später wird er erfahren, daß kein Raswan im Landhaus war, daß aber Rosa beim »traulichen Licht« überm zerzausten Haar einen Brief an ihn schrieb, in dem sie gelobte, bei ihm, bei Raswan, zu bleiben, einen Brief, den sie später nicht abschickte, als sie sich, in bewährter Art, über Büdners Verhältnis zu den List–Damen Gewißheit verschafft hatte und sich ihres Eifersuchtsanfalles schämte.

Mit List vereinbarten sie, Büdner möge sich jeweils nach fünf niedergeschriebenen Seiten zur Beratung einfinden. Er versprachs und taumelte die Treppe hinunter. Unten erwarteten ihn Sherry und Mary, streiften ihm zärtlich, das muß gesagt sein, die Hosenbeine hoch und betasteten seine Waden. Sie hätten nur sehen wollen, erklärten sie kichernd, ob Büdner ein altmodischer Deutscher wäre, der wie Luki mit langen Unterhosen umhergehe.

Wie immer, kam Frau Vivian, befreite ihn von den exzentrischen Zwillingen und lud ihn zum Abendbrot ein, doch er lehnte ab. Er war nicht in der Lage. Verzeihung, ja, aber er lehnte ab. Vergangene Zeiten!

In seinem Atelier fing er sogleich an zu schreiben; nicht die Risse–Geschichte nach den Listschen Empfehlungen, nein, er schrieb eine Geschichte, die ihm ein alter Architekt erzählt hatte. Er wußte, warum.

Eines Tages hatte der Architekt zu Büdner gesagt: »Sie sind nun einmal der, der mir diesen Brief aus dem österreichischen Süden bringt, und Sie sind damit in gewisser Weise an meiner Geschichte beteiligt. Verzeihen Sie, wenn ich sie Ihnen und nicht dem Winde erzähle; man mißtraut den Lüften noch immer.«

Und das war, kurz gefaßt, die Geschichte des Architekten:

Es war einmal ein Mann, der lernte in seinen besten Jahren im Süden eine Frau kennen. Die Frau war nicht schön, doch voll Liebreiz. Schönheit vergeht, dachte der Mann, ähnlich dachte die Frau von ihm. Sie schienen so sicher füreinander bestimmt zu sein, und sie versicherten es einander, doch ein Krieg machte Lügen aus ihren Schwüren und warf sie auseinander.

Als der Krieg zu Ende war, hatte es den Mann nach dem Norden verschlagen, und er heiratete dort eine andere Frau. Aber auch die Frau im Süden, die noch eine Weile auf ihn gewartet hatte, heiratete einen anderen Mann, und beide Paare lebten ihre Leben herunter wie ein Pensum, bis sie eines Tages je wieder allein waren; er ohne Familie, sie ohne Familie.

Sie forschten nacheinander und fanden sich, und es gingen Briefe hin und her, und sie glaubten, sie müßten sich treffen und ein wenig von dem nachholen, was ihnen entgangen war, und sie trafen sich, aber was sie einander vorzeigen konnten, waren nur die zusammengeschrumpften Erinnerungen an die Zeit vor Jahrzehnten im Süden. Zwei Stunden Beisammensein, die Erinnerungen waren ausgetauscht, und es begann das Erklären.

»So«, sagte sie, »da hattest du drei Söhne?«

»Ach«, sagte er, »deine Tochter ging nach Amerika?«

Alles mußte erklärt werden, auch, weshalb man jetzt so oder so dachte und nicht mehr so wie früher. Ihre Unterhaltungen wurden quälend und immer quälender, und nach zwei Tagen gingen sie enttäuscht auseinander, und ein jedes fuhr in seine Richtung.

Und das Glück des alten Mannes bestand fortan darin, zu denken, daß er nicht in den Krieg, lieber ins Zuchthaus hätte gehen und seinen Gefühlen hätte treu bleiben sollen ...

Büdner schrieb die Geschichte in einem Zuge. Sie ging ihm leicht von der Hand. Am Morgen tütete er sie ein, nahm sie mit zur Post und schickte sie »eingeschrieben« an Rosa.

62 Büdner stößt auf die Gefährlichkeit von Ersatz-Göttern, wird um seine Meinung gebeten, hat keine und produziert Gerbsäure.

Wenn es nach dem Singfleiß der Amseln gegangen wäre, hätte es längst Frühling sein müssen, aber die Amseln, sie waren verführt vom kleinen Frühling, den ihnen Bogenlampen und Neonröhren in der Großstadt vorgaben.

Obwohl noch einmal Schnee fiel, stieg die verläßliche Sonne, ob der Mensch sie sah oder nicht, Tag um Tag; der Februar meinte es gut, an geschützten Stellen ließ der Holunder die Entwürfe seiner künftigen Blätter erscheinen; der Briefbote Büdner trug bei seinen Gängen treppauf, treppab keine langärmeligen Unterhemden mehr; an den Kiosken war zu lesen: »Beschlüsse von weltweiter Bedeutung gefaßt«, und die Zeitungen waren so rasch ausverkauft wie sonst die dünnen Hefte mit Kriminalgeschichten.

»Weltweite Beschlüsse?« Wie weit war die Welt, in die sie hinein wirkten? Wirkten sie aufs Sternengewimmel, auf die Milchstraßen und Galaxien, oder nur auf die Erdenmenschen, gar auf einen Teil von ihnen nur? Einer der Beschlüsse hieß, kurz gesagt: Nie wieder Personenkult!

Büdner brachte ein Einschreiben in die Samariterstraße, drei Treppen hoch, zu Krause. Krause war Meister in einem Kabelwerk, wars schon in der arischen Zeit gewesen und arbeitete damals unter der Losung: Räder rollen für den Sieg. Schließlich mußte auch er noch aufs Schlachtfeld, doch er war froh, daß er sich im Werk nicht länger als Schinder von Kriegsgefangenen betätigen mußte. Jetzt arbeitete er im Kabelwerk für den Frieden, und in seinem Meisterbereich wurden jährlich viele Meter Kabel mehr hergestellt, als der Produktionsplan vorsah.

Krause gehörte nicht zu den Genossen, die jeden Beschluß des Oberbüros für »weltumwälzend« hielten; das aber, was die Kommunisten in Moskau aufdeckten, verhandelten und beschlossen, machte ihm zu schaffen, und er nahm jede Gelegenheit wahr, sich zu besprechen und zu befragen, und er tats auch bei Büdner: »Hast du dir das je vorstellen können, Kollege Postbote?«

Es lag Büdner nicht, einen Stein aufzuheben, wo andere schon steinigten. »Er war ein Mensch wie du und ich«, sagte er.

Krause lachte ihn aus. »Das hättest du dir vor einem Jahr nicht zu sagen getraut, und wenn, dann hätten sie dich aus der Partei gekantet.«

Büdner hatte keine Lust, Krause seine Parteigeschichte zu erzählen.

»Gibs zu, daß *er* vor einem Jahr noch ein Gott war«, sagte Krause, »du aber ein gemeiner Erdenkloß!«

»Gott? – Ich brauchte keinen Ersatzgott«, sagte Büdner.

Krause fuhr sich erregt durch sein pfefferundsalzfarbenes Igelhaar. »Mann, was sie mit dir vor zwei Jahren gemacht hätten! Du willst mir doch nicht weismachen, daß du schon immer so dachtest? Das sprech ich dir ab. Laß uns mal vernünftig reden! Ich war kein Nazi. Das kann ich mit gutem Gewissen sagen, aber mitunter kams mir doch vor, als ob olle Hitler was Besonderes an sich hätte. Wie er in ein paar Tagen Polen nahm und Frankreich knackte, he? Freilich, das Heilsgeschrei und daß sie weinten, wenn sie ihn sahen, dafür war ich nicht eingerichtet.

Aber dann, das Erlebnis in Rußland: Wir umzingelten ein Dorf, sollten Partisanen ausräuchern, wir, die Infanterie, machten Absperrung, drin im Dorf warn die von der Feldgendarmerie.

Ich steh also Absperrung am Waldrand. Es ist Mai, der Flieder blüht, und ich denk, jetzt zu Hause und denn auf dem Land bei Onkel Otton sein, da kommt was auf mir zugelaufen, und wie ich hinguck, ist es ein junges Mädchen, und das schmeißt sich vor mir hin, bittet und betet und trägt das an mir ran, was man so Konflikt nennt.

Zeit zum Überlegen war nicht. Mensch, dachte ich, du kannst doch die nicht! Eine Situation, sage ich dir! Ich seh nur eins: Der Wald ist dick und dicht, ich renn davon, renn vor dem Mädchen, vor dem Verbrechen, das mir zugespielt wurde, davon.

Sie knallten hinter mir her, und wo das Mädel geblieben ist, weiß ich nicht, hoffentlich kams durch, es war eine so kornblonde.

Später haben se mir gefaßt. Kam ins Strafbataillon, hatte noch Glück, daß se mir nicht an die Wand stellten, aber die Gerichtsoffiziere wollten sich um die Zeit schon keine kalten Füße mehr holen.

Lange Rede, kurzer Sinn: Das Dorf wurde ausgebrannt, die Leute erschossen, und ob ich nu mitgemacht hatte oder nicht, ich fühlte mir schuldig, und das blieb so, obwohl ich, Wunder, o Wunder, aus dem Strafbataillon und über den Krieg kam.

Was meinst du, wie froh ich war, wie wir denn den Generalissimus hatten. Endlich einer, dacht ich, den du ohne Einschränkung verehren und bewundern kannst. Er hat den Hitlerschen Maulaufreißern und Herrenmenschen gezeigt, was ne Harke ist, und ich sag dir glatt, mein lieber Postbote, wenn du mir vor einem halben Jahr mit dem gekommen wärst, was sie dem Generalissimus heute offiziell nachsagen, hätt ich dir geliefert, und ich halt noch immer fürn Irrtum, was da gesagt wird, hab noch immer die Hoffnung, daß es zurückgenommen wird. Was meinstn du, Kollege Briefträger?«

Ja, was meinte Büdner dazu? Er war nicht mehr Mitglied und sollte in Parteiangelegenheiten etwas meinen. Nun war, was er über den Generalissimus zu hören bekam, keine Verleumdung mehr, sondern Tatsache und sozusagen mit dem Stempel eines Parteitages versehen. Ein Glück, daß er in einem Zustand lebte, den er insgeheim seine Schizophrenie nannte, es zahlte sich aus, daß er diese Bürde umherschleppte, ohne sie hätte er, wie viele Genossen in dieser Zeit, verzweifeln müssen. Sein Unter-Ich empfahl ihm, seine Enttäuschung in bissigen Worten herauszulassen, doch sein Über-Ich mahnte: Kein Hosianna, kein »Kreuzigt ihn«!

Er stieg weiter treppauf, treppab, teilte Briefe, Postkarten, Nachnahmen, Eilsendungen aus und empfing Meinungen und Ansichten über das Fehlverhalten des Generalissimus als »Gegenwerte« zur gefälligen Kenntnisnahme.

Fahrkartenkontrolleur Weißmann hatte das große Lotterielos vergessen. »Vor zwei Tagen hättest du mich hier weinend angetroffen, Kumpel«, sagte er zu Büdner. »Mag ja sein, daß manches passierte. Vor dem Kriege arbeitete ich auf einem Holzplatz als Gattersägenführer. Auf einmal kriegte der Chef 'n Dreh, hielt sich fürn Holzfürsten oder so was. Zunächst fiels nicht weiter auf; er hatte 'n guten Prokuristen, auch sein Sohn war schon im Geschäft, aber dann biltete sich der Olle ein, er müßte zweispännig durch den Betrieb und über den Holzplatz fahren. Die Leute in seinem Büro hatten Mühe, ihm den Zweispänner auszureden. Sie hättens drüben im Politbüro ähnlich machen müssen! Mag ja sein, daß der Generalissimus ein bißchen größenwahnsinnig wurde, aber wieso haben sie ihn machen lassen? Und wenn das nu schon alles passierte, wars nötig, daß dieser Chruschtschow das ausposaunte? Hierherum hat doch keiner was gewußt von. Das macht uns doch Schaden, wenn sie drüben die Wahrheit auspacken, jetzt, wo wir wirtschaftlich so schön vorankamen, oder was meinst du, Genosse Briefträger?«

Die Wahrheit muß heraus! soufflierte Büdners Unter-Ich.

Wer kennt in diesem Falle die Wahrheit? flüsterte sein Über-Ich.

»Die Wahrheit ist immer, was der Partei nutzt«, sagte Weißmann, »und das wäre in dem Falle, was dem Generalissimus nachgesagt wird, darf nicht wahr sein!«

Dieser Logik stand Büdner hilflos und wie eingeschissen gegenüber. Es gelang ihm nicht, allzeit weise zu sein, wie sein Über-Ich es ihm anempfahl. Der Mensch ist ein Mensch, ist ein Mensch, ein Mensch!

»Das bißchen Gedrämmel mit dem Generalissimus kann uns nicht reinreißen, junger Freund«, sagte der Antifa-Rentner

Brandeis, dem Büdner ein Einschreiben brachte. »Wir haben Lenin vergessen, das ists, was uns passierte!«

Wußte er das immer, oder fiel es ihm jetzt erst ein, soufflierte das Unter-Ich, und Büdner wartete nicht ab, was sein Über-Ich dazu zu vermelden wußte, sondern fragte.

»Ich denk seit Tagen drüber nach, seit Wochen«, sagte Brandeis. Er litt an entzündeten Augen, wischte sich die Augwinkel mit seinem rotgepunkteten Taschentuch, tat beleidigt und sah Büdner scharf an: »Mir deucht, du zweifelst, aber das sollst du nicht! Wer lange genug in der Partei ist, weiß, daß immer mal Fehler gemacht wurden und daß es trotzdem weiterging!«

Schweig! flüsterte Büdners Über-Ich. Nicht Hosianna, nicht kreuzige! Es ist das höchste Glück dieses alten Genossen, jüngere Genossen zu trösten und zu belehren!

Büdner gehorchte, ging weiter, versah seine Pflicht und versuchte, sich aus all den Meinungen und Ansichten, die er hörte, einen eigenen Standpunkt zu fertigen.

»Ich kannte einen Genossen, einen ehrenwerten Menschen«, erzählte ihm ein gewisser Kern, Sachbearbeiter beim Bezirksrat. »Dieser Genosse rettete zwei Menschen unter Lebensgefahr aus dem Teltow-Kanal, auf einmal drehte er durch und brachte den eigenen Bruder um.«

Wieviel Brüder würde Kern dem ehrenwerten Genossen gestatten umzubringen? schnarrte Büdners Unter-Ich, und Büdner willfahrte ihm.

»Wo zielst du hin?« fragte Kern. »Was soll die Hinterhältigkeit?«

Abends saß er und schrieb an der Rasse—Geschichte. Sie war jetzt so etwas wie eine Auftragsarbeit für ihn und erschien ihm klein und unerheblich neben all dem Unerhörten, was auf ihn eindrang. Er schrieb sie getreu nach Lists Wünschen, wie er glaubte. Er wollte herausfinden, was List mit seinem »dialektischen Realismus« meinte, wollte erkunden, ob es möglich war, heikle Stoffe (auch damals schon HEISSE EISEN genannt) nach Lists Methode zur Zufriedenheit der Leitung und der Leser literarisch aufzubereiten. Büdner blieb Büdner: Wo es was zu lernen gab, sperrte er Maul und Nase auf. Wenn er fünf Seiten geschrieben hatte, ging er damit zu List.

Es war unvermeidlich, daß sie dort mitten in der Textbesprechung auf den Generalissimus kamen. »Ihn aufgeben, heißt sich selber aufgeben«, sagte List. »Es kommt ock vor, daß sich auf der Rennbahn Pferd und Reiter trennen. Kann am Pferd, auch am Reiter liegen!« Das Pferd könne ohne Reiter über die Hindernisse und durchs Ziel gehen. »Bloß der Pferdesieg wird ock nicht anerkannt!«

Wer ist der Reiter, wer das Pferd? dachte Büdner. Er wagte nicht zu fragen. Da stand der weitgereiste List, er mußte wissen, was Sache war.

»Sie wußtens doch alle, daß er ein wilder Kaukasier war, der Dshugaschwili. Lenin hat vor ihm gewarnt«, sagte der Meister. »Nu natürlich alle uff am druff, immer druff. Wir müssen was für am tun! Mach ock schnell mit deiner Geschichte!«

»Werden wir damit nicht mit auf ihn drauf hauen?« wagte Büdner zu fragen.

»Schreib ock, wie ich dirs sagte!« List fuchtelte mit beiden Lederpantoffeln.

Er hatte gut antreiben, der Meister. Er hockte in seinem Studio, kam nicht unter die Leute, nur zu sich und mußte sich nicht wie Briefträger Büdner bis zum Erbrechen anübeln lassen.

In einer ausgebauten Dachbodenwohnung in der Bänschstraße wohnte Josef Stramm, ein krummbeinig-athletischer Typ mit militärischem Haarschnitt, Scheitel links, alter Marschierer aus den arischen Sturm-Abteilungen. Büdner hatte ihn vor Wochen beim Überbringen von Geburtstagskarten nach seinen Ansichten über das Glück und den Tod befragt.

»Ich bin alter PG, weeß hier jeder«, hatte Stramm gesagt. »Gibt noch mehr von meiner Sorte im Kietz. Man hat uns entnazifiziert und bestraft. Früher war ich Gerichtsvollzieher, jetzt bin ich Scheißefeger. Wat soll da mit Glück sein? Ich erhoff mir nicht mehr viel vom Leben. Aber wenn du schon fragst, was mein Glück wär und was ich über den Tod denk, denn sag ich dir: Mein größtes Glück wär, wenn sich hier alles wieder umdrehn würde! Gleich drauf würd ich zufrieden sterben.«

Büdner trug Stramm nach dieser Befragung nicht in Liebe gehüllt in seiner Erinnerung umher. Nun begab sichs, daß er mit einem eingeschriebenen Auslandsbrief wieder zu ihm mußte. Schon von weitem erkannte er an Stramms Haltung, daß der bereit war aufzutrumpfen. »Ha, Friedensfreund!« empfing er ihn. »Habt ihr nicht immer gesagt, die Nationalsozialisten hätten eure besten Genossen umgebracht. Was is 'n nu? Erklär mal den Unterschied!«

»Hitler war von Anfang an ein Verbrecher«, soufflierte Büdners vorlautes Unter-Ich merkwürdigerweise.

»Nicht so laut, kleener Aufbauheld«, sagte Stramm. »Ich weiß, was du im Auge hast: Röhm-Sache im Jahre vierunddreißig. Da sag ich dir bloß, dein Generalissimus hat mit dem Erschießen seiner ›Getreuen‹ nicht viel später angefangen!«

Ach, wie Büdner da schmerzlich bewußt wurde, daß er kein Agitator vom Stamme Runkehl war, der, koste, was es wolle, ob Recht oder Unrecht, das letzte Wort an sich zu reißen vermochte. Konnte er sagen: Vergleiche hinken, wie die Genossin Runkehl es getan hatte? Sollte er behaupten, die Parteitag-Offenbarungen über den Generalissimus wären erlogen und würden korrigiert werden? Konnte er dem Nazi Stramm mit der List-Parabel vom Pferd und dem Reiter kommen? Alles unangemessen! Das einzige, was ihm zu sagen blieb: »Es ist noch nicht aller Tage Abend!«

Er spie aus; weniger aus Verachtung, sondern weil sich sein Speichel im Munde in Gerbsäure verwandelt hatte. Er hörte weder, was sein Unter-, noch, was sein Über-Ich ihm zu sagen hatten, und war erstaunt, wie sehr er noch bei der Sache war.

63 Büdner entwirft ein Rasse-Gretchen; Reinhold läßt ihn auffordern, wieder einzutreten; ein List-Zwilling macht sich mit ihm verwandt.

Büdner hatte drei Tage Urlaub genommen und die Rasse-Geschichte zu Ende geschrieben. List gab keine Ruhe. Sie sollte in den Verlag und alsbald vorabgedruckt werden. Hilfsaktion für den Generalissimus!

Büdner ging die Arbeit noch einmal Wort bei Wort und Satz bei Satz durch. Am Nachmittag wollte er zur letzten Besprechung. Was seinen Dienst bei der Post anbetraf, so fühlte er sich wie ein kranker Kellner, er wurde bedient, ein Kollege brachte ihm einen Brief. Der Brief war von Katharina:

»Lieber Stani, du glaubst nicht, wie du mir jetzt zum Fehlen kommst«, schrieb sie. »Ich nehm überstark an, daß wir doch füreinander bestimmt waren, eh all das passierte, was ich dir noch schreiben werd.

Der Reinhold ist auf mich losgekommen und hat gesagt, schreib dem Stani, er soll sogleich seine Wiederaufnahme in' Partei beantragen! Jetzt wär Gelegenheit. Sie müssen bei seiner Gruppe einsehen, daß sie zu schroff mit ihm umgangen sind, und wenn sie es nicht richten, hat der Reinhold gesagt, so wird er selber nach Berlin anreisen und wird gutsagen für dich und es ihnen hinreiben.

Ich hab dir das alles gleich schreiben gewollt, aber dann hat mir die Genossin Hoppe, die Buchhändlerische, die Tagebücher von deme Tolstoi, Leo, zum Lesen gebracht, und die waren antiquarisch. Ich hab gleichs Lesen anfangen, und manches Mal hab ich weinen müssen, weil dieser Leo sich gequälet hat, um herauszufinden, wie die Menschen *so* auf dieser Welt leben könnten, daß kein Falsch zwischen ihnen aufkommt und kein Krieg.

Aber da war auch eine Stelle, für die ich ihm bös war, dem Leo. Ich kann sie dir nicht herausschreiben, lieber Stani, denn ich habe die Tagebücher nicht mehr. Es ist eine Stelle gewesen, an der sich der Tolstoi mit der unserigen Lehre auseinandergesetzt hat. Er würds begrüßen, so ähnlich hat er geschrieben, wenn das Volk zur Herrschaft käme, aber er tät fürchten, es könnten sich an die Stelle des Volkes nach einer Weile wieder Alleinherrscher setzen und so tun, als ob das Volk herrsche. Das hat mich gefuchset, aber ich hab es ihm nicht allzu übelgenommen, dem Leo, weil er hat die Sowjets nicht kennt; sie waren noch nicht vorhanden dennmalen.

Aber wie das alles mit dem Generalissimus bekannt worden ist, lieber Stani, ist mir die Stell in dem Tagebuch von dem Leo wieder aufgestoßen, und ich bin im ehelichen Vertrauen zu Reinhold und habs ihm gesagt, was mich bedrücket.

Der Reinhold ist gleich wild worden: Das Buch her! hat er gesagt und hat jene Stell gelesen vom Tolstoi, und ich hab ihm gesagt, daß das Buch antiquarisch ist. Da ist er immer böser worden, und ich hab glaubt, er schlägt mich. Dann hätt ich mich von ihm scheiden lassen, denn Frauen schlagen derfets im Marxismus nicht geben!

Meine Freundin, die Buchhändlerische, hats auch schön hingerieben kriegt vom Reinhold, und sie hat ein Büchlein heranbesorgen müssen, in dem der Lenin über den Tolstoi geschrieben hat, und ich hab lesen müssen, wie der Lenin es dem Tolstoi eingesagt hat und welches seine weichen Stellen sind. Reinhold hat mir und der Genossin Hoppe zur Pflicht gemacht, es immer und immer wieder zu lesen und zu studieren, damit wir wissen, woran wir sind.

Die Genossin Hoppe hat alsbald eingesehen, daß der Lenin recht hat. Sie hat gesagt, sie wird sich hüten und weiter antiquarische Bücher ausgeben und am End· ihre Buchhändlerstelle aufs Spiel setzen.

Ich aber, lieber Stani, bin mit dem, was der Lenin über den Tolstoi schreibt, noch nicht recht froh, und als mich der Reinhold fragte, ob ichs begriffen hätt, konnt ich ihn nicht belügen als Ehfrau, und ich habs ihm gesagt, wie ich gedacht hab und daß ich spür, es muß vor dem Parteitag eine Gruppe geben haben, wo nicht auf das Volk hingehöret hat.

Von da an ists, als ob der Reinhold nichts mehr als wild sein kann. Wenn es so gewesen ist, hat er nur gebrüllt, muß es nicht so bleiben, hat er noch lauter gebrüllt. Jetzt wär eine andere Zusammensetzung im sowjetischen Politbüro, und die wär mehr durchlässig.

Ich will es ihm glauben, aber erst muß ich die Durchlässigkeit erleben, hab ich ihm gesagt. Da hat er sich umdreht, der Reinhold, und zeither spricht er kein Wort mit mir; ich kann ihn anreden, aber er knurrt nur.

Also geht es mir, lieber Stani, und ich wein viel. Daßt mir gleich hingehst und deine Wiederaufnahm in' Partei beantragst, damit ich nicht noch mehr Kummer krieg, bal mich der Reinhold fragt, ob ich dirs schrieben hab.

Es ist zu verstehen, lieber Stani, daß der Reinhold schlecht gelaunt ist. Ein jeds von uns hat seine Ideale, und eins von meine Ideale wär gewesen, wir zwei hätten zusammenkommen können. Es ficht einen schwer an, wenn sich einem die Ideale nicht erfüllen oder wenn etwas dazwischenkommt. Beim Reinhold ist auch bissel was zwischen die Ideale kommen, für die er hat zwölf Jahr leiden müssen, aber ihm zulieb lügen, das kann ich nicht, und ihm sagen, ich bin überzeugt, wenn ichs nicht bin, will ich nicht. Es gehet mir nicht darum, wie der Hoppe, meine Stellung zu behalten, auch nicht die als Ehfrau. Ich kann jederzeit als Krankenschwester arbeiten, das weiß Gott.

Das alles sag ich nur dir, lieber Stani, und wünsch, daß du in Liebe an mich denkst und daß wir uns bald sehen, und das, lieber Stani, daß ich mich von Reinhold hätt scheiden lassen, wenn er mich geschlagen hätt, sollst du nicht bar nehmen! Er hätt mich nicht geschlagen, und ich hätt mich auch nicht scheiden lassen, weil ich muß bei ihm bleiben und zu ihm halten, er hat es schwer, schwerer als wir alle.

Vergiß nicht, lieber Stani, auf deine Wiederaufnahm zu pochen! Deine dich liebende Katharina.«

Das Bücherlesen ist nicht ohne Einfluß auf die gute Katharina geblieben, schnarrte Büdners Unter-Ich.

Auf ihre geistige Haltung, ergänzte das Über-Ich, und darin liegt mehr Fortschritt als in allem Emanzipationsgehummel.

Büdner hatte keine Zeit, sich darüber zu wundern, daß seine Ichs sich einmal einig waren. Er mußte wieder an die Arbeit, aber, ob ers gewahrte oder nicht, Katharinas Brief bewog ihn, sich noch einmal mit der Figur der Rasse-Tochter, alias Emmchen Risse, zu beschäftigen. Sie erschien ihm, nach dem List-Rezept, zu paßrecht für die Lehre zurechtgehackt, die der spätere Leser aus der Geschichte ziehen sollte.

Er übertrug die Wesenszüge von Emmchen Risse, die ihm Lenka Meura geschildert hatte, auf die Rasse-Tochter in seiner Geschichte. Sie ist blaß, naiv (beides hat sie von der Mutter), ist gretchenhaft. Sie hilft ihrer Mutter, hilft auch sonst im Dorf, wo Hände fehlen, ist nicht hübsch, nicht häßlich, sieht in den Spiegel und sagt: »Ich werd wohl nie einen Mann kriegen.«

»Warum wirst du keinen Mann kriegen?« sagt die Mutter.

»Ich geh ja nie zum Tanz, wie du es getan hast.«

»Du weißt, daß im Krieg kein Tanz nicht ist!«

»Und nach dem Krieg werd ich tanzen und einen Mann kriegen?«

»Das wirst du, wenn du nicht so tötschig bist wie nun!«

Die Rasse-Tochter geht der Nachbarin, die sechs Kinder hat, helfen. Unterwegs kommt ein Hundebastard, knurrt sie an, und sie rennt, statt sich umzudrehen und den Köter zu verscheuchen. Der Bastard verfolgt sie und beißt sie. »Den Holzpantoffel hättest du nach ihm werfen sollen!« sagt die Mutter.

Die Tochter geht in den Dorfkaufladen, um die Lebensmittelkarten runterzukaufen. Der Hahn des Ortsbauernführers verfolgt sie, ein großer, dunkelroter Hahn, dem zuwenig Hennen zustehn und der deshalb auf Weiber und Kinder losgeht. Er verfehlt nicht, auch die Rasse-Tochter anzugehen. Sie steht hilflos, bis der Hahn ihr auf dem Kopf sitzt und ihr die Stirn zerkratzt.

»Beim Hals hättest du ihn packen und herumwirbeln sollen!« sagt die Mutter.

»Deine Tochter ist zu wehruntüchtig«, sagt die Frau des Ortsbauernführers und gibt der Rasse-Frau fünf Eier als Schmerzensgeld.

Die Rasse-Tochter erreicht nie zur rechten Zeit, was nötig ist. Der Vater rät ihr, sich beim Einmarsch der Sowjetsoldaten zu verstecken. Die Tochter trödelt. Das hat sie von der Mutter. Sie muß noch dies und das machen, und mit eins sind die Sowjetsoldaten da. Die Rasse-Tochter schaut sie verwundert an. Einer mit schwarzen Augen und brauner Haut gefällt ihr. Sie lächelt ihn an, gibt ihm zitternd die Hand, freut sich und errötet, als der mit den schwarzen Augen sie küßt. Der Krieg ist aus, sie wird einen Mann bekommen, die Mutter hats gesagt.

Da wollen auch die anderen Sowjetsoldaten die Rasse-Tochter küssen, aber sie will nur den einen...

Literarische Spitzbüberei, schnarrte Büdners Unter-Ich. Gleich schreibst du, wie sich die Rasse-Tochter den dunkelhäutigen Sowjetsohn packte.

Wenn auch das nicht, flüsterte das Über-Ich, aber wer weiß die Wahrheit? Wer kennt die Träume einer Rasse-Tochter?

Büdner kroch weiter durch seine Geschichte, strich etwas, fügte etwas hinzu, säte Uneinigkeit zwischen die Rasse-Eltern, als der Gutsherrnsohn um ihre ältere Tochter wirbt. Die Frau ist gegen die Werbung. Sie weiß, bis von der Großmutter her, eine Liebschaft zwischen Herrnsohn und Kätnertochter ging nie gut aus.

Der Rasse-Mann sagt: Wir leben in neuen Zeiten. Der Junker und ich tun Dienst im gleichen SA-Sturm. Er weiß, mit wessen Tochter ers zu tun hat, und wird sich danach verhalten.

Auf diese Weise erreichte Büdners dritter Schreibtag seinen Mittag. Die zahme Dohle mahnte ihre Mahlzeit an. Die Tauben balgten sich. Wenn im Dachgarten auch nichts wuchs, der Frühling lauerte drin umher.

Im Landhaus am Orankesee gings aufgeregt zu: Häckerling, die Leisegang und die Zwillinge trappelten treppauf, treppab. List erfüllte Formalitäten, die er vor seiner Österreich-Reise abgelehnt hätte. Er schrieb seinen Lebenslauf und füllte seinen Fragebogen für den Parteieintritt aus. »Wann gingen wir von Österreich in die Schweiz?« fragte er, ohne aufzublicken. Frau Vivian eilte herbei und gab Auskunft.

Tochter Mary wurde zitiert.

»Wann bist du geboren?«

Mary nannte ihr Geburtsdatum und trappelte treppab. Fünf Minuten später mußte Sherry kommen.

»Wann bist du geboren?«

»Eine halbe Stunde später.«

» Später als wer?«

»Als Mary. Wir sind Zwillinge.«

»Red nicht sonne Selbstverständlichkeiten! Was für nen Beruf hast du?«

»Aber das weißt du doch, Luki, gar keinen.«

»Ich kann doch nicht hinschreiben: Lungert rimm, frißt sich durch bis zur Heirat. Überleg, ob dir nicht an Beruf gefallen könnte!«

Sherry fing an zu heulen, rannte nach unten und schrie: »Wir sind über Nacht verarmt!«

Mary mußte wieder nach oben. Sie war von der Leisegang vorbereitet.

»Dein Beruf?« fragte Lukian List.

»Ich würd gern Altphilologin werden, wenns sein müßte!«

»Gut«, sagte List, » Sherry dann auch, ihr seid ja Zwillinge!«

Häckerling saß die ganze Zeit hinter dem Wandschirm, sozusagen in den Startlöchern, um in die Gemächer der Weibsen zu preschen. Er tats gern. Der Parteieintritt des Meisters war eine Sensation.

Das war vor drei Tagen: Häckerling saß, wie immer, hinterm Wandschirm über seinen Notizen, nur daß er verheult war und verwirrt vor Trauer. Einst hatte er zu den Jungmarschierern Hitlers gehört und hatte von der Wiedereinführung der altgermanischen Runenschrift geträumt. Zum Schluß des Krieges aber hatte ihn sein Führer noch in eine Uniform stecken und als Flakhelfer auf ein Hausdach am Rande Berlins setzen lassen.

Den kläglichen Rest des Runenträumers stöberten sowjetische Infanteristen in einem Heuhaufen hinter Schildow auf. »Es war symbolisch«, sagte Häckerling später in seinen Reden, die er den jungen Sozialisten hielt, »es war symbolisch, wie ich so dahockte und mit meinen Tränen das Brot benetzte, das mir sowjetische Soldaten zu essen gaben.«

Von diesem Augenblick an übertrug Häckerling, aus Dank dafür, daß man ihn leben gelassen hatte, all seine politischen Sympathien, und mehr, vom Führer, der den Krieg verloren hatte, auf den Generalissimus, der den Krieg gewann.

Immer wieder rannen Häckerling die Tränen, wenn er in Erwägung zog, es könnte nur ein wenig was Wahres an dem sein, was man dem Generalissimus nachsagte, und er heulte gerade wieder, als Lukian List zu ihm hinter den Wandschirm trat und aufgeregt an seiner gebogenen Stalin-Pfeife sog. Die Pfeife versetzte sich durchs heftige Ziehen, und List warf sie in seiner Aufregung beim offenen Fenster hinaus. Sie kam auf der Straße in einem Viereck Märzsonne zu liegen und lag dort, bis die Räder eines Last-Autos sie zerquetschten. »Heuln Se ock hier nicht rimm wiene Stenotypistin nach ner unglücklichen Liebe. Das ist gerade übrig!« schimpfte der Meister, dabei heulte er selber fast.

Er ging an den Pfeifenschrank, suchte nach einer paßrechten Pfeife, stopfte sie, zündete sie an und sagte: »Gehn Se, so schnell, wie Se könn, und fragen Se Ihre Leitung, was für Papierchen man braucht, um einzutreten!«

Da sprang Häckerling auf und war wie verwandelt. »Meister, oh, Meister!« rief er begeistert.

»Machen Se schnell!« drängelte List, »damit ichs mir nicht wieder überleg! Es muß an Exempel statuiert werden!«

Häckerling sah rasch in den metallnen Wandteller, strich sich in der Manier des Meisters von hinten nach vorn über den glattrasierten Kopf und rannte an den Gemächern der Weibsen vorüber in die Stadt und zum Parteibüro.

»Häckerling!«

»Herr Meister?«

»Wo stecken Se?«

»Hinterm Schirm.«

Häckerling mußte Frau Vivian holen.

»Was war dein Vater eigentlich?«

»Hofrat, du weißt doch, Luki!«

»Betriebsrat wär besser gewesen«, knurrte List und schrieb weiter und füllte seinen Fragebogen aus, und es war ein Kommen und Gehen der Familienmitglieder in seinem Studio, bis auf einmal Büdner mit seiner Geschichte eintrat.

Der Meister hatte die Verabredung vergessen. Er warf seine Pfeife so hastig in den Aschenbecher, daß brennende Tabakkrümel umherflogen und kleine Löcher in den Lebenslauf sengten. List raffte alles zusammen und vergrub es unter Zeitungen. Büdner sollte nichts vom Parteieintritt wissen, und weshalb Büdner es nicht wissen sollte, wußte List nicht.

Gleich drauf legte sich der Wirbel, und es bildete sich eine malerische Gruppe im Studio: der Meister im Lutherstuhl, die

Schüler zu seinen Füßen; jeder ein Exemplar der Rasse-Geschichte auf den Knien. Häckerling las die kritischen Bemerkungen vor, im Hause List »aperçus« genannt, die der Meister beim letzten Zusammensein zur Arbeit gemacht hatte. Sie gingen die Geschichte noch einmal durch und überprüften, ob Lists »aperçus« berücksichtigt waren. Sie waren, aber, wie das bei literarischen Arbeiten so ist, es waren neue zu machen.

»Du hast da an der Rasse-Tochter rumgebosselt, hast se an bissel angegeilt – das bringt mich auf ane Idee«, sagte der Meister. »Das Schlimmste in ner harten Geschichte sind Halbheiten.« Er schlug vor, die Rasse-Tochter ganz geil zu machen, sie freiwillig mit dem schwarzäugigen Russen ins Heu gehen zu lassen. Dann kommen die anderen, überraschen die beiden und pochen aufs gleiche Recht. »Wär doch logisch«, triumphierte List und fuchtelte mit beiden Pantoffeln: Gesetz des Beutemachens. Einer findet ein Fäßchen Honig und schleckt, die anderen kommen dazu, wollen auch schlecken, und wenn sie nicht auf Freigebigkeit stoßen, laden sie sich gewaltsam zum Mitschlecken ein.

Häckerling schlug sich begeistert auf die dicken Schenkel. Es war ja, als ob der Meister, im Himmel oder wo immer, auf tollkühne Einfälle abonniert wäre!

Büdner erwartete eine Äußerung seines Über-Ichs, aber das gab nie Laut, wenn ers erwartete; er wußte es eigentlich schon. Auch das vormäulige Unter-Ich schwieg. Es schien nur noch der Büdner zu existieren, der neugierig auf den Ausgang eines literarischen Experiments war, und der stimmte dem Vorschlag des Meisters zu.

Die betreffende Stelle sollte sogleich geändert werden. List ging nicht davon ab, das Manuskript müsse schnellstens in den Verlag. Häckerling wurde nach der Schreibmamsell geschickt. Der Schreibraum lag neben den Gemächern der Weibsen. Die Mamsell war nicht da; sie hatte Ausgang. Häckerling kam mit der Leisegang zurück. Es war nicht zum ersten Male, daß die Freundin des Hauses. liebenswürdigerweise einsprang.

Es wurde sehr spät, bis sie mit der Durchsicht ans Ende der Geschichte kamen. Die Zwillinge hatten unten schon mehrmals den chinesischen Gong geschlagen. Der zitternd-blecherne Ton erreichte die Geistesarbeiter, doch sie beachteten ihn nicht; List war noch einmal zugesprungen: Die Rasse-Frau sollte nicht im Wahnsinn, sondern in vollem Bewußtsein und in voller Feindlichkeit immer wieder und allenthalben von der Vergewaltigung ihrer zweiten Tochter sprechen.

Das hieße einer kranken Frau, die noch lebt, bewußte politische Feindlichkeit unterschieben! warnte Büdners Über-Ich, und er machte den Einwand geltend.

»Was redest du von Wirklichkeit und daß sie nicht so oder so gewesen ist?« sagte der Meister. »Die Wirklichkeit ist jetze und immer nur jetze, nicht nachher und nicht vorher, und was dem Jetze dient, ist gutt!« Oh, er war in Fahrt, der Meister. Er war auf bewährter Höhe.

Die Leisegang schrieb schon um, ehe Büdner zustimmend genickt hatte. Aber wohl war ihm bei aller Neugier auf den Ausgang des Experiments nicht. Ihm war nach Alleinsein, und er lehnte das gemeinsame Abendbrot mit den Lists ab.

Auf der unbeleuchteten Treppe zum Vorgarten wurde er von einem Listschen Einzelzwilling überfallen. Es war Mary, die ihre Schwester in die Wäschekammer gesperrt hatte. Sie umarmte Büdner, küßte ihn. auf den Mund und duzte ihn. »Weil wir sogleich verwandt sein werden«, erklärte sie. »Luki tritt in die Partei ein.«

Ein Glück, die arme Sherry trommelte so laut gegen die Tür der Wäschekammer, daß Mary nach ihr sehen gehen mußte.

---

64 **Lekasch trinkt auf Büdners »Rasse-Töchter«, aber Haupt-Amts-Leute schütteln sie hin und her, und sie fallen durchs Sieb.**

Der dunkelgraue beleibte Verlagsleiter Buchmacher fuhr im Auto zu seinem alten Genossen Lekasch und dachte: Eigentlich müßten sie ihn offiziell rein waschen; sie haben ihn unter der Losung ERHÖHTE WACHSAMKEIT eilfertig verleumdet; es wär billig, ihn öffentlich zu rehabilitieren! Ein Schriftsteller ist keine Privatperson.

Leider sprach Buchmacher nicht aus, was er dachte, auch später nicht. Er war froh, daß er den alten Freund besuchen konnte; auch er hatte im stillen damit gerechnet, daß ihm irgendeine Begegnung mit Gesinnungsgenossen in der Emigration von den Leuten des Generalissimus als »Feindberührung« angekreidet werden würde, und er hatte deshalb in der Zeit, die nun als gewesen betrachtet werden konnte, schmal und »parteilich unanstößig« gelebt, hatte auch Lekasch nicht besucht, um nicht in den Verdacht zu geraten, einer feindlichen Gruppierung anzugehören; er liebte seinen Beruf, er wollte ihn nicht verlieren.

Es gab ein heftiges Wiedersehen mit Umarmungen und Rückenklopfen; sie feierten es mit Schwarzbrot, gepfefferten Speckwürfeln unh Wodka, erzählten, gruben Emigrationserinnerungen aus, nannten einander »fromme Parteipferde«, die ungerechte Peitschenschläge nicht ausfeuern gemacht hätten, kurzum, sie sprachen über alles, was ihnen einfiel.

»Hör mal, was ich noch fragen wollte ...«, sagte der eine.

»Nun erkläre mir endlich ...«, sagte der andere, und Buchmacher erzählte auch vom neuen Büdner-Manuskript.

»Titel?«

»Die Rasse-Töchter!«

»Liebesgeschichte?«

»Weiß nicht, hatte noch keine Zeit, hineinzusehen«, sagte Buchmacher. Das Manuskript hätte diesmal Lukian List betreut.

»Jetzt könnt auch ich, zum Pieronie, dem Büdner zur Seite stehn, ohne ihm zu schaden«, sagte Lekasch wehmütig, und sie stießen auf die »Rasse-Töchter« an.

Am nächsten Tag las Buchmacher in Büdners Manuskript, aber wie kams? – war sein schnapsdumpfer Schädel schuld? –, er las mit Widerwillen. Das sollte es nun sein, das unerhörte Manuskript, für das List die Trommel geschlagen hatte?

Buchmacher schloß sich ein, schlief zwei, drei Stunden auf der gepolsterten Sitzbank in seinem Arbeitszimmer, machte sich wieder ans Manuskript und fands auch mit ausgeruhterem Schädel nicht besser. So etwas konnte er nimmermehr passieren lassen, das fiel nicht in seine politische Kompetenz. Was hatte List sich da gedacht?

Er schickte das Manuskript in die Hauptabteilung. »Was soll ich machen, Genossen? Bitte, äußert euch!«

Die Genossen in der Hauptabteilung lasen und waren nicht weniger ratlos als Buchmacher, noch ratloser eigentlich, weil List soeben vor der Weltöffentlichkeit Parteimitglied geworden war. Sie versuchten es mit einem demagogischen Dreh. »Seit wann machen wir deine Arbeit?« sagten sie zu Buchmacher. »Seit wann treffen wir Entscheidungen, die du als Verleger zu treffen hast?« Und sie schickten ihm das Manuskript zurück; das Original und *einen* Durchschlag allerdings nur.

Buchmacher nahm die Flasche mit dem Wässerchen aus seinem Tresor, suchte mit ihrer Hilfe einen Ausweg, fand keinen und benutzte einen Umweg: Er schrieb Büdner, man müßte über das Manuskript sprechen; so wie es vorläge, könne man es nicht veröffentlichen.

»Ist der Buchmacher varrickt!« sagte List, als er von der Ablehnung erfuhr. »Sieht der Kerle nich, daß man so schnelle wie möglich drucken muß?« Er telefonierte mit Buchmacher. »Was für a tummer Brief da an Büdner? Es war hoffentlich deine Sekretärin.«

Nein, Buchmacher hatte ihn geschrieben.

»Ja, was denkst du dir?« fragte List.

»Ich denk, du solltest dem Greenhorn das heikle Thema ausreden«, sagte Buchmacher.

»An Scheißkerl biste, an politischer Dilettant«, schrie List ins Telefon.

Buchmacher überlegte: Nun müßte man mit List wohl nicht mehr umgehen wie mit einem rohen Ei? »Dank fürs Kompliment. Ich gebs dir zurück«, sagte er. »Bist ja jetzt Genosse, wend dich an die Hauptabteilung!«

In der Hauptabteilung hatten inzwischen alle Verantwortlichen Büdners Manuskript gelesen.

Geschickt gemacht«, sagte einer.

»Darf man über so was denn schreiben?« fragte ein anderer.

»Es wissen doch alle, daß es so was gegeben hat«, sagte ein noch anderer.

»Nun, wenn es alle wissen, muß man auch drüber schreiben können«, sagte ein wieder noch anderer.

Einig waren sich jedoch alle, Büdner und List hatten ein Thema angepackt, das literarisch bisher nicht abgehandelt worden war.

List telefonierte mit dem Leiter der Hauptabteilung. Elektrische Funken sprühten aus dem Telefonhörer. »Schickt mir an Verantwortlichen!«

Man durfte den frischgebackenen Genossen List nicht warten lassen. Der Stellvertreter des Abteilungsleiters meldete sich freiwillig, zu ihm zu gehen. Reine Abenteuerlust! Er wollte sich einen Wutanfall von Lukian List aus der Nähe ansehen.

»Hast du das Manuskript gelesen?« fragte ihn List.

Der Abteilungsleiter hatte vergessen, daß List Genosse geworden war. »Ich habe es gelesen, Kollege List«, sagte er.

»Bist also auch Schriftsteller?« fragte List.

»Nein, weshalb?«

»Weil du mich Kollege titulierst. Sag deinem Chef, er soll mir an Verhandlungspartner schicken, der politisch auf dem laufenden ist!«

Die Situation wurde kompliziert. Der Chef der Hauptabteilung forderte Büdners Manuskript von Buchmacher zurück und brachte es dem Leiter der Zentralen Kulturabteilung zu treuen Händen.

Nunmehr lasen einige verantwortliche Genossen aus der Zentralen Kulturabteilung das Büdner-List-Manuskript, und auch sie fanden, daß ihre Kompetenz nicht ausreiche, zu entscheiden, ob es gedruckt werden konnte oder nicht.

List wurde immer wilder. Was dachten sich die Genossen in diesen verfluchten Ämtern? Was für ein beamtenhaftes Verhalten? Es waren doch »proletarische Elemente« in die Amtsstuben geschickt worden!

Nicht nur Häckerling, sondern alle im Hause List bekamen die Unruhe und die schlechte Laune des Meisters zu spüren.

Sherry und Mary fingen wieder an, abends zu beten: »Herr des Himmels, schenk dem Luki seinen Verstand zurück!«

Ungreifbare Kräfte, vermutete der Meister, behandelten ihn wie einen soeben entnazifizierten Bürger, dem gezeigt werden sollte, wer nun in den Ämtern die Macht hatte. Konnte der weitgereiste, der weltbekannte Lukian List sich das bieten lassen?

Nach einer durchwachten Nacht ging er morgens ans Telefon und verlangte den Obersten Sekretär der Partei zu sprechen. Er lauerte auf die Verbindung; es dauerte seine Zeit, bis sie hergestellt war, und gerade wollte er den Hörer hinwerfen, da meldete sich der Oberste Sekretär. »Nu?« fragte der und gab sich familiär. »Weshalb hast du nicht schon längst in der Angelegenheit telefoniert, Genosse List? Man geht doch nicht zum Schmiedel, wenn der Schmied zu Hause ist! Nu, wie machen wirs? Der Genosse N., Mitglied des Oberbüros, wird mit dir sprechen. Du kennst ihn doch wohl, kennst ihn, ja? Horch, er wird dir einen Termin geben, nicht wahr, hörst du?«

Ja, List hörte, hörte und war sprachlos.

»Und wie gehts sonst?« fragte der Oberste Sekretär.

Wie es List ging, hatte er soeben dargetan.

»Hast du, ja«, sagte der Oberste Sekretär, »aber das kann doch nicht alles sein, womit du dich beschäftigst.«

List wurde noch sprachloser. Eine schöne Lehre, die ihm da mit einfachen Worten erteilt worden war, und ehe er eine Antwort fand, hieß es von drüben: »Also, wie gesagt, du bekommst einen Termin, machs gut, Genosse List!«

Einige Tage später trafen sich List und der Genosse N. aus dem Oberbüro. N. war ein wohltemperierter, bedachtsamer Genosse, war glatt rasiert, und sein Wangenrot aus geplatzten Äderchen verriet, daß er kein Weinverächter war. Einen Witz zu produzieren machte ihm Mühe; und wenn andere in seiner Gegenwart einen machten, lachte er verhalten. Leuten, die ihn nicht kannten, erschien er kühl. List wirkte in der ihm ungewohnten Umgebung zunächst nicht souverän und scharf wie sonst, eher aufgeregt und zerfahren.

»Ein bißchen merkwürdig«, sagte der Genosse N., »daß wir uns über die Arbeit eines Genossen unterhalten wollen, der nicht anwesend ist.«

List sprach hastig, erklärte umständlich und formulierte unlogisch.

»Ich kann verstehen, daß du ungehalten bist, Genosse List«, sagte N., »aber ich muß dich bitten, auch uns zu verstehen!«

List erregte sich und fühlte, wie sein linker Arm und sein linkes Bein taub wurden. Eine neue Erfahrung für ihn. Er sprang auf, schüttelte den Arm, bewegte das Bein, entschuldigte sich bei N., setzte sich wieder, beruhigte sich und versuchte zuzuhören.

N. dankte List für dessen Mithilfe beim Versuch, dieses »verflucht heikle Thema« literarisch zu bearbeiten.

List konnte sich nicht mehr beherrschen und sagte: »Was soll die gezuckerte Vorrede, sag ock glei, man kanns nicht drukken!«

Niemand dächte daran, die Veröffentlichung zu unterbinden, beruhigte ihn N., aber beraten und erwägen sollte man wohl, überprüfen, obs der Sache nutzen würde, wenn man so was (alle dachten und redeten von »so was«!) veröffentlichen würde.

List sprang auf, ging hin und her und stampfte mit den Füßen. N. wars peinlich, im Klubsessel hocken zu bleiben. Er stellte sich gegen den großen Diplomatenschreibtisch und hörte sich die Erklärungen des neugebackenen Genossen an.

»Ihr starrt ausnahmslos auf den Punkt, von dem ihr glaubt, daß man nicht über ihn sprechen darf, auf die Vergewaltigung nämlich«, sagte List, und seine Worte knirschten wie ungeschmierte Zahnräder. »Jawohl, auf diesen Punkt starrt ihr und starrt und merkt nicht, daß wir, der Büdner und ich, die dreiviertel Geschichte lang den miesen Charakter des preußischen Rasse-Mannes durchleuchten und daß der Punkt, von dem ihr nicht reden möchtet, nur ganz wenig Raum in der Arbeit einnimmt.«

»Sprich nicht immer von ihr und euch, bitte«, sagte N. sachlich und unerregt. »Wenn ich hier von der Geschichte rede, dann von dem Eindruck, den sie auf mich persönlich machte, dabei setz ich voraus, du unterstellst, wie Künstler gern tun, ich hätt keine Ahnung davon, was Kunst soll, aber nicht kann, und ich will das auch nicht verreden, aber eines hab ich, Achtung hab ich vor eurer Arbeit. Glaubst du mir das wenigstens?«

List war zu erregt, um zu antworten. Er nickte nicht einmal, obwohl er dem Genossen N. glaubte.

»Ich nehm dir nicht übel«, fuhr N. fort, »daß du die Kunst mehr liebst als die Politik. Nicht alle Genossen im Oberbüro würden dir das zubilligen, deshalb verarg du mir nicht, daß mein Respekt vor der Politik größer ist als der vor der Kunst.«

Es war ein warmer Märznachmittag mit Mückenspielen und Amselgesang zwischen kleberigen Kastanienknospen, und im Büro schickte sich ein Sonnenfleck an, am Bücherregal hochzuklimmen. Er hatte die Größe eines Zimmerlinden-Blatts, dieser Sonnenfleck, aber weder der Genosse N. noch List bemerkten ihn. Sie stritten darum, ob die Kunst oder die Politik dem Leben dienlicher wäre.

»Wenn de dich in der Historie umsiehst«, sagte List, »wirste feststellen, daß da immer amal an Kaiser, an Papst, an Fürst oder so was zu ihrer Zeit irgendwas gegen irgendan Kunstwerk hatten und es nicht zuließen; bloß das Genierliche ist, daß die Wetterer und Verdammer von damals den heut Lebenden so gutt wie nichts mehr bedeuten, die Kunstwerke aber, auf die sie wetterten ... Weiter brauch ichs woll nicht entwickeln, wahr, nicht? Gibt dir das nicht zu denken?«

Nein, es gab dem Genossen N. nicht zu denken. Das lag nicht in seiner Möglichkeit. Da verhielt er sich wie die Kunstkritiker, die dreist wissen, wie viele ihrer Vorgänger sich mit ihren behenden, sich auf den politischen Augenblick beziehenden Kunsturteilen vertaten, und trotzdem nicht einräumen, daß auch sie sich vertun könnten.

»Ich kann nicht danach gehn, was einmal sein wird, ich vertrete die Jetztzeit«, sagte N., und das hatte was bestechend Reales an sich.

Sie stritten also um uralte, unvereinbare Gegensätze. Aber wie waren sie dahin geraten? List hielt sich doch selber für einen Vertreter der Jetztzeit, hatte es soeben Büdner klargemacht und war die ganze Zeit auf den Beinen, zu beweisen, daß Kunst und Politik einander nicht widersprechen mußten. Das wußten doch auch die Genossen im Oberbüro. Woher sonst das Wohlwollen, das sie ihm, dem bisher Parteilosen, entgegengebracht hatten? Es regte List immer mehr auf, daß er seine redlichen Absichten in der Aussprache so wenig auf den Genossen N. zu übertragen vermochte. Es peinigte ihn immer, wenn er seinen Standpunkt in einem Streitgespräch nicht auf andere übertragen konnte, hier aber ganz besonders. Ein zweites Mal wurden ihm der linke Arm und das linke Bein taub, und sie belebten sich auch nicht, wenn er auf und ab ging. Sterbensangst packte ihn. Er warf sich in den Sessel, schob den Kaffee, den eine Sekretärin hereingebracht hatte, zur Seite und bat um Wasser. Wasser wurde gebracht, er trank davon, und es wurde ihm besser.

Der Genosse N. schien etwas von Lists Zustand zu ahnen und war besorgt, doch List sprach schon weiter. »Wir sind Wortfetischisten, glaub mersch«, sagte er. »Zum Beispiel das Wort ›Vergewaltigung‹! Wir machen uns vor, wenn wirs nicht aussprechen, hats den Vorgang nicht gegeben, und wir denken nicht dran, daß jene Frauen, die ihn erlebten, noch als Großmütter ihren Enkeln davon reden werden.«

Der Sonnenfleck, der am Bücherregal emporklomm, hatte eine Stelle erreicht, an der in einer kleinen Vase ein Veilchenstrauß stand. N., der nachdachte, sah zufällig dorthin und spürte den nassen Kuß wieder, den ihm seine vierjährige Enkelin Tanja am Morgen auf die Wange gedrückt hatte, als sie ihm die Veilchen ins Auto reichte.

Lists erregtes Räuspern erinnerte ihn, daß er nicht dort saß, um an seine Enkelin zu denken. »Es ist nicht an uns, den sowjetischen Genossen was vorzuschreiben ...«, antwortete er vorsichtig. Einen Augenblick dachte er dabei an seine Zeit in Spanien und daß es dort immer und wechselnd etwas gegeben hatte, was nicht ausgesprochen werden konnte oder durfte, was sich sozusagen von selber verbot, und sie hatten das ganz in der Ordnung gefunden, freilich in der Annahme, daß in der obersten Leitung alles intakt und wohldurchdacht wäre.

Aber das war nur so ein rascher Gedanke des Genossen N., ein Grashüpfer von einem Gedanken, und danach schlüpfte er wieder in die Rolle des »alten Parteipferdes«, ähnlich wie Lekasch und Buchmacher es getan hatten.

»Hast du nicht herausgelesen, daß wir in unserer Geschichte gerade das entkräften helfen, was jetzt alle Welt ›Dshugaschwilis Verfehlungen‹ nennt«, eiferte List, »daß wir auf *die* zeigen, die an allem schuld sind?«

N. lächelte. »Ich schmeichle mir, genau gelesen zu haben«, sagte er. »Die Einwände, bei einer Veröffentlichung der Erzählung, würden von anderer Seite kommen, nämlich, weil ihr immerzu und generell von den Preußen sprecht, die an allem schuld waren; wir aber haben es mittlerweile mit einer großen Anzahl von Preußen zu tun, die nunmehr guten Willens sind. Was wären wir ohne diese Einsichtigen? Wo stünden wir in der Industrie, in der Landwirtschaft, ja selbst auf kulturellem Gebiet?«

Stille, große Stille. Der wandernde Sonnenfleck hatte die Decke von N.s Arbeitszimmer erreicht, hatte sich zu einer »Zimmersonne« emporgearbeitet. N. sprach noch eine Weile über die Kompliziertheit der politischen Arbeit in dieser kleinen Republik östlich der Elbe. »Was meinst du«, sagte er, »wenn sie drüben im Westen eure Geschichte zu packen kriegten!«

»Aber sie wissen das doch!« sagte List.

»Meinst du, sie würden sie so verwenden, wie du sie verstanden haben willst? Würden sie nicht Passagen, die ihnen zupasse kämen, herausreißen und in ihre Hetze einbauen?«

List sank in seinem Sessel zusammen. Er hörte nicht mehr zu; er meinte zu wissen, woran er war. Wenn selbst den Politikern im Oberbüro, weil sie auf dies und auf das Rücksicht zu nehmen hatten, seine künstlerischen Mittel nicht mehr taugten, was hatte er hierherum dann noch zu bestellen?

65
Raswan korrigiert historische Gesichtspunkte; Rosa befragt ihn peinlich, macht journalistische Entdeckungen und mißtraut der »Zange der Dialektik«. Büdner wird der Gleichmacherei bezichtigt.

Gleich nach Neujahr war Raswan aus Moskau zurückgekommen. Die Wiedersehensfreude, mit der Rosa ihn begrüßte, war gemäßigt. (War sie je heftiger gewesen?) Wie gut, daß du ihm den Brief mit der Zusicherung nicht schicktest, mußte sie denken. Sie hatte, wie gesagt, inzwischen Neugierbefriedigung betrieben, auch Kundschafterdienst, Spionage, Observierung, Ausspäherei oder Informationsdienst genannt, je nach der gesellschaftlichen Ebene, auf der diese Tätigkeiten ausgeübt werden. Sie wußte, daß Büdner an der »amerikanischen Unkultur«, die sich an Silvester in seinem Atelier breitgemacht hatte, schuldlos war, wußte auch, daß seine Beziehungen zu den Frauen, die sie bei ihm betraf, ein Nebenprodukt von Lists Bemühungen um den »Mann von draußen« waren; nur, wer die Leisegang war, blieb ihr dunkel.

Als sie Büdners dicken Brief erhielt, war Raswan schon daheim, doch sie sagte ihm nichts davon, sozusagen als Ausgleich für die kargen Mitteilungen, die er ihr über die ideologische Konferenz machte, an der er in Moskau teilgenommen hatte. Es wäre in der Hauptsache um eine »Korrektur historischer Gesichtspunkte« gegangen, viel mehr erfuhr sie nicht.

Die Geschichte von den gealterten Liebenden, die Büdner ihr geschickt hatte, stimmte Rosa nachdenklich, sogar wehmütig, besonders, wenn sie sich in die Lage der gealterten Frau versetzte und sich selber als Gealterte fragen hörte: Und weshalb hast du mich ihm damals nicht entrissen? Du warst es doch, den ich liebte, und du wußtest es.

Warst du die Frau, die sich hätte rauben lassen? hörte sie den gealterten Büdner fragen.

Die sogenannten Enthüllungen über das Fehlverhalten des Generalissimus überraschten Rosa nicht so wie andere Genossen.

»Also doch!« sagte sie zu Raswan, nachdem der am zweiten Tag nach den Verlautbarungen noch nichts gesagt hatte.

Das war in Moskau während des Studiums: Ihre bulgarische Freundin Dascha flüsterte ihr zu: »Kannst du dir vorstellen, daß unser stellvertretender Ministerpräsident Kostoff unschuldig hingerichtet worden sein soll, weil Stalin es wollte?« Und Dascha bat nicht einmal »um strengste Verschwiegenheit«.

Rosa sprach damals mit Raswan drüber. Raswan hob die Schultern und sagte doppeldeutig: »Du mußt wissen, was du glauben willst.«

Bald darauf wurde Rosa von ihrer Freundin Tanja ein anderes Gerücht zugeraunt, danach sollte Gorki umgebracht worden sein, weil er dem Generalissimus unbequem geworden war.

Wieder hatte Rosa Raswan gefragt, und wieder hob der die Schultern und sagte zwielichten: »Du mußt herausfinden, ob Flüstereien was mit Wissen zu tun haben!« Jedenfalls keinerlei Hilfe für Rosa damals, deshalb überfiel sie ihn jetzt mit Vorwürfen: »Und du willst nichts, wirklich nichts davon gewußt haben?«

Raswan hatte erlebt, wie dieser und jener Fehler in der Parteiarbeit gemacht wurde, hatte diesen und jenen mit gemacht, war von diesem und jenem betroffen worden und hatte alles überstanden und überlebt. Man brauchte, nach seiner Meinung, Zeit, mußte lange »dabei« sein, mußte manches »Mißverständnis« überlebt haben, um zu verstehen. »Du bist noch jung in der Partei. Ich wollte dich schonen«, sagte er zu Rosa.

»Noch jung in der Partei? Wat ne Unsinn. Hätt mein Onkel Otto noch früher anfangen solln, eine zweite Rosa Luxemburg aus mir zu machen? Hätt ich vor meiner Geburt schon Genossin sein solln?« Rosa warf das Wischtuch, mit dem sie hantierte, auf den Fußboden, hob es wieder auf und wischte sich mit ihm die Stirn. »Du hast mir oft Gläubigkeit vorgeworfen, hast gemeint, ich wär noch katholisch verklebt; wer von uns war nun gläubiger – du oder ich, frag ich? Prinzipal Weißblatt war seine Madam immer am Schonen, wenn et um geschäftliche Schwierigkeiten ging, nur, die Madam wollt, dat man sie schonte, ich aber nicht. Hast mich für unreif gehalten, dat ist es!« Rosa steigerte sich immer mehr. So ginge es nicht, es wäre für sie höchste Zeit, sich auf »eigene Füße« zu stellen, sagte sie, und zum ersten Male fiel das Wort SCHEIDUNG.

Es traf Raswan nicht mehr. Er hatte lange genug gebraucht, seine »Privatgefühle« niederzutun und zu erkennen, daß seine Verbindung mit Rosa nichts von Bestand in seinem Leben sein konnte, daß sie von Anfang an eine Episode sein mußte: Er hatte einer jungen Genossin beigestanden, ihr Leben nach eigenen Wünschen zu ordnen, und ob das nun geglückt war oder nicht, war schon nicht mehr seine Sache – oder?

Er war froh, durch die Gespräche auf der Konferenz in Moskau seine alte Sicherheit wiedergewonnen zu haben. Es war ihm aufgegangen, daß auch er sich parteilich fehlverhalten hatte, als er sich eine Zeitlang, mehr, als ihm, dem »politischen Menschen«, zustand, vor allem, viel zu nachdrücklich, erlaubte, für einen einzelnen Menschen dazusein. Höchste Zeit, so alt zu sein, wie er war, und wiedergutzumachen! Es würde viel zu klären und zu glätten geben, Enttäuschungen und Verbitterungen würden zu beseitigen sein. (Rosas Auftritt soeben hatte es ihm bewiesen!) Die Leitung würde auf seine Beharrlichkeit, auf seinen Fonds von Geduld zurückgreifen, des war er sicher.

Rosa hinwiederum war froh, als sie einen Auftrag von der Redaktion erhielt, um den sie einige Tage außer Haus sein mußte. Freilich gabs Augenblicke, in denen die Berichte über die Verfehlungen des Generalissimus sie niederdrücken wollten, aber dann dachte sie mit aller Kraft an die Alten am Niederrhein. Das waren für sie Onkel Otto, Vater Leo, der verläßliche »Jack London«, Doktor Rosenzweig und all die alten Genossen. Es konnte nicht sein, daß das, was die sich herbeiwünschten und herbeikämpften, durch das schädliche Verhalten eines Mannes, in welche Höhen er sich auch selbstherrlich versetzt hatte, annulliert werden konnte.

Rosa sollte für ihre Kulturredaktion ermitteln, ob und mit welchem Geschick Werkleiter die Kulturarbeit in ihren Betrieben voranbrachten. Sie stürzte sich in die Arbeit, doch ihre Erkundungen waren nicht arg erhebend: Ein Betriebsleiter ging mit seiner Frau zuweilen ins Theater, ein zweiter las, außer der im Parteilehrjahr geforderten Pflichtlektüre, aus eigenem Antrieb dann und wann Romane, alle anderen Betriebsdirektoren redeten umschweifend über die Maßnahmen, die sie für »die Förderung der Kulturarbeit« in ihren Betrieben eingeleitet hätten, von Resolutionen und Beschlüssen, die in dieser Richtung gefaßt worden wären, aber »Ergebnisse« konnten sie nicht vorweisen.

Rosas Erkundungen schienen nicht zugeschnitten, sie über das Generalissimus-Thema hinwegzutrösten, bis sie ihren Auftrag eigenmächtig und trotzig umkehrte, Arbeiter und Arbeiterinnen befragte und zu erfreulichen Ergebnissen kam: Viele Arbeiter lasen, ohne auf »Anleitung« zu warten, gingen ins Theater und bildeten sich auf Volkshochschulen weiter.

Rosa war stolz auf ihre Entdeckung, doch ihr Abteilungsleiter war von dem Artikel, den sie nach ihren Erfahrungen schrieb, wenig angetan. »Aufgabe nicht erfüllt!« sagte er. Rosa hätte nicht lange genug nach kulturbeflissenen Betriebsleitern gesucht.

Geh und such selber! hätte Rosa am liebsten gesagt, doch es stand ihr mit eins vor Augen, daß sie sich auf »eigene Füße stellen« wollte. Herunterschlucken und Schweigen war also angebrachter. Angebracht – aber ekelig! Jawohl, Rosa ekelte sich auf dem Nachhauseweg vor sich selber und war gereizt.

Raswan fragte sie nach dem Ergebnis ihrer Recherchen.

»Keine Lust, drüber zu reden«, antwortete sie.

Rosa, oh, Rosa, vielleicht wäre sie doch noch in Resignation verfallen, wenn sie nicht von einer Schlagzeile im HAUPTBLATT überrascht worden wäre, mit der der Parteibeitritt des »weltbekannten Autors Lukian List« angekündigt wurde, ein Beitritt, der angetan wäre, wie geschrieben stand, manchen Genossen aus Lethargie und Resignation zu reißen. Schlecht bestellt um die gemeinsame Sache? Keineswegs. Seht, welche Chancen ihr ein weltbekannter, weitgereister Autor wie Lukian List einräumt!

Die Bestärkung, die vom Listschen Beispiel ausging, war freilich ebensowenig statistisch nachzuweisen wie die Bestärkung, die von Poesie ausgeht, doch hier wollte man, daß sie da war; sie war in jedem Falle da, und basta!

Rosa las auch das Interview, das man mit dem Meister »aus Anlaß seines Parteibeitritts« gemacht hatte. »Finden Sie nicht, Genosse List«, wurde gefragt, »daß der werktätige Held von unseren Schriftstellern immer noch vernachlässigt wird?«

»Die Forderung nach dem werktätigen Helden hör ich allzuoft«, hatte List geantwortet. Es fehle, nach seinen Feststellungen, doch nicht an ernsthaften Versuchen, ihr nachzukommen, aber stets fänden die Kritiker, es wären noch nicht die richtigen Helden. »Mir kommt ock vor, als ob man aufn Helden aus ist, den man sich in gewissen Büros auf dem Reißbrett entwirft!«

Das gefiel Rosa, das entsprach auch ihren Beobachtungen. Weniger gefiel ihr, was List über seine Zusammenarbeit mit Büdner sagte: Einen brisanten Stoff hätten sie bearbeitet, politisch heikel, aber es wäre kein »Eisen zu heiß«, wenn mans mit »der Zange der Dialektik« packe.

Zange der Dialektik, wat Gedöns, dachte Rosa, zumal beflissene Kulturfunktionäre bereits mit dieser »Zange« herumfuchtelten.

Sie beschloß, zu Büdner zu gehen. Sie mußte die Geschichte, die List so emphatisch ankündigte, gelesen haben, bevor sie irgendwo veröffentlicht wurde. Rosa war Rosa, und anders konnte es nicht sein.

Raswan sagte sie von ihrer Absicht nichts. Weshalb auch? Es ging hier nicht um ihr Liebesverhältnis, sondern um Literatur!

Es war ein warmer Märzabend. Der kleine Lew war zu Bett, draußen wars schon schummerig, doch in der Kastanie vorm Haus sang noch ein Amselhahn. Sein Flöten erinnerte Rosa an die Frühlings-Abende im Weißblattschen Parkgarten am Niederrhein. Sie hängte ihren Wintermantel in den Schrank, zog den Trenchcoat an, immer gewärtig, daß Raswan aus seinem Arbeitszimmer kommen und sie befragen könnte. Was für ein Leben, wenn man für jeden Schritt, den man tut, Rechenschaft ablegen muß! dachte sie und wußte doch, daß es ungerecht war, so zu denken, und wußte, daß sie nur so dachte, um sich zurechtzureden.

Raswan kam wirklich und fragte: »Gehst du zu Büdner?«

»Ja«, sagte Rosa gereizt. »Soll ich wieder nicht?«

»Nein, wieso, es wird Zeit, daß du dich um ihn kümmerst!«

Rosa wußte nicht, was erwidern.

»Du bist frei!« sagte Raswan.

Immer noch kein Wort von Rosa. Sie wartete auf Raswans Zittern, das sie zweimal erlebt hatte, als es um sie und Büdner ging. Nichts dergleichen. Raswan war blaß, doch es war ihm keinerlei Erregung anzumerken. Eine Sekunde verging, eine Sekunde, in der dies und das möglich war. Was tun? Raswan dankbar um den Hals fallen oder ihn voll Mitleid umarmen und seine Großzügigkeit zurückweisen?

»Ich muß mich leider von dir trennen, Rosa«, sagte er.

Da war Rosa so überrascht, daß sie ihren Mantel wieder auszog. Wenn das mit einer anderen Frau zusammenhing, so mußte es wohl wenigstens besprochen werden. Stille, von der man hätte Stücke schneiden können, dann ein Auto in der Straße. Man hörte seinen Motor nicht, nur das Kritzeln der Bereifung auf dem Asphalt.

»Es hängt mit meiner Moskau-Reise zusammen«, sagte Raswan, und das war nicht geradezu gelogen, aber die Wahrheit wars auch nicht, es war vor allem, daß er ihr wieder einmal half. Rosa schluckte, wollte was sagen.

»Keine Fragen in dieser Richtung!« wehrte er ab, ging in sein Zimmer und ließ sie stehn, ließ sie einfach stehn.

Büdner wußte noch nichts von der Ablehnung seiner Rasse-Geschichte im Oberbüro. Den einzigen Durchschlag, den er noch von ihr besaß, hatte er in das Geheimfach seines Schreibsekretärs gesteckt. Er wollte ihn nicht vor sich haben. Er sollte ihn nicht stören, wenn er mit seinem bewährten Büdner-Eifer an den Briefträger-Geschichten schrieb.

An den Vormittagen aber und bis weit über die Mittage hinaus war er unermüdlich auf den Beinen, wie die Berliner, die die Trümmerplätze mit neuen Häusern und Wohnungen ausfüllten, stopfte Briefkästen, lief treppan, treppab, setzte Wohnungsklingeln in Bewegung, klopfte Menschen aus den Hinterhalten ihrer Küchen und Stuben, händigte ihnen Postsendungen aus und besprach mit ihnen Dinge, die nicht zu den Obliegenheiten eines Briefträgers gehörten.

»Nein, Herr Briefträger, nun, wo es Frühling wird, geb ich sie doch nicht ins Altersheim«, erzählte ihm die blasse Frau Breitweg, Niederbarnimstraße, drei Treppen. Sie sprach von ihrer alten Mutter: Nun säße die schon täglich wieder eine Weile in der Küche und überwache das Garkochen der Kartoffeln. »Es geht aufwärts mit ihr, Herr Briefträger.«

Und die Großmutter schleppte sich, auf zwei Stöcke gestützt, durch den Korridor zur Küche, nickte matt und zeigte dem Briefträger, daß sie rüstig genug war, noch für eine Weile bei ihren Leuten zu bleiben.

Für eine Weile bleiben, dachte Büdner, als er treppab stieg. Und auch du willst noch für eine Weile hier Briefträger bleiben! Gottlob, daß diese Weile nicht Siechtum und Tod, sondern Rosas Entschlüsse bestimmen.

»Wart doch mal, wart, Bittner!« wurde ihm auf der Treppe nachgerufen. Es war Runkehl, dem Büdners Name schon entfallen war und der nun auf ihn zugekeucht kam. Autolärm umbrandete den Briefträger und den Sekretär, und die Passanten umgingen sie unwillig. Runkehl reckte sich, schickte die Oberlippe mit dem Bärtchen auf Besuch zur Unternase und sagte: »Du hast gewiß verzeichnet, daß wir dir nichts nachtrugen, dir auch keine Steine in den Weg legten, als du dich um die Stellung als Briefträger bewarbst, und nun haben wir zu allem von deinem Recht auf Revision Gebrauch gemacht; kurz gesagt, es ist beabsichtigt, dich wieder in die Gruppe aufzunehmen.«

Büdner schwieg. In ihm war weder Zu- noch Abneigung für oder gegen Runkehl, den ehemaligen Vorsitzenden des Mutterschutzverbandes. Er war ein Versuch des großen Lebens, sich in bestimmter Weise auszudrücken.

»Ja, du sagst nichts. Mir scheint, du freust dich nicht über deine eventuelle Wiederaufnahme«, sagte Runkehl.

Büdners Unter-Ich, fix wie eh und je, war bei der Hand und soufflierte: »Ihr hättet mich nicht auszuschließen brauchen!«

»Aber du bist nun einmal beschuldigt worden«, sagte Runkehl.

Diesmal kam Büdners Über-Ich dem Unter-Ich zuvor: »Es war der Klassenfeind, der mich beschuldigte!«

Konnte Runkehl nicht zugeben, wenigstens dieses eine Mal zugeben, daß er einen Fehler gemacht hatte? Nein und nein! Die parteiliche Empfehlung, offensiv zu diskutieren, hatte sich in ihm als Charakterfehler niedergeschlagen. »Auch in den Beschuldigungen des Klassenfeindes kann ein Kern Wahrheit stecken!« sagte er.

Eigentlich wärs jetzt weise, zu schweigen, flüsterte Büdners Über-Ich, aber einmal sollte ers wohl hören! Und Büdner sagte, was sein Über-Ich ihm eingab: »Als der Klassenfeind den Generalissimus beschuldigte, suchtet ihr nicht nach dem ›Kern der Wahrheit‹. Nein, ganz und gar nicht«, flügte Büdner hinzu, »keiner tats, alle schrien wir damals, und auch ich schrie: ›Lüge, Lüge, Lüge!‹« Er sagte es ohne Eiferung, ohne Haß, er sagte es, wie der Mensch über das spricht, an dem er nichts ändern kann.

Für Runkehl aber war, was Büdner gesagt hatte, ein schwerer Fall von Gleichmacherei. »Mag nun mit dem Generalissimus geschehen sein, was da will, aber du kannst dich nicht mit ihm vergleichen!« sagte er. Es war das letzte Mal, daß Büdner mit Runkehl sprach. Gleich drauf wurden sie beide von zwei Bautischlern, die einen Türrahmen transportierten, zur Seite geschoben. »Macht euch zur Seite, Klatschweiber!«

---

66 Büdner wird von einer Kassandra für schreibunfähig, von Lukian List zum Metaphysiker erklärt und wirft seine Postbotenmütze ins Nachtdunkel.

Ein flüchtiger Kuß, um den sich Büdner, das muß gesagt sein, nicht zu bemühen brauchte, dann riß Rosa sich die Baskenmütze vom ungekämmten Haar, zog den Trenchcoat aus, warf ihn über die Sofalehne und setzte sich, als wäre sie tags zuvor das letzte Mal dagewesen, ins Muschelsofa. Keine Zeit für weitere Zärtlichkeiten. Es war was in Sachen Literatur zu klären: Rosa verlangte die mit der Listschen »Zange der Dialektik« angefertigte Geschichte zu sehen, und die Ironie, mit der sies forderte, war nicht zu überhören.

Büdner war gut in der Arbeit gewesen, als Rosa schellte. Er führte jetzt sogenannte »Heftfadenbüchlein«, in die er mit groben Stichen seine Briefträger-Geschichten eintrug. An diesem Abend schrieb er die Geschichte von der Frau Breitweg auf, deren größtes Glück es war, noch nicht ins Altersheim zu müssen; Tod und Altersheim standen für diese alte Frau in der gleichen Rubrik.

Zugegeben, wenns nicht Rosa gewesen wäre, hätte Büdner sich von seinem »unverhofften Gast« gestört gefühlt, und es war wohl nicht allzu unfreundlich von ihm, wenn er sagte: »Du prellst hier ein wie eine literarische Vernehmungsrichterin!«

An Rosas Nasenwurzel wurde die bewußte Falte sichtbar. Er versuchte zu spaßen und den Ton ihres Interviews von damals aufzunehmen. »Darf ich Sie wenigstens zuvor fragen, Frau Lupin, ob meine Geschichte von den alternden Liebenden Ihrer Prüfung standhielt?«

»Sie hielt, aber davon bei günstigerer Witterung«, sagte Rosa, und zehn Minuten später saß sie am Biedermeier–Sekretär, las die Büdner-Listsche Rasse-Geschichte, hatte den Kopf in die Hand gestützt und bearbeitete mit ihren Fingerkuppen wie mit einem kleinen Hammerwerk die breite Stirn.

Büdner versuchte es mit Lesen und nahm das Buch her, in dem er täglich vor dem Einschlafen las. Es war Laxness' Roman »Weltlicht«, das Lebensbild eines plebejischen Dichters. Obwohl ihn, den »Schreibknecht beim Präsidialrat des Lebens«, das Buch interessierte, weil er sich sowohl dem Autor Laxness als auch dem »Weltlicht«-Helden verwandt fühlte, konnte er sich nicht aufs Lesen konzentrieren; Rosas Anwesenheit hinderte ihn daran.

Er ging hinaus, spazierte auf dem Dachgarten hin und her, starrte auf die Sterne und versuchte Abstand zwischen sich und das Erdgetümmel zu bringen, aber auch das gelang ihm nicht wie sonst.

Und er ging wieder ins Atelier und versuchte, am Briefträger-Erlebnis vom Vormittag weiterzuschreiben. Nichts zu machen! In seiner Not griff er zu einem Lenka-Meura-Rezept, rührte Teig ein und buk Plinsen »für höheren Besuch«.

Als ein Stapel Plinsen fertig war, kam Rosa zu ihm in die Küche und blähte die Nasenflügel, aber nicht des Wohlgeruchs wegen, sondern um ihre Tätigkeit als »literarische Vernehmungsrichterin« fortzusetzen. »Das war also die Rasse-Geschichte«, sagte sie.

»Und?« fragte er.

»Jetzt gib mir die Risse-Geschichte!« sagte sie.

»Wie sie dir gefällt, die Rasse-Geschichte, will ich wissen!« sagte er.

»Erst noch die Risse-Geschichte!« sagte sie und ließ sich auf nichts ein.

Er gab ihr die Risse-Geschichte. Sie zog sich die Schuhe aus und legte sich ins Muschelsofa, rollte sich ein und bedeckte die Füße mit dem Trenchcoat.

Backdunst und Kaffeegeruch zogen beim geöffneten Atelierfenster ab. Die Plinsen wurden kalt. Er sah um die Ecke, sah, daß Rosas kombinierte Zorn- und Lesefalte, die sich beim Lesen der Rasse-Geschichte vertieft hatte, noch immer nicht seichter geworden war, und er hielts nicht mehr aus. »Ich geh eine Weile hinaus«, sagte er, ging und setzte sich in die Untergrundbahn, fuhr nach Friedrichsfelde, saß und starrte die Mitfahrenden an. In den meisten Gesichtern war was von der Leichtigkeit des Frühlings. Die Leute schienen mit sich und der Welt zufrieden zu sein, und wieder hatte er Grund zu fragen: Weshalb bist du es nicht? Bist jetzt Briefträger, Werktätiger, aber freust dich deines Feierabends nicht, sondern fühlst dich unausgesetzt gedrungen, einem gewissen Herrn ATLAS beim Schleppen der Erdkugel behilflich zu sein. Wer gebar dir den Drang ein, dem Leben in die Karten gucken zu wollen?

Auf dem Bahnhof Lichtenberg stieg mit anderen Fahrgästen ein angetrunkener Maurer ein, begrüßte die Fahrgäste, so weit er sie erreichen konnte, mit Handschlag, klammerte sich an eine der Messingstangen neben der Tür, zog sich wie ein Lang-Arm-Affe dran hoch und sang: »Am dreißigsten Mai ist der Weltuntergang, wir leben nicht mehr lang, wir leben nicht mehr lang ...«

Ein pessimistischer Text, von dem Optimismus ausging! Die Mitfahrenden lachten oder lächelten, und einige klatschten Beifall.

In Friedrichsfelde stieg Büdner aus, ging ein Stück auf Kaulsdorf zu, blieb an der Kastanie stehen, an der an jenem Abend das über ihn hereinbrach, was er seine »geheime Schizophrenie« nannte, eine besondere Schizophrenie natürlich!

Als er ins Atelier zurückkam, hatte Rosa die Hälfte des Plinsenklafters verschlungen. Sie lag, die Hände hinter dem Kopf gefaltet, im Muschelsofa und reckte ihm zur Begrüßung ihr linkes Bein entgegen, diese Hexe, die! In Büdners Augen leuchtete es auf. Die Sachen schienen glänzend zu stehen. Er irrte.

»Ich hab et geahnt, dat nix los ist mit seiner ›Zange der Dialektik‹«, sagte Rosa.

Büdner ging in Abwehrstellung; Spinnfadenbreite – und er wäre ausfällig geworden, aber sein Über-Ich ermahnte ihn flüsternd. Er schlug den ironischen Interviewer-Ton an: »Frau Lupin sind also nicht zufrieden?«

Nein und wieder nein! Das Leben wäre in der Rasse-Geschichte nicht weniger vergewaltigt worden als in jenem von Flunkenstein angeregten Filmszenarium damals, nur intellektuell raffinierter, für Linksintellektuelle zurechtgemacht eben, behauptete Rosa.

»Ihr Beweis, Frau Lupin?«

»Dat fühl ich.«

»Würden Sie das auch List sagen?«

»Ich werd et müssen, wenn die Geschichte gedruckt werden sollte!« Allemal, Rosa wäre sich nicht zu schade! Aber auch mit der Risse-Geschichte wäre »nix los«, sie wär aufs Sentimentale aus.

»Interessant!« sagte er und behielt den Interviewer-Stil bei. »Einmal Gefühl – ja, das andere Mal Gefühl – nein, interessant, interessant! Aber wie ists zu erklären?« (Isaak Babel hatte es einst erklärt. Die Erklärung: Es gäbe Frauen, die von Natur aus mit absolutem Geschmack ausgestattet wären, hatte er gesagt. Aber die Erklärung kannte Rosa nicht, und auch Büdner kannte sie nicht.)

Draußen wurde es frühgrau. Die Frühlingstage hatten es eilig. Es wurde kühl im Atelier. Büdner schloß das Fenster. »Frau Lupin behaupten also, unser einer hätte das Schreiben verlernt?«

»Wenn man von dieser Geschichte ausgeht – ja«, sagte sie. »Aber es muß ja nicht dabei bleiben!« Rosa dachte nicht daran, etwas zu bemänteln.

Büdners Unter-Ich meldete sich: Vielleicht paßt ihr das Thema nicht, ebenso wie es Reinhold nicht paßte? Frag sie! Er wartete auf die Gegenstimme seines Über-Ichs. Es ließ sich nicht vernehmen.

»Frau Lupin sind also der Meinung wie vor Jahren, das Thema nutze der Sache nicht? Aber einmal wird wohl auch über dieses Thema geschrieben werden müssen. Welcher Generation nach uns wird es erlaubt sein?«

»Wat soll das Hintenherum?«

Keine Antwort von Büdner. Er hörte auf sein Über-Ich und schwieg.

Im Dachgarten begannen die Tauben ihre Turteltänze. Die zahme Dohle hatte schon zweimal ans Küchenfenster geklopft. Ihr kleiner Dohlenverstand hatte ihr eine überfrühe Morgenmahlzeit signalisiert. Rosa sprang vom Muschelsofa, und da stand sie mit zerzaustem Haar, eine Kassandra auf Strümpfen.

Um den Ereignissen in dieser Geschichte in jeder Richtung gerecht zu werden, müsse alles »groß angelegt« werden, müsse mit allem Für und Wider gezeigt werden, mit allem Warum und Weshalb! Rosa suchte nach ihrem Kamm, fand ihn, fuhr sich zweimal damit durchs Haar, warf ihn wieder in die Umhängetasche, blieb in gebückter Haltung stehn, ähnelte keiner Kassandra mehr, sondern einer angreifenden Wildkatze und sagte: »Vor allem muß, wer es schreibt, nicht nach billigem Ruhm schielen und denen gefallen wolln, die ihre Gewehre in die Kartoffeln warfen, nachdem sie allet brav mitmachten! Und er darf auch jenen nicht zu Maule schreiben, die nun allet verreden wolln, wat geschehen ist. Ich will fühln, dat der, der dat schrieb, nicht hätt weiterleben können, ohne es aufzuschreiben!«

Stille!

An Büdner zerrte die sonderbare Lust, wie damals im Brösikke-Zimmer, dies und das zu zerschlagen, aber da stürzten sich seine beiden Ichs gemeinsam auf ihn, hielten ihn zurück und besänftigten ihn.

Wie er an jenem Frühmorgen wirklich mit sich zurechtgekommen war, konnte er sich später nur notdürftig aus Erinnerungstupfen zusammensetzen.

Rosa war gegangen. Er hatte sich vorsätzlich betrunken. Einen großen Kuß mußte es beim Abschied gegeben haben, aber die Erinnerung an ihn war so unsicher wie jene an den Rosa-Kuß, den er damals als entkleideter Mönch erhalten hatte.

Was ihn zum weißen Schnaps greifen ließ, war der Alpdruck, der über ihn gekommen war, als er dran dachte, daß er sich weiter würde mit dem Risse-Stoff beschäftigen müssen, jahrelang vielleicht und ohne aufzuhören, ohne Aussicht auf Gelingen, und daß es kein Ausweichen für ihn geben würde!

Er erinnerte sich leise, daß er, unter dieser Aussicht ächzend, Rosa seine Briefträger-Geschichten vorgelegt und doch deren Kassandra-Urteil nicht umgestimmt hatte und daß sie von einer Zerreißprobe gesprochen hatte, die er bestehen müßte.

Nach dem vierten oder fünften Hieb Wodka, den er aus der Flasche genommen hatte, war ihm eingefallen, was ihm Friede Zaroba gesagt hatte, als er dem und Frau Otta die Risse-Geschichte vorgelesen hatte: Zuwenig gesagt ieber Schuld und Siehne und Widerschuld. Die Geschichte is zu kleene. Wars nicht das gleiche, was Rosa sagte?

Insgeheim aber rechnete er auf einen »Erfolg« seiner Rasse-Geschichte, über die, wie er wähnte, das letzte Wort noch nicht gesprochen war; er rechnete damit, bis er vor Trunkenheit nichts mehr von sich wußte.

Am Frühabend des nächsten Tages besuchte ihn Häckerling. Es war ein milder Frühlingsabend mit einem gelbrot gefärbten Himmel hinter dem Friedrichshain. Der Meister nannte das »scheißbuntes Gewölk«, und deshalb war es für Häckerling nicht vorhanden. Er strich sich — auch das nach Art des Meisters— von hinten nach vorn über den kahlgeschorenen Kopf und sagte: »List gehts nicht gut. Vor Wochen noch brauchte sich niemand Sorgen um sein Herz zu machen; es war da, klopfte und war die kleine Pumpstation, die es zu sein hatte. Jetzt ists gleichsam aus ihm herausgetreten, macht sich wichtig, mischt sich in die Arbeit, in die Tischgespräche und stört das Familienleben.«

»Woher kommts?« wollte Büdner wissen.

Der Meister könne sich nicht mit dem Urteil der Genossen vom Oberbüro zufriedengeben.

»Was für ein Urteil?« fragte der ahnungslose Büdner und erfuhr auf diese Weise, daß man die Rasse-Geschichte abgelehnt hatte.

Es warf ihn nicht um; keine Rede davon. Sein Gespräch mit Rosa fing an zu wirken. Er sah eine Weile zu, wie die goldenen Töne am Abendhimmel in Rot übergingen, und tastete sich ab: Keine Überraschung – die Mitteilung – keine Enttäuschung.

»Der Meister verlangt nach dir«, sagte Häckerling.

»Um mir von der Ablehnung zu sagen?«

»Ich weiß nicht. Er will dies, und er will das machen, will zum Beispiel von seiner österreichischen Staatsbürgerschaft Gebrauch machen und die Republik verlassen. ›Das darfst du nicht, Luki!‹ sag ich zu ihm. Wir duzen uns, seit er Genosse ist«, erklärte Häckerling stolz. »›Genosse Luki‹, sag ich zu ihm, ›das darfst du nicht!‹ Langsam fängt er an auf mich zu hören und sagt: ›Du hast am Ende recht, Häckerling, ich darfs nicht! Das wär ja, als ob an Wissenschaftler stiftenginge, bevor seine Hypothese durch an Experiment bewiesen ist.‹«

Büdner ging am gleichen Abend mit Häckerling zu List. Der Meister war noch magerer geworden. Seine Blicke fluckten nicht mehr aggressiv, sie flatterten irr. »Geh zu den Weibsen!« sagte er zu Häckerling.

»Aber soll ich nicht mitschreiben, Luki?«

»Bist du varrickt?« List drückte Büdner, wie beim ersten Besuch, in den Lutherstuhl. »Ich denk und denk über Dshugaschwili nach«, sagte er, als Häckerling gegangen war. »Ich komm und komm nicht davon weg. Ob er den Personenkult, von dem jetzt alleweile die Rede ist, schon aus der Klosterschule mitbrachte? So ane Art Hang zur Selbstvergottung? Denn aber denk ich wieder: Nu redest auch du schon von Personenkult und son Zeig und quatschst nach, was die da herausgefunden haben wollen, die am Ende nicht schuldlos sind, daß er so wurde, wie er war. Zum Arschlecken, weiß man, gehören immer zwei!« Er fing an zu flüstern: »Die Chinesen, verstehste, haben, so weit ich gucken kann, dem Dshugaschwili bis jetzt nicht an Brickel Böses nachgesagt.« Der Meister strich sich, als ob er Stäubchen entfernen müßte, über seine Manchester-Latzhose, erzählte und erzählte und kümmerte sich kaum drum, ob Büdner zuhörte. Vom Orankesee drang leiser Schlammgeruch durchs geöffnete Studiofenster. Büdner wurde es peinlich, im Lutherstuhl zu thronen und List hinaufsprechen zu lassen. Er stand auf, doch List zog ihn wieder nieder. »Ganz unter uns«, flüsterte er, »wollen wir unsere Rasse-Geschichte nicht nach China schicken?« Flackernde Blicke, und wieder strich der Meister sich imaginären Staub von seiner Latzhose.

Sag ihm, daß dir nichts mehr an der Rasse-Geschichte liegt! schnarrte Büdners Unter-Ich.

Sei weise! Schweig! flüsterte sein Über-Ich, und Büdner gehorchte. List sah ihn traurig an, das erste Mal traurig, solange sie sich kannten. Büdner wurde von Mitleid gepackt. Er deutete an, daß man über den Risse-Fall ausführlicher, epischer schreiben müßte, und war sich nicht bewußt, daß er sagte, was Friede Zaroba und Rosa ihm anempfohlen hatten.

List sprang auf, lief am blanken Wandteller vorbei, spiegelte sich rasch und kam zurück. »Was willste?« sagte er. »Vielleicht so breet drüber schreiben wie Tolstoi, vier Bände gar, ›Krieg und Frieden‹ oder so an Gewure? Nicht mit meiner Methode, du, verstehste!« Er verzerrte das Gesicht, lief wieder zum Teller, spiegelte sich und kam zurück. »Nu bist ock auch du übergelaufen zu den Metaphysikern!« Er blieb vor Büdner stehn. »Erheb dich, wenn ich mit dir rede!«

Büdner sprang auf. Sein Jähzorn bewirkte, daß er aufnahm, was sein Unter-Ich ihm vorschnarrte. »Metaphysiker?« fragte er. »Man müßte in der Tat einer sein, um dem, den du meinst, innerhalb weniger Wochen vergeben zu können!« Lists Antwort war: Er setzte sich in den Lutherstuhl und wies Büdner mit drohender Cäsarengebärde aus dem Studio.

Auf der Treppe fingen die Zwillinge den verstoßenen List-Schüler ab. »Denk dir, Luki fährt nach China«, sagte Mary.

»Und er nimmt uns mit«, ergänzte Sherry. »Hat er auch dich eingeladen? Es wär wonderful, wenn du mitkämst: Mary und ich, Vivian und Cläreleise, Häckerling und du, wir werden eine lustige Karawane sein und gekochte Schlangen mit Bambusschößlingen essen.«

Es gelang ihm nicht, die Mädchen, wie früher, kurios zu finden. Er machte, daß er von dannen kam.

Daheim ging er nicht sogleich ins Atelier. Er stand noch eine Weile auf dem Dachgarten und sah zum Alexanderplatz hinüber. Ach, dieses Berlin nun, dieses Viertel einer ehemaligen Weltstadt, da lag,s im Dunst, grummelte, rumorte und arbeitete an etwas, was noch nicht erkennbar war. Möglich, daß dieses noch Unerkennbare etwas wurde, was allen frommte, möglich, daß es etwas wurde, was alle bedrohte. Für ihn stand fest, daß ers, nachdem List ihm die Freundschaft gekündigt hatte, schneller verlassen würde, als er vorgehabt hatte. Wenn Rosa es nach wie vor ernst mit ihm meinte, würde sie ihn wohl auch anderswo finden. Er erwog, nach Waldwiesen zu gehen, sich in die Kate der Eltern zurückzuziehen, halbtags auf den Feldern der Genossenschaft zu arbeiten und halbtags zu schreiben, doch es fiel ihm ein, daß jetzt Schwester Elsbeth in der Eltern-Kate herrschte. Sie würde ihn aufstöbern, ihn mit unerheblichen Arbeiten und Wünschen am Schreiben hindern. Es wäre besser, nach Finkenhain zurückzugehen.

Er lehnte sich mit dem Rücken gegen die Balustrade und sah zu dem großen grauen Gebäude hinüber, in dem die Genossen saßen, die die Partei leiteten, die Partei, der er mit wenig Glück angehört hatte. Er riß seine Briefträgermütze vom Kopf, warf sie in die Nacht hinaus und grüßte zum grauen Haus hinüber: »Heiho, Genossen, vielleicht wißt ihr nicht, daß mich allzu Selbstgerechte von euch trennten; vielleicht wißt ihrs aber, und ich bin auch euch lieber, wenn ich tue, was ich soll, statt zu tun, was ich muß. Ists so? Dann hätt ich euch zu ernst und ihr mich zuwenig ernst genommen!«

Noch ein Jahr zuvor hätte er, was er da in die Nacht schrie, für das Ergebnis eines Wahnsinnsanfalls gehalten, hätte sich hinterher selbstkritisiert und selbstbeschuldigt und sich einen »überheblichen Schreiberling« genannt. Diese Zeit war vorbei. Sein Glaube an parteiliche Unfehlbarkeit war dahin. Nun wollte er gehn und die Verantwortung auf sich nehmen, die ihm aus seiner Bestimmung erwuchs.

Die Ateliertür war spaltbreit geöffnet. Er stutzte und lächelte. Es ist weit genug mit deiner Zerstreutheit, dachte er, trat ein, hörte ein feines Ticken und sah in die Richtung, aus der es kam, sah die Leisegang im Mondlicht vor seinem Biedermeier-Sekretär stehen und fragte in seinem Drang, sich die Welt und sich der Welt zu erklären: »Sind Sie von Lukian List geschickt?« Und er sah die kleine schwarze Maschine, jene Erfindung des unweisen Menschen nicht, die die Leisegang hinterrücks in der Hand hielt, die sie lächelnd mit eins nach vorn riß.

Wars der Knall, wars der Schlag gegen seine Schulter? Instinkt, eine Form des Lebens, schoß in ihn ein. Er sprang, und er schrie, und er packte zu; er packte den ausgestreckten Arm der Leisegang und versuchte, ihr die kleine Maschine zu entwinden, und er hörte einen zweiten Knall, kam noch einmal kurz zu Bewußtsein und dachte: Kriminalfilm! Hat das Leben dich zu weiter nichts benötigt, als dir beizubringen, daß es so kitschig sein kann, wie Kriminalfilm-Schreiber es sich ausdenken? Kümmerlich! Und er hörte, wie er das Wort an die zehn Mal wiederholte, und dann wars wie damals, als man ihn narkotisierte, um ihm zwei zerquetschte Finger abzunehmen.

Nachspiel

Ehe man stirbt und für seine Mitmenschen etwas wird, was sich nicht mehr bewegt, was nicht mehr sieht, nicht mehr hört, nicht mehr fühlt, ganz gleich, ob man friedlich starb, ermordet wurde oder sich selber umbrachte, überblickt man noch einmal sein Leben, sagte die Stimme eines Menschen, der vorgab, es genau zu wissen.

Aber nur, wenn man aufgibt, antwortete Büdner, der sich in jenem Zustand zwischen hüben und drüben befand, und sein Leben zog an ihm vorüber, und Stimmen seiner Freunde kommentierten diese und jene Stelle:

Das Ende ist jedenfalls Kolportage, hörte er einen guten Freund sagen, der blaß war und nicht mehr ganz so starke Zigaretten rauchte. Und es war eine Weile still, und man hörte jemand atmen, und dem Freund schien nicht geheuer, was er behauptet hatte, und er sagte: Kolportage muß ja nichts Schlechtes sein, auch bei Fallada gibt es sie, wenn du willst.

Auch bei Tolstoi, ergänzte Büdner, wenn ich an die »Karenina« denk, und bei Balzac, in jedem Leben eigentlich, das mit Tod ausgeht.

Ich kenn kein Leben, das nicht mit Tod ausgeht, sagte der Freund.

So? sagte Büdner, dann hat dein Mißfallen an meinem Lebens-Ende Gründe, die du verbirgst.

Künstlerisch nicht bewältigt, der letzte Teil, vor allem zu viele Briefträger-Geschichten, sagte die Stimme einer Freundin, die es gut mit dem Freund, der vorher gesprochen hatte, auch gut mit Büdner meinte. Sie beurteilte Büdners Leben wie etwas Geschriebenes und ahnte nicht, daß ein Roman, den einer schrieb, weil er nicht hätte weiterleben können, ohne ihn geschrieben zu haben, so gut wie wirkliches Leben war.

Zeig mir, wo ich was künstlerisch nicht bewältigte, bat Büdner.

Ich habe alles zweimal gelesen, sagte die Freundin.

Das ist kein Beweis, mischte sich ein gewisser Faulkner ein, der schon eine Weile drüben war. Lesen, lesen und nochmals lesen!

Dann redeten einige Stimmen zugleich: Buh, die Leisegang! hieß es, was hatte sie in deinem Leben zu suchen?

Ich setzte sie nicht auf mich an, mein Dasein muß sie angezogen haben, erwiderte Büdner.

Wir hätten uns für dein Lebens-Ende was Besseres gewünscht, hieß es. Das kenne ich, sagte Büdner, außerdem wars nicht das Lebens-Ende.

Er wurde frisch beim Widersprechen, und der Widerspruch, den ihm die Kommentare seiner Freunde abforderten, wars, der ihn ins Leben zurückbrachte und am Leben erhielt. Er bemerkte, daß er in einem halbdunklen Zimmer lag und einen Verband um Brust und Rücken hatte, einen leichten weißen Panzer. Das Fenster war geöffnet, und der Nachtwind bewegte die Gardine; sie rutschte zur Seite und ließ von Zeit zu Zeit ein Stück vom ausgesternten Himmel sehen. Grün-weiß-gesprenkelter Holunderduft strömte herein. Eine Mücke summte. Froschgequak tönte, mal laut, mal leise, aus einem nahen Teiche herüber.

In den Träumen seines flachen Schlafes befand sich der verwundete Büdner bald in dem fremden Zimmer, bald draußen am Teich zwischen Wasser und Sternen, aber die Stimme seines Unter-Ichs verfolgte ihn und schnarrte: Hast im Kriege keinen Menschen getötet, hast dich hie und da damit gebrüstet. Was jetzt?

Hast der Doktorin, als sie dich fragte, ob du einen Menschen töten würdest, nicht geantwortet, um weder sie noch die Parteinorm zu verletzen, obwohl für dich feststand, daß du nicht töten würdest. Was jetzt?

Das Mitleid packte dich, wenn du irgendwo geschildert fandest, wie ein Mörder zum Schafott geführt wird. Was jetzt? Mörder muß man natürlich töten, sagte jemand, und du antwortetest: Natürlich ist, daß Tiere einander töten. Was jetzt?

Was war dein Mitleid? Gefühlvolles Getu? Intellektuelles Gehabe?

Büdner schlug mit den Fäusten um sich, wollte auf und davon, doch der Schmerz verbots ihm. Er erwachte, hörte aufs Mückengesumm und kam sich vor wie der Reisende, dem sein Hotelzimmer gezeigt wird: ein Bett, ein Schrank, ein Stuhl, ein Bild...

Eine Weile schlief er traumlos, dann kam ein neuer Fieberschwall: Lukian List spricht mit scharfer Stimme zu ihm: Bedenk, daß der Generalissimus dir das Leben rettete, obwohl du kein Genosse warst damals! List zeigt ihm den alten Olivenbaum neben dem Inselkloster, an dem die Arier den Mönch Büdner aufgehängt hätten, wenn man sie nicht rechtzeitig von den ägäischen Inseln getrieben hätte.

Engländer und griechische Partisanen vertrieben sie, gibt Büdner zu bedenken.

Du weißt so wie ich, daß die Engländer ohne die Russen nicht mit den Ariern fertig geworden wären, sagt List.

Es ist wahr, daß mich der Generalissimus rettete, obwohl ich kein Genosse war, sagt Büdner, andererseits ließ er Genossen umbringen, wie es heißt, wie reimt sich das?

List droht wild zu werden. Du wirst und wirst kein Dialektiker! sagt er und wird immer schärfer: An heftiger Schmerz hat bei dir bewirkt, daß du dich gegen an schwaches Weib zur Wehr setztest, nun stell dir ihn vor, der immer Schmerzen hatte...

Ist das die Dialektik? fragt Büdner.

Bist ja varrickt! sagt List.

Varrickt, varrickt, hallte es in Büdner nach. Er schlief wieder ein.

Lange Zeit schien vergangen zu sein. Büdner saß, wo Zarobas Grundstück in den Waldgarten überging, im Birkenhain auf einer lindgrünen Bank. Das Rascheln der Birkenblätter war wie ein Gerede. Büdner suchte es zu verstehen, lauschte und lauschte: Er wußte nicht, wie er hierhergekommen war, wußte nicht, daß er im Krankenhaus beharrlich verlangt hatte, nach Finkenhain und zu den Zarobas gebracht zu werden, und daß ihn Friede holte, als es vertretbar war. Sein Gedächtnis wird noch dann und wann aussetzen, hatten die Ärzte erklärt, aber das wird sich geben.

Zaroba kam aus dem Haus und ging in den Feldgarten. Er trug Lederhosen und dazu eine Weste. Die aufgekrempelten Ärmel seines Leinenhemds glichen den Hängeblüten eines Tulpenbaums. Friede winkte zu Büdner hin, ein bedächtiges, wie in Zeitlupe gedrehtes Winken, dann kniete er auf dem Möhrenbeet nieder und fing an zu jäten, alle Bewegungen so, als hinge der Bestand der Welt von ihnen ab.

Büdner mühte und mühte sich, er verstand das Gerede der Birkenblätter nicht, er erfuhr nichts von ihnen, nichts. Ob die Poesie ihn jemals wieder benutzen würde, ihn, den zerspellten Kontrabaß?

Später kniete er mit Friede auf dem Möhrenfeld, wie er früher neben Mutter Lena oder Schwester Elsbeth gekniet und gejätet hatte. Er zupfte Klatschmohn- und Knopfkrautpflänzchen und die Keimlinge der Grauen Melde aus den Saatzeilen und hörte die Möhrenpflanzen aufatmen.

Sie krochen Zentimeter für Zentimeter über die gare Garten-Erde; im glänzenden Satin-Rückenteil von Friedes Weste widerspiegelte sich die Sonne; Schwalben pfeilten umher; reinlich und wie frisch gewaschen wippten Bachstelzen über die Beete, und in den Birken sang der Amselhahn.

Ein Brief von Katharina erreichte ihn. Diese Katharina! War sie wie Holzteer, nach dem man lange roch, wenn man mit ihm zu tun gehabt hatte, oder war sie wie jene Wurzel, die die Indios kannten, nach der einem, wenn man sie genossen hatte, lange Zeit Maiglockenduft aus der Haut strömte?

»Lieber, lieber Stani, ich kann mir schon denken, wiest jetzt umhergehest und denkst, daß du ein Mörder bist, aber vielleicht ists bissel Tröstung, daß es eine Agentin ist, wost derschossen hast, eine Agentin und Kundschafterin, beids. So ists nämlich in deme Notizbuch von deme Reinhold gestanden, wo er von Berlin kommen ist. Ich hab drin nachgelest. So verschlagen bin ich um deiner.

Lieber Stani, wenn mir auch alle, die zu uns kommen und zu denen wir gehen, sagen, das Mitleid von deme Tolstoi ist verbrecherisch gewesen, so sag ich doch, mit seinen Augen gesehn, wäre auch eine Agentin ein Mensch.

Lieber Stani, im Notizbüchlein von deme Reinhold ist aber auch gestanden, daß deine Wiederaufnahm in' Partei aufgerollt wird, und zwar an höchster Stell. Der Reinhold ist bei der Kontrollkommission in Berlin gewesen, aber das ist wiederum nicht im Büchlein gestanden, das hat er mir gesagt, daß ich es dir schreib. Wann es jetzt nicht rollt mit deiner Wiederaufnahm, hat er gesagt, dann wär sein Wort nur mehr wie der Wind im Baum, und das könnt er sich nicht denken.

Warum schreibest du dem Stani nicht selber, sag ich dem Reinhold, aber er schüttelt den Kopf. Es bleibt immer etwas in ihm von dem, was die Böswichter Apparatschik nennen, aber das ist gemein. Jedenfalls treibest du dem Reinhold nimmermehr sein überviehisches Mißtrauen aus, auch Wachsamkeit geheißen von verschiedenen. Er gibt nicht leicht was Schriftliches aus der Hand, besonders über irgendeine Sach, wo er meint, sie läg bissel neben Parteilinie. Damit ist er arm dran, aber ich darf über ihn nicht richten, wo ich selbst ein schlechter Mensch bin und hab es nicht in meinem Fragebogen geschrieben, das von der Führungsschul.

Andererseits bin ich froh, daß Reinhold mir auftragt hat, dir was auszurichten, weil, dann kann ich an dich schreiben, und er krauset nicht die Stirn.

Lieber, lieber Stani, das Leben ist hart, und es wär besser gewesen, ich hätte ein Kind, und wir hätten nicht so feig sein sollen, wie wir waren; besser noch zwei Kinder von wegen Erziehung.

Lieber Stani, es hat Wochen gedauert, bis der Reinhold wieder mit mir geredet hat nach dem, was ich ihm damalen aus dem Tolstoi-Tagebuch unter die Nasen gehalten hab. Nun ists wieder gut zwischen uns, aber ganz richtig gut wirds wohl nimmer werden, denn ich bin immer wieder bissel aufsässig und hab nicht aufgehört, mich um das Leben von deme Tolstoi zu belesen, und ist mir inne worden, lieber Stani, daß du kein kleiner Dichter nicht sein kannst, wenn die Geheimen auf dich aus sind. Auch auf deme Tolstoi sind sie ausgewesen, und immerzu haben sie ihn beobachtet und haben ihm die Post geöffnet. Mir ist auch inne worden, es gibt zu jeder Zeit eine Wahrheit, über die man nicht schreiben darf, und damals nicht über den Zaren.

Ach, lieber Stani, ich wär so gern zu dir hin, aber ich kanns nicht ohne Reinhold. Aus der Ferne steuert er zum Guten, aber hingehen zu dir, das tut er nicht, das ist seine Schwäche, so stark er auch immer ist, der Reinhold.

Ach Stani, Stani, das Leben ist nicht leicht. Vielleicht könnts etwas leichter sein, wenn mans mitanand bereden könnt! Ich lieb dich so und so, und du sollst auf mich nicht vergessen, und schreib mir, obs rollt mit deiner Wiederaufnahm in' Partei, schreibt dir deine dich liebende Katharina.«

Die Sawade trug weiße, enganliegende Hosen und eine blaue Leinenjacke, auf Taille gearbeitet, vorn weit ausgeschnitten.

Er saß im Heidekraut auf dem Hügel hinter dem Dorf, wo einst die Windmühle gestanden hatte, die im Kriege abgebrannt war, und hatte eine alte Weisheit für sich als etwas Neues entdeckt: Er brachte seine Gedanken zur Ruhe, machte sich zu einem großen Ohr, verlegte sich ganz aufs Hören und suchte herauszufinden, aus wie vielen Geräuschen die Stille bestand, und dort, wo er saß, bestand sie aus Vogellauten, aus dem Zirpen der Grillen, aus dem wehenden Sommerwind, der in den Heidkrautstengeln anders raschelte als in den Birkenblättern, bestand aus dem Getön der Insekten, die hin und her fuhren oder durch die Luft flogen, und jede Art gab einen anderen Laut von sich, wenn sie krabbelte oder dahinflog, selbst die von der gleichen Art brachten nicht je den gleichen Ton hervor, wenn sie ihre Flügel bewegten.

»Ich störe dich«, sagte die Sawade.

»Ja«, sagte er, »aber es geht vorüber.«

Er erzählte ihr von seiner Entdeckung und flüsterte, als könnte er damit die Stille vergrößern.

Sie hörte ihm kritisch zu, lächelte und dachte, vielleicht stehts schlimmer um ihn, als ich annahm.

Ein Schmetterling, ein Trauermantel, flog daher, lautlos, wie es schien, bis er die Köpfe der beiden Sitzenden umflatterte, und da hörten sie das trockene Geräusch seines Flügelschlags, wie wenn Mehl aus einer Menschenhand in den Mehlsack zurückgleitet. Der Trauermantel stieß an das, was Büdner quälte.

»Ich bin dir einmal eine Antwort schuldig geblieben«, sagte er, »nun weißt du sie.«

Sie warf ihr offenes Haar zurück. Der kleine Wind aus Tausendundeiner Nacht traf ihn. »Du solltest nicht dramatisieren, was geschah«, sagte sie. »Wenn die Schwarzen damals, als sie meinen Sawade holten, auf mich geschossen hätten, hätt ich nicht anders reagiert als du.«

»Es verfängt nicht, falls du gekommen bist, mich zu trösten.«

»Du hast nach mir verlangt, hast mir geschrieben.«

Sie knöpfte die oberen Knöpfe ihrer Jacke auf und suchte nach dem Brief. Er sah ihre wohlgeformten Brüste, und sie waren in diesem Augenblick für ihn nicht mehr und nicht weniger als zwei am Wege liegende bräunliche Quarzsteine, in denen sich die Sonne spiegelt. Er sah den Brief, erkannte seine eigenen Schriftzüge und wurde traurig.

Ein Käfer wie ein schwarzer Fingernagel kroch an einem dünnen Honiggrashalm in die Höhe, wollte zur Rispe hinauf, war zu schwer, und der Halm knickte in der Mitte. Die Rispe und der Käfer sanken zu Boden. Eine Weile lag der Käfer, als müßte er sich erholen, dann krabbelte er wieder nach oben, und »oben« war jetzt für ihn der Knick, die halbe Halmhöhe. Er bezwang sie, kroch über den Knick hinweg und langte beim Wurzelstock des Halmes an. Das war der Punkt, von dem aus er aufgebrochen war, doch der Käfer war zufrieden mit seiner Kletterei und seiner Leistung, gönnte sich wieder ein Weilchen Ruhe und krabbelte neuen Taten entgegen.

Die Doktorin brachte sich in Erinnerung. Sie hätte sich nach einigen Details seines Unfalls erkundigt. (Jawohl, sie nannte einen Unfall, was ihm widerfahren war!)

Er bat sie, zu erzählen.

»Du hast dieses Handgemenge mit der Dame (war es wirklich die Leisegang, die ich dir im Theater vorstellte?) gerade noch führen können, dann verlorst du das Bewußtsein, brachst zusammen, stürztest, schlugst mit dem Kopf auf die Kante deines schönen Biedermeier-Sekretärs und warst fast zwei Stunden bewußtlos.«

Er schien wieder den Weg eines Gekäfers im Heidekraut zu verfolgen.

»Hörst du noch zu?«

»Ich höre!«

»Nun sind deine fürs Gedächtnis verantwortlichen Gehirnzellen beleidigt, du verstehst, aber Zeit und Ruhe werden sie versöhnen. Du hast nichts zu befürchten. Hör also auf zu trauern, möcht ich bitten!«

Er lächelte wie ein Kind, dem man sagt: Nun wolln wir wieder fröhlich sein!

»Übrigens hätte der Schmerz, den der Schuß dir verursachte, ebenso bewirken können, daß du davongerannt wärst. Es sind immer zwei Reaktionen in solchen Fällen möglich: Flucht oder Aggression.«

Wie einfach das alles, dachte er, hier Etikett: Fluchtreaktion, dort Etikett: aggressive Reaktion, ein Linealstrich trennt sie voneinander, und alles, was rechts und links von den Etiketten liegt, gehört in die Metaphysik! Oh, Jahrhundert, oh, Wissenschaft, es ist eine Lust zu leben!

Eine grauweiße Bauschwolke zog über den Mühlenhügel, eine Heidelerche flog auf und schien die Ränder der Wolke mit ihrem Gesang zu besäumen: Lullula arborea!

»Ich weiß nicht, obs richtig war, daß du hierhergingst«, sagte die Doktorin. »Du triffst hier auf dunkle Gedanken von früher. Eine Auslandsreise wär das Rechte für dich.« Sie packte ihn bei der Schulter. »Lächle, sag ja, ich verschreibe sie dir!«

An der Spitze des rechten Mokassins der Doktorin mühten sich zwei Ameisen um das Einbringen einer kleinen grünen Raupe; die eine zog links hin, die andere zog rechts hin; es schien für die Hirne der kleinen Ameisen ein Problem zu sein, ihre Kräfte für den Transport der Raupe zu vereinigen.

»Ins Ausland? Nein!« sagte er. »Ich muß hier sein, wenns losgeht. Ich werde schreiben!«

Rechts vom Heidekrautbüschel, auf dem er saß, gabs einen fünf Zentimeter tiefen Trichter im gelben Heidesand. Eine Ameise erreichte den Rand des Trichters und schien zu überlegen, was die Vertiefung auf ihrem Lebenswege zu bedeuten habe, da traf sie ein Geschoß, ein Sandkorn; es wurde vom Grunde des Trichters auf sie geschleudert, dort saß, versteckt, die Larve einer Libelle, Ameisenlöwe genannt. Die Ameise wankte, der Sand unter ihren sechs Füßen kam ins Rollen, und sie rutschte, soviel sie sich auch stemmte, zur Mitte des Trichters hinunter. Der Ameisenlöwe ergriff sie und zog sie unter seine Sandtarnung.

Mit der Ameise schiens auszusein, und doch nicht: In der Libelle, in die sich der Ameisenlöwe eines Tages verwandelt, wird auch eine Ameise stecken, eine Ameise, die vor einem Trichter stutzte, der sich auf ihrem Lebenswege befand.

»Also doch wieder schreiben?« fragte die Doktorin. »Es freut mich. Erinnere dich, ich bot dir vor langem an, dafür zu sorgen, daß dus unabhängig tun kannst!«

Er dachte an Friede Zaroba und wie der vor Tagen mit ihm über das Schreiben gesprochen hatte: »Du kannst doch nich ganzes denken, wern se ooch drucken, was ich schreib, läßt sichs verkoofen? Da täten dir ja andere vorschreiben und h'anweisen, was du sehn, fühlen und denken sollst. Da mißteste ja Wahrheeten, die du dir mit Todesverachtung anerlebt 'ast, h'untern Kohlenkasten schieben. H'auch das 'aben die H'Alten Sünde geheeßen!

Du bist gesund, du kannst mit 'Ände arbeiten, kannst h'arbeiten, was andere nicht wolln. Solche H'Arbeit gibts h'immer und überalle, und wenn uff Grube keene nich mehr is, wern wa Kippen und Bruchfelder h'urbar machen! Das wird kaum eener sonst machen wolln, weils wird wern schlecht bezahlt wern. Wir beede h'aber werns nich wegen Bezahln machen, wir wern die H'Erde repariern und wern frei sein. Und wenn se nich drucken, was du nach Feierabend wirscht schreiben, denne wirschte dir trotzdem nich unnützlich fühlen, weil du Wüste h'urbar gemacht 'ast.

H'aber wenn du die Wahrheet schreiben tust, wird ooch dein Schreiben nich unnützlich gewesen sein, denn es wird Zeit kumm, wo se wern Wahrheet suchen und wern dein Geschriebenes finden und werns drucken, und wieviel Jahre ooch drieber vergehen wern; man muß warten könn!«

Endlich antwortete er ihr. »Ich dank dir«, sagte er. »Du warst immer gut zu mir, aber eines Tages hättest wohl auch du verlangt, daß ich schreibe, was dir gefällt.«

Die Sawade schwieg. War sie beleidigt? Er konnts ihr nicht ansehen. Ein jacher Wind tat sich hinterm Hügel auf, wuchs und steigerte die Stille mit seinem Scheuergeräusch. Sie erhoben sich und gingen rasch den Hügel hinunter.

Hinter dem Eichenhain mitten im Dorf ging der erste Blitz nieder. Die Doktorin schwieg. War sie doch beleidigt?

Sie saßen im Auto und hörten das schleifende Geräusch des niedergehenden Regens.

»Hörst du, wie auch das die Stille steigert?«

Seine fixe Idee, dachte sie. »Deine Stille, ich hab sie jetzt satt!« Sie schaltete das Auto-Radio ein: Es wurde auf Mandolinen getrillert, und ein Mann sang kreideweich etwas von Venedig und Liebe, und Gondeln fuhren durch das Lied.

»Hättest du nicht Lust, nach Italien zu gehen, drei Wochen, solange du willst, mit mir oder allein?« fragte sie und war wieder sanft.

Im Radio wurde die Musik zurückgenommen; die Musikanten schienen um eine Straßenecke gebogen zu sein.

»Ich sagte dir schon, ich muß hier sein«, antwortete er, »außerdem wird mein Verfahren anlaufen.«

»Man wird sich nicht beeilen damit, wirds womöglich vergessen. Kannst du dir das nicht denken?« Sie wiederholte ihr Angebot mit Italien, aber da meldete die Stimme des Nachrichtensprechers, jene Stimme, die sonst über Ernte-Erträge und Aktivistenleistungen berichtete: In den frühen Morgenstunden verstarb an Herzversagen der weit über die Grenzen unserer Republik hinaus bekannte und gefeierte Nationalpreisträger Doktor h.c. Lukian List. Eine Würdigung seiner künstlerischen Leistungen sowie die Daten für die Staatsfeierlichkeiten anläßlich seiner Aufbahrung bringen wir als Sondersendung im Abendprogramm.

Büdner sprang in den Platzregen hinaus.

»Was tust du? Ich hätte dich gebracht, wohin du wolltest«, rief die Sawade und fuhr neben ihm her. Er aber ging die Dorfstraße hinunter.

Überm Eichenhain riß der Gewitterhimmel auf. Büdner schüttelte sich. Er dachte an List: Ob er wohl, bevor er starb, noch einmal an ihn und die gemeinsame Sache gedacht hatte? Er wollte an Häckerling schreiben und sich erkundigen.

»Es ist schuftig von dir, daß du bei fremde Leute gehst und nicht bei deine Schwester«, schrieb Elsbeth. »Hab ich dir nicht auch damals auf die Beine geholfen, wo du bei die Brösicken alles zerhaun hast?

Nun wirst du mir endlich glauben, daß es uns nicht gegeben ist, große Leute zu sein, und daß es besser ist, kleine Leute zu bleiben. Ich kenn so viele, die haben nie nicht mit Politik zu tun gehabt, nicht bei die Nazis, nicht jetzt, und sie sind gute Leute, arbeiten wie verrückt für den Staat und zum Wohle im Betrieb, arbeiten wie verrückt noch zu Hause und bis in die Nacht rein, halten ihr Leben in Gang und das von anderen noch, und wenn sie doch bißchen politisch sind, sind sie auch da fleißig, stecken ihre Fahnen einen Tag früher raus als anbefohlen, reden politische Wörter nach, die in den Zeitungen stehen, und sind die, die die Erd-Achse schmieren, wie Vater Gustav immer gesagt hat.

Lieber Bruder, ich denke mir jetzt viel mehr über alles zurecht, auch über Vater Gustav und Mutter Lena. Ich muß es Mutter verzeihen, daß sie immer nach einem Gott gesucht hat. Es hat sich gezeigt, daß andere, von die man es nicht gedacht hat, auch einen Gott gebraucht haben. Willin ist der Stuhl unterm Arsch weg, wie es mit dem Generalissimus aufkam, und wie ichs ihm vorgehalten hab, er soll nu auch seine Kreissekretäre nicht mehr wie kleine Götter behandeln, haben wir uns verzankt und sind auseinandergegangen.

Nun leb ich allein in der Kate in Waldwiesen, und einen Gott schaff ich mir nicht an. Ich habe mir immer selber helfen können, hab auch hier alles schöngemacht, hab jetzt Wasserleitung und Klosett innen, wer hätte das früher gedacht! Langeweile hab ich nicht. Vielen Dank für das Geld, was du geschickt hast.

Viehzeug hab ich wie immer, und ich gebs nicht mehr auf, auch wenn sie es mir nahelegen, denn es geht immer hin und her: Heute kommt der Stangenbiel und sagt, das Schwein und die Hühner müssen verschwinden, weil, es wird von nun an alles gesellschaftlich bestritten, und kaum hab ich das Schwein abgeschafft, kommt er und sagt, ich soll man doch wieder ein Schwein halten, und ich krieg Prämie.

Einsam bin ich nicht. Die Verwandtschaft kommt sogar außerhalb der Ferien. Sie kommen aus Berlin in ihren eigenen Autos gerast. Wochen-End-Partie. Es geht allen gut, anders kann mans nicht sagen, aber ich krieg sie schon ran, sie müssen alle was helfen, wenn sie essen wollen.

Kannst ruhig ansehen kommen, daß dein Geld gut angelegt ist, lieber Bruder. An die Elterngräber mußt du auch mal. Es grüßt deine Schwester Elsbeth.«

Er besucht Lenka Meura, will wissen, ob sein Zimmer noch frei ist, ob sie ihn wieder aufnehmen würde.

Lenka ist derb und unverwüstlich wie früher. »Wenn du dir jetzt nicht gezeigt hättest, wär ich dir aufstöbern gekomm'«, sagt sie. Sie sitzen in Büdners ehemaliger Stube. »Du kannst einziehn, jederzeit«, sagt Lenka. »Es riecht hier sowieso noch immer bißchen nach deinem Pfeifentabak.«

»Und du nimmst keinen Anstoß?«

»An was soll ich mir stoßen. Ich kenn dir doch. Da bin ich wie Friede.›Mord liegt in am nicht drinn‹, sagte der, und TRATSCH-TRINE sagt gar: ›Alles Tuerei! Büdner ist gekomm' von Friede den Drachen übernehmen, weil, Zarobas Jungens ham nicht eingeschlagen!‹ Laß sie reden, was sie wolln!« sagt Lenka. »Drei Zickchen hat meine alte Ziege dies Frühjahr geschmissen. Und Blaubeern wirds geben den Sommer, da haste keene Vorstellung!«

Büdner läßt Lenka reden. Es tut so wohl. Er sieht auf den Apfelbaum, dem er einmal einen Ast absägte, weil er glaubte, sie würden ihn holen. Nun ist, Gott sei Dank, heller Tag! Der Bretterzaun zwischen dem Meura- und dem Risse-Grundstück ist verschwunden, sieht er, und dann sieht er etwas und erschrickt: Risse geht durch seinen Garten zum Schuppen. Eine Halluzination narrt dich, denkt Büdner, ein Angesichte, wie mans in Finkenhain nennt. Er will jenen Dorfleuten, die ihm mitleidig nachblicken, wenn er durchs Dorf geht, weil sie ihn für ein bißchen irrsinnig halten, keinen Anlaß zu neuen Mutmaßungen geben, er verbirgt seinen Schreck.

Aber Risse kommt zurück. Büdner kann ihn von vorn, kann ihm ins Gesicht sehen. Nun ist auch der Magyarenbart weiß, weiß wie das Kopfhaar und Risses Gesichtshaut, ein Menschenschimmel geht den Gartenweg entlang, und der blickt zu ihm und Lenka herüber und verschwindet nebenan in der Haustür.

»Gehn wir in die Küche«, sagt Büdner, um nicht mehr in den Garten sehen zu müssen.

Lenka kocht Kaffee, bestreicht Brote dick mit Ziegenbutter und Marmelade; alles wie früher!

Er ißt, und Lenka ist stolz, daß es ihm bei ihr noch schmeckt. »Was sie alles von dir erzählt haben, ein großer Mann sollst du gewesen sein, ein Filmsperling und was alles! Aber es ist schon so, wie Friede sagt: ›Hitze und Schnee, Ruhm oder Weh, ein Mensch, was ein Mensch ist, der bleibts eh und je!‹ Ich sehs auch an Risse. Der ist geblieben, wie er war!«

Büdner sinkt beim Marmeladenbrot-Essen in seinen Stuhl zurück.

»Ist dir schlecht?« fragte Lenka, feuchtet ein Wischtuch an und wills Büdner auf die Stirn legen, aber der wehrt sich.

Lenka erzählt ihm, was er wissen will: »Es war Nacht, wie er kam, und natürlich hat er bei mir geklopft. Ich hatt ja den Schlüssel. Jesus, hab ich mir erschrocken! Er kam mir ungelegen. Ich hab die Woche noch nicht gekehrt, gewischt und gelüftet bei dir, auch das Bett ist noch nicht frisch bezogen, sagte ich ihm, mußt bei mir übernachten. Na gut, hat er in deiner Stube geschlafen.

›Mach keene Herrlichkeit davon, daß ich hier bin‹, hat er gesagt, ›ich will mir langsam wieder an die Leute und die Leute sollen sich langsam wieder an mir gewöhnen.‹

Was braucht ich Herrlichkeit machen? Auf der Bürgermeisterei wußten sies sowieso, daß er da war. Hab trotzdem alle Neugierigen weggescheucht, hab sie angebrummt wie ne alte Hornisse.

Er hat sich noch immer nicht eingewöhnt. Kaum daß er reden tut. Kannst ihn fragen, nach was du willst, kriegst keine Antwort. Es macht mir krank, wenn einer nicht mit mir reden tut.

›Haben sie dir verboten, daß du was pickst?‹ frag ich ihn. Keine Antwort, er nickt nicht, schüttelt den Kopf nicht. Mein einziger Trost, daß er auch mit andern nicht redet. Aber er redet jetzt mit den Augen, hab ich bemerkt. Es blitzt manchmal so bissel drin, wenn ich ihm Essen bring oder seine Wäsche mach. Seinen Garten hält er selber in Schuß. Das wundert mir. Früher hat er sich nie drum gekümmert, aber jetzt harkt er, hackt und pflanzt. Auch ne Ziege hat er wieder haben wollen, und ich hab ihm eine Jungziege hingestellt. Vor allem säuft er nicht mehr. Das ist was wert. ›Sie haben ihn verbessert, da, wo er gewesen ist‹, sagt Sastupeit, der ja immer weiß, was andere müssen und solln. Mein Gott, hab ich gesagt, wenn sie alle aus Finkenhain so lange verbessern wollten, die einem eine geklebt haben!

Es wär keine Backpfeife gewesen, eine feindliche Handlung an einer befreundeten Macht wärs gewesen, hat er mir aufgeklärt. Na, mag sein!

Alle Monate fährt der Risse pünktlich wieder nach Rußstedt. Die Rissin lebt immer noch. Mal erkennt sie ihn, mal nicht, wies immer war. Kannst du mir erklären, warums Risses so gehn muß? Wenns mir so ginge, ich nähm mir den Strick!«

Büdner kann Lenka nicht erklären, weshalb das Leben der Risse-Leute so und nicht anders verläuft. Die Erklärung von List taugte keinesfalls. Risses Schicksal wäre nur mit der Seelenwanderung zu erklären, an die gewisse Leute in Indien glauben. Er hütet sich, mit Lenka darüber zu reden. Um Himmels willen! Er ist verdächtig genug, ein Narr zu sein!

Eigentlich, denkt er, als er heim zu den Zarobas geht, ist das Leben der Risse-Familie mit dem Leben des Generalissimus verflochten. Aber du hast kein Recht, zu verurteilen, denkt er auch; immer noch hört er Lists strenge Vorwürfe; vielleicht hat der sie ihm in den Fiebertraum hineingesandt, als er im Sterben lag. Nein, er darf nicht verurteilen, ihm hat der Generalissimus das Leben gerettet, ihm, dem Mörder, denn das nehmen sie ihm alle mit ihren trostwilligen Verredereien nicht ab: Ob Mord in

Notwehr, ob ohne Not, stets bringt ein Mensch eines anderen Menschen Leben ans Ende.

Wie und was auch immer, auch sein Leben ist mit dem Leben des Generalissimus verflochten, und auch diese Behauptung läßt sich erkennen und beweisen. Er durchdenkt das alles viele Male, und es wird ihm gewiß, daß er in dem, was er schreiben wird, seinen Lesern diese Verflechtungen zum Schlechten und zum Guten ohne Haß, Vorurteil und Beeinflussung zeigen muß!

Büdner hält sich, wenns angeht, bei Friede auf und arbeitet mit ihm im Garten. Von Zaroba geht Ruhe aus. Manchmal reden sie miteinander, aber Friedes Art, zu reden und die Welt zu sehen, macht Büdner in seinem Zustand Schwierigkeiten. Er weiß, daß Friede sich nicht aus Verschlagenheit, nicht, weil er ein menschlicher Fuchs ist, verschlüsselt äußert; er ist mit dieser Art zu reden geboren, sorbische Väter und Vorväter sind dran beteiligt, doch er fürchtet, daß sein krankes Gedächtnis nicht aufbewahren wird, was der Freund ihn hie und da wissen läßt, deshalb sitzt er gegen Abend auf der lindgrünen Bank im Birkenwäldchen und macht sich Notizen:

Er kommt aufgewühlt vom Lenka-Besuch; er hat Risse wiedergesehen. »Weshalb hast du mir nicht gesagt, daß er wieder da ist?« fragt er Friede.

»Du 'ast mir nicht gefragt«, antwortet Friede. »Eenem andern uffbündeln, nach was er nicht fragt, h'ist Belästigung.«

Eine listige Ausrede beim ersten Hinhören; der Schluß von oft gemachten Erfahrungen, wenn man eindringt!

Büdner erzählt Friede, daß ihm List im Fiebertraum erschien, um ihn dran zu erinnern, daß ihm der Generalissimus das Leben gerettet hat. »Hat er auch dein Leben gerettet, Friede?«

Friede sagt, das seien Ansichten. »H'Ansichten, H'Ansichten, h'und jeder Mensch 'at seine eegenen!« Wenn einer fremde Ansichten freiwillig übernähme, sei nichts einzuwenden; wenn einer einem anderen seine Ansichten aufdrücke, sei er von Stund an verantwortlich für den. »Mein Großvater 'at das Uffzwingen Sinde genannt!«

»Meinst du List oder den Generalissimus?«

»Ich meene die H'Ansichten von Menschen«, antwortet Friede.

Das alles schreibt Büdner auf, bis ein Mann von fünfunddreißig oder vierzig Jahren, den Mund voll gesunder Zähne, groß und kräftig, aus dem Haus tritt, durch den Garten geht und auf ihn zukommt.

Büdner sucht sich zu erinnern, wo er den Mann schon gesehen hat. Es gibt noch immer weiße Flecke in seinen Erinnerungen.

»Gestatte, daß ich mich zu dir setze, Genosse Büdner«, sagt der Mann und nennt sich Kowalski.

»Ich bin nicht Genosse mehr«, sagt Büdner.

Kowalski zwinkert ihm zu. »Dein Manuskript befindet sich in Sicherheit, Genosse Büdner.«

»Sie kam um ...«, fängt sich Büdner an zu ereifern, doch Kowalski schneidet ihm die Frage ab. »Ja, sie hatte es schon«, sagt er.

»Meinst du, sie kennen drüben die Tatsachen von damals nicht?«

»Sicher dachte sie das. Sie hatte jedenfalls kein Geheiß, glaubte, sie könnte sich selbständig machen, auf zwei Schultern tragen, wie man so sagt.«

Kowalski hat seine Hände auf den Knien liegen; Büdner starrt drauf, verdächtigt sie und wird sich sogleich bewußt, daß er, ein Mörder, kein Recht hat, zu verdächtigen. Er rettet sich ins Reden: »Geht nicht, was du mir erzählst, über deine Kompetenzen hinaus?«

Der Mann, der sich Kowalski nennt, lächelt milde; es ist Friede Zarobas Lächeln. »Ich dachte, es könnt dir dein Leben erleichtern, wenn ich dir sag, daß ein Zeuge da war.«

Büdner schweigt, und sie sehen fast gleichzeitig zu Frau Ottas Rosenbeet hinüber, in dem sich die Hummeln tummeln, fernab von den schweren Gedanken der beiden Männer, wenn mans oberflächlich betrachtet, und doch beschäftigt mit ihren Sorgen, wenn man näher hinzusieht. Büdner schweigt noch immer. Kowalski wird unsicher. »Ich hoffte, du würdest verstehen, daß es auch für unsereinen nicht leicht ist, im Vaterhaus nicht mehr zugelassen zu sein. Versteh und schweig!« Er gibt Büdner die Hand und geht durch die Birkenpforte in den Wald, und Büdner sieht ihm nach, bis er verschwunden ist. Er ist ihm dankbar für den Trostversuch, obwohl er sich nicht tief getröstet fühlt.

Büdner geht zur Grube, um mit Lope Kleinermann zu sprechen, um ihm zu sagen, daß er wieder arbeiten will. Er nähert sich dem ersten Schacht und sieht dort einen kleinen Mann stehen, kommt näher und sieht, daß es sich um seinen Sohn Lew handelt, der seit der Filmpremiere erheblich gewachsen ist, Lew in braunen Manchesterhosen und einem dunkelroten Sporthemd, dunkelblond wie Rosa und kastanienfarben im Gesicht. Er steht, das rechte Bein ein wenig schräg gestellt, und sieht dem Abrücker zu. Büdner zittern die Knie vor Erregung.

Das erste längere Gespräch, das er mit seinem Sohn führt, ist schematisch und dumm. Er wird sich schämen, wenn er später daran denkt.

»Bist du nicht der kleine Lew?«

»Der bin ich. Guten Tag, Herr Büdner.«

Büdners zweite Frage ist nicht klüger als die erste. »Wie kommst du hierher, lieber Lew?« Als ob er sich nicht denken kann, daß Rosa in der Nähe sein muß.

Seine dritte Frage übertrifft die beiden ersten an Dummheit. »Was machst du hier?« fragt er.

»Mein Herr Vater in Berlin sagte mir, es wär ein antikes Bergwerk, ich sollte nicht versäumen, es mir anzusehen.«

Büdner fängt an, sich für den kleinen Menschen, der sein Sohn ist, zu begeistern. Wie wohlgesetzt ihm die Worte aus dem Mund kommen, und wie sehr dieser Mund dem von Rosa gleicht! Büdner würde in seiner Begeisterung dem kleinen Lew gern die kastanienbraune Wange küssen, sie leis mit den Zähnen berühren, wie es die Pferde tun, wenn sie zärtlich miteinander sind.

Großes Wiedersehen mit Kleinermann in dessen schwarzverstaubtem Büro auf der Brikettfabrik, sogar eine Umarmung gibt es, ungewöhnlich für Finkenhainer Verhältnisse. Sie vergessen zu bereden, daß Büdner wieder zur Arbeit kommen will. »Endlich kann ich dir sagen, was ich dir nicht schreiben konnte!« Kleinermann setzt seinen Hut auf. Sie verlassen das Büro. Die Sekretärin muß nicht hören, was er zu sagen hat. Er sucht mit Büdner eine Nische in der Nähe einer Brikettpresse auf, wo es laut zugeht, wo man sich merkwürdigerweise Geheimnisse in die Ohren schreien muß. Sonderbar, aber bewährt!

Kleinermann ist befreit von Schuld und Selbstvorwürfen. Ob sich Büdner noch erinnert, wie er ihm und Lekasch von der Verprellung erzählte, die ein gewisser Pakt bei ihm ausgelöst hatte, jene Verprellung, die ihn auf Reisen und ins Riesengebirge trieb.

Ja, Büdner kann sich erinnern. Nur merkwürdig, daß Kleinermann ihm das alles ins Ohr schreit. Tatsächlich lief damals ein Kurier an, doch es ging ihm nichts ab; der allgegenwärtige Zaroba nahm ihn auf, übernachtete und hegte ihn und schwieg drüber bis vor kurzem. »Da hatt ich eine Jammerstunde«, gesteht Kleinermann. »Auf der Arbeit klappte es nicht, auch die alte Schuld flammte wieder auf und bedrückte mich, und ich sprach mit Zaroba drüber.«

Büdner kann sich nicht genug über Friedes Allgegenwart und Güte wundern. »Und das alles, ohne Genosse zu sein!« sagt er.

Kleinermann schlägt Büdner ins Kreuz. »Ich weiß, wo du hin willst, aber es bleibt mit dir nicht, wie es ist!«

»Ich weiß nicht«, sagt Büdner. »Es ist manches nicht in mir, was verlangt wird, und viel von dem, was in mir ist, wird nicht verlangt.«

»Man kann sich ändern«, sagt Lope.

»Ich habs versucht, zu oft vergeblich!«

»Und wenn sich ändert, was verlangt wird?«

»Das ist nicht zu erwarten meinetwegen.«

»Es gibt mehr Leute deines Schlags, die nicht verloren werden sollen!«

Büdner wirds peinlich. »Vergiß mal deine Rede nicht!« sagt er. »Da draußen steht ein Junge aus Berlin. Ich möchte einfahrn mit ihm! Nur, damit dus weißt!«

Sie fahren ein, klettern in den Schacht, erst Büdner und je zwei eiserne Leitersprossen über ihm sein Sohn Lew. Kleinermann hat sie mit Rucksäcken und Grubenlampen versehen. Sie fahren stumm ein, wie es sein muß, wenn man zum ersten Mal drangeht, sich jene Seite der Erde anzusehen, in der die Bäume ihre Wurzeln haben und aus der das Brot wächst.

Büdner greift ab und zu nach oben und berührt wie unabsichtlich die prallen Waden seines Sohnes. Er spürt von Fahrt zu Fahrt, wie das Zittern in ihnen nachläßt, wie Lew Sicherheit gewinnt.

Sie besuchen den Pumpenwärter. Der unaufdringliche Geruch des warmen Maschinenöls und das Geräusch des Pumpenmotors berühren Büdner heimatlich.

»Ich erklär dir absichtlich nichts«, sagt er zu seinem Sohn. »Ich liebe so Männer nicht, die alles wissen und erklären können, aber, wenn du was wissen willst, frag!«

Sie ziehen weiter, und es ist still und schwarz auf der Grundstrecke, und sie hören die Tropfen aus dem Nassen auf die Strecke fallen. Büdner fühlt, wie sich Lews Hand in die seine schiebt. »Fürchtest du dich?«

»Nein, aber es ist besser so«, sagt Lew, und sie gehn von da an seitlich, aber Hand in Hand, über die Grundstrecke.

Sie kommen vor Ort und grüßen »Glück auf!«. Häuer und Schlepper danken ihnen und bewundern den tapferen Jungen aus Berlin, kneifen ihm die Wangen, geben ihm den Beglaubigungsstempel, mit dem er oben beweisen kann, daß er eingefahren war.

Lew lächelt und spielt tapfer mit.

Am Füll-Ort, dem unterirdischen Güterbahnhof, fällt Büdner ein, daß er vielleicht etwas tat, was er vor Rosa nicht verantworten kann. Er sieht auf die Uhr: Eine Stunde vor Mittag. »Deine Mama, wird sie dich nicht vermissen?«

»Wir sind um ein Uhr am Dorfwirtshaus verabredet.«

»Hat sie zu tun hier im Dorf, deine Mama?« fragt Büdner nicht ohne Hinterlist.

»Sie sucht ein Zimmer für uns.«

Büdner wieder mit der Hinterlist einer Klatschbase: »Für die Ferien, nicht wahr?«.

Der kleine Lew bleibt stehen und sieht ihn an. »Kinder kriegen nicht immer alles zu wissen, Herr Büdner.« Büdner schämt sich und entschuldigt sich für seine Neugier.

Gegen Mittag fahren sie aus und gehen auch draußen Hand in Hand weiter. »Wird Mama schimpfen, wenn sie dich so schwarz zurückerhält?«

»Sie wird Verständnis haben, wenn ich ihr erzähl, daß ich nun weiß, wo mein Vater gearbeitet hat.«

»Ach«, sagt Büdner, »hat auch er im Bergwerk gearbeitet, dein Herr Vater?«

»Nicht mein Herr Vater, mein Vater hat im Bergwerk gearbeitet.«

»Ja, darf ich fragen, wer dein Vater ist?«

»Na, Sie!«

Büdner fängt an zu zittern und muß sich sehr zusammennehmen.

»Wußten Sie das nicht?« fragt Lew.

Büdner sucht wie beim Romanschreiben nach einer geistreichen Replik, und die er findet, ist vielleicht nicht allzu geistreich. »Dann müssen wir ja Brüderschaft machen!« sagt er.

»Brüderschaft? Was ist das?« fragt der kleine Lew.

»Man sagt du zueinander und besiegelt es mit einem Kuß. Würdest du das für möglich halten, so schwarz, wie wir beide sind?«

Der kleine Lew krümmt sich vor Verlegenheit und sieht von der Seite aus wie ein altes Männchen.

Sie gehen trotzdem Hand in Hand weiter. »Hältst du es für ratsam, daß ich mich deiner Mama zeige?« fragt Büdner.

»Ich halte es nicht für ratsam, Herr Büdner«, sagt Lew.

»Aber ich kann dir vielleicht einen Zettel schreiben und der Mama erklären, daß ich dich verführte, in den Schacht zu steigen.«

»Das halte ich für ratsam, Herr Büdner.«

Büdner hockt sich am Wegrand hin, zieht seinen Notizblock

aus der Tasche und schreibt auf seinem Knie den ersten Entschuldigungszettel für seinen Sohn.

»Herr Büdner«, unterbricht ihn Lew, »ich halte es doch für möglich!« Er umarmt den knienden Büdner und küßt ihn mitten auf den Mund, und das war der erste Kuß, den Büdner von seinem Sohn bekam.

Büdner und Friede Zaroba stehn im Garten, jeder auf einer Leiter, und pflücken mittelfrühe Kirschen. »Als ich Postbote war, befragte ich viele Menschen nach ihrem Glück«, sagt Büdner. »Wenn ich nun dich nach deinem Glück fragen würde?«

»Du bist so beredsam 'eute«, sagt Zaroba.

Sie pflücken weiter. Die Blätter rascheln. In den Birken ruft der Kuckuck. Minuten vergehn, bis Zaroba sagt: »Mein größtes Glück wär, wenn ich Tag für Tag wissen täte, ob ich lebe, wie ich soll.«

»Weißt du es nicht?«

»Nicht Tag für Tag h'eben. Mein Großvater, der 'ats gewußt, und es war dir so scheene in seine Nähe.«

Sie schweigen. Stare umkreisen den Kirschbaum. Erdbeer- und Nelkenduft steigen auf, mischen sich und flattern wie Fahnen aus Wohlgeruch. Frau Otta steht am Rosenbeet und singt leise.

»Die freit sich, daß h'er seinen Bock begraben 'at«, sagt Friede.

»Wer?«

»Du weeßt doch, wer 'ier war.«

Büdner weiß es nicht mehr. Er fragt aber nicht. Es wird ihm allmählich peinlich, die weißen Flecke in seiner Erinnerung vorzuweisen; außerdem quält ihn, was er jetzt für die Frage aller Fragen hält. Er stellt sie Friede.

»Was machen, wenn eener uff eenen schießt? Da drieber kann man keene Vorträge nicht 'alten.« Einer nähme sich vor, nichts zu verraten, auch wenn man ihn foltern sollte, aber er kennt sich nicht, wird gefoltert und verrät. Ein anderer nähme sich vor: Was sie dir auch Böses antun, du wirst dich nicht rächen. Sie tun ihm Böses an, und er rächt sich doch. Auch Notwehr wäre nichts als unbewußte Rache. »Keener weeß, was in am steckt. Du kannst reden, schwören, prahlen, alles nutzt nischt. Beim H'Erleben zeigt sich, wer du bist!«

»Und der Tod, was denkst du über den Tod?« fragt Büdner und nutzt Friedes Redwilligkeit aus.

Wieder langes Schweigen. Noch immer ruft der Kuckuck, doch vom Wald her hört man Windrauschen. Das Wetter wird umschlagen.

»'inter h'allem H'Unsinnigen, was Leite machen, steckt h'ihre H'Angst vorm Tod«, sagt Friede. »Und manche 'ängen so an das Stickchen Leben, in das sie glooben was von sich zu wissen, daß se um sich schlagen, um h'es zu be'alden. Du brauchst bloß keene H'Angst vorm Tod nich mehr 'aben, h'und keener kann dir was wollen. Freilich eenfach h'ist's nich, man muß es lernen!«

Ein weißer Fleck in Büdners Erinnerungen fängt sich an zu färben. Lenka Meuras Erzählung vom Kriegsende in Finkenhain fällt ihm ein: »Die Schwarzen legten Sprengsätze an die Fördertürme, denk mal bloß. Wie sie fast fertig warn, kam das Wunder: Zaroba kam aus dem Wald gerannt. Ich kann mir noch erinnern, wie er breitbeinig zwischen die Birkenstämme stand und wie die Stämme so schöne schimmerten, weil doch Frühjahr wurde. Dann hat er geschrien, der Friede: Die Russen komm', die Russen! — Denn hat der Kommandant von die Schwarzen auf Friede geschossen, einmal, zweimal, dreimal, es hat nur so gerasselt und geprasselt. Schmeiß dir hin, hab ich geschrien und mir dabei den Mund mit die Sackschürze zugehalten. Friede hats nicht gestört. Er hat sich nicht mal geduckt, und er hat weitergebrüllt: Die Russen komm', die Russen!«

Sie schütten die Kirschen aus ihren Pflückkörben in den Sammelkorb. Friede sieht Büdner an, groß und hellblau. »Eens weeß ich noch«, sagt er. »Der Platz, wo der Tod auf dir lauert, ist bestimmt, und ooch das weeß ich von mein' Großvater. Mal gingen wir in die Heede, da schrie an Reh in der Schlinge. Ich 'in, wollts retten.

›Mieh dir nich!‹ 'at Großvater gerufen.

Warum, h'ich kann doch 'elfen, es lebt ja noch, sag h'ich,

h'und h'ich nehme das Reh aus die Schlinge, stell es 'in h'und gebs an Schubs. Es soll fortloofen, h'aber h'es fällt 'in, is tot.

Zu sehre gewirgt gewesen schon, sag h'ich zum Großvater. ›Das denkst du‹, sagt der Großvater, ›da, wo die Schlinge liegen tat, stand ooch sein Tod.‹«

Friede streicht mit seinen harten Händen behutsam über die blanken Kirschen im Sammelkorb. Die Haare auf seinem Handrücken flimmern in der Sonne. Büdner lauscht: Frag ihn, ob der Tod auch auf die Frau in deinem Dachgarten wartete! flüstert sein Über-Ich.

Er gehorcht und fragt.

»Tät ich jetzt nicken, wärs ane Ansicht, die ich uff dir losließe. Weeß ich, wie sie sich anfielen würde bei dir – zutraulich h'oder uffgezwungen?«

Büdner schweigt und steigt wieder auf die Leiter. Der Wind hat sich gelegt. Der Kuckuck ruft noch nicht, aber der Rosenduft steigt steil aus dem Beet, und die Baumblätter rascheln, wenn er die Kirschbündel zwischen ihnen löst.

Am Abend dieses Tages fängt er an zu schreiben.

A^tV

Band 5407

Erwin Strittmatter
Der Laden

Roman • Erster Teil

544 Seiten
17,90 DM
ISBN 3-7466-5407-6

Ein folgenschwerer Tag ist jener 15. Juni 1919 für Esau Matt: Die Familie zieht um nach Bossdom. „Brod-, Weissbäckerei, auch Colonialwarenhandlung" steht über dem Laden, den die Eltern mit nichts als Geborgtem erworben haben. Von nun an wird Esau *Bäckersch Esau* sein und bleiben, und der Laden wird tyrannisch in den Familienfrieden eingreifen. Bis Esau als *hocher* Schüler das Gymnasium in der Stadt besucht, ereignen sich mehr Geschichten in der Heide, als selbst die Anderthalbmeter-Großmutter, genannt Detektiv Kaschwalla, registrieren kann. Esau hat sie bewahrt: im Kopf und im Herzen, und wenn Erwin Strittmatter ihn davon erzählen läßt, bilden die Matts, der Laden, das Dorf die Scherben, in denen sich der Erdball spiegelt.

A*t*V

Band 5408 **Erwin Strittmatter**
Der Laden

Roman • Zweiter Teil

496 Seiten
17,90 DM
ISBN 3-7466-5408-4

In der Souterrainwohnung der Pensionseltern sehnt sich Esau Matt die Woche über nach seinem Niederlausitzer Heidedorf. Der ewige Familienstreit um den Laden kommt in seinen Träumen nicht vor. Nun gehört Esau nicht richtig zu Bossdom und nicht richtig zu Grodk bis das Motorrad kommt, mit dem er in die verlottertste Zeit seines Lebens hineinbraust. Ein Schlag ins Gesicht des Lehrers Dr. Apfelkorn, aus Eifersucht und ererbten Jähzorn, beendet für ihn die Zeit der *hochen Jungsenschule*, die Zeit, in der Esau geheime Kräfte in sich entdeckte und sich die Neugier auf Leben ihm für immer einbrannte.

A^{t}V

Band 5409 **Erwin Strittmatter
Der Laden**

Roman • Dritter Teil

464 Seiten
17,90 DM
ISBN 3-7466-5409-2

Es würde Land verteilt, hatte die Mutter geschrieben, und Esau Matt ist wieder nach Bossdom gekommen. Um fast zwei Jahrzehnte sind alle älter geworden, und ein Weltkrieg liegt hinter ihnen.
Von neuem ist Esaus Leben mit dem Geschick des Familienladens verbunden und auf besondere Weise auch mit den Schicksalen der Bossdomer. Denn Esau Matt, gelernter Bäcker und heimlicher Schriftsteller, ist ein Menschenbeobachter und Geschichten-Finder.
Und dafür gibt es in der Heide genug Stoff. Hinter all den Geschichten über die heiteren und dunklen Stunden im Dorfalltag und die Zerwürfnisse und Versöhnungen in der eigenwilligen Familie Matt zeichnen sich die „Spuren und Spürchen" einer Zeit ab, die voller Wirrungen und Hoffnungen war.

A*t*V

Band 5404

Erwin Strittmatter
Ole Bienkopp
Roman

404 Seiten
19,90 DM
ISBN 3-7466-5404-1

„Was ist ein Dorf auf dieser Erde? Es kann eine Spore auf der Schale einer faulenden Kartoffel oder ein Pünktchen Rot an der besonnten Seite eines reifenden Apfels sein."
Zwischen diesen Sätzen am Anfang und am Ende eines der wichtigsten und eindrucksvollsten Romane aus dem Osten Deutschlands erzählt Strittmatter das Leben des Bauern Ole Bienkopp, der den schönsten aller Träume, den von der Gerechtigkeit, träumt, der enttäuscht wird, am Ende tot ist und der den Leser klüger als zuvor und überhaupt nicht traurig zurückläßt.

A^tV

Band 5401

**Erwin Strittmatter
Die blaue Nachtigall oder
Der Anfang von etwas**
Nachtigall-Geschichten

122 Seiten
12,90 DM
ISBN 3-7466-5401-7

Diese vier Erinnerungen, zu einem Zyklus verbunden, sind Lebensbericht und literarische Erfindung zugleich, biographische Geschichten mit hintergründigem Witz und Humor und manchmal satirisch. Erwin Strittmatter erzählt von seinem lesehungrigen Onkel Phile, davon, wie er seinen Großvater kennenlernte, von Pferdehandel und Pferderaub und schließlich – von der blauen Nachtigall, die aufflog, als der Dichter sich aus den Armen seiner Geliebten löste.

A^tV

Band 5403

Erwin Strittmatter
Sulamith Mingedö, der Doktor und die Laus

Drei Nachtigall-Geschichten

164 Seiten
14,90 DM
ISBN 3-7466-5403-3

Erwin Strittmatter nennt sie Forschungsberichte: jene Geschichten, in denen er dem Zustand von Poesie und Schwerelosigkeit aus Kindheit und Jugend nachspürt. Vom Tausendkünstler Charlie Wind und seinem Versuch, seßhaft zu werden, wird erzählt. Oder vom Puppenspielermädchen Sulamith Mingedö, das auf die Läusebank der Schule verbannt wurde, von gefälschten Liebesbriefen, dem traurigen Ende eines Hundes, von den weltfremden Damen Rasunke und deren Anteil an der Bildung ihres Chauffeurs.

A^tV

Band 5402 **Erwin Strittmatter**
Grüner Juni

Eine Nachtigall-Geschichte

166 Seiten
13,90 DM
ISBN 3-7466-5402-5

Esau Matt, der Ich-Erzähler aus der
„Laden"-Trilogie, berichtet von seinen
Erlebnissen fernab vom Familien-Laden:
von einer Odyssee durch karelischen
Urwald, Ägäisches Meer und böhmische
Kartoffelfelder, bis er heimkommt ins
thüringische Grottenstadt, wo Frau
Amanda im Begriff ist, eine Amerikanerin
zu werden.

A*t*V

Band 1032 **Erwin Strittmatter
3/4hundert
Kleingeschichten**

Erstmals als Taschenbuch

144 Seiten
12,80 DM
ISBN 3-7466-1032-X

„Man wähnt, die Anpassung der Lebewesen an neue Verhältnisse habe sich in weit hinter uns liegenden Zeiten (etwa nach der Eiszeit oder nach dem Zurückweichen der Gewässer auf der Erde) vollzogen. Der Wendehals belehrte mich, daß diese Anpassung unaufhörlich stattfindet", schrieb Erwin Strittmatter, als er 1971 seine 3/4hundert Kleingeschichten verfaßte, in denen noch von vielen anderen Tieren die Rede ist: von Bleßhühnern, Enten, Schildkröten, Käuzen, Rehen, Pferden und Tauben.
Lebenskenntnis, Naturverbundenheit, Entdeckungsfreude, Witz, Humor und ein tiefes Gefühl für Landschaft und Leute der Mark Brandenburg zeichnen diese Kurzgeschichten aus.